重返狼群

李微漪

二部曲

風雲時代
30
周年紀念
暢銷典藏版

感謝姜戎老師在我們重返草原期間
給予我們的鼓勵和支持！

格林小檔案

性別：男

國籍：中國

種族：中國草原灰狼

出生地：中國.四川.若爾蓋大草原

出生日期：2010年4月

重返狼群日期：2011年2月2日 農曆除夕

生存技能：抓魚、獵兔、逮獺子

特徵：

1. 右前爪缺一腳趾(小時候被高跟鞋踩斷)
2. 前額有天眼(獒戰時撞鐵籠子留下的疤痕)
3. 會唱歌，著急時口音略帶犬吠

我們能救一匹狼的命，
我們能改變狼的命運嗎？

重返狼群 二部曲

— 目錄 —

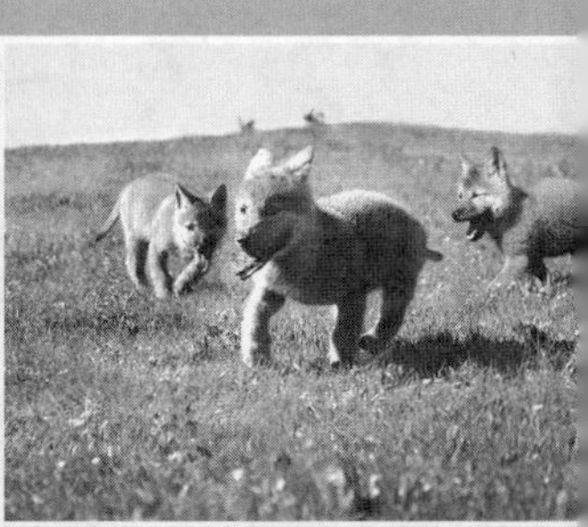

01/ 格林被抓了！

牆根前的雪堆拱動了兩下，
格林披著一身的積雪站了起來，盯著我看。
牠在！躲在雪窩子裏了！我的心快蹦出胸腔了：
「格林，別怕，媽媽來了。」

「格林！格林……是你嗎？」我用電筒照著前方雪地上隆起的一團黑影，輕喊了兩聲。

狼影應聲站起來，抖了抖身上的積雪，脖子上的鐵鏈嘩啦作響。夜色中，這匹狼被拴在特警部隊靠近路邊的鐵欄桿圍牆外，一雙綠眼睛怯怯地盯著我們的電筒光。牠埋頭豎耳，努力收縮瞳孔，想看清楚燈光背後的人。牠旁邊相隔四五米的地方還拴著兩隻大藏獒，衝著我們的電筒光狂吠，掙著鐵鏈撲咬。

亦風沉聲道：「格林還在就行，先別驚動部隊裏面的人，咱們天亮再來。」

我深知夜晚藏獒的厲害，關掉電筒，悄悄離開。

現在是二〇一三年一月廿五日深夜，還有十四天就過年了。若爾蓋草原下著大雪，街邊行道樹上的雪越積越沉，壓得一些枝條幾乎垂到地面上。縣城裏很冷清，只有一家賓館還掛著營業的牌子，我們成了這家賓館僅有的房客。

我捧著一杯熱水坐在窗前，隙開一條窗縫，吹著雪風，儘量讓自己焦慮的情緒冷靜下來，我得想辦法救回格林。

這讓人放心不下的狼兒子，自從二〇一一年二月二日回歸狼群到現在，牠離開我們有七百多天了，這七百多個日夜，我沒有一天不想牠。

格林小時候的照片、我們在一起的影像、留著牙痕的電視遙控器、踩著小爪印的畫……我珍藏著每一件我所能記住的東西，彷彿只有這樣才不會被時間帶走。

我們和格林散步的郊外空地上修起了一座座高樓，綠化帶變成了停車場，樓頂天臺立滿了看板……我也常常像這樣呆坐在城市的窗邊，用格林的視角看著外面的變化。回憶慢慢舊了，只有這城市新得越來越陌生。

我將格林的故事寫成《重返狼群》，讓更多的人記住這隻小狼，讓更多的眼睛關注中國狼的生存。人們最牽掛的就是格林現在怎麼樣了，牠還活著嗎？每當人們問起，我的心就緊縮在一起，我很怕，怕突然有一天傳來格林被捕殺的消息，甚至夜裏都會夢見格林饑寒交迫地哀嚎。多少次我想去找牠，可是又怕好不容易放歸的小狼有了「親人」的召喚會遭到狼群的排斥。我更怕的是，再也找不到牠了……

今天早上我和亦風還在成都。我照常打開電腦準備開始一天的工作，卻突然看到微博中彈出一位讀者的緊急留言：「微漪，我剛從若爾蓋草原旅遊回來，格林已經被抓住了，被人用鐵鏈拴在特警部隊門口賣呢！」

我腦袋裏一陣轟鳴，有那麼一瞬間根本看不清螢幕上的字。格林從小被人撫養長大，牠對人沒什麼戒心，自從我們將牠放歸草原以後，我日夜懸心牠會被人抓住，沒想到長久以來的噩夢終究成真了。我心急火燎地叫上亦風，立刻開車趕回若爾蓋！

趕到若爾蓋草原時已經是深夜十二點多，我們摸黑找到了讀者所說的特警部隊，下車繞著部隊鐵欄桿圍牆搜尋，在離部隊大門不遠處的牆根兒下，果然發現了被拴的狼。

雖然當時黑燈瞎火的看不清，但是我喊「格林」的時候，那狼確實站了起來，似乎牠還記得自己的名字，牠可能認出我們了吧。我越想越心寒——格林怎麼又落單了？難道牠熬不過這個冬天，到人類的地盤來找食被抓住了？又或許，那些人看見格林不怕人就把牠給誘捕了？

「糟！」我心一緊，「特警部隊是執法部門，難道格林闖禍了？牠傷人了嗎？」

「不會。這又不是人犯了法蹲大獄，況且格林的性格我們太瞭解了，牠不可能傷人。狼如果真傷了人，肯定早就被打死了，怎麼可能還拿來賣呢？」亦風說。

我逐字咀嚼網友的留言，不對味兒：「執法部門肯定不會賣野生動物……網友是不是說錯了？這到底是什麼情況？」

「甭管什麼情況，咱們最擔心的是格林死了。現在牠雖然被抓住，但總算還活著，只要活著就總有辦法救牠出來。有這麼一次被抓的經歷，下次牠會學聰明點兒。」

天剛亮，我們就把車開到離特警部隊圍牆最近的路邊，兩隻藏獒還在，格林卻不見了，只有一截鐵鏈拖在牆根前的雪地上。我們的心涼了半截，難道昨夜驚動了裏面的人，這麼快就把格林弄走了？

「格林！格林！」我們搖下車窗喊了幾聲，沒動靜。

我不死心，下車走近一點，雙手攏著嘴：「嗷——」

牆根前的雪堆拱動了兩下，格林披著一身的積雪站了起來，盯著我看。牠在！躲在雪窩子裏了！我的心快蹦出胸腔了：「格林，別怕，媽媽來了。」我邊說邊死盯著狂吠的藏獒，小心翼翼地繞過去，餘光瞄見格林緊張地踮了踮爪子，尾巴夾在肚子下面。

快要靠近了，我喉嚨裏嗚嗚呼喚著。這聲音狼兒再熟悉不過了。格林繃直了鐵鏈，使勁探過頭來嗅聞。我急忙伸手過去，一把抱住雪娃娃般的格林，撥開牠頭頂的積雪……咦，額頭上沒有疤痕！再捧起狼臉一看，生疏的目光！牠不是格林！

我「哎呀」一聲撒手後退，「心跳」霎時轉爲「心驚肉跳」！格林被捕的消息先入爲主，我靠近這狼時光顧著提防藏獒，也沒細看，竟然冒冒失失地抱住了一匹陌生狼！

再看那匹狼，牠比我還緊張，抖抖身上的雪，夾緊尾巴，耳朵直貼到了腦袋後面。牠脖子上勒著一個繫著死扣的皮項圈，緊得幾乎嵌進肉裏，頸間一圈皮毛早已被磨得光禿禿的，喉部的毛團裹著暗紅的瘀血黏結在項圈上，牠顯然被人拴了很久了。牠試探著嗅我的味道，伸出舌頭使勁舔我的手背，絲絲啞聲伴隨著鐵鏈勒喉的咳喘。雖然是不同的眼睛，不同的狼，但那親近人的表情，還有祈求撫觸的嗚嗚聲，和格林小時候太像了。

牠怎麼會被拴在這裏？我揪著心本能地伸過手去，任牠把手指叼含在嘴裏輕輕咬著，只盼牠別再掙扎，別再讓那項圈更深地勒進喉頭……

暖暖的狼吻是多麼久違的感覺啊。我仔細看這匹狼：牠牙口很輕，不到兩歲，可能因爲牠長期被拴養營養不良，瘦得像一道閃電；雖然早已成年了，可是牠的身形卻只有格林八個月時的大小。撫摸狼背，長長的狼鬃掩蓋之下，牠的脊梁像斧片一樣刺手。牠那麼乾瘦，我甚至可以隔著皮毛把拳頭伸進牠的兩片肩胛骨之間。我記起包裏有讀者送給格林的奶糖，摸出一把剝給牠。

「女娃兒膽子夠大嘛，牠居然不咬你。」一部隊大院裏，四五個穿特警制服的人被藏獒的吠叫引了出來，「這狼你要不要？賣給你。」

真的要賣啊？我驚詫地看了看那幾個人，又下意識地望了一眼特警部隊的門頭。

「這狼哪兒來的，怎麼會拿出來賣？你……是警……?!」我死盯著賣狼人胸前的警號。

有個人聽出我語氣不對，問道：「你們是幹什麼的？」

亦風連忙接話：「我們是來旅遊的，聽說這裏有狼要賣，過來問問。」

感覺是買主，對方一樂，大大方方地說：「就是這隻狼，你們給多少錢？」

亦風反問道：「你要多少錢？」

特警笑了。「前幾天有人出價一萬五，我還在考慮。你瞧這狼皮，少說也值七八千，齊脖子這點兒壞皮不要了就是。」他用手掌在狼脖根處做了個切割動作，又伸手捏起狼下巴，像展示牲畜一樣掰開牙口，「你看這狼牙多完整，我們餵的全是剩飯剩水，沒嚼過骨頭，一點磨損都沒有，四顆獠牙也得值兩三千。這個狼舌頭，沒死以前把它挖出來，是最好的哮喘藥。狼肉補氣壯膽，狼骨狼髀是辟邪的……誠心價，兩萬！你拿走。」

狼掙脫嘴巴往我腿邊躲，抖得狼鬃都豎了起來，牠或許聽不懂這些人說的話，但肯定明白牠會發生什麼事。

我忍不住說：「狼是保護動物，販賣野生動物違法你知道嗎？」

「你跟我們講法？」特警笑了，「少扯這些閒話，要買就買，不買走人。」

一句話就把我嗆了回去。亦風把我拉到身後，跟那幾個特警遞菸打著圓場，探聽狼的來歷。特警只說這狼是從小拴養大的，其餘的便不再多說。亦風只得作罷：「這樣吧，狼先別賣，我們商量商量明天再來。這個項圈能不能放鬆一點？」

「不能鬆！開玩笑，這是狼！牠只要抓住一丁點機會都會掙脫逃跑！」

雖然這隻狼不是格林，但是愛狼敬狼的人哪能看著狼任人宰割。當初我們送一隻小狼回歸狼群何其艱難，甚至連命都捨得豁出去，因爲我們知道如今草原上的狼死一隻就少一隻。這隻狼必須救！

我和亦風商量再三，我們不能買狼，一旦買了，賣狼有利可圖的消息傳開，就會有更多人去抓狼掏狼崽，更助長了盜獵販賣之風。這事兒得找部隊領導，畢竟這是特警在政府部門門口賣狼，知法犯法的事，當領導的不可能不管。

第二天上午，我們又來到特警部隊圍牆外，確認藏獒已拴好，才小心地靠近狼。狼衝我們友好地搖著尾巴，鼻頭微微聳動。我摸摸牠的頭，剛把奶糖和肉塊掏出來，原本溫馴的狼突然人立起來，獠牙畢露，一雙前爪劈頭蓋臉朝我抓來！亦風「哎呀」驚叫一聲，迅速把我拉開。「呼」的風聲過去，狼爪從我臉前揮下，一爪子就把我手裏的肉打落。狼猛撲上來搶肉，「嘩啦」一聲，鐵鏈綳緊，狼眼看著肉掉在了地上。

「快讓開！牠聞到肉味兒了！」亦風急喊。

我踉蹌退後，伸手摸臉，有點熱辣辣的，還好沒抓破，兩人驚魂難定。

那狼不顧鐵鏈勒喉，一遍一遍地飛身撲來，但離地上的肉塊總是差著那麼一點兒，搆不著。狼被勒得嘶聲啞叫，狼牙咬得咯嚓爆響，眼珠子瞪出了眼窩，紅得幾乎炸出血來！

牠沒見過肉?!我哪敢再伸手，忙撿了一根木棍把肉挑過去。狼一口咬斷木棍，像驅逐了一個競爭對手。牠快速搶過肉叼到牆角，用爪子護住，齜牙環顧，低聲咆哮著警告周圍的競爭者。直到我們緩緩退到讓牠安心的距離，狼才收起了凶相，挪開狼爪，舔掉肉上的泥土，深深嗅聞著，像審視至寶。

牠平息氣喘，迸出兩聲沙啞的咳嗽，埋頭把脖子上的項圈略微抖鬆一點。牠並沒有立刻狼吞虎嚥，反而看著眼前的肉發呆。好一會兒牠虔誠地閉上了眼睛，側頭趴下上半身，用脖子在肉上摩挲著，打個滾，起身抖抖毛，換另一側身子，再滾……

我不忍看下去，這動作我們再熟悉不過了。小格林第一次找到囫圇個兒的死羊羔時也是這樣頂禮膜拜。格林算幸運的，而這隻已然成年的狼卻只能在鐵鏈的束縛下，對這巴掌大的一小塊肉舉行那屬於狼的古老的儀式。儘管牠和格林一樣從小遠離了狼群，但牠們的記憶深處都烙印了這份狼族的傳統。

直到「食祭」進行完畢，牠才嚼著肉塊艱難地往緊勒項圈的喉嚨裏吞。看著狼喉嚨裏肉塊的鼓包擠過皮項圈，我和亦風也不由自主地咬牙梗著脖子，似乎能幫牠嚼幫牠咽。

吞完肉，狼又把散落一地的奶糖也找來吃得乾乾淨淨，這才湊過來用爪子搭在我的膝蓋上，委屈地舔著我們的手。我蹲下時，牠又用濕鼻子嗅嗅我臉頰上差點被牠抓傷的地方。我和牠碰了碰鼻子，狼見了肉本該如此，怎麼會怪你呢。亦風托起狼爪，那本應銳利的爪尖已經在水泥地上磨禿了。狼啊，再忍一忍，我們等會兒就找人放你回家。

藏區冬季大多上班很晚。臨近中午，部隊裏漸漸有了幾個人走動。我們剛走到特警部隊門口，就被端著槍的警衛攔了下來，別說是找部隊領導了，門都不讓進。我跟圍上來的特警據理力爭要求放狼，反而被說成是要鬧事兒。雙方越說越僵，亦風連拉帶勸把我拽回車上：「不進去就不進去吧，這是部隊，別硬闖！我們在門口等，總能等到領導出來。」

主意一定，每天我們都去圍牆外看那隻狼，把肉割成方便吞咽的小塊給牠。然後靜靜等在部隊附近，然而三天過去了，沒等到一個管事兒的人。臨近春節，都放假了。

等到第四天，我倆心情很煩悶。越是看著那隻狼越是掛念格林。突然很想重回故地，去狼山狼洞狼渡灘看看。好久沒回去過了，不知道格林還在不在那一帶。

走在狼渡灘中，我們曾經和格林一起生活過的地方，到處灑滿了回憶。

下車步行一個多小時，兩人一直沉默無語，剛翻過狼山前的小山包，亦風就驚呼起來。我抬頭一看——山腰上一個小黑點，那不是我們曾經住過的小房子嗎？可是一年前我們回來那次，分明看見小屋已經被強風掀垮，我倆還在廢墟邊傷感了好久，這會兒怎麼……我摘下墨鏡細看，白雪中，那小房子竟然像一個夢境一樣依然立在山腰上，彷彿它一直就在那裏等待著遲歸的主人。

我們快步奔向山腰的小屋。小屋被修繕過了，加了幾道木頭的梁柱，屋頂的玻纖瓦也被理順蓋好，還壓上了石塊防風。壘牆的磚頭有新有舊，東北面的老牆還是原來的，西面的新牆將房屋面積擴寬了一米多。門窗也是從前的，依稀可見格林當初撓門的抓痕。窗戶被屋裏堆放的雜物遮擋住了，門是半掩著的，我隔著一掌寬的門縫向內張望，屋裏暗沉沉的，佈滿蛛絲，散發出一股塵土氣息，顯然很久沒人住了。

微風穿過門楣縫隙，吹出柔和的嗚嗚聲，彷彿是格林幼年時，我對牠輕聲哼唱的安眠曲。我的眼眶泛潮，屏住呼吸緩緩推開屋門，「吱——呀——」多麼熟悉的聲音……陽光射進了屋子，被驚醒的微塵在光線中飛舞，塵埃落處，我們用過的爐子、床墊、水壺、牛糞筐都在，甚至我們以前從狼山下撿回來的牛頭骨也靠在門邊。環顧一圈，處處都浮動著格林和我們的影子，滿屋往事彷彿聚成漩渦，頃刻間將我捲入了時間的深處。

還是那扇窗——記得那年沙塵暴遮天蔽日，我就坐在這窗前，用狼絨毛和草棍兒做成的「棉籤」幫格林掏鼻孔裏的黃沙，亦風給我們點蠟燭照亮，笑問：「《西遊記》裏寫的黃袍怪八成兒就是唐僧他們遇到沙塵暴了吧？」

每當狂風暴雪無法外出覓食時，格林和我就趴在這窗前，餓著肚子苦等天晴。嚴冬的高原上，如果吃不到肉，就連喘氣的力量都沒有。我還記得我和亦風忍不住偷吃了格林藏在雪窩子裏的兔子以後，也是虧心地躲在這扇窗下，幾天後，卻看見格林又在雪窩子裏再次爲我們埋下牠獵捕回來的兔子，當格林抬起頭望向小屋，狼鼻梁上綴滿了積雪，我永遠忘不了格林向窗子裏投來的深沉目光。

還是那個牛糞筐——當年亦風出門撿牛糞的時候，跟在旁邊的格林也有樣學樣地叼了一塊石頭扔進筐裏。亦風把石頭撿出來扔了，格林就把整筐牛糞給掀了。

還是那個床墊——冬夜裏我們三個擠在一起睡覺，格林就在我耳朵邊上打呼嚕。

還是那個鐵爐子——那年冬天，幾天獵不到食的格林餓得啃草根，吐泥漿。幸虧我入冬前撿到過一隻凍死的野鴨，一直爲格林存著。於是我燒旺爐火，煮水解凍鴨肉。餓極了的格林聞到肉香，站在爐子上，直接從開水鍋裏撈肉吃，攪出的水花濺在鐵爐子上，滋滋冒白煙。

「你不怕燙啊？」我嚇了一跳，心想難道不燙？伸手一摸鐵爐子，卻把我燙得吱哇亂叫，我那時可佩服格林了，狼爪竟然這麼耐燙。亦風笑說：「牠練過鐵砂掌……」

那些苦中作樂的日子，那些在煎熬中期盼的歲月，共同度過的一幕幕都封存在這小屋裏，我想著想著就笑了，笑著笑著已然淚流滿面。

亦風的眼圈也是紅紅的。「我們和格林在這裏住了大半年啊，現在想起來卻像上輩子的事一樣……」他拾起門邊的牛頭骨摩挲著，「這還是當年狼群打圍犛牛以後，我撿回來的呢。不知道那群狼還在不在……」

看著亦風把牛頭骨放回門邊，我的目光卻定格在屋門上，我推開亦風細看，門上有兩三個帶著泥巴的淡淡爪痕，從屋門中間半人高處往下拖擦了有一尺多長，似乎是犬科動物人立起來推門的痕跡。

亦風比量著爪印，有些小激動：「是狼爪印還是狗爪印？」

兩人的心都怦怦跳出了聲，我們都希望是第一個答案。

「狼爪印！」我一廂情願地跟著心跳的節奏選擇了答案，其實這風蝕多日的模糊爪痕是根本無法辨別的。

「那肯定是格林，牠也回來過。」亦風比我更主觀。但這回答卻猛然觸動了我的心弦。格林，真的是你嗎？是否在某個雨後，踏著泥濘，你也回來過？你是不是在推開門的一剎那，也像媽媽一樣，想大哭一場？

我越想越激動，端起牛糞筐就往屋外跑：「撿牛糞，生火，我們回家了！小屋有了煙火，格林會看見我們的。」

亦風一把拉住我，顧忌地搖著頭：「誰又把它重修起來的啊？只怕格林還沒來，牧民就先來了。」

當頭冷水……是啊，小屋已經有了新主人，我們只是過客。我失落地放下牛糞筐，眼前的小屋既親切又陌生，透著幾分物是人非的淒清……

離開了小屋，我們漫無目的地在草原上流浪，彷彿只有把身體奔波得很疲憊才感覺不到心累。

直到傍晚時分，兩人再也走不動了，才在草場上坐下來，看不遠處羊群中的一隻母羊下羔子。

這時，一個牧民騎著馬過來查看剛出生的小羊羔，看見有陌生人在他的牧場休息，他很意外，拉下捂臉的圍巾和我們打招呼：「阿偌，我叫澤仁，求捏阿恰子嘞（你叫什麼名字）？」

藏族漢子澤仁四十出頭，皮膚黝黑，眉宇寬闊，鼻梁挺拔，一雙眼睛流露出和善的光，粗獷的絡腮鬍子，一笑起來露出雪白整齊的牙齒。

澤仁和我們聊了幾句就熱情地拉起亦風：「走走走，天氣冷得很，不要在這裏坐著，到我家做客，火爐暖和！酥油茶多多的！」

我們欣然前往澤仁安在源牧上的家。剛見面就約陌生人去家裏做客，這在城市裏是不可理解的，但在草原上卻是尋常事。當你看見牧民淳樸的笑容時，就會覺得時間也緩慢了下來，停留在一個沒有隔閡的世界。

「源牧」是藏區大草原上原生牧民們對自家牧場的敬稱，意爲游牧是他們的起源，草場是他們生存的根本，草原人不忘本源。也有人稱其爲「遠牧」，意思是離現代生活太遙遠了。

「到底是『源牧』還是『遠牧』呢？」我問澤仁。

「『源牧』就是『遠牧』。」澤仁笑呵呵地騎馬在車邊引路，隔著車窗跟我聊，「愛放牧的人叫它『源牧』，怕放牧的人叫它『遠牧』。這些年啊，草原越來越開放，有的牧民不再放牧了，他們進城做生意、開旅館、開藏家樂，過起了定居生活。他們的牧場要麼租給別人，要麼包給開礦的挖泥炭挖石料，牧場主只管坐著收錢就行了。剛開始有些牧民覺得泥巴都能賣錢，反正多得是，隨便挖。前些年日本人大量收購泥炭，便宜得很，一拖拉機十塊錢。後來泥炭挖走了，下面的沙子全露出來，再也不長草，那些牧民才曉得草場毀了，他們賣了自家的命根子……我家也有定居點的房子，但是一年裏難得回去住一次，我還是留在源牧上，看著牛羊和草場，心裏舒坦。」

澤仁源牧的家是個小木屋，乾淨整潔，牆上供奉著佛像和唐卡，屋裏有股濃濃的藏香味和酥油味。屋子中間擺著一個藏式鐵爐，爐子後面擺著一筐乾牛糞。

澤仁揭開爐蓋，用鐵鍬抖抖爐膛裏的灰燼，掰開幾塊乾牛糞在爐膛中擺成空心的一堆；

又單獨拿了一塊拳頭大小的乾牛糞，轉身從小屋角落的櫃子下面取出一小瓶液體，擰開瓶蓋兒，珍惜地往手中那塊乾牛糞上倒了一點點，再擰緊瓶蓋。

我聞到一股刺鼻的氣息：「是汽油？」

「嗯，草原上沒有報紙，也找不到木屑之類的東西，所以牧民多半都用汽油來引火。」澤仁笑道，「不過這裏汽油也不好找，就這一小瓶還是托關係弄來的。」他用火柴點燃沾著汽油的乾牛糞，放入爐膛中，蓋上爐蓋，拉開風門，爐火頃刻間就燒旺了。

「下次幫你帶點石蠟吧，那個生火更方便。」

「石蠟恰子嘞？」（石蠟是什麼？）

「石蠟……燃料。」我也不知道怎麼翻譯，「我帶來你就知道了。」

澤仁忙著煮茶，他漢語不佳，聽不明白時就看我們比劃。我們的藏語更蹩腳，聽不懂澤仁說話時，總是下意識地盯著他胸口——等「字幕」。不過這小小的障礙不影響我們溝通，抓住關鍵字，大概意思總能猜對七八分（**注：澤仁漢語不佳，後文直接用意譯——作者注**）。

當我們提到老朋友扎西時，澤仁樂了。「扎西是我同父異母的哥哥！他現在當村長了，忙著給村裏修希望小學呢。」他把扎西這些年做的事兒說了好一通，喘口氣又問道：「這麼冷的季節，你們跑到大草原來，不是旅遊的吧？」

我略微遲疑，還是亦風開了口：「我們是……來找狼的。就是，呃……邦客（**藏語，狼**）！」

「邦客？哦呀……」澤仁盯著我們看了好一會兒，好像想起了什麼，「扎西有兩個漢人朋友養過一隻叫格林的狼，後來把狼放生在這片草原了，是你們嗎？」

我和亦風緊張得面面相覷，沒想到他會知道我們，更沒想到他連格林都知道，一時間不曉得該如何回答，因爲不瞭解這個牧民對狼的看法。

看著我們的表情，澤仁更加肯定了：「這草原上向來只有打狼的，沒有放狼的，所以村裏知道你們的人還挺多。放心吧，扎西給我們講過格林的故事，我和狼打了一輩子交道，頭一次知道狼還會對人那麼好。你們也是好人，菩薩會保佑你們的。」

聽完這番話，我們放心了，不僅感激善良的澤仁，更加感激扎西。

看我們鬆弛下來，澤仁笑了：「一年多以前，這片牧場劃分給我了，巡場的時候，我發現山那邊有個小屋，扎西告訴我，那就是你們和狼住過的地方。後來我看見小屋塌了，挺可惜，就把它重修起來，夏季放牧的時候在那兒歇個腳；我儘量修得和以前一樣，狼認得老地方，說不定還回來呢。裏面的東西我都沒扔。」

原來小屋是他修好的，我深爲感動：「澤仁，我們一定要交你這個朋友！」

「行啊！我們做一輩子的好朋友！你們想找格林，我幫你們！還有，我教你們說藏語。你的藏語太差了。」

亦風笑道：「你的漢話也費勁啊。」

「哈哈，你們聽得懂就行！」澤仁把煮好的酥油茶給我們一人斟了一碗，香甜的酥油茶暖心暖懷，沒有什麼比風雪中結識了一個真摯的朋友更讓人高興的事了。

「澤仁，你剛才說狼認得老地方，還會回那個小屋，我們在小屋門上看見有推門的爪印，是狼的還是狗的啊？」我把手機上拍的屋門照片放大給澤仁看。

澤仁想了想：「這印子少說也有個把月了吧，上個月下了場大雪，雪化以後地上就是這種稀泥。這泥爪子印應該是那時候蹭上的吧。」澤仁看了好一會兒：「呵呵，不是狼抓的就是狗撓的，太花了，不好說。不過呢……狗一般不敢去推人的門吧。草原規矩，狗是不能進屋的，牠們從小就知道進屋要挨打。」

我一喜，那麼說，至少有一半多一點的可能性是狼爪印？如果那真是狼爪印，可能也只有格林這匹有特殊經歷的狼才會去接近這記憶之地吧……我又一陣難過，想起我們回到小屋時的觸目傷懷，如果真是格林回去過小屋，曾經最親近的人都不在了，面對滿屋蕭條，牠會是什麼樣的心情？牠又爲什麼回去？牠還會再去嗎？唉……

聊到狼的話題，大家自然而然就說起了特警部隊門口拴著的那隻狼。據說牠本來是特警從盜獵的人那裏沒收來的狼崽，跟狗一起拴養著，吃著殘羹剩飯，一來二去就長大了，有人想買，特警也想賣。聽說有藥材販子想買那隻狼，只是價格沒談妥。狼被拴在特警部隊門外已經很久了，附近幾個村裏的人都知道這事兒。

一直聊到天黑，澤仁才送我們出門。跨出門檻看不見路，亦風習慣性地跺跺腳，拍了一下巴掌，才猛然想起這裏不是裝著聲控燈的城市樓道。

澤仁奇道：「你拍手跺腳是什麼意思？」

亦風尷尬地嘿嘿笑：「沒啥，城裏人的習慣。」

澤仁「哦」了一聲，若有所思：「出門回家都要這樣嗎？」

「都這樣。」我咯咯笑，「下次來草原，我給你們帶幾個頭燈，就是戴在頭上的電筒，你們晚上出門就不怕黑了。」

「有這樣的東西？太好了！」澤仁高興地謝道，「我老婆仁增旺姆夏天凌晨三點過就得起來圈牛擠奶，擠牛奶騰不出手，都是用嘴叼著電筒照亮。她每天一直忙到天亮，嘴巴麻得話都說不出來。嘴麻都是小事，鄰村有家人叼著電筒拴馬，結果被馬一腳把電筒踢進了嗓子眼兒，人救過來了，可到現在都是啞巴。我也一直擔心我老婆呢，頭燈好啊，草原上買不到這些先進的東西。」

認識澤仁之後的十多天裏，我們每天都去特警部隊門口看望那隻狼，給牠帶些肉吃。放假期間找不到部隊領導，我們一時間也想不出什麼救狼的辦法。而澤仁天天帶著我們沿著當年格林曾經活動過的區域尋找狼群，希望能發現格林的蹤跡，但都一無所獲。

隨著牧場的分割，人類活動的干擾，留在狼山狼渡灘地帶的狼群幾乎看不見了。這裏變化不小——新拉的圍欄，新栽的電線桿，新架的通信基站，新修的藏家樂、觀光台，新修的一條碎石路基通往草原深處，牛羊比以前更多了，草比以前更少了。兩年前，山埡口和第二道山脈的中段，野兔、野鼠特別多，在這開滿野花的山坡上亂蹦亂躥，我和格林經常在這裏抓兔子，可是現在，這兩處地方已經沙化了……只有那些兔子洞還凹陷在黃沙下。

可惜啊。我點開手機相冊，比照著位置，給澤仁看這地方兩年前的照片，遺憾地描述這裏曾經有草、有花，花開季節，我和格林在這山坡上迎著夕陽吹蒲公英，那時候，這裏還有成群結隊的野兔，格林總能逮來吃個飽。

「兔子太多，不是什麼好事。」澤仁苦笑道，「不過現在什麼都沒了，就更不好了。」

「草場都成那樣了，牧民就沒想過少養一些牛羊嗎？」

「城裏人喜歡房和車越多越好，草原人喜歡牛和羊越多越好。一個道理，都是富裕的象徵。」

我在同樣的角度又拍了一張照片。手機還是原來的手機，我還是原來的我，站在我和格林曾經嬉戲的山坡上，卻「人是景非」。大自然應該是不會變老的，它越原始越煥發生機，可是我卻分明感覺到眼前的草原在變老，甚至比我老得還快。

轉眼到了除夕，草原上的人大多回定居點過年了。人少，狼才有可能出現。我們決定往草原更深處的駘嵬若村走。兩年前的冬季，我們最後一次目睹格林跟隨狼群打圍犛牛就在駘嵬若村。那個村寨山路難行，人煙稀少，很可能就是「格林」狼群集體越冬的地方。

02／狼的剩宴

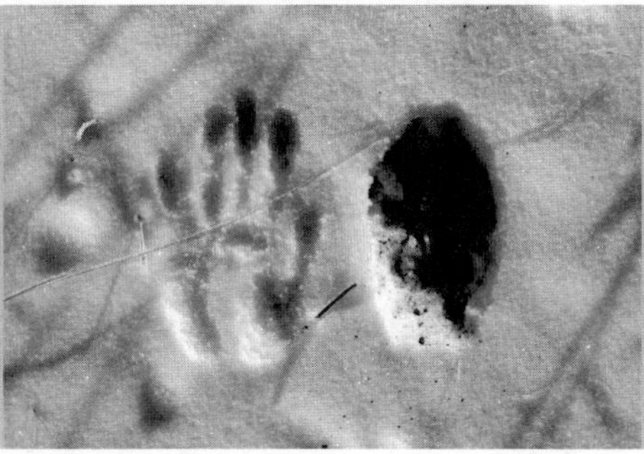

或許不知從何時起，
遠居都市的我們竟然吃著狼食，
此刻喜慶的餐桌上就擺放著狼的剩宴。

地上的雪積了有半尺深，澤仁蹲在牧道上查看車轍後的幾道爪印：「沒錯，是狼蹄子！」（牧民的漢語不分「爪」和「蹄」——作者注）

我們找了十多天，總算發現一點野狼的蹤跡。亦風伸手比量了一下狼爪印，和他的巴掌一樣大：「你看，這裏的狼這麼大！」

我定睛一瞧，那個碩大的狼爪印彷彿猛然撲出雪面，狠狠抓住我的心臟，我每一次心跳都在狼爪掌握之中。我緊了緊圍脖，壓住心頭的寒意，極目環顧了一圈，不放過雪原上任何一個移動的物體。

這些天總是聽澤仁說，駘嵬若村的狼群是若爾蓋大草原上最驍勇亡命的，因為這個村寨的牧民只養犛牛不養羊，鬥牛的狼比宰羊的狼強悍得多。犛牛是這高寒草甸上最龐大最強壯的食草動物，無論公牛母牛都長著銳利的彎角，牛脾氣狂暴，牛勁兒一上來，十七八個漢子都拽不住。駘嵬若村將近四十萬畝的草場上，每家的犛牛少則幾百頭，多則上千頭，結成大大小小的牛群，牛眾狼寡，蠻牛陣不是好闖的。最彪悍的獵物必定鍛煉出最強勁的獵手。

我們三人今天凌晨四點就開車過來，埋伏在小山包上，蹲守到六點也沒見狼群出現。這會兒，我們剛下山回到車邊，就赫然發現有三道狼爪印一路尾隨我們的車轍，還繞車查看了一圈。狼對自己領地內任何一件突然出現的事物都保持高度警惕。我們原本是來追蹤狼的，卻被狼反跟蹤了。車胎上留下了狼鼻子頂開浮雪後嗅探的痕跡。

「幸好狼沒咬車胎，否則我們就出不去了。」亦風太陽穴旁的青筋鼓成一團疙瘩。

「草原狗才喜歡咬車胎，狼不會那麼幹，牠們疑心重，不碰人的東西，就是檢查一下咱們從哪兒來。」澤仁說，「狼認得出這不是本村的車。」

狼爪印上雪沙滾動，很新鮮，繞車一圈後，徑直向我們來時的方向走去。

追！我們跳上車，掉頭追狼。

開出兩三公里，狼爪印沒入了牧道南邊的高草中。隔著鋼絲網的圍欄，車子過不去，沒法追了。我只能用望遠鏡順著爪印消失的方向搜索，哪裡有半點狼影。

正沮喪間，澤仁笑嘻嘻地說：「邦客圖騰，邦客酒喝醉裏喲克。」（狼來了，狼就在你背後。）藏語管狼叫「邦客」，「邦客圖騰」就是「狼來了」，這是草原人嚇唬小孩子的話。這澤仁，冷凍了一早上，還有心思說笑。

我乾笑一聲，正欲接話，亦風猛扳我的肩膀：「真的在你背後，三隻！」

果然！三匹大狼幽靈般滑過雪面，牠們爪掌奇大，與剛才的狼爪印肯定對得上號。但是這些狼身形瘦削，腿細長，沒有我想像中猛煞惡狼的強悍狀。

此刻牠們貼著圍欄，神不知鬼不覺地繞到了我們背後百米遠的地方，正打算悄悄橫穿牧道，去北面的山上，哪知道我們突然停車觀望，而且還發現了牠們，眾狼停步猶豫。我剛用攝影機對準牠們，三狼就立刻分頭散開，決不讓我的鏡頭同時套住牠們三個。牠們邊疏散邊頻頻狼顧，觀察我們到底拿的什麼「武器」，有多大殺傷力。

眾狼分散退到三百米（步槍射程）之外，重新聚攏。

「狼認定去北山，就不會輕易改方向。再追！在北山埡口攔截牠們！」澤仁從小放羊就跟狼打交道，我篤信澤仁的斷言。

急掉車頭，再追過去！狼群似乎急了，在雪原上狂奔起來，跟車搶速度！

牧道積雪難行，越野車飆六十邁已經是極限，三匹狼居然還漸漸領先。奔跑中的大狼肌肉繃得緊緊的，四條腿拉成了一條直線，胸腔兩邊的肋骨明顯地暴露出來。大狼超過車窗時扭頭瞪了我一眼，驚得我一激靈，連忙把車窗搖了起來。

狼群一面加速，一面向車頭斜插過來。距離飛奔的車頭二十米遠，一匹狼橫掠而過，亦風連忙鬆開油門。距車頭十多米遠，第二匹狼飛穿牧道，亦風點刹，第三匹狼卻毫不減速。五米！亦風急踩刹車！安全帶一緊，車尾一甩，眾人驚呼聲中，狼已箭射般到了車前，從牧道中間縱身躍起，飛越圍欄。

狼影過處劃出一道灰色長虹……狼輕巧落地，氣息均勻。開車的人驚出一身冷汗，超車的狼居然面不改色。狼群不屑地越野車，顯然知道車子是翻不過圍欄的。三匹狼不慌不忙地翻過山埡口，又在埡口處最後瞄了我們一眼，消失了。

澤仁回過神來：「這些滑頭，埡口翻山最省力，狼只走老路，別的道兒牠信不過。」

「這三隻狼也太亡命了，完全可以等人離開了再走啊……」車子已經熄火了，亦風的腳還緊踩在刹車上不住發抖。

我們下車看時，車子甩尾的痕跡幾乎壓上了最後一個狼爪印，幸虧狼跳得快！

「狼活得太苦，也就不怕死了。」澤仁說，「這裏的狼一早一晚活動，現在該到收隊時間了。在狼看來，我們反覆追趕，顯然是衝著牠們來的，抱著目的來的人決不可能輕易離開。」

我盯著山埡口，雖然積雪厚重，但不算太高，雪上那幾路清晰的狼爪印挑釁般地引誘著我，「追我啊，我的去向不都明擺著嗎？」我越看越不甘心，捲起袖子就往山上衝去，澤仁不放心，緊隨在後。

當我上氣不接下氣地爬到山梁上向下張望時，那些爪印在雪原上早延伸了不知多少千米了。

「格林……」我急提一口氣，衝著狼群遠去的方向呼喊。

名字被風吹散了……

澤仁問：「還追嗎？」

我跌坐到地上搖頭牛喘，最後那聲吶喊把我肺泡裏壓底兒的氧氣都抽乾了。

「別灰心，牠們給你留了個安慰獎。」澤仁伸手從前面的圍欄上摘下了一撮狼鬃遞給我。這是那幾匹狼鑽過圍欄時鉤掛在鋼絲上的。挺拔的狼鬃裏纏綿著一些溫潤的狼絨，十幾分鐘前還附著在狼的身體上，現在搖曳在我的指尖，像淡棕色的火焰，在我心裏燃起一股溫暖的感覺。格林離開我兩年了，今天再次觸摸到野狼毛，我小心翼翼地把它夾在手機後蓋中，貼心暖好。哪怕狼的一絲一毫，對我而言都是值得珍惜的。格林，我回來了，來找你了，你在哪兒？

亦風兀自蹲在牧道旁的圍欄邊分析爪印，見我們回來，他起身拍拍手套上的雪。「這些狼爪印我挨個兒看過了，『拼命三狼』裏面沒有格林。我還量了一下……」

他指著最後那匹大狼飛躍圍欄時留下的爪痕，「牠起跳到落地距離三米多，跨過的圍欄高度是一米六。狼急跳牆啊，見過這麼厲害的彈跳嗎！」

「當然見過！那年我病好後再回草原時，獒場兩米多高的圍牆，格林一跳就蹦出來，老遠撲來我懷裏……唉……」

我心底泛起一陣潮涼，些許感慨些許失落。當初格林那是多麼甜蜜的飛躍，牠知道牠的親人終於被牠盼回來了！牠跨越一切障礙告訴那個人：「我相信你，我想和你在一起！」而眼前的躍痕分明印滿了懷疑、排斥與戒備，狼寧願搏命跨欄，以告誡人們：「別靠近我，我死也不相信人。」這一起一落，一個急於相見，一個急於遠離，人與狼之間也許就隔著那麼一步之遙。

三人商量下一步如何走，澤仁建議：「如果這群狼裏沒有格林，跟蹤牠們就沒什麼意義了，天一亮，牠們肯定是回山裏睡覺。我們再跟，這些狼肯定會帶我們繞圈子，白費力氣。不如別去驚動牠們，順著來時路去看看牠們昨晚都幹了些什麼，說不定還能遇見沒撤離的狼。」

越野車沿著牧道朝狼的來路開去。

翻上一座山，朝霞已燒紅了雪原。我們停車瞭望，山下很遠處的牧場中有東西聚成花生米大小的一團在蠕動。亦風用望遠鏡一套：「不是狼群……也不是兀鷲。是人，八九個……好像圍著什麼東西……」

話音未落，對面山麓上突然騰起一聲怨憤的狼嗥，頃刻間，眾多狼嗥緊追其後，嗥聲在

被狼群打翻的老馱牛體重一噸，在高原上拖牛絕非易事。

雪原上空與強風扭抱成團，像衝擊波一樣撲面而來。我只感覺髮梢一飛，汗毛都奓了起來，淒絕的狼嗥聲中，逼人的寒意從天靈蓋一直貫穿到腳底，把我們凍在了原地。我腦子裏空蕩蕩的，眼前只有風捲雲湧的天空和呼嘯的山麓。

從未在大白天聽到如此攝魂奪魄的狼嗥。什麼事讓牠們這麼絕望？狼嗥聲歇，我們的目光不約而同地投向了山下的那群人。

我們趕到山下牧場，只見九個人正用麻繩綁著一頭巨大的死犛牛，想盡辦法拖拽，要拉到百米外的一輛皮卡車上。

「阿偌，若日！我傑克丁南阿恰哥？」（喂，你們好！我可以看看嗎？）我邊喊邊跑上前。

死的是一頭老馱牛（馱牛是牧民馴化後用以運輸載物的犛牛——作者注），估計有一噸重，從牛犄角上的年輪看有三十多歲，牛角凝固的血跡上沾著狼毛，牛脖側四個新鮮牙洞還在滴血，身上瘀斑無數，肚腹上有抓痕，尾巴被咬斷一截，後腿上還有不少窟窿，是被群狼獵殺的。我邊拍照片邊問：「邦客什麼時候咬死的牛？」

眾人對我和亦風這突然出現的漢人有點驚異，又聽我說著半生不熟的藏語，更是奇怪，上下打量，沒有回答。澤仁站在我身邊，一臉嚴肅地和眾人交換了幾句本地藏語。

小個子的牧場主這才衝澤仁點了點頭，用生疏的漢話對我們說：

「昨晚後半夜起，我這兒的兩百多頭犛牛就跟五六隻邦客纏鬥上了。我本來想著我養的都是大犛牛，邦客打不贏的，沒想到天亮時候，這頭老牛還是被打翻了。」

在這片草原上，同樣是描述狼的獵殺行為，牧民的口頭語卻區分明確——狼是「宰羊」「打牛」。「宰」和「打」的區別足見獵殺犛牛絕非易事。

我暗悔錯過了，算來我們在山頂埋伏的時候，山這邊的狼群正和牛群苦戰。那跟車搶道的「拚命三狼」可能是最後撤離的。這麼大一頭牛如果不被人拖走，夠狼群吃個把星期了吧。

當聽說這個牧民家一年的收入也就五六萬，而損失一頭犛牛就是七八千時，我和亦風心裏有些歉疚。我們在這片草原上放歸了小狼格林，現在看到牧民的犛牛被狼打死，似乎覺得就是自己的孩子給他們帶來的損失。懷著一種莫名的「負罪感」，我問：「要不要幫忙？」

「當然要！」眾人正愁拖不動牛。

我和亦風背起繩索幫著他們一起拖牛，澤仁猶豫了一下，也過來拉起了繩索。

這頭死犛牛囫圇個兒時估計有一噸重，十來個人拖不動牠。於是牧民將死牛開膛破肚，丟棄了所有內臟和草包，減輕了三分之一的重量，只留肉殼。又把繩索分別拴在犛牛四條腿和犄角上，每個人背負一股繩索，像拉縴一樣喊著號子共同使力，總算能拖動死牛了。

已經封凍的沼澤地坑坑包包，車開不進來，牛角牛蹄又經常鉤掛在草垛土堆裏，十二個人深一腳淺一腳，拖行起來舉步維艱，拖三兩米就得歇一次，百米的距離拖了一個多小時。亦風累得嘴唇發紫，不停地吸哮喘藥，澤仁和我大汗淋漓，缺氧乏力。

忙活到中午，大家總算把死牛搬上了皮卡車。

牧場主拍拍袖子，也不說謝，轉身走了。牧民的冷漠雖讓我們有點意外，但也沒太留心。我們一面感謝澤仁的援手，一面重新上了車。

亦風發動汽車。剛才一起拖死牛的人叫住我們，說皮卡車裝了牛就擠不下人了，有兩個人想搭我們的車去鄰村。我們一口答應，覺得哪怕爲牧民們多做一件事情，我們的內疚都會少一分。

路上，澤仁一言不發，搭車的兩個人卻滔滔不絕，興高采烈地談論賣肉賺錢的事，我越聽越不對味兒：「狼打死了牛，你們怎麼一點兒也不惋惜啊？」

「我們惋惜什麼？」那人笑道，「你看著吧，狼打了牛沒吃到肉，明天還得再打。」言語中頗有點幸災樂禍。

我疑惑著還欲再問，前面運牛的皮卡車一停，車上的人下來招呼那兩人道：「快點快點，那邊還有一頭死牛。」

西面牧場禿鷲群飛，下面果然躺著一具牛屍。下午太陽烈，已有點腐臭味道飄過來。一群人興沖沖地跳下車，奔死牛去了。

澤仁這才沉聲道：「快走，不要等他們！」

我們早已生疑，當即驅車離開牧場。

「這些都是什麼人啊？」亦風問。

「他們都是收購死牛的牛販子，不要跟這幫人攪和，以後你們就知道了。」

我一愣：「他們收死牛來做什麼？」

「賣給你們城裏人吃。」

「什麼?!」

我追問中才知道，這些人專門遊走於各家牧場，以每頭七八百的價格收購各種病死的、瘟死的、老死的、凍死的、被狼咬死的牛，再以兩千元左右的價格轉賣給二道牛販子，牛肉最終主要銷往紅原、松潘、九寨溝和成都市場，其他城市也有。如果牛屍已有腐敗變質，收購價格就更低，做成重口味的牛肉乾在旅遊點售賣，幾乎沒人嘗得出來。

草原上幹這行當的人還不少，有的已經幹了十多年了，往往有很硬的後臺，沒人管得了他們。

聽完澤仁的講述，我和亦風比吞了蒼蠅還噁心。剛才我們還滿懷歉意地去幫忙拖牛「贖罪」，沒想到卻是幫了這些不法之徒！那種被人賣了還替人數錢的傻樣，讓我們簡直想扇自己的耳光。

我急了：「澤仁，你爲什麼不早告訴我啊？」

「你下車就跑過去了，我根本來不及攔你。那幫人本來幹的就是犯法的事，看你拍照，以爲你是記者，有人捏著殺牛刀往你背後走你都不知道，我趕緊說你們是我的朋友，是來旅遊的，他們顧忌我是本地人才沒對你下手。你警惕性差，脾氣又急，知道了肯定出危險。大草原上藏著不少有命案的逃犯，就幹著盜獵和販死牛的營生。他們放倒兩個外來人不過是捎帶手的事兒。把人弄死以後扔在草原上，一群禿鷲飛過來，二十分鐘就能把屍體吃乾淨，野狗再把骨頭一啃，風沙把衣服一埋，人就失蹤了。」

難怪我拍照時，澤仁緊靠在我身邊對那幫人說話，原來我從鬼門關走了一趟還渾然不覺，幸虧澤仁保護了我們。我倆冷汗淋漓，連聲感謝澤仁救命之恩。

澤仁被我們的「恩人」稱呼叫得怪不好意思，紅著臉說：「別講這些客氣話，我們是朋友，只是以後我不在的時候，你們得多長個心眼兒啊。」

夕陽中，回望已漸行漸遠的牧場，隱約還能看見狼群消失的北面山麓。讓我們略感安慰的是，那裏至少還有牧民丟棄的內臟給狼群充饑。澤仁卻淡淡地回答：「狼不會去吃人動過的東西，通常緊跟在死牛販子後面的就是偷獵的，下毒下夾子，早把狼整怕了。」

天色暗了……車在牧道上顛簸著。

那天正是二〇一三年二月九日除夕夜，遠處縣城方向，爆竹聲橫空炸響，鳥獸嚇得停止了夜啼，散開的焰火刹那間奪去了銀河的光輝。人的世界過年了，漆黑的草原卻陷入了一片死寂。我是多麼不想奔往那個光鮮的「人間」。

過年了，在大都市裏應當是家家戶戶張燈結綵，熱熱鬧鬧看「春晚」，孰知「朱門酒肉臭，路有凍死骨」。我耳邊又迴響起群狼在原野間悲憤的哀嚎，我知道那群餓狼必定難過年關，不難想像牠們捨命拚殺，辛苦了一整晚的年夜飯卻被人全部掠奪，哪怕病牛、老牛、腐敗牛屍都沒給牠們留下，這個冬天牠們如何活命？

就在兩年前的今天，小狼格林邁出了離開人類的第一步，或許牠也在這群餓狼之中。又或許不知從何時起，遠居都市的我們竟然吃著狼食，此刻喜慶的餐桌上就擺放著狼的剩宴。

03/ 救狼

「花嗷——」牠不知道牠的親人在哪兒，
是被賣到了異鄉還是已經慘遭屠戮，有沒有倖存者？
還會不會找到牠？牠一聲聲呼喚著：
「我在這兒，我在這兒……」

草原盡頭，偶爾被焰火映紅的夜空中佈滿薄薄的煙雲，在流動變化的陰霾中，露著瑟瑟縮縮的星。

我們離開駘嵬若村後，把澤仁送回他的源牧，澤仁的妻子仁增旺姆留我們吃簡單的年夜飯，問：「今天你們看見狼了？」

我咬著糌粑點點頭：「我們還幫死牛販子拖牛了，真窩心。可惜還是沒有看見格林。」

仁增旺姆邊揉糌粑邊聽我和亦風講白天發生的事兒，寬慰道：「別著急，慢慢找，只要格林還活著，總會遇見的。哦，對了，你們一直問起的特警部隊那隻狼，聽說價已經談妥，這就要賣給藥材販子了。」

我倆一驚：「什麼時候？」

「就這兩天了吧。」

狼的糟心事接二連三，我們連年夜飯也咽不下了。

別過澤仁一家，我們開車回縣城。

亦風的車在夜幕中越開越慢，終於停在了岔路口，左邊是回縣城賓館的方向，右邊通向特警部隊。亦風趴在方向盤上，問：「去哪兒？」

我嘆口氣，向右邊望去……

車行在路上，夜色中突然響起了帶著犬吠腔調的狼嗥聲：「花嗷——花花，嗷——花！」

是格林！牠發現我們回來了？我內心激震，急忙搖下車窗大喊起來：「格林！我在這兒！嗷——格林！」

亦風也邊喊邊找，那狼嗥像強力的磁場般把我們吸了過去……

可是，這聲音來自特警部隊！

哦……原來是那隻被拴住的狼發出的呼嗥。兩人失望之餘又心如刀割。這隻狼也是從小和狗一起長大的，以至於「口音」都和格林相似。當牠的窩被盜獵者掏毀的時候，牠是否也和格林有著同樣的悲傷呢？此時，不知是除夕夜的鞭炮聲勾起了牠被追捕時的恐懼，還是焰火入空的呼嘯在群山間的回音酷似狼吟，又或是難以抑制的孤獨和對親族的思念，牠大放悲歌。

「花嗷——」牠不知道牠的親人在哪兒，是被賣到了異鄉還是已經慘遭屠戮，有沒有倖存者？還會不會找到牠？牠努力找回狼的語言，一聲聲呼喚著：「我在這兒，我在這兒……」孤寂的狼嗥被漆黑的原野吞沒，陪伴牠的只有裹滿冰雪的鐵鏈。淒清的星空下，除了我們，沒人在意牠。

我們忙於尋找格林的這幾天，藥材販子或許已經來過了，或許將牠像貨物一樣查驗，討價還價。牠預感到了自己即將來臨的厄運。再也等不到下一個春天，牠囚困一生的命運就要畫上句號，沒有同伴，沒有親族，沒有自由，有的只是死亡的命運，牠爲自己唱起了輓歌。

我熱血衝頭，再也顧不了那麼多，抽出匕首，開門下車。

「你要幹什麼？」

「割斷項圈！讓牠跑！」

「小心藏獒，小心……裏面的人……」亦風這話說得很艱難，他是個老實人，從沒幹過偷狼摸狗的事。我也是個良家女孩兒，從沒想過會跟「警察伯伯」作對，可是「良」民生出了「爪」，也會變成「狼」。

爲了救回狼，我們倆一定都很瘋狂。夜晚的藏獒比任何時間都兇猛，而比藏獒更可怕的是裏面拿著槍的人。誰要是手持凶器跑到特警部隊外面，被當成暴徒挨槍子兒都有可能。

亦風把車停在圍牆外的路邊接應，我脫下手套，躡手躡腳地靠近狼。

黑暗中，那狼似乎早已聞到我們的氣息，站在牆邊翹首盼望。我掏出兩塊風乾肉，趁著藏獒還沒叫出聲來，一隻藏獒面前扔了一塊。我哈口氣暖暖凍僵的手，抱住狼身，左手順著探過來的狼頭摸到狼脖子上，兩個指頭挖起項圈，右手摸黑割下去。

剛割了幾下，就聽旁邊鐵鏈聲響，兩隻藏獒早已吞完乾肉，咆哮著從兩側撲了上來。狼下意識地左閃，正被左邊的藏獒撞個正著，連狼帶我摔了一個跟斗，幸而藏獒的鐵鏈都不夠長，只能狂吠撲掙，我連忙爬起來，卻再也抱不住慌忙閃躲的狼。

特警部隊裏電筒光晃動，有人吆喝起來：「誰?!站住！」

「快跑！」亦風急喊。

我剛轉身就聽見砰啪兩聲槍響，腿一軟，跪在地上，頓覺左膝一麻，使不上勁了。我顧不上查看，單腿跳上車，亦風一腳油門。後視鏡裏，電筒光還在閃，一隻藏獒拖著鐵鏈追上了路，人聲犬吠被甩遠了。我心臟暴跳，褲腿濕漉漉黏糊糊的，用手一摸，血！左膝鑽心地痛起來……

「我中槍了！」

亦風臉色慘白，緊握方向盤，一路飆回賓館。

兩人好不容易把氣喘勻，亦風哆嗦著手幫我捲起褲腿檢查，顫聲問：「子彈在不在裏面？有沒有打碎骨頭？趕緊上醫院吧……」

大年夜的，哪兒有醫院上班？平生第一次遭槍擊，兩人手足無措。傷口在膝蓋頭上，我摸摸傷處，好像沒異物，彎腿試試，骨頭也沒事兒，但稍一用力，血就汩汩往外冒，順著腿肚子淌到地上。亦風看得眼暈，手忙腳亂地打開急救包。

咬牙清洗出傷口，兩人都愣住了，這竟然是個寸把長的刀傷！怎麼回事？

仔細回想，那兩聲「槍響」好像是二踢腳，而我慌亂之中跪在了刀刃上？

亦風長吁一口氣，蔫坐在地：「這事鬧的……」

想起剛才上車就喊「中槍了」，我怪不好意思地哧哧笑起來。

亦風繃著臉：「還笑！刀口再低一點就割斷韌帶了，萬幸你沒有被藏獒追上，要不然小命難保。」

一說到藏獒，我更樂了：「哈哈，牠四條腿都沒追上我一條腿兒的，笨狗！沒前途！」

亦風常說我是個沒心沒肺的樂天派，淚點太高，笑點卻低得很，要把我揍哭不容易，遇上啥要命的事兒卻都能笑得出來。

亦風幫我上藥，用棉籤一探，骨頭露了出來：「這口子刺得大，又在關節上，得縫針。」

「不用。」我撕開幾張創可貼，把傷口上下拉攏貼牢，直著腿把繃帶拋給亦風，「纏上。」

傷無大礙，丟臉的事兒也笑夠了，可是一想到放狼失敗，兩人的心情又沉重起來。衝動解決不了問題，到底該怎麼辦？

正在一籌莫展的時候，賓館房間外突然響起了敲門聲，這響動在靜得出奇的深夜裏特別刺耳驚心。我們嚇了一跳，迅速交換眼神，亦風看表，半夜一點多！

「誰？」

「警察！開門！」

我們倒抽一口涼氣，心臟狂跳起來，把全身的血都抽上來往腦袋裏壓，一瞬間腦仁兒都要炸開了！我們的行蹤暴露了?!那些人追上門了？他們想幹什麼?!

「什麼事？」

「查房！開門！」

「等一下。」亦風強作鎮定，悄聲快速地藏起急救包。

我一瘸一拐要往廁所躲，亦風連連擺手指指我的床，我趕緊鑽進被窩蓋住傷腿，悄悄打開手機攝影，以防萬一。亦風把他床上的被子也弄亂，吸口氣硬著頭皮開了門。

進來的三個警察都是生面孔：「證件拿出來！例行檢查！」一個警察仔細核對我們的照片登記證件，一個警察把房間查看了一圈，一個警察便開始盤問：「從哪兒來？」

「成都。」

「到這兒來做什麼?」

「旅遊。」

「冰天雪地大過年的來旅遊?」

「是。」

「都去了哪兒?幹了什麼?」

「草原上到處走走,拍雪景。」

前一個警察把登記完的身分證遞給了問話的警察,他接過身分證又對著我們看了一眼:「下面那個越野車是你們的?」

「是。」

「特殊地區,有些地方不該去的就別去。」問話的警察把身分證還給亦風,臨出門又轉身強調了一句,「記住,不要到處亂跑。」

門關上了,耳聽腳步聲遠,亦風趕緊上鎖,兩人心裏卻再也沒法踏實。

亦風坐在窗邊點燃一支菸:「爲什麼我們住在這裏十多天了,早不來晚不來,偏偏今天大半夜來例行檢查?就這麼個小縣城,年三十只有這一家賓館在營業,要追查兩個外地人太容易了,何況我們的車還停在賓館前面呢。警察最後那句話啥意思……你覺得他們發現我們了嗎?」

「不知道啊……」

人一旦緊張起來，便如驚弓之鳥，難道救狼不成，我們反倒被監視了？

衝著警察最後那句話，我們無論如何不敢亂跑了。

清早，我們開車去扎西牧場，刻意用最慢的車速從特警部隊門口繞道觀望。狼還在，綳著鐵鏈焦躁地走來走去，牠就快被做成藥材了。據那些人說，趁狼沒死的時候把狼舌頭挖出來，曬乾入藥，可以治哮喘。

亦風一面開車，一面向車窗外的狼望了一眼，苦笑著：「我打小就有哮喘，但我不會爲了治我的病，要牠的命。」

我拍拍亦風的肩：「不是每個人都像你這樣想，況且還有不少人是爲了治嘴饞。」

我們沒敢停車……

一進入扎西牧場，扎西的藏狗們就大叫著衝上來把車包圍了。亦風按按喇叭，扎西

這匹被囚困一生的狼就快被做成藥材了。

聞聲出來一看：「哈，你們來啦，快快快！裏面坐！」抬腳把狗趕開去。

剛下車，扎西就注意到了我的腿：「咋瘸了？」

哪壺不開提哪壺，我好不尷尬：「別問了，有酒嗎？」

扎西朗聲笑道：「有！有！過年嘛，酒肉管夠！」

我倆鑽進扎西的帳篷一看，帳篷裏弄得好喜慶，藏曆的新年和春節在同一天，親戚朋友都要各家各戶串門，所以每家的桌上隨時都擺滿了待客的手把肉、血腸、奶餅等各式各樣的藏家美食。

我們席地而坐：「家裏人呢？」

「他們都回定居點過年去了，就我在牧場守著牛，你們來了，正好陪我說說話。」扎西拿出青稞酒，擺上三個大碗公，「聽澤仁說你們來好多天了，天天都在找狼，怎麼樣，找到格林了嗎？」

「沒有，不但沒找到，發現狼群都少多了。」看著扎西倒酒，我頓時想起格林喝醉的往事，心裏又是一酸，「扎西，我們離開的這兩年裏，你看到過格林嗎？」

「看見過，就是我給你們打電話那一次，大概是你們離開草原三個多月的時候。有天早上我開圈放羊，羊死活不出圈，我四處望，就看見一隻狼在你投食的地方打滾，還聞你掛在圍欄上的舊衣服，一副很陶醉的樣子。我覺著眼熟就喊格林，牠馬上抬頭看我，不跑，但也不過來，趴下身子，縮在草叢裏瞄我。我老婆在帳篷裏聽見我叫，也鑽出來跟著喊格林，牠很激動地站起來，跳前幾步，伸著脖子朝她仔細看，看了一會兒像是有點失望，又朝帳篷裏打望。我乾脆朝牠走過去，但是我進牠就退，我站住牠也站住，繼續望帳篷。我走到離牠兩百多米遠的地方，牠不再看了，扭頭就跑，怎麼喊也喊不回來。」

「牠頭上有『天眼』嗎？」亦風急問。

扎西搖搖頭：「隔著兩三百米呢，牠還鬼鬼祟祟地在草叢裏繞來繞去，哪裡看得清，我覺得動作和神態很像格林。哦，那時我想起你說再看見牠時拍下來，我就趕緊拿手機錄了一段視頻。你等等。」

扎西找出他的舊手機，又翻箱倒櫃地找充電器。

我哪裡等得及，不歇氣地追問扎西：「你看見牠吃了投食嗎？牠往哪兒去了？你能肯定牠是格林嗎？到底『像』還是『是』？」

扎西想了好一會兒：「像……是，只是身形大了點兒，我從前見牠那會兒還是個半大小狼呢，那次再看見牠就已經是大狼了。從動作看，感覺應該是。你想啊，我的狗一個都沒叫，說明多半認識牠；再說，圍欄上掛人的衣服通常是可以嚇唬狼的，那狼不但不避開，反而對你的衣服挺親近，哪個野狼會這麼幹；還有，牠跑了以後，我過去看了，雖然投食的乾肉都沒吃，但奶糖一個不剩了，只有糖紙還丟在那兒……」

手機終於開機了，我心跳加速，翻身爬起來看視頻，正好跟亦風湊過來的頭撞在一起，兩人顧不上哼哼，屏住呼吸瞪大眼睛——晃動的視頻中，依稀能看見米粒大小的一隻狼幾次回頭後轉身跑遠。

「是牠！是牠！就是牠！」我倆拍著桌子叫起來，那身影太熟悉了！化成灰我也認得！

或許對很多人而言，狼都長一個樣，但是養過狗的人就不難理解這種感覺：哪怕是一大群看似一模一樣的狗混在一塊兒玩，主人也能一眼分辨出哪隻是自家的「汪」。和狼群朝夕相處就會發現每隻狼固有的姿態、眼神、腔調、習慣、動作、氣質，甚至抬爪擺尾都各自不同。格林與人相對時透出的親和感更是野狼所沒有的，鏡頭中的狼不是驚慌逃跑而是悵然離去，留下一個漸行漸遠的背影。自從山梁上最後一別，格林遠去的背影便深深烙印在我的腦海裏。

這段視頻是我和格林分別以後第一次看到的牠的野外影像。我一遍遍重播，念著牠的名字，看得幾乎產生了幻覺——幻想格林又回過頭向我跑了過來！這壞小子，我多想再抱抱牠啊。

「還有嗎？牠回來過幾次？」亦風問。

「就一次。」扎西說，「從那次以後再沒見過了。」

看了這段視頻，我不但放不下心，反而更擔憂起來：「回歸狼群三個月後，牠爲什麼落單回來了？是掉隊了，餓了，還是被驅逐了？現在又過去兩年了，牠還活著嗎？又回到狼群沒有？能不能吃飽？」

我猛然記起被死牛販子拖走的犛牛和狼群的哀嚎，群狼尚且吃不飽，格林一旦落單……我越想越心慌：說不定是牠被趕出了狼群，餓得受不了了，跑回來找我們，可是大失所望；說不定牠早已餓死在歸途中了，搞不好這已經是格林最後的影像了。我越想越惶恐，幾乎想立刻上狼山去找牠。

扎西笑著摁我坐下：「不要那麼悲觀，沒消息就是好消息啊，別低估了狼的能力！不過你要是這麼不放心，我也怪想牠的，這樣吧，吃飽喝足，咱們一塊兒上狼山找牠去！來，來來！為格林平安乾一碗，扎西德勒！」

我心下稍定，趕緊吃肉就酒，積攢體力。平靜了一會兒才發現剛才起身用力過猛，膝蓋的傷口又撕裂滲血了。扎西見狀，追問到底怎麼回事。亦風邊吃邊把這些天看到特警賣狼、找領導無門、救狼誤傷的經過，以及深夜被查房的擔憂原原本本告訴了扎西。

扎西盯著我的瘸腿笑岔了氣：「原來你就是這麼光榮負傷的呀！來吧，吃哪兒補哪兒。」他抓起一根羊小腿塞到我手裏，才慢慢止住笑，說：「我跟你說啊，在這個特殊地方，警察查房是常有的事兒，不必那麼緊張。你們想救狼，我理解，但方法不對。來了這麼多天不找我問問，自己在那兒瞎折騰。特警部隊那隻狼我知道，他們早些時候從偷獵的人那裏沒收的。當時偷獵的人已經把一窩狼崽賣得差不多了，就剩那隻因腿上帶傷沒賣掉，被他們繳了回去。收繳了一隻活狼，他們也不曉得該怎麼處理，大草原上又沒機構可送，那時候哪怕有個動物救助站也好，可以治好了再野化放生嘛。沒轍，特警就把狼當狗養，又怕狼傷人，就一直拴著；狼長大了更讓他們頭疼，又不好養又不敢放！這幾天……估計趁著領導放假，那幾個特警就對狼打起了歪主意，救狼變賣狼……哼哼！這幫孫子。」扎西蔑笑著割下一塊肉放嘴裏嚼，大拇指抹著刀背沉吟了一會兒，掏出手機撥號，用藏語和電話那頭「邦客……邦客……」地講起來。

少時，扎西放下電話，對我們說：「你們放心吧，我已經叫我住在特警部隊附近的一個親戚盯住那隻狼了，他們一時半會兒賣不了！至於想救下狼嘛……還是得用正當方法。」扎西摸著絡腮鬍子，呵呵一笑：「我教你一個招——有困難找政府！部隊不能硬闖，你找縣長去！要是沒上班，你就往家裏找！」

「這……這能行嗎？」

「不信你試試！違法亂紀的事兒影響形象，政府鐵定得管！別拖久了，你倆吃完飯就去。」

「那啥時候去找格林啊？」我兩頭都惦記。

扎西笑道：「瞧你那瘸腿，咋爬山？再養幾天吧。」

飯罷，辭別了扎西，我們依言進城找到了若爾蓋一位副縣長，她見到我們很高興：「我讀過你的書！」我又意外又感動，趕緊把那隻狼的事說了一下。

「部隊比我們級別高啊……」縣長眉心微蹙，「不過你放心，我一定想想辦法，有結果了告訴你。」

擔憂了多日的事終於有譜了。

04/ 狼山之巔

牠在我的視線裏只是一個反射著晨光的亮點，
可是我就被這一個狼點牢牢吸引。
我想確認……牠就是我的格林？

初七凌晨四點，我們和扎西開車來到了狼山腳下，商量進山尋狼的路線。

狼山山脈綿延十多公里，山前的狼渡灘濕地有成都市區那麼大。兩年前，格林就是在這片山脈上回歸狼群的。我和亦風最惦記的是格林的老狼洞，扎西遺憾道：「那洞早廢了。」

扎西伸出左手，張開五指撐在車子引擎蓋上做成山狀。「狼山是這樣的爪子形狀，主峰背東，六道山脈向西走，西面的狼渡灘草場現在分給了七家牧民。」他指著大拇指和食指，「前山這裏是你們從前的營地和格林的老狼洞，我上山燒香的時候就曾看過，老狼洞已經被牛羊踩塌了。前山人爲擾動太大，狼群不敢過來，牠們退居到中指和無名指這兩個中峰山脈。再後來，這兩個山脈也分成了牧場，狼群就只能再退，主要在後山出沒，偶爾在中峰的峽谷裏也能看見一兩隻。」

我和亦風憂心忡忡，因爲我們清楚後山背面便是懸崖和公路，這裏的狼群已經無地可退。

扎西見我們沉默不語，建議道：「要不咱們從西面穿過狼渡灘進入後山去找？」

我搖頭：「進山步行找狼，找到的機率微乎其微，盲目尋找，還沒等爬上山，狼早溜了。」又想了想，指著扎西「手背山脈」隆起的最高處，「我們順東面悄悄上主峰埋伏吧，佔領制高點，無論狼群從哪個山脈或者峽谷出現，主峰上都能一覽無餘。」

亦風有點猶豫：「那目距太遠了！我們攝影機和照相機的焦程都不夠啊。」

「要耐心，先遠觀。」我堅持道，「別忘了，格林最後的鏡頭是落單的，牠如今在不在這群裏都說不定。狼群疑心病重，這又是交配季節，後山是唯一可以選窩產崽的地方，這時候擾動牠們最後的領地，你讓牠們往哪兒退？更何況，時隔兩年，狼群也許壯大了不少，新狼不一定認識我們，貿然去後山，遇不到狼，失望！遇到狼，危險！」

亦風點頭道：「也對！山頂積雪多，說不定有蹤跡。」

路線一定，我們便開始摸黑攀爬狼山主峰。山上碎石鬆動，陡峭難行，五六十度的斜坡稍有不慎就會滾跌下去。爬到半山腰有積雪的地方，我發現了一匹狼幾天前留下的爪印。狼選擇的都是最安全省力的路徑，我便一路跟著狼道走，果然省力多了。

亦風扛著攝影機在我後面走走歇歇，扎西邊爬邊用望遠鏡四處搜尋。我們把手機關成靜音，除了喘息，三人不敢發出任何聲響。清晨沒有風，哪怕是一聲咳嗽都會在山谷間傳得很遠。

天色漸明，我們終於站在了狼山主峰上，順著向西延伸的六條狼山主山脈放眼望去，數百里豪景奔來眼底。青天皓月，藍山靜草，狼渡灘安睡在一層薄煙之下，山野裏沒有任何動靜。

我們沿著山梁細查積雪，我跟隨的那路狼跡一直延伸到一處圍欄邊，走近一看，圍欄上鉤掛著狼毛，各個方向聚攏來的狼爪印紛紛從圍欄下通過，這些重重疊疊的爪印已隨著殘雪融化而變得模糊難辨。翻過圍欄，積雪上還留著狼群嬉鬧打滾梳洗皮毛的痕跡，或新或舊的碎骨殘骸和狼糞隨處可見，這個山頭竟然是狼群經常聚會的地方！

我猛然想起格林回歸狼群那晚，狼王的集結嗥聲不正是從主峰這裏傳來的嗎？

我打了個冷戰，一身熱汗陡然轉涼，本想著不驚擾狼群才爬上主峰遠遠觀察，沒想到誤打誤撞，狼山之巔正是牠們的點將台。

爬山時我看見一匹狼的蹤跡並不以爲怪，一來因爲那是幾天前的爪印，二來從前在狼山駐紮時經常跟隨獨狼路線爲格林找殘骸剩肉。沒想到今天跟蹤的這條線竟然把我們引到老巢來了，這是激動人心的重大發現！

但在這裏停留需要勇氣，把不準狼群今天會不會在這周圍出現，獨狼不攻擊人，可是群狼對於闖入牠們最後領地的人會持什麼態度呢？

「聽！」我的耳朵突然捕捉到一種神秘而低沉的聲音，是狼嗥，卻和素日聽過的高調狼嗥截然不同，這聲音更像是沉悶的銅欽或者潛行於地的呼麥，貼草而來，極富穿透力，像一個鬼魂在身後附耳私語。

三人不約而同地背靠背側耳搜尋聲音的方向。可是，當我們凝神細聽時，草靜風歇，那竊竊私語般的聲音杳然無蹤，山谷中的薄霧慢悠悠地瀰散著，彷彿我們聽到的根本就是一個幻覺。

正驚異間，我後頸一熱，一道霞光從身後的山梁上橫射過來，讓人不敢側目，日出了！西面的群山刹那間化爲金山，繼而像著火般燃燒起來，青天燒成了紫紅色，陽光迅速從遠山推進，吞沒陰暗地界，晨霧煙海轉眼間蒸發，結冰的水泡子反射著明耀的日光，像猛然睜開的眼睛，狼渡灘醒了。

三人的影子在山脈上拉得長長的，特別扎眼，我們連忙趴了下來。扎西瞇縫著眼睛揮手示意我們往下移動，躲進山峰前的陰影裏。三人貼著雪面爬到灌木叢邊隱蔽，亦風扒開灌木叢覷起眼睛一寸一寸地搜尋山野。

半小時過去了，除了陽光越鋪越開，山下沒有絲毫異動。

亦風悄聲問：「先前的狼嗥聲是從哪個方向來的？」

扎西道：「沒聽清。如果狼悄悄的，就算在眼皮子底下，咱們也看不見，現在只有狼不動我不動，等著吧。」

亦風輕輕合攏灌木叢，縮身退後，低頭一看，鼻子下面就是一堆風乾的狼糞，他挪挪身子，推一堆雪把狼糞蓋住，湊到我耳邊道：「咱們闖到天地會總舵來了，邦客們萬一要在這裏開會咋辦？我不想當會議伙食。」

我推開他：「咱們都在，怕啥！」說著這話，卻心虛地向身後掃視了一圈。

圍欄上的霜化了，露珠順著鋼絲逐格墜下來，敲擊出時針般的聲響，陽光繼續佔領山脈。

隨著光芒的推進，我突然注意到後山山梁上顯現出一個針鼻大小的亮點，若不是陽光將牠照成黑白兩面，我幾乎不會察覺到牠。我眼睛一亮，不敢移開目光，摸過望遠鏡一套，那東西正好側頭看來。

「狼！在那兒！」我強壓聲音，激動得咬到了舌頭。

「哪兒？在哪兒?!」亦風遍尋不著，恨不得把眼珠子摳出來，扔過去看！

那匹狼應該是一直就臥在山梁上的，牠和山的顏色渾然一體。我手一指之後，狼瞅著我們站了起來，就像從山上長出來似的，斜射的陽光拉長了牠的黑影，使這個目標放大了五六倍。

亦風終於看見了，啞聲道：「天啊，這麼小，虧你能瞅見牠。」

那狼估計早就發現我們了，從我們上山的那刻起。牠只是不動聲色地觀察，還抽空給同伴發出了低調的微信──「各單位注意，山頂會所來了三個人，還埋伏呢，小樣兒。」

有了參照比例以後，我們更加留心和牠差不多細小的亮點。我們很快發現半山腰還有一隻狼，也跟著前一隻狼站了起來，側身盯著我們這邊，但牠倆絲毫沒有要退避的意思。過了一會兒，兩隻狼齊刷刷地向遠處天空望去。

我抬眼一看，有幾隻獵鷹在中峰山脈前方盤旋，兩隻狼立刻迎著鷹的方向跑去。

「盯死牠們！」我囑咐亦風，轉而順著鷹的方向往下看。

又一個狼點出現在平原，逐漸向主峰跑近。這個狼點顯得比較大，似乎打獵剛回來，嘴裏還叼著什麼東西。先前那兩匹狼很快迎上前攔住了牠，從望遠鏡中感覺那匹狼的頭頸比另兩匹狼粗壯得多，像個獅子頭，估計牠常常叼銜獵物，脖子的勁道不小。三個狼點都停在了原地，看情形牠們在互通訊息，繼而抬頭看鷹。

獵鷹飛了過來，在我們頭頂上空尖聲長鳴著盤旋了兩圈，又飛回狼的上方，三匹狼立刻向遠處移動，一直退到離我們直線距離一公里外，停下望了一會兒，或許牠們覺得這個距離足夠安全，於是逐漸放鬆下來，在一處水溝邊互相追逐吃食。我移開望遠鏡，裸眼比對了一下，這個距離，人的肉眼根本看不見牠們了。

趁著狼嬉鬧的空檔，獵鷹們飛快地降落在水溝邊，大概是在啄食狼吃剩下的殘骨碎肉。

「那邊還有一隻！」扎西又指著中峰山梁。

「那邊也有！」

「還有那邊！」

在很短的時間裏，峽谷、平原、後山同時出現狼點，令人目不暇接，沒想到能一下子看到這麼多狼，我們像中了頭彩一樣亢奮。亦風貪心地轉動攝影機，想把所有狼都套到鏡頭裏。

扎西一個勁兒數狼：「五隻、六隻、七隻……這在現今的若爾蓋算是大狼群了。」

狼群現身後，都時不時地停下來盯著我們看，顯然早已知道我們在這裏，然後牠們翻山越嶺，往那三隻狼的方向集合。看來狼群昨晚是分頭行動的，也許前兩隻守家的哨兵狼就是在等最後那匹大狼獵食歸來，狼群在水溝邊會合了。

「還有狼嗎？一共幾隻？有格林嗎？」我心急火燎，唯一的望遠鏡捏在扎西手裏。

「七隻，好像已經齊了，牠們開始往山谷裏去了。太遠，看不出來有沒有格林。」

眼看狼群就要進入山谷的陰影裏了，我血壓飆升，「噌」一下站了起來，再不喊就沒機會了！

「格林——」

山間響起了回音。狼點們緩慢下來，停留了一小會兒，又繼續行走，但是有一個狼點卻留了下來，停在原地。

我心顫不已：「格林——格林——」

亦風死盯著攝影機螢幕上的狼影，陽光太強，液晶屏暗暗的基本瞧不見。

「再喊！牠在看你！」扎西從望遠鏡裏看得略微清楚一點，他和亦風也起身呼喊起來。

「狼點」依然在那裏，不進不退，我看不到牠的表情，甚至看不到牠的動作。牠在我的視線裏只是一個反射著晨光的亮點，可是我全身卻似乎被一種莫名的暖意托舉著飄浮起來，其他狼在幹什麼，我都不看了，就被這一個狼點牢牢吸引，目光凝成一根無形的風箏線，牠在那頭牽著我。這難道是老媽對兒子的第六感？

我想抓住這種感覺，想確認……牠就是我的格林？狼眼遠超人眼，牠應該能看見我吧？我在山上跳躍著向他使勁揮手：「格林——」哪怕牠向我邁出一步，我都能多一分確信；哪怕牠回答一聲，我都能多一點認定。但牠還是在那裏，不來不去。

直到其他狼都撤離了，「狼點」的身後突然平地冒出另一匹狼，走到牠旁邊交頭接耳，最後兩個狼影走入了山谷。目光「斷線」，我失去重心般一個趔趄，望著空山悵然若失。

沒有能確認的格林，沒有回應，甚至沒有狼一直留下等我們……唉，那兩匹狼也許只是在為狼群殿後。

格林——最後的呼喚在空空的山谷中鼓蕩低迴。起風了，一切都淹沒在風聲中。我呆坐山巔，熱血漸涼，心像破了一個大洞，冷風颼颼地從胸口穿透過去。

扎西拍拍袖肘的積雪草稈兒：「走吧，狼群收隊了，今天不會再出來了。」

我和亦風都沒動，失落地望著山谷，誰也不捨得離開。

扎西想了想：「要不……我們沿著山脈走，從前山下去，順道去看看你們惦記的老狼洞。」

我倆這才打起精神，頂著烈日凍風再次動身。

午後，山腰的積雪融化了，老狼洞掩映在灌木叢中，正如扎西所說，已經被牛羊踩塌了。

亦風就著袖口擦了一把汗，半跪在洞前，慢慢扒開洞口的土塊。這洞口從前也被牛羊踏毀過，格林曾是那麼瘋狂地掏挖這塌陷的家園，這是牠最珍視的地方。那時亦風說：「讓我們一起渡過難關，再找一個狼洞」。言猶在耳，狼已無蹤。亦風長嘆著，挖掘著，彷彿在開啓塵封的記憶。我和扎西也默默地加入了亦風的挖掘中。

清理開的洞口比記憶中的大了許多，我跪在洞口向裏嗅嗅，沒有熟悉的狼臊味，卻有一點若有若無的……火藥味？我有點納悶，用手遮擋陽光朝洞裏細看了一下，讓出洞口招呼道：「你們來瞧瞧，我怎麼覺得洞壁的削痕有點古怪，不像動物刨的，倒像是鏟子鏟的呢？」

亦風埋頭看洞壁，扎西乾脆脫下外套，往洞裏爬去。

不一會兒，扎西攥著一把東西從黑暗中縮身退出，甩甩一腦袋的土，攤開手——一把炮仗的紅色碎紙渣。

「媽的，洞被掏過！這是震天雷，猛得很！洞裏全是炮灰！」

亦風接過那些已有些褪色的紅紙渣細看：「這都有些日子了！炸這個窩是爲了掏狼崽還是轟大狼啊？」

「我去年上山燒香的時候就看見這洞塌了，可能你們走後不久就被炸了吧。」

我的天啊，這曾經是格林的家啊！我們離開以後都發生過什麼！我心如火灼，猛然站起，腦袋一陣眩暈，胸口彷彿被巨石壓著，缺氧，透不過氣來。

「你沒事吧？」扎西問。

我擺擺手，抓著亦風的胳膊勉強站了幾秒，只感覺狼山在眼前翻來轉去，眼一黑，腿一軟，一頭往下栽去。亦風慌忙抓住我，扶我坐下，扎西把外套撐開給我遮太陽，連聲安慰道：「別著急，別上火！這狼洞多少個逃生口啊，格林不會出事的，一定在剛才那群狼裏。你們回去看視頻，一定在！」

一回到賓館，我和亦風就迫不及待地輸出視頻。

亦風把狼山上拍到的群狼影像在電腦裏儘量放大，我咬著手指屏氣斂息，死盯著螢幕，不放過任何一個細節。從發現的第一隻狼到最後集合的狼群，倒帶、重播、定格、慢放……折騰到天黑，指甲都啃禿了，也確認不了有沒有格林。

早晨我們在山頂上，用肉眼幾乎看不見狼，原指望靠攝影機拍下來放大能看清楚一點，沒想到數位變焦的畫質太差了，視頻中只有一團團水霧般模糊的狼影子，狼若不跑動，就連是土丘還是狼影都分不清，遑論從中辨認格林了。好不容易遇到群狼出山，可是這明明在眼前卻死活看不清的感覺比乾脆看不見還要虐心。

亦風閉上酸脹的眼睛，揉著太陽穴說：「不行啊，太遠了，除非專業設備才能拍到。想達到清楚的辨識度必須用超長焦，大炮筒。」

「好吧，那就回去買專業設備，再來拍！超長焦要最清楚的，要把每隻狼的樣子都拍成特寫，找準天眼，我就不信認不出牠。還有，順便把紅外線、夜視的也通通備上，萬一狼晚上出現呢，如果能航拍就更好了，像今天這情況，飛過去就能看清楚……」

亦風盯了我一眼，不答話，只是聳了聳眉毛。

「行，這事兒就這麼定了，我已經攢了幾十萬的稿費，你不用給我省，剩下的錢，咱就買死犛牛，給狼留食。」

「剩下的？」亦風用食指輕輕摳了摳耳根子下的雞皮疙瘩。

「對啊……」我一愣，「剩不下了嗎？」

「你很豪邁，我不想打擊你，不過你聽說過『攝影窮三代』這句話嗎？專業設備很貴，鏡頭更貴。照你的要求配置下來，恐怕要幾百萬吧。」

「那麼貴?!」我驚得眼睛一瞪，鼓起腮幫子，「如果牠有GPS就好了。」

「呵呵，當初不也是你說的，要讓牠不帶人味兒地回狼群嗎?現在你又後悔了?」

我耷拉下腦袋不吭氣兒。我不是科學家，格林也不是研究對象，我當初的確不願因為我想瞭解格林的行蹤，就給「自己兒子」安裝追蹤器之類的，那些累贅肯定會干擾牠的生活，也會增加牠被狼群排斥的風險，格林第一次接近野狼的時候，就是被咬傷了逃回來的。我可不願意牠回歸後又被狼群當成「臥底」給幹掉。但現在草原上的人為破壞干擾比兩年前嚴重得多，「狼兒子」到底是死是活，的確讓我放心不下。

正煩悶中，我的電話響了起來，對方是個女士，說話很客氣：「李老師，我們是若爾蓋林業局的。特警部隊那隻狼，我們聯合森林公安把牠解救下來了，賣狼的是協警，部隊已經對他們做了嚴肅處理。至於那隻狼，牠被拴養太久了，身體狀況也很差，專家說牠沒有自己捕食過，不具備野外生存能力，只能送去成都動物園了。」

「捕食是可以練習的，而且那隻狼本身就在草原，反倒把牠送去城市……」我有點著急，「能不能讓我們再努力嘗試一下。」

「我理解你的心情，但是通過官方解救只能照章辦事。我們制止販賣行為，解救動物送到有資質的救助機構或者動物園，絕不可能交給個人。野生動物豢養需要很多手續的，而你現在沒有任何條件。再說那狼被從小拴到大，專家認為放不活，白費精力。退一萬步說，就算真交給你，你有十足的把握能把拴養到這麼大的狼放歸嗎？」

「沒有。」我想起那狼在除夕夜裏的哀嚎，心痛不已，「但哪怕有一點希望也要再試試啊，狼不是一天兩天就能野化的，如果專家沒有精力，這事情我們願意去做。」

「草原上到處都是人的牧場，你往哪兒放呢？如果傷了牧民的牛羊，他們還得找我們的麻煩，我們這裏對於野生動物肇事沒有補償。你以前的格林是悄悄放的，可是知道這隻狼的人太多了。如果我們把狼放出去，但凡有牛羊被野狼咬死了，都有可能被說成是這隻狼肇事，到時候有得扯。」對方停了一下，又問，「你的格林找到了嗎？」

「沒有。」我的心更疼了。

「唉，說實在的，現在草原上的狼被盜獵掏窩的情況太多了，我們管不過來。但是這隻狼，縣長很重視，親自把牠解救下來，春節期間這麼多部門都爲一隻狼出動了，這是從來沒有過的事。如果再把解救的動物轉交給個人，程序上不合法，矛盾就很複雜了，你懂的。我看這隻狼還是送去動物園吧。成都動物園已經安排專車來接牠了，我們只能按照規章制度來處理，這事你就不用管了，你個人的能力確實有限。縣長知道你可能接受不了，她都不好意思給你打電話，所以讓我來跟你說，法律是這樣，我們也沒辦法。」

「……謝謝你們……」接完電話，我們心裏特別壓抑，這隻狼送動物園看來已成定局。這麼大的中國竟然沒有一個狼保護中心，這草原上哪怕我們有一個小小的野生動物救助站也好啊。我們空有救狼之心卻名不正言不順。

「這狼……總算是……死不了了，」亦風也不知道該說什麼好，「你還是給『老狼』打個電話吧，免得老人家懸心。」

「老狼」是小說《狼圖騰》的作者姜戎，我們叫他老狼。他對狼和草原有著深厚的感情。四十多年前，他作爲知青曾在內蒙古額侖草原插隊，生活了十一年。他是現今中國最瞭解狼的人，他所瞭解的狼並不是標本、基因、資料，而是馳騁在草原上的有血有肉活生生的野狼。他鑽過狼洞，掏過狼窩，養過小狼，與狼戰鬥過，也與狼纏綿過。

在那個時代，他們打狼滅狼，同時又愛狼敬狼。他瞭解狼的性格、情感、行爲，他對狼

若沒有《狼圖騰》，《重返狼群》便沒有了精神指引。

有特別敏銳的直覺，能將狼的想法和可能會採取的行動分析得八九不離十。曾經有人見老狼愛狼研究狼，想送他一具狼標本，被他斷然拒絕：「不要！看著心裏難受，我要牠們都活下去，好好地活在草原上。」

老狼特別關注狼，我微博中讀者的那條消息，老狼也看見了。他聽說我們當天就趕來草原，幾乎每天都打來電話關心救狼的進展。現在我卻只能告訴他，這隻草原狼爲了活命不得不離開草原。

「可憐啊，狼離開了草原就像人沒了魂兒，只剩一個空殼了。」老狼的嘆息聲低沉滄桑，「唉……不過她說的是實情。雖然我也不願意狼被關進動物園，但這至少是政府出面公開制止了一次販賣野生動物的行爲，算是一個好開端！大過年的，能調動這麼多的部門去救一隻狼，這位縣長真的盡全力了，你們得好好謝謝她。可惜中國的法律就這麼彆扭。現在更讓我揪心的是草原的大命都在衰竭，整個中國草原上的狼群正在滅亡。你知道嗎，二〇〇九年北京衛視拉了好大的陣勢，帶了各種先進設備，組織奇人異士去內蒙古草原尋狼，結果鬧騰了幾個月，一根狼毛都沒找到。你們若爾蓋草原情況還算好，至少眼下還能看見狼，也許過些年頭，全中國就再也找不到野狼了。內蒙古的草原已經毀了，我見證了它最後的原始美。」

我想起《狼圖騰》中如詩如畫的天鵝湖、芍藥谷和狼馬大戰的震撼場景，又想起前些年看到的內蒙草原遍佈礦坑、沙塵漫天的情形，實在無法將它們結合成一個地方。

我忍不住問老狼：「四十年前的內蒙古草原真的那麼美，真的有過那麼多狼群嗎？」

老狼苦澀道：「四十年以後，不，也許十年以後，人們也會問你同樣的問題。」

兩代人都沉默了。

05/ 動物園裏的新狼

突然，牠的眼睛放光，激動得跳了出來，
俯首貼耳迎著我奔過來，
焦急地用鼻尖觸碰我貼在玻璃上的手掌心，
伸出舌頭想舔我的手。
牠還記得我！

二月二十日，成都，一如既往的霧霾。人們似乎已經習慣了這種終日不見陽光的氣候。亦風泊車，買門票。我望著「成都動物園」的鎏金門牌深呼吸，這情景，經歷過。

我喜歡動物，卻並不喜歡在動物園裏看見牠們。二〇一〇年，小格林在成都的家裏長到三個月大的時候，面對牠自身成長和外界的壓力，我們想不出什麼辦法能讓牠合法、安全地活下去。無奈之下，我們也曾經帶格林來到這大門外，想送牠進動物園，但是小格林本能地害怕這裏的氣息。於是我們將牠留在車裏，自己先進動物園去探查「狼區」。

當我目睹動物園僅有的一匹老狼被囚困在狹隘的玻璃牢房中，默默跑圈的情景後，我打消了送格林進動物園的念頭，這不是狼待的地方，這裏的動物只是有生命的展品。

「狼是絕不能被關起來的！」回家路上，我緊抱著小格林，對亦風說，「我這輩子都不會去動物園了。」沒想到兩年後的今天，我們爲了探望另一匹狼，再次來到了成都動物園。而這匹狼是因爲我們才被送進來的。

狼的展示籠比以前擴大了些，目測有七八十平方米，地面改成了泥土地，還種了幾株小樹，放了幾塊茶几大小的石頭，背景牆做成了假山的佈景，像一個小攝影棚，正面是玻璃幕牆，方便遊客拍照。玻璃牆左上方掛著狼的簡介標牌。

這裏關著兩匹狼——當年那匹老狼和一匹從若爾蓋草原新送來的狼。我後悔在特警部隊外餵這匹狼的日子裏，沒有給牠取一個名字，無法呼喚牠，只好靜靜地看。隔著玻璃幕牆，裏面是「狼窩」，外面是人潮。新狼很不適應，牠貼著背景牆的牆根，從東跑到西，從西跑到東，來回往復。牠在泥地上挖洞，牠在假山牆上搜索每一個可能是出口的縫隙。除了與老狼碰碰鼻子時，牠的眼裏會掠過一絲親近，其餘時候，牠的神態都特別緊張，牠不知道這些包圍牠的陌生人想做什麼。

在這裏，狼不嗥，人「嗥」。遊客們敲拍玻璃吆喝著，欣賞著，議論著：

「逗了半天都不嗥！不看牌牌，我還以爲是狗呢。」

「這個狼還沒有我們社區那隻狼狗有威力。」

「牠們爲啥跑來跑去的呢？」

「不跑牠能幹啥？放牠去跟老虎打一架嗎？」

「牠很焦慮，狼都是這樣的……」中年男人對狼頗爲同情。

女學生指指牆根兒下被狼爪踩光禿的路徑：「難怪這一條路都不長草。」

「牠衝不起來，幾步就跑到頭了。呵呵！」

…………

老狼對遊客的點評充耳不聞，牠依然像從前一樣在牢房裏自顧自地跑著圈。被關押了這麼多年，老狼的眼神並沒有失去光彩，或許牠剛被關起來的時候也像新狼那麼緊張，挖洞、找出口，徒勞。牠明白人類的牢籠很堅固，現在牠雖然不再挖洞，卻從未停止奔跑。牠跑得如癡如醉，好像已經進入一種物我兩忘的境界；牠似乎不是在狹小的空間裏奔跑，而是在夢中的草原上馳騁。當新狼駐足茫然時，老狼會掠過牠身旁，碰鼻擦肩，然後，這一老一少繼續狂奔疾走。

我心裏說不出地內疚和壓抑：「這就是牠以後的生活了，牠知道嗎？」

「或許那匹老狼已經告訴牠了。」亦風說，「這兩匹狼一匹被單獨關了很多年，一匹被單獨拴著長大，現在總算互相有個伴兒了。」

下午四五點後，動物園接近閉館時間，人少了，只有零星的遊客路過。我和亦風仍舊守在狼舍外，捨不得離開。喧鬧聲漸行漸遠，新狼這才放緩腳步，躲在大石頭後面舒口氣，警惕地望向玻璃牆外。當目光掃到我這邊時，牠定住了，伸長脖子在看。也許從牠那個角度看過來，玻璃有反光。

我的心窩一暖，急忙蹲在幕牆前面，避開夕陽的斜射，朝玻璃哈口熱氣，拉起袖子，擦乾淨玻璃，讓牠能看得更清楚。新狼猶豫了好一會兒，才怯生生地從石頭後面探出半個身子，用隨時都可能再躲回去的姿態，埋低頭頸，仔細辨認牆外的人影……

突然，牠的眼睛放光，激動得跳了出來，俯首貼耳迎著我奔過來，焦急地用鼻尖觸碰我貼在玻璃上的手掌心，伸出舌頭想舔我的手。牠還記得我！我幾乎要流淚了，急忙抬起另一隻手，也想撫摸牠……可惜，我們都搆不著彼此。

新狼脖子上的項圈和鐵鏈已經去掉了，頸間留下一圈帶著傷疤的磨痕，在肩前若隱若現。

「假如除夕那天晚上，我幫牠割斷了項圈，牠的命運可能就完全不一樣了；假如我們當時買下牠，也能把牠放回草原……」

「不，如果你買了牠，會有更多的狼崽被掏窩。這道理，你懂的。」亦風說，「別後悔，要樂觀，每走一步都要看到它積極的一面，你才有力量像狼一樣跑下去。」

我的確感到很無力，手撫著冰冷的幕牆，呼出的白氣凝結在玻璃上，朦朧了人與狼。恍惚中，總覺得玻璃的那一面是格林。假如當初我們也為牠選擇了這種生活，牠會怎麼想？

當年，我救下小格林的時候，因為草原沒有救治條件，不得不將牠帶回了城市。如今，我們又誤以為這匹狼是格林，再次奔往若爾蓋，到頭來，又讓一匹狼來到了城市，難道除了城市，被救的狼就沒地方可去了嗎？我多希望草原狼不再流亡他鄉，能在屬於牠們自己的草原有自由有尊嚴地生存。

「不管怎麼說，牠在這裏至少能活著。」亦風說。

「這不叫活著，只是不死而已……」

「只要不死就有希望啊。越是逆境越不能說喪氣話，如果活得一點盼頭都沒了，那才是真的死了。你看這匹老狼被關了那麼多年，就算看不到出路，牠還是在努力，也許牠就堅信總有一天能衝出去，為了這一天，牠不停步。沒有什麼比認命更可怕。」

直到動物園閉館，我們才一步三回頭地離開狼舍。新狼站在玻璃牆後翹首張望的姿態定格在我的記憶中，我知道牠們明天一定會繼續跑下去，這是牠們活著唯一能做的努力。

從動物園回家以後，想再見到格林的欲望在我們心中瘋狂拔節。

我賣了房子，亦風賣了他的數位影像工作室，籌足資金，換了一輛新的越野車，買了各種設備——攝影機、照相機、超長焦鏡頭、隱藏攝影機、航拍飛行器、筆電、野外帳篷、照明設備、發電機、太陽能、鍋碗瓢盆、吃的用的、被褥衣物……我們能想到的都備上了。

經過四十多天的準備，我們拉著滿車的行李裝備再次回到草原。

我們有兩個心願，最大的心願是找到格林，想在沒有牢籠、沒有阻隔的天地間緊緊擁抱一匹自由的狼。我一定要親眼看見格林還活著，在草原上奔跑。我畫野生動物二十多年了，眼看著我筆下的動物正在消亡，如果不爲牠們盡力，只在畫作中傾注的感情還有什麼意義？

第二個心願，我們想記錄下我們還能看到的草原。那天，老狼姜戎的話讓我們觸動很大，如果四十年裏內蒙古草原的變遷讓老狼痛心無奈，我不知道我們眼前的若爾蓋大草原還能留存多久。十多年來，亦風經營的數位影像工作室總是在電腦上構建著奇幻的風景，我們虛擬的世界越來越美輪美奐，可是放眼一看，真正的大好河山卻離我們越來越遠。很多美好的事物，人們還沒來得及去瞭解它，去珍惜它，就已經被悄悄破壞了。

我想讓人們認識格林生存的地方，別讓《重返狼群》成爲原始草原的絕唱。我要留下這些記錄，十年後，四十年後，甚至我們死去以後，這些影像和文字能告訴我們的後人，若爾蓋大草原在我們生活的時代曾經這麼美好。

06/ 對面山上的影子

難道我猜錯了，
山梁上那像馬又像狼的影子真的是匹馬？
我越想越覺得還是孤狼的可能性更大，
我決定上山一趟。

三月末的草原還下著漫天大雪。我們的越野車頂著厚厚的雪絮，我和亦風穿著城市早春的短袖T恤，來到了澤仁家的源牧上。澤仁夫婦出門相迎。

仁增旺姆一臉驚訝：「你們上次說要去狼山上的小房子住，我還以為你們開玩笑！現在離雪化還有兩個多月，那屋子結著冰呢！我們草原人住著都凍得受不了，你們還真去啊！」

一開車門，凍風就把車裏的暖氣掏空了。亦風打了個寒戰，摩擦著光胳膊取暖。「放心，我們領教過。」說著，他跳下車，從塞得滿滿當當的後備廂裏拽了兩件羽絨服，扔一件給我，自己邊穿邊說，「今天雪太大，車不敢開上山，明天雪停了，得想辦法把這一車東西都弄上山，搬進小屋子去。」

「行！你倆今天先在我源牧住下。」澤仁繞著越野車轉了一圈估計行李多少，「明天我和兒子牽兩匹馬來幫你們馱。」

第二天一早，我們便把車開出院子，等著澤仁父子過來一起進山。

沒多久，一個小男孩牽著一匹馬走了過來，用藏式漢語問：「你是亦風？你是李微漪？」

「哦呀！」（是啊）我倆點頭愣神兒。

「我叫蘿蔔，是來幫你們搬家的，走吧。」

「蘿蔔？……你幾歲了？」

「五歲。」

我傻了，澤仁說今天叫兒子一起來幫我們搬家，不會是這小蘿蔔頭吧？

「走啊！」孩子用小手拽著亦風的衣角。

亦風低頭一看，那小鬼鼻涕都快流到嘴邊了，亦風掏出紙巾，說：「我幫你擦擦吧。」

蘿蔔一吸氣，收涕入鼻：「沒了。你不去嗎？得南旦安穩囧勿（那我就先走囉）。」

這五歲小孩還不到馬肚子高，亦風只當他在開玩笑，誰知蘿蔔當真牽馬走了。

蘿蔔把馬拽到牛糞堆邊，自己站到糞堆上，往馬背上一撲，揪著鬃毛就爬到了馬背上，那馬連鞍子都沒有。蘿蔔一踢馬肚子，「得得得」就往山裏跑。

沒大人跟著，這還得了，亦風急忙追趕：「土豆！不是……蘿蔔，站住！危險！」

「沒事。」澤仁來了，「這娃四歲就會騎馬，不用擔心，他還自個兒騎到扎西牧場去玩過。」

從這裏到扎西牧場可是翻山涉水啊，草原散養的孩子果然粗放。一排烏鴉從我倆腦海裏呱呱飛過……我們不約而同地回想自己五歲的時候都在幹啥。

「你兒子真牛！」

「哈哈，他不是我兒子，他是我外甥，這才是我兒子貢嘎。」澤仁笑著指了指身後一個十八九歲的小夥子，「走吧，咱們出發。」

亦風把車開到山腳，卸裝備。蘿蔔早就在山下笑嘻嘻地等著了。

貢嘎把行李捆在馬上，蘿蔔人小身輕不占馬背，輕鬆策馬便馱著行李上山了，反倒比澤仁牽馬上山來得快。我在小屋把行李暫時理順碼放。仁增旺姆則忙著在山上撿牛糞，準備生火。

兩匹馬上山下山幾十趟，到太陽快落山時，總算把所有東西都搬進了小房子。我、亦風和澤仁父子坐在行李上休息啃乾糧，仁增旺姆屋裏屋外地忙活。

聊天中，我們才知道，澤仁的外甥蘿蔔的名字寫作「諾布」，他還沒上學，會的漢語不多，但是他熱情活潑，表達欲望特別強，他聽說我們要搬家，自己就來幫忙了。我依然喊他「蘿蔔」。小傢伙以貌取人管我叫阿姨，看見亦風滿臉花白鬍子碴就管他叫爺爺，澤仁一腳踢在蘿蔔屁股蛋兒上：「這是舅舅的兄弟，你該叫叔叔！」小鬼依言改了稱呼，不過更多的時候還是「亦風、微漪」地直呼我們的名字。藏族人沒有姓氏，只有名字，出生後，活佛爲他們起名。他們沒那麼多稱謂規矩，除了直系親屬用敬稱之外，兄弟姐妹叔伯朋友間都直接叫名字，或許是親屬太多算不過來的緣故吧。

澤仁的兒子貢嘎一得空休息就掏出手機玩遊戲，話也顧不上說。他的手機很時髦，裏面還錄有一些草原歌手的小視頻，藏族人能歌善舞，年輕人都喜歡拍下他們彈唱的視頻留著慢慢回味。亦風取出攝影機招呼貢嘎：「你瞧瞧這個，用攝影機拍出來的鏡頭更漂亮，以後我教你用，你就可以給姑娘們拍MTV了。」

貢嘎一聽來了興趣，湊過腦袋來看攝影機的液晶顯示幕。

「這個還能看得很遠哦。」亦風說著，又拉長焦距套住對面山頭上的經幡，連經幡上的文字都能隱約瞧見。

「牛×！」貢嘎一高興脫口而出。我一愣，他還知道這詞兒？

澤仁臉一沉：「瞎說什麼，好的不學，那可是經幡！」說著雙手合十，在額頭一靠，替他兒子的失言謝罪。貢嘎吐了吐舌頭，悄悄玩攝影機，不敢再亂說。

澤仁跟我小聲聊起他這個兒子。「貢嘎嫌草原悶得慌，自己偷偷跑到大邑去玩兒了半年，也不跟家裏聯繫，前些日子，我才把他抓回家。」說到這裏他笑了，「年輕人都喜歡去外面開眼界，他們喜歡大城市，不想在草原待。」

蘿蔔啃著壓縮餅乾直誇：「太好吃了！」

「好吃你就多吃點兒。」亦風笑著抓了幾塊塞進蘿蔔衣兜裏，又好像在嘀咕給自己聽，「吃上幾個月你就不會這樣說了。」

我找出幾套新頭燈送給仁增旺姆，又給她示範開啓和充電方法。

「這東西太方便了！」仁增旺姆珍惜地關上開關，生怕浪費了一點電，雖然草原上的電都來自於每家每戶的太陽能板，但牧民依然很節約能源。

「還有呢，」我搬出一箱石蠟，「你們以後用這個引火，比汽油安全，而且耐燒，一會兒你試試。」

「好。」仁增旺姆把頭燈揣進懷裏，出門撿牛糞準備生火燒水。

澤仁看著滿屋稀奇玩意兒：「你們這是一個太空站啊，這麼簡陋的小房子，放這麼多東西，連門鎖都沒有，要不我給你們找一條狗守著吧，我親戚家正好有隻小藏狗要送人，雖然才兩個多月大，但已經能看家了。」

我一陣高興，我本來就喜歡狗，在這草原上有隻忠狗做伴，既安全又可慰藉孤獨。我正想答應突然又傷感起來：「還是算了吧，我不知道這次會在草原住多久，也許過兩三個月，找到格林我們就會離開了，現在一個格林都叫我牽腸掛肚了，再養一隻狗，我怕走出草原的時候又捨不得牠，城市是不能養猛犬的。況且，我們在這裏觀察狼，如果有狗嚇唬著，狼只怕就不來了。」

澤仁勸道：「草原上沒狗可不行啊。別說那些盜獵的到處遊竄，就是偷牛賊也挺多的，回頭看見你屋裏沒人沒狗，順道就進來了，有狗看家他們要顧忌得多。要不你再想想，我讓親戚把狗給你留一留。」

我低垂著眼皮猶豫不決，亦風明白我的心情：「這事兒過幾天安頓下來再說吧。」

蘿蔔的小臉蛋貼著玻璃：「你們瞧那隻小紅鳥老在窗戶上撲稜啥，下雪天找不到吃的嗎？」說著啃下一塊壓縮餅乾，扔出窗去。

紅鳥對餅乾無動於衷，還是停在窗邊歪著腦袋朝屋裏看。那鳥兒長得很漂亮，有少女的手掌般大小，前額、頭頂、後頸呈青灰色，黑臉兒小嘴，金紅色的身體在夕陽中像一團燃燒的火焰，烏黑的翅膀和尾巴閃著金屬光澤，展翅間兩塊白色翅斑格外顯眼。

「那是北紅尾鴝，也叫火燕，吃蟲子的，不吃你的餅乾呢。」

我也注意牠們一天了，是一對兒鳥，雌鳥顏色淺一點，牠倆兒老是飛到窗戶上探頭探腦的，我出屋，牠們就飛到圍欄上點頭翹尾地嘀嘀咕咕叫，我進屋，牠們又飛到窗前看，耷拉著翅膀，腳不停地抖，好像很著急的樣子。這會兒又隔著玻璃啄蘿蔔的小臉。

正說著，屋後撿牛糞的仁增旺姆叫了起來：「微漪，你快過來看看。」

眾人聞聲出屋。屋後，仁增旺姆指著牆邊的鐵爐子：「我剛才想搬爐子進屋，哪知道這裏面有一個鳥窩呢！」

呀！我又驚喜又稀奇，小心翼翼地揭開爐蓋往裏瞧。爐膛裏，一個草編的精緻的圓形鳥窩，窩裏墊著柔軟的絨毛，四顆拇指指甲蓋大小的鳥蛋靜躺在巢杯裏，泛著天水碧色玉石般的柔光。那對火燕飛來飛去叫得聲嘶力竭。

懂了！這爐子原本是放在屋裏的，一個多月前澤仁修整漏雪的屋頂，幫我們做入住的準備，他取煙囪的時候，就把安裝在煙囪下的爐子暫時挪到屋後放著，這對鳥兒就在這兒一拜天地，二拜爐膛，生娃了。現在眼看人回來了，牠們預感到覆巢之災就要到來，難怪急得上躥下跳。

仁增旺姆問：「咋辦？晚上零下二十幾度，一夜就能把人凍瓷實，這爐子不能不用。」

若換在城裏，區區「鳥事」不值一提，或許這窩鳥蛋正好給小孩作玩具，但是小蘿蔔一點兒沒有要掏窩玩兒蛋的意思。信奉藏傳佛教的原生牧民從小教育孩子愛惜生靈，眾生平等，人與動物在這草原上各取所需，非不得已不得打擾動物。這也是我最喜歡他們的一點——有信仰。

我重新蓋好爐蓋：「先別動它，咱給牠們解決住房問題。」

我回屋用木頭和泡沫板釘了一個箱子，在箱側開了一個乒乓球大小的洞，洞口下方橫插了一根筷子，作為鳥兒回巢時的落腳點。蘿蔔撿來碎布和羊毛，把箱底墊得暖暖和和。孩子畢竟是孩子，小蘿蔔特別想看小鳥怎麼孵出來。我也動了好奇心，於是在箱頂裝了一個小型攝影鏡頭。我們把箱子拿到屋後，將鳥窩輕輕捧出來，當著鳥爸鳥媽的面把鳥窩放進「新家」，把巢箱替換在爐子的老位置上，算是「拆遷安置」。仁增旺姆把箱子蓋嚴遮好。

火燕夫婦緊張地看著我們挪窩，直到人都回屋了，火燕才試探著飛過來。雄鳥在窗口盯著我們放哨，雌鳥停在巢箱洞口的筷子上向洞裏張望，又伸腦袋進去看了看攝影鏡頭，確認安全，才咕咕叫喚著進箱子孵蛋了。雄鳥歪著腦袋看了我們一眼，半垂著翅膀，上下擺擺尾巴，衝我們點了點頭，飛走了。

「阿姨你看，我們對小鳥好，牠們懂的。」小蘿蔔滿心歡喜。

亦風看著攝影鏡頭傳回的鳥窩裏的圖像，讚道：「好靈性的鳥兒啊，這是我們第一個鄰居哦。」

「這箱子比原來的鐵爐子更暖和。」澤仁笑道，「你們這麼愛護鳥兒，我告訴你們一個秘密吧——狼渡灘的水泡子裏住著一對黑頸鶴，就離我源牧小屋不遠。這幾天牠們也忙著在水中央築巢，牠們下的蛋可比火燕蛋大得多呢，」他伸手一比，「比我的拳頭還大。等牠們築好窩下了蛋，我帶你們去瞧瞧。外人我不告訴他們，因爲黑頸鶴是我們的神鳥，能預知天氣還能治病呢。小時候聽我爸說，如果有人骨折了，就到黑頸鶴窩邊祈求，然後在鳥蛋上面畫一條黑線，神鳥以爲卵要裂開，就會從遠處銜來一種接骨石，放在巢中。人們將這個接骨石偷偷地取走，就能治好骨折。」

我和亦風驚喜萬分，黑頸鶴是世界瀕危的高原鶴類，是與大熊貓、朱䴉齊名的珍稀物種，全中國也不過幾千隻。牠們每年三月到若爾蓋大草原繁殖，九月左右遷徙到雲南過冬。因為數量稀少，又多在人難以穿越的沼澤或水泡子裏築巢，所以即使經常出入草原的專家也很難找到牠們隱秘的巢穴，現在能在高原一窺神鳥宮殿，那是千載難逢的機會。

送別澤仁一家，我支起鋼絲床，還支在從前靠窗的老位置。再回到故居，真好！原以為回小屋的第一夜會激動得睡不著，哪知道白天搬家太累，頭一沾枕頭就爬不起來了。

牛糞火不耐燒，晚上爐火一滅就冷得像冰庫。我縮在被窩裏發抖，朦朧中，我感覺亦風起來加了好幾次火，還灌了個暖水瓶塞到我被窩裏。

直到凌晨時分，我才墜入夢鄉，夢見格林回來了，一個勁兒地撓門扒窗戶，還從窗戶上扔了一個鬧鐘進來，吱吱喳喳響個不停。

我迷迷糊糊睜開眼，曙光初照，屋裏哪有什麼鬧鐘，但嘰嘰喳喳的叫聲還是不停地從上方傳來。我站在床上伸手一摸，隔著布做的軟頂棚，摸到房梁下面全是軟酥酥的鳥巢，手能摸到的地方不下幾十個窩。

我樂了，光著腳丫子跳下床，一推門，撲撲啦啦驚飛一大群鳥！紅色的火燕、褐色的家雀、寶藍色的椋鳥、藍額紅尾鴝、褐背擬地鴉、百靈、伯勞……數以千計的鳥兒，有的在小屋前的雪地上啄食小蘿蔔昨天扔的乾糧和我們搬家時撒落的大米，有的在屋簷下鑽進鑽出，有的在屋頂晾曬翅膀，有的在圍欄上梳理羽毛，有的準備出外覓食，還有幾隻鳥兒竟然借著煙囪口的餘溫烤鳥屁股……一揮手、一轉身便能引得鳥兒們在身邊群飛起來。晨雪輕飄慢落，一片純淨天地中，全是金色的小翅膀扇得雪珠子亂飛！

「哇！太漂亮了！」亦風裹著羽絨服出門看，順手把袍子往我身上一披，他樂壞了，「昨天沒留心，原來我們有這麼多鄰居！」

草原上沒有樹木，鳥兒們往往以人居為家，狼山下就這麼孤零零的一個小房子，竟然成了鳥兒們的集體宿舍。亦風又舀了一大碗米往雪地上一撒。鳥兒四散飛開，繼而又爭先恐後地聚攏來啄米，有隻鳥兒還大著膽子在我肩上歇了一腳。鳥與人親近得像童話。我赤腳踩在涼幽幽的雪地上，猶如置身仙境。

「多好的小屋啊！」我喃喃道，「就差格林了……」

「放心吧，等咱們安頓下來，就找牠去！你快去穿鞋，準備開工！」

在草原長期生活，首先要解決的是取暖、飲水、電力。

我把屋外鏟出一大片空地，將撿來的牛糞都敲成小塊兒，鋪開曬乾以備燒火用。我收雪煮水，儲存在水箱裏。雪後的牛糞大多潮濕，煙大難燃。我好不容易生著火，又選了一些略乾的牛糞放在爐子邊烘烤備用，屋裏煙薰火燎，待不住人了，我狼狽地躲出屋來。

「人煙」這個詞真是貼切，有人就有煙。看著煙囪冒出的濃濃白煙像飛鶴流雲般往狼山方向飄去，我的心緒也飄回了兩年前，往日裏在狼渡灘過冬的天鵝不知道今年去了哪裡，曾經追著天鵝玩的格林如今也不知蹤跡，小屋重新燃起了「人煙」，格林看得到嗎？我坐在雪地上發起呆來。

趴在屋頂安裝太陽能板的亦風又打噴嚏又咳嗽：「你發什麼愣啊，我都快被熏成臘肉了。快把工具遞上來！」

我恍然回神，把工具遞上屋頂，仍舊忍不住抬眼看狼山。

「咦？亦風，那山梁上好像有個東西側著身在看我們，是狼還是馬？你站得高，瞅瞅！」

亦風隔著煙霧，也看不清——狼和馬的外形都是尖耳朵、長嘴筒、粗脖子、尾巴下垂，山梁上遠遠看去，不到一顆米粒大，肉眼還真不好分辨。

我跑進屋到處拆箱找望遠鏡，等我出來再看時，那東西已經消失在山背後了。

「格林！格林！」我急了。

「呵呵，哪有那麼好的運氣，一來就找到格林了。」亦風爬下房來，拍拍身上的土灰，「這會兒是早上十一點多，不是狼的活動時間，況且扎西說過，狼已經不在前山出沒了，那個八成是馬。」

「不對，不對！」我死盯著山梁，「就算其他狼不敢來前山，格林也一定會來，牠很念舊，這兒有牠的老屋，我們以前不是發現屋門上有狼爪印嗎？格林來過！剛才也肯定是牠回來了！」

「那咱們這些天就在小屋等著，如果真是牠，牠肯定還會再來！」

「好！呵呵，你把大白兔奶糖放哪個箱子了，別等格林來了才現找。」

下午時分，亦風在屋裏調試著蓄電池，安裝電源和照明。我正在屋裏拾掇，就聽馬蹄踏雪聲傳來，不一會兒，門外響起脆脆的拍手跺腳聲，我倆頓時笑了——是澤仁。自從澤仁看見亦風每次出門進門都習慣性地跺腳拍手（啟動聲控燈），以爲是漢家禮俗，於是每次找我們時也這麼做。我們用藏語解釋不清，也就隨他了。

「亦風，來提水！」澤仁遞給亦風一個裝滿水的塑膠加侖桶，又從馬上卸下好幾麻袋塊煤，和亦風一起將煤堆在屋外。澤仁拍拍身上的煤灰說：「牛糞不經燒，十分鐘就得加一次火，昨天夜裏凍傻了吧。摻和著塊煤燒就持久了，能燃幾個小時。」

亦風連聲道謝。

澤仁摸出一串鑰匙，往我手裏一塞：「喏！給你。」

「幹啥？」

「我的家門鑰匙啊，是定居點的房子。定居點通了自來水、通了電，你們需要水就到我家去接，想吃肉了，大冰櫃裏有兩頭牛……你們還需要充電什麼的，拿著鑰匙進出方便。」

我們承情若驚，剛認識不久就把自家門鑰匙給對方，城裏人斷然不會這麼做的。我倆不敢接，可澤仁執意塞給我：「你們要是不拿著，我就只能天天爲你們敞著門了。」

再推辭反而見外，我雙手接過，合十致謝，我知道我領受的絕不僅僅是一串鑰匙。

仁增旺姆看看我們煙薰火燎的屋子，說：「你不要再去撿牛糞燒了，冬天下雪，牛糞都是濕的，燒起來煙大得很。」

她笑咪咪地引我們到羊圈邊，那裏有一個堆得像大蒙古包似的東西，上面用塑膠篷布遮蓋著，還用麻繩一圈一圈捆得嚴嚴實實。她拆開篷布一角，敲破保護殼，裏面全是乾貯牛糞：「這些都是我夏天收集的，已經乾透了，足夠你們燒半年的，儘管用吧。」

「這不行！這都是你的勞動啊！」我撿過牛糞，知道要收集這麼大「糞量」得漫山遍野跑一整個夏天，一筐一筐背回來，再逐一打成小塊曬乾，其間彎腰弓背幾萬次。再要堆成這樣大一個牛糞包還得用雙手調和濕牛糞，像抹水泥一樣，層層抹出防水地基，夯實風乾，把晾好的乾牛糞碼齊成堆，再用手將濕牛糞糊在表面，等它風乾硬化成保護殼，避免日曬雨淋造成風化。

以前在草原駐紮那麼久，我寧可被濕牛糞嗆得涕淚橫流，也從不敢嘗試如此勞苦煩瑣的工序。當初亦風跟澤仁提出要住在小屋的時候就想給他租金，可是澤仁死活不要，如今又給鑰匙，又送我們辛勤積攢的燃料……我握著仁增旺姆的手，不知道怎麼謝才好。這雪中送炭的情誼，又豈是用錢能衡量的？

仁增旺姆笑著俯身把篷布蓋好：「你們城裏人都忙，我們除了放牛趕羊，也沒多少事兒，用完跟我說，我和媳婦再來給你們撿。我們沒讀過書，也幫不上忙，能給你們省點時間也是好的。」仁增旺姆說得輕描淡寫，可是時間是一個人能送給另一個人最珍貴的禮物啊。

我注意到她因長年勞作而微駝的腰身，忍不住問道：「仁增旺姆，你今年多大了？」

仁增旺姆羞澀地看了澤仁一眼：「老了，都四十了，我十七歲就嫁給他了。」

澤仁溫厚地一笑，將她鬢角被山風吹亂的頭髮輕輕捋到耳後：「你不老。」

我看呆了，一個小小的動作，竟然撥動了我的心弦，這是多少女人夢寐以求的相親相愛啊。我在澤仁家看過仁增旺姆年輕時候的照片，是個不施脂粉天然美的女子。她不過比我大十歲而已，可是辛勞的歲月早已揉皺了她曾經明媚的容顏。在城市中，這個年齡的女人很多忙於挽留青春，搶救婚姻，什麼色衰愛弛，什麼七年之癢、十年之累這些「警句」，在澤仁為妻子一捋鬢髮的動作間顯得不堪一擊。真愛實在與容顏無關、與文憑無關，與財富更無關。你在我心中永不老去，他們幸福得那麼真實、平凡、坦然。

一個多星期以後，小屋拾掇得宜居了。

長焦鏡頭和望遠鏡架在了面向狼山的窗口，大白兔奶糖隨時都揣在我們衣兜裏，可是苦等數日，別說格林沒像我們期望的那樣回來，就連一個狼爪印都沒在小屋附近發現過。

我心裏始終還惦記著第一天山梁上那像馬又像狼的影子。難道我猜錯了，那真的是匹馬？當時草原上空蕩蕩的，沒有馬群，怎麼會出現一匹孤馬呢？而且山梁上有圍欄，家養的馬都很老實，怎麼可能躍過圍欄離開？我越想越覺得還是孤狼的可能性更大。雖然遠看馬影和狼影類似，但只要弄清楚比例就知道是馬是狼了。我決定上山一趟，讓亦風留在小屋，以我為參照，看一看我在山梁上能有多大，如果那天的影子比我高，就是馬，比我小，那就是狼。

我帶上照相機和對講機出發了。

然而，設想是完美的，現實是狗血的。

我累得半死爬到山梁上，又被亦風指揮著往前走一點瞧瞧，往後走一點再瞅瞅，折騰了半天，亦風在對講機裏卻死活說不清那個影子到底比我大還是比我小。

「笨蛋！眼睛是用來擤鼻涕的嗎！」我又累又急，捏著對講機劈頭蓋臉一頓痛罵。亦風招架不住，乾脆關機了。

「好小子，回去收拾你！」我氣惱地把身邊的石塊兒全踢下山去。

石塊一路滾下坡，我突然發現半山腰的雪面上有一點紅色格外扎眼，是血跡嗎？這裏怎麼會有血？難道有獵殺現場？我又來了精神，坐下來就著雪面滑下山坡。一看之下，失望了，那不過是薄雪下的一小片紅紙，隨著融雪褪色，像血似的浸染開來。再一看，幾步之外便是廢棄的老狼洞遺址，這不就是以前掏出來的炮仗紙渣嗎。

白激動一場！我起身拍拍一屁股的積雪，抬腿兒就走。剛走了幾步，突然腦袋被一個問題「電」了一下——不對啊，我們是兩個月前來的，那時候掏出的紅紙渣經過這麼多場雪之後，怎麼還會浮在雪面呢？就算被風刮到雪面，又怎麼會現在才開始褪色呢？難道它是最近才從狼洞裏帶出來的？

我急忙轉身查看狼洞，伸手進洞口試試，洞外的風呼呼刮著，洞裏卻一絲風都灌不進去，碎紙渣的位置更深，絕不可能被風捲出來。而這個星期裏，我們一直在小屋觀察，狼山上沒人來過，除非是動物進出這個洞把紙渣黏帶出來。但新雪覆蓋下，難以發現什麼動物爪印。我繞著狼洞走盤香圈仔細搜索，一叢灌木頂端有折斷的枝丫，還有咀嚼過的牙痕，這是動物標記領地的方式，如果我有狼鼻子就好了，能聞到標記的味道。可惜！我繼續搜索……

嘿！狼糞！這裏果然有狼來過。我喜出望外，拍下照片，把狼糞裝進塑膠袋揣到褲兜裏。如果有狼來過又去過狼洞，那麼洞口的積雪上肯定會留下擾動的痕跡，我想知道牠什麼時候來的。我回到狼洞前，洞口背陰，這裏的積雪融化緩慢。我抓起一把積雪揉開，裏面混有泥土，這是擾動痕跡。

我拿出刀子，把積雪切開一個斷面。通常草原上大雪之後，太陽一曬，雪面就結上一層冰皮，再下一場雪，再一曬，又一層，縱切開來就像千層糕一樣，可以看到下了幾場大雪。我細看斷面，三層雪皮之下，夾著一層薄薄的泥土，再之下又是厚厚的舊雪。舊雪之下才依稀可見我們兩個月前扔下的炮仗紙，經過兩個月的雪洗風刮，早已化成了白紙渣。

我算了一下，過去的一個星期裏剛好下了三場大雪一場小雪，那麼這匹狼應該是在一個星期前來標記了領地，探察過洞穴，還從洞裏刨出土，拋撒在洞口的雪面上，這張紅紙便是那時候帶出來的。而這一時間剛好是我們看見山梁上影子的時候，那影子鐵定是狼！

咱好歹是看過七百多集《神探柯南》、通讀《福爾摩斯》的人，這就派上用場了，我得意起來，先前的懊惱一掃而空。

這裏是格林的老狼洞，儘管找不到那狼就是格林的證據，我還是很高興。一個星期前我瞧見那個狼影子定在山梁上好半天都沒動，牠應該是在觀察我們。我們剛來到小屋，就有狼在窺視我們，不管牠是不是格林，這都是個好現象。帶著這個興奮的消息，我飛跑回了小屋。

一推門，亦風不在家，屋前屋後喊了幾嗓子，沒人。屋裏涼颼颼的，我撮了一簸箕乾牛糞，把爐火燒得通紅，邊烤火邊拿起手機給亦風打電話。

「你跑哪兒去了？我有好消息要告訴你！」

「馬上到家了，我也有好消息要告訴你！」

「哦？什麼好消息？」

「我把澤仁那隻小狗接回來了，長得可像格林小時候了。」說話間，亦風已經上了山，懷裏抱了個毛茸茸的小東西，亦風捏著牠的爪子衝我招手。我無可奈何地開了門，他到底還是自作主張了。

亦風大概希望這小狗能對我有所慰藉吧。因爲我們重回小屋已經一個多星期，一直沒有格林的消息，最初的期望越大，失望便越像滾雪球，一天比一天沉重難耐。我知道我的情緒定然是很不穩定的。雖然澤仁也勸說過我養一隻狗看家，但是我卻一直不敢養，不是不喜歡狗，而是太喜歡了，所以怕極了注定會分離的感覺。

亦風把小狗放下了地，這是隻小公狗，亦風說得沒錯，這小狗的毛色在草原挺少見，藏狗一般都以黑色居多，而這隻狗的皮毛卻是秋草色，確實有幾分像狼皮。但牠四肢細小，短嘴垂耳，遠沒有小狼精神。

小傢伙大概一路凍壞了，打著狗噴嚏，一進屋就往爐子下面鑽。那鐵爐子才被我燒得通紅，我剛喊了一聲「火爐旺著！」還來不及阻止，就聽牠吱吱慘叫，搶救出來一看，小傢伙的肩膀被燙掉一塊皮肉，耳朵的毛尖子上還直冒青煙。心疼得我們趕忙給牠揉藥。

「這傢伙怎麼憨頭憨腦的？」亦風說，「得，以後就叫牠爐旺吧，省得好了傷疤忘了疼。」

自打爐旺一進門，我便來不及和亦風說話，這會兒終於得空了，我趕緊調出剛才在山上拍的照片，講了在狼洞口的分析，又把狼糞掏出來，滿心期待地看著亦風。

「能做『親屎鑒定』就好了！」亦風掰開狼糞細看，恨不得把眼睛改裝成顯微鏡，「有羊毛、牛毛、骨粉……喲！還有這麼大兩顆旱獺門牙。現在剛四月，雪還沒化，草也沒發芽，這獺子一個星期前就起床了，醒得挺早啊。」

旱獺是要冬眠的，高原酷寒，通常要四月中旬才能看到獺子們陸續出洞。前兩天我在雪地上發現旱獺爪印，還笑說獺子出來夢遊了呢。

「白天的氣溫超過十二三度，獺子就該醒了，四月份也差不多可以交配了，看這牙，是個大公獺子。呵呵，早起的獺子被狼吃，能搞定這麼大的旱獺，這狼個頭不小。」

「所以你也不能怪我分不清是狼是馬了。」亦風終於為自己的眼拙找到了藉口。

我們曾經看到過一匹特別大的野狼穿過犛牛群和馬群，那狼路過幾匹馬身邊的時候，對照一看，牠與中等個頭的馬差不多大。更有牧民對我們形容他們看見過的狼王「有犛牛那麼大」，這肯定有點誇張了，不過若爾蓋草原的野狼骨架子大卻是真的，正是一方水土養一方狼。

「你覺得那是格林嗎？」我問亦風，「格林如果看見我們回到小屋，應該很激動地跑回來才對啊！」

「是不是倒也說不準，假如是格林，牠可能也在分辨和觀察，畢竟小屋也住過其他人，而且我倆的衣服都跟兩年前不一樣，況且我們也沒喊牠。不過即便那狼影兒不是格林，也是這領地的狼成員，捎個信兒回去，沒準兒格林就知道了。」

我怦然心動：「那咱們下一步怎麼辦？」

「投食！我剛去澤仁那兒，他有隻羊凍死了，咱把死羊弄來扔在狼山腳下，這大雪天缺吃少喝的還怕引不來狼嗎？只要有狼來，咱們裝個隱藏攝影機啪啪啪一拍，有沒有格林，一看就知道了。」

「行，就這麼辦！」

07／天賜良駒

初次投食試探沒見到狼，但我們不灰心。
禿鷲與狼秤不離砣，
禿鷲都來了，狼還會遠嗎？

我們把死羊拖到狼山下，離小屋大約百餘米的地方，在小屋窗口可以觀測到。我們找來牧民遺落的用來臨時拴馬的兩根短木頭樁子，釘在死羊一左一右三米外的地上，把兩台隱藏攝影機分別固定在木樁上對著羊屍。這攝影機有紅外線感應器和夜拍功能，只要鏡頭前出現活動的東西，攝影機就會自動啓動拍攝，哪怕在夜裏也能拍到清晰的動物影像。

第一天，死羊周圍沒有任何動靜。第二天、第三天，我們死守在小屋窗前觀望，還是一無所獲。每當中午，太陽直射，羊屍的肚子就慢慢發酵鼓脹，脹得羊腿都支稜起來了。日落，溫度降低，羊肚子又慢慢癟下去。到了第四天下午，羊屍已有隱隱的腐臭味道飄過來。第五天清晨，我突然發現死羊的體位有所變化，似乎被什麼東西拖動過。

我讓亦風調出夜晚的攝影監控來看。夜視鏡頭中，凌晨兩點多，一隻狐狸從羊屍邊驚跳起來，邊看攝影鏡頭邊緊張地逃跑了，但是看情形狐狸並沒有下口。我們繼續往後看。到凌晨五點多，一隻大黑狗來了，把羊屍拖了一圈，還在羊肚子上啃了一個洞，大黑狗抬頭望著小屋方向，估計那時聽到了爐旺的叫聲，大黑狗低頭叼了一小段羊腸就匆忙離開了。

守到第五天中午，我望了一下四周，對面山梁上停著十來隻禿鷲，個個伸長了脖子望羊。這些禿鷲已經觀望好幾天了，死羊離人家太近，他們不敢下來。橫豎這會兒羊也腐臭了，不如挪遠一點讓禿鷲們吃吧。我和亦風忍著屍臭，又把死羊拖到了離小屋三百多米遠的地方。回到小屋繼續監控。

不一會兒，禿鷲們陸續空降到羊屍邊，就著狗啃的肉洞把腦袋鑽進羊肚子裏撕內臟吃。禿鷲，外號「座山雕」，是草原上的職業殯葬工。牠們是大型食肉猛禽，最大的禿鷲估摸著不下四十斤重，個頭超過一米，翼展接近三米，灰褐色的大飛羽「斗篷」配上頸肩部醒目的「毛領」，頗有山大王的派頭。禿鷲還總喜歡駝背聳肩，把頭埋縮到胸口虎視眈眈地看對手。禿鷲的脖子如同人的手臂般粗長，牠不僅頭上沒毛，連脖子也是光溜溜的，只有一層薄薄的細絨毛。這光頭禿腦的模樣雖然醜了點，不過醜得有道理。牠們的腦袋是用來探囊取肉的，正如實在人幹活兒時會把袖子擼到胳膊根兒，老天爺索性把禿鷲的頭頸毛也一股腦擼到了脖子根兒，方便牠們隨時開工。

禿鷲的喙前端是鈍圓彎曲的，上喙帶一個小小的倒鉤與下喙相扣，這樣的嘴方便掏鉤腸肚卻不適合攻擊撕扯。因此，禿鷲通常吃腐肉而極少主動獵殺，牠們喜歡跟著狼群撿拾死屍剩肉。

經驗豐富的草原老牧民南卡阿爸曾經告訴過我：「禿鷲主要有三種盤旋方式，你只要觀察那些禿鷲在空中盤聚成的形狀，就能知道下面狼群打圍的情況。狼群準備打圍的時候，禿鷲群會在整個草場上呈『飛碟狀』低空盤旋，那是牠們還把不準狼群到底幹倒哪頭犛牛，牠們想佔據有利位置，又不願意飛得太高而引來更多的禿鷲搶食，所以壓低了飛行高度。有的禿鷲還會自覺地飛到附近山頭安靜地等著，不打擾狼群捕獵。一旦狼群獵殺成功，禿鷲便群起升空，呈高聳的『樹狀』盤旋，『樹根』底下就是獵物。禿鷲群直指著獵物盤旋，這種陣勢一方面利於俯衝騷擾狼群進食，另一方面，這種顯眼的目標會向牧民暴露狼群的獵殺現場，讓人來驅趕狼，等人和狼都走了，獵物就是禿鷲的了。如果禿鷲呈不規則狀盤旋，落在山梁上曬翅膀，那這頓飯就已經吃得差不多了。別看禿鷲腦袋小，靈光著呢。」

照阿爸的描述，狼群應該討厭禿鷲才對。但是阿爸說過：「不是那樣，到了夏秋季節，狼不聚群，那些落單的狼也會反過來跟著禿鷲搜尋一些死動物。禿鷲盤旋就是狼的開飯信號，這對冤家既是對手又是夥伴，相生相剋，見不得也離不得。」

亦風給禿鷲脖子根那一圈蓬鬆的白毛拍了個特寫，偷笑道：「瞧瞧，禿鷲還是白領階層呢。」

「呵呵，那當然，白領中的雞心領，就連草原人的天葬都得求牠，這是草原上最高大上的職業。」我小聲說，「咱們投食幾天了，看得出這幾種動物顧忌人的程度。死羊離小屋百米的時候，草原狗敢來，狗聽到動靜以後還敢叼點食物再撤退。禿鷲怕人，但是只要食物離人遠一點，牠們也敢白天當著人的面取食，畢竟牠們有翅膀。狐狸更怕人，只敢夜晚來取食，還要隨時擔心有陷阱。狼比這些動物疑心病重多了，離人近、食物少恐怕勾不來牠們。」

「嗯，咱得總結經驗，下次投食離遠點兒，再增加誘惑，一隻死羊不夠，那就多弄幾隻，如果有死犛牛更好。回頭請扎西告訴附近的牧民們，凡是有死牛羊都由我們收購，不要賣給死牛販子，這樣對人對動物都好。」

我們一面觀望禿鷲吃羊，一面悄悄談論著。半個小時後，這十幾隻禿鷲宴盡而散。死羊只剩腦袋和皮扁扁地攤在草場上，像個布袋木偶。

初次投食試探沒見到狼，但我們不灰心。禿鷲與狼秤不離砣，禿鷲都來了，狼還會遠嗎？

一天上午，扎西來我們小屋做客。

看見生人到來，爐旺象徵性地叫了幾聲就縮回床底下，抱著布偶娃娃狗睡覺。扎西端詳了爐旺一會兒，摸出一條風乾肉送到狗嘴前，爐旺搖著尾巴叼走了。

「不行啊，」扎西拍拍手上的肉屑撇嘴道，「你們把這條狗養嬌了，給口肉就搖尾巴，真正好的草原狗是半野半家的，自己會打食，而且只認一個主人，牠要幫主人看家卻絕不進家門。草原狗可不能像城市狗那樣寵著養，以後你們一走，牠會活不下去的。」

「放心吧，我們不會丟下牠。以後我把牠帶回城市，在朋友的果園裏養著，後路都給牠安排好了，這輩子不愁吃喝。」亦風倒上一碗藏茶遞給扎西，自己在床邊坐下。

「我覺得扎西說得對，爐旺畢竟是草原狗，還是應該放出去磨煉磨煉，老待在家裏拍著哄著像什麼話。」我說著，把爐旺的食盆端到了門外。

「別這麼絕情嘛，」亦風挺不忍的，「外面冰天雪地，凍壞了咋辦，咱們旺旺還帶著傷呢，等天暖和了再鍛煉也不遲。對吧，旺旺。」

聽他把「爐旺」喚作「旺旺」，我頓時覺得屋裏也冰天雪地了。

亦風伸腳撓著爐旺的肚子，又用腳指頭夾起那個娃娃狗逗爐旺，一派父慈狗樂的溫情狀。亦風怕我們外出的時候爐旺獨自在家寂寞，進城的時候，特地買來那個會叫會走路的布偶娃娃狗陪著爐旺玩。亦風似乎把對格林未盡的愛意都傾注到了爐旺的身上。

扎西肉麻得打了兩個冷戰，乾笑道：「說點正事兒吧，你們上次說凡是牧民有死牲口什麼的先通知你們，中峰前的狼渡灘牧場上剛病死了一匹馬……」

「要！要！我們要！咋不早說，被禿鷲吃了咋辦？走，趕緊去！」

「不急不急，馬皮厚得很，禿鷲撕不開的。不過，你們爲啥要買下這些死牲口呢？有的牧民賣給你們的價格可比賣給死牛販子的貴得多啊。」

「那也沒辦法啊。」我苦笑一聲，「我們不買，死牛販子就收走了，到頭來遭殃的還是我們城裏人。」

儘管扎西說這大草原上的死牲口就是傾家蕩產也買不完，但我們目前能做到的也只有這樣，儘量收購來留食給狼和其他肉食動物，我們可以觀察一下狼群，同時避免這些病肉腐屍流入市場。

中午，扎西幫我們討價還價，給了那家牧場主八百元，讓他把死馬留在草場。

這真是天賜良駒啊！死羊算小菜，死馬可是大餐，死的位置也遠離人居，這回狼群總該賞臉了吧。我們在馬屍邊安裝了三台隱藏攝影機，接下來就是讓出舞臺，等待狼群上場。

我們回到小屋隔窗遙望中峰方向，猜測著攝影機能給我們帶來什麼驚喜。我坐立不安，想像著群狼將要聚餐的場景：「傍晚狼群會來吧，留在那裏的攝影機近距離拍攝，一定能拍清楚牠們的樣子，根據進食的先後還能知道每隻狼的等級。格林在不在其中呢？牠會是什麼等級的狼呢？牠會不會在現場聞出我們的氣味？牠沒準兒就順著味道找回來了！我得準備迎接狼兒子！」

亦風被我轉悠得頭暈，捏著我肩膀把我按坐在椅子上：「你能不能消停一會兒，要耐心，狼的領地太大，等狼發現死馬還需要時間！」

話雖如此，但到了晚上兩個人都睡不著，乾脆出門，爬到小屋的山坡上聽聽有沒有狼嗥。

夜濃得像化不開的墨，即使瞪破了眼珠子也看不見身邊的人。我們牽手探著腳走，不敢開手電筒，怕暴露了目標。就算用手電筒，它能照亮的距離也極其有限。我們祈禱著雲開月出，只要有月亮，周圍的一切都會變得幽亮起來，肉眼可以看到幾百米外的動靜，狼山也會顯出靜謐的輪廓。朗月明星是暗夜裏唯一的指引和希望：有月亮，夜行的人就不再迷惘害怕；有月亮，明天就準是好天氣。在燈火霓虹的城市中，星月或許已經不那麼重要了，人們只有在中秋的時候才抬頭賞它一眼。「盼星星盼月亮」絕對不是城市人的心情，因爲這種古老的期盼只有生活在原始狀態的人才能體會。

坐在山頭，我們盼星星，盼月亮，盼望著格林披星戴月奔回家園，盼望著被突如其來的幸福一棍子悶暈……

然而，我們期盼的一樣都沒實現，天空卻飄起雪來。

第二天早晨，薄薄的雪已經把山野覆蓋了。幾隻渡鴉越過前山向中峰飛去，一群馬在狼渡灘吃著草，看馬群的從容狀態，附近沒有狼。

下午，幾隻禿鷲開始在中峰上空盤旋，牠們顯然已經發現了死馬。禿鷲一旦鎖定目標，就能引來附近的狼。

我剛推開房門，只見成群的禿鷲掠過房頂，拍扇巨翅的呼呼聲嚇得爐旺夾著尾巴縮進屋來。禿鷲群往中峰方向飛去。

「我去看看！」我利索地換上白衣白帽，黑色褲子，把望遠鏡往脖子上一掛。

亦風叼著一口泡麵：「等等，我跟你一起去。」

我看了一眼他剛泡好的速食麵，哪裡等得及他，轉身出了門。

我幾乎是飛一般地爬上前山山梁，埋頭縮腳摸到一堆亂石後，埋伏下來儘量不動，白衣黑褲乍一看像積雪的岩石。我偷偷摸摸探頭張望。

狼渡灘上，禿鷲已經聚集了幾十隻，有的在死馬上空盤旋，有的降落在死馬旁邊，有的踩在死馬身上，試圖尋找下嘴的地方。馬屍還沒開包。禿鷲的嘴型鈍圓粗壯，光頭長脖子適合鑽入屍腹扯食軟肉，只要有硬幣大的開口，禿鷲就能把屍體掏吃成空殼。可是，病死的馬身上一點傷口都沒有，禿鷲無從下嘴。

禿鷲的爪喙也算有力的，牠撕得開犛牛皮，可是拿馬皮還真沒轍。為啥？在這低溫可達零下二三十度的高原上，綿羊、犛牛都需要一身長毛才能抵禦嚴寒，而馬一年到頭就是一身短毛，牠憑什麼不怕冷？全靠這層皮！馬皮比牛皮厚韌得多，再經過一夜冷凍外層皮肉結冰，死馬像坦克一樣結實。

禿鷲越聚越多，狼渡灘儼然成了一個停機坪，牠們急需一個開膛手。十餘隻經驗老到的禿鷲群飛起來，徑直向狼山主峰飛去，咯咯呱、咯咯呱地叫著來回盤旋。

不一會兒，一匹大狼被牠們「請」出山了。我心跳加速，急忙舉起望遠鏡套住牠。大狼走上中峰山脈，禿鷲們紛紛降落在牠身邊，垂攏翅膀縮低腦袋，露出一副討好的神情，指望狼來助牠們「一牙之力」。

大狼昂首走過，禿鷲們撲稜翅膀退後給狼讓出道來。兩隻獵鷹緊隨狼後，盤旋了兩圈落在山梁的圍欄柱子上，儼然狼的左膀右臂。相比之下，這獵鷹只有禿鷲體形的三分之一那麼大，牠是隼類裏的中型食肉猛禽，通常捕食小哺乳動物，在獵物稀少的時候，與狼合作有肉吃。獵鷹鷹爪銳利，身體呈漂亮的流線型，可以輕巧地停在圍欄柱上。雖然個子不大，但獵鷹的速度比禿鷲快得多。

這狼感覺挺眼熟……我心一動，牠不就是我們在狼山之巔看見的帶鷹歸來的獅子頭大狼嗎？兩個月前扎西和我們蹲守狼山之巔，看見狼群還專門等待這匹狼回來，牠一出現，兩匹哨兵狼立刻迎上前給牠報信，可見這匹狼地位頗高。那御鷹而來的神秘而詭詐的氣質配得上做狼群的軍師，只是不知道狼群有沒有這個編制。

一些給狼引路的禿鷲咕咕呱呱叫著，飛到死馬旁邊，搖晃著光脖子，興奮得脖領子毛都支稜起來。狼已經看見死馬了，牠停住腳步，掃視山下，琢磨了一會兒，竟然淡定地坐下了。這是什麼路子呀？禿鷲都讓著你了，還不趕緊去搶肉吃？我心下犯著嘀咕。

好不容易請來「主刀手」，卻遲遲不開飯。禿鷲更急了，在馬屍和狼之間來回飛，如果牠們有膝蓋，沒準兒都想給狼跪下了。可是無論禿鷲如何急不可耐，狼只是盯著死馬就是不下山，甚至打個哈欠臥了下來。

看了好一會兒，我才大概知道了狼的心思——狼渡灘天上地下已經烏泱烏泱聚集了上百隻禿鷲，都在搶佔好位置，這時候開膛，僧多粥少，獨狼能得什麼好處？如果我是狼，斷不肯傻乎乎地替禿鷲打工，別看現在把牠當「衣食父母」膜拜著，百鷲開搶以後，還不知道有沒有狼的份呢，搞不好被鳥爪抓瞎眼睛都有可能。

都是殯葬「同行」，沒有誰比狼更熟知禿鷲的秉性，看來狼要等同伴或者坐等太陽落山。只要天一黑，禿鷲就必須下班，對於沒有夜視能力的鳥而言，夜航太容易撞機。而夜晚則是狼群的天下。

趁著狼休息的當口，我用望遠鏡掃描了一圈，發現山坳裏面居然還蹲著兩隻狐狸，也眼巴巴地望著死馬，捲起舌頭，不斷把溢出嘴外的口水勾回去。對處於弱勢的狐狸而言，無論狼吃肉還是禿鷲吃肉，牠只要能瞅著機會偷出一根骨頭就好。嚴酷的草原上，天賜大餐，這是誰都無法抵擋的誘惑！

夕陽貼在山脊線上打瞌睡了。禿鷲們更加躁動難耐，在馬屍邊推推搡搡。

突然間，那匹狼似乎發現了什麼，「嗖」地站了起來，朝馬屍定睛細看……牠迅速退後兩步，轉頭看了看等候在圍欄上的鷹，抖抖頸毛。那兩隻獵鷹奮翅而起，俯衝到馬屍上空，一隻鷹停在隱藏攝影機上，啄啄瞧瞧。另一隻鷹高飛入雲，竟然在我的頭頂上空盤旋嘯叫起來。狼猛然抬頭，目光如利箭般射穿望遠鏡直刺我的雙眼。我嚇得一哆嗦，望遠鏡也抖掉了，撿起望遠鏡再看時，搜遍全山，狼不見了，兩隻鷹向後山飛去。

這狼雇的碎催子，又給牠報信兒了。是哪裡出的紕漏？我地勢比狼高，又在逆風處偽裝得那麼好，一動沒動，怎麼會被狼發現呢？狼一旦起了疑心，便不會再來了，牠竟然毫不留戀這頓饗宴——也是，能讓鷹為牠效力，這狼肯定不會是常挨餓的主。

狼一走，禿鷲更沒轍了，先前那些請狼的禿鷲振振翅膀，轉而向狼渡灘對面的西山飛去。

太陽落山一半時，禿鷲群忽又躁動起來，紛紛讓出馬屍。

西面天空中飛來一隻高山兀鷲，牠在禿鷲的簇擁下降落在馬屍上，收攏漆黑的翅膀，肩膀上有幾撮飛揚的羽毛。高山兀鷲和禿鷲同是鷲類表兄弟，個頭比禿鷲略大一些，渾身漆黑。高山兀鷲長著鐵鉤般尖利的喙，雖不及狼牙犀利，但還是可以勉強主刀開膛的，關鍵在於，牠懂技術。

高山兀鷲站在馬肚子上前窺後看，像一個「包打開」在研究密碼鎖。牠挑選了馬生殖器貼著肚皮之間最薄弱的縫隙下嘴。爪喙並用，鉤！扎！撕！扯！幾分鐘後，高山兀鷲從馬肚子上撕開的小口中扯出了指頭粗細的一條肉。

找到突破口了！轟的一聲巨響，百翼齊振，禿鷲們一改退位讓賢的客氣，潮湧而上，一陣「翅打爪踢」把高山兀鷲轟到了一邊，連牠嘴裏的那條肉都被奪了去。

開飯鑼一敲響，最先把腦袋扎進馬肚子的禿鷲一脖子血紅，拖出十餘米的馬腸，其餘禿鷲狂撲上前瘋搶暴奪。馬肚子越豁越開，黑色的鳥影鋪天蓋地壓了上去，猶如死神降臨，馬屍被蓋了個嚴嚴實實。鷲群聚成龐然大物，數百張兩米多長的翅膀刮起風暴，腥風滾滾。

剎那間，我的心跳漏了好幾拍，魂魄都被那些巨翅扇飛了。我的腦袋裏竟然閃過奇怪的恐懼感——幸虧我不是那匹馬。

凡是從鳥陣中搶出一塊肉的禿鷲，立刻會遭「空軍」搶劫，禿鷲們從地上廝打到天上，又從天上打回地上。嘶叫聲、揮翅聲、撞擊聲、惡鬥聲就在腦袋上空迴響。我大氣不敢出，又心虛又想看。忽覺臉頰涼颼颼的，摸來一看，不知哪兒飛濺來的一片血！

盛宴的主刀手高山兀鷲大概心有不甘，還想擠進去叼一口，卻瞬間被禿鷲們啄爛了鳥頭，趴在地上抽搐。搶紅了眼的禿鷲一擁而上，等散開時，悲慘的主刀手被撕吃得只剩下血淋淋的羽毛隨風飄散。我看得心驚膽寒，狼真是英明，寧可不吃也不替他人做嫁衣，那跟著狼撤退的鷹也是聰明鳥。

不到二十分鐘，禿鷲們陸續散開。馬只剩下一堆白骨、一張空皮和半顆頭顱。

「哦嚄……吃完嘎了。」順風飄來一句四川話。

我扭頭一看，是亦風，就在石堆另一側二十多米遠的地方。我剛才光顧著看兀鷲，亦風什麼時候爬上山的我都沒注意。他穿著草綠色衝鋒衣，蹲在那兒像個大青蛙，領子上落著一片鳥羽，面前架了一台攝影機，看見我望向他，還伸出兩個指頭給我比了個字母「V」，表示他都拍下來了。我白了他一眼，原來狼的鷹嘍囉巡空時發現的是亦風。

「誰讓你跟來的?!」我沒好氣地說，伸展僵硬的腿腳，趁著還能看見山路，撤！

「不收攝影機嗎？」亦風急忙趕上我。

「不收，狐狸還等著撿骨頭呢，別去嚇跑了牠們。」

第二天，我們收回隱藏攝影機的時候，昨天的「野餐」現場散落著不少猛禽的羽毛。禿鷲的大飛羽長如人臂，像軍刀一樣細長鋒利。那場驚心動魄的混戰中，不知道有多少鳥爲食亡。

隱藏攝影機記錄了清晨渡鴉啄食馬眼；記錄了中午馬群經過時，小馬嗅著馬屍體，驚慌地打著響鼻，母馬上前把小馬趕開了；記錄了黃昏禿鷲們狂暴的盛宴；記錄了我們走後，專吃骨頭的胡兀鷲叼走馬骨，牠會把骨頭帶到高空扔到岩石上摔碎，凡是被砸成手機大小的骨頭都能被胡兀鷲囫圇吞掉；記錄了狐狸趁夜摸來偷取馬頭；記錄了凌晨野狗舔淨殘血拖走馬皮……一匹馬就此在草原消失了。然而三個角度的攝影機卻連半點狼影都沒捕捉到。

對此，亦風頗爲得意：「那匹狼我拍到了，如果我沒去，這麼珍貴的影像就缺失了。」「如果不是你暴露了目標，這頓飯該是狼吃的！」我雖然這樣埋怨著，不過心裏清楚在鷹發現我們之前，狼就已經疑心了。

到底是什麼讓牠起疑的呢？視頻中，有一個瞬間引起了我的注意：一隻禿鷲的翅膀撞到攝影機，鏡頭一歪，曝光，什麼都看不清了。我問亦風這是什麼情況，他湊過頭一看：「鏡頭對著太陽了唄。」

我比對狼撤退的時間，明白了——狼在山上等待的時候原本是沒有起疑的，因爲從山上望下來，攝影機的頂部被雪覆蓋著看不見，加之當時山下禿鷲亂成一團，更是遮擋了攝影機。可就是這隻禿鷲一碰之下，攝影機翻轉，鏡頭對著太陽一反光，立刻讓狼警覺起來，這才指示鷹探子巡場，結果發現了亦風。

狼有狼言，鳥有鳥語，可是狼與獵鷹之間又是如何溝通的呢？牠們如何達成合作共生的默契？草原上的動物還有多少不爲人知的秘密？

「狐狸能看見紅外光！」我定格了狐狸趁夜拖走馬頭的視頻。視頻中，狐狸瞪著眼睛，緊盯攝影機，雙眼反射出燈泡似的亮光，而在夜視鏡頭中，幾台攝影機啓動的紅外線則相繼顯現出一片白光。紅外線在人的眼中是不可見光，但在夜行動物的眼中無異於一個強光探照燈。狐狸能看得見，狼當然更看得見。

亦風用手指輕點滑鼠慢放視頻：「這麼說隱藏攝影機一點都不隱蔽，紅外線一啓動就暴露了。而且咱們的攝影機安裝得太明顯，即使狼在山上沒注意，一旦下山也能發覺，憑著狼的多疑，牠肯定不會靠近的。你想啊，格林在咱家住了一個月就學會開電視、玩遙控器了，咱們這麼明目張膽擺著攝影機拍，是不是太侮辱狼的智商了？得想辦法把攝影機隱藏僞裝起來，處理掉人味兒，別讓狼發現。」

我沉吟著：「草原上再僞裝也難逃狼的眼睛。咱們的目的是什麼？」

「找格林啊！」

「那你還藏啥？」我笑道，「格林又不怕攝影機，就讓邦客發現我們吧。」

亦風想想也是，我們不是裝陷阱，只是接觸和試探，把人爲的東西擺在明處，任狼檢查，越簡單直白越好。一次投食不行兩次，兩次不行十次，讓狼明白攝影機前的投食無害，這兩個人沒有惡意。咱巴不得格林早日嗅到我們的氣息，找回家來。

從我們拍到的狐狸來看，牠第一次來動死羊時，被突然啓動的紅外線嚇得驚跳起來，吃都不敢吃就撒丫子了。這次在死馬面前，狐狸雖然還防著攝影機，卻也敢拖走馬頭了，凡事都有一個逐漸認知的過程。狼是所有動物當中疑心病最重、警惕性最高的，讓狼釋疑是一個漫長的過程。

我們從各家牧民那裏又陸續收購了不少死羊，每隔幾天就在狼山下投放一隻，裝上攝影機，不再擾動，只偶爾放出航拍機到狼山一帶高空偵察。

每次投食後，只要裝上攝影機，狼就是不來；撤掉攝影機，倒是偶爾能發現有狼「飄過」。應了澤仁的那句話：「狼被整怕了，決不吃人動過的東西。」但是，狼可以忍住口水，卻摁不住好奇心。還是要瞅機會來查驗一番，然後悄悄離開，揮一揮爪子，不帶走一根羊排。

幾乎每隻死羊最終都便宜了禿鷲、狐狸和野狗。久而久之，我們的投食引來了不少流浪狗，其中一隻大黑狗吃過肉還對我們搖起了尾巴。

08/ 一張羊皮引發的「血案」

我讓亦風掀開帳篷的門簾，自己托起羊皮迎著陽光看。
乾枯的羊油上稀疏黏結著一層換季脱落的狼背毛，
鎏金的毛根迎著微風得意地搖晃著。
一張羊皮引發的「血案」水落石出。

四月中旬，雪化了，嫩草尖兒冒出了點兒春天的意思。亦風的鬍子碴兒也像雜草一樣爬滿了下巴，他苦笑著：「邦客跟咱耗上了，這麼長時間，光是在狼山下面就投了八隻死羊一匹死馬一頭死犛牛，別的動物都賞臉了，狼愣是一口不動，想請狼吃個飯咋就那麼難呢！」

我們買的死犛牛不可能搬動，通常是就地埋伏隱藏攝影機。缺少食物的寒冷日子裏，我們觀察到的悄悄去吃死牛的動物還不少，除了兀鷲、狐狸、野狗這些主力軍，還發現有兔猻、狗獾、艾虎和一隻不認識的挺大的貓科動物。有的動物吃牛肉，有的則是吃牛屍所引來的昆蟲。狼，總是拍不到。

很多次以後，有的牧民告訴我們，他們看見狼去吃了的。但是狼總是先遠距離觀察，迎著風聞味道，死牛身上沒有人味兒，附近也沒裝攝影機的時候，狼才會放心去吃。後來我們就不再裝攝影機，也和牧民商量好都不去擾動死牛，幾天後去現場確認已經被動物吃掉的殘骸。只要狼肯去吃就行，能不能拍到牠們不重要。

雪融以後，凍死餓死的牛羊漸漸少了。我們轉了好幾個村子，都沒買到死牛羊。

一天早上，扎西扛來一隻垂死的公羊，說是前幾天頂架，中了「九羊神攻」，怕是活不成了，乾脆給牠來個痛快了斷，宰了燉一鍋，嘗嘗亦風的手藝。

牧民傳統的宰羊方法都是用繩子勒住口鼻把羊悶死。這種不放血的羊肉顏色深，肉質粗硬，有股腥臊血味兒，漢人吃不慣。所以扎西趁著羊還有一口氣兒，送過來讓我們自己宰。

我檢查了一下，公羊的三條腿都折了，肋骨也有斷的。我把宰羊刀交給亦風，自己進屋和扎西生火、燒水、配菜。

我忙活了半天，就等肉下鍋了，卻聽見羊還在屋外叫喚。開門一看，亦風不但沒忍心宰羊，反而拿出碘酒繃帶，替羊包紮起來。扎西和我哭笑不得，看來手把肉吃不成了。

扎西餓著肚子走了，我也不怪亦風，畢竟他是連雞都沒殺過的人。

好在當天下午，羊主動「去世」了。我剝了羊皮，肉面朝上晾曬在小屋前二十多米遠的牛糞堆上。把羊肉燉了一大鍋湯，開車帶去扎西家裏一起吃晚飯。

扎西的牧場離我們大約十多公里，中間得沿著牧道繞過澤仁和老牧民巴爾加的牧場。我們吃完飯返回時天色已晚，這段時間山上已經沒雪了，亦風決定把越野車直接開回小屋。

車剛衝過山坡接近小屋，我突然發現車

正在羊皮上打滾的大狼被車燈嚇了一跳。

燈照處，牛糞堆上有什麼東西在動?!

我定睛一看：「狼！」

亦風猛踩刹車，開亮遠光燈！只見一匹大狼正在我們曬的羊皮上打滾，冷不防被車燈嚇了一跳，閃身遁入黑暗中。

一切發生得太快，我們措手不及。亦風最先反應過來：「格林回來了！格林……」一聲呼喊引爆了我全部的思念。我跳下車，邊喊邊衝著狼消失的方向追趕！漆黑的原野中回應我們的只有兩聲烏鴉叫。我們打著手電筒到牛糞堆邊看，羊皮翻了個面兒。

「你剛才看清楚了嗎？」我問。

「肯定是狼，但具體是誰沒看清，咱沒把牠喊回來，那估計是野狼吧。是不是你羊皮沒剝乾淨，牠來啃上面的羊油啊？」

「胡說！放著那麼多死羊死馬，狼都不吃，牠稀罕你那張破羊皮！離家這麼近，除了格林誰敢來？」

話是這麼說，但如此近的距離，如果是格林早該相認了，如果不是格林，牠來做什麼？自我們重返小屋以來，狼第一次主動靠這麼近，無論來狼是不是格林都讓人費解。兩個月了，我們挖空心思地投食，沒招來一隻狼，這會兒隨手扔個羊皮，狼反倒來了，這狼口味真清淡。可能狼之前打探過多次，按慣例，我們都是將車停在山下，再徒步回屋，狼算準了聽到腳步聲再撤離也不遲，哪想到這次我們卻是開車直衝上來的，牠猝不及防被抓個正著。

今晚驚動了狼，可能牠再不敢來了，可惜！但這意外遭遇又給了我們信心——狼在暗地裏關注我們。

第二天一早，亦風開車去城裏拉煤炭。我在門口洗頭，正埋著腦袋沖水，忽覺身側有東西跑過。我喊了聲：「爐旺？」

不像，那東西好像比爐旺個兒大。耳聽火燕夫婦在圍欄上撲打著翅膀越叫越急，我摸到毛巾，擦擦臉上的泡沫，睜眼一瞄，一匹狼叼著羊皮正鑽出圍欄。我急忙握著濕頭髮直起腰來正眼望去，看不見了，印象中只記得一個顛倒看的狼屁股。我激動地喊著「格林」追上去，又趕緊停步，心裏犯怵。我在特警部隊就錯認過一次狼，所幸那是「家狼」才沒出什麼危險，這次說什麼也不敢魯莽「認親」。

我喊了好一會兒，狼再沒回來。失望之餘，我後背微微發涼——這匹狼晚上被我們發現了，白天居然還敢頂風作案，也不知道牠在我身邊潛伏了多久，專等我埋頭閉眼的時機摸過來。如果我是一隻被牠盯上的羊，剛才埋下脖子那會兒不就玩兒完了嗎？我抹了一把冷汗，好在這隻狼志在羊皮，無意傷人。

火燕飛到房檐上瞭望了好一會兒，報警聲逐漸停下來，牠們的危機感比人強得多，以後真得重視鳥鄰居的提醒。我這才想起爐旺，正經的保安怎麼沒上班？我一找，發現牠在屋裏正打呼嚕，這倒楣孩子還沒鳥管事兒。

「邦客圖騰！狼來了！」亦風剛回來，我就雀躍著喊叫。不知何時起，這句話已經成了最振奮人心的喜訊。

我把早上的情形一說，亦風跳腳喊道：「肯定是格林！格林小時候就喜歡把你畫室的羊皮拖來墊窩！開春這會兒正是狼下崽兒的時候，牠肯定也是墊窩用呢！」

亦風說的也貌似有幾分道理！我們又找了一張舊羊皮放在牛糞堆上，在小屋附近裝上監控，就等著「疑似格林」再次出現。我們囑咐澤仁給附近幾個可靠的牧場主都打招呼，如果發現有小狼崽的蹤跡，千萬別驚動牠們，記住位置，第一時間通知我們。

我們供奉著羊皮專門等狼，狼又不來了。

爲了守狼，我們幾天都沒吃過像樣的東西了。我們早起給扎西打電話，扎西說他家裏正在包羊肉包子。

「包包子？」亦風饞了，「放著我來！」

「來吧，等你！」扎西還沒掛斷電話，就在電話那頭衝家裏人宣布，「都別忙了，大廚要來了。」

我抹了把口水，跟著「大廚」亦風上扎西家蹭飯吃。

扎西的老婆做飯不太在行，牧民包包子通常不會用發麵，肉餡兒也只放淡鹽，不加蔬菜、不調豆粉，死麵皮裏包著一坨梆硬的肉球，那包子結實得扔出去可以把狗打暈。亦風是西北人，特別擅長做麵食，他教扎西老婆用小蘇打把麵發過了之後再包，肉餡兒也用雞蛋、豆粉、薑蔥末加醬油調好，用一小勺熱油一熗。蒸出的包子綿軟油潤，餡兒又是最放心的生態羊肉。

羊肉包子成了我們在草原上做的一道美味，所以，只要亦風肯動手，扎西一家特別歡迎，就連扎西家的狗都對亦風格外親近。

不多時，亦風揭開鍋蓋，滿帳篷都是羊肉香：「你嘗嘗蒸透了沒。」

我抓起一個大包子喜滋滋地換手吹著，趁燙咬了一口：「熟了！好吃！」順手塞了一個在亦風嘴裏。扎西也等不及讓老婆把包子盛到盤子裏，自己先抓了一個解解饞。

我細嚼之下，發現這次的肉質鮮香，沒有一點羶味，竟然比以往扎西家的羊肉細滑多了。我掰開麵皮看了看肉餡兒，肉色粉嫩，不似往日泛著凝血的淺棕色。我奇道：「這肉跟平時不一樣，好像是放過血的呀？」

「是嗎？我和餡兒的時候還沒注意。」亦風咬了一口慢慢回味。

「你舌頭真靈，」扎西老婆笑著把一大盤包子推到我面前，「被邦客咬死的羊自然是放過血的。」

說者無心，聽者有意，我和亦風同時被扎中了興奮點：「狼來過？什麼時候?!」

「邦客沒來我這兒，是去了隔壁巴爾加老頭兒的牧場。」扎西漫不經心地把一團酥油化在開水裏，用包子蘸著酥油水吃，「大前天中午，巴老頭正放著羊呢，老遠看見羊堆裏多了一隻別家的羊，他起初懶得管，誰家的羊丟了，羊主人自己會來找，中午太陽烈，他懶得出帳篷。等他吃完午飯，那羊還混在他家的羊群裏，他就走過去看。誰知老頭剛走到羊群附近，那隻羊搖身一變，成了一匹大狼，拖著圓滾滾的肚子，不慌不忙地閃了。巴老頭當時就看傻了，回過神再去瞧時，自家一頭大肥羊躺在地上，朝天的一面兒已經被狼吃得差不多了，死羊身邊竟然還掉落了一張羊皮。他撿起羊皮一看是我家的記號，便拎過來問我。」

「哦呀，」扎西老婆笑著接口，「今天包包子的羊腿就是巴老頭割下來給我們的。都說狼咬死的羊，肉要好吃一些，沒錯吧？」

扎西衝他老婆揮揮手，示意不要打斷他，扎西不那麼關心肉好不好吃，卻一心想繼續他感興趣的話題：「邦客宰羊並不稀奇，可老頭愣說那狼是穿著羊皮大衣來的，大傢伙兒一聽就笑了，因爲巴老頭今年有很多羊都長得奇模怪樣，黑頭黑腳黑肚子，背上的皮毛卻是白的，那些羊本身看起來就像披著羊皮。巴老頭是個近視眼，頭天抱孫子把眼鏡打破了，還沒來得及重新配。他那個眼力，三十米外雌雄同體，五十米外人畜不分，老頭說羊變成了狼，那不是眼花就是吹牛。大夥兒一笑，老頭急得發誓賭咒，沒事兒就上我這兒來解釋。雖然狼吃羊屬於正常損耗，牧民並不在乎，可老牧民極看重聲譽，因爲一旦戴上吹牛的帽子，往後在村民中說話就沒分量了，但這麼邪乎的事兒，誰會信……」

「我信！有些事兒你還不知道！」我聽扎西叨叨了半天，早就摁不住自己了，「羊皮在哪兒？快給我看看！」我急於印證心裏的猜測。

扎西沒料到我對這「笑話」反應這麼激烈，又看亦風也同樣急切，這才收起了笑容，連忙放下包子，把扔在帳篷外的羊皮提了進來。

羊皮已經乾硬了，我蹲下身，小心地把羊皮鋪展開。羊屁股上棕色的廣告顏料的確是扎西家的記號——草原上的牧民家家都放養著牛羊，爲了區分，每家都會用不同的廣告色在羊身上畫一個記號。這張羊皮的肉面三條腿和肋部有瘀黑的血斑，是死前被頂撞的傷痕。翻過毛面對照，亦風給羊包紮傷口時塗抹的棕紅碘酒還殘留著淡淡藥味。這張羊皮果然是我前幾天親手剝下的。我們的小屋離巴老頭的牧場有七八公里，狼早上從小屋「借」走羊皮，當天中午便在案發現場宰了羊，作案時間剛好對上。

我讓亦風掀開帳篷的門簾，自己托起羊皮迎著陽光看。乾枯的羊油上稀疏黏結著一層換季脫落的狼背毛，鎏金的毛根迎著微風得意地搖晃著。

一張羊皮引發的「血案」水落石出。一直以來，我以爲「披著羊皮的狼」只是調侃的形容，沒料到狼還真這麼幹！如此看來，以往領教過狼這種伎倆的定然不止一人，才會將「披著羊皮的狼」的典故盛傳至今。

我曾看過牧民給抱養的小狗崽找「奶媽」時，便是尋一隻死了羔子的母羊，把死羊羔的皮剝下來，披裹在狗崽身上，母羊便當狗崽是小羊羔，任牠吃奶。這魚目混珠的招數不知是人學狼還是狼學人。

總之，和狼的滑頭比起來，羊是韭菜餡的腦袋勾了芡的心，特別好糊弄。那偷羊皮的狼非但口味不淡，而且心眼兒多得跟篩子似的，人投的食牠不放心，非得自己宰羊才踏實。

按說澤仁的牧場也有羊，狼卻寧可捨近求遠，難道牠也知道澤仁眼尖馬快人利索，很難做到羊不知，人不覺？哪像巴老頭老眼昏花放羊懶散，眼鏡一摘等於睜眼瞎，且有那麼多怪模怪樣的羊做掩護，機不可失！

我當日眼看著狼把皮叼走，卻想破了腦袋也猜不到那是狼的易容術道具。新鮮羊皮油多黏度大，不難想像狼換上「馬甲」躲在羊群裏偷著樂的情形。狼不厭詐，獨狼更是能把

「詐」字玩兒出花來。

亦風把事情的始末給扎西一講，扎西呆了好半晌：「狼有這麼聰明?!」

這還只是大狼的「花樣式捕獵」，如果扎西知道小格林幾個月的時候就會自己開電視，用遙控器換節目，還跟著電視裏的大狼學抓魚的事兒，扎西非傻了不可。我也不岔開話題，只是意味深長地笑了笑：「別小看牠們。」

亦風說懷疑這狼是格林，想知道牠有沒有天眼。扎西這才回神拿起電話：「我問問老頭。」

巴老頭沉冤得雪，在電話那頭說話硬氣了許多。扎西追問他狼的特徵，巴老頭卻說不清，他沒戴眼鏡，能看清狼影就不錯了。

我也不灰心，摘下羊皮上的狼毛集成一束，裝進小塑膠袋裏。自從再回草原尋找格林以來，收集狼毛已經成了我的習慣，凡是能弄到的狼毛，我都用小塑膠袋分裝，注明發現地點和發生的事件，這是目前唯一能握在手中的線索。

格林在我們身邊的時候，我曾經留有牠的狼毫和牠小時候被高跟鞋踩斷的一截斷趾，哪怕我們走出草原的時候仍然找不到格林，只要其中有一撮狼毛的DNA能跟格林對上號，我都能確信牠還活著，只是在莽原中與我們擦肩而過。我在紙條上備註「披著羊皮的狼」，小心翼翼地把紙條放進塑膠袋，封口。

亦風還在扎西的翻譯下仔細詢問巴老頭：「狼往哪個方向跑的?」

儘管這消息遲到了幾天，但我們還是想知道牠的行蹤——狼是喜歡走老路的。

巴老頭說看見狼是往澤仁的牧場撤退的。我們馬上給澤仁打電話，想請他多加留意。誰知還沒等我們說事兒，澤仁就搶先開口了：

「我正想找你們呢，你們前幾天讓我留意小狼崽，今天早上我放牛的時候，還真發現了一窩小狼，有貓那麼大，老遠看見我就鑽洞了，那狼窩就在我牧場上！」

今天真是驚喜不斷，我恨不得立刻從電話裏鑽過去：「你看見大狼了嗎?!」

「大的沒看見，小的還在洞裏，我盯著那個窩的，你們快來吧！」

我和亦風急忙跳上車，扎西塞了一袋包子給我，叮囑道：「要是大狼回來，得趕緊撤退，安全第一，邦客護崽玩命得很！」

09/ 平原狼窩

「只要不死就有希望，沒有什麼比認命更可怕。」
狼就是這樣，牠們保存實力，卻從不軟弱服輸，
既然活著就要活得精彩，只要內心強大就沒什麼困擾得了牠。

澤仁的長圍巾把腦袋裹得像粽子，只露出眼睛。他騎著一匹栗色馬，手中的套繩牽著另一匹剛套來的黑馬，得得跑近。黑馬一路偏著腦袋綳套繩，極不情願地打著響鼻。澤仁彎眼一笑，向我們揮了揮袍袖，讓我們把車停在最近的牧道邊上。草原濕地看似平坦，其實遍佈沼澤、水洞、暗坑、凍脹丘……車子開不進去。

「狼窩就在那邊……騎馬過去最安全，不留人味兒。」澤仁所指的是狼山前峰方向。

我用望遠鏡掃視了一下，沒有特別的動靜。正午的太陽直直投射在草原上，在這片安靜之下的某處就躲藏著幾隻野生野長的小狼，我們將接近正在養育狼崽的狼窩。不知道這些小狼崽有多大個兒，不知道大狼又在哪裡窺視著，窩裏會有母狼嗎？我咬著嘴唇，一顆心像貓抓。

澤仁把配有馬鞍的栗色馬讓給我，自己用套繩結成簡單的轡繩繞在黑馬嘴上。亦風見黑馬不安分，想幫澤仁一把。他剛走到馬身後，黑馬飛起後蹄踢向亦風腰眼，亦風驚叫退後，澤仁及時拽住馬，險些踢中！

「馬屁股後面不能走！會踢死人的！」澤仁吃驚不小，亦風的舉動一看就是個生手。

「你不會騎馬？」我有點意外，因爲一直覺得高大的亦風啥都會。

「……會啊，」亦風嘀咕著，「騎馬又不用考駕照。」

亦風牽過栗色馬，右腳踩上了馬鐙子，撐上馬背才發現上反了，下馬換左腳，轡繩又擰盤兒了。還嘴硬！我抿住笑意，拉過轡繩上了馬，幫亦風在我身後坐好。亦風捏著我胳膊的雙手就像握著方向盤。我咯咯笑著勒轉馬頭，跟著澤仁向草場深處進發。

不久，在一處大土丘旁，澤仁輕輕勒馬，一聲不吭地指指土丘，示意就在那兒。我一愣，原以爲要走到狼山前峰才會見到狼洞，沒想到狼洞竟然在如此平緩的牧場中央，而且這麼容易被找到。

澤仁打望四周，預防大狼出現。亦風拍拍我的肩，用手指畫了一個圈。於是我輕馭馬韁繞著土丘周邊查看。

半畝地大的土丘西面有一大片人類野餐後的垃圾，土丘前後分佈著三個洞口，每個洞口都有籃球大小，洞內肯定是相通的。洞道幽暗深長，一尺之內便再看不見裏面的情況。洞口的沙土上留著爬進爬出的新鮮小爪窩，四周散落著不少啃剩下的牛羊下頜舌骨肌溝骨和腿骨殘骸，灰白色的糞便時有發現。

我們只在馬上觀望，不靠近洞口，也不碰任何東西。忽然，亦風捏著我胳膊的手一緊，點點耳朵，又指指洞道示意我聽。我輕輕勒馬，安撫馬頸使馬噤聲，閉目側耳……

「喀喀……叮……」金屬叩碰聲。洞裏的一窩小狼一定是屏住呼吸，豎著耳朵在聽馬蹄聲，也許其中一隻小狼正悄悄往洞道深處縮去，碰到叼進洞裏玩的空罐頭盒，發出輕微的磕響。也許膽小的狼妹妹往膽大的兄弟身邊靠了靠。

窸窸窣窣，小爪子抓過洞壁的聲音，我恍惚覺得小狼崽不是在洞道裏匍匐，而是在我的血管裏潛行，慢慢地、悄悄地往心室裏拱，爬得我心癢難耐。洞裏的那幾顆小心臟一定也在「怦怦……怦怦……」地跳，大家都不出聲，就這麼揣測著，僵持著。

洞外的生物提心吊膽，洞裏的生物惴惴不安；洞外的假裝沒發現，洞裏的假裝不在家；洞外的在猜測母狼在不在，洞裏的在琢磨這幫人想幹啥。

在引起牠們懷疑之前，不宜久留，三人使個眼色：撤！

返回的路上，我心裏直犯嘀咕，狼性多疑，選窩更是極爲講究。通常來說，狼會選擇視野高遠人跡罕至的陡峭山坡，在平原築窩實屬反常，這不符合狼的習性。難道這是狼在搬家途中的一個臨時據點？可是狼窩周邊的諸多殘骸和糞便顯示，牠們在這個洞穴裏起碼待了一個星期，臨時窩點會停留這麼久嗎？難道還要等著新房裝修？又或是山裏出現了危險，不得不遷居牧場……一切的猜測只能靠觀察找到答案。

我和亦風辭別了澤仁，回小屋拿隱藏攝影機，準備在狼窩邊布控。

澤仁的源牧在狼山前山的西北面，整體呈長方形，占地五六千畝，縱切過兩座山、一條大河和一個河心小島。澤仁牧場的東北邊緣有一條牧道，狼窩的位置大概就在長方形牧場的中央。亦風開車在牧道上行進著，似乎就能遙望狼窩所在的土丘。

亦風停車建議說：「如果我們從牧場的兩頭往中間走，至少得一個多小時腳程，不如從這裏攔腰橫切過去，估計半小時就能走到了。」

「這條路我們不熟啊！連狼都知道沿著老路走，我可不願意亂闖。」我話是這麼說，但是上午走得太累，能節省半小時的體力那是極大的誘惑，踅摸來踅摸去，管他呢，草原上有方向就行，狼窩就在前面，車子就停在後面，一目瞭然的地方還怕走丟不成？腳下就是路。

走！

步行了半小時，我就後悔了。

草原有句俗語叫「望山跑死馬」，這種「看起來很近」的錯覺本身就是一個迷魂陣，近在眼前的目的地一旦走起來那就是漫漫長路。我們選擇的這個方向，跳過泥地是水洞，繞過水洞是暗河，蹚著冰水渡過暗河，發現我們進入了一片沼澤，兩人叫苦不迭。可是路已經走了一大半，回頭走也遭罪，似乎這片沼澤不算太寬，沼澤上分佈著一個個像梅花樁一樣的草垛子，用木棍探探，還算結實。我倆咬咬牙，仗著腿長，這兒蹦那兒蹦，好不容易跳完「梅花樁」。

等到腳踏實地，太陽已經很斜了，我們不但沒有節省時間，反而多用了兩個小時。看來，近路不是隨便抄的，澤仁帶我們繞行是有道理的，等走到狼窩所在的那片草場，我們才發現到處都是相似的土丘，到底哪個土丘才是狼窩，死活找不著了。

我隱隱不安起來：「今天先撤吧，再找下去連回家的力氣都沒了。我們沒帶電筒，天一黑會迷失方向。」

亦風不甘心：「肯定就在附近，再找半個小時，找不到我就聽你的。」

話說完還不到十分鐘，太陽就被亂山吸了下去。我打了個冷戰，不祥的預感迎面襲來，我抓住亦風的手：「狼窩肯定找不到了，快給澤仁打電話，再這樣下去，我們會出危險！」

「沒事兒，不用怕！只要繞過這片沼澤，過了河，你瞧，有燈就有人！放心吧，有我在，不會迷路！」

真是死要面子活受罪，亦風執拗地帶著我向極遠處的牧民家趨光而行。

暗夜裏，腳下的濕地越走越鬆軟滑溜，不一會兒我們的鞋子就沾滿了泥巴，足有十幾斤重，每走一步都要費好大的勁。

沒走多遠，我腳下一沉，沼澤！泥漿沒過了大腿，以緩慢而不可抗拒的速度一寸一寸地把我往下吸！我慌忙後仰，胳膊肘撐住身後的乾地，雙手揪緊了乾草，穩住身體的重心。

漆黑中，亦風還在奇怪：「你怎麼躺下了？」

「快救我！沼澤！」

在草原上多次陷入泥沼的經歷告訴我們，越是掙扎陷得越快。亦風雙臂環過我腋下，箍緊了，一點點往後拖。我趕緊利用泥漿的潤滑，從靴子裏褪出腳來，趁著光腳還沒被泥吸牢，一條腿一條腿慢慢往上拔，上半身一點一點往乾燥的地方爬。

抽身中，我的膝蓋在泥漿裏碰到了一大塊硬東西，總算有了落腳點。光腳踩上去，這個又大又硬的東西，有毛……有角……腳下那東西慢慢沉降，我借著這一把力總算掙上岸了。

「裏面陷著一頭死犛牛，要不是牠墊底，我就直接下去了。」我抖個不停。

人拔出來了，鞋子沒了。光腳踩在牛羊啃過的草碴子上，像踩釘板一樣疼。周圍儘是泥沼冒泡的輕響。除此之外，草原上一片死寂，靜得可以聽見血液在腦袋裏流動的聲音。那些燈光遠若浮星，可望而不可即。氣溫降至冰點，月黑星暗，沼澤環圍，狼窩就在附近……

亦風不敢再逞強，撥通了澤仁的電話——我們迷路了。沒有星辰，沒有標誌物，在漆黑一片的草原上，甚至無法說出確切的位置。

澤仁正好從縣城開著奧拓車回他的源牧，接到我們的電話，他乾脆把車開到一個小山包上，居高望遠，閃著車大燈給我們位置信號。我沒帶電筒，急中生智，打開照相機的閃光燈，半按快門，三長兩短給澤仁閃信號。雙方總算確定了方位。

澤仁在電話裏指路：「你們不要相信遠處那個燈光，那是幾十公里以外的人家。也不要朝我的車燈方向走，過不來的，全是泥地。你們先退回乾燥的地方，找找附近有沒有牛蹄踏出的印記。如果找到了，順著蹄印向迎風的方向走，這是犛牛回家的路；如果發現有摩托車印就再順著車印走，這是趕牛人的路線……如果走到沼澤河邊，你們就別亂動了，原地等我。」

我和亦風照澤仁指引的路線走著，我每走幾步就按一下閃光燈標明行進方向。亦風用手機的光亮照著路。走著走著，他猛地站住：「有東西！」他用手機使勁向前照。

黝黑的夜幕下，一對幽綠光拖著光尾緩緩橫移，就在十多米外盯著我們。

狼?!我頭皮一緊，怕什麼來什麼！

「後面還有一隻！」亦風和我背抵背，把棍子緊握在手中，身體微顫。

天天盼狼不出現，偏偏在我們落難的時候將我們堵個正著。黑漆漆的沼澤地，又不敢亂跑，真是天不時，地不利，狼不和。入夜遇到護窩的狼，完蛋了！

亦風也不知道哪根神經搭錯了，突然大吼一聲，把手中的棍子顛來倒去舞起來。天啊，就憑他那功夫，不舞倒罷了，一舞起來我更恐懼了，顫聲道：「別玩花招，狼真要撲上來，也就兩秒鐘的事。」眼下只能狼不動我不動，千萬不能叫板。

的認親橋段。

「格……格格……格林？」亦風還抱著一線希望，指望遇到的是熟狼，上演神話裏才有的認親橋段。

綠眼睛沒有任何親切的反應，只是遊走著太極圈，像飄忽的鬼火冷冷地圍繞著我們。難道是在尋找攻擊角度嗎？那唆鼻的聲音吸走了我殘餘的體溫，被別人當宵夜嗅著真不是什麼舒服的感覺。我汗濕的額髮被冷風吹起，狠狠抽打在眼角，刺痛。

嘀嘀……車聲開近。狼眼一晃，嗖呼一下不見了。

澤仁也不知怎麼繞來繞去，他就有這本事摸黑把小奧拓開進濕地來，光明的車燈往我們一照，立刻驅散了我的恐慌，我倆像飛蛾一樣不顧一切地向燈光撲去。

「你們太笨了！」澤仁邊開車邊笑，「下午我就望見你們向狼窩走，怎麼繞著繞著就跑偏了呢，我還以為你們要去別的地方。我中午才帶你們去的，你們咋不記路呢……」

我倆低頭搓著褲子上的泥，傻笑，不好意思說我們抄近道，更不好意思說我們還被狼嚇得舞了棍子。

澤仁笑夠了才寬慰道：「沒關係，我到你們城市裏一樣找不著方向，就算在社區裏都會走迷路，各人適應的環境不同。」

說話間，車前的地面出現了泥水的反光，我頓時驚叫起來：「快停車，沼澤！」

「放心吧，」澤仁笑道，「草原我熟，這條暗河就只有這個地方的下面是一塊大岩石，陷不下去，上了我的車就別擔心了。」

第二天一早，澤仁給我們一人準備了一匹馬，重新帶我們去狼窩附近。我們悄悄布下了三台隱藏攝影機，分別對著洞口、小狼玩耍的沙土平臺和小狼們可能去尋找玩具的垃圾堆。

回家的路上，我們猜測那披著羊皮的狼是不是就是這窩狼崽的家長。

澤仁推測道：「那匹狼捨近求遠，不吃我的羊，可能就是因爲牠住在我的牧場上，兔子不吃窩邊草，老狼不宰窩邊羊。就像後山那個老狼洞，牧場主的牛羊放到狼洞門口都沒事兒，只要地主不動狼的窩，狼就不碰地主家的羊，好像達成協議似的……」

「後山有一窩狼嗎?!」

「我說的是兩年前的事，那狼窩早就被掏了。」

我的心像被冰刀割了一下，冷痛。

澤仁看我倆都盯著他，知道我們想瞭解原委，回憶了一下，說：

「兩年前，後山遷來一窩狼，狼崽子出窩的時候都有貓那麼大了，大狼出外覓食，狼崽們就在山上自娛自樂，人和狼一直相處太平。後來，盜獵的想去掏狼窩，牧場主覺得狼沒害人，不讓掏。盜獵的就許了他些好處，又說，別看狼現在不動你的羊，等一窩崽子長大了遲早是個禍害！牧場主被說動了。於是盜獵的把炮仗扔進狼窩，炸得小狼滿山跑，暈乎乎的狼崽跑不快，被抓進麻袋裝在摩托車上。據說路上有隻狼崽啃破麻袋鑽了出來，不要命地跳車，順著山坡滾下去。雖然看著小狼重傷肯定跑不遠，但坡地太陡，人不敢追下去。大狼回窩以後不見了狼崽，急得到處嗥、到處找。後來有人看見母狼叼回那隻還剩一口氣兒的崽子，公狼聞著人味兒一直追到公路邊，盯著來往的車子看，見到裝了東西的摩托就追，人拿狗棒掄牠都掄不走。到現在兩年多了，那窩狼的事兒早就被人忘了，但村裏人還是偶爾會

孩子丟了兩年，牠找了兩年。牠覺得孩子還蜷縮在某個盜獵者的小箱子裏，等待救援，只要爸爸呼喚，牠們就會跳出來。

看見那隻公狼去路邊守車。村民吼牠、趕牠，以爲牠瘋了，以爲牠要傷人，但很少有人知道牠爲什麼來。你那個電視節目播出以後，也有人說公路邊的狼是格林，因爲牠不怕人。反正各種傳聞都有。」

「那不是格林。」我嘆口氣，兩年前格林才剛離開我們，還不到一歲，不可能成家育後，但那隻狼應該是格林回歸時狼群裏的狼王。狼王尚且如此落魄，格林的命運更是難測。

「我知道。」澤仁說，「所以我以前也沒給你們講過。我遇到過那個狼好幾次，我兒子貢嘎開春的時候還見過牠。貢嘎當時是騎著摩托車在牧場上趕牛的時候覺得肚子痛，就把摩托停在草場上，自己到山坡上找地方拉屎，等他拉完走回去，正好看見那隻公狼像人一樣站著，撐在他的摩托上，聞前聞後。貢嘎用手機拍了照，發到朋友圈。他說這個狼太笨了，被人抓走的小狼崽肯定早就死了，就算還有活著的，也長成大狼了，怎麼可能還藏在摩托車上。兩年多了還在較勁沒必要，再生一窩不就行了……」

「貢嘎沒當過爹，他不懂。」我對公狼同病相憐。

在父母心裏，每個孩子都是不可替代的，多少丟了娃娃的父母，對孩子的記憶就定格在失去他們的那一天，一看見相同的事物就會觸動情腸。這匹狼的孩子丟了兩年，牠就找了兩年，帶著對孩子們幼年時的印象。或許，牠覺得那些小生命還是蜷縮在某個盜獵者的小箱子裏，默默等待救援，只要聽到爸爸呼喚，牠們就會回應。或許在那匹公狼的心目中，牠的孩子們還是只會嗷嗷叫的、需要牠吐食去餵養的小傢伙。

野外的狼平均只能活八年，狼命兩年相當於人的十四年已經過去了，這個狼父親還要去公路邊守著。狼失去孩子的痛苦和人失去孩子的痛苦是一樣的，會不會有人告訴牠，不要找了，找不到了，就算牠的孩子還能僥倖活著，也早已是大狼了。

我同情這個狼爸爸，我們尋找格林的心情又何嘗不是這樣呢？只要看見狼，我們都以爲牠是格林。我好希望那匹公狼的孩子還真的活著，哪怕只剩一個了，我能幫牠找回來，親口告訴牠的孩子，「你的爸爸一直在找你。」我期望有朝一日，牠真的能找到牠的孩子，也許牠長大的孩子站在牠面前的時候，這個爸爸已經茫然了，當牠們終於憑著熟悉的味道相認以後，會不會抱頭痛哭？

又有沒有狼能告訴我的格林，「你的媽媽在找你。」

「那個照片還能找到嗎？」

「呃……如果貢嘎沒刪掉的話，在他朋友圈裏應該還有吧，你回頭加他微信看看。」

「那對狼後來報復牧場主沒有？」亦風追問。

「這倒沒有，畢竟牧場主沒有參與掏窩。而且母狼還是找回了一隻幼崽，雖然是個殘疾娃子，但這窩狼總還有點指望。那小狼娃腿腳有點瘸，慢走的時候不覺得，跑快了就是跛的。哦對了，牠還是個聾子，牠小時候在我牧場上溜達，我侄兒把臉盆敲得震天響，牠聽不見，直到看見人騎馬過去了，才嚇一跳，撒腿就跑。我們都以爲這又聾又跛的小狼肯定活不了多久，沒想到母狼愣是把牠拉拔大了。雖然耳朵不好使，但這傢伙鬼精鬼精的，經常單獨行動，夏天追不上兔子就逮土狗（旱獺），到了冬天撿些死牛死羊也活得下來。牠吃過人的虧，警惕性特別高。下了狐狸藥的肉從來騙不過牠，只要牠聞出人味兒，就撒泡尿做記號，其他狼也不會去吃。」

我越聽越詫異：「你怎麼對這隻狼這麼瞭解？」

澤仁咧嘴一笑：「因爲牠最容易看到，牠跟其他狼不一樣，牠喜歡白天行動。牠耳聾聽不到危險，不知道從哪兒招了兩隻鷹跟著牠，一有動靜鷹就給牠報警，有時牠還會吐些肉給鷹，保證鷹跟著牠能吃飽。因爲鷹晚上是不飛的，所以這隻狼也白天出沒。」

聽說過導盲犬，頭一次聽說狼還有導聾鷹，我猛然想起：「那匹狼是不是腦袋特別大，脖子特別粗，頸毛長得跟獅子頭似的？。」

「沒錯！」

哈，原來是牠！獅子頭。遇見好幾次了，這才知道了牠的身世。我不由得記起亦風在動物園說過的話：「只要不死就有希望，沒有什麼比認命更可怕。」狼就是這樣，牠們保存實力，卻從不軟弱服輸，既然活著就要活得精彩，只要內心強大就沒什麼困擾得了牠。

我突然間也放寬心了，一隻聾狼都能活得下來，格林肯定不至於餓死，只要不死，我們總能遇見，想到這裏，我心情敞亮起來。

亦風則注意到了澤仁說的另一句話：「狐狸藥又是怎麼回事？」

「那是盜獵的人搞的名堂，把毒藥用蠟皮裹起來，糊上羊油去味，塞在死牛羊的肉裏。狐狸、狼、草原狗都有被毒死的。尤其是狐狸，狐狸吃肉細嚼慢啃，容易咬破蠟皮，一旦吃下去必死無疑，因此這種藥毒死的狐狸最多，所以叫狐狸藥。狼喜歡囫圇吞，運氣好蠟皮不破，還能整個拉出來，所以中毒的狼很少。有的狼吃了肉覺得不對勁，馬上找點後悔藥吃下去就沒事了。」

「後悔藥？真有這種東西嗎？」我太稀罕這東西了，這可是人類嚮往的十大神藥之首啊！

「有啊，」澤仁四處看看，指著一叢其貌不揚的草，「那個就是。」

我翻身下馬就去採了幾株。這狼的後悔藥草莖柔韌，不太容易掐斷，極細的絨毛將細長的葉片邊緣勾勒出若有若無的銀色光輝，斷口處滲出的草汁有一股讓人聞之難捨的清香味。葉片飄逸，十足的仙草樣兒。

「人能吃嗎？」

「能！」

「管用嗎？」

「管用！」

感謝上帝，我這輩子有好多後悔的事呢！我念叨著最近的一件，把後悔藥嚼了下去……仙草的口感像金針菇，纖維綿長掛牙嚼不斷……我剛咽了一絲到喉嚨口就發覺大事不妙了，那草汁比膽汁還苦，霸道地揪住舌根，而那些柔韌滑膩的莖葉懸掛在喉頭與舌面之間，吐不出咽不下，彷彿爲苦汁打開了一條通路！苦，長驅直入向胃裏衝鋒。眨眼間，我眼淚鼻涕全湧了下來，趴在草垛子上搜腸刮肚……隔夜飯留不住了！我恨不得把那條苦透的舌頭都拔出來扔了！

我還以爲什麼靈丹妙藥能起死回生呢，狼不就是使個苦肉計強制洗胃嘛。不過在盜獵者防不勝防的草原飯桌上，這「後悔藥」確實是狼餐後漱口居家旅行的必備良藥！

倒完了一肚子苦水，我蒼白著臉爬回馬背上。亦風和澤仁笑得牽不住馬，亦風覥著臉幸災樂禍：「後悔藥好吃不，管用不？」

我會讓他後悔的！

臨分別時，澤仁把他的馬留下來給我們用，據說這馬已經十六歲了，澤仁給牠繫上腳絆：「牠老實得很，平時不用管牠，任牠到處吃草就行。老馬識途，你們就不用擔心再迷路了。」

隱藏攝影機的電池正常情況下能堅持拍攝三到七天，可是剛到第二天我就耐不住性子了，畢竟是第一次在野狼窩邊布控，很惦記，攝影機會不會被牛羊踩到了？會不會被狼發現了？會不會沒電了？亦風被我嘮叨得受不了，就給我找了個活兒，在小屋外的半山坡上架起了大炮筒長焦鏡頭，讓我學習調焦、拍攝，同時觀察草場的動靜，而他自己則練習騎馬去了。

草原上再長的焦距都嫌短。大炮筒算是搜狼的神器了，幾千米外澤仁院子裏的狗打哈欠都能看見，但它鎖定的目標範圍很小，對焦不易，要掃視完整個草場至少花半天時間。

第一天，我就在鏡頭中發現了奇蹟——草場上臥著一頭大象，我咋咋呼呼地拽來亦風，調清畫面一看，那是個沙土堆，土堆的形狀確實像一頭大象，而且有鼻子有眼的。

「你看清楚再喊我，高原上哪來的大象，動動腦子。」亦風說。

第二天，我又在鏡頭前張大了嘴巴：「這回是……鱷、鱷魚，你看不看？」

「逗比。」亦風不理我。

「真、真的，牠還在動，腳在爬。」

「啊？」

經再次驗明正身，我眼中的「鱷魚」實則是半包圍在旱獺洞口沙土台邊的一圈岩石堆，岩石堆在夕陽的投影下，呈現出粗頭彎尾的形狀，而「鱷魚」的腳則是兩隻從洞裏探頭出來的旱獺，牠們邊放哨邊拱來拱去地吃草，讓我覺得那隻鱷魚正在爬。

「你怎麼淨看見些稀奇古怪的東西？」亦風把「鱷魚」「大象」當作笑料拍下留念，不過就連他也不得不承認，這確實太像了。

那幾天，老天爺就好像是有意作弄我似的，我經常會在鏡頭裏瞄見奇形怪狀的東西，亦風覺得我再看下去，腦子會被燒壞的。在亦風對我的眼光徹底失去信心之前，第四天早上還真讓我套住一隻狼了。

當時那狼正縮著身子在草叢中埋伏著。我原本不可能發現牠，我只是在望遠鏡裏看見澤仁的兒子貢嘎把羊群趕出來了，便想看看小羊倌兒放羊的樣子，回頭給澤仁得瑟一下我的「千里眼」。

貢嘎是帶著新婚媳婦出來的，兩人並肩牽著馬，採花簪鬢，好一對甜蜜的草原情侶。我沒好意思再看，移開鏡頭時無意中就套住了一對尖耳朵。

好傢伙，這狼盯著貢嘎夫婦，一動不動，比我瞄得專注多了，戀愛中的羊倌散步走遠，羊群倒是離狼越來越近了。狼埋低了頭匍匐前進，羊群還沒發現牠。貢嘎用氈帽把臉一蓋，在暖陽下打起盹兒來。新媳婦趴在草地上，貌似在玩手機，一旁吃草的馬正好擋住了他們的視線。

「是狼，你終於看對眼了。」亦風手動調焦。

「牠好像盯上澤仁家的羊了，要不要告訴澤仁一聲？」我雖然這樣說，但心裏卻是不願意干擾狼狩獵的，一邊是朋友家的羊，一邊是饑腸轆轆的狼，牧民和狼世世代代就是爭奪口糧的關係。

亦風明白我的糾結：「給狼機會，澤仁那邊我跟他說，買他一群羊，狼吃了算我們的。」

羊群還在吃草，狼已經鎖定了羊群邊緣落單的一隻半大羊。狼收攏後腿，聳起肩胛，頭頸低低地向前探出，後背像弓弦一樣繃緊，牠把身體各個部位調整成富有彈性的弧狀，把活動的聲息減到最小。

「小心狗棒啊……」我替狼捏了一把汗。

「狗棒」，顧名思義，原本是因為藏區野狗兇猛，牧民用來打狗防身的。自從槍枝和刀具被管控以後，狗棒便成了主流殺傷性武器，草原上幾乎每個牧民男子都有狗棒，這是殺狼打狗的利器。前幾天，貢嘎才給我炫耀了他的狗棒。那是根一尺左右長，一頭粗、一頭細的四稜形生鐵棒，乍一看像燒紅以後拉長搓細的秤砣。狗棒粗的一頭直徑五釐米左右，端頭曲線形向外凸出四個銳利稜角；狗棒細的一頭直徑一釐米左右，開了一個穿孔，拴著一條四五米長的皮繩。

這皮繩也有講究，一定要取自牛脖子的最有韌勁兒的皮，細細編結起來做成牛皮繩。牛皮繩柔軟輕巧，可以捲成一小團和狗棒一起塞進懷裏；牛皮繩堅韌，即使被狗叼住撕咬也不容易斷裂。牧民只要攥住牛皮繩，把狗棒像流星錘一樣掄甩，一傢伙下去，連犛牛的腦漿子都能砸出來。

我一想起狗棒的殺傷力就直冒寒意，現在這匹狼就在貢嘎眼皮子底下掏羊，一旦被發現……死定了！我和亦風大氣不敢喘，彷彿也跟狼一樣在伏獵。

落單羊靠狼更近了……

突然，狼激射而出，叼住羊脖子，一甩頭，把羊撲倒在草坑裏。狼壓在羊身上不動，草叢上只見一隻羊蹄踢蹬了幾次，便軟了下去。旁邊的羊疑惑地望了望，低頭繼續吃草，絲毫沒察覺少了一個同伴。

羊不再掙扎了，狼迅速剖開羊腹，掏棄腸肚，把只剩淨肉的羊甩於後背，扭頭而行。這時才有其他羊發現了狼，但羊們跑了兩步也就不慌了，因爲牠們看見狼已經有了食物。

這狼身手夠利索的，我心中暗讚。

狼叼著羊跑了一段距離，翻過一道圍欄，放下羊喘口氣，回頭瞅。羊倌翻了個身，還在做夢。狼塌下後腰小便——哦，是母狼啊，那就不是格林了。我心裏想著，牠埋伏了半天，這泡尿一定憋壞了。我輕移鏡頭繼續鎖定狼，看牠往哪兒去。

正看到節骨眼兒上，鏡頭一黑，近處的牛糞堆擋住了視線，關鍵時候掉鏈子！我急忙把望遠鏡架到更高處，再搜時，找不到了。但我仍然激動，因爲母狼叼這麼大一隻羊回去肯定是餵小狼崽，狼窩前的攝影機絕對能拍到母狼回窩餵小狼的畫面！

轉天一早，誰也摁不住我了，取攝影機！亦風架著望遠鏡在山坡上放哨指路，我把對講機的耳麥塞好，根據亦風的指引跳過沼澤，朝狼窩直線行進。

「附近沒看見狼，大膽去你的吧，我殿後。」

我總覺得亦風的話有點坑，不過現在沒工夫拌嘴。越靠近狼窩，我的神經繃得越緊，東張西望走著賊步。

「沒狼，放心，我看好你哦。」亦風又在耳機裏給我打鎮定劑。

我深吸一口氣，已經能看見土丘隆起處的一號攝影機了，這個機位正對著小狼玩耍的垃圾堆。前幾天布控時，由於草原上沒有可安裝攝影機的樹木或支點，我們帶去一根手腕兒粗細的木棍深深壓入凍土，只露出半米高的樁頭，用來固定攝影機。而現在那根木棍卻折斷了，攝影機掛在上面搖搖欲墜，木棍下面的凍土被搖磨出錐形的深洞。

一號機位被破壞了，我心一沉轉而又一喜，多半是狼幹的，那這個機器說不定拍到了狼的特寫，如果狼啃咬過鏡頭，沒準兒連蛀牙都拍清楚了！我輕手輕腳踮到土丘邊，伸脖子一望，還好，另外兩個貼地隱藏的攝影機都還在，似乎狼沒有破壞那兩個機器。我心裏更踏實了，三個機位總有一個拍到狼！

我悄悄靠近狼窩，急速取回攝影機裏的記憶卡，換上新電池和卡，重新擺好機位。閃人！

我一回到小屋首先輸出一號機位的拍攝資料，從五天前我們布控到今天收回攝影機，狼窩邊都發生過些什麼事呢？兩人緊盯電腦，最好奇狼是怎麼拆機器的。要知道那根木棍子是桃木的，比鐵棍都堅硬，我曾經想把它修短做拐杖，刀劈斧砍都削不動，這次竟然被硬生生折斷，而且牠搖晃木棍能把堅實的凍土旋出一個大洞，什麼狼這麼神威？

綠色的拷貝顯示燈剛剛走完，我們趕緊打開視頻，等著狼啃攝影機的畫面出現。

鏡頭在晃……長毛？板牙？大鼻孔？牛！一大群犛牛在鏡頭前晃來晃去，又磨角又蹭癢。草原上沒有樹，沒有大石頭，這麼結實一個樁頭定海神針一樣杵在那裏，真是個「惠牛工程」，犛牛們盡情磨皮擦癢，巴不得把長毛裏四世同堂的蝨子都蹭掉。折騰到傍晚，喀嚓，棍子終於斷了。苦命的攝影機不停地拍攝牛頭牛腰牛後，電也耗乾了。我們寄予最大希望的一號機位除了癢癢牛啥也沒拍到。

「靠！COW……？」分不清亦風是在罵人還是罵牛。

若不是我取攝影機的時候看過狼洞安然無恙，現在看到牛群肆虐，還真得擔心狼窩會不會被踩塌。

「別急，還有兩個機器呢。」我給亦風打氣兒，接著輸出二號機位的數據，這台攝影機是對著狼洞洞口的。

打開視頻，兩人傻眼了，畫面一片模糊！由於攝影機貼近地面安裝，濕地的水汽蒸騰潛入機器，鏡頭全被蒙上了水霧。在光禿禿的草原上要裝個攝影機真難，高了被牛蹭，低了被水浸。

三號也是低機位，情況也差不多：頭兩天的視頻也是昏花難辨，到第三天中午，太陽特別烈，竟然把鏡頭的水霧烘乾了，畫面逐漸清晰起來。我正在慶幸，卻看見狼窩前來了一個不速之客——一隻大狐狸。狐狸在狼窩附近轉悠著，嗅著地面走走停停。

糟糕！狐狸似乎發現了小狼的氣息，聳著鼻子探查洞口。我心裏咯登一下，不知道母狼在不在窩裏，這狐狸一旦鑽洞，狼崽們將大難臨頭。

狐狸的動作警惕而顧忌，歪著頭用大耳朵聽，守在洞口四處張望。我和亦風死盯著鏡頭，急切地盼著大狼快點回來保家護子。然而，大狼沒出現，狐狸的頭卻再次伸向了洞口。我急得滑動滑鼠，恨不得用滑鼠把狐狸拖進回收站。

「吆——」狐狸衝洞口叫了一聲。沒等我回過神，洞裏「嗖」地冒出一團金黃的東西，大耳朵、小尖嘴！機靈眼睛，細長腿兒！

「小狐狸?!」我和亦風驚喜得叫了起來，「喲，兩隻、三隻！四隻！！哎呀，這居然是個狐狸窩！」是了是了，狐狸才喜歡在平原築巢，垃圾堆附近老鼠多，正是狐狸鍾愛的食物，我早咋沒想到呢。

兩人凝固的神經頓時被小狐狸萌化了。這些小傢伙在土丘上嬉戲打鬧，纏著狐狸媽媽要吃的！有一隻小狐狸發現了藏在垃圾堆裏的攝影機，吧嗒著小眼兒瞅瞅嗅嗅，還有一隻小狐狸可能憋屈得太久了，一出洞就撒著歡兒往遠處跑，狐狸媽媽急忙追攆過去，把這小淘氣押送回家。

四隻小狐狸約莫兩個月大，兩雌兩雄。一身橘紅的絨毛，唯獨尾巴尖是白色的，牠們還沒長出蓬鬆的大尾巴，遠遠看去和小狼崽差不多，難怪澤仁會看錯。我們一心尋狼，儘管對這「狼窩」選址起過疑心，可是我們看見洞前的殘骨糞便卻沒往深裏想——狐狸糞也是灰白色的。現在回想起來，困在沼澤地那天晚上，把我們嚇丟魂的那兩雙綠眼睛大概也是狐狸吧。

雖然這次找到的不是狼窩，但發現一窩狐狸也是意外收穫。狐狸在草原生物鏈中是僅次於狼的掠食者，既然狼的線索暫時斷在狐狸窩前了，我們自然而然地留意起了這窩狐狸。

小萌狐們一天天長大。我們跟蹤記錄了這一家子的生活。

白天，小狐狸們都躲在洞裏，狐狸媽媽凌晨四五點就外出覓食。牠先啃吃一點腐肉爲即將開始的辛勞積攢能量。到太陽出來，嚙齒動物開始活動，牠便滿草場搜捕鼠兔。露水沾濕了牠的皮毛，顯得凌亂蕪雜，牠身形瘦削，不知是曾經受過傷還是有點皮膚病，牠的右側肋部有巴掌大的一塊禿斑，「狐媚」這個詞並不適合牠。

這是個能幹的媽媽，每抓到一隻草原鼠或者鼠兔，便把獵物咬死就地藏起來，再去尋找下一隻，攢夠四五隻以後，她原路返回，逐一把前面藏的獵物都叼起來，塞了滿嘴的食物回窩。每次回家，狐狸媽媽都要反覆確定周圍安全，才呼喚孩兒們出來放風。

新鮮鼠兔是小傢伙們最愛吃的，四個小傢伙你爭我奪，最健壯的小狐狸能搶到最肥美的鼠兔。兩月齡的小狐狸食量不大，玩心大，吃上幾口就開始嬉戲起來，看來狐狸媽媽從未讓牠們挨過餓。即使孩兒們有剩食，狐狸媽媽也捨不得自己吃，牠用鼻子把食物拱到最瘦小的狐妹妹面前，彷彿鼓勵妹妹：寶貝，多吃一點才能像哥哥姐姐一樣壯哦。

塡飽肚子的小狐狸們喜歡叼來垃圾堆裏的空罐頭盒搶著玩，就像人類的小孩玩皮球一樣。牠們會追撲兄弟姐妹的白尾巴尖，練習伏擊獵物。摔跤和追逐是牠們常玩的遊戲，在這種點到爲止的較量中，狐姐和狐哥成了「孩子王」。狐狸媽媽坐在土丘高處放哨，時不時低頭看看牠可愛的孩子們，目光分外溫柔。

雖然我們的攝影機架設得很明顯，但是狐狸媽媽適應了一段時間後，並不介意這怪東西立在家門口，小狐狸們對攝影機就更不設防了，時常用尾巴輕柔地掃過畫面，滴溜著大眼睛杵在鏡頭前照來照去，自拍似的留下一張張錐子臉。每當這時，亦風總會疼愛地笑罵道：「這些小狐狸精。」

最讓小狐狸們眼饞的就是隔壁土丘的旱獺。每當旱獺露頭，小狐狸們便躍躍欲試，不過白天狐狸媽媽不許牠們離開家。小狐狸們玩半小時左右就累了，等寶貝們進洞睡覺，狐狸媽媽繼續外出覓食。牠每天奔波於牧場和窩之間，很少有休息的時候。

夜晚是生存訓練的時間，狐狸媽媽會帶著孩子們到附近的旱獺洞一試身手。狐哥敢大著膽子往旱獺洞裏鑽，但狐小妹畏懼旱獺的尖牙利爪，剛鑽進半個身子，一聽見旱獺威脅的叫聲就忙不迭地縮出洞來。

我每天一早餵完爐旺，便架著長焦掃視草原，希望能像上次一樣發現一匹狼，但那樣好的運氣再沒有降臨。

四月進入了下旬，草發芽了，小黃花開了，旱獺兔子越來越多了，狼卻彷彿從草原上消失了。

10／必須趕在盜獵者前面

一號水源地的軟泥上能看到一些小小的狼爪印，
跟格林一個半月時的爪印大小差不多，胖乎乎的特別可愛。
我暗暗高興，心想：「這地方有戲。」

自從澤仁留下了那匹老馬，亦風苦練騎馬已經半月有餘。蛙式、蝶式、飛燕式、自由式、狗吃屎式、驢打滾式，及各種高難度係數的摔法他都試過了，但他一直發揚在哪裡跌倒就在哪裡的醫院爬起來的精神，堅持不懈！我相信憑著他的努力，總有一天……他會爬不起來的。

這天，我又扶著亦風去縣城的小診所買跌打藥，正巧碰見貢嘎。

貢嘎拉我們到一邊，用袖筒套著嘴神神秘秘地說：「發現了一窩小狼崽，你們知道嗎？」

「你的消息過時了吧，那是狐狸窩。」

「狼窩！」貢嘎一甩袖子，「千真萬確！小狼在山上跑！狼洞口都是荊棘叢擋住的，還有一個沙土平臺，山上有不少犛牛骷髏……」

貢嘎的描述字字命中狼洞特徵，看來這次是真狼窩了。我倆頓時來了精神：「在哪片山？你親眼看到的嗎？」

「不是，是後山牧民放羊的時候從望遠鏡裏看到的。狼洞就在後山上！」

「後山……」我倆猶豫了，後山可是我們的禁區啊。從我們重返草原就知道後山是狼群的主要據點，牠們在後山選巢育子也是意料之中的事。但我們一直不願意去後山打擾狼群，因爲還不能確定是否能取得狼群的信任，如果狼群排斥我們，人進狼退，牠們是無處可去的。原指望狼窩在前山或中峰，我們架設長焦還有可能看得到，後山卻是絕對隱蔽的地方，除非爬上中峰山梁才能望見。

一想起澤仁說兩年前後山有一窩狼被掏過，我心頭七上八下：「狼窩在後山的哪個位置？」

「具體位置牧民不肯說，因爲他們覺得狼是守護草場的山神。自從後山原來那窩狼被盜獵的掏了以後，他家的草場一直就不好，草地長得像癩頭一樣，兔子老鼠到處跑，牛羊病死的也多。到了夏天，他家根本不敢在帳篷外面的草地上曬奶渣，沒等曬乾，一席子的奶渣就被老鼠搬空了。現在好不容易又來了一窩狼，草場眼看著好點了，絕對不能再失了山神的保佑。」

牧民不肯說！我們心裏反倒放心了些。

亦風追問道：「他們真的信奉山神嗎？」

「信！草原上山神的傳說很多，貽嵬若村的山神就去一戶牧民家要過牛。有一年冬天的晚上，下著大雪，有個陌生人去敲一家牧場主的門，這個人穿著棕色的藏裝，蒙著頭巾，雖然看不到面目，但是一雙眼睛灰中透藍很有神，一看就不是這個寨子上的人。那人說：『我是山神的僕人，山神想要你一頭牛可不可以？』牧場主想了想，說：『行，神要就拿去吧。』到了第二天，竟然是一匹大得像犛牛一樣的狼來到草場上，打死了一頭大牛。後來，牧民家的小牛們陸續降生了。狼群沒有打擾他的牧場，小牛們順利度過了初生最危險的時期。咱們大草原的傳統，不去過於計較死，要更多地看到生。」

從貢嘎認真的講述中，我們依稀看到了些許草原信仰的遺跡，我們雖然不信神，可是對宗教有著親近感。要知道草原鼠害若是放在專家的議案上，多半是人工滅鼠，沒「山神」多大的事兒，他們相信人定勝天。科學越發達，神距離人們越遠，只有在科學不發達的地方，才能夠找到神跡，發現敬畏的力量。而正是這種對自然的敬畏有時比科學更管用，更長遠。

既然事關草場運勢和宗教儀軌，那家牧場主肯定不會傷害狼了。

雖然我們也很想像觀測狐狸窩那樣看著一窩小狼長大，但後山是狼群僅存的領地，加之育子期間的狼群會變得更加敏感，對入侵者更具攻擊性，牠們是否信得過我們，我們還沒有十足的把握。耐心等等吧，盼著小狼們快快長大，大狼們帶著新生力量打圍的時候，我們就能看到更壯大的狼群。

辭別貢嘎，我們離開縣城回小屋的路上經過扎西牧場，順道去看望扎西。

扎西把我們迎進帳篷：「來得正好，我介紹個朋友給你們認識，他以前是專門搞濕地保護的，對這片草原和盜獵的情況熟悉得很。」

我很高興，心裏的擔憂正想找人解答呢。

跟著扎西進了帳篷，小桌邊坐了一個黝黑的男人，年齡估計不到五十歲，不過高原人都比實際年齡顯得老相。他眉粗眼細，鼻梁挺鼻翼闊，絡腮鬍子刮得乾乾淨淨，淡青色的鬍子碴勾勒出有稜有角的下巴，微捲的長髮在腦後紮了個兔尾辮子，髮梢搭在藏袍斜拉的羊皮領子上。他胸前掛著幾斤重的珊瑚串，端著酒碗的右手上戴著一枚碩大的鑲著綠松石的金戒指，左手撥弄著一串菩提子數珠，標準的藏族漢子。

他看見我們進來，著實愣了一下，酒碗也放下了。

扎西手心托向我倆，介紹道：「亦風、李微漪。這是索朗。」

「你好！」亦風上前一步，伸出右手。

索朗盯著亦風伸來的手，皺著眉頭緩緩站起身來：「我不跟陌生漢人打交道。」說完，把氈帽一戴就往帳篷外走。

「站住！」扎西的脾氣炸了，「你敢出去我就放狗！你不給我面子，就不要做我的朋友！」

索朗撩起門簾，剛邁出一條腿，聽到扎西的話便定在門口，猶豫不決。放狗，他顯然是不怕的，但藏族人極重情誼，「不做朋友」這話可得掂量掂量了。

扎西硬把索朗摁坐下來，用藏語對索朗道：「你信我，要先瞭解，如果他們是壞人，你再踹我。他們和你一樣是保護動物的。」

索朗雖然礙於扎西的面子坐下了，但對我們正眼不瞧，冷笑道：「你們是來貼標語呢，還是搞宣傳呢？」

我斜眼瞄見亦風還在尷尬地搓著手，便拽著他衣角讓他坐下，微微一笑答道：「我們既不貼標語也不搞宣傳，只是普通人想爲草原做點事，也想向您請教一些當地的知識……您說話別帶軟釘子好不？」

索朗哼了一聲：「女娃你錯了，我這是硬釘子！草原民族環保意識很強，並不是現在才開始的，祖祖輩輩的草原傳統就是這樣。幾千年的藏傳佛教宣揚眾生平等，不殺生這就是環保。生態保護並不是現代文明教化我們的，而是我們的信仰本身就有的。這裏的動物用得著你們漢人來保護嗎？你滿草原打聽去，藏族人不吃天上飛的，不吃水裏游的，不吃帶爪子的，不吃伴侶動物，而你們漢人，天上地下什麼都吃！你們外來人殺光了這裏的動物，掠奪了草場的資源，破壞了我們的傳統，反倒教育我們要保護環境！」

索朗一番話原本說得我臉上青一陣白一陣，聽到後面，我也忍不住了：「我也恨盜獵的，我不否認大多數盜獵者都是漢人，可是就沒有藏族人盜獵嗎？有些漢化了的藏族人比漢人更可惡！再說，過度放牧呢？那些牛羊把草原啃得上萬公頃沙化，這是外來人幹的嗎？」

幾句搶白之下，索朗不答話，我口氣才放緩和了些：「我尊重你們的傳統，農耕民族的確缺失信仰，也有很多劣根性，但社會在發展，游牧民族同樣也在掠奪草原，生態問題不是民族問題，說到底是整個人類活動造成的，如果你真為草原好，就不是在這裏跟我較勁。每個民族都會有敗類，也都有正能量，咱們應該團結起來把正能量傳播出去，而不是對立起來相互指責，你是想解氣還是想解決問題？光埋怨不行動有什麼意思！」

藏族女性的地位比較低，索朗沒料到一個女娃會反駁他，他撥弄著數珠，皺著眉頭盯著我琢磨。扎西這時才找到空檔，摸出抽屜裏的那本我給他的書，用藏語和索朗交流起來。索朗仔細翻看書上格林的照片，神色漸漸柔和下來，遠沒先前那麼咄咄逼人了。

流覽了一會兒，索朗合上書，摸著封面「重返狼群」四個字，問道：「那麼多的一級保護動物甚至瀕危動物，為什麼獨獨挑選狼來保護？你們不是喜歡大熊貓嗎？還有黑頸鶴也是吉祥物，狼在牧區可不討人喜歡，名聲不好。」

「動物就沒有三六九等，你們的佛教也說了眾生平等，國家保護動物劃分的標準主要是根據這些動物現存的數量多少，而不是根據牠的重要性。我們也關注其他動物，但尤其看重狼，不管牠名聲如何，生物鏈中，任何動物都無法取代狼的作用。您是前輩，做濕地保護這麼多年，狼對草原有多重要不用我們講，何苦要等到無法挽回的地步才去做搶救性的保護呢？」

索朗摸摸鬍鬚，語氣柔和多了：「你先前說想問我什麼？」

我聞言一喜，這才引到了正題上。我打開電腦，把我們拍到的一些隱秘的動物和牠們的生活習性、現狀一一向他詢問。

「這是藏原羚，現在很少見了。這看起來像貓的東西是兔猻……哇！這個……」索朗的眼睛陡然發亮，「你們連牠都拍到了！這是荒漠貓啊！好多人聽都沒聽說過這個物種，這是多少專家找了十多年都沒拍到的動物！相當神秘！相當瀕危！相當難得！我以爲荒漠貓都在這片草原上消失了，沒想到還有啊！這照片太珍貴了！能給我留個底嗎？」

索朗用了好幾個「相當」，和我們說話更加投緣了，似乎看了這些資料照片以後，他終於能感覺到這倆漢人不是來鬧著玩的了。

我們樂於拷貝一些照片給索朗做資料，儘管索朗說荒漠貓非常珍奇少見，但我們最關注的還是狼。當問到本地狼群的近況時，索朗嘆口氣：

「現在若爾蓋的狼還不算瀕危，但最大的問題是這裏的狼群正步入老齡化，雖然現在看著還有狼，但很快這批老狼一死，就後繼無狼了。早些年的狼年輕雄壯，我見過最大最威猛的狼，牠能叼著一隻大羊跳過兩米寬的河流。現在這種年輕力壯的大狼太少了。」

「爲什麼沒有年輕狼呢？」

「盜獵！掏狼窩！這些年狼群幾乎找不到安全的繁殖地，小狼來不及長大就被掏了。」

我的心繃緊了，趕緊打開後山的航拍照片：「你認識這片山嗎？這裏安全嗎？」

索朗辨認了一下方位：「這是我們濕地的核心區嘛，沒有盜獵者去不了的地方。這片山上，活佛曾經放生了一頭梅花鹿，盜獵者眼饞鹿一年多了，礙於牧民在一直沒敢下手，但他們經常在那一帶轉悠等機會。如果狼窩在這裏，狼崽子遲早會被發現……」

我和亦風頓時急了：「明知那些人是盜獵的，爲什麼你們保護區不把他們抓起來?!」

「保護區沒有執法權，只能勸說教育。第一次原諒，第二三次罰款。那些幾十幾百元的罰款都太輕了，盜獵的都是油子，哪怕你堵了他十七八回，他還說是第一次。這麼多年來，那些盜獵的我都認熟了。」索朗咬咬牙，猶豫再三還是說出了難以啓齒的話，「前些年我在保護區工作，和我的搭檔專門打擊盜獵的。唉……不怕你笑話，這差事幹得實在窩囊，見到盜獵的連句重話都不敢吼。因爲我們沒有執法權，即便警告都只能是好言勸說。日子長了都知道保護區是個沒牙的老虎，遇到盲流小毛賊還能嚇唬嚇唬，遇到那些專業盜獵者，他們才不怕你呢，他們不光有套子、夾子、毒藥，更有槍、雷管、炸藥。而我們沒有武器，沒有經費，連行動的車都是臨時借用的。我們曾經攔住過幾個茂縣人，當時發現他們有槍，我們不敢起正面衝突，趕緊報到當地派出所，一查才知道他們是省級通緝犯，殺過人，逃到草原上。現在草原上長期盜獵的大多都是亡命徒。盜獵是暴利，誰擋了他們的財路，他們跟誰玩命。」

我頭皮一陣竄麻，不由得想起除夕那天遇上死牛販子的時候，澤仁就曾經告誡過我們要警惕，大草原上藏匿著不少在逃的殺人犯，就幹盜獵和販賣死牛的勾當。現在聽索朗再次提起，可見即使是當地保護區反盜獵的工作人員都拿他們沒辦法。我們要保護狼群，遲早會觸及那些人的利益。我第一次感覺到了潛藏的危機。

「二〇〇六年的時候，光是非法打魚每年就有六十萬元的收入，而一隻旱獺能賣兩百元，幹得熟的人一次可以毒死四五十隻，一年下來少說幾百萬元的收入，這還不算狐狸、兔猻、荒漠貓、鷹、隼、豹和其他各種珍稀獵物。獵狼的誘惑更大，你們見過賣狼的，我就不多說了。」索朗的目光停留在亦風臉上，「我討個大，叫你一聲兄弟，如果你們想要那窩狼活著出山，就得趕在盜獵者的前頭。現在眼看著就快到五一長假了，遊客多銷路多，這時候盜獵勢頭凶得很。」

看來此番得「明知山有狼，偏向狼山行」了。雖然我們以前也曾經在狼山長期駐留過，但那時候沒發現有狼崽，也一直尊重狼群領地，從不深入擾動，而且那時有格林領路，總覺得有幾分安全感。現在時隔兩年，格林活沒活著不知道，狼群是不是我們熟識的不知道，狼群還買不買這過期「狼媽」的賬，更不知道！狼山不是好闖的，護崽的狼群是絕不敢惹的。接近狼崽的過程中，一旦遭遇大狼，就別想出山了。更要命的是，隨時可能遇上盜獵的。

狼窩，去還是不去？即便找到了狼窩，我們又能爲他們做什麼？這事兒還得從長計議。

臨出門，扎西囑咐：「如果真遇到盜獵的，別硬碰硬，告訴我們，我們幫你！」

扎西的話明明是顆定心丸，卻也宛如一記重錘砸實了孤身進狼山的危險性，誰都知道在山裏遇到危險，喊破天都沒人救。

商量來商量去，我們決定先放航拍機巡山偵察，我們在小屋附近遙控監視，這是最安全的方法。由於狼山地界廣闊，亦風特意將地面雷達圖傳系統做了增距，十公里內的信號都可以傳回地面。

第一次飛行，繞狼山上空一圈，鏡頭捕捉到水源地旁邊有一匹狼，牠稀奇地仰頭——這是什麼大鳥啊？然後迅速跑開，之後，航拍機就再沒發現過狼了。

上狼山！找狼窩！當做出這個決定時，兩人都熱血沸騰。

雖說我們不願意打擾狼群領地，但長期的被動等待讓我們幾乎抓狂，作爲狼癡和想念格林的我們，早就想主動接近狼群，也早就想進山一探格林的下落了。或許與格林重逢就在山間，更有幸者可能親眼看到野生的小狼崽在山野間嬉戲，那是多麼令人嚮往的畫面！

激動歸激動，緊張是難免的。我們開始商量接近狼群的方式。

牧民既然信奉山神，不敢驚擾狼群，那麼我們不便追問牧民，而且狼群育子期間，上山干擾的人越少越好，多一種生人味道就多一分危險，也少一分遇到狼的希望。我們決定憑著對狼群的瞭解，自己去搜尋。

在水源地布控成爲我們偵察試探狼群的第二步，這是觀察野外動物最常用的方法。

人和動物都離不開水，正常情況下，附近大多數動物都會去水源地「簽到」，而狼在每次捕獵和進食之後都需要大量補充水分。我們只要在水源地佈置隱藏攝影機就能夠以逸待勞，說不定能拍到狼群飽餐之後來這裏喝水，清洗臉上的殘血，說不定格林就在其中，如果水源地靠近狼窩，說不定還能拍到小狼。

我畫了一張狼山地形圖，和亦風在圖上分析。

這一帶我們非常熟悉。狼山像一隻張開五指撐在草原上的巨手，有六道主要的山脈，從東往西數分別是拇指山脈、食指山脈、中指山脈、無名指山脈、小指山脈，另外還有一片與主山脈形斷意連的孤峰，我們稱它爲「斷指」，斷指山峰背後是懸崖和公路。我們的小屋在拇指山脈西側，格林當年的狼洞在食指山脈東側，小屋和狼洞遙遙相望。中指山脈和無名指山脈兩年前還是狼群經常出沒的地方，現在修起圍欄，劃分了牧場，狼便少了。小指山脈和斷指山峰是現在狼群的聚集地。

狼山地帶一共有五個最清潔的水源地，分佈在狼山六指山脈的每個指縫之間。冬季裏，狼山主峰的雪水滲入地下，開春以後凍土軟化，這封存在凍土中的雪水又從地縫裏湧了出來，在軟泥面上流淌成小溪。水質最清涼的地方莫過於泉眼，雪水再往山下流，就會夾帶很多淤泥和沉積物，等流到草場上就已經成了混雜著各種微生物和牛羊糞尿的泥水。

狼鍾愛清泉，雖然成年狼出門在外沒那麼挑剔，但狼媽媽則不同，新生幼狼體質弱，容易感染病菌，正如每個人類的母親都要給孩子選擇最安全的牛奶，狼媽媽也一定要給孩子們尋找最優質的水源。這五汪清泉中肯定有一眼是野狼母子的指定飲品。

我們一共有八個隱藏攝影機，其中三個用在了狐狸窩邊，兩個前一段時間安裝在了黑頸鶴的巢邊，觀察牠們孵蛋的情況。目前僅剩三個攝影機不夠布控，五個水源地必須取捨。我將五個水源地按它們的重要性標號：

一號水源在斷指和小指山脈中間，作爲狼群聚集地的水源，這個泉眼是監控重點。

二號水源在小指和無名指山脈之間，狼群翻山跟玩兒似的，二號水源也應該是牠們常去的地方，必須納入監控範圍。

三號水源在無名指和中指山脈之間，狼群常路過這裏，爲保險起見，也需要監控。

四號水源位於中指和食指山脈之間，有牧民在那裏放牛，人畜擾動水質不佳，看到狼的可能性不大，可以放棄。

五號水源在拇指和食指山脈之間，水量最大，經年累月的沖刷把地面沖裂出六七米寬的深溝，直到冬季深溝底的小溪依然在冰層下有清泉在湧。這小溪的水量雖多，但是離我們的小屋很近，我們也常去取水，有人出沒，估計狼群在這裏喝水的機率很小。況且五號水源在小屋用望遠鏡就能一覽無餘，這裏不用布控。

地點踩好了，就得算時間了。總不能趕在狼群開會的時候，端著攝影機湊上去：「我們想拍你。」狼一準兒會說：「我們想拍死你！」咱得低調，悄悄去。

狼群通常在一早一晚活動，上午十一點到下午五點是牠們休息睡覺的時間，這個時段遇到狼的可能性很小。六個小時剛好夠往返，但我們必須頂著烈日快去快回。

上午十點，我們帶著攝影機出發了。

我們估計得沒錯，一、二、三號水源地都有狼的足跡，但水源附近一點狼糞都沒有，看來牠們非常注意維護泉水的清潔。我分別拍照留存。

一號水源地的軟泥上能看到一些小小的狼爪印，跟格林一個半月時的爪印大小差不多，胖乎乎的特別可愛。小狼已經能出窩到溪邊喝水了，我暗暗高興，心想：「這地方有戲。」

二號水源地邊爪印最多，都是大狼爪印。

三號水源地也有小爪印，卻是又瘦又尖的，應該是狐狸的爪印。

四號水源地沒有狼爪印，亦風卻意外地發現一大片野韭菜，他樂壞了。「這可是好東西！」他連根帶苗地拔了幾大把裝進背包，「明天咱們改善伙食！」

按照預定計劃布控完畢，我們快速撤離。

回到小屋一看表，傍晚六點。安全時間算得剛好，沒有撞見一隻狼。

夜裏臨睡前，我們興奮地猜測會拍到些什麼，狼群看到攝影機會有什麼反應，一直聊到睏倦至極才睡著。

亦風說我心裏是裝不得事兒的，一有事兒我準做夢，不是嚇醒就是笑醒，不過今晚的夢卻頗有深意。我夢見那匹帶著鷹的瘸腿兒狼，坐在我們的隱藏攝影機旁，咧著嘴衝我狼笑。牠是笑話我們的裝備太幼稚，還是想在攝影機前擺造型呢？

一覺睡到大天亮，我是被香醒的。亦風從來沒有這麼勤勞，屋簷上的鳥兒們都沒睡醒，他就起來了，生火、燒水，打了幾個雞蛋，這會兒正在切菜。

「呵！什麼那麼香啊？」

「野韭菜啊！」亦風每切一下，韭菜汁便瀰散到空氣中，香透了整間屋，讓人不由自主想深呼吸，那勾人饞蟲的誘惑感，什麼CK、Dior、CHANEL通通得靠邊站。你說這些做香水的，咋就沒有韭菜香型呀？

亦風切完野韭菜，把手放在鼻尖深聞了一下，嘖嘖讚道：「爽！」再把韭菜和著雞蛋一炒，那味道吸吸鼻子都要流口水。

爐旺顧不得燙，扒著爐子想往鍋裏看。亦風急忙把鍋端得高高的，用腳把爐旺趕出門去。

我看著亦風揉麵團，回想起昨晚上的夢，靠在床頭啃指甲。

「別啃了，留點肚子嘗嘗我的韭菜盒子。」

我放下手指頭，一手托著腮靠在桌邊，喃喃道：「我總覺得有點兒不周全。你記不記得，我們在那麼多死羊死馬旁邊裝的攝影機都沒有拍到過狼，而那隻鷹狼更是老遠看見攝影機掉頭就走了。這回的攝影機能拍到狼嗎？風啊，你怎麼看？」

亦風呵呵一笑，沾滿麵粉的手衝我一抱拳：「大人，依下官看來，既然眼線已經布好，您就甭操那麼多心了，安心等幾天吧。就算大狼疑心重，小狼崽天生好玩能有多少心眼兒？再說了，吃肉可以忍嘴，喝水可是『剛需』啊。狼山就那麼幾個水源地，不信狼不來！」

「但我們的攝影機立在那兒也太明顯了，你當狼是三歲小孩兒嗎？」

亦風擠眉弄眼地一笑：「牠（格林）可不就是三歲嗎？」

我拍著腦門兒，眼一閉，跟他沒話說。

等我洗漱完，見亦風往爐子裏加了兩塊炭，又把揉好的麵團扣在盆子下面，一副大廚精心雕琢食材的模樣。

「你這個要做多久？」

「麵得醒一會兒才能擀皮兒包餡兒，炭也得等它旺火過勁兒，用最後的文火慢慢煎炸……」

我在房間裏踱了幾圈，閒不住了。看看時間，上午十點。

我背上隱蔽帳篷，懷裏揣一塊風乾肉當口糧，拿了一瓶礦泉水，又抓了一小袋麵粉，「我去去就回，中午再吃你的韭菜盒子。」

亦風「嗯」了一聲，一心做他的菜，也沒多問。我出門徑直奔中指山脈去了。

我總琢磨著不能光指望隱藏攝影機，接近狼群的第二種方案也得同步進行，取信於狼是要花大量時間的。在我們入山之前，我要提前把隱蔽帳篷紮在狼山上，讓狼儘管檢查，消除疑慮。我得每隔一些時日把帳篷推進一定距離，直至狼群能夠接受帳篷的存在，我們才能躲在帳篷裏觀察牠們。

登上中指山脈，山埡口有狼糞，也有倒伏的草路，這是狼群常走的路線。

我爬到附近幾百米處的山梁上，從背包裏取出帳篷。這是手拋型的觀察野生動物的隱蔽帳篷，折疊起來只有臉盆大小，輕巧便攜，用手一拋，只需兩秒鐘便自動展開。帳篷表面是迷彩樹葉和雜草的圖案，棕灰帶綠，遠看像草原上隨處可見的牛糞堆，和環境很融合。

我釘好地釘固定帳篷，又掏出麵粉順著風拋撒在帳篷周圍的草地上，露水一潤，麵粉便貼地貼草了。沒有積雪的時候，這些麵粉能夠留下狼的蹤跡。

佈置完成，我向四周望了望，幾公里外的山下牧場上似乎有個騎著馬的牧民勒住韁繩，向我這邊觀望。我和這家的牧民沒打過交道，不知道他什麼性情，還是早點兒離開，免得節外生枝。

沿著山坡往下走，我的登山鞋裏一直很難受，尖草刺兒順著鞋幫子扎在襪子上，又順著襪子往鞋裏滑，每走一步都扎得疼。走到山腰上，我實在忍不住，在灌木叢邊坐下，脫了鞋襪一看，連腳板心都扎了幾個血眼兒。我把草刺一根根拔下來，好不容易清理乾淨襪子，又抖了抖鞋裏的草屑，穿上試了試，舒服多了。

我擰開礦泉水瓶喝了一口，正欲翻身爬起來再走時，陡然驚呆了——就在我背後上方不到十五米處站著一匹大狼！我專心挑了半天刺，那狼什麼時候來的我都不知道，居然在我背後走得那麼近了，我還沒發覺！我腎上腺素急劇飆升，緊緊盯著那匹狼。

此刻，那狼好像還沒發現我，狼背對著我，正全神貫注地在看山梁上我才紮好的帳篷。帳篷目標比我大多了，這是牠首先注意到的領地裏出現的異狀。

我斜眼瞄了一下周圍搖曳的長草，還好，我在下風處。我半跪著輕移慢動，縮身躲在灌木叢後，只感覺太陽穴一漲一漲地跳，逃是別想的，照狼發動襲擊的速度，我頂多只有閉眼的時間……

喀嚓！灌木枝丫被我踩斷一根，我心一慌，礦泉水瓶從身邊翻倒，半瓶水骨碌碌一路灑一路滾下山坡。我腦仁兒頓時炸開了，忙捂住嘴，不讓自己驚叫出來，牙齒卻不爭氣地打戰。

這麼大的動靜，狼肯定聽到了！奇怪的是，牠還是靜靜地站在那裏，既不回頭看我，也不離開。背對敵人，我只在武俠片裏看過這種氣質。

不過，好久沒有這麼近距離看狼的背影了，山風吹起牠的頸毛，我覷起眼睛，突然泛起一陣親切感。難道是格林？我抓住那一絲希望，試著叫了一聲：「格林——」

牠沒有反應。

一陣涼風突然從我頭頂刮過，一隻獵鷹滑翔到了狼的上方，猛扇著翅膀，又向我這邊飛來，狼隨著鷹飛的方向回頭！

刹那間，我心臟的保險絲燒了——牠不是格林！是野狼!!

親切感蕩然無存，我全身的關節都僵硬無比，石化在原地，只有手指在不斷顫抖。

人狼對峙，怎麼辦！

誰知狼看見我，也渾身巨震，慌忙回身面向我，前爪撐地，後腿微屈，整個身子後仰，尾巴夾得緊緊的，一副欲逃又止的姿態。不可能吧，牠才發現我嗎？

獵鷹在狼身後的山梁緩緩降落，時間像靜止了一樣。

眼前的公狼，大腦袋，粗脖子，撐在身前的右前腿略顯萎縮……

莫非是牠——兩年前被盜獵者炸聾了耳朵的小狼？

牠並非故意背對我，而是牠根本就聽不見。牠當年跳崖逃跑時摔斷的一條前腿雖然畸形，但仍倔強地支撐著身體。牠身後壓倒的草路是從山埡口延伸出來的，可能牠一出山埡口就注意到了帳篷，一路專心盯著上方的帳篷走過來，沒注意到下方灌木叢中的我。牠的世界是無聲的，直到鷹飛來提醒了牠，牠才驚覺離我只有十多米了。

我記得澤仁說過，牠因爲耳聾需要獵鷹來指引，而鷹是日行動物，所以這匹狼總在白天上班。我算好狼群下了夜班休息時，才敢上山來，卻忘了還有這上日班的傢伙。

此刻，我縮在灌木叢後面是爲了躲狼，但在狼眼裏也許我這樣盯著牠是想伺機突襲？牠的瘸腿由於緊張而微顫。牠可能在糾結：這人躲在後面幹什麼？有武器嗎？我這條瘸腿跑得贏她嗎？是撲上去拼命還是趕緊撤退？

認出了這匹野狼，又聽說過牠的身世，我的靈魂漸漸歸位，反倒多了幾分同病相憐的感覺。你的腿有殘疾，我的腳也扎了刺，一個瘸一個拐，誰追誰都費勁。不過，我同情他殘了一條腿，可能牠還在鄙視我只有兩條腿。

難得和狼這麼近距離遇上，我卻沒帶照相機，我暗叫可惜，不過我懷裏還有一條風乾肉。看狼且防且怕的姿態，我不敢有多餘的舉動，又很想表明我的善意。我僵著身體，慢慢把右手伸入懷中，那狼立刻齜著牙後退了半步，喉嚨裏嗚嚕作響。我定住動作，鼻尖沁出汗，等狼略微平靜一點，我才緩緩摸出乾肉，小心翼翼地遞向牠。

狼根本不看肉，死盯著我的眼睛，似乎要穿透我的眼珠子，挖出我腦子裏所有的想法。牠抖動著上唇，隨時準備露出獠牙。我不敢擦汗，用指尖把肉輕輕扔出。誰知肉一落地，竟然像是往油庫裏扔進了一個打火機，人狼之間的緊張氣氛瞬間爆炸。

嗷嗚！狼狂吼著向我撲來！

媽呀！我掉頭就跑，慌不擇路地跑下山坡！

跑了幾分鐘，狼居然還沒追上我，我壯著膽子回頭一望，那狼已經逃上山梁了，也在回頭瞄我。這時我才反應過來，牠剛才那一吼一撲只是個嚇唬我的虛招，爲自己贏得撤離的時間才是最終目的。狼真正要發動突襲時，是不會吼叫著讓對方有所防備的。

那狼跛著腳消失在山背後，我拍著胸口緩和心跳，此番套磁不成還差點被狼咬。這倒楣孩子，昨天夢裏還衝我笑呢，今天就給我刺毛了。我抹著一頭的汗，再不敢耽誤，快速返回。

還沒翻下食指山，我就聞到小屋裏煎野韭菜盒子的香味。頓時感覺肚子空得人都輕了，我幾乎是順著這香味飄蕩回去的。

我抓起剛出鍋的韭菜盒子，使勁兒咬了一大口！嗯……生活充滿油珠珠！

亦風一個勁兒顯擺著他的炮製過程：「韭菜還是野的香，加上雞蛋炒一炒做餡兒，麵皮一定要擀圓攤薄，才能對折包成這樣半月形的大扁盒子，高原上麵食是煮不透的，要麼炸生，要麼爛糊。我的經驗是要用文火薄油，慢慢一炸就脆了。怎麼樣，皮酥餡兒香吧？」

亦風看我已經吃得顧不上誇他了，這才注意到我被沿路荊棘圍欄鉤掛的狼狽相：「你衣服怎麼剮破了？」

我含著燙嘴的韭菜盒子，邊哈氣邊說：「我剛在中指山遇到狼了，就是帶鷹的那隻聾狼，牠撲我……」

「啊！」亦風瞪著眼睛，大張著嘴，下巴都快掉到碗裏了，「你居然一個人上山去了！」

我心虛歉疚。早上出門的時候，亦風或許以爲我撿牛糞去了，結果我卻獨自冒險上山，他一定擔心壞了。

我溫柔一笑，正想安慰他：放心吧，我沒事。

不料亦風下巴一收：「你怎麼不順便帶點韭菜回來！」

這個吃貨！

11/ 奇怪的壓痕

冰藍的天空，薄薄的雪地，
黑頸鶴在天地間跳著求偶的舞蹈。
牠們交頸長鳴，雙舞雙飛，
展翅舉足間，玉羽拂風，雪片飄飛，
迷人的丹頂在一片幽白背景中尤為奪目。

（本圖攝影：沈尤）

午後，暖陽熏風。

我靠在窗邊仔細回想著那隻聾狼的樣子，把牠和牠的獵鷹畫在速寫本上。記下牠的特徵、性情，遇到牠的地點，在牠的肖像邊標注「聾狼」。

一想到牠這輩子再也聽不見同伴們的嗥聲，我的眉頭擰成了一團，不願意用這樣的名稱代指一匹頑強生存的野狼。我用鉛筆惋惜地勾勒著牠的耳郭，突然間有了靈感，將「耳」字擦去，把「聾」字，改成了「龍」——「龍狼」這名字才適合牠。狼是龍圖騰的原型之一，這隻拼死跳崖也要爭取自由、身有殘疾依然不求不靠的野狼，不愧爲狼中之龍。

「龍狼？嗯，這名兒不錯，牠是我見過的最帥的狼，還有鷹保鏢，要說這猛禽和狼的關係還挺微妙，我冷不丁兒倒是想起格林來了。」亦風笑道，「你還記得不，當年我們剛上狼山紮營時，也有幾隻禿鷲興沖沖地跟著格林飛，簡直太沒眼力了。那時格林還沒多大本事，禿鷲們跟牠傻飛了一整天啥也沒撈著，最後眼看著狼溜達回家跟咱們一塊兒吃餅乾，那些大鳥就差沒暈過去。我瞅著牠們停在山牙子上使勁兒晃腦袋，眼珠子都快甩出來了，搞不懂這隻狼是個什麼奇葩。」

我咯咯笑著拂去橡皮擦的碎屑，一抬頭，正巧看見屋後的雄火燕從窗前飛過。牠嘴裏叼著一個小小的東西，飛到圍欄上一扔，轉回屋後，過了一會兒又叼了個東西飛出去扔掉，來來回回很多次。我合上速寫本，走到圍欄邊一看，淡青色碎蛋殼散落在草叢中。

太棒了——小火燕出殼了！

我和亦風欣喜地打開電腦，調看內窺攝影機的畫面。

大鳥已經把碎蛋殼都清理乾淨了。四隻新生的小鳥努力抬頭，牠們剛舒展開的身體從頭到尾也不到拇指大小，青黑色的眼皮緊閉著，眼睛像金魚的眼泡一樣鼓脹在小腦袋兩側，兩眼之間橫跨著一張大嘴。牠們肉粉色的身體幾乎是透明的，甚至可以看見薄薄皮膚下的內臟，小傢伙們身上光溜溜的，哪怕大鳥翅膀扇起的小風都會讓小傢伙們一陣哆嗦。

火燕爸爸剛飛回鳥巢，小火燕們立刻仰頭嘰嘰叫著，張開了大嘴巴，嫩黃色的嘴角閃著螢光，在黑暗的巢穴中給大鳥指明了餵食的座標，鳥爸爸往孩子們的小嘴裏塞進了第一口食物——螻蛄。第一隻吃完食物的小鳥撅起小屁股，擠出一粒葡萄籽兒大小的糞囊，鳥爸爸立刻叼起糞囊扔出巢外。鳥窩隨時保持乾燥清潔。火燕媽媽把小傢伙們攏在身下暖著。

這對火燕夫婦每天要飛進飛出幾百次，捕食餵小鳥，清潔鳥窩。鳥爸爸飛累了，停在圍欄上稍事休息，用喙整理羽毛。牠叼著一根尾羽往外捋，捋著捋著眼看要捋到頭了，嘴上一鬆，這根羽毛拔掉了，牠急得扭轉尾部，把脫落的尾羽往羽毛缺口裏插，這根尾羽可是頂漂亮的一根啊，太可惜了。

鳥爸爸挽留了好一會兒，羽毛就是插不回去，算了，銜回去給孩子們墊窩吧。脫髮問題人人有，連鳥也不例外，當父母就是操心的命。

頭一次看到新生幼鳥，我倆同時想到了另一個鳥窩——黑頸鶴的巢。

黑頸鶴是若爾蓋草原的獨有物種，從外形上看，黑頸鶴和我們熟知的丹頂鶴長得幾乎一樣，也是修長的鶴腿，雪白的身軀，亮黑的三級飛羽，黑色的頸羽勾勒出柔長的脖子，頭頂戴著「小紅帽」。不同的是，丹頂鶴的尾羽是白的，黑頸鶴的尾羽卻是黑的，為此，亦風常納悶爲什麼不叫牠們「黑尾鶴」。

黑頸鶴在雲南和若爾蓋之間遷徙，是唯一一種只在高原繁殖生活的鶴類，苦寒之地生存的黑頸鶴比丹頂鶴有著更加堅毅的性格。這種高原鶴類已經極度瀕危，野生黑頸鶴孵化的過程幾乎沒人見過，是非常珍貴的資料。

從我們剛到草原小屋時，澤仁就對我們講起了這對黑頸鶴。那時剛開春，冰藍的天空，薄薄的雪地，黑頸鶴在天地間跳著求偶的舞蹈。牠們交頸長鳴，雙舞雙飛，展翅舉足間，玉羽拂風，雪片飄飛，迷人的丹頂在一片幽白背景中尤爲奪目。

十多天前，牠們生下了兩枚蛋，牠們的鶴巢離澤仁家不遠，築在一片沼澤水泡子當中。我們第一次發現牠們有了寶寶也是巧合。那天黃昏正刮著暴風雪，我們從澤仁家出來，正打算趕回小屋，我遠遠看見沼澤裏有兩點紅色在雪中特別扎眼，於是冒雪走近一看，是那對黑頸鶴。雌鶴背對著風雪趴臥在水泡子中間壘起的草垛上，一動不動，雄鶴迎著風向，站在雌鶴身後的冰水中，似乎能爲牠擋一點風算一點。雄鶴時不時地收一收腿，抖抖爪子，以免被水面的冰雪給凍住。看見我靠近，雄鶴緊張地伸著脖子，卻仍守著雌鶴不肯離去。

「牠是不是被凍死了？」亦風一說話就吃了一肚子的風。

「不知道，雪太大，只能明天來看看。」我被風刮得睜不開眼。

那場暴風雪下了兩天兩夜，到第三天中午，烏雲終於散開。我們第一時間去看黑頸鶴，才發現牠們在暴雪中拼命護著的就是鶴巢裏的一對鶴蛋。

雌鶴從巢裏站起身來，原本優雅的步伐卻走得如同風擺荷葉般搖搖晃晃，忍受了兩天兩夜饑寒，牠顯得虛弱襤褸，彎曲著脖子用長喙梳理羽毛，拈去上面的冰碴。雄鶴在沼澤中四處踱步覓食，牠的腿上還套著一片亮晶晶的冰環，這兩夜牠站在水裏給老婆擋風，多半也沒挪動過，以至於水面結冰時，也把牠的細腿兒給凍上了，這會兒牠還顧不上清理腿上的冰，就忙著給老婆餵吃的。

「瞧瞧人家，模範丈夫！」我噘著嘴瞄一眼亦風，「黑頸鶴一輩子就一對，可忠貞了。」

亦風嬉笑道：「你要是孵蛋，我也給你餵吃的。」

那以後，我們經常去水泡子邊看望黑頸鶴一家，盼著有一天能瞧見小鶴。

太陽特別火辣的時候，我們躲在隱蔽帳篷裏，架著長焦觀察。儘管有帳篷遮著，兩人的臉還是曬得紅腫脫皮，攝影機的金屬腳架被曬得燙不留手。

烈日之下，黑頸鶴夫婦是輪流孵蛋的，牠們每隔四十分鐘左右換一次班，決不讓鶴蛋長時間暴露於陽光下。孵卵的鶴臥在巢裏，隨時用喙測測蛋的溫度：蛋溫涼了，牠就把蛋暖在身下；蛋溫熱了，牠就把蛋挪到身側，半張開翅膀，撐在巢邊，給寶寶們搭一個涼棚遮蔭。據索朗說，鶴蛋特別嬌氣，熱了孵不出來，冷了死胎，即使溫度差那麼半度，孵出來的小鶴都可能因先天不足而夭折。

「牠的羽毛都快曬焦了，太陽底下該有五六十度了吧？」我擦著滿頭大汗，「我躲在帳篷裏都要中暑了，黑頸鶴這麼曝曬著，還真能扛。」

「不扛著，牠的蛋就被烤熟了。」亦風第一次對鳥類流露出欽佩的表情，「不容易啊，這真的是名副其實的受煎熬，相比之下，我們人類養個孩子要輕鬆多了。」

經過多日的接觸，當這對黑頸鶴夫婦逐漸信任我們之後，我們得以蹚水過去，在鶴巢附近裝上兩個隱藏攝影機，定期記錄，希望能拍到小黑頸鶴出殼。

此刻，我們把車停在牧道上，來到水泡子邊，黑頸鶴夫婦遠遠看見我們來了，平靜地起身離窩，在周邊踱步尋找食物。草原深處的黑頸鶴不怕人，我們觀察牠們有些日子了，牠們對我們很放心。

我脫下鞋襪，捲起褲腿試試水。挺好，曬了一中午，水不冰。我撩腳聚攏一團水草捲成蒲團狀的草團，在草團上落腳。

儘管有柔韌的草團托舉著，腳還是會陷入淤泥中半尺深，水面則沒過了大腿，我一步一團草涉水靠近。鶴巢邊開滿了嫩黃的小花，兩枚鶴蛋安靜地躺在巢中。鴨梨大小，橢圓形，外殼不算光滑，色澤棕灰帶綠，表面有褐色斑點，觸手溫潤。用鼻尖嗅一嗅，有腐草味和羽毛的柔暖氣息。

黑頸鶴的孵化期大約是一個月，由於不知具體是何時產下的蛋，也就估算不了準確的破殼日期，如果聽到蛋裏有細碎的叨殼聲，小鶴離孵化就快了。我小心地捧起這寶貝疙瘩貼在耳邊細聽，蛋殼裏很安靜，小鶴還沒成形。

兩個攝影機長期懸在水泡子上方，鏡頭裏都有些水霧，需要打開處理。爲了不耽誤黑頸鶴回巢，我暫且取回了攝影機。

回到岸邊，亦風遞來毛巾，我擦乾腳，和亦風坐在草地上，今天的天氣還算涼爽，我們邊曬太陽邊看黑頸鶴抓魚。

忽聽背後不遠處有人高喊：「阿偌！亦風！果那喲？」（喂，亦風在哪裡？）

我翻身站起來一看，是澤仁。

澤仁騎著摩托停在牧道邊，載著妻子仁增旺姆，仁增旺姆背著一個碩大的包袱。

澤仁喜笑顏開：「我一看車就知道是你們，別在這裏乾坐著，上我家喝酸奶去！」

「好耶！」我穿上鞋，跑回越野車邊。

亦風把仁增旺姆的包袱接過來放在越野車上：「什麼東西這麼重啊？」

「給全家人做的新藏裝。」

澤仁一家站在家門口迎接。澤仁十七歲的兒媳（也就是貢嘎的老婆）把包袱往背上一甩，招呼我們進屋。

我注意到澤仁兒媳肚子微腆，腰身比往日粗了許多，喜道：「有孩子了?!」

澤仁兒媳抿著嘴羞羞地點點頭。

亦風祝賀澤仁：「難怪一家人都做上新衣服了。這麼年輕就要當爺爺了！」

澤仁不好意思地笑著，仁增旺姆端給我一碗剛拌好砂糖的酸奶，說：「做新衣服可不是因爲要添娃娃了，這是爲參加法會準備的。下個月一位西藏的活佛要在唐克講七天法，牧民們都要去聽，我們全家也去，這個法會二十年一次，是藏族人最盛大的節日呢。」

亦風一聽來了興趣：「我們也想去看看，行嗎？」

「當然！你不去也得去，」澤仁笑道，「唐克離這裏六十多公里，我們租了一輛卡車搬帳篷家什，不夠坐人，正想徵用你的車呢。」澤仁對朋友向來直話直說不繞彎。

亦風恍然大悟：「沒問題！咱去。」

一問法會的具體時間，算來還有十多天。

貢嘎和他媳婦相互幫忙試著新袍子，仁增旺姆從包袱裏拿出一件棕黑色的藏裝，捧給亦風：「參加法會得穿正式點，藏裝都給你做好了，來試試。」

我嗆了一口酸奶，還真是有「預謀」的呀，笑著起鬨：「穿！」

穿T恤的大熱天，草壩子裏有四十多度，這麼火辣的天氣，裹上厚重的袍子確實需要點定力。尊重牧民傳統，亦風只好試試。

原以爲亦風穿上藏袍會拖冗滑稽，沒想到他換好衣服一進屋，眾人眼前一亮：濃眉深眼略帶儒雅，花白的鬍子摻雜著野性，小麥色的皮膚和草原人一模一樣，兩側圓邊微翹的牛仔氈帽下，齊肩的長髮懶捲著搭在腦後，拴在胯骨上的寬腰帶絲毫沒有壓短他鶴腿的長度，膝蓋以下牛仔褲搭著戰地靴透著十分的精神。沒想到這傢伙一米八三的個子穿起藏裝這麼有味兒。

亦風把袍袖往肩上一搭，戴上墨鏡臭美：「怎麼樣？帥吧！我再把鬍子刮一刮，顯年輕！」

「嗯，你要是穿開襠褲更顯年輕。」

亦風掐我的臉，一屋子人樂壞了。

「昨天隔壁牧場的幫人說看見有漢人上狼山紮帳篷，我估計是你們，就告訴他你們是我朋友，沒關係的。以後你們要是穿著藏裝上山就沒那麼扎眼了。」

我想起了在山上遠遠看見的騎馬的人，問澤仁：「幫人是做什麼的？」

「幫人就是牧場主雇用來幫他放牛羊的人。通常他們沒有自己的牧場和牛羊或者自己的草場已經沙化了，只好到別人家的牧場打工。對了，你們下次進山，如果遇見牧民問，你們就說是我的朋友，那家牧場主叫旺青甲，他認識我。」

「旺青甲」，我用圓珠筆把這名字寫在了手腕上。

澤仁兒媳折疊著藏裝，想起了什麼：「微漪，我們這裏來了一窩狐狸，我早起曬奶渣時就看見牠們在窩上面玩，五隻狐狸，一大四小，火紅火紅的。就在那邊。」說著，引我到窗戶邊指給我看。

「不會吧，離人這麼近?!」我和亦風都不敢相信。

澤仁兒媳指的那處狐狸窩居然離澤仁家的房子只有兩三百米遠。那是屋東側分隔出的一大片冬季草場，經過一冬一春，牛羊把草都啃得差不多了，光禿禿的一點都不隱蔽。這狐狸膽子也太大了，不怕人嗎?不怕狗嗎?牠怎麼想的啊?

「沒看錯吧？」

仁增旺姆笑道：「這麼近怎麼會看錯，狐狸都搬來好多天了。你瞧瞧！」說著把手機裏拍的照片給我們看，「那個狐狸媽很有經驗，把幾個小崽兒餵得跟存錢罐似的。」

我放大一瞧，母狐狸毛色鮮亮，比我們原來觀察的那個狐狸媽媽紅豔豐滿多了。

亦風興奮極了：「快把那兩個隱藏攝影機裝到狐狸窩前面，這窩狐狸更漂亮。」

「可是，咱就只剩這兩個機器，裝到狐狸窩去了，那黑頸鶴的蛋怎麼辦？」

「鶴蛋不是叨殼的聲音都沒聽見嗎？離孵化少說還有半個月呢。咱們抽空觀察幾天狐狸不妨事，你不想知道狐狸為啥跑來跟人做鄰居嗎？這是多難得的和諧場面啊，從窗外望去就是野生動物的家，城裏人敢想嗎？我一定得看看是什麼樣的狐狸敢做這種決定。」

亦風說得有道理，我也好奇，趕緊擦亮鏡頭，跟著澤仁兒媳去狐狸窩。

澤仁家的老黃狗墨托慢吞吞地跟在我們後面，據說牠已經二十歲高齡了。我一直記不住牠叫「墨托」還是「瓦托」，澤仁兒媳說只要有個「托」，牠就知道在叫牠。

亦風試著喊：「飯托？」

狗尾巴搖了搖。

「墨托不咬狐狸嗎？」

「不咬，牠們相處得還挺好。」

我們在狐狸窩邊壓好樁頭，綁上了監控。

誰知，我們剛回到屋邊，墨托就把攝影機連樁拔出給我們叼回來了，牠覺得我們落下東西了。

「墨托忠誠得很，我們出去放牛羊時，丟了手機，牠總能給撿回來。」仁增旺姆說著，愛憐地摸摸墨托的腦袋，用手蒙住牠的雙眼，「你們再去吧，現在牠看不見了。」

我指指鼻子，意思是牠嗅著味道也能找到啊，仁增旺姆搖頭給了個無聲的口型：「牠老了。」

狗兒陪伴主人二十多年，相互之間已經太瞭解了。

兩天後，我們再次進山將隱蔽帳篷推進到了無名指山脈上方。然後迫不及待地奔赴一號水源地。

這是我們寄予希望最大的地方。

亦風取記憶卡，我掃了一眼周圍軟泥上有新鮮狼爪印，幾天前我留下的腳印旁邊還有狼鼻子嗅過時輕觸軟泥的痕跡。太好了，他們來過！這次總算有譜了！

一想到馬上就能從鏡頭中看到久違的狼群近影，我們等不及了，立刻把記憶卡插入筆電：

第一條視頻，風吹草動，跳過；

仁增旺姆蒙住墨托的眼睛：「牠老了。」

第二條，鳥兒來水邊洗澡，跳過；

第三條，旱獺來啃溪邊的嫩草，跳過；

鼠兔，跳過；狐狸，跳過；野兔，跳過、跳過……

我們把視頻整個流覽了一遍，唯獨不見狼的影像。我越看越心涼，狼明明來過，鏡頭前方也不乏爪印，攝影機咋就沒拍到呢？真是活見鬼！

「這水窩窩好像是新的，」亦風蹲在攝影機斜後方不遠，「我上次來的時候沒見過這個泉眼。」

我趕緊湊過去細看。

泥地上新挖了一個臉盆大小的淺坑，淺坑中間一股清泉汩汩湧出，淌成細流緩緩外溢，水質清澈。水坑周圍的軟泥上狼爪印眾多，這個角度攝影機剛好拍不到。

我有一種被拆穿了西洋鏡的感覺，反偵察工作做得好啊，這群狼比我預計的還要狡猾，竟然在攝影機後方另闢「溪徑」。

一號水源地的機位都被識破，二、三號就更別提了。

「要不然把攝影機轉個方向？」

我盯著新泉眼搖搖頭：「狼已經搞懂這玩意兒了，你再轉也沒用。這裏狼比我們熟，牠想得出一個法子就想得出第二個，逼急了，狼群一走了之，我們就徹底斷線了。把幾個攝影機撤掉，讓牠們安心喝水吧。這幫傢伙不幹特工太浪費『狼才』了。」

剛要起身，我又注意到軟泥上一個古怪的壓痕。壓痕呈半圓形下凹，有一稜一稜整齊的紋路，前半截沒入水中，已經被水流軟化模糊了，只剩約十釐米長的後半截印痕殘留在水邊淤泥上。這既不是動物留下的爪印也不是人的腳印，反倒像是一個管子留下的壓印。這人跡罕至的地方，新挖的水源邊怎麼會有人工的怪痕呢？

亦風過來看了好一會兒，他也說不出這是什麼東西留下的，一擺手：「管他呢，又不是狼爪印。這些痕跡無關緊要。咱們還得抓緊時間去收二、三號的監控呢。」

我匆忙拍了張新泉眼的照片，起身離開。沒想到這個古怪的壓痕卻是我們當時忽略的一個重要細節。

航拍機偵察計畫擱淺，水源地布控計畫觸礁，兩人灰溜溜地收回了攝影機。

「輕敵了，把山神當等閒動物對待。按說這種紅外熱感應隱藏攝影機應用廣泛，曾經拍到過獅、虎、熊、鹿、狐狸、珍稀的猴群、罕見的野象，甚至稀有的雪豹，這麼多動物都能拍到，爲什麼偏偏拍不到狼呢？」亦風很想不通。

「白等了三四天，還不如我們親自進山遇見狼的機率大。好在我們的觀察帳篷也提前推進到了無名指山脈上，這幾天時間也算是讓狼去疑，明天一早上山，去帳篷蹲點。」

12/ 山神、狼與鹿

狼是一種神魔之間的生物，
就像草原人所描述的那樣，
狼的想法和行為有時很難用自然規律來解釋。
狼所擁有的究竟是獸性、人性還是神性？
又或者兼而有之？

第二天上午十點左右，我們已經翻過了食指山脈，越過山谷間溪流沖刷出的軟泥地，爬上中指山脈。

正走著，我陡然感覺異樣，攔住亦風：「噓——聽！」

窸窣聲響，眼前八九米遠的灌木叢中，猛地躥出一匹大狼，死盯著我們。

我迅速掃視周圍，看還有沒有其他狼，這已經成了我下意識的反應。我很快回轉目光，就牠一個！

「好大的狼……」亦風的手悄悄揭開了攝影機鏡頭蓋。

「先別動，」我說，「牠過來了……」

這狼剛才是在灌木叢中休息。我們在明，牠在暗，牠肯定早就在觀察我們了。若我們只是路過，牠樂得繼續睡覺，但碰巧我們的路線指向灌木叢，牠才不得不跳出來。

這匹狼是我們見過的最大的狼，我身高一米七三，這匹狼如果人立起來應該比我略高一點。巨大的體型天生帶有一種壓迫感，牠長腿窄胸，換季的冬毛已經開始脫落，左耳有一個缺口，可能是以往打鬥中被撕破的。

最讓人見而心顫的是那雙狼眼，顏色不同於大多數草原狼。草原狼的眼睛通常是棕黃帶綠或者琥珀色，而這匹大狼的眼睛呈天際白，靠近瞳孔的周邊發散出淡藍的細絲。牠的瞳仁兒特別小，讓人很容易聯想到毒針的發射孔。牠用這雙眼睛緊緊扼住我的「七寸」，我們不敢輕舉妄動。

可是，我們卻並沒有感到害怕，或許是這匹狼既沒齜牙，也沒半點恐嚇我們的意思。牠不怕我們，也不嚇我們，只是很平靜地盯著我們繞了小半圈，鼻翼張合幾下。最後，牠捲起舌頭打了個哈欠，又瞄了一眼我們的攝影機，這才從右側小步衝下山谷。

亦風趕緊打開攝影機，邊拍邊在陡坡上支腳架。

那狼走幾步回看一眼，眨眼工夫就到了山谷。喝了一口溪水後，牠的腳步更加從容，爪掌像裝了彈簧似的輕快，在山谷的黃花叢中一彈一彈，繼而上了食指山脈，腳不慢氣不喘，在半山腰還順道小了個便。

亦風的鏡頭一路跟隨狼翻上山梁：「嘿，瞧瞧牠做記號的姿勢，這是個公狼呢。」

「知道。」我說，「剛才面對面的時候就瞧見了。」

「呀，」亦風皮笑肉不笑，「你們女人的觀察能力真強。」

我咬咬牙，不理他，我可不想錄下貧嘴的同步聲。

這匹狼應該是認識我們的，雖然從前沒有近距離見過牠，但是牠看向我倆的眼神始終很鎮定，牠甚至不奇怪我們會出現在這兒。這跟龍狼初次見到我時驚訝緊張的表現截然不同。

大狼已經抵達我們來時的食指山梁，最後回望了我們一眼，消失了。

亦風查看視頻的錄製時長。「從那座山梁到這座山梁，我們來的時候用了四十多分鐘，牠只用了七分半鐘，還只是散步的節奏。狼真要追擊人的話，人哪裡跑得了。七分半啊，嘖嘖，七分半……哎呀！」他一拍大腿，「咱們剛才忘了叫格林！」

「這麼近還需要叫嗎？你不認識牠，牠都認識你。我看了，牠沒有天眼，而且這狼起碼有五六歲了，你要想記住牠，就管牠叫『七分半』好了，別見狼就認親，走吧。」

「你怎麼知道牠的年齡，你撿到牠的身分證了？」

「牠的獠牙又鈍又圓，下頷三套門齒都磨成矩形了，打哈欠的時候你自己不知道瞅瞅嗎？」

亦風肅然起敬：「你們女人的觀察能力真強！」

我輕輕一笑，聳了聳背包，挺滿意他現在的態度，這句話算是找回了場子。

亦風扛起攝影機繼續和我往無名指山脈進發。

隨著對野狼越來越多的接觸和瞭解，在野外遇上狼，我們更多的是親切而不是恐慌。只要把握好尺度，尊重牠們的習性，就不會發生安全問題。狼只在三種情況下攻擊人：

第一，保家護崽救同伴，人威脅到牠們的生命，狼驅趕恐嚇無效時，會拼死一搏。

第二，極度饑餓，狼會鋌而走險襲擊家畜，寧可戰死不肯餓死。

第三，狼被家犬感染了狂犬病。但是這種機率微乎其微，因爲野狼從不願意與狗打交道。

中午，我們爬上了無名指山脈，隱蔽帳篷在山梁上安靜地等著主人。我檢查了一圈，沒有狼來過的痕跡。

亦風舉著望遠鏡看了一會兒，把我拉進帳篷。

「……對面山上有東西。」他遞上望遠鏡，「四分之三高度（山高），一點鐘方向。」

我拉開帳篷的觀察窗口，鎖定方位——那東西在望遠鏡中只有米粒大小，一對又長又尖的大耳朵伸在灌木叢上，耳朵下面是呈三角形的一坨黃色物體。

那東西的一隻大耳朵向一側撲打了一下。

「狼？兔子？」亦風猜測。

「兔子不這樣扇耳朵……」我搖頭，繼續調焦。

圖像逐漸清晰起來，三角形的物體上顯出一隻黝黑的大眼睛，那耳朵上似乎還有一絲黃色的東西。正待細看，那東西頂著大耳朵整個升高了，下面冒出一大團身體，還有四條挺秀的長腿。

「鹿！梅花鹿！！」我胳膊肘興奮地撞著亦風，任他把望遠鏡搶過去，這可是我們頭一回在野外看見梅花鹿。

激動了好一會兒，兩人有點納悶兒了。這可是狼的領地啊，咱們來的時候都遇見狼了，孤孤單單一頭鹿跑這山裏來不是送外賣嗎？

亦風向後挪了挪身子，勉強伸一下蜷縮得麻木的腿腳：「按說有野生獵物是好事兒，咱們賭狼會不會發現鹿。」

我們輪流觀察鹿，一直到太陽已經很斜了，梅花鹿只是氣定神閒地遊走、吃草、休息。

亦風的肚子越叫聲兒越大：「唉，早知道多帶點乾糧和水。曬了一下午，我快低血糖了。」

我盯著帳篷外面山裏的動靜，頭也不回，從腰包裏掏出一大把黑色顆粒：「喏，吃吧。」

「啥玩意兒？」

「羊糞蛋兒。」我說著，送了一顆到自己嘴裏嚼著，「這是野外，不吃餓死你！」

亦風吃驚不小。「啊，你！一個淑女，墮落到吃……」他突然注意到我嘴角一絲繃不住的笑意，「騙子！」他拈起一顆嗅了嗅，眼珠一轉笑顏逐開：「明明就是竹炭花生，帶了多少？救命糧啊！」

我笑嘻嘻地又掏了一大把給他，想起從前長駐狼山時，亦風也跟我苦中作樂說：「我有一個壞消息，有一個好消息。壞消息是咱們的存糧快吃完了，只能啃牛糞了！好消息是牛糞多得是！」好在那時格林經常叼來野兔，我們才能支撐那麼久。那些往事都遠了，狼山上有小格林陪伴的日子一去不返，只剩我們在這裏苦苦尋找格林。牠知道我們回來了嗎？

「有狼！」亦風率先發現動靜，「羊糞蛋兒」沒白吃，「看！對面山梁！兩隻！」兩隻狼一前一後翻山走來，邊走邊抖擻狼毛，似乎是剛在哪個草窩子裏睡足了覺，太陽落山該是牠們出獵的時間了。

「哎呀，快跑啊！」我手一緊，本能地替那頭梅花鹿捏了一把汗！

在若爾蓋梅花鹿保護區外的野生梅花鹿也很少見，我們在草原兩年多時間了，就看見了這一頭鹿，不能剛露臉就被狼吃了吧。

這念頭剛閃過，我的神經瞬間被另一種更強烈的欲望死死揪住，這才是狼正兒八經的野食，肉到嘴前機不可失！平日裏只聽人們抱怨狼吃羊打牛，而現在真正野對野的對決即將上演，這在如今的草原是難得一見的場面。狼，追啊！鹿，快逃！兩種矛盾心聲像激流一樣對撞！

兩匹狼沿著山坡向下走，鹿還在吃草，牠們互相還沒發現嗎？

亦風突然問了一句：「梅花鹿是幾級保護動物啊？」

「一級。」我快把望遠鏡捏碎了。

「狼是二級吧？」亦風在糾結這個問題，他似乎還有一種見死不救的罪惡感。這是城市人的想法嗎？野生動物的吃與被吃還需要亮資質嗎？收起那些鋤強扶弱的「正義感」和職稱評定吧。

我根本無暇理亦風，死盯著狼和鹿，似乎整個身體除了眼睛再沒別的器官。

梅花鹿停止了吃草，抬頭向狼張望，不跑?!而更讓我意外的是，狼竟然也只是扭頭望了望鹿，徑直往山谷下走，不追?!牠們看待彼此的神態竟像遇見鄰居一樣尋常，就差沒點頭問候了。

「這唱的是哪齣啊？」亦風看傻了，「兩匹狼隨便拿下一頭鹿啊！狼不餓嗎？」

「肯定餓，狼去水源地喝水了，這是出獵前的準備。」

「可惜，要是我們的攝影機沒撤，今天就能拍到了。」

「要是機器沒撤，牠們今天就不會在這裏喝水了。」

我和亦風你一句我一句悄聲說著，緊盯著那兩匹狼。

兩匹狼喝完水，又在水邊打了好幾個滾，蹭上泥漿草汁，似乎要充分留下「家中」清泉的味道，隨後起身抖抖狼鬃，沿著山谷向狼渡灘方向走遠了。只剩梅花鹿在山間繼續吃草。

亦風抓起攝影機：「走，跟狼去看看。」

「別跟……」我拉住他，「別說你跟不上，就算跟上了也只會打擾牠們捕獵。而且天快黑了，你不想又困在沼澤地裏吧。狼群晚上出獵，清早回窩，你得等牠們回來的時候，才能知道狼窩在哪兒。」

亦風向狼遠去的方向打望了一眼：「也行，明天早點來。」

趁著暮色，我最後望了一眼梅花鹿，牠耳朵上代表宗教放生的黃絲結突然讓我想起了索朗之前說過的話：「活佛曾經在這片山上放生了一頭梅花鹿，盜獵者眼饞牠一年多了……」難道說的就是牠？這難得一見的「野生」梅花鹿其實也是被「放生」的。狼群竟然與放生鹿相安無事共處了一年多？難道真有山神互佑之說？

狼是一種神魔之間的生物，就像草原人所描述的那樣，狼的想法和行爲有時很難用自然規律來解釋。狼所擁有的究竟是獸性、人性還是神性？又或者兼而有之？

13／將計就計

我摸到狼洞前，蹲下來細看，
細膩的沙土上留下新鮮的帶著動感的模糊的小爪印扒痕，
我壓制心跳，仔細傾聽動靜。

五月正是一年當中頭一輪花開的好時節，趕上勞動節小長假，全國各地的遊客都到草原一遊花海，草原周邊遊客的擾動多了，野生動物們便往核心區走。

今天是五月八日，假期剛結束，大批的遊客已經離開，還有零零星星的驢友在草原漫遊。

爐旺留在小屋看家。

我和亦風一早就沿著扎西第一次帶我們上狼山主峰看到狼群的路線，開車來到狼山山脈的東南面山腳下。這裏是狼山一帶靠公路最近的地方，山坡上開滿了粉紅星白的狼毒花和或紫或黃的各種山花，視野也很寬廣，山腳下散落著一些食品包裝袋和啤酒瓶，看來有人在這裏停留過。

亦風在山腳下停了車：「不能再往上開了，啤酒瓶子扎破車胎就麻煩了。帶上器材，爬山吧。」說著，扯了一條垃圾袋，順手把車附近的酒瓶垃圾收撿一下，「這麼隱蔽的山旮旯兒，誰會找到這兒來？」

「沒有人去不了的地兒，我們能找到，別人自然也能找到，這世上就沒有絕對隱蔽的地方。」我瞄了一眼那些垃圾，「看這些包裝袋挺高檔的，八成是深度遊的驢友吧。」

「只要不是盜獵的就行。」

我把乾糧和水裝進背包，晃眼間，正好掃見山坡上的一處灌木叢，有個影子正躲在後面，我猜想有人正蹲那兒那啥，我尷尬地轉過頭來，叮囑亦風：「先別上去，有人在上面方便。」

亦風「哦」了一聲，一邊背過身來，一邊把垃圾袋紮口，突然動作緩了一下：「是什麼人？」

我一聽，也覺得不對勁，這裏山下沒有驢友的車輛，山上沒有牧民的牛羊，什麼人會單獨跑到這麼高的山坡上拉觀光屎啊？難道真是盜獵的？

我倆同時扭頭望去，灌木叢後的影子迅速低頭隱藏，灌木叢頂上卻鬼鬼祟祟地露出一對尖耳朵，對著我們的方向一分一合。

「哎呀，是狼！」

「狼」字剛一喊出，那影子呼啦一聲跳出來，還沒等我倆回過神，狼轉身衝向山梁。

亦風甩開長腿追上山去，等我手忙腳亂地背上背包，抓起攝影機時，狼和亦風都沒影兒了，只從山那邊傳來「格林——格林——」的呼喊聲。

「呼叫亦風！呼叫亦風！那真是格林嗎？」我背著沉重的器材氣喘吁吁地向山上爬。

對講機那頭，亦風特別振奮：「有三隻狼，在我前方一兩百米跑。我正在追牠們，你快來！」

「三隻?!」我很擔心，「保持距離，別追急了！」

「放心，我哪兒追得上狼，只是牠們沒怎麼跑。現在是牠們在和我保持距離，走一會兒就停下來撓癢拉屎什麼的，等我跟上了，牠們又繼續走。」

「這麼神奇？有格林嗎？」

「我還在看，昨天那隻大公狼七分半，記得嗎？牠也在裏面！我就說嘛，這片領地的狼熟悉我們幾年了，總不能一點曙光都不給我吧。」

「七分半跑那麼快，能讓你跟上啊？小心咬你！」我更擔心了。

亦風激動得有些結巴：「不，不，很友善！牠們都很友善，我喊格林，牠們三個都有反應，還衝我搖尾巴，狼搖尾巴呀！你知道那代表啥——牠們認識我！格林一定在那群狼裏！」

「三個都搖尾巴？這也太邪了，到底誰是格林？」

「不知道，我現在只認出最大的狼是七分半，另外兩隻我還得湊近點兒觀察。」

我心裏又是感動又隱約覺得不踏實：「你注意安全，畢竟是三隻狼，別讓牠們把你帶到荒山野嶺裏去。」

「這地方哪兒不是荒山野嶺啊，要攻擊早下口了！沒你想的那麼複雜，快來吧！我等著你拿攝影機來呢。快點兒！」

久等的重逢時刻終於要到來了，我加快腳步邊跑邊問：「還在嗎？牠們還在嗎？」

「在。我走，牠們走；我停，牠們也停。牠們就是在等我！也可能是在等你！你快來認認哪個是格林！快！快！」亦風高興得咬到了舌頭。

我翻過了無名指山脈和小指山脈連接的山梁，前面四行倒伏的草路指引著狼群和亦風行進的方向，再翻過前面的無名指山就近了。我心跳爆表，恨不得飛越山嶺，馬上將格林擁入懷中！

正跑著，我的鼻子突然捕捉到一股味道，有一點熟悉，又有一點令人不寒而慄。我下意識地停下腳步，抓住這縷味道，低頭尋找。

左後方不遠處，地上有明顯的抓痕，灌木上留下啃咬的痕跡，這是狼的領地標記，這標記的氣息濃烈得即使是人要越過這道界限都會本能地三思而行。濃重的腥臊味彷彿一堵無形的牆或是孫悟空畫出的保護圈，警告來者：高危地帶，擅入者後果自負。

我轉過身看去，清晨的陽光反射之下，小指山脈的山坳裏似乎散落著不少白森森的骨骸，雖然在草原上殘骸並不稀罕，但如此集中出現在一個山坡上還很少見。我頭皮一緊，我這是到哪兒了？

「呼叫！呼叫！你走到哪兒了？我們都在等你哦！」

我心頭掠過一陣怪異：「亦風，你先待在那兒別動。」我這樣說著，卻鼓起勇氣穿過氣味牆，反而向著白骨的山坡走去。

一路上，我走幾步聽聽動靜，亦風還在對講機那頭喳喳呼呼地彙報：「你猜怎麼著，我停下不走，牠們乾脆趴在地上休息了。」

我把對講機聲音關小，忽然心裏一動：「你再往回走一點呢。」

過了一會兒，亦風回答：「我往回走了幾十米，七分半跟上來了一截，還打滾呢，挺傻的。」

我更加確定了自己的判斷：「傻的是咱們，中計了！你猜你的反方向是什麼？」

亦風沉默了好半天，捏著對講機叫起來：「狼窩？是狼窩！」

「噓，別喊！牠們要勾你走，你就跟著牠們走。幫我吊住牠們，走得越遠越好，記住，千萬別朝狼窩方向來！否則咱倆都死定了！」

「你也要小心，可能還有狼！」

我提心吊膽地下到了山坳裏。

水源盡頭向上百米遠有一片灌木遮掩的沙土地，大約五六平方米，丟著一個被啃得殘缺不全的旱獺，上方有兩路不長草的小道兒從山坡延伸到沙土地上，小道陡峭處有小爪子扒抓的痕跡。這應該是小狼崽們溜滑梯下來玩耍的專用通道。

我把對講機攏在衣服裏，嘴貼著話筒悄聲說：「呼叫亦風，我靠近狼窩了。」

爲避免再發出聲響驚擾小狼，我關掉了對講機。查看四周沒動靜，我沿著沙土地上方彎彎曲曲的小狼道往上走，沿路的灌木叢中散落著動物皮毛、椎骨、肩胛，新鮮的兔腦袋連著一根前爪、羊頭骨、枯牛頭上面隱約可見細細的小牙印。儘管是動物骨骸，我心裏還是毛毛的，彷彿在靠近九陰白骨洞。

大約走了五十米，又是一個三平方米左右的沙土平臺，周圍一圈一米多深的灌木像城牆環繞著平臺。我怕留下腳印，不敢踏上沙土平臺，輕手輕腳繞到灌木叢周邊的草坡上，踮著腳伸脖子望去，一個幽深的狼洞赫然顯現，向斜下方延伸的洞口還有小狼攀爬的抓痕。我抬眼向山坡上看，還有好幾處與之相連的逃生洞口都在灌木叢中若隱若現，除非走近，否則在灌木的掩護下，休想發現。

我深吸一口氣，用隨時準備逃跑的姿勢慢慢摸近狼洞，同時警惕地掃視周邊的動靜。山下就是我們曾經布控的一號水源地，對面山上能遠遠望見我們的隱蔽帳篷。我曾經在帳篷裏用望遠鏡搜山多少次，沒想到狼窩就在我們眼皮子底下。這窩狼也真沉得住氣啊，是吃定我們發現不了呢，還是覺得我們不會傷害牠們呢？

我摸到狼洞前，蹲下來細看，洞邊被踩壓過的韌草正在慢慢抬頭，細膩的沙土上留下新鮮的帶著動感的模糊的小爪印扒痕，如果這是小狼的爪痕，那麼牠們剛才進洞的速度很快，而且就在我來這裏不久前才剛進洞，以至於被踩過的草還沒恢復挺直。

我壓制心跳，仔細傾聽動靜，洞裏傳來一點細微聲響，「咯咯咯」，像是小爪子抓斷灌木根部的聲音，又像是牙齒磨啃乾骨頭的聲音。我屏住呼吸，再聽！最危險的莫過於洞裏有母狼，但從小狼的爪印和殘骸看來，小狼們已經超過一月齡，早就能出窩了，這個階段，母狼也有可能外出獵食，撞上母狼的機率一半一半。

我調整一下呼吸，不斷安慰自己：沒事，放心，只要沒有掏窩干擾的過激行爲，狼窩裏的小狼會像那窩小狐狸一樣悄悄潛伏，靜觀其變。

我小心翼翼地繞到狼洞右側，剛要選攝影機安裝的位置，突然看見沙土平臺上，靠近灌木叢的邊緣竟然還扔著一個乾淨的礦泉水瓶！這裏有人來過？我一陣緊張，再一看，洞前遺落著兩段黑亮的新鮮小狼糞，心裏才略微安定了一些。

我繃緊了神經，側過耳朵，正想湊到狼洞口再聽聽，忽然聽見身後傳來喘粗氣的聲音，和什麼東西急速奔來的響動。我嚇得一哆嗦，手腳霎時間竄麻，如同看恐怖片時被人拍了後背，我抱著腦袋「啊」的一聲尖叫，嗓子眼兒裏溢出了苦膽的味道。

「別喊，是我！」亦風滿頭大汗地趕來，啞聲道，「快裝機器，從這座山撤！」

我驚出一腦門的汗。咱們惦記狼窩，狼群也惦記，亦風已經繞過來了，狼群說不定很快也會折返，我剛才喊那一嗓子，說不定狼也聽見了。

我急忙和亦風裝上攝影機，撤！

逃離了狼窩，爬上小指山梁，我驚魂略定，問亦風：「你怎麼又過來了？」

「我不放心你一個人靠近狼窩，你告訴我上當以後，我就假裝離開，從山背後回到車上，狼群也真夠狡猾的，蹲在山梁上看我把車開走才散了，我喊你對講機沒回應，心想完了，怕狼回去發現你，就開車到孤峰埡口，抄近道翻山過來。喏，我就從這兒上來的，車在山下。」

幾塊碎石從我腳邊滾下山去。山雖不算高，可這斜坡六十度都不止，我望遍了山崖，愣是沒找著能落腳的路，我倒吸一口涼氣：「你練過輕功啊！」

傍晚，小屋，爐火上熬著藏茶。

我坐在窗前縫補兩個人滑下山坡時被磨破的褲子。亦風邊摳腦殼邊回憶，在我的速寫本上畫出三隻又像貓又像豬的東西。

我斜瞄了一眼他的畫：「你今天遇見的狼是新品種？」

「不畫了！傷自尊！」亦風懊惱地用鉛筆在速寫本上一陣亂舞，「反正這三隻狼裏面也沒有格林。」亦風把畫的那頁撕下來揉成團丟進爐子裏，生怕我再笑話他。

「你都看清楚了？」我笑咪咪地縫著褲襠，腦袋裏轉著事兒，從發現三隻狼在誘我們上當時，我就沒指望牠們當中有格林了，「另外兩隻狼是怎麼遇上的？」

「隔得那麼近，當然看清了。」亦風有點小得意，「最先發現的那隻躲在灌木叢後面的狼是七分半，咱倆都見過的。我跟著七分半剛翻過山，就發現小指山梁上還蹲著另外兩隻狼，牠們一看見七分半跑回去，翻身跳起來就往山坳裏衝，就像跑接力賽似的。我當時也看不清，一激動就喊了幾聲格林，就在猶豫追不追、追哪邊的時候，那兩隻狼又從山坳裏冒出來了，跟七分半湊到一塊兒，逗著我往一邊兒走。後來離得近了，我看清那兩隻狼有一隻是母狼，但牠不是哺乳期的母狼，還有一隻毛色很暗，是匹老狼。我還想細看時，你就告訴我，你在山坳裏發現了狼窩，我才知道被牠們耍了嘛。」

「呵呵！」

「你別呵呵，我感覺牠們認識我，特別是那隻老狼，沒準兒牠是狼群裏的元老，說不定對兩年前格林回歸的事兒門兒清。而且……這三隻狼沒有兇我，反倒是很友好地把我逗開。」

「呵呵，那是幸虧你沒有回頭朝狼窩去，不然狼還會不會對你友好，就很難說了。」

亦風遞給我剪刀剪線頭，「表臉」地往我跟前湊了湊：「既然這些狼有認識格林的，如果我一直跟著牠們走，溝通溝通，牠們會不會最後把我帶到格林那兒去呢？」

「呵呵，拉倒吧你，動畫片看多了。」我推開他的鬍子碴下巴，「如果我沒猜錯的話，這段時間有人在狼山逗留，讓狼群感覺大本營不安全，所以派了哨兵隨時偵察保護幼崽，七分半是前哨，小母狼和老狼是後哨，一旦發現危險就像傳遞烽火一樣，火速把小狼崽趕回窩去。我在狼窩跟前看到有東西剛進洞不久的痕跡，準兒是那兩隻狼緊急通知的，等小狼藏好了才回過頭把你弄走。」

「這麼嚴密啊，」亦風興奮地掰著手指頭，「那就指望狼窩前面的攝影機能不能給咱們拍到些啥了。」

我抿著嘴：「你呀，當初來草原的時候，還說想記錄，現在遇到突發狀況，連個照相機都不記著帶，可惜啊，離狼那麼近，卻連個影像都沒留下。」

亦風被我笑得怪不好意思：「其實我們不算好記錄者，因爲我們都不夠冷靜，遇到事兒一頭就栽進去了。我那時候一急，哪還顧得上拿相機。」

我把縫好的褲子遞給他，笑得更歡了：「顧不上拿照相機，可是你從頭到尾都提著一袋垃圾。撿破爛你倒挺專業的。」

「那個……扔在山上不好看，」亦風嘟囔著，「我怕小狼吃到垃圾。」

我心裏一動，微笑著認真看了他一眼：「呵呵！」

「啥意思啊，你再呵呵，我削你啦！」

「沒啥，我覺得你挺好的。」

14/ 誰幹的！

狐狸媽媽的身軀已經乾硬，
我捏緊了心跳，掀開狐狸媽媽的殘軀，
一個小狐狸的屍體弱弱地躺在狐狸媽媽的身下。
這都是誰幹的！
我再也逃不過眼淚的劫難，
任它默默地爬滿了臉頰。

等待！這是最纏人撩人又折磨人的感覺。

狼窩布控第三天了，兩人都坐立不安，既盼望著收回攝影機時能有驚奇的發現，也很擔心像水源布控那樣一無所獲。必須讓自己找點事做，否則會被這種期盼感折磨死的。

我割來新鮮薺菜，準備包餃子解解饞。現在是五月中旬，小屋外滿山都是薺菜和灰灰菜，一直能採摘到九月份，不愁沒蔬菜吃，一夜露水後的薺菜本身就很乾淨，沒有城市裏的塵垢，齊腰割下，淘洗後的水都是清亮的葉綠素汁。

我邊剁羊肉餡兒邊望向窗外。亦風也找到了轉移注意力的方法，一大早就帶著爐旺在草地上玩。這小狗已經四個多月大了，長得愣頭愣腦，特別黏亦風，每回看見亦風回來都亢奮得憋不住尿。我覷起眼縫看著他們在草地上玩鬧，恍惚看見格林當年的影子，彷彿那小傢伙依然在我們身邊。

我輕輕嘆口氣，扒開爐灰，往爐膛裏加了一撮子牛糞，看著慢慢旺起來的爐火出神。

不多久，亦風一推門，滿臉晦氣地進來了：「給我倒洗臉水！快點。」

「咋了？」我頗感意外，自從到了缺水的草原，他很少這麼講究。前些日子仁增旺姆閒聊起草原生活習不習慣的時候，亦風就說：「我都兩個多月沒洗臉了。」仁增旺姆笑答：「你謙虛。」亦風的理論是，高原上越洗臉越糙，太陽一曬還脫皮，最好的防曬油就是不洗臉。今兒怎麼想起要文明一下了？

「別提了，爐旺那小子，哼！上次仁增旺姆說她家的墨托可靈性了，她有次放羊中暑，躺在草地上，墨托急得飛跑回家報信。我想要是我假裝中暑了暈倒，爐旺會怎麼救我呢？於是腦殘地試了一下，誰知那傢伙過來聞了聞，搜出我懷裏的風乾肉，一屁股坐在我臉上，就地開吃。要命的是，牠一高興……那尿……唉，不說了，給我倒水洗臉。」

我學他暈倒的姿勢向床上一倒，放開肚皮大笑起來。

亦風佯怒，拽起我的袖子把狗尿往我身上蹭。

我翻身躲開，抓起毛巾香皂砸向他，笑道：「將就拿淘菜水洗吧，十多天沒下雨了，得節省著用。」

我把水盆端給他，忍住笑意，理了理散亂的鬢髮：「洗完幫我包薺菜餃子，吃過飯你把馬牽回來，我們得去最早的狐狸窩看看，八九天了，早該收監控了。」

出門前，我拿了幾個生雞蛋，這是給小狐狸們準備的禮物。上次我看見狐狸媽媽叼了幾顆蠶豆大小的鳥蛋回家，結果小傢伙們爭搶得太厲害，全踩碎了。狐狸媽媽餓得那麼瘦，卻連幾顆鳥蛋都捨不得自己吃，以一己之力養育一窩小狐狸真是挺不容易的。

我把雞蛋用頭巾包裹好小心地揣在懷裏，喜滋滋地跨上馬背，坐在亦風身後，笑道：「你可騎慢點兒啊，小心我的蛋！」

「放心，早練出來了。」亦風笑著勒住轠繩揮手攆爐旺，「回家去！回去！」他怕爐旺一路跟去驚動了狐狸。

爐旺心不甘情不願地倒退著，賴在山坡上嗚嗚吱吱直叫喚，遠遠吊著我們倆，就是不肯回家。牠長大了，越來越喜歡跟著主人走。

「讓牠跟著吧，出去遛遛，總比成天窩在家裏睡覺的好。到了狐狸窩附近，你把牠帶遠一點，別讓牠搗亂就是。」說完，我衝爐旺喊了一嗓子，「爐旺，走吧！」一聲令下，那傢伙尾巴搖得風車轉似地，立馬跟了上來。

一家三口向狐狸窩進發。

我們觀察狐狸久了，發現牠們雖然狡猾機敏，卻實在是一種很單純可愛的動物，牠們不那麼怕人，也不太顧忌狗，因爲跟人類沒有什麼利益衝突。狐狸柔弱，沒有殺傷力，食物需求量也不大，幾隻草原鼠都可以小小滿足一番，若是走運逮到兔子旱獺，一家子就跟過年似的。狐狸媽媽把獺子叼回窩，小狐狸們往往高興得直翻跟斗，老遠就蹦過去搶食。

狐狸對人畜沒有危害，頂多就是春荒季節叼走幾隻病弱羊羔。到了秋冬時節，狐狸喜歡混在牛羊群裏，捕食那些被牛羊驚擾出洞的鼠兔野鼠，那時節小羊早就長大，羊倌們就算看見狐狸都懶得驅趕。

按說這麼好性格的動物，人們沒有恨牠的理由，不過，還是恨，爲啥？

狐狸在上古時期原本是靈神瑞獸，狐文化本是圖騰文化和符瑞文化，到了後期卻演變成了妖精文化。即使狐狸被當作狐仙來崇拜時，也從未列入祀典，一直屬淫祀範圍。而作爲妖精，狐妖是龐大妖群中首屈一指的角色。

狐文化在從宗教民俗文化進入審美文化後，經歷了全新的價值判斷和審美改造，狐狸象徵著虛僞、奸詐和狡猾，從妲己開始，美麗妖嬈的壞女人往往被標記爲「狐狸精」。只美不壞的呢？網友曰：「狐狸沒成精，純屬騷得輕！」管他好狐狸壞狐狸，長得太嫵媚了，就難免惹人妒恨。隨著現代婚變的增多，對狐狸一脈的恨辱愈演愈烈。更何況，狐狸還有一身華美的皮毛可以掠奪。

亦風在幾百米外勒馬停住，我下馬繼續往狐狸窩走。

今天的狐狸窩與往日不太一樣。除了路過的牛羊蹄印，沒有新近留下的小爪印。我檢視四周，也沒有新鮮的小狐狸糞。我疑惑地俯下身來，在洞口細聽，沒動靜。我皺了皺眉頭，乾脆趴在土丘上，耳朵貼著地面，沿著洞道方向，再聽，還是沒有一點聲音。

我招手讓亦風過來，自己半跪在洞前窺探。飄掛著枯草的洞口顯得格外蕭條。

「好像不在家呢。」我輕聲對亦風說，低頭看看身邊，想找一顆小石子扔進洞去探探。正好觸到懷裏的雞蛋，於是掏出一個來，順著洞口的沙土坡道輕輕滾進去。

還沒等我埋頭去聽，爐旺瞧見了，一縮身就鑽洞裏去把雞蛋搶出來，跑一邊吃去了。即使被狗鑽過洞，洞道裏依然冷冷清清，毫無動靜。

「這一家子挪窩了？」我有些失落，這段時間光顧著探查「狼府」去了，忽略了「狐宅」，要真搬了可就再不好找了。

「有可能狐狸媽媽帶著小狐狸學捕獵去了，咱們前段時間不也看見狐狸媽帶小狐狸掏獺子嗎？說不定牠們還回來呢，你把雞蛋留下，牠們回來就能瞧見了。」

「呵呵，要不要留個字條？」我笑咪咪地把剩下的雞蛋放在小狐狸們常玩耍的沙土地上，留下一個攝影機執班。

「剩下的兩個攝影機裝到黑頸鶴巢邊，接著觀察鶴蛋孵化。」亦風眼珠一轉，突然壞笑起來，「咱留一個雞蛋放到黑頸鶴窩裏，看看牠們什麼反應？」

「呵呵，人家兩口子非鬧翻了不可。」

兩人騎馬繞過沼澤，走到黑頸鶴的水泡子邊時已經是下午了。

我們一下馬，馬兒便抓緊時間吃草喝水。

自從進入五月以來，半個月沒下雨了。成天烈日蒸烤，水泡子裏的水明顯少了許多，我赤腳蹚下去試了試，原本齊臀深的水現在只沒過膝蓋。

「再不下雨，水都要曬乾了！」我站在水裏，一手撐著岸邊，「喂，把攝影機遞給我。」趁著亦風拿攝影機的空檔我四處張望，嘀咕著：「奇怪，今天黑頸鶴怎麼也沒在家？平時可是從不遠離窩的呀。」

亦風一面裝電池，一面也望了望四周：「是有點怪怪的，我來的時候就沒看見牠們，按理說這麼大的太陽，大鶴應該給蛋遮陰才行，這麼曬著蛋都烤熟了。你趕緊先過去看看吧！」

我心裏原本就有點不安，被亦風這麼一說，我更慌了，急忙轉身蹚向鶴巢……

蛋沒了！！！

我腦袋炸了！離小鶴孵化還有八九天呢，我們這才幾天沒來，蛋上哪兒去了？

我慌忙尋找。黑頸鶴極其寶貝這兩枚蛋，每次孵卵都小心翼翼地理巢臥蛋，斷然不可能讓它們滾落水裏，黑頸鶴也不可能叼著蛋遷窩。難道狐狸來過？不會，狐狸不可能一次叼走兩枚蛋，頂多是吃一枚帶走一枚，吃掉的總該留下蛋殼吧！

我趴在窩邊搜尋，又取下帽子遮罩水面的反光，彎腰一寸一寸摸索水底，一點碎蛋殼都沒發現。難道狐狸真的來偷了兩次蛋？兩次都沒被黑頸鶴發現嗎？

不，不可能！我努力讓自己冷靜思考。別說狐狸斷不敢招惹黑頸鶴，就是我們在接近鶴巢之初，亦風都警告過我：「要小心哦，鶴是會功夫的，要不哪來的虎鶴雙形呢。」黑頸鶴平日裏寸步不離巢穴，牠護巢的陣勢我們見過，曾經有一頭犛牛離鶴巢近了些，那對鶴夫妻高叫著，飛身躍起，爪子抓、尖嘴啄、翅膀扇，折騰得犛牛差點陷進沼澤裏出不來。犛牛尚且如此，何況矮小的狐狸，被鶴爪按在水裏淹死都有可能。

那會不會是狼？我伏在巢堆的軟泥腐草上檢查有沒有狼爪印，卻摸到一個碩大的凹痕。我輕輕剝離雜草一看，是一個深深的雨靴印。

完了！我步履沉重地回到岸邊，亦風把一截濕漉漉的菸頭遞到我面前：「我剛在水邊發現了這個，『天下秀』，不是我的菸。」

他看著我，在等待著我的答案，又似乎已經猜到了結果。

我點點頭，跌坐在草地上：「蛋被人偷走了。」

「什麼人幹的？」亦風恨得牙癢癢，「這麼隱秘的地方，還有誰會進來？」

「牧民是不會動神鳥蛋的。」我麻木地擦腳穿鞋，心裂成了八瓣兒。

黑頸鶴是那麼相信人……

「去找澤仁問問，看看最近有什麼人來過，把蛋找回來！」亦風喊過爐旺，把背包扔上馬背，挽起韁繩，拉著我向澤仁源牧的房子走去。

我呆滯地跟隨著亦風的腳步。在這茫茫草原上，去哪兒找一個偷蛋賊啊？找到了又能怎樣，能定罪嗎？有人管嗎？說不定他早把蛋吃了。就算蛋還沒被吃，鶴蛋對溫度非常敏感，停止孵化一夜，胚胎必死無疑。眼看著還有個把星期，新的小生命就能孵化了，這個時候敲開蛋殼，掏出的小鶴已經有了雛形……

我一步一回頭，那片水泡子一寸寸遠去，水枯花謝，鶴去巢空，往日如夢似幻的仙境在我眼前化爲烏有。

「你說啥？神鳥蛋也被偷了！」仁增旺姆又驚又氣，馬上給澤仁打了電話。

仁增旺姆對我們說：「這段時間村裏要修一條牧道通往山裏面，有不少拉砂石的拖拉機從這裏過。每次過車，黑頸鶴就很不安穩，生怕有人發現牠們在孵蛋。昨天下午我好像聽到黑頸鶴叫得很大聲，今天早上就再沒看見牠們了。可是來來往往這麼多車，也不知道是誰下的手啊！」

不多會兒，澤仁騎著摩托回來了，車頭上掛了一大把鐵絲圈。他停車熄火，取下鐵絲，一臉氣惱地跨進帳篷：「鶴蛋被偷了？你們的攝影機拍到是誰幹的了嗎？」

亦風懊悔不已：「恰恰就是前幾天把鶴巢的攝影機挪到新發現的狐狸窩去了，這幾天沒有監控到黑頸鶴啊！我們今天正想繼續裝上攝影機，誰知蛋就沒了……」

亦風又把經過給澤仁細講了一遍。

澤仁氣得臉紅筋漲：「這幾天牧場上外來人太多太雜，盜獵偷蛋什麼都幹！我天天巡場，還是防不住這些人下套子，你看！」

澤仁手一攤，一大把沒收回來的鐵絲套子，足有二三十個，有的已經生銹，有的還很新。

「都是漢人下的套子，那些漢人還穿著我們藏族人的衣……」澤仁突然閉口了。

我注意到是仁增旺姆悄悄拽了拽澤仁的衣袖。我和亦風也是漢人，他們不想傷了我們的感情。這一個維護朋友的小小動作卻讓我心裏更加堵得慌：「那些漢人為什麼要穿藏族人的衣服呢？」

「可以混淆視聽啊，牧民不容易發現他們，還有最關鍵的是，草原上的動物看見漢族衣服，很遠就逃跑了，穿藏族人的衣服能靠動物更近一些，方便盜獵。那些人都是盲流，你們是知識分子，不一樣的，你們不要多心……」

澤仁的語氣越是委婉，我們越是心塞。生靈無言，漢人數千年來建造的精神堡壘被動物們表露在那一身衣服面前的自然反應擊得粉碎。羞恥！這個話題是繞不過的，最終穿戴皮草、消費野生動物製品的人——不是盲流。

「有個套子把一隻狐狸勒死在牧場中間，」澤仁說，「我下午剛發現，屍體已經爛了。」

我以為我們的消息就夠糟糕的了，沒想到澤仁帶回的消息更壞。我想起冷清的狐狸窩，不祥的預感當頭襲來：「死狐狸在哪兒？快帶我們去看！」

澤仁發動摩托引路，仁增旺姆又牽給我一匹白馬。亦風把爐旺拴在帳篷邊，騎上栗色馬，緊隨而來。

這隻小狐狸死在一個旱獺洞口，應該是幾天前的慘劇。

亦風和我下馬細看，小狐狸的殘骸已經被禿鷲、烏鴉啄得不成樣子了。內臟、肌肉都被吃掉，細弱的肋骨暴露在外，一小塊皮毛殘留在身下，原本鮮亮的紅毛已經變成黑褐色。牠的尾巴不到三十釐米長，還沒完全長蓬鬆，椎骨已經被啃食的動物拖散架，只有腦袋還死死地勒在鐵絲套中。多股細鐵絲繞成的圈套根部被咬得彎轉扭曲，鐵絲中還夾著一枚斷牙，不難想像這隻狐狸在殞命時刻，有過多麼痛苦無望的掙扎。

牠的眼睛被烏鴉啄食，空空的眼窩子裏積滿沙土，腐爛的嘴皮下露出小小的乳牙。這是今年的小狐狸，還不足三個月大。到底是不是我們觀察的那個狐狸家族成員，碎成這樣，難以辨認。但牠被套的位置離狐狸窩不足千米遠。

「這個套子我沒取，」澤仁說，「其他動物看見能警惕，這套子下得很專業。」

亦風痛心地拼湊著小狐狸的殘骸，問：「既然是盜獵者幹的，為什麼套住了不來取呢？嫌牠小嗎？」

「不會，盜獵者是大小通吃的。何況這是狐皮，比獺子皮值錢多了。這原本是個獺子洞，盜獵的可能是想套獺子，但狐狸經常鑽洞逮獺子，所以沒經驗的小狐狸時常會被套住，成了盜獵者的意外收穫。」澤仁說，「他們沒來取的原因就多了，可能一次下了太多套子，他們自己也記不住，也可能沒來得及取就被鷹吃了，也可能顧忌牧民巡場，找不到機會取，就由得這些動物腐爛在草原上。我不是第一次遇見這種情況了。這隻狐狸是我見過的最小的一隻，按說還沒完全斷奶呢，這麼小就獨自鑽洞逮獺子，可憐啊……如果有大狐狸跟著沒準兒還能幫牠掙脫。」

我拉著韁繩靠在馬頸上，悲痛與不安壓得我難以呼吸，一時間語無倫次：「還有嗎……套子！狐狸……」我咬牙望天，逼回淚水，手腳直哆嗦。

亦風起身安慰地拍拍我肩膀，幫我問道：「其他套子都取了嗎？」

澤仁指指身後和右側：「北面、西面的牧場我昨天搜過，取了十來個，放了兩隻獺子，還活著。今天搜的東面，又是幾十個套，發現了這隻死狐狸，南面還沒來得及看，接到你們的電話就趕回家了。」

「趁天還沒黑，一起搜！」我說著，跳上馬。

三人拉開扇形向南面行進。

「發現什麼了？」我注意到亦風停留在一個土丘前已經好幾分鐘了。

亦風看了我一眼，欲言又止。我心一沉，策馬跑去。

亦風急忙迎上來，攔馬勒韁：「別去，不要看！」

我在馬上卻已經望見了——又一具狐狸殘骸趴在土丘上。

我滾下馬，掙脫亦風，奔上土丘。這是我最怕看到的——死去的狐狸媽媽。牠比那隻小狐狸死得更早，但身體還算完整。凌亂的皮毛上蓋滿了風沙，只露出一顆睜著眼睛的頭顱和一條大尾巴，失神的眼球罩著一層灰白膜，蒼蠅停在牠乾枯的眼珠上。

我腿一軟，搖搖欲倒。亦風撫著我後腦勺把我的頭靠在他肩膀上，側身擋住我的視線：「別看了，看見又難受。」

我推開亦風，倔強地撥開狐狸身上的沙土，喉嚨發緊：「我得知道牠是怎麼死的！」

狐狸媽媽的身軀已經乾硬，頭頸沒有套子，在牠身子側面竟然還伸出一條尾巴。我捏緊了心跳，掀開狐狸媽媽的殘軀，一個小狐狸的屍體弱弱地躺在狐狸媽媽的身下，只有頭、尾、爪子還完整，小狐狸嘴裏含著狐狸媽媽的乳頭，牠的身軀已經嚴重腐爛，蛆蟲亂爬，惡臭翻飛。我痛呼一聲捂住嘴巴，眼淚滾過手背。才幾天時間，這都是怎麼了？

「這就是狐狸藥毒死的。」澤仁過來看了看，又抬頭瞧了瞧遠處的狐狸窩，「可憐啊，母狐狸臨死還望著家，只是牠爬不回去了。」

我瘋狂地往沙土下挖：「還有兩隻小狐狸呢，牠們在哪兒？」

狐狸媽媽身下卻再沒有了別的屍骸，亦風抓住我狂亂揮舞的手，紅著眼睛卻說不出半句安慰的話。

狐狸媽媽死了，身體蓋著這個家裏最弱小的孩子。也許那隻略微年長的小狐狸扛不過饑餓，試著去覓食，卻落入了圈套。我們搜遍牧場卻沒找到剩下的兩隻小狐狸的屍骸，也許餓死在某個洞中，也許早已被盜獵者收走……

今天早上我們帶來的雞蛋還擺放在狐狸窩邊，小狐狸們再也吃不到了。我們查看狐狸窩的監控記錄。由於盜獵者都是在周邊佈設陷阱，沒有進入攝影機的感應啓動範圍內，沒能拍下罪證。

視頻中，剩下的兩隻小狐狸坐在窩邊翹首等待，從黃昏等到黑夜，牠們的媽媽再也等不回來了。凌晨最後的鏡頭中，兩隻幼狐形銷骨立，瑟縮著相對而坐，再沒有了往日的活潑。一隻小狐狸用爪子搭在另一隻小狐狸的肩上，彷彿在安慰牠，之後牠們並肩離家，沒有了媽媽的小狐狸只有死路一條。

視頻記錄結束在五月十六日凌晨，它告訴了我們那個不可逆轉的過去。

黑頸鶴一家、狐狸一家是我們到草原後最驚喜的發現。那些日子裏，我們算著時間期待小鶴孵出，我們目睹了黑頸鶴在暴風雪中拼命護卵，我們眼看黑頸鶴頂著烈日和困倦一動不動，我還記得黑頸鶴夫婦對我們的信任友善，我還記得鶴蛋貼在臉頰邊的溫暖。我們看著狐狸媽媽省下每一份口糧養育孩子，我們看著小狐狸們在嬉戲追逐中一天天長大，我們盼望看到小狐狸長大獨立……誰知一夕之間兩個家庭都崩潰了。

這都是誰幹的！

我再也逃不過眼淚的劫難，任它默默地爬滿了臉頰。

暮色四合，草原更爲深邃壯闊，我們更爲渺小。層層疊疊的陰雲壓在我們前方，我什麼都看不見了，也什麼都不想再看，放開韁繩，任由馬馱著我走入無邊無際的黑暗中。

15/ 大山的精靈

四隻小狼──雙截棍、福仔、飛毛腿、小不點
是我們重返草原以來最意想不到的驚喜。
這四隻珍貴的狼兒是草原的孩子，大山的精靈！

五月十七日，風沙，滾滾陰雲。

從昨天發現鶴蛋被盜、狐狸被害，我和亦風的情緒一直很抑鬱。

我調出狐狸窩以往的視頻看了幾段，記憶卡裏還記錄著狐狸媽媽帶小狐狸們玩的鏡頭，畫面依然鮮活，裏面的生命卻不存在了。

看著狐狸媽媽溫和幸福的臉，我腦子裏定格的卻是牠死不瞑目的眼睛；看著小狐狸無憂無慮的萌態，我眼前閃現的卻是牠在套索上掙扎的畫面和烏鴉啄出牠眼珠的情形，越看越想，越想越心如刀絞。我眼一閉，猛然扣下筆記本，把臉埋入臂彎，低聲啜泣。

「難受就別再看了。」亦風坐在窗邊，頭靠著牆壁，呆呆地含著一支菸，沒點火，手指把打火機麻木地顛來倒去，過濾嘴在唇齒間被咬得扁扁的，他幽幽地說，「幸好澤仁家那窩狐狸還在，昨天我問過澤仁，他說那些狐狸到他牧場只抓老鼠，不叼羊羔，就是死羔子也不沾一下，很守規矩，人不動牠的崽，牠不碰人的羊。」

我緩緩抬頭，心弦微顫，總算明白經驗老到的母狐狸爲什麼選擇和牧民做鄰居了。這家的狐狸媽媽是看清了形勢的，對育子期間的她而言，最大的威脅莫過於盜獵者，只有善良的牧民能庇護牠們全家。動物分得清善惡，這是一份以生命相託付的信賴。唉，如果後山那些狼也能如此信賴我們該有多好。

我擦乾淚水轉移視線，漫無目的地盯著斑駁的牆角、呼呼漏風的頂棚、將熄未熄的爐火……就這樣看了一個下午，連牆上拍扁的蚊子都被我數了個遍。幾天來，我心裏總有一種不安在蠢蠢欲動，卻又說不出那到底是什麼。

亦風站起身來，舒展了一下僵麻的四肢，重新架燃了火爐，摸摸水壺，尚有餘溫：「泡碗麵吧，你也吃點？」

我搖搖頭。

「一天沒吃東西怎麼行，」亦風握了握我的手，「好冰啊，我給你灌個暖水瓶吧，今天降溫了。」他打開碗櫃，找了個飲料瓶子，灌熱水。

看著亦風手裏的瓶子，我游離的思緒逐漸聚攏，埋藏在心中的那顆不安的種子似乎突然之間得到了養料，瘋狂地生長起來，轉眼間用長滿利刺的藤蔓將我的心緊緊纏繞。

「瓶子，礦泉水瓶子……狼窩，我在狼窩前看見了礦泉水瓶子！有人去過狼窩，狼窩被掏了！糟糕，我得去看看！」我驚跳起來。

亦風被我嚇得一哆嗦，水全灑了，他一把抓住我：「天都要黑了，你上哪兒去?!」

「去狼窩，放開我！」我一個勁兒往外掙。

亦風揪住我脖領子吼道：「冷靜點！風沙這麼大，你什麼都看不見！我們從來沒晚上去過狼山！遇到狼群怎麼辦！不要命啦！再說，狼窩如果被掏，你現在去還有用嗎！」

他把我拽回來往椅子上一推：「老實待著！明早我們一起去。」他擦著一袖子的水漬，撿起打翻的瓶子嘟囔道：「幸虧不燙，可惜水了。」

我鬆著領子乾咳，脖子被勒得火辣辣的。

睜眼到大半夜，我只能躺在床上乾踢腳。

亦風扔了個空菸盒過來，打在我腦袋上，問：「睡著了嗎？」

「睡不著！」

「我想到一個問題，狼窩應該沒事兒。如果狼窩已經被掏了，那三隻狼還放什麼哨，還費勁把我引開幹啥？你不是也看見跑進洞的新鮮小爪印了嗎？」

對啊！我一時間急暈了頭，竟忘了這層。那麼狼窩現在到底什麼情況呢？礦泉水瓶又是誰留下的呢？既然被人擾動過，生性多疑的狼又爲什麼不挪窩呢？

五月十八日凌晨，狼山。

還好，今天上狼山時沒有遇見狼，但這個「沒有遇見」僅僅意味著我們沒看見牠們，牠們是不是早就在暗處盯上我們了呢？難說！

亦風躲在隱蔽帳篷裏，用望遠鏡不斷掃描著狼山。我盤腿縮在帳篷角落，儘量給他讓出更多地方。我從側窗裏反覆觀察狼窩，沒有十足把握，我們不敢輕易上前探窩。在狼山上遇見狼咱不怕，但在狼窩跟前遇見狼就是兩碼事了。上次可是有三匹狼在巡山放哨啊，我還清楚記得那道刺鼻的氣味牆。萬一放哨的狼群殺回來把我們堵在家門口，正好訓練小狼捕捉活食。

時近正午，陽光如同鐳射，四十多度的氣溫穿透帳壁，悶熱不散。

我們不停地喝水降溫，我心想如果熱死，屍體也會很快餿掉吧。帳篷的紗窗擋不住溜進來的蚊子。我們不敢灑花露水，怕狼聞見；不敢拍蚊子，怕狼聽見。

亦風聲音輕如蚊鳴：「咱們觀察半天了，一隻狼都沒有，小狼也沒出洞，這麼熱的天，牠們不可能滴水不進啊……除非洞裏已經沒狼了。」

我接過望遠鏡，更加忐忑，想起狐狸一家的遭遇，不祥的感覺一浪接一浪：「爲什麼看不到咱們裝的攝影機呢……」我咬緊嘴唇，把剩下的半句「不會被人拿走了吧」咽回肚子裏去，亦風常說我是烏鴉嘴，我可不想在這個時候「烏鴉」。

又看了一會兒，我再也耐不住：「你在這兒給我放哨，我下去看看。」

我鑽出帳篷，伏低身子，像貓一樣爬下山坡。穿過氣味牆的時候我還聳了聳鼻子，味道遠沒那天那麼濃烈了。

我悄悄接近高危地帶，風吹草動都會驚得我身子一縮。

其實草原上的洞挺多的，兔洞、獺子洞、狐狸洞、穴梟洞……但這些洞都不會讓人產生恐懼感，只有當你知道洞的主人是狼，才會心生寒意。隱藏在灌木叢後的狼洞很安靜，靜得讓人心裏發毛，彷彿隨時可能躥出什麼東西，把你拖進洞去。山風旋過洞口，嗚嗚低吟，好像一個沉睡中的猛獸散發出的生人勿近的氣息。

這時，洞口處突然傳來幾聲「嘎崩！嘎崩！」的聲音，我寒毛頓時立了起來，咽了口唾沫，抬頭望向山頭上的「哨兵」。

亦風把帳篷平緩地搖了三下，暗號「沒事兒」。

我膽大了些，貓著腰縮到狼洞灌木叢前，伸脖子一看，壞了，綁在洞口灌木叢上的一號攝影機真的不見了！我心裏一驚，「嗖」地站起來，再看，狼洞下方的二號攝影機也失蹤了，連固定機器的短木樁都沒了，地上只剩一個窟窿。我腦袋「嗡」的一聲！攝影機果然被盜了！

我急忙奔向洞口，趴下一看，洞口斜坡和沙土平臺被昨天的大風刮出沙灘般的紋路，上面再沒有留下任何狼爪印，我心裏一陣慌亂，先前的畏懼心情一掃而空，抱著最後一絲希望，我對著洞道，「嗚、嗚、嗚……」用母狼尋子的聲音叫喚。

回應我的只有那個讓我提心吊膽的礦泉水瓶，扁扁的礦泉水瓶夾在灌木叢縫隙裏輕晃，隨著風聲敲出「嘎崩嘎崩」的空響，敲得我太陽穴一跳一跳地疼。

我打開對講機，帶著哭腔：「亦風，狼窩真的被掏了！攝影機也丟了……你快來啊。」

我揉揉太陽穴，拽出內衣領子擦了把眼睛，讓自己清醒一點，我得知道這次又是誰幹的。

我低著頭仔細搜查沙土地，逐一檢查每個狼洞出口，希望能找到盜獵者留下的蛛絲馬跡。但昨天一場風沙過後，哪裡還有足跡留存。

「喂！我找到這個。」亦風從水源地通道跑來，手裏揚著一個隱藏攝影機，「這個攝影機還在！」

我接過攝影機，咬牙切齒，我倒要看看是什麼人來過。

兩人的腦袋湊到一塊兒，就著攝影機的小液晶屏重播。攝影機記錄了幾天前我們安裝機器的過程，記錄了剛才亦風取下攝影機的過程，但中間幾天卻沒有任何記錄。

我失望道：「盜獵的根本沒有去水源邊，如果去了那兒，這個機器也早拿了。」

「這個機器離洞遠，在草叢中又不顯眼，可能盜獵的沒發現它。」亦風說，「再找找周圍！」

兩人又分頭搜尋……

我找到了固定二號機器的短木樁，它被丟棄在狼洞北側的一處灌木叢邊，木樁上還掛著幾縷黑色尼龍織帶的破絲，這尼龍織帶原本是綁攝影機用的，很結實。我當時捆的死結特別緊，估計對方解不開，是硬生生把繩子割磨斷的。

「一幫笨賊！」我皺著眉頭回到狼洞前。亦風衝我兩手一攤，他也一無所獲。我蹲在洞口，心亂如麻。

「這洞沒有挖掘痕跡，也沒有煙熏火燒的痕跡，盜獵的怎麼掏的？炸窩？」

我頓時想起前山廢棄狼洞裏的爆竹紙渣，心裏一緊：「手機給我。」

我乾脆把頭伸進洞去，避開洞外的強光，借著手機的照亮往洞道深處探看。

「風啊，裏面有東西……」

「什麼東西？活的死的？」

「看不清，死的……」

「啊?!」

「不，東西，死東西。」

我照著亮，亦風找了個支圍欄的長鐵桿，探進洞去，把那東西慢慢往外勾，剛勾到一半兒，兩人喜出望外——是攝影機！我們丟失的兩部攝影機都在洞裏。

「這幫土賊竟然把它給扔這兒了！」

隱藏攝影機是個其貌不揚的墨綠色塑膠盒子，一點不像値錢的玩意兒。會不會是盜獵者琢磨一番搞不懂，掏完狼窩順手就扔洞裏去了？不管怎樣，只要他們動過機器就肯定拍到了他們的樣子。這幫盜獵者一直以來神出鬼沒，今天總算留下證據了！

我拿起一號機器重播記錄，兩人的心提到了嗓子眼兒……

然而，狼洞口灌木叢上的一號機竟然壓根兒就沒開機，該死！

「是我的錯！」亦風一砸拳頭，「當時太慌，忘了開機，三匹狼跟著我啊……」

「沒事，還有一個。山神保佑！」我把最後一個機器祈禱著在額頭一貼，擦掉螢幕的沙土……

可惜！它乾脆開不了機！亦風拿著機器又晃又敲，裏面的零件叮噹作響，機器已經損壞！我的心沉到了肋骨的最後一根。白忙活那麼久，三部攝影機卻連盜獵者的影子都沒拍到。

我頹喪地撿起礦泉水瓶，最後看了一眼狼洞：「回家吧……」

靜夜，五瓦的節能燈愛亮不亮地懸在小屋的頂棚上，電流穿過逆變器發出吱吱的微響。亦風坐在火爐邊啃著壓縮餅乾，揉捏酸脹的腿肚子。餓了一天的爐旺眼巴巴地盯著亦風的嘴。我扔了塊風乾肉給爐旺，頭也不抬地倒弄今天收回來的攝影機，我把電池充電，取出所有的記憶卡照例準備格式化。

我喝了一口茶，咦？壞掉的攝影機記憶卡裏還有資料，難道在它損毀之前還拍下了盜獵者的影像？我放下茶杯，點開文件夾……

才看了幾秒鐘，我的眼睛就大了，我猛拍著桌子驚叫：「快來看啊！小狼啊！野狼崽啊！」

亦風赤腳衝到電腦前，做夢似的盯著螢幕：「這是我們拍到的嗎？這是真的嗎？」他使勁擠了擠眼睛再看，千真萬確！這是我們第一次在狼山上看到了野生的小狼崽。

「太好了！太棒了！」兩個人激動地抱在一起，使勁拍著對方的背，比中了頭獎還要幸福。屋簷下的鳥全被驚醒了。

亦風叫嚷著：「快倒回去，從頭看！」他一秒也不願意錯過。

這是安裝在狼洞下方的攝影機，以仰視的角度對著狼洞口的沙土平臺。一隻小狼正從平臺上冒出頭來，一雙小眼鬼精鬼精的，伸著脖子向攝影機張望。牠溜到灌木叢後面，露出半邊臉朝這邊看。顯然這小傢伙一出洞就注意到家附近多了點東西。

「快看，牠嘴裏叼著個菸斗！福爾摩斯啊。」亦風指著小狼的嘴。

那其實是一小截羊肋骨連著一點胸椎，彎彎地從小狼嘴角探出來，乍一看確實像菸斗似的。再配上牠那多疑分析的表情，把亦風逗笑了：「太酷了，我要叫牠『福仔』！」

我抿嘴一笑：「萬一人家是個小母狼呢。」

「不對！就是小子！」亦風一敲定格鍵，指著「福仔」的小肚子，「不信你放大瞧，北京區號！」

「表臉！」我啐道。揮手打開亦風的猴爪子，繼續播放。

福仔身後還躲著一隻小狼，怯生生地歪著腦袋看鏡頭。接著，又是一隻小狼鑽出洞來，只瞄了一眼攝影機，就伸爪子去勾福仔的尾巴，幾個小傢伙便嬉鬧了起來。這些小狼有一個多月大了，小耳朵已經立起來了，毛色比格林小時候淺一些，樣子長得幾乎一模一樣。

小狼們玩著玩著就追下了平臺，在攝影機前幾米處嬉戲，這下看得更清楚了。福仔果然是個小男孩，腦袋大腿腳粗，在打鬧中最佔優勢。而老躲牠身後的是個狼妹妹，臉龐略微秀氣些，前腿上有一小撮黑色的飛毛，一有風吹草動跑得賊快，我順口就叫牠「飛毛腿」。

最淘氣貪玩的那隻小公狼看起來比福仔還要壯實一些，牠左後腰有一塊深灰色的毛，小棍兒似的尾巴上半截黃，下半截黑，我們叫牠「雙截棍」，雙截棍應該算這窩小狼中的孩子王，至少個頭上看是這樣。

「好壯啊，比格林小時候結實多了，肥嘟嘟的。還是野狼媽養得好！」

「那當然，吃牛奶的能跟吃狼奶的比嗎？野外多的是地方鍛煉！瞧那粗胳膊粗腿兒長得多好！格林抽條的時候就是沒地方撒歡兒，天天窩在家裏，一根筋挑著個大腦袋，沒獵物逮，只好自己個兒抓蒼蠅玩。可惜，人養得再好都不如狼養，長大以後，格林的個子都比野狼矮。」我想起格林小時候困在家裏巴心巴肝盼著上天臺的樣子，眼眶泛潮。

亦風摸著我的腦袋，像安撫一個小動物：「別說那些喪氣話，格林回歸的時候不也混出個狼樣兒了嗎？咱們今兒看到了野外的小狼啊，這麼激動人心的時候，怎麼反倒心酸起來？格林小時候能看電視，牠們行嗎？格林熱的時候有西瓜和老冰棍兒吃，牠們行嗎？」

我沒有再接話，我知道亦風其實也想牠了，他唯一能做的就是打哈哈，不讓我看出他也一樣傷感。我倆貪饞地看著，隔著螢幕愛撫小狼，簡直想把牠們從鏡頭裏抱出來，親個夠。

「三隻小狼。」

「不對，四隻！」我指著螢幕左上角灌木叢中一個米粒大的小狼頭，「這兒還藏著一個最小的，其他小狼玩得熱火朝天，牠卻站得遠遠的，這小不點不太合群啊。」

「也許牠是在放哨？」

「不太像，我感覺牠就是很擔心，怕攝影機。」

三隻小狼先是互相追尾巴，然後搶骨頭、撕羊皮，你撲我咬，滿山坡跑，就沒一刻消停。

別看飛毛腿是個小丫頭片子，跑起來可比其他兩隻小公狼都快。她從山腰上拖來半個牛頭骨，白茬茬的骷髏頭，後腦勺早就被啃開了，骷髏縫隙裏或許還有點兒肉味兒讓牠嘴饞吧。飛毛腿扭著小肥腰人立起來，使出吃奶的勁兒想把骷髏翻個面兒，可是有牛角支棱在沙土裏，骷髏推得立起來了也沒翻過去。管他呢，反正腦袋殼兒下面露出來了就行，飛毛腿把嘴拱進去啃。

福仔和雙截棍鬼鬼祟祟地湊了上來，迎面一撲，牛骷髏撲通倒下了，整個扣在了飛毛腿頭上，飛毛腿又蹬又踹，掙脫不了。這倆愣小子樂壞了，趁著狼妹妹卡在牛頭裏，福仔和雙截棍輪番跳過來叼這個狼身牛面像的小尾巴。咬一口就跑，撓一爪又跑，就像人類的孩子躲貓貓一樣。飛毛腿頭重腳輕跌跌撞撞，急得拖著牛頭轉圈，小眼睛從牛骷髏的眼窩子裏往外看，又詭異又滑稽。

「臭小子欺負妹妹不算本事。」我笑罵。

「那可不一定，小孩兒都這樣，越喜歡的女娃欺負得越厲害。」難道亦風暗指他自己小時候？

飛毛腿好不容易蜷起身子用後腿蹬掉了骷髏，抖抖一身的絨毛，翻身就向福仔撵去。三個小傢伙從左邊的洞口鑽進去，又從右邊的洞口冒出來，躥進前面的洞口，又從半山腰滾了下來，看得我和亦風眼花繚亂。這洞道這麼複雜！

福仔和雙截棍的膽子越玩越大，原本還有點顧忌，而現在離攝影機越來越近，倆小子交錯著繞機器轉了兩圈，福仔還湊上來好奇地嗅了嗅鏡頭。飛毛腿則趴在鏡頭右前方，抱著一個塑膠瓶子舔水喝，看樣子渴壞了，牠喝完水又把瓶子咬得扁扁的。

「這不是你撿回來的那個礦泉水瓶嗎？」亦風說著，從背包裏摸出那個瓶子，裏面還有一些殘水，一想到這東西曾被小狼崽舔咬，亦風愛憐地摸著上面的小牙印，似乎這樣更能與小狼親近。

突然，他愣住了，拿起桌上的一瓶礦泉水，眼睛瞪得溜圓：「咦，跟我們用的是一個牌子？」再比對瓶底，「我靠！生產日期都一樣！這不會是咱們丟下的吧？」

「不可能吧，咱們之前沒去過狼洞，而且咱們也從不亂扔垃圾啊。」我話雖這麼說，心裏也犯嘀咕，太巧了。剛開始時，由於鶴蛋和狐狸被殺事件使我無比緊張，看見礦泉水瓶和攝影機遺失就認定狼窩也被洗劫。須知狼比狐狸警惕多了，一旦老巢被發現是絕對要挪窩的，而眼前小狼崽竟然好端端地在窩邊玩耍，證明確實沒人來過，難道我朝一個完全錯誤的方向思考了？

亦風把礦泉水瓶放在桌上：「先別動它，明早我得研究一下。」

「快瞧雙截棍！」

孩子王「雙截棍」在草叢裏突然瘋跑起來，好像在追攆什麼有趣的東西，福仔、飛毛腿和小不點幾顆小狼腦袋齊刷刷地跟著雙截棍的動向，雙截棍從鏡頭左邊衝到右邊，固定鏡頭無法跟隨，我們看不見雙截棍了，只能從其餘三隻小狼觀望的表情中判斷雙截棍忽左忽右跑了一大圈，不多時，牠樂顛顛地衝了回來，又蹦又跳地奔過鏡頭前，嘴裏銜著一個肉乎乎的東西，牠把這東西驕傲地拋向空中，又「噗」地掉在地上，呵，是鼠兔！原來雙截棍剛才在追鼠兔呢，那麼敏捷的東西，虧牠能抓得到！

幾隻小狼都興奮地圍了上來，小不點還是對攝影機很顧忌，總是繞在鏡頭背後，福仔和飛毛腿縮著身子小心翼翼地湊上前，小鼻子一聳一聳地嗅著。那鼠兔還沒死透，後腿兒蹬了一下，這小小動作把飛毛腿和福仔嚇得連連倒退，鏡頭下方掠過小不點的後爪子，我估計小不點嚇得栽了個跟斗，這可能是小傢伙們第一次逮到鼠兔吧，都有點怕怕的。

雙截棍的膽子大，一副「你們不行我上」的勁頭，叼起鼠兔又往空中拋去，鼠兔再次落地，幾個小傢伙一擁而上，你用爪子撓一下，我用鼻子杵一下，還想讓這個小活物動起來。或許牠們還不知道這見到活物就想追捕的原始獵性，就是牠們今後生存的根本，現在的動作中玩的感覺遠大於捕獵，就是好奇。

弟弟妹妹們還沒敢下嘴，雙截棍更得意了，手舞足蹈地叼起鼠兔一陣瞎拋亂扔，逗得弟弟妹妹們一路撲搶。亂勁兒過後，小狼們低頭在地上一找，咦，獵物哪兒去了？抬頭一看，鼠兔掛在了灌木叢上。雖然灌木叢只有一米多高，但對小狼而言卻太高了，這可急壞了小傢伙們，圍著灌木叢團團轉，那表情就像孩子們玩得正起勁的羽毛球卻落在了樹梢上，咋辦？

飛毛腿繞著灌木叢轉圈，急得吱吱叫，竟然爆出一聲像小狗一樣的吠叫，只是聲音沙啞得多。福仔踮著後腿人立起來，小爪子不停地抓撓灌木枝丫，又張著嘴一個勁兒往上蹦，可惜還是搆不著，反而老被灌木叢上的小尖刺扎到鼻子和嘴巴，疼得嗷嗷叫。小不點一看，沒得玩了，自個兒鑽回洞去，趴在洞口，小腦袋無聊地擱在前爪上，只從洞口露出半邊臉，睡眼惺忪地看哥哥姐姐們鬧騰。

在這四隻小狼裏，小不點顯得要瘦弱一些，精力有限，容易犯睏。而雙截棍要有心機得多，雖然剛才玩鼠兔時最來勁，但這會兒，牠卻一點都不心急，牠安靜地站在灌木前，仔細觀察掛住鼠兔的枝丫，又順著細密的枝丫觀察這叢灌木的主幹。這叢灌木不下三四十根主幹，每根主幹大約拇指粗細。雙截棍叼住一根主幹搖了搖，又叼住另一根晃了晃，最後，牠似乎確定了一根有用的主幹，一口咬定那根主幹，蜷起身來，前腿撐住，後腿蹬地，使出吃奶的勁發力撕扯搖晃。只拽了兩三下，鼠兔就被搖了下來，鼠兔剛落地，小狼們又開始了新一輪的爭搶。

「這孩子聰明，可能是這窩小狼裏面最聰明的！小小年紀就會分析！而且牠特別活躍。」亦風轉頭看我，「咱們格林當初是多大的時候會抓鼠兔的？」

「比牠們晚得多，格林三個月大了才有機會到草原抓到第一隻鼠兔，不過格林兩個月大時，在城市裏吃過咱家裏一隻淹死的老鼠，那搶獵物的勁兒，比牠們猛多了，牠被拴老鼠的繩子吊起來了也不鬆口。這幾個小狼才一個多月就能自己抓到鼠兔，挺厲害的，還是野外的狼崽鍛煉機會多啊。」

「呵呵，是我的雙截棍抓住的。」亦風自豪地說，他完全不把自己當外人了，「我最喜歡雙截棍，這隻小狼有勇有謀，一幫娃娃軍都聽他指揮，你瞧著吧，雙截棍今後是當狼王的料。牠這麼小就第一個抓住鼠兔，贏在起跑線上了，有出息！」

「你這說法就很猴急，」我咯咯笑道，「哪有在起跑線上論輸贏的，每個娃的起點都是一樣的，路不同，能堅持跑到自己的終點那才叫贏。我最喜歡福仔，牠會維護團隊。你瞧，牠有吃的不獨吞，雖然跟別的小狼撕來扯去，但牠總會適當地鬆鬆口，給弟弟妹妹留點兒食兒。牠很會照顧弟弟妹妹，以後肯定顧家，像咱格林，是個暖男。」

「呵呵，暖狼吧。」

我倆有一搭沒一搭地評論著喜歡的小狼，宛如在炫耀自家的孩子。

視頻錄了很長時間，小狼們似乎不知疲倦。我們一直盼望看到這窩小狼的家長回來，想看看是多麼威風的狼王父母養出這麼壯實機智的小狼崽，可是直到黃昏，大狼也沒出現，小狼們卻圍到了攝影機跟前。

我的雞皮疙瘩從頭皮竄到耳根子，有種被土匪包圍的感覺：「牠們想幹啥？不會是想……」

沒錯，該玩的都玩膩了，小土匪們要玩機器了！

毛茸茸的小狼嘴一伸過來，畫面便像地震一樣抖了起來。「喀嚓咯吱……」小獠牙劃過機身的刺耳尖叫就像直接在啃咬我們的耳朵。

小傢伙們輪流換班，你方啃罷我登場，咬完機器咬尼龍織帶，攝影機的鏡頭終於朝天了，看情形尼龍織帶已經被咬斷，攝影機被拖到了地上。

我哭笑不得，原以爲是一幫偷獵的笨賊拆毀了攝影機，讓我又懊喪又惋惜，結果現在發現是小狼們幹的，我霎時一點都不心疼了。弄吧，使勁兒地弄，給你們練牙。看牠們咬得一個比一個帶勁兒，我終於明白機器是咋壞的了。

一直到天黑，小狼崽們才離開。畫面裏只有一個螢火蟲般大的月亮慢慢爬升。到了半夜裏，攝影機前又有動靜了，一個毛茸茸的「大餅臉」蓋了上來。

我摸著下巴琢磨：「這是什麼動物？」

亦風說：「屁股，小狼屁股。不解釋！」

我領悟地偷笑，爐旺曾經坐在亦風臉上，這角度的感官體驗，沒有誰比亦風更有發言權。

小狼坐在這個攝影機上，啃機器的聲音繼續，甭問，狼洞口的一號攝影機也被牠們拿下了。

凌晨，攝影機被小狼玩得側立起來，啃得正歡實，熟悉的母狼喚子聲響起，「嗚、嗚……」小狼們立刻吱吱回應，丟下機器跑了過去。我心跳加速，大狼回來了！

我側立起筆記本，睜大了眼睛，按住心跳，怦怦……怦怦……一對熒綠的狼眼飄進了畫面。黑暗中，看不見大狼的樣子，只依稀辨得清大狼的腿從灌木後走過，小狼們緊跟其後，吱吱乞食的聲音漸行漸遠。就這麼一晃眼，大狼再沒出現在鏡頭裏。

亦風失望地嘆口氣，正要說話，我一擺手：「聽！」

我把音量開到了最大——輕靈鬼魅的大狼腳步聲繞過攝影機，這聲音即使在靜夜中也幾乎微不可聞，接著不遠處傳來一陣硬物滾動的聲音，「咕咚咕咚」。

過了一會兒，那幽靈般的足音又飄近，輕微的喘氣聲中鏡頭猛烈晃動起來，在地面拖行，又是一陣「咕咚咕咚」聲，畫面翻轉著滾入了黑暗之中，星月都不見了，四周全是土。

原來是大狼把我們的機器扔進了洞裏，大狼不讓娃娃們玩可疑物品……無論如何，小狼一家平安就好。

四隻小狼——雙截棍、福仔、飛毛腿、小不點是我們重返草原以來最意想不到的驚喜。這四隻珍貴的狼兒是草原的孩子，大山的精靈！

16/ 盜獵者來了，你得離開這兒……

我恐懼地瞪大了眼睛。
亦風一驚，豎起耳朵……無名指山背後，
那聲音貼地潛近，開始翻山了。
摩托車?!
這野狼出沒的深山裏怎麼會有人來？
兩人的寒毛立了起來。

清晨的光線格外柔美，薄霧中的時間輕流慢淌，窗前小桌上，茶氣氤氳。

我斜靠在床頭，捧著速寫本畫昨天的小狼崽們。我筆頭上畫著福仔，心裏卻總想起另一匹狼，身邊的空氣彷彿都是牠的呼吸。

我越畫越困惑，索性立起速寫本試探亦風：「你覺得這是誰？」

亦風了一眼，繼續埋頭忙他手裏的活兒，嘴角拉出一個淺淺的微笑：「是格林小時候？」

晃眼看像格林，看來還真不是我一個人的錯覺。

「不是格林，」我拂去畫面上的炭筆碎末，喃喃地說，「是福仔……你也覺得像嗎？」

「畫由心生，是你太想牠了吧。」亦風並不在意，「小狼崽都長得差不多。中國狼不像北美灰狼那樣毛色豐富好區分。老狼當初看見格林的視頻時，不也說咱格林跟他當年那隻小狼長得一模一樣嗎？哦，昨晚我給老狼打電話，告訴他我們拍到了一窩小野狼，老爺子樂得直拍大腿呢。呵呵，他如果看到這些幼崽，多半也會想起他的小狼……」

「可是福仔不光長得像格林，牠的動作、神態、個性，還有顧家的那股勁兒，我一看見牠就有一種莫名的親切感，好像格林又回來了……唉，算了，跟你說了你也不懂！」

在我心海裏翻騰著一股說不清道不明的暗潮，不知道哪裡才是傾瀉口。

「狼和狼一個樣。」我想起老狼的話，真的是因爲我太思念格林，才會把福仔畫成了格林的影子嗎？我抱著膝蓋蜷縮起來，下巴輕輕擱在膝頭上，邊想心事邊看亦風幹活。

亦風從一早起來就拿著狼窩邊的那個礦泉水瓶和家裏的礦泉水瓶研究。他迎著光線，仔細比對水質，看了好半天，才把瓶裏面的剩水小心地倒進紙杯，拿放大鏡觀察瓶身、瓶底。最後墊一張濕巾，用鑷子一點點剔下瓶身縫隙中的泥土，在濕巾上呈放射形地揉開。

我忍不住問：「小狼都拍到了，肯定沒人去過狼窩，這一頁已經翻過去了，瓶子指不定是大狼從哪兒撿來的。你還琢磨它幹啥？」

「正因爲沒人去過，所以才有意思。大狼從哪兒撿來的瓶子，撿來幹什麼，你想過嗎？」

亦風用舌尖嘗了嘗紙杯裏的剩水，吐掉，又喝了一小口礦泉水，展開了得意的笑容。他略微傾斜紙杯：「瓶子裏裝的不是礦泉水，而是狼山谷中的山泉水。」

他把揉散了泥土的濕巾放在我眼前，指著周邊的黃沙和內圈細膩的黑色：「瓶子上的泥除了狼洞口的沙土，還有黑色的淤泥，這淤泥是溪邊才有的。昨天在視頻裏我們看見小狼崽用這瓶子舔水喝，你說大狼拿瓶子幹什麼用？」

我睜大了眼：「牠……牠打水給小狼喝?!」隨即不相信地搖搖頭，「用不著吧，水源那麼近，小狼自己下去喝不就……」

「你忘了，發現狼窩的頭幾天，水源地被我們裝了攝影機，大狼能讓小狼去冒險嗎？你再往前想想……」亦風打開麵粉口袋，把新礦泉水瓶在麵粉上一壓，「我記得你在一號水源地，狼新挖的水坑邊發現過一個淤泥上的壓痕，你看看是不是這樣的。」

我一比對，的確是這樣的痕跡，雖然聽亦風分析的那會兒已經有了猜測，可真正面對證據的時候還是驚訝壞了。什麼狼竟然會用人的容器?!

「更有意思的是，牠們從哪兒拿到這個瓶子的，昨天我就注意到了，」亦風把放大鏡塞到我手裏，「你看看，相同的生產日期，連條碼上文字的缺口瑕疵都一模一樣，狼窩邊的這個礦泉水瓶絕對是我們的。而我們所有的瓶子都是統一收撿在屋後，沒有外扔過，那就表示這匹大狼來巡查過我們的小屋，還特地叼走了這個瓶子，大老遠叼回山裏去用。我們去找牠們的窩，牠們卻早就來過我們的窩了。」亦風得意地笑完又尷尬起來：「咱們和狼現在已經搞不清楚是誰在監視誰了。」

亦風分析的前半截有道理，可是後半截……我總覺得有什麼細節不對勁。真的有狼來過嗎？什麼時候？我們的瓶子都是蓋好了放在屋後，以備冬天存水用，狼就算可以叼走瓶子，但牠又怎麼擰得開瓶蓋兒呢？這瓶口上沒有明顯咬痕啊……我努力在記憶深處挖掘。

「等等！」一閃念間，我腦袋裏有條線索搭了上來，「我曾經在山裏掉過一個瓶子！就是遇見這匹狼的時候。」我翻到速寫本中「龍狼」的畫像：「對！就是牠，當時我正在喝水，冷不丁發現牠就在我身後，嚇得我把水瓶滾到山下，那個瓶子沒蓋蓋子，後來我顧著逃命，那瓶子就丟在山裏了。」

「是你丟的啊？」亦風大失所望，「這麼說，狼沒來過咱家？」

「肯定沒來過，但是可能有狼跟蹤過我，否則那麼大的一片山脈，要發現草叢中的一個水瓶，沒那麼容易。」

「是龍狼叼回去的？」

「我想不太可能，龍狼被人抓過，澤仁不是說了嗎，牠對沾有人味兒的東西很排斥。

如果叼水瓶餵小狼是格林幹的，我就不會覺得意外了。

況且牠當時慌著逃跑都來不及，哪有心思回來撿瓶子？」我回想著那天在山裏的情形，「照理說，野狼一般對人都很警惕，不會碰人留下的東西……或許還有不那麼怕人的狼在跟著我？」

亦風或許悟到了點我的心思：「你懷疑是……」

我咬著嘴唇，目光落到了他手裏的礦泉水瓶上：「我以前每次帶格林出去玩的時候，總是給牠帶一瓶水喝。如果叼水瓶餵小狼這事兒是格林幹的，我就不會覺得意外了。」

亦風把手中的礦泉水瓶揉捏出咯咯輕響，他眼裏那點光隨著思索越來越明亮，終於一揚眉毛，表情尤爲激動：「等霧散了，我們去把各處的攝影機都收回來，充滿電。明天再去狼窩布控，這次我一定要拍到大狼！」

第二天，我們帶著七台隱藏攝影機和一個長焦，確定了更完美的觀察角度，再次來到狼洞邊，卻發現狼洞顯然很多天都沒有狼居住的跡象了。

就在我們以爲狼並不排斥我們的物品和味道的時候，牠們卻又消失了。到底是什麼狼叼走了我的水瓶也就此無解。狼的想法和行爲就像一個錯綜的迷宮，永遠不知道往哪裡走才會柳暗花明，永遠不知道迷宮裏的一道道小門是什麼顏色。

我和亦風尋找了一圈，又沿著水源地查看，依然有狼爪印，我猜想狼肯定搬不遠，因爲後山是牠們最後的安全住所，而狼洞所必需的水源只有這一個。還要不要繼續追蹤？又或者暫且不要打擾，以免母狼不安心。對我們而言，知道小狼在就好，來日方長，等牠們長大跟隨父母捕獵，有得是機會遇見。

「慢慢接觸吧。」我在水邊一處草垛子上坐下，抬頭望望對面山頭上的隱蔽帳篷，「咱們的帳篷放了那麼久，狼也沒遷窩，可見牠們是不排斥我們做鄰居的，但是要在牠家門口裝攝影機，狼不幹。以後我們還是遠觀好了。」

「行。」亦風微笑著坐下，俯身在溪水中洗手，「只是今兒什麼動物也沒見著，可惜。」

亦風不經意的一句話卻讓我猛然滋生出涼意。不錯，今天山裏有點過於安靜了。我起初還以爲是狼走了，使我覺得空落落的是心理作用，但亦風這麼一說，我更不安了。

我環視四周，平日裏上山，野兔、旱獺滿山跑，而今天一路上來，什麼活物都沒看見，連鳥聲都靜了。只有極具威脅的猛獸出沒才會有這樣肅殺的氣場。恍惚中，我彷彿聽到一種怪獸恫嚇般的低吼，我側過耳朵搜尋方向，脊梁僵直，神經緊繃，人像冰雕一樣凍住了。大難臨頭的感覺似乎越來越強烈……

亦風將冰水往我臉上一揮，笑道：「發什麼呆？」

「別鬧！你聽！」我恐懼地瞪大了眼睛。

亦風一驚，豎起耳朵……無名指山背後，那聲音貼地潛近，開始翻山了。

摩托車?!這野狼出沒的深山裏怎麼會有人來？兩人的寒毛立了起來。亦風急忙抓起我的手，幾步跑上斜坡，就近躲在灌木叢後面，摸出望遠鏡掃視聲音的方向。

「但願是過路的，但願是過路的……」我禱告著，但心裏清楚這山上根本沒有通路。

亦風定住了，拍拍我，指指右側的無名指山梁——兩輛摩托車，摩托車後搭著一個大箱子。兩個人，其中一個漢人打扮，戴著一副晃眼的白手套；另一個藏族人裝束，猩紅頭巾蒙著臉，戴一頂灰帽子。他們從山梁往我們這下面看，灌木叢藏不住我們，那兩人正在停車向我們張望，過了一會兒，下車，坐在車前山坡上。他們在山上，我們在山下，遙遙相望，看不清面部表情，只感覺白手套一手遮著陽光，一直在俯看我們。他們沒有望遠鏡。

「這邊山陡，摩托車下不來，先坐會兒，等他們走。」亦風靠後坐下，既然藏不住，索性不躲了，「興許是牧場主過來巡場吧。別自己嚇自己。」

我可沒有亦風那麼樂觀，我清楚記得他們上山來時的那種壓迫感，這後山上不會有無緣無故過路的人，更不會有無功而返的主兒。何況他們不但沒有要走的意思，反而坐下來盯上我們了。他們是什麼人?想幹什麼?

可能對方也把不準我們是誰，五分鐘過去了，雙方依然無聲對峙。

我打開了攝影機，儘量拉近鏡頭拍下他們的影像。十分鐘，二十分鐘，四十分鐘……越來越不對勁，他們肯定不是這裏的牧場主，如果是，無須打望那麼久，只需要借著山谷的回音大大方方喝問一聲:「你們是誰，到我牧場來做什麼?」可是他們並不喊話。

時間的撞擊聲越來越響亮，我的心跳比秒針快了一倍。亦風的臉色越來越難看，他也感覺到了這並不是一種友善的對視。如果狼的目光是緊抓七寸的「狠」，那這種目光就是蝕骨挖心的「毒」，唯一阻隔我們的是摩托下不來的山坡。不能這麼耗下去，亦風給澤仁打電話求援。

山坳裏沒信號!與我們對峙的人也在打電話，再不撤怕是走不了了。

我心慌意亂，其實在對峙中，我們已經意識到來者不善，只是不敢確認，長久以來隱藏在暗處的盜獵者竟然在荒山野嶺跟我們撞上了。能盜獵就能搶劫，反正都是違法的勾當，不在乎多一件。我們帶著那麼多攝像設備、筆電，在他們眼皮子底下藏是藏不住的。

放下電話，我迅速把相機收進背包，抽出攝影機的記憶卡悄悄塞進襪子裏，即使設備被搶，我也留下了他們的影像。我從地上摳了把泥灰，在臉上擦開，扣低帽子，儘量低調，只要我逃得出去，回頭再找他們算賬。我留下一個不起眼的隱藏攝影機綁在背包的肩帶上，開機。我拉開衣袖，手腕上還記著這家牧場主的名字「旺青甲」，我反覆念著，記住。

亦風把木棍遞給我，一人一根，這棍子原本是我們登山用的，順帶驅狗防狼，沒想到最終卻要用來防人。亦風的腳步再沒有了遇見狼群時的從容。

我們的車停在主峰背後，小指山、無名指山和中指山之間的兩個山埡口是必經之路。眼看那兩個人還坐在山頭沒動，但願他們沒打人的主意。

我們開始順著山夾縫不顯眼的地方翻上埡口，邊走邊聽，他們沒有追來。我們不敢鬆懈，加快腳步，在缺氧的高原急速翻山，讓我們頭暈目眩。眼看快到山梁了，摩托車聲陡然逼近，原來他們就等著我們上山呢！

「別怕……」亦風可能還想說「有我在」，但他根本喘不過氣來，出現了高原反應的症狀。

山埡口原本是片開闊地，可是我們繞左，他們向左，我們繞右，他們向右，腳力對摩托車，跑是跑不掉的，除了勇敢別無選擇。

兩輛摩托車已經堵住了去路，灰帽子先開口：「你們做啥子的？」

我看見亦風扶著木棍走到了摩托車另一側不遠處坐下喘粗氣。我儘量鎮定：「我們是拍風景的，你們呢？」

白手套笑嘻嘻地答道：「上山打獵。」他沒有蒙面，漢人，成都郊縣口音。

我心想你倒老實，伸手掠過背包上的攝影機鏡頭，觸發紅外線拍攝，問他：「你們打到什麼了？」

「啥子都打。今天就打了些土狗（旱獺）。」白手套說著，好像注意到我的攝影機，一蹬摩托繞到了我左後方不遠處。四人呈十字對峙。

蒙面的灰帽子似乎無所顧忌，他的眼睛從頭巾的細縫裏打量我的背包，又扭頭瞄了一眼亦風手裏的攝影機，用藏式普通話追問：「你們就兩個人啊？」

「不啊，」我故作輕鬆道，「朋友在後面。本地人。」

灰帽子將信將疑地往山下看。

我作若無其事狀又問：「你們打土狗賣到哪兒，多少錢？」

「賣到廣東，兩百多一隻……」灰帽子下意識地回答著，收回目光，「剛才看你們好像就只有兩個人啊。」他斜過摩托，左腳撐在地上，右腿微抬，似乎要跨下車來，這一下車就難保他想幹什麼了。

我又恨又怕，這種連番試探不是好兆頭，我往旁邊走了幾步，儘量和他拉開距離，側過身也向山下望了一眼，其實是防備身後的漢人。

「這山上有狼你不怕啊？」灰帽子說著理理袍袖，右手探進了懷中，輕微地繞了兩圈。我的心都快炸出腔子了，這手繞牛皮繩掏狗棒的準備動作太熟悉了，凶器一旦亮出就再無挽回的餘地。

「當然怕啦！」我趕緊吁了口氣，衝亦風大聲埋怨道，「旺青甲他們怎麼還沒上來，我快背不動了，你喊他一聲。」我聲線發抖，不過爬山上來，心跳氣喘倒也自然。

牧場主的名字一說出，灰帽子的右手停住了。

亦風心領神會，立刻接話道：「老爺們兒上廁所，你催啥。叫扎西上來接你好了。」說著向我們要去的山埡口背面用藏語大喊，「扎西，上來幫忙！」

扎西是村長，盜獵的估計知道他。灰帽子空著手從袍懷裏伸了出來，他不下車了，扶正摩托，使個眼色，兩人一溜煙跑了。

摩托車剛消失，我和亦風急忙翻過第一道山埡口，離開了最危險的地方。緊張勁兒一過，兩人都感覺體力不支，於是放慢腳步往第二道山埡口行進。

「糟，快看！」

山下四輛摩托載著一夥人正在會合，其中兩個正是我們剛才遇見的灰帽子和白手套，而他們此刻正在互相交流著，抬頭望我們的方向。

亦風用望遠鏡一套：「不成，趕緊走，他們在指我們！」

我才鬆弛的神經又繃緊起來。盜獵者一會合，發現我們沒有援兵，他們反應過來了！我們扛上攝影機，火速翻山。剛跑了幾分鐘，就聽見摩托車猛轟油門向山上追來。

亦風的哮喘發作了，我一把抓過他的包袱和攝影機：「快！你先走！」

亦風身上一輕，甩開長腿，衝上山，跨過圍欄，真的就跑了……

哎呀，這個人。仗義的話是我說的，我哭笑不得，咬牙背包，衝向圍欄！只要跨過圍欄，就能阻隔摩托車，前方的那道圍欄似乎成了生死的界限。

狂奔中，時間彷彿停止了，我猛然想起剛來草原時，那三匹曾經搶在我們車前飛躍圍欄的狼，這一瞬間，我才真正體驗到了牠們的感覺，我突然覺得自己也是盜獵者槍口下的獵物。

我翻過山梁，連滾帶爬地逃到山下。亦風把車發動了，使勁喊：「快！快！」摩托車聲已經到了山梁。我剛跳上車，還來不及關門，亦風就一腳油門衝出山去。車繞上了公路。我拍著胸口，大聲喘氣，再看來時路，那四輛摩托在山梁上的圍欄邊停住了。謝天謝地，圍欄救了我們。

亦風緊握方向盤，額頭上青筋漲跳：「遇到人比遇到狼凶險多了。」

我按住哆嗦的膝蓋，把礦泉水往頭上澆，抹了一把濕漉漉的臉，靠在椅背上，悶聲不語。

這是與盜獵者第一次正面遭遇，彼此都不明底細，我知道如果再遇見他們，就沒這麼僥倖了。驚魂略定，我突然明白了一件事——這次狼遷窩，不是我們的原因，而是牠們最大的威脅者來了。

一回到小屋，亦風立刻把車罩上迷彩車衣。雖然我們沿著狼山之外的公路繞了一大圈回來，但我們的小屋在狼山第一道山脈上，在盜獵者活動範圍內，如果他們沿著山脈遊走，白色越野車很容易被發現，我們的住所也會隨之暴露。

荒山上，一個簡陋的小破屋原本不醒目，盜獵者也不會去招惹原住民，但如果他們發現這屋子裏住的是兩個毫無根基的外地人，還藏著價值幾百萬的裝備，情況就不一樣了。到時候我們的人身安全都會面臨威脅。雞蛋殼一樣的單磚牆，三毫米薄的玻璃，一腳就能踹開的層板門，在無人的狼山上住了那麼久，我們頭一次感到害怕。

我裁剪不透光的帆布做成窗簾，以備每次外出時遮上，不讓外人看到屋內的東西。我從工具箱裏找出一把單薄的掛鎖，釘在房門上，這是我們僅有的可以用來加強防備的東西。

做完這些，我心跳稍緩，回到桌前，把攝影機的卡插入筆電。在山埡口堵截我們的盜獵者被我肩帶上的隱藏攝影機拍了下來。我皺緊眉頭，在電腦上回看視頻。從進屋起，我就沒說過一句話，這讓亦風有些忐忑。

「我剛才不是故意丟下你的，我一心想著下山開車……」亦風歉疚地坐下來握著我的手，「對不起。」

我回握了他一下，眼睛沒離開電腦。我沒生他的氣，只是不認識視頻背後的我。我原以爲，像我這麼烈性的女子，有朝一日遇上我痛恨的盜獵者，定然會像電視裏的英雄那樣義正詞嚴，可是今天我才知道當真正孤立無援地面對一幫法外之徒時，大義凜然沒那麼容易，荒無人煙的曠野裏只有強弱之分，沒什麼正義和法律可言。掛著笑臉周旋逃逸，這種感覺是那麼不痛快，那麼窩囊，但這就是現實，因爲我們處於弱勢。

「不怪你，求生避害是人的本能，我們都是平凡人。」我關掉電腦，閉上了眼睛，儘量讓羞憤降一降溫。我不是專家，不是環保主義者，不是反盜獵英雄，我僅僅是一個想孩子的媽。這幾個月發生了太多事，我重返草原時，只期望能找到我的狼孩子，從沒料到會一步一步跟盜獵者越來越接近。我懷疑自己的膽量和能力。沒有人不珍惜生命，也或許，英雄都是被他比生命更在乎的事情所逼出來的。

小屋裏安靜了很久，只有屋簷下的鳥兒們回巢的聲響，夕陽漸漸沉到了狼山背後。

「盜獵的沒從這面下山。」亦風放下望遠鏡，轉眼看見我一臉蒼白，「你還好吧？」

我用手指肚輕輕揉著不停地跳的眼皮：「我很害怕。」

亦風摸摸我的頭，轉身在屋裏來來回回踱了好幾圈，猶豫道：「那明天咱們還去狼山嗎？」

亦風的意思我明白，通常盜獵者看上某個區域，投毒下套，再陸續收獵物，會連續多日在這裏出沒，直到這片區域已經沒有盜獵價值了才會離開。我們如果頂風上狼山，再次遭遇盜獵者的機率就非常大。但是，也正因爲盜獵者已經進山，那窩小狼的處境才更加危險。當母狼離家打獵時，小狼有時會毫無心機地出窩玩耍，牠們跑不快，極容易被盜獵者抓住。

「要去！」我覺得盜獵者之所以山上山下與我們對峙了那麼久，可見他們也心虛。咱們怕，是因爲不明底細而感覺到威脅；他們怕，是因爲本身就幹著虧心事。我還是相信邪不壓正。我想念我那可能在山裏浪跡的格林，我牽掛那一窩小狼，尤其是與格林極其神似的福仔，我不想讓牠重蹈格林的覆轍，被盜獵者掏窩。

「把隱藏攝影機都裝上，這次我們要監視的不是狼，是進山的人。」

「好！」亦風合上筆電，動作之快似乎生怕我會改變主意，「現在趁著澤仁還沒睡，我們馬上去找他認一認這些人，萬一再遇上，死了都不知道誰宰的你，那才叫冤。」

他拉我上車，直奔澤仁的源牧去了。

澤仁一家圍在筆電前看盜獵者的視頻。

「停！停！」澤仁手一指，「這個藏裝蒙面的我認得，他是農區來的，幾年前到我們寨子裏當上門女婿。是個遊手好閒的混混。愛賭，欠了一屁股爛賬。」

草原上的人換裝不多，一年到頭就那麼幾套裝扮，所以即使蒙著臉也能彼此認得。雖然另一個漢人沒人認識，但只要摸清了其中一個人的情況，我們心裏就有底了。

第二天凌晨五點，我們早早上山。一早一晚是狼群出沒的時段，盜獵者不會選擇這個時間，而我們寧可碰見狼，也要避免再遇到人。

夏季天亮得很早，濕地的霧氣向山上輕柔地湧動，我和亦風蹲在中峰山梁上觀察動靜。

「沒人吧？」我悄聲問。

亦風擺擺手，繼續用望遠鏡掃視山谷。

「快看下面！」亦風猛然激動起來，「十點鐘方向！」

我依言看去——山谷裏，一隻大狼正背向我們小步快跑，這時段上山果然有意外收穫。

我心跳加速：「盯住牠！沒準兒會發現新狼窩。」

那匹狼暫時沒察覺我們，牠徑直奔向一大叢茂密的灌木，嗅著地面繞了一圈，朝山上山下張望了一會兒，鑽進了灌木叢。過了一會兒，灌木叢裏冒出了兩隻大狼，牠們伸展前腿撐地，又像做伏地挺身一樣繃直了後腿暢快地伸了個懶腰，像剛睡醒的樣子，不緊不慢地去溪邊喝了點水，出山了。

我目送狼的背影消失在晨光中，站起來拍拍草屑，問：「你看清了嗎，總共是三隻還是兩隻？」這距離有點遠，我把不準進去的那隻狼是不是出來的兩隻狼當中的一隻，但願亦風在望遠鏡裏看得真切一點。

亦風若有所思地放下望遠鏡，沒回答我的問題，反而喃喃道：「你覺不覺得有一隻狼的步態挺像格林？」

「真的嗎？你看清了嗎?!爲什麼不叫牠！」

「霧太濃，我也不確定，但如果狼窩遷到了這個地方可不安全啊，你看，下面沒多遠就是昨天盜獵者會合的地方，摩托車印子都在。」

我緊咬住嘴唇，身上一陣熱一陣涼。我一直疑心格林就在這群狼當中，我真不想錯過牠一絲一毫的線索，如果對狼懷有深厚的感情，就很難保持客觀冷靜，雖然狼已經離開，我還是決定下去看看，哪怕有一點點懷疑，我都要去求證。

這是無名指山脈的東側，那個狼現身的灌木叢在靠近谷底的地方。

我們杵著木棍剛下到半山腰，亦風就有了發現：「瞧，狼的藏食。」

我定睛一看，在不遠處的狼道邊，乾草浮土虛蓋著一個小獵物，只露出白色的腦袋，是個死羊羔。

「我去瞧一眼！」亦風興奮地走過去，「喲，這羊剝了皮的。」

「站住！千萬別動！」

亦風正要伸手撥開乾草，被我一聲大吼嚇得定住，連手指都不敢輕舉妄動。我幾步趕過去，抓緊亦風的手臂穩住他，用木棍在死羊和亦風腳邊一陣戳探。

啪！！狼夾子爆出了地面，就在亦風左腳前！彈了他一臉灰土，他的臉色更加難看，急忙也用木棍把周圍的地面又戳了個遍。

還好，就這一個，是個大號狼夾，有小臉盆那麼大，鯊齒咬合，力道能夾斷牛腿骨。

「幸虧發現了，幸虧發現了……」亦風的冷汗裹著塵灰往下流，似乎除了這句再也說不出話來，剛才若是他再往前半步，腿骨必定夾斷。

我翻看用作誘餌的獵物，這是個兔子般大小的羊羔。夏季的羊羔生得太晚，入冬之前來不及長大，這季節母羊顧著吃草，根本無暇理會小羊。這隻羔子不是餓死的就是病死的，又乾又瘦，牧民通常剝了羔子皮，羊身棄之無用，正好被盜獵者收來做餌。死羊後腿有一道切口，我用指頭探進去一摳，掏出一顆蠟封的毒藥小丸。

「又是夾子又是狐狸藥，手法夠狠的！」我用紙巾裹好藥丸揣進褲兜，將驅蚊花露水灑在羊身上，用氣味警告狼，這是人動過手腳的東西。

狼夾子死死嵌進木棍裏，咬合太緊掰不開，我也不打算把狼夾子給盜獵者留下，乾脆拔下狼夾子尾端的鏈子，將就木棍挑在肩上。兩人繼續下山。

亦風盯著我挑在身後的狼夾子，心有餘悸：「你是怎麼反應過來的？」

「荒山野嶺哪兒來的羊羔？」我的語氣像孫悟空在教育唐僧，「狼有了獵物為什麼不給狼崽反倒藏在一邊？何況被人剝了皮的羊，狼是不放心吃的。盜獵者出沒，凡事都得小心。」

「這個陷阱，狼會上當嗎？」

「大狼估計不會，小狼沒經驗，說不準。」我深吸了一口山間的空氣，沉澱在靈魂深處的往事傾瀉下來，「我見過盜獵的下夾子……那時候，格林就在我身邊，牠嚇壞了。」我的心裏空空落落的，還有那纏繞在一起的失望和希冀。或許，我和格林呼吸著同一片草原的空氣，經過一樣的地方，卻看不見摸不到對方。格林還在不在山裏？我還能不能遇見牠？也許我們會無數次錯過，但是哪怕在牠曾經駐足的地方停留一下，也能給我些許安慰。

我們一路搜尋可疑的陷阱，漸漸走到了山下看見狼的區域。

我們下山才發現這裏到處都是灌木叢，不知道剛才那個疑似狼窩的灌木叢是哪個。兩人正東張西望地走著，眼前白光一閃，一匹大狼從右側的灌木叢中跳了出來，扭頭就走。我們嚇了一跳，明明在山上看著兩匹狼離開，沒料到這兒還有藏著的狼。

我壓抑已久的期望井噴了：「格林！格林！」

我剛喊了兩聲，身後的灌木叢裏中「嗖」地一下，又躥出一匹大狼，甩甩尾巴，向山上跑去。

我們竟然走到了兩匹狼的中間，牠們潛伏的地方都離我們不足十米。這會兒牠們各自向著兩個方向頭也不回地撤了。這兒到底藏著多少狼啊？我不敢喊了，萬一這兒是狼窩呢。

雖然連著嚇了兩跳，我們心裏卻並不恐懼，因爲我們一路走來動靜不小，特別是破壞狼夾子的時候更是明顯。狼一直持觀望態度，至少牠們是容許我們來的，不願意接近我們總有牠們的考量。

「你看清了嗎？有沒有格林？」

「都不是。」我又高興又遺憾。高興的是狼群就在我們身邊出沒，調皮地觀察我們；遺憾的是亦風看見的那個疑似格林的狼，可能在我們下山前就離開了。

我和亦風打望四周，安靜了。

我試探著湊到第一匹狼跳出來的灌木叢前張望。整個灌木叢圓乎乎的，像一個鬱綠的蒙古包，灌木叢上面綴滿了綠豆大的紫白色小碎花，暗香縈繞。灌木叢下有三條踩得溜光的通道可以進入，裏面很黑，內外光差之下看不透灌木叢裏的情形。我側耳聽了聽，又用電筒探照，沒狼。我好奇地爬了進去。

我爬進去才知道，灌木叢裏其實並不像外面看的那麼黑暗。晨光從枝葉中漏進來，每一片葉子都像琉璃一樣透明，小風吹過葉片，彷彿能掀起珠玉般的玲瓏聲響。隱蔽在幽暗的灌木裏，從枝葉縫隙中可以觀望外面的動靜。

這裏面不是狼洞，地上有兩個舒適的淺沙坑，用手背一試，其中一個還留有狼的體溫和熟悉的狼味。不知道格林有沒有在這兒睡過。我交臂伏低，把下巴放在手腕上，臥在淺窩中，貼著沙土裏那一絲絲狼的餘溫，只想讓它慢一點、慢一點涼掉。

我翻過身，仰躺著看灌木的花頂，摸出一顆大白兔奶糖，放在嘴裏慢慢嚼，自言自語：「可惜啊，格林，老媽真笨，如果我是你的親生媽媽就好了，用鼻子嗅一嗅就知道兒子來過沒有。兒子，你要是再回來，聞到老媽的味道，記得回來找我哦。」我抿嘴一笑，拈出嘴裏嚼軟了的奶糖，黏在灌木的一根枝丫上，捏緊。

躺在鮮花點綴的「灌木蒙古包」裏，我試著用狼的視角往外窺視——我們在山梁的藏身處、我們走過來的路線甚至在山腰拆狼夾子的地方都看得一清二楚。我淺笑著，心裏湧出一股酸澀，還以爲牠們沒發現我們呢，真傻。

「灌木蒙古包」裏涼幽幽的，即使太陽曝曬的時候，這裏也會涼風習習。香花輕飄慢落，沾在我髮梢鬢角。閉上眼睛，露融花開、流水鶯啼、風梳草面……萬物有聲，我的心情逐漸平和下來，像海潮剛剛退去的沙灘，柔軟而溫潤。

就讓我神遊一會兒吧，用狼的耳朵聆聽這個世界……

如果不是看見狼群從這裏進出，誰知道狼在山裏竟有這麼浪漫的「別墅」。

享受了十多分鐘的山間小憩，我爬出「蒙古包」，羨慕道：「狼可真會找地方，還是雙床位的標準房呢。」

亦風也剛從另一匹狼的灌木叢中鑽出來，那叢灌木貌似還要大，亦風笑道：「那個更牛，總統套房！看來我們擾狼清夢了，真對不住。」

狼只有在產子季節才需要洞穴。從前我一直納悶兒，既然牠們平日裏不鑽洞，進山以後又憑空消失到哪裡去了呢？這些小憩套房的發現，讓我們心裏踏實多了。這滿山灌木叢的地方，狼群真要悄然藏匿，盜獵者是甭想搜出牠們的。唯一令人不放心的就是少不經事的小狼。

繞道探查狼的別墅耽誤了一個多小時，剩下的時間我們得抓緊，露水一乾，摩托車就上得了山，到時候遇上盜獵的可就麻煩了。我拿了四個隱藏攝影機去小指山，亦風拿了三個留在無名指山，兩人分頭布控。

我在盜獵者可能通行的路線和視野廣的角度分別布下三台攝影機，儘量做到隱蔽。還剩一台，我準備把它安裝在水源邊，不指望拍到狼，但可以看看盜獵者活動期間動物的流量。

我看上小溪邊一處低矮的草垛子，攝影機裝在草垛後面，只露攝影鏡頭出來，上方又有密草掩蓋，不仔細看絕不容易發現。只是附近沒有低矮的灌木可以固定機器，我琢磨了好一會兒，手上的木棍被捕獸夾夾住的那一截長度正合適。我沒有切斷木棍的工具，於是我坐在草垛子上，手腳並用，轉動捕獸夾的夾口，一點一點磨斷木棍。

還差一點兒就磨斷了。我正幹得帶勁兒，聽見身後有蹚水而來的腳步聲，估計亦風已經完成工作了，就剩我還在這邊磨蹭。

我抹了一把汗：「你等我一會兒，就快好了。」

身後的亦風默不作聲，只是緩慢地向我靠近。

我抓住木棍兩端，用力蹬捕獸夾，喀嚓，木棍終於弄斷了。我長舒一口氣，專注的精力一放鬆，忽然覺得背後氣氛不對，那粗重的呼吸聲不像亦風，難道是盜獵者？一股寒意貫穿全身。我腦子裏似乎已經呈現出盜獵者端著獵槍對準我後腦勺的畫面。

「誰？」

他不說話。

我握緊了木棍，僵著脖子慢慢轉身……

神啊……太美了！是一頭高大的梅花鹿！

從未在野外與一隻鹿面對面，梅花鹿在溪水中亭亭玉立，山谷間貼地湧動的霧氣使牠如同站在雲端。梅花鹿每移動一步，柔光薄霧便在牠修長的腿間衍射出光暈，宛若踏夢而來。牠清秀的脖子上繞著一圈早已褪色的彩帶，耳朵上有一條象徵放生的黃絲結。

牠並不怕人，側過頭看我，長長的睫毛排成袖珍的芭蕉扇，呼扇呼扇，捲起的酥風一下子就把我扇到了天上，而那雙柔媚脫俗的大眼睛又把我從雲端給勾了回來。粉紅的晨曦，淡紫色的山嵐，山澗的青蔥一片，還有我的影子一起融化在牠幽深的眸子裏，讓我情不自禁地在牠的眼波裏游啊游啊。

上一次隔著山谷遙望牠，而現在卻近在咫尺，牠的氣息都能溫暖我的手背。我屏住呼吸，生怕吹散了這個曼妙的夢幻。我虔誠地抬手，舒展指尖，想摸摸牠的鼻翼，正巧牠也伸頭過來。

啵兒！我的手指送進了牠的鼻洞，濕的！熱的！這是真的！牠打了個噴嚏，躲開我的手，輕眨美睫低頭嗅我的味道，把我的圍巾嚼進嘴裏品嘗。

在如此安詳境地，與秀麗的生靈有這種親密接觸，我心裏好感動，好希望亦風也能看見，想想又有些懊惱——在這樣的仙境，怎麼說也得飄逸長裙才搭調，而我居然穿著髒兮兮的衝鋒衣，還把手指插進神鹿的鼻孔裏。唉，太煞風景了。

我輕輕拉回圍巾：「這個不能吃哦。」說著得寸進尺地摸到了鹿的肩背……脖子……耳朵……牠沒有鹿角，只有一對已經鋸掉的角樁。摸到牠的角樁，讓牠敏感了，不滿地晃晃腦袋，輕輕頂了我一下。我一個趔趄，踩在捕獸夾的鏈子上，叮噹聲響把我從想入非非中拽了出來，我這才記起自己的正事兒和隨時可能出現的盜獵者。

「這片山上有隻放生鹿，盜獵者眼饞牠一年多了……」我腦袋裏閃過索朗的話，慌了。

「盜獵的來了，你得離開這兒！」我使勁推牠。

牠不走，從容悠逸地看著我。

「快離開這兒，危險！」

牠溫馴地繼續上來叼我的圍巾。我急了，抓起捕獸夾和木棍對敲，把捕獸夾口使勁掰開又猛地彈合，在牠面前撞擊出噹噹的金屬聲響。金屬聲震得牠撲打耳朵，顯得驚恐難受。

「別怪我，我寧可讓你怕人！」我咬著牙，做出兇狠的樣子，振起雙臂吆喝，把半截木棍向牠揮舞。梅花鹿小步後退，眼裏充滿了疑惑，牠望了望山腰，轉身隱入最後一縷霧靄中。

「你敲什麼敲？整那麼大動靜！趕緊裝好監控撤退。」亦風從山腰下來了。

「鹿！是那隻放生的梅花鹿。有這麼大！這麼高！」我連比帶劃。

光禿禿的狼山上，盜獵者來了，牠可怎麼躲啊！

返家的路上，我望山興嘆。陽光清朗了原野，霧嵐消散，我好害怕我們這時候看到的一切美好也將隨霧而去。

17/ 劫難

帳篷外一陣雜遝的腳步，澤仁捏著手機闖了進來：
「亦風、微漪，狼窩出事了！」
我和亦風心急火燎地趕回狼山，山坡一片死寂，
一些散落的炮仗紙還在隨風飄飛。
狼窩確實遭劫了！

我坐在小屋邊的山坡上，遙望夕陽。我從前每天召喚格林回家就是在這片山坡上。那時的我總是站在這裏用「嗚」聲哼唱著《傳奇》的旋律，格林不管多遠都會應聲歸來與我唱和。往事已矣，迎著山風，我情不自禁又哼起了這個曲調……狼歌在曠野蕩啊蕩……

咦？山下出現了一個小白點，越來越清晰，是格林！我大喊著，更加高亢地唱嗥。格林飛奔而來，彷彿牠從未遠離！

幸福來得太突然了，我不是做夢吧？我給了自己一巴掌……果然醒了，然後我又默默地補了一巴掌。疼！

「你沒事兒吧？」亦風的聲音。

我隙開一條眼縫，亦風正坐在爐邊和貢嘎喝著茶。

貢嘎抿著嘴，用濃重的鼻音哼笑著，牙齒白得晃眼。我一個激靈就驚得坐了起來：「你什麼時候來的？」

「在你唱歌之前。唱得不錯嘛！怎麼還打上了？」他倆終於笑噴了。

「有蚊子。」我尷尬地整理亂髮，推開玻璃窗，「現在幾點？」

「下午一點半。過來吃點乾糧吧，你都睡了兩個小時了。」

原來是一場白日夢。

六月的陽光很強，刺得我眼睛疼，我用手擋住光線抬起頭眯起眼，天的顏色是白的，就像我夢醒的腦海，空無一物，想笑也想哭……

《傳奇》這首歌的哼唱部分曾經被我變作狼調，用以和格林相互聯絡，因為每一個狼家族都有屬於自己的獨特旋律，只要聽到這調調就知道是自家人。兩年多了，我還記得這首歌，格林，牠會忘記嗎？

爐子上茶壺裏燒著藏茶，我倒了一碗喝著：「昨天裝的監控不知道情況怎麼樣了。有沒有盜獵的去過。」我們對狼山的監護必須把握分寸，一般四天左右進山一次，去勤了狼不安心，去少了我們不放心。

「你睡覺那會兒，我放航拍機偵察了一圈，山裏沒人。」亦風翻動鐵爐上烤著的油餅。

「放心吧，今天要變天，盜獵的不會進山。我阿爸就是擔心你倆，叫我過來看看。」貢嘎向我拋過來一塊奶餅，「阿媽早上剛做好，嘗點兒甜的。」

我瀟灑地接住奶餅，總算把剛才丟的臉撿回一點點。

奶餅的熱量很足，特別適合高原。我吃過不少藏家的奶餅，大多甜得發膩，還帶著濃重的犛牛腥味，就像月餅的糖心，吃上兩口就悶在喉頭再也咽不下去了。而仁增旺姆做的奶餅卻與眾不同，她加了很多野芝麻、堅果、青稞炒米，清香微甜，還有一點苦絲絲的咖啡味。她會刻上精緻的藏式花紋，看起來更像是一件文物，對，像漢磚。我問她加的是什麼，能調出這麼奇妙的味道，她沒告訴我，我起初以爲是秘方，後來才知道是她也不知道那幾味食材用漢語叫什麼名字。

「替我謝謝你阿媽，回頭我給你們做牛扒。」草原的犛牛肉是最綠色原生態的，配上我的手藝，澤仁一家最愛吃這個。

貢嘎喜道：「好，參加完法會回來，我們就宰牛吃牛扒。」

亦風插話道：「法會明天就開始了，我們答應送他們去唐克呢。爐旺留在小屋看家，你得多給爐旺準備幾天的食物。」

我遲疑著點點頭，望了望窗外的狼山，欲言又止。

黑雲翻滾著從山那頭潮湧而來，一線天光艱難地穿透厚重的雲層，像風浪中的探照燈一般投射在草場上。很快，連這一抹光芒都被吞沒了。大風把院裏斜撐著的幾塊太陽能板刮得貼地翻滾，傳來匡啷啷碎裂的聲音。三人喊著「糟糕」，奔出屋去搶救，狂風捲進了門窗。我們剛把太陽能板收回來，就被從天而降的硬物打得抱頭逃竄，冰雹！

爐旺被敲得嗷嗷慘叫，緊跟著我們鑽進了屋。冰雹個頭不算特別大，但卻非常密集，幾分鐘時間，就把原本蔥綠的草原轟炸得一片慘白！貢嘎拴在屋外的馬被雹子敲得透不過氣，馬掉轉身子，儘量用後背迎著冰雹。

「這是誰家的狗？都要打閉氣了。」貢嘎指著窗外，三人湊到了窗邊。

一條大黑狗夾著尾巴低著頭，到處尋找躲避空襲的地方。黑狗的眼睛被雹子砸得睜不開，大噴著鼻息繞著越野車轉圈，我猜牠想躲到車底下，可是身軀太大，鑽不進去。

「這是流浪狗，」亦風說，「牠經常到我們這兒來，從我們剛到草原給狼投食的時候，牠每次都來吃，後來我們沒有投食了，牠就分吃爐旺的狗糧。」

黑狗繼續圍著屋子找背風的地方，低頭垂尾從窗邊繞到了門外。冰雹砸在狗腦袋上梆梆直響，牠悶聲不吭地忍著。看著這流浪狗，我彷彿看到了獨步荒野的格林。格林也是這樣對抗著極端氣候吧，此時此刻牠可有藏身之地？

我愛狼及狗，惻隱道：「把門打開，讓牠進來躲躲？」

「別，野狗摸不清性子，萬一不討好，咬你一口划不來。」貢嘎見的草原狗多了，被這麼壯的狗咬上兩口沒準兒就得躺幾個月。

「不會，我們認識牠這麼長時間了，牠還算友好。」我打開了門。

貢嘎敲了敲玻璃，咂著嘴隔窗喚狗。誰知黑狗在窗外瞄了我們一眼，走開了。黑狗走到遠處的山坡上，背風趴下，兩隻爪子就像人手一樣緊抱著頭，遮住眼睛和鼻子，等待著天災過去。

貢嘎眉毛一聳：「你看吧，牠不領情。這大草原上下雹子是常有的事兒，動物們見慣了，什麼氣候都得自己扛著。草原狗是雷打不進門的。」

我一愣，看看腳下的爐旺，扎西就曾經說過真正的草原狗絕不進家門，現在貢嘎也這麼說，我們是不是把爐旺養成了寵物？牠今後能適應草原嗎？

唐克的法會是我們參加的最盛大的一次宗教集會，幾萬頂帳篷一夜之間在草原上築起了一座望不到頭的新城。全國各地自發而來的近百萬人聚在活佛的主帳篷前聆聽佛音。其中不乏長跪而來的人。信徒們穿著厚重的藏裝頂著烈日虔誠跪拜，沒有一個人埋怨酷熱，沒有一個人悄悄吃零食或喝水，沒有一個人脫去悶熱的外套。

「只有宗教才有這種力量。」亦風感嘆道，「這麼壯觀的場面，如果航拍下來一定相當震撼。」

我點頭微笑，爲了尊重藏族信仰，我們的攝影設備一樣都沒有帶來，有些畫面印在心裏比記錄在鏡頭中更加深刻長久。草香萌動悠揚，經聲朗朗，人們手中的轉經筒吱呀吱呀地響，那聲音帶著信仰一圈一圈周而復始，直轉到我的心裏。

法會進行到第二天，人山人海中，我驚喜地發現了南卡阿爸——那個最初將小狼格林託付給我的牧民老人。一年前，我把格林的故事《重返狼群》送給了他，阿爸不識字，但是老人家把書中的插圖摸索了一遍又一遍：「好，好，從哪裡來回哪裡去……」

由於牧民游牧不定，這次進草原我一直沒找到南卡阿爸，沒想到今天在法會上能遇到他。南卡阿爸瘦了很多，但精神矍鑠：「是你啊，狼女娃，你的格林還好嗎？」

我很沮喪：「我也不知道。到目前爲止，一點他的消息都沒有。」

「沒關係，格林得到活佛保佑，一定會活得好好的。這兩年，我見人就告訴他們，活佛賜福過狼！狼不能打。」

「沒有人管的時候，他們也會遵守嗎？」

「內心的信仰是最好的秩序。」阿爸微笑著望向虔誠的佛徒們。

是啊，一個民族不能沒有信仰。

一些攝影愛好者把相機藏著掖著穿梭在人群中偷拍。一身藏裝的亦風竟然成了他們鎖定的焦點，身邊快門聲不斷。

向來不愛上鏡的亦風不得不用氈帽遮住臉：「不要拍我，我不是藏族人。」攝影者們交頭接耳：「他漢語說得真好……」繼續狂拍不止。

亦風無語，狼狽地鑽出人群，沒逃多遠又被一輛摩托車攔住，車上兩個藏族人說了一大串他聽不懂的藏語，他看神情，猜想對方是把他當本地人在問路，於是揚著袍袖向會場方向一指，那兩人連說：「卡座！卡座！」（謝謝！）順著他指的方向去了。

這樣也能矇對？亦風鬆了一口氣，趕回了我們臨時紮營的帳篷。

他一進帳篷就脫下袍子，除下T恤，狠狠擰了一把汗水，這才發現我坐在帳篷門簾後面，他嚇了一跳，忙不迭地套上T恤：「你在怎麼不吱一聲？咦，怎麼了？臉色那麼差……」

「亦風，」我壓著心口眉頭緊鎖，「我心慌……想回去。」

亦風蹲下來，摸摸我的額頭：「是不是中暑了？」

我蒼白著臉搖搖頭，從昨天我們出發時，我就有一種神魂不寧的感覺，好像有人從我心尖子上剜下了一塊肉。

正說著，帳篷外一陣雜遝的腳步，澤仁捏著手機闖了進來：「亦風、微漪，狼窩出事了！」

我和亦風心急火燎地開車趕回狼山。

平日裏需要一個半小時才爬得上去的狼山，此刻我們半個小時就跑到了狼窩附近，山坡一片死寂，一些散落的炮仗紙還在隨風飄飛。

澤仁先前告訴我們，旺青甲牧場留守的幫人打來電話說：「你那兩個漢人朋友把狼窩掏了，抓走了三隻狼崽子，狼群正在他牧場上殺羊要狼娃娃……」澤仁心裏有數，通知了我們以後，立馬去旺青甲牧場查看羊群被襲的情況。

狼窩確實遭劫了！

盜獵者平日裏顧忌牧民，不敢下手。法會期間，若爾蓋成了空城，各家牧場無人照看，正是他們偷獵的好機會。隱藏攝影機拍到了其中一個人的樣子，他正在狼窩邊炸鞭炮。這個人不是我們上次見過的與我們對峙的盜獵者。

最後的影像裏，我們只看到了小母狼「飛毛腿」，另外三隻小狼都不見了。逃過一劫的飛毛腿驚魂未定，嗅著狼窩，一個洞口一個洞口地找尋牠失散的哥哥們和弟弟小不點。當牠終於欲哭無淚地望向鏡頭時，我的心在滴血。

收回攝影證據，我們火速趕往牧場主旺青甲的家。

旺青甲和扎西也從唐克趕了回來，村裏但凡有事兒，村長扎西肯定是要出面的，他們和澤仁已經把傷亡的羊集中清點，五死兩傷，那兩隻傷羊也挨不了幾天了。死羊的脖子被狼咬得稀爛，卻一口沒吃，純屬報復行爲。

是盜獵者掏了狼窩，狼群怎麼會與牧場主作對呢？

旺青甲氣憤地與澤仁用藏語交談，說得很快，我們聽不懂，也插不上話。

扎西站在我們身邊大致翻譯著：「旺青甲說他在狼山牧場這麼多年了，狼群從沒拿他的牛羊下口。澤仁的漢人朋友爲什麼要去掏狼崽，觸怒山神！」扎西又套著亦風的耳朵說：「放心，旺青甲是我妹夫，直脾氣。」

澤仁指指還穿著一身藏裝的我和亦風，介紹道：「他們就是我的漢人朋友，我們都在唐克參加法會，沒有去掏狼崽，這中間有誤會。」

旺青甲餘怒未消地打量我們倆，問道：「漢人的，你們是？」

「哦呀（是的），其實我們在山裏發現盜獵者的時候早就想拜訪你了，一直聯繫不上。」我總算插上了話，「我有幾個疑點想問問你的幫人——狼山地勢隱蔽，外界看不見山裏的情形，他怎麼知道狼崽被掏了？小狼在山裏被抓，你的羊在這頭被殺，這麼遠的距離就算用望遠鏡看，騎著馬的人也不過是個芝麻大的小點，根本沒法辨認，怎麼可能看清被帶走的是三隻小狼呢？」

旺青甲聽扎西翻譯完我的話，也狐疑不語。

扎西道：「既然這事兒是幫人說的，你先別挑明，讓幫人自己過來認認。」

旺青甲叫來了幫人。幫人沒認出我們，我卻一眼就把他認出來了！他就是監控視頻裏拍到的那個在狼窩前面放炮的人！

幫人萬萬沒想到我們有錄影，證據面前，他只好老實交代：

「今天早上盜獵的給了我幾百塊錢，讓我帶他們去山裏找狼窩。進山的時候，狼崽子正在山腳水邊上玩，盜獵的喊我在山坡上炸鞭炮，說這樣小狼就不敢上山回窩。小狼跑不快，盜獵的在山腳下逮狼崽，逮到三隻，有一隻跑掉了。後來他們就喊快點兒走，怕大狼聽到鞭炮聲趕回來。哪曉得盜獵的前腳剛走，我後腳回到牧場就發現七八隻狼衝到牧場上宰羊。我把剩下的鞭炮放了，牠們才跑回山裏。我害怕主人家怪我，又聽說澤仁有兩個漢人朋友也進山找過狼，就乾脆推到他們身上了。」

難怪狼群的怒火會燒到這裏，狼是分得清是非的，兩年前狼群也面臨喪子之痛，公狼寧願長期守在馬路邊攔車查看，也沒有遷怒於牧民。因爲那次跟牧民沒有直接關係，而這次現場就留下了幫人的氣味，不找他算賬找誰。

旺青甲果真是個率直的藏族漢子，弄清了事情真相，立刻笑著向我們道歉，非要請我們喝酒，似乎在新交的朋友面前，死幾隻羊的事兒都不足掛齒了。

我笑笑：「誤會是不需要道歉的。」又心急道，「現在不是喝酒的時候，這事兒還沒完，不趕緊追回小狼，把牠們還給山神，狼群還會來宰你的羊！」

我話未說完，後山方向就傳來一陣狼嗥，像山神在怒吼。眾人心下一凜。

扎西道：「搞不好牠們以爲小狼被抓回了你的牧場，那樣的話，你幾百隻羊都保不住啊。」

旺青甲抓起尺把長的藏刀：「我倒要看看哪些混賬敢在我的地盤偷獵。」衝幫人厲聲喝道，「帶路！」

傍晚，幫人帶我們找到了盜獵者的家。

打開院門的是個不到三十歲的猥瑣男人，卻長得一臉老相，不是與我們在山上對峙的盜獵者。他一身迷彩服爬滿了灰土，像剛從地裏鑽出來似的，他瞧著門外的我和亦風：「你們找誰？」

「我就找你！」我一推門，跨進了院子，亦風緊跟在我身後。我很快掃視了一圈雜亂的院子，只有一條看家狗在叫個不停。我的目光停在迷彩服臉上：「你把狼崽藏哪兒了？」

迷彩服盯著我們，勾著小指頭摳了摳鼻孔。他長得黝黑簡單，就是個普通農村人的樣子，右手扭曲殘疾，不太像我想像中盜獵者的兇惡形象，是這個人嗎？我回頭瞄了一眼，帶路的幫人卻不知躲哪兒去了。

正猶豫中，迷彩服咧嘴一笑，反倒話家常似的問道：「妹子哪條道兒來的呀？」

我一愣：「國道二一三。」剛答完，就發覺自己冒傻氣了，這是警匪片裏道上問話的節奏，而我竟然腦殘地答話，這顯然戳中了他的笑穴。

「呵呵哈，國道好，哪兒都能去，但你們來錯地方了。這兒沒有你們要找的狼崽子。出去吧，走走走……」迷彩服笑嘻嘻地下著逐客令。

亦風拽了拽我的膀子，他發現碩大的篷布下面有個編織袋，裏面露出幾個鋼絲套子。我快步走過去，拎起編織袋一抖，鋼絲套、捕獸夾、裝毒藥的瓶子一股腦倒了出來，我又埋頭揭開篷布，裏面堆滿了醃製好的旱獺屍體，少說有幾百隻，上面還丟著幾隻今天剛死的狐狸。

錯不了了！我怒道：「還敢說你們沒盜獵，這些……」

話還沒說完，迷彩服就抄起鐵桿向我當頭掄過來，我慌忙抱肘護頭，耳聽金屬與空氣摩擦的聲音，緊跟著「砰！」「嘩啦！」一陣大動靜，鐵桿卻沒有砸到我身上，我放手一看，旺青甲他們都已進了院來，見迷彩服動手，旺青甲不由分說，一腳把他踢飛，動作之快，一點前奏都沒有。其餘的人也都擺出了抄傢伙的架勢。

篷布已經被撞翻，旱獺屍體散落一地，而迷彩服已經蜷在屍體堆上痛得齜牙咧嘴。他剛才掄過來襲擊我的，是毒殺旱獺以後用來鉤取旱獺的生鐵桿。這人先前還笑得那麼「和善」，沒想到說動手就動手。

「狗日的敢跟我們動手！」扎西吼著，把袍袖紮在腰間。他身後還跟進來一個人，我定睛一瞧，索朗。扎西剛才在院外說要等個人，估計就是等他了。索朗反盜獵多年，最有發言權。

「莫動手，莫動手！」一個簡陽口音的男人慌慌張張從裏屋跑出來，他的布夾克油膩得像皮衣，泛著一股獺子油的味道，「有話好好說，都是朋友嘛。」

「誰跟你是朋友！狼和旱獺都是國家二級保護動物，你們盜獵野生動物是犯法，足夠把你們抓起來判刑！」

我覺得我一番討伐的話說得很正義，很解氣，總算有了點反盜獵的正義感。但是……我卻感覺到了氣氛的變化，本來還有點嘈雜的院子瞬間寂靜，似乎連狗都不怎麼叫了，大家都不接話，好像我是在冒傻氣。

亦風捏著我的手緊了緊：「讓他們去談。」

澤仁和扎西是同父異母的兄弟，在本地根基很深，全村上下基本都和他們沾親帶故，盜獵者忌憚本地人。

澤仁咳嗽一聲：「廢話少說，把你們今天逮到的狼崽子交出來。」

「對天發誓，我真的沒有逮狼，今天出都沒出去過。」油夾克對自己的話仔細斟酌，或是在計算利弊，「這些獵物都是收購來的，不是我打的。」

「再給我兜圈子，我把你窩子拆了！」扎西根本不吃他這套。

「草原上打獵的老闆多得是，我只是個小蝦米，你們爲啥子找我算賬嘛！」

「你掏了狼窩，狼跟我沒完，狼宰我的羊，我就宰你！」旺青甲吼著拔出藏刀。

「我真的沒打狼，孫子騙你！」

「打這個孫子！」

「不要打，不要打！」油夾克和迷彩服殺豬般地哭號起來。

我和亦風越聽越著急，扎西他們和盜獵者的野蠻談判中，一個「法」字都沒有提及，反倒是用拳腳說話。

油夾克使出盜獵者千年不變的招數，裝無辜：「我只是打點獺子討生活，我的兒子都廢了，不打獵你讓我幹啥子嘛。總要給我們這些窮人留點活路嘛。嗚嗚！」

盜獵者的眼淚絲毫不能喚起我的同情心。人們同情的應該只是弱者，而不是以弱勢爲藉口去殘害生靈滿足私欲的人。這樣的人只會爲自己的可憐而哭泣，永遠也不會去想別人的可憐。

一直沉默的索朗終於開口了：「馮漢川，我今天不罰你的款，也不沒收你的獺子，狼崽子肯定在你這兒，幫人已經坦白了，你再抵賴，我就走了，你自己準備醫藥費。」

我聽到索朗直呼盜獵者的名字，吃了一驚。索朗認識他?!而聽索朗的語氣，人贓俱在了，他還並不想收拾盜獵者，什麼情況啊?

馮漢川掂量著這邊的陣勢，悶了一會兒，不嘴硬了，低著頭對迷彩服說：「去拿出來。」

索朗繼續發話：「還有什麼活的東西都交出來，你藏活物的地方我都曉得，事後你讓我搜出一隻打斷一條腿。」

馮漢川心不甘情不願地交代：「除了狼崽子，就只有兩隻兔猻還活著，狐狸已經打死了。」

迷彩服搬出一個籠子，打開，籠子裏兩隻兔猻驚恐瑟縮。他拎出一個麻袋，從麻袋裏扯著一條後腿，粗暴地倒提出一隻小狼，小狼痛得蜷起身來，本能地張嘴欲咬，又硬生生地閉嘴忍住，牠彷彿明白一旦咬人只有死路一條。

「快給我！不准再動牠！」我跑上前去。

迷彩服把狼崽恨恨地朝我懷裏一扔，我急忙接住小狼，亦風劈手奪過了麻袋。

我在昏暗中摸到狼崽身材特別瘦小，應該是小不點！

我剛把瑟瑟發抖的小不點揣進藏袍，牠立刻順著腰襟，鑽進寬大的袍袖裏，沿著袖筒使勁往裏拱，似乎把我的袖子當成了狼洞，幽暗的洞穴是他唯一覺得安全的地方。

我怕牠掉出來，輕輕捏住袖口。小不點爬過袖筒的胳膊肘，在我手腕處停下了，悄聲不動，只有狂跳的小心臟緊貼著我的脈搏。

亦風從麻袋裏抱出另一隻小狼送進我懷裏，一塞進藏袍，這隻小狼也是一個勁往袖筒裏鑽，使勁拱了兩下，擠不進去，只好掉頭繞著我藏袍腰部，爬到後背腰帶捆出的大囊袋中，抱住我的後腰就此不動。這隻小狼個頭要大一些。我心想，沒看清是福仔還是雙截棍。

亦風抖了抖空口袋：「怎麼只有兩隻？還有一隻小狼呢？一共被掏了三隻啊！」

又是一番劍拔弩張的盤問。馮漢川只說另一個老闆拿走了最大的一隻狼崽，這老闆是誰，他打死也不肯再說。

我和亦風都不肯走，大家又進屋裏裏外外搜查一通，再也找不到第三隻小狼的蹤跡，時近深夜，眾人只得勸我們暫時回去了。

18/ 福仔和小不點

兩隻小狼鑽進我袍子裏再也不肯出來，
貼著心窩的地方一片暖濕，
小不點沒怎麼動，
福仔的腦袋卻在我懷裏拱個不停。

回程的路上，亦風一手握著方向盤，一手摸摸我鼓鼓囊囊的袍子：「看看都是誰？」我借著手機的亮光，伸進袍懷裏照了照，兩雙綠瑩瑩的小眼睛驚懼地盯著那一點光，往袍懷深處縮。

「不怕，不怕！找到你們了，馬上送你們回家。」我柔聲安慰，學母狼那樣嗚嗚哼叫著，小狼們稍稍安定了些，偏轉小腦袋向手機後面張望。

「是小不點，還有一個是……是福仔。」不知道為什麼，當確認福仔還在的時候，我心裏突然感到一絲安慰。每當看到福仔，我總會想起格林小時候，牠是僅次於格林而讓我尤為牽掛的孩子，幸而牠還在。

「唉……雙截棍丟了……怕是再也找不回來了。」亦風心酸的眼神望著路的盡頭，雙截棍是這窩小狼中他最喜愛的。他當初篤定地認為這窩小狼中最聰明健壯的雙截棍會成為狼王，可是這孩子卻被盜獵者永遠地帶走了。

我們不敢深夜上狼山放生，害怕急綠了眼的狼群把我們當成盜獵者一鍋燴了。大夥兒一商量，既然狼群白天到牧場上來殺羊，說不定晚上還會再來，不如就在牧場上把小狼放了，息事寧狼。

旺青甲拴住牧場上的狗，大家都退到帳篷邊。我和亦風抱出了兩隻小狼，剛放下地，一鬆手，福仔立刻跑入黑暗中，而小不點慢慢跑了幾步卻停在不遠處。我打著電筒一照，才發現小不點的一條後腿拖著，僅用三條腿在滿是凍脹丘的草地上吃力地且跳且爬，沒掙扎多遠就走不動了。

我回想起來，可能是迷彩服把小狼拽出麻袋的時候扭傷了牠的嫩腿。我正在犯愁，電筒光又掃到另一雙眼睛——福仔又回來了，牠警惕著人群，保持距離，抓不住也趕不走。

小不點走不動，福仔不肯走，咋辦？我和亦風決定留在旺青甲牧場上守夜。送別了扎西、澤仁和索朗，牧場上沒什麼人了，我們從帳篷裏遠遠望著那兩雙螢火蟲般的小眼睛，指望著狼群來叼走牠們。

「如果狼群來，說不定咱們還有機會發現格林。」亦風悄聲說。

我們熄滅營地燈，滿心期待。

然而，等了一夜，狼群卻沒有來。

天快亮時，我們聽到狼崽細弱的叫聲，急忙跑去看。

離放生地點幾十米外，有一個浴缸大小的水坑，水坑上面鋪著一層浮萍，乍一看像草地，小不點掉進了水坑裏，牠後腿使不上力爬不出來，身邊的泥濘上全是小爪子扒抓的痕跡。

小不點不知道被冰水泡了多久，已經凍得睜不開眼睛了，只有腦袋搭在水坑邊虛弱地喘著氣。福仔半蹲在水坑邊，用兩隻前爪使勁勾著小不點的頭，不讓牠溺水；後腿使勁往前蹬地，撐住往坑裏打滑的身體。福仔也一身稀泥，一面哆嗦一面哀叫。我連忙把小不點撈起來，福仔抱著小不點的頭不肯鬆爪子。亦風托起福仔的後臀，把兩個小可憐一併送進我懷裏暖著。

兩人急忙抱著小狼崽回到帳篷烤火。

福仔還是抓著小不點不放爪，亦風試著分開牠們，兩隻小狼都嗚嗚哀叫。我找不到毛巾，只好拽出衣服下擺，把兩隻小狼囫圇個兒包起來，一起擦乾。擦著擦著，我鼻子一酸，眼眶裏直滾淚花花。從前，格林曾經掉進社區的睡蓮池裏，我也是這樣用衣襟把牠擦乾……

「別難過。」亦風看出了我的心思，不願意讓我再陷入思念中，「我們就當牠們是格林，好好守護這一窩小狼，讓牠們回到山裏平平安安長大，再不要像格林那樣變成孤兒了。」

我擦擦眼睛，用力點頭。

兩隻小狼鑽進我袍子裏再也不肯出來，貼著心窩的地方一片暖濕，小不點沒怎麼動，福仔的腦袋卻在我懷裏拱個不停。我灌了一個暖水瓶塞進懷裏時，看見福仔不斷舔著小不點的鼻子和嘴巴。這個小哥哥好疼牠的弟弟啊。

我們在旺青甲的牧場等到中午，著急了，小不點在懷裏不停地哆嗦。如果狼群不來接牠們，這麼小的受傷狼崽獨自是活不了的。

孽是人造的，我們不能任其自生自滅，只好把小不點帶回我們的小屋先治傷，把福仔也一併帶回去。臨走一再囑咐旺青甲加強防備，避免造成更大損失，如果狼群再來牧場一定及時通知我們。

小不點後腿關節錯位，正回去以後能動彈了，只是凍了一夜牠渾身無力。我把一直叫個不停的爐旺趕出門，讓亦風採回艾草，剁薑泥熬湯汁，給小不點泡澡，驅寒鎮痛。小不點身上有點外傷，泡澡之後上了藥也無大礙了。我剪了兩條硬紙板把牠的傷腿夾好固定，又將爐旺的肩帶輕輕綁在小不點身上，把牠拴在帆布籃子裏，讓牠安心休息復原。

福仔看起來很健康。我從懷裏掏出小不點的時候，福仔還吱吱叫著跟我搶牠的弟弟。我在院子裏給小不點洗澡的時候，福仔也急得往水盆裏撲，亦風不得不把福仔暫時關進小屋，從窗戶裏看牠。

福仔從進房間開始就嗅著地面滿屋檢查，鼻腔裏發出像小鳥一樣又尖細又急促的嘰嘰聲，這是牠感到不安的表現。直到我們把洗完澡的小不點送回屋裏，福仔才停止了哼唧。無論屋裏院外，我們都沒有約束福仔，我覺得小不點沒走，福仔鐵定不會單獨逃命。

兩人忙活完，在家裏等著索朗。我們惦記著還沒追回來的第三隻小狼雙截棍，一早就打電話給索朗，索朗說放生了那兩隻兔猻以後就過來，還有件東西拿給我們看。

等索朗的時候，我才有機會靜下心來觀察這兩隻小狼，將牠們的體型資料記錄下來。

讓我特別奇怪的是，同樣是小公狼，福仔的身形比小不點整整大了一圈。昨晚牠倆鑽我袖子的時候，我就感覺到有隻狼崽要大一些，可是晚上黑燈瞎火的也沒法細看，沒想到牠們個頭差異這麼大。

亦風也注意到了這個問題：「會不會是福仔搶到的奶水多一些？」

「那也不至於有這麼懸殊。這不是胖瘦的問題，福仔骨架子都要寬得多，已經有抽條的架勢了。」我撩開小狼們的嘴唇看牙齒，這一看更疑惑了。

小不點的乳獠牙尖端還是半透明的，小舌頭舔過牙縫，透出一點粉紅光暈，這是六周大的牙口。福仔的獠牙卻已不那麼透明，呈現出白玉般的色澤，又細又尖，牠的第一乳門齒也比小不點更突出，這顯示牠已經八周大了，同一窩裏的狼崽，出生日期卻相差了兩個星期，這是怎麼回事？

對比觀察，牠們的長相和個性也不一樣。福仔很壯實，毛色草黃夾黑，棕褐色眼睛，黑眼線，看我們的目光雖然有所顧忌但還很溫和，特別是看見我們給小不點治傷後，福仔的眼神更加和善。當我拿著肉湊近牠時，牠偶爾還試探著伸鼻子過來嗅嗅我的手指，我想用另一隻手摸摸牠腦袋時，牠會立刻放棄食物縮回床底下。

小不點很瘦弱，毛色較深，黑色的額頭上很明顯地摻雜著一些白色毫毛，眼線之下各有一塊顯著白斑，墨綠色的眼睛，目光桀驁機警，顯得更加野性難馴。無論我用什麼招數吸引牠，牠對任何食物都不屑一顧，對我們也絕不親近。牠低垂著頭，翻起狼眼看人，彷彿我們是牠前世的仇人。無論大小、面相、性格，不客氣地說，牠倆就不像一個媽生的。

「牠是長得挺像格林的。」亦風翻出手機上格林小時候同年齡同角度的照片和福仔比對。

「不是我唯心吧，」我挺高興，總算得到了亦風的認同，「我看見牠第一眼就這麼覺得。而且福仔的性格也像。」

「嗯，福仔很照顧兄弟，性格也有點二愣二愣的。」亦風說，「當初小不點連攝影機鏡頭前都不靠近，反倒是福仔、飛毛腿和雙截棍大著膽子拆了機器。小不點多疑得很呢。」

一直等到下午，索朗還沒來，我聽見小狼肚子咕嚕嚕的叫聲了，然而小不點還是滴水不進，福仔也躲在床下不肯出來。觀察了大半天，小不點對房梁上的鳥叫有反應，而福仔卻似乎充耳不聞。我們很擔心福仔會像龍狼那種情況，被鞭炮炸聾了，得逗牠出來檢查檢查。

我想起格林小時候愛吃雞蛋，就拿出一個在床前地上滾動，小狼天生好奇，福仔終於禁不住誘惑，走一步退半步地鑽了出來。牠剛撲住雞蛋，亦風就抄了牠的後路，雙手捧著腋窩將牠抱起來，放在腿上。

我湊到福仔跟前嗚嗚叫喚，牠耳朵一豎，怯生生地伸嘴碰了碰我的鼻子；亦風彈射了一顆花生到窗玻璃上，輕響聲中，福仔準確地望向了異響方位。聽力正常，我略微放心一點。餵牠牛奶，還是不吃。

「讓我看看這小狼。」索朗的聲音從窗外響起，隨後人就推門進屋來。

福仔的尾巴頓時緊張得夾在後腿間，小爪子抱緊了亦風的手腕，顫抖起來。我連忙對索朗做了個噤聲的手勢。

「不怕不怕……」我接過福仔，像嬰兒一樣抱在懷裏輕聲安慰牠，小聲招呼索朗，「你來得正好，你瞧瞧，這兩隻狼不像是同一窩的啊。」我說了我的懷疑。

「這就是盜獵的從後山抓來的同一窩狼不會錯，昨天我也仔細盤問過他們。狼群規矩不是只有狼王才能繁殖嗎，狼又不納妾，不可能出現兩個狼媽吧。」索朗小聲回答，他不想嚇著福仔，更不想吵醒籃子裏沉睡的小不點，三個人壓低聲音交談著。

索朗撩開福仔的乳牙看了看，直搖頭：「說實在的，要說看年齡大小，我沒你們整得明白，牧民跟狼打一輩子交道，都是遠遠看見就會趕狼走，我今兒這是頭一次摸到活的狼。」

福仔緊張得渾身發抖，我俯身將牠放回床底，順手把雞蛋也滾了進去。福仔快速爬到床底深處藏起來，大氣也不出一口。

我聽索朗剛才的話說得彆扭，反問道：「你以前摸到的狼都是死的嗎？」

「都是從盜獵者那裏繳獲的，狼皮狼牙狼骨頭早就拆零了，他們頂多看看狼牙大不大，值多少錢，誰去管牠到底幾歲啊。」

話說到這兒，我更心慌了：「剩下的那隻小狼有消息沒有？」

「我早上又去了馮漢川家裏，他們乾脆關門跑了。帶走小狼的那個人，他們肯定不敢惹，這條道上混的人嘴緊得很，絕對不肯說了。」

「那就一家一家打聽，總得找回來，我們想三隻小狼一起放，免得落單啊。」

「我可不贊成你們急著放狼，現在離法會結束還有五天時間，牧民們都沒回來，草原上家家空門，盜獵的還在滿山竄。小狼放出去要是再被抓住，恐怕就沒這麼走運了。」他朝窗外無邊的原野抬抬下巴，「剩下的那隻恐怕是找不回來了。草原那麼大，繞著走一圈都要一個夏天，你想一家一家找，談何容易。況且你要照顧這兩隻狼崽，還分得出精力去找那隻狼崽嗎？捨少顧多，別抱太大希望了，能要回兩隻狼崽已經是萬幸。你想想看，狼一旦被抓住是絕不肯吃東西的，等你找到了剩下的那隻，還能是活的嗎？」

索朗低頭看了看床底下完好的雞蛋，福仔見他埋頭，又不動聲色地往黑暗處縮了縮。索朗嘴一撇：「你瞧，牠也不吃東西吧，你只能顧一頭，別把這倆給餓死了。」

事已至此，也只能聽索朗的了，我無奈地嘆息著，牠們終究還是失散了一個兄弟。

亦風有些奇怪，一面倒茶一面問索朗：「你怎麼知道牠們不肯吃東西？」

索朗坐起身，接過亦風端來的藏茶：「我見過被活捉的狼，沒了自由，狼就是不吃不喝，給我的印象挺深刻的。」

「是最近捉的狼嗎？」亦風在我身邊坐下，端著茶碗，兩人都望著索朗。

「不是，那是我小時候的事，四十年前了吧。那個年代，上級指示『打不盡豺狼決不下戰場』，政府發槍發子彈，草原上殺狼成風。既然狼是敵人，殺狼賣皮又有錢賺，人們管他什麼草原傳統噢，『文革』毀掉了很多信仰。我第一次見到的那隻狼是在阿爸的朋友家裏，大人不明說，我還真看不出來那是狼。牠被粗鐵鏈拴在院裏堆牛糞的角落，倆眼冷颼颼、直勾勾地盯著人看，牠身後粗糙的石頭牆上掛著大片狼毛。我第一眼看去覺得那狼冬毛還挺長，哪曉得牠剛轉過身差點把我笑岔氣，那半邊身子快磨成了光板兒，狼毛東掉一塊西掛一撮，風一吹狼就發抖，瘦得像標本，跟我想像中的狼兩碼事。」

我和亦風對視一眼，是個有故事的狼。果然，索朗用世界上最小的聲音開啓了他四十年前的回憶——

「我阿爸的朋友一說這事就很懊惱。那狼是他打獵時活捉的，據說剛抓回來的時候有槍傷，但是不致命。要知道皮子上但凡有一個草籽扎的小洞，硝製的時候都會變成指頭大的窟窿，何況一個槍眼兒，有洞的皮賣不了好價錢。人們看狼既不掙扎也不咬人，凡事還很合作，就給狼敷點藥拴養著，打算等牠傷口癒合再取整皮。誰知道才拴了幾天工夫，那狼就在石牆上把半邊身子的毛全磨掉了，皮上蹭得全是疤。大冬天裸著半邊身子，狼也不嫌冷。牠晚上就在牛糞堆裏蜷成一團，有毛的一面向外，沒毛的一面貼著乾牛糞，牛糞堆本身是會散熱的，牠就在冰天雪地裏扛著。

「狼被拴在院裏一個多月，死活不吃人給的東西，偶爾路過身邊的耗子和牛糞堆上找食的鳥，倒是被牠逮來吃了。牠渴了就啃雪，好端端一匹大狼餓得皮包骨頭，要肉沒肉要皮沒皮，這樣的瘦狼對人而言實在是個雞肋，那朋友想把牠打死取點骨頭狼牙算了，哪知道這狼突然想通了，開始大吃特吃，那架勢好像要把這一個多月餓掉的肉全部吃回來。那朋友挺高興，照這吃法，狼上膘長毛還來得及。

「我仗著鐵鏈很粗很結實，就走近去揮手嚇狼，想看狼發飆有多兇狠。可是狼既不吼也不鬧，我用牛糞砸牠，牠縮著頭不理我；到後來我用木棍扔牠，牠也只是退進牛糞堆的角落一聲不吭。我覺得牠比院子另一頭拴著的狗孬多了，逗狼還不如逗狗刺激。我扔牛糞打狗那會兒，狗還又撲又咬，叫得震天響呢。我對阿爸說狼一點都不可怕，簡直是軟腳蝦，遠不如咱家『黑羅剎』兇猛。

「阿爸端詳了狼好一會兒，笑了：『我讓你看看他們的區別。』

「阿爸跟朋友商量，用三隻小羊換了這隻癩皮狼的處置權，朋友當然求之不得。

「阿爸打開了院門，外面就是大草原。他走到狼和狂叫的狗中間，舉起獵槍對著狗，那狗眼一瞇，當時就嚇尿了，一個勁地搖尾巴告饒，向主人哀叫求救，狗尾巴把尿花花甩得到處都是。那時候草原上的動物都是認識槍的。阿爸一笑，又轉過槍筒子對準了狼，狼的眼睛陡然變凌厲了，退後了幾步卻毫不怯懦地盯著阿爸的一舉一動，似乎那雙瞄準阿爸的狼眼也是獵槍。

「阿爸拉動了槍栓，我驚叫：『阿爸，你真的要殺牠？』話沒喊完，那狼猛撲上來，鐵鏈子瞬間繃斷，阿爸被牠撲得滾了好幾個跟斗，我也被什麼東西猛砸在胸口，痛得壓氣，那一剎那我才認識到了什麼是猛獸的突襲。眼看狼已經叼住了阿爸的脖子，他非死即傷，我嚇得魂不附體，跪在地上大叫救命，大家這才反應過來，有兩個人手忙腳亂地撿起槍，狼已經衝出了院子。

「『別開槍！別開槍！』阿爸大喊著爬起來，一抬手就把槍桿子掀起，對著天空走火，烏鴉嚇飛了一大群，狼卻趁機跑遠了。

「『狼是養不住的，要麼殺，要麼放。』阿爸拍著身上的泥土，一把將我抓起來，看我的腿還在篩糠，他笑道，『你現在曉得狼和狗的區別了吧？』

「阿爸抹了一把脖子上的狼口水，笑嘻嘻地擦在我臉上，狼並沒有咬阿爸。

「後來人們檢查鐵鏈，鏈頭斷口上面有很多牙痕，日復一日被狼牙咬得薄脆易斷，擊中我胸口的就是鐵鏈中繃斷的關鍵一環，這匹狼早就在策劃逃亡了。

「我不歇氣地問：『阿爸，你真的會開槍嗎?狼爲什麼不下口?萬一他真咬斷你的喉嚨怎麼辦?!阿爸，你知道狼會撲過來嗎？』阿爸沒有回答我，狼更不會給我答案，我只是隱約

六百二十六個狼頭集腋成裘，一千二百五十二隻狼眼穿越十年的時空，看著我們。

感覺到，狼或許一直在給自己爭取時間，儲存體力，只是不到時機成熟，狼絕不輕露鋒芒。阿爸可能已經看出了這一點，給了牠最後的自由機會，要麼死，要麼逃！

「狼是個驕傲的靈物，牠不需要同情，讓牠越獄比釋放牠更有尊嚴。」

索朗的目光停留在窗戶上，似乎透過玻璃看到了很遠很遠的地方。

「人一旦大開殺戒就止不住了。不僅僅是打狼，豹子、藏原羚、梅花鹿、旱獺、魚類、鳥類……天上地下，凡是人們能看到的都殺。這種獵殺持續了幾十年，草原上的野生動物幾乎滅絕，勉強活下來的狼也餓得找不到東西吃，只能襲擊牧民的羊群，又導致人們絞殺除害，惡性循環一直延續到現在。直到近幾年，政府才收繳了槍枝，情況有所好轉，但還是有很多槍藏在民間。盜獵打狼也從沒停止過。」索朗走到房門口，說，「等著，我早上說過，要給你們看一樣十年前的東西。」

我以為索朗要給我們展示那時的武器，但他卻從馬背上卸下一個大包袱拿進屋來，往床上一扔：「打開看看吧。」

我在床沿上坐下，疑惑地打開包袱——是一件藏袍，翻開裡子，熟悉的毛色，是狼皮？皮形怪異，毛層很薄，我托在手上再一細看，皮上的一對對細縫是……眼睛？

「狼頭！」我趕緊捂住嘴，怕吵醒了小狼。

這藏袍的裡子竟然是清一色的狼頭皮，每張都是從狼眼下方到額頭的三角形皮塊，每塊頭皮有巴掌大小，一上一下拼接縫合，若干頭皮連成整塊，最後裁剪成袍子內襯。

我摸著皮袍裏襯：「這少說也得四五十張狼頭皮啊！」

亦風拉著皮袍瞄了一眼：「我看不止，恐怕有一百張。」

索朗冷笑一聲：「你數吧！」

索朗的表情讓我心生寒意。我不想讓福仔和小不點看見這東西，於是和亦風把袍子抱出門去，展開掛在圍欄上，掏出袍袖，翻轉整個內層，一個一個數狼頭。剛數完一隻長袖，我的雞皮疙瘩就冒了出來，僅一隻袖子就用了五十六張頭皮。數完整個皮袍，我和亦風都傻了——六百二十六張狼頭皮！

「這是十年前，我在一個皮匠家裏看見的，我當時和你們一樣震驚。皮匠告訴我，外面有的買家只收購整塊的狼背皮，狼頭狼尾狼爪子算是邊角廢料，扔掉可惜了。於是他閒暇時候就把那些人丟下不要的狼頭皮收拾起來，做成了這件袍子。皮匠說因為生剝的皮草最柔韌，剝皮手往往將狼打暈了活剝，有的狼被痛醒，赤裸裸地跳起來，在草原上狂奔，猛然發現自己血糊啦的身體上什麼都沒有了，才倒地死了。草原上殺生太慘烈，後來活佛發怒了：『凡是藏族人不准打獵，凡是穿野生動物皮毛的人不准進寺廟！』藏族人信奉佛教幾千年，『不准進寺廟』是非常嚴厲的懲罰。有了活佛的告誡，這些年來，當地人跟野生動物的關係才緩和了一些。宗教的力量能管住藏族人，卻管不住漢人，也管不住漢化的藏族人，因為經過這幾十年，有的人已經不再信佛，改信錢了。雖說與漢人比起來，野生動物還沒那麼怕藏族人，但是相比幾十年前，動物和人的距離已經越來越遠了。我小時候在山裏放羊，狐狸就在幾十米遠的地方逮耗子，獺子、野兔就在我身邊跑，獺子都敢過來吃我放在手心的乾糧。現在不行了，要想牠們再像從前那樣不怕人，難了。人和動物幾千年建立起來的和諧，幾年就可以毀掉。」

狼山下，六百二十六個狼頭集腋成裘，一千二百五十二隻緊閉的狼目有眼無淚。十年而已，現在整個若爾蓋大草原上的狼都不夠做一件這樣的皮袍了。

十年……我突然間想起了曾經和老狼的問答：

——「四十年前的內蒙古草原真的那麼美，真的有過那麼多狼群嗎？」

——「四十年以後，不，也許十年以後，人們就會問你同樣的問題。」

勁風刮過，狼皮袍呼呼招展，風鼓聲中，幾百匹狼彷彿瞬間睜開了眼睛，穿越十年的時空，牠們在看我們……

手撫著百狼袍，三人默默祭奠曾經馳騁草原的狼魂，也只有在這種時候才能把心裏的痛掏出來晾一晾。

我深吸了一口氣，收袍回屋。從昨天跟盜獵者搭架開始，就有些事情如鯁在喉，不吐不快：「索朗，我和你是吵架認識的，我知道你為保護動物做了很多事，也痛恨盜獵者，可是昨天……你，你認識那個盜獵的？他是個慣犯吧？」

「是的，慣犯，他幹了二十多年了。其實你想問的是，我們昨天看見馮漢川家裏起碼有五百隻旱獺，我為什麼不給他講法律，為什麼不收繳，人贓俱獲為什麼不把他們抓起來，對嗎？」

「對！」我語氣中憤憤不平的意味更濃了。索朗在保護區工作，不嚴懲這些盜獵者，在我心裏儼然就是他有法不依，執法不嚴！

「女娃啊，保護區根本就沒有執法權，只有村規民約。」索朗語調苦澀，「跟他們講法是沒有用的！法律在這裏就是個空架子。我可以強行收繳他們的獵物，但收繳以後也無法處置。存，沒地方；賣，知法犯法！如果交給上級，就是一把火燒掉。死獵物畢竟也是自然資源，我們藏族人和你們的想法不一樣，人走了都要把肉體歸還草原，誰忍心燒掉這樣寶貴的自然資源，這種行為，跟那些盜獵的有什麼兩樣？如果說，那些盜獵者還可以用這些獵物換回財富，在一定程度上刺激經濟發展的話，燒掉獵物的愚蠢做法，則完完全全把牠們最後的價值給毀了。收繳焚燒僅僅是某些人在媒體面前表達反盜獵的決心秀，動物卻得不到任何好處。我去收繳了，他們加倍盜獵追回損失，到頭來還是自然買單。如果這些懲罰不能從根本上阻止盜獵者的行爲，那我何苦要造成踢貓效應（指對弱於自己或等級低於自己的對象發洩不滿情緒而產生的連鎖反應——編者注）呢？」

索朗越說越激憤：「你們去問問扎西，他爲了修一所希望小學，求爺爺告奶奶到處化緣。上面沒錢，卻大把火燒毀那麼多獵物，這些獵物換成錢能建多少希望小學，能幫多少娃娃完成學業，可以買多少冬衣？然而，他們僅僅用一把火來表態，燒毀的是孩子們的前程，燒毀的也是草原的未來。還說以此來『呼籲全社會愛護動物、尊重生命，保護好野生動物的棲息地，讓人與野生動物和諧相處』，扯淡！搞點新聞『表明依法嚴厲打擊武裝盜獵活動的堅定態度』，荒謬！我們抓到的盜獵者誰來嚴懲了？」索朗又問：「你注意到馮漢川兒子的手了嗎？」

我記起「迷彩服」殘疾萎縮的右手，點點頭。

「我剛到保護區的時候，跟你一樣眼裏容不得沙子，碰見盜獵的就窮追到底。可是我們千辛萬苦抓到的人，送到公安局教育幾句就放了。每次都這樣，我們抓，他們放，我們又抓，他們又放……我氣得不行，再次抓到他在裝狼夾子，我直接衝上去把他的手壓到了夾子上！」

我和亦風打了個冷戰：「然後呢？」

「然後……然後我才知道暴力不能解決問題，他兒子現在手也廢了，沒錢讀書，沒錢看病，也找不到工作，只能跟著他老爹繼續幹盜獵。你能拿他怎麼辦？然後就沒有然後了。」

我聽得恍惚起來，不知道為什麼，腦子裏浮現出小學時候的一道應用題：「往水池子裏注水的時候，同時開著排水管，問：什麼時候才能把水池注滿？」小時候怎麼也不明白，既然要注水，為啥還開排水管？這沒道理啊！現在一想，有些沒道理的事確實存在著。

索朗喝了一口茶，用拳頭抹了一把嘴角：

「再說到我們收繳的成千上萬的獵物，都堆在保護區院子裏燒，站在火堆前我就在想，這把火到底燒給誰看？野生動物會為之歡呼嗎？這把火又到底燒痛了誰？如果說，看到那堆得像山一樣的獵物時，我的心已經在痛的話，那麼看到這些動物在大火中化成灰燼，我的心則完全是在滴血了。我當初抓盜獵者收繳獵物是不讓他們有利可圖，後來我明白，如果這需求不斷，貿易不停，盜獵不止，光是收繳焚毀就是毫無意義的工作。」

索朗在我印象中一直是個硬漢，陡然聽他說出這麼多的糾結，與我們的觀念似乎背道而馳，是我們太理想化，還是他屈服於現實？我相信我們的願望是一樣的，可一時之間，我們卻想不出什麼行之有效的方法能夠讓我們力往一處使。索朗這樣的保護區工作人員想打擊盜獵，卻有責無權；我們想保護狼，卻有這義務沒這資格。

小不點在籃子裏輕微地縮了縮身體。從索朗講故事開始，小不點的眼珠就悄悄在緊閉的眼皮下滑動，耳朵一顫一顫的，難道牠一直就沒睡，牠也在聽嗎？牠聽得懂嗎？連我自己都不明白。

索朗臨走時把袍子遞給我：「你們把這個帶回去吧，讓更多人看看，這是一個活教材。那些穿皮草的人，他們身上背負的命債最終會讓整個人類去還。」

我長嘆一聲，用攝影機把「百狼袍」拍成資料，然後默默地將皮袍重新包起來還給索朗。百狼袍托在手裏，沉重得像壓了一座山。我實在沒有勇氣將它帶回城市，就讓狼族的魂魄留在草原吧。

傍晚時分，亦風給旺青甲打去電話。旺青甲說今天狼群還是沒來，牧場上平安無事。我們心裏既踏實又著急，我們當然不願意讓牧民再受損失，但是又擔心狼群爲什麼不再回牧場追尋幼子。難道狼群當天搜查牧場，發現沒有小狼的味道就放棄了？又或許牠們還有一隻小狼「飛毛腿」留下，狼父母打算就此作罷？

不，牠們不會輕易放棄，兩年前那隻狼王丟失了幼崽以後，那麼長時間都要去路邊哀悼幼子。動物的情感有時比人還持久。

「狼咬過的那兩隻羊還沒死，不過也熬不過今天了。」旺青甲說，「送你們一隻，吃肉。」

亦風謝過旺青甲，又問：「狼沒來吃肉，那些死了的羊怎麼辦了？」

「就留在牧場上，狐狸和禿鷲吃了。」

「我們來補償你的損失吧。」我們知道當地政府對於野生動物造成的傷害是沒有補償的，五隻死羊能讓狐狸、禿鷲飽餐一頓也是好事兒。

「不用你們補償什麼，有命的東西都有走到頭的一天，牠們只是回到土裏了而已。」旺青甲笑道。

我們再問到他如何對待幫人時，旺青甲說：「那幾百塊錢，幫人是給他娃娃讀書用，我原諒他了；我要是把他趕走，他沒有事做，養不起家，那就只能去賭博、幹壞事了。」

旺青甲的話善良實在，雖然他不會高談闊論，但真的讓我感動。他在自己利益受損的時候還能擔起一份社會責任。

原諒比怨恨難得多，可是對於盜獵者，值得原諒嗎？可憐之人必有可恨之處，我想到他們院裏堆積如山的動物屍骸，和從盜獵者眼裏流露出的歹意……原諒？我做不到！

19/ 小邦客和小蘿蔔

我的目光停留在小狼的眼睛上，
像受到蠱惑般再也無法移開。
狼山的夕陽在小狼瞳孔中燃燒。
狼有多少我們還不知道的事情？
我越是猜不透，越是覺得那種無法遏制的好奇心在跳躍。

清早，福仔探頭在籃子邊吱吱一喚，小不點立刻起身把腦袋伸了出來，和福仔碰鼻子。小不點能站起來了，福仔顯得很高興，扒著籃子邊舔咬小不點的耳朵。

說到這個防水布的籃子，原本是個車用收納箱，上面有拉鏈，曾經當過小格林的搖籃。格林回歸後，我們就一直把籃子折疊起來放在汽車後備廂裏，捨不得洗它。昨天，我把福仔放進籃子裏，福仔把籃子裏裏外外仔仔細細嗅了個遍，竟然踏踏實實地臥在裏面睡覺，似乎覺得很安心的樣子。

小不點則很不情願，雖然我強行把小不點拴在籃子裏養傷，有人看著的時候，牠也老實不動。但牠似乎不那麼喜歡這個籃子，只要我們不在屋裏看著，牠就往籃子外面爬，要往床底、櫃子下鑽，牠更中意屋子裏陰暗的角落。好在有福仔在籃子裏陪著牠，小不點才安寧了些。

我見小不點扭傷的腿已經消腫，就解開繩套，讓牠四處活動活動。誰知這傢伙一解放，立刻拱進了低矮的碗櫃下面，再也不出來。福仔個兒大鑽不進去，抓刨著櫃子腳乾著急。

從小狼們被捕到現在，兩天兩夜了，牠們什麼都不吃。野外的小狼十二天左右睜眼，而福仔和小不點已經快兩個月大了，牠們早已把親生狼媽看得清清楚楚，再不會將人誤認作媽媽。加上被捕受了驚嚇，牠們對人是抗拒的。

我又心疼又心急：「儘快送回山裏，拖得越久，找到母狼的希望越小。而且照這樣絕食下去，餓都餓死了！趁牠們還有力氣，趕緊放牠們回去找親媽。」

「牠倆嚇成這樣，餓成這樣，小不點那個腿還瘸著呢，回得去嗎！何況這幾天各處牧場都沒人，盜獵者滿山搜獵，再被抓走就追不回來了。索朗都說現在不能放！而且狼窩被擾動過了，母狼還回不回那個窩？你想讓牠們像那兩隻沒媽的小狐狸一樣嗎？我們到現在還沒找到格林呢！」

亦風一提到小狐狸，我心裏的傷口就開始滲血；再提到生死不明的格林，那心傷就徹底綳裂開來。我絕不願意用小狼的命去賭。絕食兩天的小狼，我這樣一撒手，到底是「放生」還是「放死」？

眼下，盜獵者是一大威脅，小狼的傷勢是一大擔憂，這其中還有沒說出來的原因——亦風捨不得牠們，我又何嘗不是呢。只是這想法太自私，太強求，兩天來我一直壓抑著不敢表露。自打從盜獵者手裏接過小狼，久違的親切感就湧上心頭。當小狼鑽進我袖子裏，與我脈搏相貼的時候，我的心早就動了，彷彿覺得小格林又回到了我的懷裏。我多想再次回到與格林在狼山上的歲月，多想把牠們留在身邊，可是狼子野心留得住嗎？小格林是孤兒，但福仔和小不點不是，牠們的媽媽在山裏哀哀盼子，牠們的父親也許會窮盡一生去尋找丟失的孩子。我們留下格林是收養，留下牠們卻是掠奪。

我含淚看那兩個小傢伙，一個躲在櫃子底，一個趴在櫃子前：「好吧，還有四天，法會一結束，立刻送回，到時候一定要捨得。我們再愛小狼都不如牠親媽。」

我們和小狼的相處開始了倒數計時……

既然留下，就得想辦法讓牠們進食。亦風去旺青甲那裏把傷羊拖回來宰了，我就著羊腿割了些肉，準備給小狼作口糧。今天無論如何都要把這羊肉塞進小狼肚子裏去。不吃東西，牠們連回去的力氣都沒有。

澤仁的外甥小蘿蔔碰巧在旺青甲的牧場上玩，遇見亦風去拖羊，便跟著他回來，吵吵著要看小狼。

「邦客，邦客，小邦客！狼狼，狼狼，小狼狼！」小蘿蔔嘴裏兒歌似的唱念。

福仔看見來了生人，一個勁兒往床底下縮。小蘿蔔一看那麼小的邦客，樂壞了，也像隻小狼一樣鑽進了床底下，伸出小手去抓福仔的尾巴。

兩個小傢伙一個抓一個逃，繞著床下的紙箱雜物兜圈子，時不時傳來「吱吱嘰嘰」的小狼叫聲和蘿蔔嫩聲嫩氣的呼喚：「福仔乖，不要跑。」小孩抓住小狼又抱又親，再跑，再抓……

「蘿蔔，別嚇著小邦客，小邦客骨頭嫩，千萬別使勁兒啊！」我看著床下，提心吊膽。

「沒事兒，五歲小孩能有多大勁兒，讓他們玩去吧，小狼活動活動也好。」

又過了好一會兒，床下沒動靜了。我悄悄一看，蘿蔔側躺在床底下睡著了，福仔蜷縮在他肚子邊，兩個小傢伙都累壞了。

「咕嚕嚕」，一陣腸鳴聲……福仔最先餓醒過來，折騰了半天，牠又餓又累。不過，牠似乎對這人類的小孩沒有先前那麼怕了。牠用鼻子嗅著蘿蔔衣服上面糊著的黏液，伸出嫩舌頭沾了一點點，在嘴裏回味了一下，眼睛一亮，馬上吧嗒吧嗒地舔起來。

「那是啥？」亦風問。

「蛋清，我昨天滾到床下的雞蛋被牠們壓碎了。」

「牠總算是吃東西了，太好了！」

「噓……小聲點。」

蘿蔔也醒了，他見福仔舔得起勁兒，笑嘻嘻地把小手上沾滿的蛋黃也給福仔舔。

「把這個餵牠。」我趁機把羊肉、牛奶遞給蘿蔔。

蘿蔔把羊肉送到福仔嘴前：「福仔乖乖，吃飯飯……」

福仔盯著蘿蔔，小眼珠骨碌碌轉了好一會兒，吃了。之後再餵牠食物，牠就沒那麼排斥了。

我和亦風你看我我看你，心裏的石頭落了地。這兩天來我們想了多少辦法讓小狼進食都沒用，沒想到小蘿蔔跟牠玩一會兒，居然就混熟了。甭管人還是動物，單純的孩子與孩子之間真的是最容易溝通的。

小不點和福仔性格迥異。福仔外向，小不點內向，牠的戒心更強，對我們消極反抗。

蘿蔔把小不點從櫃子底下抓出來交給我。小不點既不掙扎也不跑，安靜地坐在我腿上，大概知道瘸著腿也跑不遠，於是決不耗費一丁點力氣。無論是大人還是孩子把肉遞到牠嘴前，光聽牠肚子在千呼萬喚，卻始終噤口。我們硬往牠嘴邊送羊肉，牠就轉著腦袋跟眼前的肉躲貓貓。

小不點的眼神是很排斥的，從牠的眼睛裏明顯能讀出距離和防備。而且一得機會牠就看窗外，就像一個被綁架的機靈小孩，選擇性地順從，卻隨時觀察著逃亡的路線。牠看左顧右盼，牠的目光終於鎖定了一個方位，嘴角彷彿扯開了一個勢在必得的笑容。牠看得那麼專注，宛如身處一片黑暗中，而只有那一個方向有光明。福仔用爪子抓住我的腿，脖子撐著椅子面，扭動全身的力量爬到我的腿上坐下，也和小不點注目同一個方向。

我驚訝地瞪眼望向亦風。

亦風的唇一張一合，沒有聲音，兩個字，清清楚楚地讓我讀出——「後山」。

我會心地點點頭，對這兩個小不點由衷欽佩起來，牠們是憑什麼找到那方向的呢？我想那晚若不是小不點腿傷爬不動，沒準兒牠們還真能找回狼窩去。

我的目光停留在小狼的眼睛上，像受到蠱惑般再也無法移開。狼山的夕陽在小狼瞳孔中燃燒。狼有多少我們還不知道的事情？我越是猜不透，越是覺得那種無法遏制的好奇心在跳躍。

小屋窗內，兩隻小狼默默望著家的方向，兩個人默默望著狼孩子的眼神，草原寂靜無聲，只有錶針滴答、滴答……回家，牠們的眼裏只有回家。

一滴淚濺到手背，溫度轉瞬即逝，我輕輕撫摸著手上的那處被淚濺到的肌膚，那微燙的感覺，好像一直遺留在心底。

蘿蔔又勸小不點吃肉肉，方法卻有點蠻橫了，他摳開小不點的嘴巴，用手指頭把一塊肉塞進牠嘴裏。儘管這樣粗魯的塡餵讓小不點避無可避，但牠仍舊躲閃著想把食物嘔吐出來。

蘿蔔捏住牠的嘴筒子就是不放。

僵持中，牠身邊的福仔突然「嗚嗚吱吱」叫了幾聲，舔了舔小不點的嘴巴。小不點歪頭瞄了福仔一眼，若有所思地定了兩秒，隨即喉頭一梗，把嗓子眼兒裏的肉咽了下去，仰頭挑戰似的盯著我們。

小不點轉眼就合作起來，反倒讓我很意外。我端過肉盆，也拿起一塊肉，還沒等我送到小不點嘴邊，牠就主動搶去吃了，而且兩隻小狼都撲到肉盆裏狼吞虎嚥起來。

小蘿蔔手舞足蹈，我和亦風也驚喜欣慰，我們勸了這麼久小不點都不從，這會兒怎麼想通了？我回想福仔剛才的表現——小邦客之間一定有語言！

我隱約感覺到，或許小狼們是在爲什麼事做準備，養好傷，儲存體力，等待最好的時機。

一盆肉轉眼就吃光了，福仔和小不點各自打了個很愜意的冷戰，從容地跳下地去，我覺得腿上熱乎乎的，一看，牠們尿了。這些傢伙，你們還能再壞點兒不？

「亦風，微漪，快來幫忙，小不點卡住了！」蘿蔔和福仔撅著屁股，並排趴在碗櫃前面的地上，蘿蔔的小手在碗櫃下面拽著一隻狼爪子。

怎麼回事兒？

原來，昨天傍晚，兩隻小狼開口吃了肉，結果到了晚上就開始瘋長，把牠們狠命吃進去的肉迅速轉化成發育的力量。昨天晚上福仔是跟蘿蔔睡一塊兒的，而小不點性格孤僻，不願意親近人，牠自己鑽進不到八釐米高的碗櫃底下去睡覺。第二天早上，一覺醒來就發現壞事兒了，牠出不來了。

「這傢伙一夜之間長大了一圈！」亦風打著電筒看，「櫃子下面中間高邊緣低，牠昨晚睡在中間部分是沒感覺的，但是櫃腳的邊緣就像千分尺一樣，七點五釐米毫釐不讓。小狼才長大一點的腦門兒剛好被卡住。這櫃子坑狼啊。」

「狼真是見肉就長！」

「長得快就別往小縫縫裏鑽嘛！」

我們三人只好掏空碗櫃裏所有的雜物，搬櫃子，把小不點放出來。

這些天裏，蘿蔔住在我們小屋，天天和小邦客玩。晚上他就抱著福仔睡在我床上。小小的行軍床上睡著一個大人一個小孩一隻小狼，我生怕擠著小蘿蔔，小蘿蔔生怕擠著福仔，只有福仔很享受這份擁擠。

小不點鑽不進櫃子底下了，沒有狹小的空間擋風，小傢伙晚上凍得直哆嗦。亦風就手把小不點撈到自己被窩裏，黑了，暖和了，小不點扭捏好半天，終於安穩了，半夜裏，牠竟然打起了嫩酥酥的小呼嚕。

「福仔」「小不點」的名字，蘿蔔越喊越熟，他還把小邦客們抱出屋去：狼狼挖洞，他也幫著刨；狼狼吃東西，他也嚼乾糧；狼狼跑不動了，他就把狼狼揣在小藏袍的囊袋裏。

「牠倆爲什麼不趁機逃跑？」

亦風的問題，其實在我心裏也轉了好多回，我一直在觀察這兩隻小狼出屋後的表現。

我常常想起《狼圖騰》裏的那隻小狼，一旦在野外鬆手，牠就目的明確地「朝著離營盤、羊圈、人氣、狗氣、牲畜氣味遠的地方跑」。可這兩隻小狼似乎沒打算那麼做。可能是因為我們這裏沒有牲畜和大量營盤，也可能是因為屋內的泥土裏還封凍著格林從前的味道，更有可能是因為人類的孩子讓牠們沒那麼害怕吧。

「小狼從來沒離開過後山，這地方對牠們還很陌生，牠們沒有找回家的十足把握。我們從小屋到後山都要走六個小時，小狼的體力是遠遠不夠的。何況中間還要穿過這片狼渡灘，牠們吃過沼澤的苦頭，也許對牠們而言，最有把握的做法還是養精蓄銳等待最好的時機。」

「狼群會找到這裏來嗎？」

「說不準。」

小邦客和小蘿蔔在一起兩小無猜：小邦客知道小蘿蔔是人，可是不覺得小蘿蔔會傷害牠們；小蘿蔔知道小邦客是狼，可是不知道為什麼人要恨狼。孩子們的心裏還沒有裝填仇恨。我羨慕小蘿蔔，他在草原土生土長，小狼和小孩都會長大，說不定狼與人的情誼會一直在草原延續下去。不像我們，放歸了格林，就回到了城市，從此天各一方。

福仔和小不點一開了吃戒，就食量驚人，而且特別喜歡整塊肉撕扯著吃。我們索性把死羊拖到屋後陰涼處，由著牠們啃去。每次搶食時，福仔明顯佔優勢，首先獨吞羊心。雙截棍不在了，福仔就顯出了絕對的小狼王地位，牠霸著羊肚子的軟肉啃，總是把小不點擠到一頭一尾。

死羊伸出的半截舌頭算是軟肉，小不點嗅著羊鼻子試探著靠近，齜起小門牙正想咬羊舌，福仔無意間叼著羊耳朵撕扯，羊頭皮一繃，原本半睜著的羊眼一下子睜開了，鼓眼對著小不點。小不點肯定是第一次見到死羊，本來就緊張，被羊眼這麼一瞪，嚇得兔跳起來掉頭就跑，直跑了十多米遠才心有餘悸地回頭望，似乎總怕這龐然大物醒過來弄牠。直到牠看著福仔吃得倍兒香，確定死羊是不會醒的後，才一瘸一拐地繞到羊屁股後面，啃後臀肉吃。

爐旺已經四個月大了，個頭比小狼大得多，卻搶不過野狼兄弟。牠素日習慣了食盆裏精細的熟肉，哪裡見過這種野蠻吃法，福仔衝牠狗鼻子上狠咬一口，牠就戰戰兢兢地靠邊站，捲起舌頭舔鼻頭上慢慢滲出來的血珠子。等福仔和小不點都吃完了，爐旺才敢「上桌」撿點兒碎肉。

儘管有現成的羊肉，但福仔和小不點依然熱衷於抓草原鼠。活物會讓天性好玩的小狼見獵心喜，小格林當年的第一次狩獵也是捕鼠。

鼠肉不僅能治肚子餓，更重要的是含有豐富的牛磺酸，牛磺酸可以保肝護心抗疲勞，關鍵是能明目，可以大大提高狼的夜視能力，是狼必不可少的營養元素。雖然動物的心肝中也含牛磺酸，但這種寶貝疙瘩只有狼王才能享用，鼠類則是狼皆可食的草根補品。因此，捕鼠不僅是成長期小狼的需要，成年狼也會大量獵食草原鼠，夜行俠必須有一雙好眼睛！

福仔餐前體重六斤半，餐後體重十斤。每當吃飽喝足，福仔和小不點就在山坡各處嗅聞並留下標記，然後依偎在一塊兒，目不轉睛地望著後山方向，似乎在等著什麼。牠們還在小屋附近找了一個可以藏身的獺子洞，等累了在洞裏休息，牠們更踏實，不願意再進屋了。

半夜裏，我聽見黑暗中傳來奶聲奶氣的小狼嗥，但很快就被風聲吞沒了。

一早，我心懷忐忑地去看福仔和小不點的藏身洞，牠們還在裏面，狼群沒有來。

從那晚以後，小狼再沒嗥過。

四天過去了，一隻羊已經被福仔、小不點和爐旺啃得只剩白骨。吃肉、睡覺、望山是福仔和小不點每日裏不變的功課，唯一有所改變的是牠們看我們的目光柔和多了，也比剛救回來的時候活潑。我叫牠們名字的時候，牠們還會回頭看我一眼。

小不點已經能後腿直立起來爬上福仔的背，腿傷好多了。我給小不點解開繃帶的時候，牠彎轉身子向後，一直盯著我的手。

牠的呼吸就吹在我的手背上，我看牠靠得那麼近，滿心以為牠會舔我一下，為此，我還厚著臉皮把手背往牠嘴邊湊了湊，我還伸出半截舌頭學牠哈氣的樣子討好牠。誰知解完繃帶，小不點活動活動腿腳，盯了我的舌頭一眼，一聲不吱地走開了。

福仔的破壞力跟格林小時候有一拼：牠經常拖倒我們的攝影機，把麥克風的毛套當獵物咬；把屋裏的泥地掏出一個個坑洞，埋存牠啃剩的骨頭；把睡袋撕出滿屋子的羽絨，還把亦風的秋褲拖到牠和小不點的洞裏去墊窩。

一天清晨，我覺得鼻尖熱乎乎的，睜開睡眼，正看見一張小狼臉就杵在我鼻子跟前，清凌凌的眼珠子裏映著我的影子，我迷迷糊糊地叫了一聲：「格林？」

牠趴在床邊，頭一歪，吧嗒著倆小眼很認真地看我。

「格林！」我激動地撐起身，「你回來了，媽媽好想你，格林！咦，你怎麼……變小了？」

「你叫什麼啊？」我懷裏的小蘿蔔揉著滿眼眵目糊，「牠是福仔啊。」

床邊的福仔一溜煙跑開了，我這才清醒了些，一腦門子汗。回想起福仔剛才專注看我的樣子，有些後悔，如果我慢點醒來，牠會不會和我碰碰鼻子，就像格林當年一樣……

對面床上的亦風也被我驚醒了：「你呀……唉，別太想牠了。」

怎麼能不想呢，我經常看著福仔的身影出神。我也會在福仔和小不點望山的時候，輕輕走過去，小心翼翼地坐在草地上，靜靜地陪著牠們一起遙望山的那一頭。我甚至嘗試著去猜測小狼們的私語——盜獵的還在山裏嗎？我們的妹妹把自己藏好了嗎？爸爸媽媽還在找我們嗎？我們還能回家嗎？

我知道如果我伸手摸牠們，牠們多半會走開，於是我會把手撐在地上，悄悄爬動手指一點點向牠們湊近，停放在小狼身後或者人狼之間，這樣，小傢伙們鬆弛的尾巴或爪子就會無意中搭在我的手背上。相比起緊抱著慌張防備的小狼，這種不經意的觸碰更令我情動。

聽啊，我的小狼，這個草原是那麼平和寧靜。

我多麼希望牠們也能像格林當年那樣對我親密無間，可是我明白格林幼年的世界是多麼殘缺不全，正因爲小格林不知道自己的身世，才會毫無保留地愛上人類。我留不住福仔和小不點，這種求之不得又戀戀不捨的情愫讓我感傷。

我心想，這要是格林的孩子該有多好。我做夢都盼著有一天格林會帶著自己的孩子們與我們重聚，我們一大家子奔跑在荒野之中，累了，就坐在高崗上喘氣，俯瞰大地。狼孫兒狼孫女們會纏著我給牠們講故事吧？呵呵，我想我一定會變得很絮叨，像每個奶奶那樣，跟孫子們講牠爸爸小時候的糗事——

「你爹小時候，那叫淘得沒邊兒，真正是三個月小狼討狗嫌，逮貓、抓雞、偷魚，牠啥事兒都幹過。牠在家裏偷吃牙膏，吃得滿嘴白沫，嚇得奶奶以為是狂犬病犯了，抄起掃把就給你爹一悶棍，打起的青頭包一個星期都沒消。還有啊，你爹小時候可『二』了，遇到好吃的總會儲存起來。大夏天裏，牠跟奶奶在天臺上玩的時候，特別喜歡吃老冰棍兒，但是又捨不得一次吃完，於是總要剩下半根冰棍，藏在天臺的角落裏，等牠玩夠了再去找時，就連冰棍兒融化的糖水都被曬乾了……」

兒子，聽到你的糗事，小狼孫們會不會笑得滿地打滾？你會不會羞得無地自容，嗷嗷央告著：「媽，快別說了！」老媽就愛看你面紅耳赤的樣子。哦，對了，你滿臉是毛，應該看不到臉紅吧。

想著想著，我眼含淚花嘿嘿傻笑，笑得身邊的福仔和小不點都偏著腦袋，奇怪地望著我。

「這兩隻小狼放回去，如果找不到父母的話，就死定了。」不知何時，亦風站在我身後，「我還記得你放歸格林的時候，曾經哭著對牠說，『孩子，媽媽對不起你，把你放在這樣的地方。』」

我憶起當年的別離場景，心裏依舊隱隱作痛。

亦風垂下手掌，摸著我的頭：「回到草原快半年了，我們還沒找到格林，再往後，希望就更渺茫……你後悔嗎？」

我點點頭又搖搖頭，內心翻江倒海。

「你信命嗎？」亦風問我，「如果福仔就是當年的格林轉世，牠又到你身邊了，你有第二次選擇的機會，你是放還是不放？」

我的淚光模糊了山影，哽咽著：「我會問牠，走還是不走……」

福仔，小不點，上天能讓你們代替格林來陪陪我，我知足了。我一定會給你們最想要的。

天上的雲慢慢向遠方推進，偶爾透出幾縷陽光。時間無聲無息地流淌，沖刷著一切。和兩隻小狼相處的七天時間轉瞬即逝。牧民們紛紛回到源牧，盜獵者退出了狼山地帶。

小蘿蔔抱著福仔不肯鬆手：「不要讓小邦客走，我要跟牠們玩！我來養牠們，我把好吃的都給狼狼，不要讓狼狼走……」

「蘿蔔乖，邦客不是狗狗，小邦客必須回山裏去。」

「放牠們回去會死的！」草原上的孩子多少明白些什麼。

「可是狼狼要回家，狼狼想媽媽。蘿蔔也會想媽媽啊，對吧？……」

「我沒有媽媽！」

我一陣心疼，難怪這孩子總是跟著澤仁生活。眼見小蘿蔔哭成了淚人兒，我們沒敢多問。

「蘿蔔乖，福仔和小不點明年春天就會長大，等牠們長大了，一定會回來找蘿蔔玩的。」

「等牠們長大了，我就不認識牠們了。」蘿蔔眼淚汪汪，噘著嘴，下巴皺成一個核桃。

「牠們會認識你的。」

亦風從蘿蔔懷裏抱走福仔的瞬間，福仔的小爪子鉤住蘿蔔的圍巾，伸長脖子，舔了舔孩子嘴邊上的淚滴。

爬上後山，我們把小狼從懷裏掏出來。

顛簸了一路，兩個小傢伙終於腳踏實地。福仔的眼睛適應了一下陽光，向四周一望，激動得毫毛都蓬了起來。牠倆閃電般回頭，驚訝地盯了我們一眼，撒腿就跑。小不點爭分奪秒地衝到最近的一個獺子洞，一頭紮了進去。

福仔緊隨其後，跑到洞口卻停住了，牠發現我們沒追。牠輕輕抬著一隻爪子，似乎不知道下一步該藏進洞裏還是逃進山裏，牠向我們投來難以置信的目光：怎麼可能？人會把我們放了？

那獺子洞離我們二十米外，福仔猶豫著，牠大概有把握，如果我們追過去，牠完全來得及藏進洞。於是牠開始在周圍使勁嗅聞，仰起小鼻子迎著風一聳一聳。

不一會兒，福仔向洞裏叫喚，小不點伸頭探看，我們沒動。

兩隻小狼義無反顧地狂奔起來！指向明確，目標回家！轉眼消失在山谷中。

「這兩個小傢伙。」我的笑容略帶酸楚，這情景怎麼那麼熟悉。同樣是山梁上，同樣是送別狼，當年格林三去三回，戀戀不捨，眼下這兩隻小狼卻一點都不留戀。

在相處的七天裏，雖然福仔和小不點最終認同了我們，卻依然不改野性和防備。這當然不怪牠們，他們被人擄走，自然不會對人抱有幻想和感激，在牠們眼裏，人始終是掠奪者，哪怕人對牠們再好也不如還牠們自由。

狼子野心，從牠們睜眼看見真正的母親那一刻起，就醒世了。

白天狼怕人。有我們在，大狼是不會現身的，我們最後望了一眼山谷。

「走吧……已經看不見了。」

「你說牠們找得回去嗎？狼群還在不在這裏？」

「只有狼神保佑了，昨天旺青甲不是說這幾晚上都聽見狼嗥嗎，牠們興許也一直在找孩子吧。」

兩人一路聊一路走，剛走回小屋山下，就聽見爐旺在家叫嚷。有輛摩托車停在山坡上，一個藏裝蒙面的人影在我們屋前轉悠。

「盜獵的?!」兩人急忙隱蔽，亦風掏出望遠鏡瞄他。

那人卻已發現了我們，老遠揮著袍袖：「阿偌！快過來！」面罩一扒，「是我呀！」

我倆大鬆一口氣，是澤仁。

「你們把小狼放掉了？」澤仁問。

「你怎麼知道？」

「蘿蔔回家哭得不行，我就繞過來看看。」

「這孩子的媽媽怎麼了？沒在孩子身邊嗎？」

「沒有，他媽媽嫁到大城市去了。蘿蔔是婚前的孩子，留在娘家。」

「哦，那這孩子明年該讀書了吧？」

「呵呵，再長大點就送他去寺廟了，做小喇嘛，在寺廟裏學習。這是我們的習俗。」

亦風推開門：「來，屋裏坐。」

「不坐了。」澤仁笑道，「我來告訴你一個好消息，黑頸鶴又生了兩個蛋，你們跟我去看看？」

20/ 護崽的母狼——辣媽

初次見面，牠也在「觀照」我們，
當我們自以為隱蔽地從帳篷窗口用望遠鏡照向牠的時候，
牠總能冷不丁地穿透望遠鏡和我們對視，
彷彿我們的一舉一動盡在牠眼中。

還是那片沼澤，只是在水泡子的更深處，我涉水往裏走了很遠，撥開掩映的蘆葦，現出一片水面，綠水清漪波光搖曳，一個更高更大的新巢中安躺著兩枚鶴蛋。雌鶴站在窩中，用長喙撈出水草軟泥修整巢穴，雄鶴曲頸梳理背上的羽毛，迎著陽光一抖，濺出的水珠在波光中灑下一片星輝。

「真好，還是這兩口子。」

黑頸鶴有補卵的習性，只是沒想到牠們依然留在這片沼澤。黑頸鶴有一種與世無爭的仙姿，與鶴同立於水中，會感到莫名的祥和與安慰，光線變得柔美，空氣透著芬芳。

我靜悄悄地蹚回岸邊，踮著腳望——挺好！在岸邊看不見深水處的鶴巢，牠們吸取了上次的教訓。

「這窩蛋得加強監控，每天都來看看，不能再讓人拿走了。算算日子，牠們應該在七月中旬孵化。」我擦乾腳，穿襪子，「澤仁，你是怎麼發現的呢？」

「我一早從唐克回來，正好看見黑頸鶴往這水泡子裏飛，我想起你們說過多注意鶴的動靜，於是蹚水進來就看到了。」澤仁有點得意，「還有，你還記得住在我家附近的那窩狐狸嗎？我兒媳婦說我們走了這七天，小狐狸變多了。」

「變多了？」亦風笑道，「你是想說牠們長大了，變樣了是嗎？」

「不對，就是變多了！」澤仁伸出手指比劃著，表示他的漢語表達沒錯，「以前是四隻小狐狸，現在有六隻小狐狸，一隻狐狸媽，總共七隻！」

「七隻？這倒奇了。」我把腳往鞋子裏一蹬，「走，去瞧瞧。」

我們倆趴在澤仁家窗戶上偷窺狐狸窩。

直到天色將暮未暮，狐狸媽終於帶著晚餐回來了，小狐狸們可算盼到出頭之時，一窩蜂地躥出洞來搶食嬉戲。

「……四、五、六……真的多了兩隻小狐狸。哪兒來的？」亦風摸著絡腮鬍子。

「不知道啊，」澤仁兒媳說，「你們去唐克的第二天，我就發現狐狸多了。」澤仁兒媳因為有身孕，沒有去唐克，而是留在源牧照看牛羊，她對狐狸媽媽尤其同情，「我看母狐狸養那麼多娃娃太吃力了，瘦得很快，所以每次我餵老狗墨托的時候，就多煮一份肉擺在那兒，大狐狸晚上就會把墨托吃不完的肉叼走。牠不怕我，墨托也不攆牠。」

我用望遠鏡仔細端詳，多出來的那兩隻小狐狸很眼熟，算算時間，我心裏猜到了七八分，又讓亦風也辨認了一下，那兩隻小狐狸果然就是牠們——我們最初觀察的那個被盜獵者殘害的狐狸家庭所留下的孤兒。當時，那窩狐狸的媽媽和兩隻小狐狸的殘骸都被發現，我們一直以為剩下的兩隻小狐狸也凶多吉少。我最後的視頻記錄裏拍到牠們在窩邊等待媽媽到凌晨，爪子搭著對方的肩膀，互相慰藉，之後離開了失去母親的家。沒想到幾天後，牠們找到新家了。這窩的母狐狸收容了牠們。

小狐狸的新媽媽舔理著孩子們的毛髮，絲毫沒有厚此薄彼，儘管牠要撫養六個孩子，比原來辛勞多了，但牠的舉止卻充滿母性的溫柔。這些看似低等的動物卻有著高尚的情感。

「狐狸竟然有收養行為！我還是第一次看到。」亦風說，「以往只知道狼有收養行爲。」

亦風無意中的一句話卻突然點醒了我。沒錯，狼的母性之強，甚至可以收養人的孩子。我們上次發現福仔和小不點的大小不一樣，是不是意味著在後山的那窩狼中也有被收養的孩子呢？難道隔壁領地有落難的狼群嗎？是盜獵造成的嗎？狼的領地範圍比狐狸大多了，如果福仔或小不點當中真有一個是養子，那麼這麼小的狼崽是自己投靠到新家的，還是被路過的狼群撿到的呢？

我一想到這裏，就不由得又爲福仔和小不點擔憂起來：牠們找到母狼了嗎？這會兒牠們是撲到母狼懷裏爲重逢抱頭痛哭呢，還是孤零零地在山谷裏徘徊挨餓呢？

自從送回小狼以後，我們整日裏提心吊膽，但爲了儘量不打擾狼群，我們強忍住不進山，每天只放出航拍機巡視一圈，確認山裏沒有形跡可疑的人，再在小屋前用望遠鏡密切注視山裏的情況。畢竟前一段時間，盜獵者在山裏擾動太大，狼群需要安靜地休整。

算算日子，福仔和小不點回山裏已經第四天了，我們坐立不安。如果小狼沒有找到母狼，在這寒冷缺氧的山旮旯裏，餓到第四天就是極限了。

我們終究還是忍不住去山裏查看了一番，然而再沒發現小狼的行跡。

一天，縣城裏過來的遊客給我們聊起，他們看到狼了，就在進草原的路上有一個藏家樂，打了很大的招牌，寫著「藏獒、狼」吸引遊客。

「他們拴著的那隻母狼有這麼大。另外還有四隻小狼要賣。」遊客們說。

我們緊捏的手心冒著汗，哪窩狼又被掏了？會不會有我們沒救回來的那隻小狼「雙截棍」？又會不會是福仔和小不點回去剛找到狼媽媽和妹妹「飛毛腿」，卻再次碰到盜獵者，於是被一網打盡了？我們慌忙打聽地址，開車一百多公里趕去一看，都猜錯了——那是一窩哈士奇。

雖然白跑了一趟，但只要不是狼，我們心裏還是很寬慰。

回家的路上，我們繞道進城買大米、雞蛋。採購齊備，我站在街心花園，一面啃鍋盔，一面等亦風開車過來接我。

突然，我的圍巾一緊，被人從後面一下子勒住了喉嚨，誰膽敢在縣城裏行凶?!我慌張地抓住圍巾，回頭一看：「哈哈，是你！你怎麼跑這兒來了?!」

誰啊？狼山上的那頭梅花鹿。

牠還是對我的圍巾念念不忘，上來就叼住，邊嚼邊拽，勒得我直吐舌頭。

「喂，你不准欺負牠哦！」路邊的善男信女告誡我。

天地良心，誰欺負誰啊？惹不起躲得起，我拽回圍巾，急忙跳上車。

梅花鹿頂著車門，把腦袋探進車窗，接著嗅我的圍巾。

聽過往的人們說，法會期間，這隻神鹿已經在城裏逛了好多天了，牠白天在縣城附近的牧場吃草，晚上就在城裏休息，有時候還回寺廟轉轉，城裏人都知道牠是放生鹿，任牠到處走。

梅花鹿這些日子躲在城裏呀！太挑戰我的智商了。我捧著牠的臉頰，摟著牠的脖子：「小夥子，我還一直擔心你呢，現在盜獵的都走了，你可以回山裏去了。」

「這就是你說的那隻神鹿啊？」亦風也伸手摸摸牠，「真有靈性。」

「那當然，而且牠還認得我，上來就扯我的圍巾，跟我打招呼呢。」

亦風笑嘻嘻地發動汽車：「別臭美了，依我看，牠是想吃鹽，你圍巾上全是汗吧。」

我陰了臉，這就是亦風最討厭的時候，非要把浪漫的奇遇說得那麼埋汰（編按：損人、貶低之意）。

黑頸鶴補了兩枚卵，小狐狸孤兒找到了新家，梅花鹿進城避難，爲了繁衍，爲了活下去，這些動物會想盡各種辦法，這就是生存。

草原的日子清簡如水，時光寂靜無聲。

小狐狸們一天天長大，有的已經開始換毛了。黑頸鶴的蛋能聽到細微的成長聲。一去無蹤的福仔和小不點總讓我們牽腸縈心，還有那久尋不見的格林……

六月末，山裏有採不完的野菜，最饞人的是雨後山坡上生長的白色蘑菇，在山裏隨便逛一圈就能採到五六斤。

牧民們喜歡把這種蘑菇去掉菌柄菌絲，只留一個傘蓋兒，翻過來，把糌粑、酥油裝在蘑菇碗兒裏，形狀像蛋撻一樣。生起一小撮篝火慢慢烘烤，蘑菇汁和融化的酥油浸潤了糌粑，在火苗上混合成一種纏綿的味道，再隨著熱浪一個氣泡一個氣泡地將這種香甜味道爆破出來，老遠就能聞到。烤好的蘑菇碗兒外酥裏嫩，黏而不糊，中間的糌粑香滑融洽，若再點綴一抹香草，托在手心裏，就像捧著一杯濕地小品。烤蘑菇是草原夏季裏最精緻的野外小點心。

去澤仁家探望小狐狸和黑頸鶴時，我們也用漢家做法，把蘑菇、大蒜切片配牛肉，做成蘑菇肉片湯款待澤仁一家。

他們一個勁兒地稱讚：「太香了，光是看著就好吃！」

可是他們就真的只是看著蘑菇湯笑咪咪地咽唾沫，卻一口不嘗。後來我才知道念經的人不吃大蒜。我原本是專程做給澤仁他們嘗鮮的，結果事先沒打聽清楚。

亦風很惋惜：「蒜是用來解毒的，就算偶爾吃一次也沒人看見……」

澤仁笑著搖頭：「天在看。」

我們不再勸了，隱約有些慚愧。對沒有信仰的人來說，無人管制的時候就可以鑽空子；但對於有信仰的人來說，內心的自律是無法自欺欺人的。

每次進山採蘑菇都是我親力親爲，亦風是個連小蔥和蒜苗都分不清的菜鳥，實在難當大任，萬一採到毒蘑菇，倆人都玩兒完了，我只使喚他爲我開路放哨。

亦風偶爾會發現一兩隻狼的身影。日子久了，山裏的狼不再刻意逃避我們，通常是慢慢走開或者隔著幾百米的距離偷瞄我們在幹些啥，賜給我們更多的機會去熟悉和認識牠們。只是在這些偶遇的狼當中，始終沒發現有哪隻狼是我們的格林。

日落時分，我手裏握著一塊圓石，坐在石崖斷壁上。這塊圓石是我今天上山採蘑菇時撿到的，它白晃晃的，躺在草叢中，有網球那麼大，我開始以爲是蘑菇，走近了才發現是一塊石頭。狼山上片狀的石塊很多，卻很少見到這樣的白色的圓形石頭，這麼好玩的石頭，是格林最喜歡的吧。

離開格林的日子裏，我哪怕看見一個很微小的東西都會想起牠。想起牠小時候每天早上都會叼一塊石頭，從小屋的窗戶扔進來叫醒我，這是牠的Morning Call。那時候，我總是做出生氣的樣子收繳了牠的石頭，不許牠調皮。我沒收了一抽屜的石頭，害得格林再也找不到玩的了，只好叼乾牛糞來扔我。

我撿起了石頭，把上面的泥土擦拭乾淨，睹石思狼，我的眼淚順著下巴滴在石頭上。我把這塊特別的圓石揣在懷裏一路撫摸著，帶上山來，坐在斷崖邊休息。

這處石崖在中峰山頂上，崖邊幾塊高聳的巨石可以遮蔽出一小片陰涼。太陽烈時，我們走到這裏總會在石陰下歇歇腳，吃點乾糧。這裏也曾是格林喜歡的小憩驛站，牠最愛跳上石崖，抖擻狼鬃，居高臨下地俯瞰整個狼渡灘。而我則喜歡背坐在牠身前低處的大石頭上，迎著山風，一雙腳懸在千尺高的懸崖邊蕩啊蕩，既心驚肉跳又心曠神怡。

我把後腦勺靠在格林胸前，讓牠的狼影罩在我上方，我聽得見牠強有力的心跳。牠會淘氣地把下巴擱在我頭頂上，像給我戴了一頂狼頭帽子，牠呼吸的熱氣吹在我額頭上，癢酥酥的。於是我仰頭咯咯笑著，看牠遠眺時下巴的剪影，看牠俯首時，兩隻狼耳之間灑下的扇形陽光。站在巨石上的格林，顯得那麼威武雄壯，也顯得那麼形孤影單。那時的格林已經七個月大了，牠遇到過兩次野狼，但是都沒能被順利接納。

「要有信心，你跟牠們一樣屬於這片大山。我的格林長大了。」我抬手摸著牠的頸毛，「無論如何，媽媽都在你身邊，一定要勇敢！」

牠把爪子搭在我的肩上，站在我的肩頭仰天長嘯，我知道，牠懂的。於是，我也陪著格林呼喚牠的同伴，人狼的嗥聲在狼渡灘上空迴蕩。

此時，我坐在老地方，閉上眼睛，那些嗥聲還在耳際，那些畫面都是活的。格林啊，媽媽今天撿到一塊好圓好圓的石頭，你一定喜歡的。媽媽在這兒睡一覺，你把這塊石頭丟過來敲醒我，好不好？讓媽媽睜開眼睛就看到你的臉……行嗎？恍惚間，我的肩膀一沉，格林的爪子真的搭了上來。

我激動地睜眼，猛回頭：「格林！」

「是我。」亦風的大手在我肩上捏了捏，「別坐在懸崖邊上，當心踩空了。」

我把著亦風的臂膀，挪回崖邊的石蔭下。

亦風接過我手裏的石頭細看，石頭表面已經被我摩挲得又光又滑，沾滿淚痕：「把這石頭就留在這兒吧，如果格林也像我們一樣常常過來，牠興許能看到。」

我依言把石頭放在斷崖上醒目的位置擺好。離開時，我默念著：兒子，這是媽媽給你找到的玩具，這上面有媽媽的味道，媽媽在這兒念過你的名字，如果你也經過這裏，聞到了媽媽的氣息，嘗到了淚水的苦澀，快回來好嗎，讓媽媽看看你。

一天早上，我和亦風正在無名指山巡山的時候，亦風突然壓低我的肩膀，讓我埋伏下來。

「噓，你看那是什麼？」他指著山谷中的水源。

陽光把小溪照射出水銀般的光亮，三個小黑影在陸離的光芒中晃蕩。

「那是……」我瞇縫眼睛。

「兔子？」

「個頭沒那麼大！獺子？」

「行動沒那麼快！」

「……呀！是小狼！三隻小狼！」

太好了，這就表示福仔和小不點回到了狼群，和飛毛腿聚頭了。

「福仔！小不點！」我站起來喊了一嗓子。

其中一隻小狼一聽有動靜，飛也似的往山坡上跑，一頭鑽進洞去。另兩隻一大一小的小狼剛聽到人聲的時候，也是嚇一跳，撒丫子往山坡跑，跑了一段就慢了下來，回頭尋找聲音的來源。

「福仔！小不點！」我又喊，揮起手來直蹦高。

兩個小鬼發現我們了，小腦袋往一塊兒湊了湊，不逃跑了，繼續玩。

已經鑽進洞的那隻正是狼妹妹飛毛腿，牠剛才一跑，我就曉得是牠了，因為這小丫頭奔跑的時候總是單邊——牠前腿兒跑得快，後腿兒跑得更快，於是後腿兒總想伺機「超車」，因此牠跑起來的姿勢就是歪扭著身子的。

這會兒，飛毛腿躲在「家門口」探出半個腦袋，似乎不敢相信那兩個兒弟怎麼那麼膽兒肥，牠猶豫著自己是該躲，還是該出來加入遊戲。

「是牠倆沒錯！」我心裏那個熱乎呀。牠們還記得這個呼喚了七天的名字——福仔、小不點！記得那七天裏，我每次餵食喊牠們，牠們總是表情漠然，好像根本不知道也不接受這個小名。即使我給牠們治傷餵食，牠們也不像我們幻想中的那樣親近，始終像戒備綁匪一樣防著我們。然而這一刻，不逃避就已經是一隻野狼能給予人的最大信任和回報。

小狼回家了，並且知道我們不會傷害牠，還有什麼比這隔水相望不離不去更加美好的感覺呢。雖然這個距離只能看清楚輪廓，但我們太滿足了，這是我們與福仔和小不點失聯半個月以後，第一次看到牠們平安的樣子。

我們架起長焦攝影機和望遠鏡觀察那三隻小狼：福仔、飛毛腿和小不點。

小傢伙們三個月大了，正在抽條，耳朵立了，嘴巴尖了，腿腳拉長了。這年齡正有使不完的精力，福仔和小不點在小溪邊可勁兒鬧騰。飛毛腿一會兒看看福仔和小不點，一會兒看看我們，觀察了好半天，總算也放開了膽子。

亦風在山上的隱蔽帳篷裏放哨，我試探著下到山谷中，架著小ＤＶ近距離拍小狼，幾個小鬼頭依然玩得毫無顧忌，沒有嫌棄我的意思。

飛毛腿玩上一會兒就要擔心地瞅一瞅我和亦風的動靜。既然牠的哥哥和弟弟都敢在我面前晃蕩，牠也不甘被嘲笑爲膽小鬼，但我們畢竟是人，不得不防。沒準兒牠的媽媽教過牠，人是動物界的公害。

福仔越長大越像格林。我心想，就把牠當作格林吧，在盜獵者的眼皮子下面，讓我們守護好牠們，不要再讓格林的悲劇重演了。

小不點在我們小屋生活的時候，我還覺得牠挺溫柔，可是在狼窩邊，我才發現了牠的另一面，這傢伙個兒小脾氣可不小。這會兒牠正跟蚊子發火呢，這些蚊蟲專門叮咬牠的小鼻頭和沒毛的肚子，氣得牠在草叢中揮舞著小狼爪蹦來跳去，只要有蚊子掠過牠眼前，牠張嘴就咬。

我觀察得正帶勁兒，對講機劈裏啪啦響起來，亦風的聲音急壞了：「糟了，糟了……」

我從褲兜裏摸出對講機：「啥？」

「快看背後……你背後！」

我後頸一涼，急忙回身。不好！大狼回來了！

是的，狼窩被掏過一次，大狼當然會提高警惕，不會離家太遠了。我以前來狼窩那麼多次都沒遇見過「家長」，這會兒，我也光顧著高興，幾乎忘記了這潛伏的危機。這正是「久走夜路必撞鬼」，今天是在狼窩跟前遇到狼了。

我跑不了，也動不了，剎那間僵成了一根蟲草，全身所有的恐懼從後腦勺冒出了芽。

幾十米外，那匹大狼嘴裏叼著一隻活旱獺從山坡另一側冒了出來。在小狼們的簇擁迎接下，大狼一面小跑一面仰頭把旱獺舉高，躲避不斷跳起來搶食的小狼，大狼要找一個開闊的地方放下獵物。

旱獺尖叫掙扎。也許是獺子味兒太濃，大狼沒注意到人的氣息；也許是蹦跳的小狼干擾了牠的視線，大狼翻過斜坡才陡然發現了我。大狼驚得嘴一張，旱獺「撲通」掉在地上，獺子翻身就往山坡下逃竄，小狼們立刻撵上去圍追堵截。

有人在，這些傻孩子竟然不躲！大狼火速掃視小狼，瞪大了狼眼和我的目光對撞，全身的狼毛都豎成了驚嘆號！

牠是一匹母狼，苗條秀氣。牠的哺乳期快結束了，腹部的乳房也在萎縮恢復中，但下腹部卻留著一塊醒目的核桃大小的疤痕，估計是被搶奶的狼崽咬掉了乳頭。牠的鼻梁上有一道陳舊抓傷，鼻頭都被這傷疤勒成了兩半。母狼陰沉著臉皺起鼻翼，那傷疤也隨之更加猙獰。牠齜起獠牙，喉嚨裏的咆哮聲咄咄逼人，那一口利齒隨時要奪唇而出。

我咬緊牙，控制牙齒打戰的聲音。我攤開空手，儘量表示我無害，腳卻繼續僵在那裏一動不動。

並非我如此的沉著無畏，打從一開始發現母狼回家，我的腿肚子就已經抽筋了，雖然本能不斷催促我逃命，而運動神經卻處於斷電狀態，根本不聽使喚。人是跑不過狼的，在狼面前一旦露怯，只有死路一條，除了壯起膽子強作鎮定，我別無選擇。

我和亦風多次出入狼山，與狼近距離遭遇是常有的事，但在其他地方遇到狼都不至於讓我如此驚恐，因為我們知道狼不會傷人。通常狼都會主動避開我們，而眼下的情況卻另當別論，我侵入了狼媽的幼稚園，並且牠的寶貝小狼們就在身邊，沒有什麼比護崽的母狼更具攻擊性了！牠排斥所有危險事物，何況是人。我此時的舉動稍有不妥，母狼敏感的攻擊神經就會被觸發。

母狼瞅瞅小狼，又神經質地緊盯著我。牠夾著尾巴，齜牙的同時不安地交替著前爪，牠很緊張。我偷瞄了一眼不遠處的小狼，立刻引來母狼不滿的咆哮，牠迅速上前幾步擋住我看小狼的視線！牠的狼耳朵攤平了，這是攻擊前的準備動作。

我比牠更緊張，我總覺得牠看準了我的細長脖子，我下意識地把脖子往領口縮，母狼每齜牙吼一聲，我就心虛地後退一步，人狼之間的弦越繃越緊。

跑也不敢跑，留又不能留，這麼僵持下去不是辦法。我殘存的一點點思維提醒我，好歹我也是送小狼回家的好心阿姨啊，福仔和小不點總記得我吧。抱著一線希望，我顫聲求助：「福仔！小不點！」

不喊還好，一喊之下，母狼救火一樣奔撲過來。媽呀！我的心臟終於跳閘了，眼一閉就抱頭鼠竄，一個跟斗滾下坡去。

好一會兒，我沒感覺到被狼咬的疼，摸摸脖子，沒斷。我大著膽子睜眼一瞧，母狼還在山坡上，小不點抱著母狼的腦袋，福仔一個勁兒地舔著狼媽的嘴，一會兒就把母狼鼻梁上憤怒的皺紋舔平了。

飛毛腿卻唯恐天下不亂，牠躲在母狼身後，衝我齜著小獠牙煽陰風點鬼火，那躍躍欲試的樣子似乎在說：「媽，就是這個偷窺狂，三天兩頭跑到我們家來，連我大便都要拍照。我幫你把她拖到廚房去！」牠是個女孩兒，牠的行為更傾向於向母狼學習。

人與狼之間距離一拉開，母狼倒是平靜了許多，牠用鼻梁拱著狼崽的小腰，推著牠們回家。福仔回頭瞅我一眼，小尾巴極輕微地搖了搖，母狼立刻用下巴狠狠磕在牠腦門兒上，福仔「吱」一聲痛哼，夾起尾巴，老老實實跟著狼媽走了。

我這才收魂附體，哆嗦著拖回攝影機。

神知道我是怎麼移形換位到山上的，只感覺亦風賊笑著把我拉進帳篷：「你丫跑得比兔子還快！這母狼夠潑辣！是個辣媽。」

亦風的笑讓我更加委屈，我撩起袖子和褲腿，把滾下山坡時劃破的傷口亮出來，怒道：「牠想弄死我！你還笑！！」

他聞言收起笑臉，趕緊摘下帽子順了順頭髮，換上一副親死黨此刻該有的略帶哀傷和悲憤的表情。「不怕不怕，辣媽不會真拿你加菜。牠敢咬你，我就下去咬牠！」

亦風嘿嘿一笑，摸出創可貼幫我黏貼，「我在山上，旁觀者清，剛才並不是小狼擋的駕，母狼衝到你面前的時候就已經停下了，小狼隨後才攆上來，是你自己滾下山去的。你想想，咱們在狼窩周邊巡邏那麼多天，那附近能不留下人味兒嗎？母狼肯定早就知道了，但是牠並沒有挪窩，可見牠是不排斥我們的，牠只是怪你當時靠得太近了。再說，福仔和小不點回家也肯定帶著我們的味兒，母狼認識你的味兒，不會恩將仇報，只是嚇嚇你。」

我摸著腦袋上的包，驚魂難定，怎麼也不能接受亦風「事後諸葛亮」的分析：「護崽的母狼做事不計後果，要不是我跑得快，牠會不會真的攻擊絕說不準，不信你下狼窩去試試。」

「不去，我還沒活夠。咱們別得寸進尺了，以後就隔著山谷觀察牠們，大家都踏實。」

幫我處理完傷口，亦風拿起望遠鏡繼續往狼窩附近看。

小狼們不見了，可能是母狼辣媽讓牠們進洞了，而辣媽氣鼓鼓地坐鎮山腰，牠並不進洞，似乎覺得這樣才能第一時間發現危險。

初次見面，牠也在「觀照」我們，當我們自以爲隱蔽地從帳篷窗口用望遠鏡照向牠的時候，牠總能冷不丁地穿透望遠鏡和我們對視，彷彿我們的一舉一動盡在牠眼中。

我摸遍腰包，找不到對講機，可能慌亂中掉在狼窩附近了。我看著辣媽一副防火防盜防人類的樣子，也湧起一種惡作劇的報復心理：我讓你嚇我，我也來嚇唬嚇唬你！我嘴角扯出一絲壞笑，拿起亦風的對講器，清清嗓子：

「福仔！小不點！格林！嗷——」

一嗓子剛吼完，嘩啦，三隻小狼飛也似的躥出洞來，炸窩了！

這是什麼效果？我們頓時樂了，原來不知哪隻淘氣的小鬼竟然把對講機叼回了窩裏，我這一吼把小傢伙們嚇飛了，四散逃跑。

辣媽一愣，火冒三丈地朝著其中的一隻小狼追去——福仔又要挨打了。

不久，辣媽返回窩裏叼出對講機，遠遠地扔了出去，一仰頭，兇狠地剜了我們一眼。

21／辣媽教子

我躡手躡腳地靠近小狼們休息的地方，
福仔和小不點看見我來，還迎上來了幾步。
福仔輕搖尾巴，歪著腦袋，好像很奇怪的樣子：
咦，你來串門啦？

我以為此番擾動了狼窩，還撞見了母狼，牠一定會帶著孩兒們舉家遠走了，可是接下來的日子裏，小狼們依然留在這片山谷，玩耍、嬉戲。母狼照常外出，帶回食物給小狼，就像什麼事也沒有發生過。我對母狼辣媽心懷感激。謝謝你，狼媽媽，謝謝你能相信這兩個人。

我們謹守人狼界限，再不踏足狼窩附近。每天清晨，我們都來到後山，在山頭的隱蔽帳篷裏，隔著山谷遠望觀察，到了傍晚，我們再返回小屋。

福仔有時會朝我們帳篷這邊張望，牠媽不在家的時候，我們走出帳篷，衝牠揮揮手，福仔也會輕輕地搖一搖尾巴。

小不點不會這麼幹，牠只當我們是山裏的兩隻動物，既不排斥我們，也不對我們表示特別的友好；但牠那天能在狼媽盛怒時替我擋駕，這就已經夠了，牠畢竟是野狼的孩子，應該保持和人的距離。飛毛腿照舊看不慣我，也幹不掉我，牠只有在拉屎的時候才會偏著腦袋死盯著山頭上的我們，一副氣鼓鼓的樣子。

辣媽會不定期地挪窩，但是新窩的選址基本都在我們的視線之內。我們分析牠就近挪窩的原因：一方面後山山坳裏水源就這一個，水源附近的山坡上沒有更多適合的洞穴可以使用。另一方面，辣媽也並不是為了逃避我們，而是狼窩每隔一段時間都需要敞敞氣，不讓一個洞府留下太重的味道。可能挪一挪窩能給母狼帶來更多的安全感，「狡狼三窟」能夠迷惑敵人。

不僅這窩狼不遠離，就連我們陸續看到的其他大狼也不再避開我們。

一天，我們經過中峰去往後山狼窩的途中，遠遠瞧見有四隻大狼捕獵歸來，牠們是這群狼中奮鬥在前線的戰士。這四匹大狼身影雄健而略顯疲憊，走過山坡時，投向我們的目光很隨和，如同看見鄰居一樣尋常。我們想用望遠鏡細看時，牠們已經鑽進灌木叢睡覺去了。

這四隻狼是這群狼的狩獵主力。牠們夜晚出去捕獵，給後山狼窩送食，白天總在中峰山坳裏休息。牠們就是我們曾經遠遠看到過的，在開滿鮮花的「灌木叢蒙古包」裏睡覺的那些狼。牠們白天極少到後山來，所以我們一直沒機會在近處觀察牠們。我們沒去打擾牠們休息，繼續往我們最關心的狼窩進發。

後山狼窩是狼群的大後方，我們在後山先後看到過七分半、龍狼，還有初探狼窩時逗引亦風遠離狼窩的那匹小母狼和一匹老狼，我們叫牠元老。

狼群不回避我們了，我們也會走出帳篷，躺在山坡上邊觀察小狼邊休息，不必再對狼群隱蔽自己。

「帶崽的狼群也並不是那麼難以接近啊。」亦風說。

「看牠們對你的信任有多少了。從送格林回去那年起到現在，爲了取得這份信任，我們用了多少年的時間啊。這還不僅僅是時間問題，如果沒有這次我們送福仔和小不點回家這件事，狼群也不見得能這麼接納我們。」

我們總是穿著當年格林最熟悉的衣服，每當有大狼回山，我們就滿含希望地站起身來，儘量展示自己，讓狼把我倆看清楚。我們指望著其中有一匹狼是格林，希望牠能認出我們，朝我們跑過來。

不過，那樣的奇蹟只在夢境裏重複著。

當確信狼窩安全無虞的時候，辣媽會出外狩獵。

今天就是一個打獵的好天氣，有元老和龍狼看家，辣媽開始做外出的準備了。牠先在小溪邊喝夠水，然後盯著我們看了一會兒，接著開始穿花似的鑽洞，從這個洞口鑽進去，又從那個洞口鑽出來。福仔、小不點和飛毛腿這一幫小屁孩歡蹦亂跳地跟著辣媽一塊兒鑽洞。辣媽每次鑽出洞的動作都很張揚，總是用嚇小狼一跳的架勢衝出洞來，小傢伙們更是玩得樂不可支，一窩蜂地又攆到那個洞口去追牠們的媽媽。

元老坐在山坡上樂呵呵地看著這場捉迷藏的遊戲，牠聽得到地下的動靜，時不時地給小狼們一點暗示——牠把頭轉向辣媽將要出現的方向。小狼秒懂，立馬奔往元老提示的方向，果然能找到辣媽。

但是辣媽奔跑和鑽洞的速度比小狼們快得多，幾個回合的穿花下來，小傢伙們就糊塗了。小不點在洞口迷茫地東張西望，福仔一個洞一個洞地鑽進去嗅探，等著牠們的辣媽又從哪個意想不到的洞口現身。飛毛腿乾脆跑到元老跟前，討要答案。元老站起身向著山坡的東面走去，小狼們立刻跑去東面，挨個檢查那邊的所有洞口。

這時，我們發現辣媽從山坡西面離得很遠的一個洞口悄沒聲地爬了出來，神不知鬼不覺地溜下山去了。而元老還帶著孩兒們在東面搜尋，這老傢伙一眼都不往辣媽開溜的方向瞅。龍狼看見辣媽走了，就領著鷹慢慢溜達，上山頂放哨去了。

「地遁啊！」我服了，「這甩掉小尾巴的方法配合得太好了。」

亦風更是千言萬語找兩個字代替：「臥槽！」

小狼撵路的功夫我們是領教過的。想當初，我們每次出門的時候，小格林都要死要活地跟我搶門，甚至把腦袋擠進門縫裏——帶我走，否則你就夾死我！

我當然不能讓寶貝兒子的腦袋被門夾了，只好屈服。

家門都關不住撵路的小狼，這連門都沒有的狼洞，辣媽居然能想出妙招脫身，真是高明。我又覺得，辣媽恐怕是想一舉兩得，牠不光是要甩掉小尾巴，在瘋狂鑽洞之前，牠還看了我們一會兒，可能牠也想同時迷惑我們：「山上的人聽著，我可告訴你們啊，我就藏在某個洞裏面，隨時會撲出來，別想打我小狼的主意。」

辣媽大概以為我們的視線也會跟隨元老和小狼吧？牠千算萬算，沒想到我們還是看見牠開溜了。誰讓我們居高臨下呢，嘿嘿！

不久後，小狼們進入了失望階段，咬著灌木叢發脾氣，牠們大概也明白上當了，只好在山坡上無聊地張望，等老媽回家。小傢伙們大約也有點生元老的氣吧，牠們不願意跟元老玩，元老給牠們舔毛洗澡，牠們也不領情。

等到中午，小狼們和元老都睏了，在沙土平臺上打瞌睡。

看到一切都很安寧，我膽子大了些，趁著辣媽不在家，我偷溜下山，在小溪裏打了一壺水。我抬眼偷瞄小狼。那沙土平臺離小溪不算遠，元老趴在小狼們身邊，腦袋搭在兩隻前爪上休息，看似在睡覺，但仔細一瞧，牠睜著倒三角的眼睛正不動聲色地盯著我的一舉一動，那神態像一個沉穩冷靜的老管家。

福仔和飛毛腿正在打盹兒，小不點更是伸直了腿兒，側躺在地，睡得像死了一樣。睡著睡著，小不點的小爪子抽筋似的收縮，腿兒也開始撓動——牠在做夢。

我瞄見小不點的嘴在嚅動抽搐，雖然溪水淙淙，聽不見小狼在「說」什麼，但以前牠在小屋的時候，我曾經錄下過小不點的夢囈。是的，牠們做夢會說夢話，「嘰哩呃呃——咕咕嚕」，短音和怪哼居多，那發音很奇特，也帶著點詭異和小可愛，跟平時任何時候的狼叫或哼唧都不一樣。

我擰緊壺蓋兒，慢慢起身的時候，看見小不點的爪子越動越快，甚至耳朵和脖子都抽動起來。突然間，牠閉著眼睛蹦跳起來飛跑，在山坡上一陣瞎衝亂撞，猛地撞在一叢灌木上，醒了，茫然四顧，我怎麼睡這兒來了？

我忍住笑，小心地退回山頂帳篷裏。我把小不點的夢遊狀態給亦風一說，亦風笑了：「我剛才覺得這小傢伙怎麼突然跑起來了，還以為你嚇到牠了呢，原來是在發夢癲啊。這傢伙，難道牠夢裏面還在攆路嗎？」

我和亦風在帳篷附近的地上找了一個小坑洞，在坑邊壘上幾塊石頭，撿些乾牛糞生起小小的篝火，把溪水倒進鐵飯盒裏，放在篝火上燒開。

「在狼山上有熱水喝了，太幸福了。」亦風說著，撕開一包「必奇」倒在水壺蓋裏，等著沖水吃藥，他因為喝生水，已經拉了好幾天的肚子，「我明天要帶一點茶上來，用純天然的溪水泡茶最經典。」

「我要帶幾包速食麵，老吃壓縮餅乾，胃痛。」

我們喝著熱水啃著乾糧，一面休息一面觀察。

三四點左右，亦風發現了情況：「回來了，辣媽回來了，還逮了東西！活的！」辣媽叼回的是一隻獺子。這隻獺子個兒很大，看起來很兇悍的樣子，即使被辣媽叼在嘴裏，獺子也在亂踢亂蹬，把辣媽的胸毛抓掉一大塊。牠忍著痛也沒有咬死旱獺，一路叼回家來。

辣媽在山坡上找了一片開闊地，等小狼們都來了，牠才放下旱獺。

辣媽剛鬆開嘴，獺子就拿上架勢了，牠人立起來，露出能一口咬穿小狼爪子的門牙，瞪著兔子一樣的眼睛狠狠盯著圍上來的小狼。旱獺的爪子很厲害，首先是臂力驚人，牠能把地底幾十尺下的岩石都挖出來；牠那三根五釐米長的指甲又粗又鋒利，如果這爪子劃過小狼脖子，能瞬間抓斷小狼的咽喉。旱獺把左爪放在胸前護住心臟頭頸，右爪前伸隨時準備反攻。

光是這防守架勢就已經亮瞎了我們的眼，更讓我們瞠目結舌的是，旱獺的嘴裏居然咆哮出李小龍的招牌聲音：「阿打——阿打——我打——」這獺子會功夫！我和亦風面面相覷，我們也是頭一次聽到獺子這樣叫。平時不都是「嘀嘀嘀」這樣叫的嗎？

小狼們更是被唬住了，這套路沒見過呀，獵物不是應該逃跑嗎，然後我們圍追堵截，從背後把他拿下！眼前的獺子非但不逃跑，反而要拚命。小狼在旱獺周圍轉圈，伸鼻子嗅嗅，沒誰敢上。

福仔的膽子要大一些，牠決定試試。自從雙截棍被人抓走以後，福仔慢慢成了這群小狼中的孩子王。這會兒，牠在小不點和飛毛腿的掩護下，繞到旱獺身後，剛要下嘴，旱獺就果斷轉過身來，照著狼臉一爪子抓下來。還好福仔反應快，趕緊跳開。說時遲那時快，趁著小狼們正在慌神閃躲的當口，旱獺飛快地向山下奔去，轉眼間跳進了幾十米外的一個足球大小的洞裏。這個洞是下落洞，最便於旱獺逃生，狼沒法鑽。幾隻小狼追到洞口就傻眼了，呆呆地回頭望著辣媽。

辣媽自從放下旱獺以後，就退到一邊，坐觀孩兒們的表現，沒想到還沒等牠坐舒坦，獺子就在牠眼皮子底下逃跑了，等牠跳起來想追時，已經晚了。

我在狼窩跟前第一次遇到辣媽的那天，辣媽也曾經叼回了一隻活獺子要讓小狼練習捕獵，結果因爲我在，小狼們分神，讓那隻獺子給跑了。今天，辣媽辛苦了一早上，總算又活捉了一隻，結果小狼們又讓獺子給跑了。

對於才三個多月大的小狼來說，遇到旱獺，追逐遊戲的心情多過捕獵，能抓到當然又好吃又好玩，抓不到，反正有媽媽給的口糧，牠們還沒有把追獵當作生存的必需。

餓了大半天的小狼吱吱叫著回來纏辣媽，飛毛腿和小不點使勁舔咬辣媽的嘴，纏著媽媽吐食，福仔乾脆拱到了母狼肚子下面「搜身」。這些小狼抓獺子不給力，找奶吃倒是來勁得很。

連丟了兩隻獺子，辣媽很生氣，眼看小狼們又跑回來找奶吃，牠更是氣惱，多大了還不斷奶。辣媽抬腳把福仔蹬翻在地，一爪子摁住牠的下巴，踩在地上，任憑福仔四腳朝天地拼命掙扎，母狼偏轉腦袋，不看！

「這當媽的好狠。」亦風心疼福仔。

「打在兒身，痛在娘心，牠不忍心看。哪個當媽的不是邊打孩子邊哭，你不懂。」

說話間，福仔突然不動了，四條腿軟塌塌地垂了下來。糟了！是不是踩到喉嚨窒息了？辣媽緊張地抬起爪子，正要嗅牠鼻子，福仔卻跳起來一溜煙跑了。

福仔是挨打最多的，怎麼對付老媽，牠經驗豐富。我想起格林小時候裝作瘸腿受傷騙我出去陪牠的事情，暗自好笑，這些小鬼頭從小就跟媽媽玩心眼兒。

辣媽不給飯吃，還動爪打娃，三個小腦袋往一塊兒湊了湊，決定造反了。小狼們輪番撲上來，就像狼群對付獵物一樣，一個叼住辣媽的嘴，一個猛咬辣媽的腿，趁著辣媽抽腿站不穩的時候，把牠撲倒，搶乳頭，叼住就不放，直咬得辣媽肚子上都見了紅。辣媽乾蔫的胸腹早已沒什麼乳汁了，小狼這哪是在吮奶，簡直是在吸血。

「太野蠻了！」亦風說。

「牠們是狼，你不能用人的標準來衡量。」

我突然想到牧民曾經跟我們講起的一件事。他們說山裏的母狼把小狼養到一定大小，就會叼著一個羊腦殼把小狼們帶到山坡上，然後把羊頭滾下山去，趁著小狼追羊頭的時候，母狼就趕緊逃跑，不要小狼了，因爲小狼長大了要吃媽媽，狼都是很壞的！

好幾個牧民都這麼說過，可我沒把這個說法當回事，因爲我知道狼是群體動物，不會像狐狸那樣清窩的。而且狼群的構成往往就是狼夫婦帶著牠們自己的兒女共同謀生，怎麼可能把好不容易養大的孩子丟掉呢。現在看到這一幕，我似乎明白了，牧民們在山裏看到的小狼吃媽媽的情形，多半就是小狼們離乳期的這個過程，面對瘋狂搶奶的小霸王們，那些狼媽媽想盡辦法逃跑。

這會兒，辣媽一身狼毛被撕咬得凌亂不堪，牠不得不搜腸刮肚，反芻一些胃裏半消化的食物出來，吐肉投降。趁著小狼們爭奪搶肉的時候，辣媽狼狽地逃下山去，在小溪邊舔著肚子上的傷。

「辣媽好可憐。」亦風說，「小狼照這麼天天撕咬下去，會不會真的把牠給咬死啊？」

「這是人家的家務事啊，辣媽捨不得跑遠。」

我琢磨著，上哪兒去找一個羊頭或者能滾動的東西，幫辣媽一把。我迅速掃視了一眼帳篷裏的物件，沒有可用的東西。我只好用望遠鏡再看，只見辣媽一個勁啃草，齜牙咧嘴地嚼著草團，然後又蜷起身來，把嚼爛的草漿往肚子上糊，牠嚼的那一大叢草很眼熟，這草是療傷的嗎？

正想著，小狼們已經吃完肉，再度衝下山來。這次，辣媽不逃了，從從容容地側躺下來，露出肚子，任憑小狼們找奶吃。

咯咯，哇，嘔哇……第一個啃到辣媽肚子的飛毛腿突然乾嘔起來，接著，福仔、小不點也吐得直不起腰。小狼們嫩聲嫩氣邊咳嗽邊嘔吐的聲音，我隔著山谷聽著都難受。

咦？我好像也那樣狂吐過，是吃到了什麼來著？我一回憶，恍然大悟：「那是『後悔藥』，辣媽竟然把這苦死人的後悔藥抹在乳頭上，小狼不吐哭才怪！」

我一點都不爲辣媽擔心了，牧民說過的那些滾羊頭逃跑的伎倆都弱爆了，那些母狼躲得過初一躲不過十五，瞧咱們辣媽的招，那才叫一勞永逸。小狼只要被苦過一次，就絕對不敢再找奶吃了。狼娃娃們狡猾，狼媽比牠們更狡猾。

躺在溪邊的辣媽，抬起腦袋，挑釁地瞅著小崽兒們。叫你們這麼大了還不斷奶，苦死你們這幫小「土匪」。福仔、小不點、飛毛腿，你看我，我看你，都不敢再上了。

辣媽這才不慌不忙地站起身，扭著小腰，揚著尾巴，邁著輕快的小碎步，得意地踱回窩邊，躺下來曬太陽打盹兒。而餓著肚子的小狼們，只好四處去搜尋一點往日的乾骨頭來啃一啃。

狼是沒法當「啃老族」的，早吃苦，早自立。我不知道這抹藥教子的苦狼計有多少母狼用過，不過我對辣媽是越來越佩服了。

小狼們萎靡不振地回到狼窩邊，等了媽媽一天，結果肚子還是餓著的。

元老親切地舔著小狼們的耳朵，安慰牠們。元老是這狼群裏最沉穩老辣的，牠似乎覺得辣媽還是有點心急了。強迫斷奶固然是應該的，但是小狼們才三個多月大，辣媽就弄回那麼兇猛的一隻功夫獺子，這哪是小傢伙們對付得了的呀。就算是鍛煉捕獵技藝也得一步一步慢慢來，不能操之過急。

元老慢悠悠地哄著福仔、小不點和飛毛腿來到西面山腳下一處草淺的地方，這裏有不少鼠兔竄來竄去。小狼們終於有了用武之地。

孩子們走得離窩那麼遠，辣媽肯定是不太放心的，牠遠遠地跟在後面，坐在山坡上，替孩兒們擔任起了放哨的工作。我看見辣媽時而望著山下的孩子們，時而又看著遠處，呆呆地出神。

「如果牠的大兒子雙截棍還在的話，牠一定能帶領弟弟妹妹們拿下那隻旱獺吧。」我自言自語著，我猜辣媽或許和我想著一樣的事情。

不久以後，小狼們快四個月大了，正在換毛，有時小狼脫落的絨毛會順著山風飄飛到我們這裏，被帳篷上的尼龍黏扣帶給黏住。我摘下這些狼絨，收好保存。亦風牽著帳篷頂的塑膠布，把塑膠布上積存的雨水引流到水壺裏。草原上只要沒有起風沙，雨水就很乾淨。我們就著雨水，煮速食麵吃。

對面山坡上的小狼聞到香味，向我們這邊探頭探腦。這讓亦風想起《狼圖騰》裏主人公經常說的話：「小狼，小狼，開飯囉！」

我哧哧笑，「他們才不稀罕你的速食麵呢。對了，最近要特別小心一點，速食麵味兒大，今後就別再煮了，招狼不怕，就怕招了人來。旺青甲說又看見盜獵的進山了，讓我們小心別碰上。」一提起盜獵的，我皺起了眉頭，「小狼別讓他們碰上才好，如果盜獵的來了後山就麻煩了。」

亦風大口呼嚕著麵條：「咱們在狼山上這麼久了，還沒找到格林呢。牠到底會在哪兒？在不在這個群裏面？如果牠不在這群狼裏，牠會不會已經自立門戶了呢？按說，咱格林三歲牛了，也夠年齡討媳婦了吧？嗯，對，帥小夥兒肯定能討上媳婦，咱自己的兒子，咋看咋好。如果格林有個媳婦的話，我要叫牠格桑，格林、格桑，天生一對……」

「格林能做個普通狼就不錯了，我只希望牠平平安安，無病無災，別被盜獵的追上。唉！」我用筷子捲著飯盒裏的麵條，難以下嚥，「今天我撿牛糞的時候路過斷崖了，我放在斷崖上的那顆白色圓石頭不見了，我四周都找過了，沒有。那是我留給格林的信物。這荒郊野嶺的，風也吹不動它，誰會把石頭拿走？」

「……」

剛進入七月的草原，桑拿天，蚊蟲肆虐。

七月一日，我在望遠鏡裏發現飛毛腿顯得病怏怏的，一直趴在一叢灌木的陰涼處，福仔和小不點找牠玩，牠也沒心思，一副很想不開的樣子。

「辣媽出去多久了？」我問亦風。

亦風看看表：「大約半個小時了。」

「元老呢？」

「牠和龍狼在埡口放哨。怎麼了？」

「我想下去看看，飛毛腿有點不正常。我怕這丫頭生病了。」

「你現在下去可危險啊，元老和龍狼就在不遠，辣媽也隨時可能回來。」

「那也得瞅瞅，牠蔫兒了一天了。」

亦風摸了一把汗，接過望遠鏡看：「是不是中暑了？」

「過去看看才知道，最近村裏好幾條流浪狗都得犬瘟熱死了，萬一飛毛腿也染上，這三隻小狼就都危險了。你替我放哨。」

亦風急了：「有情況我咋告訴你啊，你的對講機都丟了。」

我繫好鞋帶，不再多話，下山了。

我躡手躡腳地靠近小狼們休息的地方，福仔和小不點看見我來，還迎上來了幾步。福仔輕搖尾巴，歪著腦袋，好像很奇怪的樣子：咦，你來串門啦？

飛毛腿跟福仔和小不點不一樣，雖然和我們相處了那麼久，牠對我仍舊是有所顧忌的。我平日裏遠距離看牠，牠還能接受，可是眼看我向牠走近，牠不幹了，翻身爬起來，衝我齜牙！牠動作敏捷，一點沒有病態，鼻頭濕濕的，眼神也很清透。但是這一齜牙，我可樂壞了，怪不得牠情緒不好，牠變成豁牙狼了。

飛毛腿換牙很不順利，別的小狼換牙都是掉一顆馬上就長出一顆，舊牙鬆鬆的還沒下崗，新牙就在舊牙後面等著接班了。只有牠的牙沒商量好換屆日期，六顆上門牙，六顆下門牙，同一天下崗，就連兩顆下獠牙也提早辭職了，張開嘴，下牙床只剩床墊，只有上顎的兩顆獠牙還在堅持工作，好好的一張狼嘴變成了釘書機。

沒了牙的她顯得比平時更加六神無主，因爲牠沒武器了。牠拼命齜牙，又張開嘴衝我發出呼呼喝喝的吼聲。急眼了！

「好啦，好啦，我馬上就走，就那兩顆牙，你還齜啥呀？放鬆，放鬆……」我邊後退邊柔聲安撫她的情緒。只要沒惹上病我就放心多了，新牙過一段時間就會長出來。

我不敢久留，返回山頂帳篷裏。

「快點，可把我緊張壞了！」亦風一把把我拽到鏡頭後面，指著山埡口的兩匹狼，「從你下山起，元老和龍狼就一直盯著你，還向你的方向跑了一截，幸虧沒衝你去。」

看著緩緩回到埡口繼續放哨的大狼，我冒了一頭冷汗，幸虧剛才沒碰小狼。

「飛毛腿怎麼樣？病了嗎？」亦風問。

「沒病，小丫頭換牙呢，吃不進東西，餓著肚子不高興。」我把看到的情形給亦風說了一遍。

「這樣換牙正常嗎？」

「當然不正常，好在牠那些後槽牙都在，只是門齒和下獠牙掉了，我估計是昨天牠跟福仔搶牛皮的時候，給活生生拽掉的，四個月的小傢伙，牙床本身就是鬆動的。咱們格林四個月大的時候跟藏獒打架，也折斷了半顆獠牙，乳牙太脆弱了。」

「乳牙嘛，哪個小孩不掉？舊的不去新的不來，我小時候幾乎滿嘴都掉光了，呵呵！」亦風笑道，「你這麼一說我想起來了，昨天飛毛腿搶牛皮的時候，突然一個倒栽蔥就滾下坡去，後來就不玩了。我還以為牠摔疼了呢，結果是牙沒了。呵呵哈哈哈。」

「你可別顧著笑，」我盯了亦風一眼，「小狼正常換乳牙應該是陸陸續續交錯著掉的，這樣新牙長出來的位置才準確，扎根才牢靠。牠現在門齒和獠牙同時被拽掉了，剩個空牙床，不但容易感染，新牙也有可能長不好！」

「會這樣？」亦風的笑容僵住了，「那新牙什麼時候才能長出來？」

「長是很快會再長的，但能不能長好就難說了。」我望著趴在灌木叢前連喝水都沒心思的飛毛腿，很心疼，「我記得格林換牙的時候，最先換的是門齒，舊門齒是被新牙從下面頂替掉的。舊牙一掉，兩三天後新牙就能冒出頭。等十二顆門齒都換得差不多了，才開始長出四顆新獠牙。狼的獠牙是至關重要的，這個位置一刻也不能空缺。格林換獠牙的時候，新的獠牙先藏在舊獠牙的後面悄悄地冒頭，這個過程中，舊獠牙毫不動搖，因爲狼的獠牙受力最大，而且狼不會因爲要換牙而停止撕扯，所以舊牙必須掩護著新獠牙生長。直到新牙已經衝出牙床四分之三，足夠獨當一面了，舊獠牙才被新獠牙給排擠掉，所以格林換獠牙的那段時間，能看到狼嘴裏有八顆大獠牙。舊獠牙一掉，新獠牙繼續長粗，把掉牙的血洞給填補封死，出血很少，不會感染。等獠牙長粗了，最後才是換後槽牙。狼的整個換牙過程一點都不耽誤吃肉，四個月大正是小狼最需要營養的成長期。現在飛毛腿牙齒掉成這樣，吃東西都成問題，營養跟不上，牠能不打蔫兒嗎？牙齒是關係到狼一輩子的生存武器，特別是獠牙！你以爲牠像人的小孩那樣還有機會找牙醫矯正牙齒嗎？狼要是長成你那樣亂七八糟的牙口，牠還能活嗎？」

亦風抿抿嘴，這才意識到問題有點麻煩：「那現在咋辦？」

「只能補補鈣。格林小時候吃的是液體鈣……」

「這荒郊野外，上哪兒去找液體鈣？就算找到，你咋給牠？」

「唉……」

我們正犯著愁，就看見辣媽回來了。牠不直奔狼窩去，而是先跑到小溪邊，吐出嘴裏叼著的兩個乒乓球大小青白橢圓的東西，還有幾條銀晃晃的東西。牠把它們藏在草叢中，又喝了一點溪水，這才匆匆返回狼窩。

福仔和小不點早就迎上來乞食了。辣媽反芻了一大塊肉任牠們去撕扯，然後走到飛毛腿身邊，咬咬牠的耳朵。飛毛腿有氣無力地張嘴哼哼著迎接媽媽，辣媽溫柔地舔舔飛毛腿的牙床，可憐的飛毛腿只能抱著辣媽的臉，拿僅剩的兩顆獠牙軟綿綿地扎牠。

辣媽把飛毛腿拱起來，領著牠來到小溪邊，找出先前藏在草叢裏的東西。辣媽先把那幾條銀色的梭形的東西細細嚼著咽下肚去，然後叼起另一個圓東西，在嘴裏一咬，明晃晃的黏液順著辣媽的嘴滑下來。飛毛腿趕緊舔這些黏液，吃得津津有味。辣媽把嘴裏的碎殼也嚼爛了餵給飛毛腿，接著叼起第二個……

我把長焦調到了最清晰：「好像是……雞蛋?!格林小時候也愛吃這個！」

「笨蛋，這裏哪有雞蛋，你當山裏有超市啊。」亦風說，「可能是野鴨子的蛋吧。辣媽給飛毛腿開小灶，牠也知道女兒需要補鈣。你瞧瞧，牠把蛋單獨藏在一邊，先把肚子裏的肉反芻給福仔和小不點，免得那兩個小鬼跟妹妹搶。」

「狼媽媽好細心啊。牠先前嚼下去的銀色的東西又是什麼，你看清了嗎？」

「嗯……那個……」亦風猶豫了好一會兒，「我覺得像是……魚吧。」

「你也是笨蛋，山裏頭哪兒來的魚，你真當牠去逛超市啦！」

我終於有機會回敬亦風了。不過，我也挺疑惑的，除了魚，確實再沒有別的食物是那種形狀。而且辣媽嚼魚的時候，那魚還顫悠悠的，似乎很新鮮呢。

難道這小溪裏有魚嗎？我很納悶，在狼山這麼多年了，我從沒發現過啊。

辣媽餵完野鴨蛋，又開始反芻食物給飛毛腿，可能就是牠先前咀嚼下去的已經半消化了的「魚肉糜」？牠沒有在回家之前就把魚吃下肚，可能是不願意把魚肉跟餵福仔和小不點的肉食混在一起。

「狼山的小溪裏不會有魚吧？」亦風的疑惑和我一樣，「這溪水到了冬天是完全結冰的，魚活不了。況且這魚已經有狼腦袋那麼長了，這麼大的魚只有水泡子裏面才會有。可是……」亦風看了看時間：「咱們以往到狼渡灘下面最近的一個水泡子去，步行最快也得六個多小時吧，來回就得十二個小時。就算狼的速度比人快六倍，也得兩個小時才能來回，還不算抓魚和找鴨蛋的時間，牠今天出去了才不到一個小時，牠怎麼做到的？」

「牠剛才在哪兒抓的魚，你看見了嗎？」

「我就顧著給你放哨了，沒注意到牠，你上來沒多久，辣媽就回窩了，牠是從西面回來的。」

「西面。也許那邊有我們沒發現的水泡子吧。明天你放航拍機偵察偵察。」我並非好奇辣媽是怎麼抓魚掏蛋的，而是想知道爲了給女兒找到這小小一口食物，牠到底跋涉了多遠。

第二天，我們把狼渡灘一帶「飛」了個遍，愣是沒發現狼山附近有什麼水泡子。之後的日子裏，神通廣大的辣媽依然能變出鴨蛋、鳥蛋和大大小小的魚，牠把這些高級營養品嚼爛了給牠的寶貝女兒補鈣，補充蛋白質。

「這些鳥蛋也肯定不是附近找到的，牠叼了多久啊？」我這樣想著。

為了體驗一下辣媽的感覺，我上狼山之前也特意叼了一個生雞蛋。剛把雞蛋放進嘴裏，單薄的蛋殼就被我的後槽牙壓裂了，我連忙放鬆牙齒，好在蛋清還沒流出來。我把舌面後縮，儘量給雞蛋騰出空間。剛含了一會兒，我就感到喉嚨發緊，口舌生津。

我叼著雞蛋抓緊時間爬山。五分鐘後，我的舌根酸脹，喉頭疼痛，呼吸不暢，唾液不停地流。我覺得還能堅持。十分鐘後，離目的地還遠得很，爬山原本就需要大量氧氣，銜蛋疾走，我越發感到窒息了，喉嚨像要被封口了，舌頭被壓著極想作嘔。

堅持到十五分鐘，我因為缺氧而頭暈目眩，只好乾嘔著把雞蛋拿出來，麻木的嘴巴已經不聽使喚了，取出蛋的時候，它還是被門牙給磕破了，蛋清蛋黃流了一下巴。

「傻瓜，你對什麼都好奇。」亦風遞給我紙巾，「人嘴哪能跟狼嘴比呢？」

「是啊，沒法比，狼牙比我的牙鋒利得多。」我大口深呼吸，重新輕鬆上路。

亦風邊走邊笑：「咱們人有手有腳的，犯不著。要我含著一個雞蛋跋山涉水，我可做不到。」

我一聲輕嘆：「假如我沒有雙手，而我的孩子需要，我會這麼做的。牠就是這樣。」

藏地草原有一種啞巴經，就是用一天一夜的時間，不吃不喝，也不說話，默默地過著生活，哪怕是最逼不得已的時候，對自己的至親好友也不能用言語表達。南卡阿爸告訴我，那是爲了讓人們體驗動物的痛苦，當你食不果腹又口不能言的時候，你才能體會萬千生靈之不易。我們是幸運的，不缺吃不缺喝，有手有腳，能盡情訴說痛苦，分享快樂，做人還有什麼不知足的呢？

每當看見辣媽含著鳥蛋回家的樣子，我就覺得做狼的孩子也是很幸福的，狼媽媽對孩子的慈愛絲毫不亞於人母。人們常常開玩笑說兒女想要的東西，哪怕是星星也得給他摘下來。狼媽媽什麼都不會說，但牠做到了，只要是爲了孩子，尋遍草原，牠也會找來孩子需要的東西。那些脆弱的鳥蛋，牠含在嘴裏怕碎了，吞進肚裏怕化了，以狼牙之鋒利，需要多麼溫柔地叼銜著，才能一路將鳥蛋帶回家，餵到孩子的口中啊。

飛毛腿、福仔、小不點，你們也將長出新的狼牙了，這是狼媽媽留給你們的最意義非凡的禮物。它能一口咬斷牛腿骨，撕開獵物的肚腹，也能將肉咀嚼成細細的肉糜，飼餵你的親人。它能給你的仇敵刻下永久的印記，也能給你的愛人留下親暱的愛痕。

狼牙擁有最驚人的咬合力，狼吻也有最動人的感染力，狼的愛和恨全憑一張嘴，仇視或親近都在狼嘴的分寸之間。

22/ 與狼為鄰

在後山守望狼窩的日子裏，
我們時常猜測，哪一匹狼是當初叼水瓶餵小狼的？
哪一匹又是辣媽的「如意狼君」？

大約一個星期，小狼們的狼毛就換完了，撕扯肉食的時候也更加帶勁兒，估計牠們的新牙已經長出來了。飛毛腿長得身強力壯，跑得比從前還要快。我不再擔心了，辣媽是個稱職的媽媽。

今天，大狼們都不在家，小狼們正在山谷裏練習逮兔子。

說來邪了門兒，今天這些野兔活膩了嗎，非要往這片狼窩老巢的山谷裏鑽？原來這裏有三大誘惑——大片的苜蓿、清潔的水源和剩肉。野兔是要吃肉的，特別是到了冬末春初沒草的季節，野兔挖出雪下的蟲蛹也能湊合充饑。春荒時，我們在雪中給狼投食死牛羊的監控裏就曾經拍到過野兔來啃肉。剛開始我們以爲野兔把羊毛誤認作乾草，後來才發覺這傢伙確實會挑揀一些少油的地方啃乾肉。野兔的體質和腸胃都遠勝於家兔，爲了活著，牠們沒有更多的選擇。

現在是夏季，野兔肉食量不多，只是偶爾開開洋葷，而狼山谷中就有不少被小狼啃剩下的牛肉乾，最關鍵的是肉上面帶有兔子生存所必需的鹽分。趁著大狼不在，兔子們大著膽子出動了。

兔子敢偷狼的肉，這逆天的情況可並不多見！

這群兔匪中，老兔子最奸猾，叼起一點碎肉，一蹬腿兒就閃了，小狼們別想追上牠。而年輕兔子則貪心了些，翻來找去，總想挑揀一口好肉，於是兔爲肉死，正好給小狼提供了練手的機會。

逮兔子最能幹的是飛毛腿，牠不光速度快，而且比較務實，專挑那些跑不快的半大兔子下手，哪怕老兔子離得再近，牠也不去白費力氣。因爲那些老兔精，總喜歡坐成「夜壺狀」，把最有彈力的後腿藏在肚子下面，每次都在小狼離牠還有幾米遠的時候彈射逃出，嚴重打擊小獵手的自信心。

儘管時機和獵物都挑選得不錯，飛毛腿逮到小兔子的成功率仍很低，十拿九空。福仔比較貪大，總是費力氣去追肥大的老兔子，牠大概覺得要弄個大傢伙才夠三兄妹吃飽吧。

小不點腿腳不太利索，追不上兔子，不過牠知道和哥哥姐姐配合，逮到兔子以後，福仔也不會虧待自己。

野兔的眼睛瞳仁兒很小，外鼓的眼珠子鑲在有稜有角的腦袋上，一望之下凶光炯炯，哪怕死了也不減犀利。

小不點愛吃兔子，但是牠不能忍受啃兔頭。亦風說：「小不點肯定是在小屋啃羊頭的時候，被死羊眼瞪嚇過，留下了心理陰影吧。」

確實，牠似乎很怕無意中也和死兔子對上眼，或者這麼說吧，無論兔子還是旱獺，凡是帶眼睛並能用眼睛瞪牠的腦殼，牠都不吃！只要死兔頭一對準牠，牠掉頭就跑。

每次看到牠嚇成這樣，我們就又好笑又爲這娃娃的前途擔憂。小不點，求算你心裏的陰影部分面積啊。兔子瞪你你都受不了，咱以後打犛牛了，那牛眼睛一瞪，你該咋辦哩？

在後山守望狼窩的日子裏，我們時常猜測，哪一匹狼是當初叼水瓶餵小狼的？哪一匹又是辣媽的「如意狼君」?因爲按照狼群的組織架構,辣媽的對象也就是這個狼群的狼王。

元老?肯定不是,牠總是對七分半和龍狼客氣恭敬,俯首貼耳。

龍狼?也不可能,畢竟牠身有殘疾,恐怕難以勝任「總舵主」的職位。

那麼最有可能的就是七分半?七分半正當壯年,而且牠經常平舉起尾巴,龍狼和元老都對牠特別恭順地亮過肚子。我們第一次見到七分半時,就被牠凌厲的目光和處變不驚的氣度所折服,按說狼王應該是牠了吧?但是……我總感覺七分半不像是辣媽的丈夫。我似乎沒見到過辣媽對牠有特別親近的舉動,不僅如此,有一次七分半接近飛毛腿時,辣媽惡狠狠地把牠趕出了育兒圈,還在牠屁股上結結實實地咬了一口。

見到這個情景,我心裏一下子就平衡了:「呵呵,看來接近小狼會被辣媽咬的,也不光是我嘛。」

除了這些被我們認熟的狼之外,我更懷疑狼王有可能在中峰山坳裏的那四隻狼當中。牠們總是在狼山的周邊活動,晝伏夜出,像幽靈一樣出沒,往往在我們每天清晨進山之前,牠們便已消失得無影無蹤。我們能感覺到牠們,卻始終看不真切。

我們常常在清晨看見七分半、元老、龍狼這些留守看窩的狼在興高采烈地搬運和儲存一些獵物,並且和小狼們一起進食。這些食物顯然是那四隻狼夜裏送來的。

亦風說:「牠們像一個部落。老弱病殘留在家負責照看孩子,年輕力壯的出去打獵養家。」

「嗯,七分半不是總舵主,沒有狼王夫婦倆都在家待著享福的道理。七分半應該是育嬰堂的堂主，或者說是狼窩的警衛隊長，而外出狩獵的那四隻狼當中的頭領才會是狼王，因爲狼王要指揮作戰。」

深入狼群那麼久卻沒看到狼王，確實是一種遺憾，奈何那四隻狼只在深夜或凌晨回家，送回食物，看看孩子。只有那麼一次，在白天的時候，亦風的鏡頭在很遠處的草場上捕捉到一隻在草叢中潛行的神秘大狼。從露在草面上的腰背部看，牠腰部下塌，我們猜想牠肚子一定墜得很重，是裝了一肚子的肉回來的。那大狼走到狼渡灘草場就停下來了，牠不打算進山。

一看見那大狼回來，辣媽老遠就從狼窩的山坡上撐起身來，飛快地奔跑到狼渡灘的草場上，夾著尾巴使勁搖，歡天喜地地迎接那隻狼。辣媽跑到大狼跟前，又撒嬌又乞求地舔那隻大狼的嘴，吃大狼反芻給牠的食物。

大狼隱藏在草叢中，被高草和凍脹丘遮住了大半個身子，實在看不清面貌，僅從草面上露出的比辣媽高出一頭的體格來看，那是匹大公狼。牠給辣媽餵食完畢，就匆匆離開了。

不一會兒，辣媽舔著嘴唇掉轉回來，再把食物嚼細了餵給小狼。

七月七日，這天小狼們顯得異常亢奮，特別是到傍晚的時候，福仔和飛毛腿像注射了興奮劑一樣，一趟一趟地往山頂上衝。七分半和辣媽也陪著牠們一塊兒狂跑追逐。元老依舊樂呵呵地看牠們玩耍，每當小狼跑過牠身邊的時候，牠就伸爪子使個絆。龍狼瘸著腿兒跑不快，小不點也行動不利索，牠倆就扭在一塊兒打鬧，還時不時地吆喝出犬吠一樣的腔調。

「今兒怎麼那麼激動？是有什麼好事兒嗎？」

我和亦風難得看見大狼小狼都在瘋玩兒的場景，忍不住多觀察了一會兒，忘了出山的時間。

到了六點多，一片雨雲遮來，山裏下起了暴雨，我們急忙收拾器材躲進帳篷。

等雨停了，天已經全黑了。沒有月亮，也看不見山路，即便我們帶了電筒，也沒膽子在這狼山上走夜路。我們商量來商量去，誰也不敢果斷做出撤離的決定，越商量越晚，最後兩個人只好留在了山上。帳篷周圍至少我們熟悉，若是摸黑在山裏走夜路，指不定會遇上什麼。

我們巴望著快出月亮吧，至少讓我們看清楚周圍的東西，但是烏雲當空，老天爺乾脆瞎了眼似的一抹黑。氣溫也越來越低了。

隱蔽帳篷內的面積只有兩平方米大小，我們都不想在裏面悶著，無奈外面的草地上又是濕漉漉的，也沒法坐，兩人就在帳篷外搓著手，圍著帳篷轉圈取暖。我們的登山鞋弄濕了，腳指頭在濕鞋裏捂得特別難受。亦風想生堆篝火烤一烤，可惜我們撿回來的牛糞都被大雨淋透了。

我把鞋襪脫了，晾在帳篷邊，光腳踩在軟軟的長草上，一彈一彈，雖然草面是濕的，但是走起來很舒服。

「亦風，你試試。」

亦風把鞋子一脫，那酸爽！

我一切的享受感都沒了，趕忙捂著鼻子：「拿遠點，快拿遠點，要出人命的！」直到亦風把鞋放到七八米外，我才放開捂鼻子的手。

「等月亮出來就好了。」亦風搓著手，「不知道小狼晚上都幹些啥。」

「牠們白天太鬧騰了，這會兒可能都睏了吧。」

話未落音，山谷裏就有一隻小狼像小貓似的叫了一聲，怪腔怪調的。少頃，其他小狼也開始吱吱嗚嗚地起鬨。

「嘿嘿，你聽，牠們白天的鬧勁兒還沒過呢！」亦風高興極了，「好可愛的聲音，頭一次在狼山裏，大半夜聽見小狼哼哼呢。」

「還不快拿答錄機！」

接著就是溫柔引導的一種聲音：「嗷嗚——」小狼也跟著叫：「嗷、嗷、嗷、嗷嗚。」

「狼媽在教小狼學說話了。」我攏著亦風的耳朵悄悄說。這種欣喜不亞於聽到孩子第一次喊爹媽。

「小狼不是第一次嗥了，說不定早就喊過『爸爸媽媽』了。」亦風摸透了我的心思，「你不記得了？福仔和小不點在我們小屋住著的時候，有一天晚上也嗥過，那聲音才應該是呼喚爸爸媽媽呢。」

「哦，是……那時候是奶聲奶氣的嬰兒啼哭，比起當時，牠們現在已經是童音了。」我豎著耳朵欣賞小狼夜嗥。

有的小狼叫得不像樣，家長在糾正牠的聲調。有個小狼剛想嗥長一點，氣兒不夠又給嗆回去了，一個勁兒咳嗽。有的小狼更喜歡由著自己的性子瞎嗥，雜亂無章，對面山上就爆發出一陣「嘰嘰嗚嗚嗷」的「爭吵聲」，好像小狼的七大姑八大姨都在七嘴八舌地爭執：「你教得不對，聽我的。」「你才不對，別聽他瞎說。」

我們根本辨不清誰是誰。

還是辣媽的聲音最溫柔動聽，也最容易被我們識別，牠一引導，小狼就模仿牠。小狼們借著靜夜的回聲吊嗓子。叫聲越來越有樣，漸漸能發長音了。牠們互相在攀比誰的音更高。

我和亦風越聽越有興趣，偷偷議論著。

「今天留下來還真值得。我就說牠們今天咋那麼興奮，原來是晚上要開演唱會了呀。」

「這個演唱會可能是小狼的出窩禮了。」我感覺狼的每次群嗥都是有意圖的。

「出窩？」

「差不多了吧，小狼已經四個月大了，能跟著大狼去學打獵了，不用窩在家裏了。」

「你是說牠們要走了嗎？」

「噓——聽！遠處有狼在回答小狼呢。辣媽也許是在教孩子們怎麼跟遠處的狼叔叔狼阿姨們打招呼。咱們的小狼要出窩了，跟附近的鄰居喊個話，讓牠們多多關照。」我自顧自地陶醉著，想像著，「嗯，這聲是喊舅舅……這聲是喊姑姑……這聲是……」

「喊牠二大爺。」亦風很討打地壞笑著接嘴，「狼媽媽親自教的母語就是標準啊。咱們格林小時候的狼嗥還是你教的呢，教得太差，差點入不了群。」

亦風打斷了我的想像，我正想生氣，一聽到後面的話，又傷感起來。小狼在極力模仿母狼的音調，格林當初也是這樣竭盡全力模仿我，甚至模仿我常常哼唱的那首歌《傳奇》。如果李健聽說他寫的歌把狼給招來了，不知道會作何感想。

我微笑著，耳邊彷彿又聽到了格林當年哼歌的聲音：「嗚——嗚——嗚——嗷——嗷——」唉，格林，歌聲還在，來自「嗷星」的你到底上哪兒去了？

不對啊，好像有一個狼嗥聲中真的帶點《傳奇》的旋律，那腔調依稀耳熟！我止住亦風的絮叨，側過耳再仔細聽，沒了。到底是幻聽還是真實？

「剛才的聲音，你聽到了嗎？」

「沒有啊，什麼聲音？」亦風很茫然。

難道那是我的幻聽嗎？我的呼吸有點急促：「敢不敢喊格林一聲？」

「……」

話一說完，兩人都心虛地沉默著，有點回到現實中的狀態——我們在狼窩的山裏面，四處是遊狼野獸，誰有膽量站出來喊那麼一嗓子？話說回來……我們敢站在這裏是不是膽子也太大了點兒？

「我覺得還是不出聲要好一點。」亦風提出了理智的建議，「就悄悄聽吧。」

還是要安全第一吧！

我正有些猶豫的時候，我們的後方，中鋒山坳裏也響起了長聲：「嗷——」

「你聽，那四隻狼也開始向狼窩這面喊話了！」亦風又抓住了新的興趣點，他舉著答錄機向聲音的方向走了幾步，「你猜牠們喊的啥。」

我笑著：「呵呵，牠們是負責打獵的，可能是喊：『小狼，小狼，開飯囉！』」這是亦風常念起的《狼圖騰》裏的台詞，我一說他就樂了，站在那邊嘿嘿呵呵地傻笑起來，笑著笑著漸漸有點卡殼了……片刻的安靜後，他冷不丁提出了一個怪嚇人的問題：「飯在哪兒？」

我聽得心裏發毛，總覺得亦風從幽暗中遞來的問話陰風慘慘，吹得我後背冷颼颼的。又彷彿感覺到一隻毛茸茸的狼爪子正從我的後脖子順著脊柱慢慢地摸到了後腰，又被一條狼舌頭從後腰舔回了脖子，我的腰板不由自主地挺直了。

「你在哪兒？站過來點兒。」我頭皮僵硬，手腳發冷，「你不要嚇我。大半夜的不能開這種玩笑，這、這、這兒的狼群一直對我們很好。」

「你養雞的時候，也對雞好，最後還是把牠燉了……我……不……嚇……你，」亦風的顫音更重了，「我就是想弄明白點兒——你確定牠們不是把咱們當唐僧肉養著的吧？這個出窩禮，有沒有聚餐的環節？」亦風越說越緊張，「今天那些狼幹嘛那麼興奮？牠們的……好事兒……不是咱們吧……」

「不要再說了！」

我寒意升騰，向帳篷邊後退兩步，掃視黑洞洞的四周，難道真應了「月黑風高殺人夜」的古話？雖然我們跟狼接觸數年，因為瞭解而不怕狼，但是在漆黑之中，身臨其境地聽到夜深狼嗥，這不是三D電影，也不是環繞身歷聲，而是狼群真的就在你身邊的黑暗中。牠看得見你，你看不見牠。剛才還覺得可愛的狼嗥，現在卻感覺詭異起來。好恐怖！我忽然間拾回了原始的本能。

「要不……我們……進帳篷？」亦風微顫的聲音似乎就在三四米遠的地方，但是我卻看不見他，只看到他答錄機上的一塊淺綠的螢光在向我的右前方浮動。

「我在這邊。」我壓著嗓子還想再叫他。忽然間……

「嗷——」一聲淒厲的狼嗥就在我們身後不遠處！而這一聲狼嗥在我耳邊秒變成一句陰森的話：「這兒——有——吃的——」

我一哆嗦，渾身的汗毛電豎起來！

兩人爭先恐後地縮回了帳篷，手忙腳亂地拽上拉鏈門。蜷在帳篷裏緊捂著嘴，先前還有心思貧嘴的亦風再不敢出半口大氣。我抱著脖子縮在帳篷裏，頸動脈一漲一漲地跳。

外面是風聲還是腳步聲，沙沙——沙沙沙，窸窸窣窣——這細碎的響動像一把鬼鋸一點一點鋸開我冰凍的膽囊。我一個勁兒地往亦風身邊靠，亦風也在哆嗦。這跟從前在小屋裏聽到狼嗥是兩碼事，至少小屋是磚頭做的呀，這帳篷……用牧民的話說：你們這種帳篷在草原上中看不中用，菲薄菲薄的，打個噴嚏都能射穿，還敢拿到狼山上去？

我額頭冒汗，舌頭發苦，該不會是嚇破膽了吧。我根本不敢背靠著帳篷，生怕那薄薄的帳篷布後面突然伸來一張嘴，嗷嗚一口，隔著帳篷布就衝我咬過來了。

我們兩個人背靠背抵著，亦風面對著帳篷的一扇拉鏈小窗，死死盯著窗口，他大概覺得就算被咬了，也得看清楚了，死得明白。我堅決不看，我生怕一扭頭望向窗外時，就跟野狼撞上臉了。

在彷彿長達半個世紀的兩分鐘後，狼群不嗥了。剛才在最近處聽到的那聲狼嗥也再沒重複過。外面很靜，偶爾有一兩聲烏鴉的笑聲，黑暗的帳篷中只有三種聲音：手錶走秒聲，呼吸聲，心跳聲。

不久後，月亮出來了，透過帳篷布，把帳篷裏照得亮亮的，能看清彼此的臉了。我發現亦風的眼睛比從前大了很多，頭髮也蓬鬆多了。

又等了一個多小時，外面確實再沒動靜了，連烏鴉也不笑了。狼群似乎覺得把我們玩夠了，不打算再嚇我們了。

亦風扔了一塊餅乾出去，沒動靜。他借著月光偷偷向外窺視：「好像走了。」

我漸漸收魂入體：「那隻狼太淘氣了，牠就不能站遠一點嗥嗎？不帶這麼玩兒心跳的。」

又觀察了好一會兒，亦風拉開帳篷四個面的窗戶，讓月光更多地灑進來。然後把剛才沒捨得扔的一塊餅乾放嘴裏啃起來：「我都嚇餓了。喂，要是我們真在帳篷裏被『米西』了，戶外用品店能不能幫我們理賠啊？」亦風似乎已經放鬆了。

我長長地舒了一口氣。

吃完餅乾，亦風膽子更大了，拉開帳篷門，鑽了出去。

不一會兒，外面傳來亦風的聲音：「咦，我的鞋呢？還有一隻鞋哪兒去了？」

「明天再找吧。上半夜黑漆漆的，指不定你扔哪兒了。」

「我得找到鞋啊，不然狼來了，我跑不快！」

「你穿上鞋就能跑過狼了？狼要真來了，你還不如熏走他呢。」我沒好氣地說，剛才在帳篷裏，我已經受夠他的男人味兒了。

「你放心，我在收拾了。」外面傳來亦風在積水坑裏洗腳的水花聲。

「喂，你快出來看，好漂亮啊！」亦風又喊，「快點啊，不出來你後悔。快！」

「等一下，腳麻了。」

鑽出帳篷，我深深呼吸，空氣中瀰漫著一股濕潤的草香味和泥沼吐出的歲月的氣息，這才是濕地的味道。我站在山崗上，被夜色驚豔了。

雲開月出，狼山一片清朗，涼涼的水霧在草灘上幽遊，月光下每根草都是銀藍色的，這是一片藍色的草原……停在草葉上的

在狼山過夜，有驚魂，也有驚豔。

蜻蜓，翅膀上掛著露珠，每一顆露珠裏都藏著一個月亮。人從草上走過，蜻蜓低低地飛起來，晶瑩的翅膀振起一片沙沙聲，在身邊盤旋。夜晚的蜻蜓都飛不高，牠們倦怠地停歇在我頭上、身上、手上，用纖弱的前肢揉擦牠們的大眼睛，又偏轉腦袋刷刷那根修長的「睫毛」。這讓人很容易聯想到魔幻故事裏的小妖精。

「對不起，小傢伙，吵醒你們了，繼續睡吧。」我用指尖輕輕托起牠們放回草面上。等明天太陽出來，牠們晾乾翅膀，就可以高飛了。

當月亮偶爾滑進雲後，星星便亮了起來。雨洗後的夜空中，浮雲如輕紗在銀河中蕩滌，展臂仰望，浩瀚的星空彷彿在頭頂旋轉起來，將我也拽入了星際。哦，我們本來就在這星空之中，原來我們擁有這麼寬廣的宇宙，只要我們抬起頭。

城市裏的爸爸媽媽應該都熟睡了吧，好希望給他們寄去一場夢，告訴他們，女兒在草原上看到的，凌晨三點的星空是世間最美的。

流星！好多的流星！它們掠過夜空，像飛奔中的狼眼……哪一顆是格林的眼？

我急忙閉目祈禱，生怕錯過那一剎那的輝煌……

「……」

「許的什麼願？」

「不告訴你！」

「好吧，你不說我也知道。」

天亮的時候，我們就發現亦風晾在草地上的鞋子確實少了一隻，難道昨晚聽到的帳篷附近的窸窣聲真的是有狼來過？就是在我們背後嗥叫的那匹狼嗎？

「爲啥我的鞋他不叼？」我有點小失望，「牠口味真重！」

亦風只剩一隻右鞋了，他只好找了一個塑膠袋把左腳套起來，一腳高一腳低，烏青著眼圈走過來：「今天先回去吧，下午再來。一夜沒睡，我扛不住了。以後再不敢在狼山過夜了，太嚇人了。」

「還不是你自己嚇自己！」

我們確實需要休息了。我收拾器材，留戀地看了看原野上緩緩舒展的平流霧和寂靜的山谷。鄰家的小狼們還沒醒吧？我會懷念狼山夜色的……

23/ 人禍天災

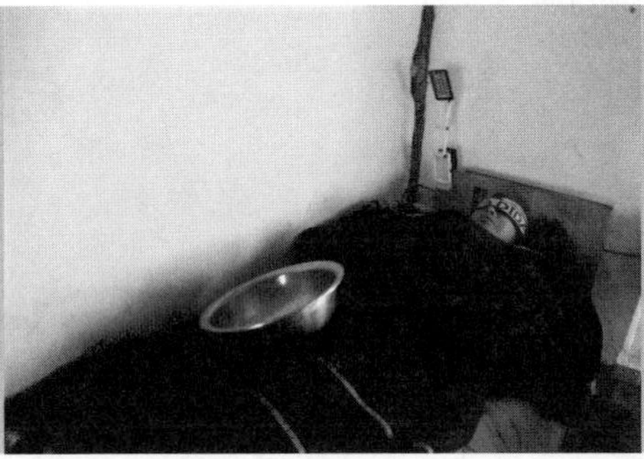

沒電、沒熱水、沒飯吃、無法外出，生活陷入困頓。
天上地下除了水還是水，天盡頭一點光亮都沒有，
小屋像驚濤駭浪中飄搖的孤舟，隨時可能傾覆。

七月九日，這天早上我們進山，感覺狼山上的氣氛不對勁！

剛上山不久，亦風就發現一隻被套住的旱獺正在洞口掙扎。

「這是新下的套！」亦風放走旱獺，把鋼絲套收進背包裏。

我查看盜獵者留下的摩托車轍印，泥地上的輾軋痕跡很清晰，而草叢中被軋過的路線經過一夜恢復早就挺立起來，草面掛著均勻的露珠：「牠們是昨天傍晚來的，居然沒跟咱們撞上。」

我們趕往狼窩所在的後山，在隱蔽帳篷裏觀察了好一會兒，一隻狼都沒出現，山谷裏冷冷清清的，就連旱獺、野兔也銷聲匿跡。難道盜獵的去過狼窩了？

我們下到山谷的狼窩前。有了前天晚上在狼山過夜，與狼群相安無事的經歷後，我們就更不怕這裏的狼了，何況牠們還不在家。我們檢查狼窩附近，沒有盜獵者來過的痕跡，心裏稍微安定了些。我們在山谷中偶然拾回了遺失的對講機，早就沒電了。

「看，我的鞋！」

狼洞前的沙土平臺上遺落著亦風前晚丟失的那只登山鞋，被咬得扁扁的，它果然是被狼叼走了。

亦風拾起鞋子拍拍上面的沙土，我突然晃眼看到鞋面上有一個亮晶晶的東西。

「別動！」我一把搶過鞋來仔細觀察，在登山鞋鞋面的一個透氣孔上，鑲嵌著一顆瑩白透亮的東西，迎著陽光時，像一顆鑽石般晶亮。側過光時，像一粒碎玉。

「這是個啥？」亦風很好奇。

「寶貝！幸虧你剛才沒拍掉。」

我蹲在沙土平臺上，鋪開幾張紙巾，把那顆寶貝小心翼翼地挑出來，托在手心細看。

果然！這是狼娃娃脫落的一顆乳牙，它只有一粒米大小，像一個胖胖的小茶芽的形狀，或者像一個甲骨文的「山」字，中間主牙的兩側各有一個小突起，牙面瑩潤，牙尖透亮，牙齒的正面向外微拱，後面呈平切狀。牙根很短，是在牙床中枯萎朽斷的，牙根中心有一點猩紅。這顆牙可能是小傢伙在啃咬亦風登山鞋的時候，嵌在透氣孔的小眼兒上給帶下來的。

我開心極了！格林從前換牙的時候，我天天掰開牠的嘴看，試圖能撿到一顆乳牙作紀念，可是那麼久了，從來就不知道這傢伙把掉的牙藏哪兒去了。好不容易有一次，我掀開狼嘴，發現有一顆門齒掛在上牙齦的一絲絲肉上面還盪著鞦韆，正準備「叛逃」。我趕緊抄起眉夾準備把這顆小牙牙捉拿下來，可是格林舌浪一捲，就把牙牙捲回狼口，咕嘟一聲召回了「腹地」。

我那時千求萬求都得不到的寶貝，沒想到今天竟然在這狼窩前撿到了一枚。

「這到底是啥寶貝？快說啊！」

我不說話，把鞋子裏裏外外又檢查了一遍，再沒發現更多的乳牙了。我這才把鞋子塞給亦風，把臉轉到一邊，喘了口氣，終於能開口了：「你什麼都好，就是腳臭了點。」

「但是狼喜歡啊。嘿嘿！」亦風的臉皮挺厚，「我剛才問你話呢！這是啥？」

「是小狼的乳牙，上門齒的左邊第二顆。」

「哇！都是我鞋子的功勞！」亦風很得意，「可惜不知道這是哪隻小狼的牙。」

「應該是小不點的。」我更加懷疑小不點可能是辣媽的養子。飛毛腿的門牙早就掉光了，福仔也該換後牙了。這兩隻小狼換牙是同步的，當初在小屋的時候，我就發現小不點比福仔的牙口輕。如今，牠乳門牙現在才開始脫落……牠換牙的時間也比福仔和飛毛腿晚一個多星期。牠和福仔不是親兄弟。

小不點，你是誰的孩子？你是從哪兒來？你都經歷過什麼樣的故事？

離開狼窩後，我們沿著摩托車蹤跡搜山，又發現了不少陷阱。我們清理了狼夾和圈套，帶回家掛在屋後羊圈的圍欄上。我們猜想，狼群或許是察覺到危險，隱蔽起來了？

接連幾天，巡山和破壞陷阱成了我們的主要工作。累了，我們就藏身於隱蔽帳篷中，既能監視狼窩動靜又避免和盜獵者正面遭遇，就這樣悄悄跟盜獵者打起了游擊，他們裝陷阱，我們拆陷阱。偶爾我會發現在我們取走狼夾的地方又裝上了新夾子，狼夾的鏈條死死地釘入石縫中，看來對莫名其妙失蹤的狼夾，盜獵者一定很冒火。

觀望狼窩已經第五天了，小狼再沒出現過。我們到辣媽曾經居住過的所有狼洞附近查看，都不再有狼居住的痕跡。辣媽可能已經遷出這片山，也可能小狼已經成長到四個月大，能夠隨父母浪跡草原，學習捕獵了，牠們不再需要固定的巢穴，野狼一家的線索斷了。

從五月初發現小狼到現在，我們守了這窩狼兩個多月，小狼們從盜獵者手中逃脫過一次，也不會再輕易踏入陷阱了。在我們心中似乎完成了一個任務，踏著夜幕回家，幾分欣慰，幾分失落。

第二天，屋後的火燕夫婦從一清早就叫聲急促，不斷飛來撲擊著窗戶，我起床披衣查看，原來是牠的窩頂蓋被大風掀翻了。

火燕第一窩的四隻小鳥早已出窩遠走高飛，六月下旬，這對火燕又在箱子裏新下了四個蛋，這段時間正在孵化。

我幫牠們重新蓋上窩，用大石頭壓好。

看看天色，陽光遲遲沒有鑽出雲層，空氣中瀰散著悶熱的桑拿氣息。貼地的熱浪旋過草面，把長草揪成一撮撮的螺髻。晨霧似乎還來不及散就被汽化，在熱空氣中蒸成哈哈鏡一樣的屏障，四周的景物都隨著熱浪不規律地扭曲著。

「這是什麼鬼天氣啊。」我裝了一大缽狗糧拌肉，屋裏屋外找爐旺。

「昨晚從狼山回來就沒看見牠，」亦風睡眼朦朧地生爐子，「別是跟野狗溜達去了吧？」

我站在家門口，敲著狗食盆。那隻大黑狗循著聲音跑來，不好意思地站在圍欄外。

從我們剛到草原給狼投食死羊，就招來很多的野狗，這隻黑狗就是其中的一個。有一陣子，我隔著窗子瞧見爐旺跟煤堆玩得起勁，仔細一看，原來是這黑狗趴在煤堆裏，牠毛色實在太黑了，只有齜牙才看得出來。後來我們沒有投食了，野狗們也散了，可這隻黑狗還是照來不誤，而且每天都趕著飯點來。爐旺生活優越從來不護食，反正食物多得是，總能給黑狗剩下吃的。兩隻狗的關係處得不錯。

這會兒，大黑狗望著我手裏的飯盆搖尾巴，等著我給食兒。

「爐旺，開飯啦！」我敲著飯盆東張西望。奇怪，今兒怎麼就黑狗來了，爐旺連吃飯都不知道積極點兒。我敲著飯盆兒衝著黑狗喊：「去，把爐旺叫來，一塊兒吃。」

黑狗夾著尾巴，腦袋低垂下來。

亦風端著爐灰鑽出門來：「不要敲了，你先給牠吃吧，爐旺餓了自己會回來的。你收拾收拾工具，咱們得補一補房頂，這天色，怕是要下大雨了。」說著往羊圈後面走去。

我們的爐灰都是集中傾倒在羊圈後面的背風處，並且確認沒有火星，以免隨風散落草場引起火災。

我把食盆放在院子裏，順手撈了一塊肉扔到那黑狗面前。正要進屋，突聽亦風在羊圈後面大叫起來。

我趕過去一看，矇了！

羊圈後面到處是血，爐旺的屍體血淋淋地倒掛在羊圈圍欄上，頭骨碎裂，腦漿溢出。牠被人剝了皮，只有頭和四個爪子還有皮毛，赤裸的身體遍佈瘀傷，割開的喉嚨上還掛著凝固的血塊。

亦風咬牙取下爐旺的屍體：「表皮已經風乾了，牠是昨天我們去狼山的時候被殺的。昨晚回來我就沒看見牠，還以爲牠出去玩了。」

「什麼人幹的！」我悲憤交集，萬萬沒想到昨天出門前看到還活蹦亂跳的爐旺，現在竟然發現被虐殺在家門口。誰會到這兒來?爲什麼對狗下毒手?

「是盜獵的，我們掛在這兒的狼夾子被他們拿走了。」亦風咬牙捏緊了拳頭，「草原上殺狗就是殺主人，爐旺是替我們挨的刀，盜獵的在警告，下一個就是我們了。現在他們已經找上門來，而我們甚至不知道對手到底是誰。」

這些人殺了爐旺，卻沒有砸屋破門，可能隔著窗簾不知道屋內的情形，不知道裏面放著值錢的器材。而且小屋是澤仁修的，屬於牧民財產，也可能盜獵者此番只是警告我們，卻不想得罪牧場主澤仁，所以沒有砸屋。那麼他們相當清楚我們的底細。

我們太大意了，自以爲這裏很安全，還把那些狼夾子掛在這裏。盜獵者也許首先發現了他們丟失的狼夾子全在這裏，也許盜獵者過來取走狼夾子的時候，爐旺還在拼命護家，衝他們汪汪，於是盜獵者的怒氣就撒到了爐旺的身上。

爐旺太弱小了，我不敢想牠慘死的經過。是我們害了牠。

我含淚將爐旺掩埋在山坡上。牠才五個月大，卻因爲我們惹來殺身之禍。想起爐旺還一點點小的時候被亦風抱回家來，想起爐旺鑽爐子被燙掉皮毛，想起每天回家，爐旺總是歡天喜地跑來抱我們的腿……縈繞腳邊的溫暖生命，沒了，沒了。

我對不起爐旺……

黑雲壓近，天地之間不斷傳來轟鳴。正午像黑夜一樣暗沉。窗外閃過一道亮光，緊接著一聲炸雷震得窗框嗡嗡顫抖。電閃雷鳴之後，外面下起了傾盆大雨。豆大的雨點兒打在玻璃上、屋頂上、圍欄上、爐子上，發出不同的聲音，這些聲音混在一起，如同一支深沉的安魂曲。窗外院子裏爐旺的飯盆裏注滿了雨水，狗糧被沖得到處都是，掛在圍欄上的空蕩蕩的鐵鏈和項圈在狂風中揮舞抽打，爐旺的布偶娃娃狗淹沒在泥濘中，所有東西都還在，只是少了它們的主人。

那隻流浪黑狗縮身在柵欄邊，任憑雨水沖刷著全身。

七月十一日，大暴雨降臨。

剛開始下大雨的時候還是我們所盼望的，因爲草原上已經乾旱了很久。我們搬出所有盆桶容器集雨存水，緩解這半個多月來的乾渴，不料這場暴雨比我們預想的要猛烈十倍，持續不斷地下了三天三夜。周圍的旱地都浸成了泥潭，小屋裏充滿了陰鬱陳腐的氣息。碗口粗的經幡桅桿被吹斷了，牛糞筐、折凳、遮陽的大傘、接雨的水桶、太陽能板、衛星鍋、帳篷……只要是一個成年人

搬得動的物件都被大風刮跑了。

狂風把屋頂撕裂了好幾個大口子，糊牆的牛糞泥土也被雨水沖刷剝落，外面下大雨，屋裏下小雨。

我把所有的攝影器材和電器都用保鮮膜和塑膠袋包裹起來防雨。沒有太陽能，儲存的電力用光了。順著煙囪淌下的雨澆滅了爐火，爐膛裏積滿了水，儲存的牛糞濕透，無法生火做飯，兩人只能啃乾糧。地上、桌上、床上擺滿了接漏雨的鍋碗桶盆，就連睡覺時，身上也得擺好接水的盆子，不敢翻身。櫃子裏的衣服、床上的被褥全都能擰出水來，小屋變成了水牢。

夜晚，我們只能在內衣裏貼上幾片暖暖包躺在濕床上，堅持著絕對不能感冒！只要雨勢稍弱一點，亦風就爬上屋頂補漏，而我則把屋裏的積水一盆一盆往外鏟倒。沒電、沒熱水、沒飯吃，無法外出，生活陷入困頓。天上地下除了水還是水，天盡頭一點光亮都沒有，小屋像驚濤駭浪中漂搖的孤舟，隨時可能傾覆。

第三天傍晚，雨勢稍緩，風卻越來越硬。我們提心吊膽地望著頂棚和牆壁，不知道這單磚牆的小屋夠不夠結實。

屋簷下的鳥兒們比我們還絕望，成鳥已經數天無法外出覓食，幼鳥們餓得嘰嘰哀鳴著往巢外爬，屋裏屋外都有雛鳥掉下來摔死。我撒了一把大米到窗外，餓瘋了的麻雀立刻撲去搶食，剛起飛便有數隻麻雀被狂風捲起，狠狠摔擊在玻璃窗上，砸成一團血花。

「不能這麼餵！」亦風把大米和乾肉末撒在屋裏，把屋簷下的篷布揭開一個角，讓鳥兒們能飛到房間裏來取食。

我尤其牽掛屋後那對經常給我們預警報信的火燕。亦風本想把牠們的窩箱端進房子裏來避雨，可是這種鳥性情剛烈，喜歡藍天綠野中自由自在的生活。牠們可以親近民居築巢，也可與人共生互助，但絕不能關起來。一旦被困就不吃不喝，直到死去。我往火燕的窩箱裏塞進了一大把乾肉碎末，讓牠們在孵卵期間有得吃。

那隻流浪黑狗也熬不住饑腸轆轆，頂風爬到窗外乞食。這樣的場景很容易讓人聯想到諾亞方舟，而我們的「小船」僅僅能庇護小鳥和流浪狗，不知道狼群、狐狸和黑頸鶴這些野生動物該如何躲過這場浩劫。小狼小狐狸還能鑽洞，還能跟著母獸逃跑，鶴巢無遮無蓋，黑頸鶴的蛋咋辦？

正焦慮中，山坡上響起一陣摩托車喇叭聲。

我們一陣緊張，不會下這麼大的雨，盜獵者還要來吧？亦風抄起了鐵鍬，我用袖口擦乾玻璃上的霧氣，瞪大了眼睛。

一個藏族漢子騎著摩托一路打滑向小屋駛來，後面還跟著一個騎馬的人。謝天謝地，是澤仁和扎西！

「收拾東西趕緊撤！」扎西一進屋就取下頭巾，使勁擰了一把水，催促道，「快！只拿要緊的物品，我帶你們繞山路出去。趁著現在雨小，再慢點，你們就出不去了！」

「這場雨這麼厲害?!」我們沒料到牧民朋友會冒著大雨來接應我們，我又感激又心驚，拽了一大把餐巾紙遞給澤仁擦鼻血，「等明天或許雨就停了……」

「沒有或許，馬上走！這場雨凶得很！我們差點進不來。」澤仁一身泥濘，臉上不少瘀青，看來這一路上他摔得不輕，「再耽誤下去，我們都會困死在這兒！」

我們意識到事態嚴重，再不多話，收起資料和重要器材，鋪蓋一捲，走人！

越野車在陡峭泥濘的山坡上連連打滑陷車，好幾次險些側翻。幸而扎西、澤仁用摩托車和馬一起拖拽，才勉強把車拉出山來。亦風把方向盤攥得死死的，汗出如漿。

一路上，我們才知道這場罕見的大暴雨已經成災。一些牛羊陷在沼澤裏等死，沒人能把牠們拖出來。不知道哪輛汽車的車門被吹飛了，在牧道邊翻滾著。通往核心區的橋被沖垮，河邊的泥土堤壩不斷被大水捲走。我們好不容易上了進城的公路，風雨造成的車禍比比皆是，鋼筋混凝土的黑河大橋岌岌可危，汽車不敢過去了。

進不了縣城，我們只好原路退回，轉而去澤仁源牧的房子躲避。

澤仁一家人都在源牧上。

澤仁源牧上的家是木石結構的房子，原木的房梁和地板，厚磚石的外牆，主要用於抵禦冬季的嚴寒。房子大約一百多平方米，分隔成並排的三間，卻沒有固定的臥室客廳功能分化，爐子在哪間屋，哪間屋就是客廳、廚房兼臥室。女主人仁增旺姆又是個閒不住的人，即使冬季裏常住這個房子，她也喜歡不定期地把簡單的傢俱搬來搬去，在屋裏玩游牧。因此他們住在哪間屋，只需要看房子哪邊有煙囪冒煙就知道了。

第一天雨太大，來不及搭帳篷了。澤仁一家、扎西和我們，總共十來號人就在澤仁家的原木地板上鋪被子。我和亦風靠火爐最近，被子很快被烘乾了。幾天來，我們總算在乾燥的環境中踏實地睡了一覺。

早起，我習慣性地拌狗飯，才突然想起爐旺早就不在了，又是一陣難過。

窗外，風勢漸弱，雨又大了起來。

澤仁家附近那七隻狐狸鄰居，據說暴雨前就遷窩了，平原的洞穴容易灌水，狐狸媽媽預感到了這一天災。

黑頸鶴築巢的水泡子離澤仁家不遠，我和亦風一直惦記著牠們還未孵出的鶴蛋。黑頸鶴第一窩的兩枚蛋被盜，這一對鶴蛋眼看著還有幾天就要孵化了，這關鍵時候不能再有差池。我們倆裹上雨衣騎馬前去探望。

水泡子漲水了！

騎在馬背上望過去，我們暴雨前安裝在鶴巢平行位置的監控攝影機已經淹沒在水下。但鶴巢還略微高於水面，可見這幾天黑頸鶴一直在拼命壘高巢穴。但是漲水的速度比牠們築巢的速度快。

淋濕的黑頸鶴似乎瘦了一圈，牠們狼狽而慌張地護巢救卵。鶴蛋的下方浸水了，再不救起勢必胎死卵中。

我急著脫鞋下水，我們的第一反應就是去把鶴蛋撈出來！

拿起鶴蛋護入懷中對人而言是很容易的事情，鳥卻不行。但是當我涉水以後才發現水深及胸，水底已經嚴重軟化，雙腿陷入淤泥裏，水草纏足，走不動游不起，人根本進不去。覆巢之災就在眼前，哪怕連舉手之勞我都幫不了牠們。而且，失去過一窩蛋的黑頸鶴不一定能理解人的救助行爲，就算我冒險把蛋拿了出來，鶴夫婦若是誤以爲鶴蛋再次失竊，就此棄巢而去，我們根本無法孵養小鶴。我滿身淤泥地爬回岸邊急得唉聲嘆氣。

雄鶴一遍遍飛到水淺的地方銜草回窩，雌鶴一面爲鶴蛋展翅遮雨，一面加緊築巢，跟大雨搶時間。

能幫一點是一點，我和亦風整把整把地拔下岸邊的長草，揉成一團一團往鶴巢附近扔，黑頸鶴夫婦看見我們扔東西，剛開始還有些驚愕，但很快發現這些草團是築巢材料，立刻就近銜取壘窩。

然而，儘管大家一起努力仍然無濟於事。巢穴一釐米一釐米壘高，水面卻一寸寸往上漲。水漸漸沒入巢中，沒有泥土夯實，新加的草團在水面漂浮游離。

焦急的雌鶴嘗試把蛋銜起來，可是細長的鶴喙銜蛋就像老外用筷子夾玻璃球一樣，根本不給力。

我急得團團轉，上帝啊，給牠們一雙手吧，哪怕有張狼嘴也可以叼著孩兒避難啊！

上帝沉默著，回答我們的只有風聲雨聲和揪心的鶴唳。孵蛋的日子是鳥類最無助的時候。黑頸鶴可以遠走高飛，但是牠們沒有離開，爲了僅剩的孩子，爲了今年最後的繁衍希望，牠們寧願用最脆弱的一面去抵擋災難。

筋疲力盡的雄鶴叼起最後一團草飛回巢中，絕望地審視那對鶴卵。突然，牠用柔軟的頭頸使勁摩挲雌鶴的脖子，仰天鳴叫起來。雌鶴渾身戰慄，驚恐地望著自己的丈夫，在雨中呆立片刻後，牠曲頸往雄鶴背部靠了靠，也展開翅膀淒然長鳴。哀歌聲歇，牠終於埋下頭用喙逐一翻轉著鶴蛋，依依不捨，似乎在做著生平最艱難的抉擇。

那神情如此像人，如同大地震時，廢墟中同時壓著兩個孩子，殘酷的現實分秒不容地逼問著牠們的母親，你只能救一個，你選誰？

我和亦風每一次呼吸都嗅到了疼痛的味道，風雨聲爲之靜默。雌鶴的喙碰碰這個孩子，又挨挨那個孩子，難以取捨。雄鶴斷然將左邊的鶴卵推向雌鶴，牠或許選擇了能更早破殼的那一個。雌鶴最後看了一眼躺在右邊的孩子，和雄鶴並頭夾起生存希望更大一點的那枚蛋，小心翼翼地托舉到翅膀下，用頭承托著蛋，掖在翅下，夾緊。牠們就保持著這樣脆弱的姿勢，猶如風中搖擺的枯荷，顫巍巍地站立水面。這是牠們在絕境中唯一能抓住的一線生機。

有一種纖弱叫作堅強。

另一枚蛋漸漸被水花浸沒，隨著鬆散的巢穴慢慢地、慢慢地沉了下去。雌鶴的爪子摳入泥草中顫抖收縮著，像人類因痛苦而握緊的掌心。

我眼睜睜看著巢散卵沉，捶胸頓足地撲入水中想去搶救，被亦風強拖回岸：「不能去！萬一你驚動了牠們，再把那個蛋摔了，就全完了……」

我閉目泣下，不忍再看。

雨中，所有顏色都已沉靜，浩原沃野上那玉雕般的身姿巍然不動，被定格成一幅畫，掛在我心裏。牠們能撐多久，我祈禱這場大雨快快停歇，我不知道那張翅膀之下是否有淚滑落，人類看不見牠們椎心泣血的悲哀。

古話說「夫妻本是同林鳥，大難臨頭各自飛」，現實中我們見過無數對夫妻毫無理由地離散，卻從未看見一對蒙難的鳥兒各自分飛。無論人禍天災，牠們總是形影不離，無論萬水千山，牠們總是雙宿雙飛。哪怕生存繁衍再艱難，牠們對未出殼的骨肉依然貼身相擁，絕不言棄。這才是家……

小鶴啊，那三個兄弟已經走了，如果你能活著啄開這個世界，一定要記得你的父母是如此愛你！

我們撤離匆忙，除了隨身帶的單反、小攝影機和筆電之外，大多數的設備器材都留在狼山小屋。雖然剛下雨的時候，我把設備包裹嚴實防潮，但我們還是不放心，因爲大雨來臨之前，我們沒來得及修屋頂，萬一小屋漏雨，器材會被淋濕。等雨勢稍弱，我們就穿上雨衣騎馬回去看。

當我們踏著泥濘回到狼山，傻眼了——我們的小屋塌了！

小屋是依山而建的，地下只有不到半米深的牆基，全靠六根圓木立柱連接支撐，數日的大雨把山地泡酥，這些根基早就不牢靠了，根本禁不起驟雨狂風。我們來之前還在擔心漏雨，沒想到乾脆整個房子都垮了。攝影器材、航拍機、各種生活用品全部被砸得七零八落地泡在水裏。

我和亦風愣在廢墟前，吃驚！害怕！若是我們晚走一步，就被埋在屋裏了。

風中傳來異樣的氣息，潮濕的空氣裏飄著腥腐味道。糟了，我們屋簷下那些鳥！

我倆慌忙揭開磚瓦，一窩一窩的小鳥命喪廢墟下，覆巢之下無完卵，各色羽毛飄零在泥水中。

我們這段時間心裏本來就很難受，格林沒找到，爐旺被殺，黑頸鶴的蛋被淹，現在又房倒屋塌，我們在小屋的動物夥伴們死的死、散的散，我們突然間有了一種家破人亡的感覺。回想尋找格林的這大半年時間，大草原，狼山裏，孤零零的就我們兩個人，想起來都要掉眼淚。到現在七個多月過去了，格林毫無音信，而我們所有能用於尋找牠的器材全泡湯了，我們待在這裏還能做什麼？

淋著雨清理這一片狼藉，我腦袋發燙發暈。

當我倆抬起屋後的一整塊斷牆，更矇了——火燕的巢箱被壓在斷牆下。揭開箱蓋一看，雌火燕護在一窩破碎的鳥蛋上，還保持著孵卵的姿勢，雄火燕半張著翅膀蓋在雌鳥和孩子們身上，牠們全家疊在一塊兒，連同巢穴一起被壓扁了。

大風把我的雨帽掀開，雨水澆在燒燙的額頭上，化成霧氣。我坐在斷牆上，渾身無力。

我們的草原小屋，那些飛翔的精靈環繞身邊彷彿都還發生在昨天，現在卻那麼遙不可及。天堂與地獄的差距，讓我根本承受不了這種打擊。剎那間，我心裏湧起了很多往事，又好像所有回憶都被大雨沖成一片空白，什麼也沒想，就是想哭，想放聲大哭，那一瞬間的心痛和絕望幾乎摧垮了我的意志。房子塌了，我沒哭；器材毀了，我沒哭；當我們看到火燕一家的最後姿態時，我再也忍不住了。

「我要回家！」我眼睛發直發狠，眼淚在眼眶裏直打轉。

「回哪兒？」

「回成都，回爸爸媽媽身邊，我一秒鐘也不想留在這兒！我要回家！」

委屈、憤怒、抑鬱、悲觀……把我胸口憋悶得快要炸開，什麼都沒了，我們還留在這兒幹什麼呀？

亦風不知所措，不管他怎麼勸，我就是一句話：「我要回家！」

「好，好，聽你的，回家……」亦風順了一把濕頭髮，並肩坐在我旁邊，摸遍全身的衣兜也找不到一張乾紙巾，只好拽出內衣袖口抹了抹我臉上的雨水，長嘆道，「說實話，我也想回家，可我從來就不知道家在哪裡，直到和你、和格林一起在這小屋生活，在我心裏面覺得這兒就是家。」亦風的眼裏充滿血絲，「你知道我是個孤兒，四歲父母就走了，我沒有體驗過絕望時能躲進父母懷裏號啕大哭是什麼感覺。如果你覺得我的肩膀還靠得住，就哭出來吧。」

我強忍的淚珠斷線了，撲倒在亦風懷裏，哭得像個孩子……

也不知道哭了多久，才抽抽噎噎地停下來。摸摸額頭，發低燒了。腦袋暈乎乎的，情緒卻穩定了一些。

亦風知道我要強，不去看我紅腫的眼睛，轉而指著廢墟對我說：「你看那兒，我注意牠好一會兒了，那隻麻雀就在太陽能板底下進進出出。你要是哭完了，就放我過去看看。」

我拉著亦風的汗衫，最後擦了一把眼淚，放開了亦風。

亦風走到太陽能板前，輕輕揭開遮擋物，沉重的太陽能板下面壓著蓋屋頂的玻纖瓦，就在交錯堆疊的幾塊玻纖瓦遮蓋之下，殘留的頂棚布上還托著一個鳥窩，鳥窩下方浮貼在水面，多虧了這個頂棚布承托著，鳥窩才沒有被雨水沖散。窩裏有一隻羽翼未豐的小麻雀，大麻雀不斷飛進飛出，撿拾廢墟中泡脹的大米餵牠的幼鳥。

「你哭的時候，我看了牠很久，只有牠一隻雄鳥，雌鳥可能也沒了，換成人的說法，就是家破人亡了，但是當爹的都還在堅持，如果牠面臨這場滅頂之災的時候，換一種態度對待，覺得孩子反正都泡在水裏救不起來了，乾脆自己飛吧，那就真的什麼都失去了。每一條命都不容易，哪怕是一隻普通得不能再普通的麻雀。牠堅持下來了，就會有奇蹟出現，我們來了，就是牠的希望。」

亦風看著我哭紅的眼睛，微微一笑：「你看看別人的痛苦，就不會覺得自己的傷有多了不起了。一個鳥爸爸都不放棄希望，你這個狼媽媽不會被打垮吧？其實這個世界也沒那麼殘酷，只是突然之間太多負面的情緒堵在你心裏了。逃避不是辦法，勇敢一點，如果這地方讓你絕望了，那就在原地重新把希望種回來。火燕一家雖然死了，至少牠們第一窩的四隻幼鳥都孵化成功了，牠們的生命也在延續。說不定我們修好了房子，牠們的後代還會飛回來在這裏築巢，還會跟我們做鄰居，還給我們報信兒。你說呢？」

亦風的話，我一句不答，雖說哭夠了，也明白了亦風說的道理，可要一下子別過這根筋來不容易。

我默默拿了一塊木板，墊在麻雀窩下面，就算雨水再漲起來，木板能讓這窩始終浮在水面。我心中祝禱：鳥爸爸，加油，我不知道我的希望在哪裡，但是你的希望，我能給你。

澤仁源牧的小屋裏，扎西、澤仁夫婦圍在火爐邊看我們倆清理收回來的器材。

「你們回不去的，」澤仁說，「汶川那一截泥石流，路都斷了！兩千多人被堵在隧洞裏等待救援呢。下著那麼大的雨沒法搶通，在草原上，你們至少人沒事就是萬幸！既然走不了，就安心待著吧！」

「是啊，回去路上更危險。留下吧，有我們幫著你呢，大家在一塊兒，雨再大也不怕。」扎西說，「等我把村裏人都聚齊了，告訴大夥兒，幫咱們一起找格林。」

仁增旺姆給我煮了一碗薑湯，暖在手心裏。「趁熱喝吧，你臉都燒紅了，淋了雨最怕感冒，大雨天出不去，你可千萬不能生病。我完全能理解你的心情，火燕那個窩還是你們剛到草原時，我們一起給牠們搭的呢。草原上的命有生就有死，死了還會轉生，牠們只是回到天上去了。你還記得我家的老狗墨托吧，上次你們見過牠。我嫁過來的時候就帶著牠，那時墨托還是個奶狗，牠陪了我有二十年了，比我兒子的年齡還大。下雨前，牠自己離開了家，走得很遠很遠。」仁增旺姆的眼裏泛起一層淚光，「我知道牠再也不會回來了。但我相信牠來世還會再找到我。我們相信輪迴，你也一樣，要多看到生，黑頸鶴還有一個蛋就快孵出來了，狐狸一家也及時遷窩了，能堅持的、聰明的就留下了，草原就是這樣淘汰生命。放不下生死，你的精神會垮掉的。」

充滿電的手機剛開機就有來電了，是「老狼」姜戎老師：「急死我了，幾天都聯繫不到你們，我一直在關注你們那邊的新聞！說這場雨災六十年不遇啊，你們沒事吧？」

「我們很好，沒事。」亦風急忙對我使眼色，示意我打起精神來，給老人家只報喜，別報憂，「我們這邊下了好多天的雨，太陽能存不了多少電，所以就沒給手機充，讓您擔心了。」

「沒事就好，一直打不通你們的電話，擔心得我覺都睡不著。」老狼舒了口氣。自從我們到了草原，老狼幾乎每個星期都會打電話詢問有沒有格林的消息，他惦記格林如同惦記自己的孩子。他一直關心我們在草原的情況，用他曾經在內蒙古草原生活的經驗給我們借鑒，鼓勵我們尋找線索。我們在狼山裏觀察狼窩的日子裏，幾乎沒有手機信號，他也是這樣著急，生怕我們再跟盜獵的遇上。

「那窩小狼怎麼樣了？」老狼問。

「牠們七月九號左右集體離開狼山山谷了，七月十號我們就發現有盜獵的進山了，當時我們還很驚訝，狼群怎麼可能算到盜獵的要進山？還懂得提前撤離？現在回想起來，可能是牠們預感到天氣有重大變化，不適宜在山谷裏待了。那頭天晚上狼群的喊話，可能也是狼群在相互告知，雨災要來了，大家都撤到安全的地方去。現在山谷裏的溪水已經全是泥漿了。」

「是，狼對天氣變化很敏感。你上次說起的懷疑格林在狼群裏的事，確認了嗎？」

「狼群已經撤走了，線索完全斷了……格林可能找不到了。」我還是忍不住的說心裏話，給老人家希望越大失望越大，這個話題繞不過，「這片草原之大，步行繞著草原走一圈都要小半年時間。格林能去的地方我們都找過了，就算牠還活著，這麼大的草原上，沒有定位，沒有追蹤器，僅憑兩個人想要找到一隻行蹤不定的狼，機率幾乎爲零。就算大海撈針都比這容易，那根針至少是定在那兒的呀……」

「可是那根針不會反過來找你們啊，」老狼說，「爲什麼不換一條思路想想呢，你在尋找的動物往往會先找到你，這是人和狼互相的牽掛，你們經過的地方都留下了氣息，狼鼻子多靈啊，說不定哪天牠就來敲你們的門了。你們之前一直在滿山亂找，有點盲目，得改變一下方法，比如巡山一次留下人味兒了，回家就多等幾天，這樣沒那麼辛苦，才能打持久戰。」

「我們不怕苦，可是怕沒有希望。我們在狼山待了兩個月，如果牠真在狼群裏，肯定早就找到我們了。格林還在這片山脈可能都是我們一廂情願的猜測，萬一格林早就沒了呢？我們等得再久也毫無意義。」

「怎麼能說毫無意義呢！就算沒有找到格林，可是你們來到草原已經救了一隻大狼兩隻小狼的命啊！福仔、小不點，牠們能活下來，這不是意義嗎？又有新的小狼記得你們啊。而且你們還記錄下了一窩狼的生活，知道了披著羊皮的狼是真的，知道了禿鷲剝不開馬皮得請狼來幫忙，還拍下了那麼多瀕危野生動物的珍貴鏡頭，這不都是意義嗎？你們告訴我的故事，連我都沒經歷過，又有幾個人能跟野狼親密接觸，能親眼看見野外的狼群是怎麼生活的？連我這個老狼都很羨慕你們啊。如果我年輕一點，我也會跟你們上去。你呀，不能因爲你收穫的不是你最想要的，就全盤否定。多少讀者都盼著你們的消息，我們固然最希望聽到格林的消息，但是你們在草原的所有經歷，狼群的點點滴滴都是我們想知道的。何況找格林的希望並沒斷絕，就算格林不在了，後山那窩小狼都需要你們，說不定大雨後，牠們還會回山裏去，你們把牠們守護長大，那都是你們留在草原的意義。我們不僅僅掛念格林，也關心狼群，更關心這片草原的命運，這是大命啊。已經堅持七個月了，不要輕言放棄。」

我欲言又止，直到收線也沒好對老狼說出口——我們的器材全毀了，也沒法記錄了，以前有高科技設備的時候都找不到格林，現在……我們怎麼來找牠？

亦風拍拍我的肩：「不怕，休息休息，我們從頭再來。」

吃過藥躺了兩天，我退燒了，也終於想通了。

我和亦風開始清理帶回來的器材，修理、研究、改裝，亦風精通電路和攝影儀器，我擅長航模、四驅車等各種模型和手工製作，人這一輩子學過的東西總有一天會用到的。我們根據在草原的拍攝經驗和實際情況，自己做需要的設備，我打算做幾個可以遠端遙控的隱藏攝影機。也許毀掉是給重來創造機會。

尋找格林……盡人力聽天命，如果老天開眼，能遇見固然是好，如果是我們預測不到的結局，也只能面對。

24/ 老阿爸的擔憂

阿爸緩緩搖頭：

「草原有草原的法度，大災一起，只會越來越壞，你不明白。草原要變天了…… 要變了…… 唵嘛呢叭咪吽……」

「抓住牠！抓住那隻羊！」

我聞聲回頭，一隻百來斤的大公羊正向我這方逃竄。我幾步趕上去，左手扭住羊角，順勢旋了一圈，卸掉羊衝來的力道，左膝一頂羊後腰，右手一拎羊後腿，把牠丟翻在地，踩住羊角。四五個娃就像小狼似的撲了過來，扳角的扳角，抓腿的抓腿，把羊牢牢摁在草地上。

「你不要緊吧？」牧民小夥急奔過來，袍子上兩個泥巴羊蹄印。

我笑著一捋亂髮：「不要緊啊。」

「不是問你，我問羊。」小夥子頑皮地白我一眼，把羊蹄交疊捆綁，「行啊李微漪，擠奶不咋地，抓羊倒兇得很。」

小孩兒們嬉笑起來，我紅著臉啐道：「笨多吉，在城裏待蔫了嗎，連個羊都看不住。」

按照草原傳統，牧民殺生前都要給羊嘴裏灌幾滴活佛念過經的水，超度生靈，多吉沒經驗，剛捏住羊嘴就被羊蹄子踹翻，讓羊逃跑了。

這多吉正是當初帶我和格林去找南卡阿爸的大學生，他今年剛從西南民族大學畢業，學音樂，彈得一手好吉他，邊彈唱邊跳舞，那歡快的節拍極富感染力。

多吉長得英俊挺拔，漢語和英語都不錯，雖然他阿爸希望多吉像他兩個哥哥一樣留在大城市打工，在酒吧當歌手也能掙些錢，但是多吉卻噘著嘴巴回來了：「我唱的歌他們不愛聽，說草原長調太土了。」

多吉家的牧場原本在大河灣那頭，與我們的狼山隔著一條河一座山。冬季河面冰封的時候，我曾經過河去過他家，那時重返狼群的格林跟著一匹大狼叼了多吉家兩隻羊羔。我沿著狼跡尋找到他家時，只有多吉阿媽和多吉的妹妹在家，善良的阿媽不但沒計較狼吃羊的事，還款待我吃羊肉包子，周濟了不少乾糧，助我們度過饑荒的冬季。

我們來到澤仁家源牧沒幾天，多吉一家也趕著牛羊來了，今年這次大水漫過了他們的草場，扎西把他們集中到地勢比較高的澤仁的源牧上，大家在一起互相有個照應。我一看到阿媽就親熱地迎上去扶她：「阿媽，您還記得我嗎？」

阿媽端詳著我慈愛微笑：「你一個人吃四人份的包子，我能不記得嗎？你的狼娃娃怎麼樣，找到了嗎？」

這個問題點中我啞穴了，我笑著搖搖頭，有幾分傷感卻不再頹喪，尋找格林已經成了我們潛藏在心底的一個希冀，這希冀支撐著我們留在這裏，探索、記錄、等待。

有時我們會想，到底是找到我們的格林重要，還是留下這些珍貴的記錄讓更多人關注「大命」更重要？最初到草原只爲尋子的心情漸漸平靜，我們得以用一種親歷者的眼光去目睹動物的生存及草原的變遷。等下去，記錄下去，將狼群、野生動物、人類和荒原的故事延續下去。

多吉阿媽滿頭銀髮，是個和藹的老太太，她的藏袍上常常沾著花瓣草莖卻從不見泥土。常年的辛勞讓她佝僂著腰身，把前傾的力量都杵在一根拐杖上，於是她掛在脖子上的念珠就在胸前盪啊盪的。

阿媽的帳篷裏總是供著活佛畫像，手裏總是搖著經筒，不下雨的時候，她會在院子裏向著神山方向一遍遍長跪祝禱。

我們收養了這隻黑狗，牠略帶憂鬱的眼神裏似乎有故事。

前兩天，多吉阿媽家淹死一頭一歲大的牛，澤仁和多吉幫她剝了牛皮以後，用門板把牛抬進帳篷裏，交給阿媽自己處理。我看老太太顫顫巍巍的，連走路都不利索，想幫她肢解牛肉。阿媽輕描淡寫地擺擺手：「不用，我慢慢弄，小事情。」

半夜裏，我被咚咚的剁砍聲吵醒，循聲望去——月光下，只有多吉家的帳篷還亮著燈，熒黃的燈光在薄薄的夏季帳篷上勾透出一個乾瘦老太太的剪影，她揮舞著一把老砍刀，看得我眼珠子都快掉了出來，她每次手起刀落就驚得我一哆嗦，毛骨悚然地縮回被窩裏。

天一亮，我再去阿媽帳篷看時，一頭牛已經被肢解成小塊兒，分裝了十來桶，連帳篷裏的血漬都擦洗得乾乾淨淨。

砍了一夜的牛，老太太竟然一點倦容都沒有，她拎起一大桶牛骨肉：「拿回去吧，這份是給你那隻狗的。」

我雙手捧過牛肉桶，恭恭敬敬地感謝老太太，也對老太太肅然起敬，草原老人年紀雖大，幹活兒卻毫不含糊，她力所能及的事絕不求人。

淹死的牲畜，人是不吃的，正好分給各家的狗作口糧。

我家的爐旺沒了，可是撤離小屋的時候，那隻流浪大黑狗卻不知什麼時候沿著車轍印一路跟了過來，第二天又是飯點兒的時候蹲在我帳篷外搖尾巴。亦風看這黑狗大老遠跟隨我們過來實在難得，有心收養牠，於是給黑狗套上項圈拴在帳篷外，讓牠認認這個家。那黑狗也就乖乖臥在門口，三四天了，不鬧騰不掙扎，只是用一雙略帶憂鬱的眼神看著我們忙裏忙外。

雨災的這些日子，扎西天天在草原上跑，忙著通知危險地區的牧民撤離。陸續有牧民聚來此地紮營避難，澤仁的源牧熱鬧起來，每來一戶新鄰居，大家都會幫忙搭帳篷，搬家什。

游牧生活居無定所，牧民們沒有不動產的概念，他們的家什也十分簡單，爐子、鍋碗、地墊、組合小桌櫃、幾個雜物箱和國家發的一台便攜衛星電視，足夠了。昂貴的傢俱電器並非他們置辦不起，而是那些影響遷徙的身外之物對他們而言實在是個累贅。令城市人羨慕不已的「說走就走的旅行」對草原人而言就是尋常生活。也許城裏人的財富積累得太多，物質在佔據生活空間的同時，也佔據了精神空間，各種捨不得、拋不下，拴住了他們自由的腳步。是我們擁有了財產，還是財產俘虜了我們？

先前幫著多吉抓羊的那些娃就是這幾家牧民的孩子，小的三四歲，大的七八歲。這群孩子中最淘氣的還是蘿蔔，小鬼一來就黏上了亦風。

大雨暫停時，我和亦風整理帳篷，蘿蔔給我們遞東西。我們只有被褥沒有床，小蘿蔔抱來一大堆牛糞，嘴裏嘀嘀咕咕說著藏語，手把手教我把乾牛糞壘起來，邊緣高中間低，像個橢圓形的鳥巢，剛好躺下一個人。

頭一回站在牛糞床前，我有點猶豫，在城市的時候，我絕不會想到有一天要躺在糞堆上睡覺。就算是童話故事裏的「灰姑娘」也不過是躺在灰堆裏睡覺而已，我這一躺可就破她的紀錄了。

「不敢睡吧？」仁增旺姆笑道，「你們城裏人睡的都是……都是奶豆腐床墊、蟲絲被子，這個太委屈你了。」我猜她想說的應該是乳膠床墊和蠶絲被吧。

「不委屈，我就是……先跟牛糞溝通一下……」我蹲在床前舉棋不定。

「牛糞是不臭的，其實就是生物發酵草餅。」

亦風這麼一說，我感覺好多了。管他呢，豁出去了，女人可以講究，但沒必要嬌氣。

剛到草原時，我總嫌牛糞髒，半年以後，牛糞跟我扯平了！在草原上住得越久，越能體會到牛糞真是個寶貝，不僅可以燒火、取暖、糊牆，在生活細節中更是處處離不開。在草原，牛糞和糧食、水同等重要。草原的冬季長達八個月，游牧的人沒有吃喝還可以殺羊充饑，可是沒有牛糞燒火取暖，一天就凍僵了。

城市人不會對煤氣灶頂禮膜拜，可是牛糞爐在草原人心目中地位神聖，火旺家旺，牛糞爐四季不滅，鐵質的爐面必定要擦洗得光可鑒人，如果有煮沸的肉湯滴落，沾汙了火爐，主人立刻會用油布擦拭乾淨，恭恭敬敬地放上一撮藏香。天寒地凍時，哪怕有人的靴子被雪水浸透，也絕不能把腳翹到爐子上烤火。

我壘好牛糞床，墊上乾草，鋪上被褥，往巢中一躺，比鋼絲床舒服多了！乾牛糞床隔離了地上的潮氣，自身還會散發一點暖意，同時又儲存了乾燥燃料，真是個好方法！

只不過……愛上牛糞的不光是我，還有癩蛤蟆和蚊子，糞塊中間的縫隙正好給牠們提供了避難所。每當被蚊子空襲後，亦風總會撓著身上的紅包嘟囔：「我又被野生動物咬傷了。」蚊子叮咬尚可忍耐，最討厭的是癩蛤蟆喜歡鑽到被窩裏去，經常把人硌硬得跳起來。亦風也學著我的樣子壘巢床，我嫌他笨手笨腳，把他趕到外面幫婦女們的忙。

大家都在忙活的時候，亦風生怕自己成了閒人。

大帳篷外，亦風對擠牛奶的姑娘們提出好心的建議：「外面下著雨，你們擠的一桶牛奶半桶都是水，為啥不把牛牽進帳篷去擠呢？」

姑娘們偷笑著互相咬咬耳朵，對亦風喊：「你行你上！」

亦風經常熱心「指導工作」。上次多吉擠牛奶的時候，抱怨犛牛尾巴趕蚊子，老是扇到他臉上，亦風就指導他：「你為啥不拴一個磚頭在牛尾巴上，把牛尾巴墜下去就好了。」

多吉採納了這個好主意，牛尾巴果然垂順了，多吉高高興興地埋頭擠奶，沒想到犛牛尾巴勁大，連尾巴帶板兒磚一塊兒揮起來，直接把那小子拍暈了。

亦風嚇得吐舌頭，還是多吉阿媽沉著鎮定，她看了看兒子，從鍋裏夾了十幾個羊肉包子給多吉留在一邊：「讓他睡會兒，醒了再吃。」

一覺醒來，多吉明白了「珍惜生命，遠離亦風」，從那以後，多吉就教給姑娘們這句專門對付亦風的漢語——「你行你上！」

「我上就我上！」亦風牽著牛角上的繩子往帳篷裏拽，犛牛懶得理他。姑娘們只是笑。

「牽不進去的，別費勁了。」多吉阿媽樂呵呵地打著酥油。

「爲啥？」亦風很鬱悶，「牛不能進帳篷嗎？」

姑娘們笑得更歡了：「活著不能。牛知道。」

雖然大雨時停時歇，但是方圓幾十公里的人家們難得住在一起，像聚會一樣熱鬧。那邊，幾個姑娘正在揉土和泥做著什麼東西，娃娃們也抓著一把一把的泥搓成泥丸子打泥巴仗。我饒有趣味地走過去看：「這是什麼泥啊？用來幹什麼？」

「黏土啊，我們這個地方有很多黏土。你看到那山裏有黃色泥巴的地方那都是黏土礦。我們挖來黏土做土爐子，晾乾了用火一燒就硬了。」

我一下子來了興趣，守在那兒不走了。我記得狼山上就有不少這樣的黃泥巴被旱獺從地下挖出來，狼山裏應該有很多黏土礦吧。早知道這黏土可以用來做爐子，我們在狼山守狼窩的那段日子，就不用可憐巴巴地在小土坑裏壘著石頭燒水了。這技術得學習，我索性蹲下來看她們做爐子。

她們先把黏土和勻，在一塊塑膠布上拍平，做成了一個約六釐米厚、五十釐米寬、六十釐米長的泥板，在泥板中下部開一個巴掌大的門洞。門洞上方對應的泥板邊緣處切一個五釐米深、十釐米寬的缺口，土爐子的一個面就做好了。

照著這樣做三個泥板，等晾得半乾時，把三塊泥板立起來，合成三角形，缺口向上。拍上黏土連接三塊泥板，讓它們豎立穩固。再單做一個長方形的泥槽接在其中一個泥板的上方。等它完全乾了，一個野外的簡易泥爐子就做好了。

從側面看，泥爐子就像一個小小的烽火臺。從上往下俯瞰，後方帶著一個方形泥槽的三角形泥爐，像一個大大的箭頭。

使用時，爐子上方的泥槽是用來輸送牛糞燃料的。水壺或鍋放在三角形的泥爐子上後，每個泥板上方的缺口都可以爲火苗透氣，泥板下方的門洞是用來掏出爐灰的。當爐子裏燒起了爐火，黏土就被慢慢燒硬，趨於半陶化，一個成年人踩在上面都沒問題。

這爐子可以用好幾個月。如果主人打算用得更久一點，可以把土爐外面也架上一圈火猛燒，旺火燒得越久，爐子越堅固，因爲那黏土就完全陶化了，幾乎像火磚一樣堅硬。這樣的爐子取材方便，只要能找到黏土就可以做成，不需要當個家什一樣到處搬運，游牧的人撤走了以後，爐子留在原地，風吹日曬雨淋，天長日久，土爐子慢慢崩裂碎掉，化入土中進入下一個輪迴。

聚在這裏的牧民大多來自草原深處，他們還保持著藏族牧民的傳統，沿用著土爐子和黑帳篷。

每次捏爐子就是娃娃們最淘氣的時候，娃娃們天生愛玩泥巴，他們打完泥仗以後，一個個糊得像泥猴，現在又趴在地上開始捏泥娃娃了。我也有很重的小孩兒心性，早就看得手癢癢了，借著逗孩子們玩的由頭，捏起泥塑來。

我平日裏畫的畫很多，但其實更喜歡的是玩泥巴，泥巴塑出來的是立體的東西，全方位多角度，更有手感。只是在城市裏，寸土難尋，城裏的孩子恐怕連「尿尿和泥」的機會都沒有了。現在好不容易蹲在了泥堆兒裏，我嬉笑著捲起了袖子。

我從小喜歡玩泥巴，十來歲的時候捏出的《白蛇傳》和《紅樓夢》場景就被老師送到省裏，在藝術展上得了獎，領到獎的時候我才知道那叫「雕塑」，說穿了還是玩泥巴。

捏「大阿福」是最簡單的，我隨手捏了一個給小孩玩，小孩們拿著直搖頭：「這是個啥嘛！太胖了，人長成這樣，睡覺都躺不下去！」

「阿姨，你見過人嗎？」

「你會不會捏我們認識的、像樣的東西？」

我被數落得直摳腦袋，真是出師不利，被小屁孩兒給洗涮了。

「好吧，好吧，你們認識啥？說來聽聽。」

「犛牛啊，羊啊……」

「還有馬、騎馬的人……」

小蘿蔔跳得最高：「邦客！邦客，我要邦客！微滃給我捏個福仔，還有小不點！」

我心裏一熱，這孩子還記得牠們：「好好好，微滃給你捏邦客，小的們，上泥巴！」

小蘿蔔嘿咻嘿咻搬了一大坨泥巴：「這麼多夠不夠，我要福仔一樣大的，擺在我床上。」

「呃……不夠，這點已經不夠了，牠有這麼大了。」我又抓了一大塊泥巴加上，「這樣差不多夠了，好吧，開動！」

蘿蔔樂得跳著兔步圍著我轉，一會兒給我加泥巴，一會兒幫我擦汗，擦得我也一臉花泥。

「微漪，等福仔長大了，我要給牠捏一個好大好大的大狼放在山裏面，嚇牠一大跳！」

人群中，唯有一人很沉默——南卡阿爸。他看起來很憔悴，一直在帳篷裏休息，很少走出來。聽多吉說南卡阿爸患了重病，但是老人家說什麼也不願意去大城市治療。阿爸說：「生死有命，在草原閉眼，我心裏踏實。」

我看見阿爸坐在帳篷門口，遙望黑沉沉的天邊，一手搖著經筒，一手撥著念珠，像數他平生走過的日子，他低聲自語：「這不是個好兆頭……不是好兆頭啊……活到這把歲數，這麼大的雨災，我還是第一次看到。」

我陪坐在他身邊：「阿爸，您放寬心，等這場雨過了，一切都會好起來的。」

阿爸緩緩搖頭：「草原有草原的法度，大災一起，只會越來越壞，你不明白。草原要變天了……要變了……唵嘛呢叭咪吽……」

阿爸誦著經文，望著深邃的天際，眼裏遍佈陰雲。

25／狼，調皮得很

我和亦風揉著牠的脖子，流浪了兩年，
喬默都能活下來……我的信心又加了一把火。
格林，兒子，和你一起長大的朋友都回來了，
你在哪兒調皮呢？

傍晚，陰天。扎西帶回了最後一家牧民才旦，狼山周邊的牧民算是安頓好了。

「亦風，過來幫忙。」扎西和多吉忙著把墊子和小桌幾擺在草地上，又到帳篷裏去搬餐具。

亦風邊幫著搬邊問：「你們這是要幹啥？」

「我們要野餐。」多吉回答。

「你們一年到頭在草地上游牧，哪天不是在野餐啊？」

「那可不一樣，腦袋上頂著帳篷就不算野餐。」扎西手裏抱著東西，向犛牛群一抬下巴，笑道，「要看著天、踩著地才算。就像牠們一樣。」

「呵呵，這樣啊，聽著還怪深奧的。」

方圓幾十里的牧民們難得聚得這麼齊，各家拿出糌粑、油餅、奶茶、乾肉、血腸，共同分享。多吉阿媽煮好了羊肉，裝了幾大盆擺在小矮桌上，藏家喜歡把肉煮得外熟內生，一刀割開，有葡萄酒似的血珠滲出肉面，那是最美味的程度，既有熟肉的香，又保留了生肉的鮮嫩。

「卡索（吃肉）！」藏族人粗放豪邁，盡情吃喝才是對食物的主人最真誠的回應。

扎西坐在亦風身邊，長舒一口氣：「跑了四五天了，咱們寨子上總算沒有落下什麼人。你們知道嗎，國道又塌方了，大橋斷了好幾座，政府還在搶通呢……回成都的路估計兩三個月都修不通。」

這是我們聽到的外面的最新消息。

「這一路上，還有什麼消息嗎？大雨什麼時候能過去？」

「不知道，手機不通，更別說網路了。草原上老一輩的人都沒見過這麼大的雨，這些年天災越來越多，不是好事。」扎西抓了一塊羊排就嘴大啃。

我們那隻大黑狗從扎西回營以後就一直掙著鐵鏈子，這會兒黑狗不知道咋解套的，竟然站在人群後面，緊盯著扎西看。人們把牠趕開，過了一會兒牠又轉回來，還是望著扎西，扎西一瞧她，牠就使勁搖尾巴。

我問：「這狗該不會認識你吧？」

扎西哈哈大笑：「牠認識我手裏的肉吧。」

在這一席人中，有多吉一家、澤仁一家、扎西一家、旺青甲一家、扎西的妹妹和剛到的才旦一家。濕地核心區比較閉塞，很多人一輩子都沒走出過草原。在這些藏族人中，我和亦風這兩個漢人尤為扎眼。眾人七嘴八舌地聊著天，多吉給我們充當翻譯。

「微漪，你的狐狸狗托給鄰居照顧嗎？」仁增旺姆問。

「不是，我把牠送到父母那裏了。鄰居不太熟。」

「鄰居怎麼會不熟，你們城裏人不是門對門住嗎？」仁增旺姆指著一席人，「我們隔著幾十里地的鄰居都經常串門，大家熟得很，有什麼事喊一聲都要來幫忙。」

「是啊，應該這樣……」我想起扎西冒雨奔走百里聚集鄉鄰避難，心生慚愧。為什麼城裏的我們住得那麼近，心卻那麼遠。

「亦風，在草原生活得習慣嗎？」

「習慣，不過就是用水不方便，沒法洗澡。」
「城市裏洗澡很方便吧？」
「方便，有熱水器，水龍頭一開，熱水就流出來了。」
「不用燒牛糞嗎？」
「城裏就沒牛糞。」
「不燒牛糞，冬天怎麼過！做飯怎麼辦？」
「有空調，冬天不會冷。做飯有煤氣灶。」
「空調用電吧？太陽能板托得起嗎？」
「電隨時都有，我們不用太陽能，成都沒有太陽。」
「爲什麼，太陽不就在天上嗎？」
牧民的問題那麼簡單，卻讓我們難以回答。從城市到草原五百公里的距離，真的就是兩個天地嗎？
「這個我曉得，」在城市待過的扎西接口道，「我剛去成都那會兒，隨時都帶著傘，因爲覺得天昏地暗要下大雪，後來才知道那叫霧霾，城裏天天都這樣，看不見什麼太陽。」
「我去年也進過城，」澤仁嘿嘿一笑，「還坐了公車，不知道那個是刷卡的，上車就把錢遞給司機，司機說他不收錢，我高興地說聲『謝謝』就到後面坐下了，路上，司機就一直在後視鏡裏看我。城裏的樓房修得密密麻麻，街道曲裏拐彎，我在草原上是幾十公里都走不丟的人，在成都一個社區裏硬是迷路了。」

「那城裏就不咋地，沒有太陽，草都長不好啊！」眾人的目光又轉向了澤仁，「草長不好，那牛羊咋辦？動物咋辦？城裏人靠什麼生活？」

「誰說城裏不好！」多吉瞪大眼睛搶話，「城裏的生活好得很，大馬路想去哪兒就去哪兒，加油站到處都是，車子一個比一個高檔，樓房修得比山還高，都是水泥的！不需要草，也不用放牧。動物都在動物園裏，給錢就能看到，就連非洲的長頸鹿和大象都有！」一說到城市，多吉眉飛色舞，「城裏好玩的太多了，酒吧、遊戲廳、電影院、網吧……超市裏可以買到你想要的所有東西，玩到大半夜街上都有各種飲食，好吃得很！還有機場，可以坐飛機上天！成都的女人漂亮得很，皮膚白，沒有高原紅，穿高跟鞋、超短裙，露大腿！」

老人們吃著糌粑笑而不言，姑娘們臉頰緋紅，理理袍裾，交頭接耳，小夥子們心嚮往之：「城市裏那麼好，你小子還回來幹啥？」

多吉聳著肩膀，傻傻笑道：「嗯……我阿媽在草原，我家也在這兒，草原夠大，隨便跑隨便唱，和朋友說話也不用猜來猜去……城裏人的想法搞不懂。」

多吉媽媽慈祥的臉上現出幸福的柔光。或許，等多吉經歷過歲月的沉澱以後，還會明白更多讓他留戀草原的原因吧。

「你們呢？」青年們望向我和亦風，「旅遊這麼久不悶嗎？這裏什麼都沒有。」

圍城啊……我笑著：「我們是來旅行的……」

旅遊是讓自己走出去，旅行是把自己找回來。而我們將找回怎樣的自己，我又該如何描述城市繁華生活背後欲罷不能的無奈？在那裏，密集的高樓、渾濁的車流、皮草和奢侈品、越鋪越開的城市、越來越不放心的食物、越來越稀缺的資源，我們消費的東西最終消耗了我們自己。也許，在城市挨的是日子，在草原過的才是生活。

我不願意活在一個狹小的空間裏，每天透過手機螢幕看世界。在草原，我們擁有的東西少了，心卻更寬了；在草原，沒有Wifi，我們可以十指相扣了；在草原，季節悠悠擱淺，我發現屬於我的光陰如此充裕，身邊的世界如此具象。我們有更多的時間在意身邊的人，用最簡單的方式感受彼此，那就是大家「在一起」。在草原，不會有人教導你青春不用在「掙道」上太不現實，現實又是什麼呢？還有什麼比生命與活力更加現實！

酒過三巡，不知誰用吃剩下的羊腿骨敲擊羊肩胛骨，發出碰碰的聲響。接著，又有人開始輕敲碗碟，人們心有靈犀地擊掌和鳴。伴隨這節奏，多吉趁著酒意彈起璇子，唱起了他自己的歌。長調在原野上久久回蕩……人們笑意盈盈。多吉沒有留在城市是對的，這樣的歌聲本就屬於草原，燈光幽暗的藍調酒吧裝不下它的遼闊，喧囂勁爆的迪廳歌城容不得它的悠揚。

喝到盡興，大家各聊各的。

我聽席桌的那一頭「邦客，邦客」地議論著，側頭問扎西：「他們是在聊狼的事兒吧？」

「對！」扎西笑道，「才旦說他今兒吃了狼的啞巴虧。」

「什麼啞巴虧？」

「今天遷場子，才旦開著卡車運羊過來的路上，正好一匹狼橫衝牧道，泥地上剎車不機靈，給撞了上去。才旦下車去看，那狼死了。他白撿一隻死狼，高高興興地把死狼扛到車廂後面。卡車裏的羊群連死狼都怕，一路上咩咩咩叫個不停。後來才旦聽到車後廂裏羊越叫越大聲，還有敲車的聲音，感覺不對勁，停車再看時，那隻死狼跳下車就跑，一隻羊被吃掉了大半，還有一隻羊掛在車後欄桿上，正在垂死掙扎，用羊蹄子把車護欄敲得梆梆響。估計那狼正想把這隻羊拖下車去。才旦本以爲撿了天大的便宜，哪知道白賠了兩隻羊。」

我和亦風剛聽到撞死狼的時候原本揪著心，聽到結果轉驚爲樂：「那狼沒受傷？」

「沒事兒，跑的時候精神得很，攆都攆不上。」

狼只要吃到飽，恢復起來快得很。我們放下心來，想不到狼還有這一手！

亦風強壓笑意拿起酒碗和扎西的碗面一靠：「這在城裏叫碰瓷。」

「碰瓷？恰子嘞（啥意思）？」（編按：碰瓷，北京方言，泛指一些投機取巧，敲詐勒索的行為。）

「一種特技表演。」我直樂。

那狼肯定不是碰瓷專業戶，我想這應該是一場意外，剛開始狼被車撞那麼一下也是真暈了，等到狼一醒過來，驚喜地發現自己因禍得福「中了大獎」，掉進了羊窩，哪有不順嘴叼羊的道理。反正暈乎乎的逃不掉，索性將計就計待在車上吃飽了再走，醫藥費、營養費、精神損失費統統「肉償」。才旦吃的確實是個啞巴虧。

亦風隔著桌子招呼：「才旦，把那兩隻死羊留給邦客，我們買了。」

「好吧，明早我把死羊丟山裏去，」才旦笑了，「送給你們了，不要錢。」

亦風衝他一端酒碗：「謝了，兄弟。」

扎西笑道：「你們到草原收了多少死牛羊了？你們已經沒多少錢了吧？我早就說過了，這大草原上的死牛羊，你們就是傾家蕩產也收不完的。」

我和亦風笑而不言，以個人的力量做這件事的確有些吃力，這半年裏，我們把賣房子的錢和稿費都搭了進去。剛開始的時候，牧民們看我們買了死牛又不運走，只是讓牠們留在牧場上給野生動物，他們不理解，往往以高於死牛販子一兩百元的價格賣給我們。

狼群打牛殺羊大多發生在嚴冬和春荒季節，這個季節裏，凍死餓死病死的牛羊原本都是狼的食物，但這些食物卻讓死牛販子給拖走了，狼只有捕獵活牛羊。然而，被狼咬死的牛羊往往又被死牛販子收走了，饑餓的狼群吃不到肉，還得再獵殺，造成惡性循環，這樣一來，牧民的損失更大了。

自從我們開始給野生動物留下食物以後，半年過去了，牧民們發現狼傷害家畜的事件比往年少多了。牧民們逐漸明白，我們用八百元補償了牧民的損失，把一頭死牛不做人爲擾動地留在原地，其實有三方面的好處：野生動物有了食物，牧民減少了損失，我們城裏人能少吃一點有害食品。

牧民理解了我們的行爲，有時發現小死牛和死羊會直接送給我們，大死牛也以比較低或與給死牛販子持平的價格優先給我們。人性本善，沒有人想成心去害人，但人性也是趨利避害的，牧民要把畜牧的損失降到最低，這無可厚非。然而，在對自己的利益影響不大的時候，人們還是願意支持我們，這就是好事，而且牧民對我們表示出越來越多的友善和關懷——送奶餅，送乾糧，送糌粑。

我們常說保護野生動物，如何保護？首先要確保他們有吃的，這才是保護的第一步。《野生動物保護法》中規定對於野生動物造成的損失，當地政府應該予以補償，但是沒有人去實施。我們也只能盡自己的一點力。給野生動物留食，讓牠們都能生存下去是我們的夢想。也許有一天，我們的力量也會枯竭。但我不能舉著「大道理」對牧民們進行道德綁架，更不能讓別人替我們的夢想買單，除非我們能讓人們發現這件事情對大家都利好的意義，能使之成爲我們共同的願望，才有可能長久。

才旦的「碰瓷狼」事件讓酒桌上樂成了一片，狼話題一打開，別的牧民也爭相聊起他們與狼的故事。

有牧民說：「我有一次放羊的時候，剛趕走了前場叼羊的狼，後院就被鷹抓走了一隻羊羔，我去後院追鷹，前場的狼又折回來叼羊，結果那次我前驅狼後趕鷹，哪邊的羊都沒保住，狼調皮得很！」

有的牧民這兩三年都沒見著狼，於是在聊天中就沒更多話可說。其他牧民便接話道：「我那兒狼多得很，三隻狼鑽我的羊圈！三隻哦！」言語中隱約有些得意，似乎他那裏還有狼的存在是值得誇耀的事，瞧，我源牧的生態比你好，我的放牧故事比你精彩。

「三隻狼算什麼，我的狼故事比你嚇人哦。去年冬天，在轄曼鄉那邊，狼多得很，有一個人騎摩托回家，路上遇到一群狼，有七八隻，不，有十多隻，攔在路中間。那個人很害怕，就給家裏人打電話說我被十幾隻狼圍住了，怕是回不來了。家裏人得了消息跑去接他的時候，他已經被狼吃掉了，只剩一隻鞋子，還有一根血淋淋的骨頭，一摸那骨頭都是熱的。」

這故事一講完，飯桌上全安靜了，尤其是他那句「骨頭都是熱的」讓人的恐懼感油然而生。

「這個……我就是轄曼鄉的，我咋不知道誰家死人了呢？」

「我說的是轄曼鄉嗎？不對，我說的是多瑪鄉，你聽錯了。」那牧民往更遠的地方說。

「我媳婦在多瑪鄉的，也沒……」

「那就在嫩哇鄉，我記錯了。」

「吹牛！」

大夥兒哄笑起來，氣氛頓時一鬆，眾人又開始七嘴八舌講起來，有時一個牧民還沒說完他的狼故事，另一個人就插嘴了，每個人講的狼故事都不一樣，有的嚇人，有的有趣，有的簡單，有的滑稽，故事不同，而講述的人卻都有相同的表情——眉飛色舞。

我和亦風不插話，笑咪咪地聽他們聊。

「狼是我們的敵人。」在牧民的聊天中，我也時常能聽到這樣的話。牧民與狼長久以來爭奪食物和生存空間，很少有牧民會表示他愛狼。但「敵人」是一個中性詞，不像我們漢人給予的定性——「惡狼」「害獸」，帶有貶低對手的意味。敵對是雙方的，你可以憎恨敵人，也可以敬重敵人。牧民聊起這個「敵人」時使用的口頭語更讓我們意外而頗感溫暖——幾乎每次聽牧民講完與狼遭遇或者狼如何「犯壞」的事後，牧民總會笑罵一句：「邦客蠻辣色哩！」（狼，調皮得很！）

狼，調皮得很？為什麼我們漢人對狼的形容詞都是凶殘、嗜血、狡詐、貪婪，而真正與狼爭、與狼鬥、與狼共舞的牧民們，卻對狼用了我們形容孩子的話——「調皮」！

扎西陪我和亦風喝了一碗酒，問：「格林的多瑪還在嗎？正好大家聊到狼了，我想把格林的事兒說一說。」

「在，」亦風從帳篷裏取來多瑪給扎西看，「我們一直留著的。」

多瑪是由一束束紅色毛線紮製成的線圈，套在狼脖子上像一圈猩紅的毛髮，非常顯眼。當初六個月大的格林與人接觸，屢屢遭遇追打，時不時地還有人以狼會咬羊為由找我們尋釁鬧事，威脅到我們的生命安全。無奈之下，扎西帶著我們向活佛尋求庇護。活佛知情後，對格林特別疼愛，囑咐扎西的妻子為格林做了一個紅色線圈戴在脖子上，並且口念經文賜福，在線圈上繫了一縷象徵宗教意義的金色絲線，這就是多瑪。活佛也告誡牧民不許為難那兩個漢人和狼。而這多瑪在格林回歸狼群前大大消除了來自於人的威脅。格林回歸狼群以後，這多瑪也就留了下來。（**因涉及宗教，前書中暫未提及此事。**）

扎西手捧多瑪站起身來，向牧民們朗聲道：「阿偌，扎西求大夥兒幫個忙，我們這兩個漢人朋友在找一隻放生狼，名字叫格林，格林是活佛親口賜福的，你們都告訴親戚朋友們，往後若是看見狼都幫忙留個心，看看是不是牠，這狼腦門心有個天眼疤，爪印兒缺一個趾頭。如果瞧見了馬上通知我，有手機的給拍張照。拜託各位了！」

「活佛賜福的狼就是他們養大的啊！」

「聽說活佛給賜福狼的多瑪上吹了三口氣呢！」

牧民們驚嘆議論，他們說，活佛給牧民賜福或是放生其他動物通常都只吹一口氣，對一隻狼竟然吹了三口氣賜福！活佛對格林的厚愛，讓大家欽羨不已，對我們的格林更是另眼相看。

雖然我們不太明白宗教的規矩習俗，但從牧民們的談話中聽到連這樣的細節都傳開了，看來當初有不少人都知道這件事。在全民信仰宗教的地方，神祇的影響力遠遠大於律法。

眾人紛紛敬傳多瑪，虔慕地貼在額前，雙手合十念念有詞，以一捧多瑪爲榮。大家爽快地答應幫忙尋找格林，有的牧民更是念著格林的名字詳細追問和默記牠的特徵，亦風乾脆打開筆電給大夥兒看格林從前的視頻和照片。

我倆沒想到多瑪竟有如此神奇的力量，一時間有了那麼多雙眼睛幫我們留意，我們又燃起了希望，心情大悅，連忙起身拜謝大家。

從眾人入席一直到席罷散去，我們的大黑狗一直在凝望扎西。扎西受不了牠的眼神，扔了塊骨頭給牠，不料黑狗並不吃骨頭，依然熱烈地瞅著他。

「這狗是誰家的？」扎西問。

「是我家的，我們剛收留的。」我說了一遍黑狗的來歷。

扎西摸著鬍子碴，瞇縫著眼端詳了黑狗好一會兒：「這狗好像還真眼熟。」他想了想，試著衝牠喊了一聲：「強姆！」

黑狗眼睛陡然放光，尾巴搖了一下，幾乎就想撲過來了。

「強姆！強姆！」扎西每喊一聲，黑狗就搖一下尾巴，扎西驚喜道，「微漪，這狗跟咱們是老相識啊！你忘記了？你帶著小格林在我牧場住的時候，這狗天天跟格林一塊兒玩，那時候牠才五六個月大，現在我們不認得牠了，牠還記得咱們。你看牠胸口那撮白毛。想起來了嗎？」

一想起格林小時候的事兒，再仔細看眼前的黑狗，記憶中的散碎蛛絲一下子穿成了線。我陡然想起當初在扎西牧場上是有這麼一條遊蕩的小母狗，和格林年紀相仿，老是偷溜來跟著格林玩。牠們一起找吃的，一起下河抓魚、一起翻羊圈，哪怕翻羊圈時格林踩著牠的背爬土牆，牠都心甘情願。

時隔兩年多，如今我再遇到牠時，牠已經是成年大狗了。

難怪這幾個月來，牠總是在我們小屋外徘徊，吃我們的投食，還用那麼憂鬱的眼神看我們，原來牠認出我了，而我還渾然不覺。以前我怕野狗性情不好揣摩，始終有點生分。一想起這段往事，我對這狗的感覺頓時親近了許多。

「格林離開扎西牧場以後，這狗還是喜歡跟狐狸野狼混一塊兒，犯了看家狗的大忌，不受主人待見，就把牠給趕了出來。這算來也流浪兩年了，草原狗會選擇牠的主人。對了，草原狗只聽得懂藏語，你得用藏語給牠說。」

「強姆」是藏語「母狗」的意思，既然牠聽得懂，循著這藏語發音，依「黑犬」之意，我給牠定名「喬默」，因爲牠素來沉默，就沒聽牠吠叫過。

「喬默！」我念著牠的名字，第一次撫摸了牠的頭。我每喊一聲，牠的尾巴就猛地一擺，像報「到」一樣，不多不少。喬默狂舔著我們的手背。我一直以爲牠很高冷，沒想到這麼熱情如火，看來從前真的是語言不通所致。

「喬默得給！」（喬默乖！）我和亦風揉著牠的脖子，牠是格林的發小啊！流浪了兩年，喬默都能活下來……我的信心又加了一把火。

格林，兒子，和你一起長大的朋友都回來了，你在哪兒調皮呢？

26／追蹤打魚狼

隔著一大片水域，牠在莎草和淺水中若隱若現，
身上濕漉漉地沾滿了浮萍，泛著一層油綠的光。
狼的下半身蹚在水裏，見尾不見首，看不出體形身姿。

一陣洪亮的犬吠把我從宿醉中驚醒！

真稀奇，認識喬默這麼久，我頭一次聽見牠叫，還以爲牠是個啞巴呢。

牠背對著帳篷，朝水泡子方向汪汪幾聲，又側著耳朵聽。看不見牠的表情，只見後腦勺和仰起的鼻頭，以往夾著的尾巴現在驕傲地翹著，牠不再是喪家之犬了。

「瞧瞧，牠開始上班了。」亦風喜道，「我昨兒看了喬默的項圈，是被牠自己咬斷的，那斷口乾脆俐落。牠其實完全有能力掙脫，但還是老老實實讓我們把牠拴在那兒好幾天，就是叫咱放心，牠不打算走。狗終究還是戀家的。」

「盜獵那麼凶，狗牙也當狼牙在賣，牠不敢再流浪了，說不定喬默親眼看到了爐旺是怎麼死的。」我眉頭微蹙，又有點憂鬱起來，「連喬默都找到我們了，格林爲什麼沒回來，牠是不是回不來了？」

認出了格林的夥伴喬默，睹狗思狼，我也覺得傷感和不安，兒子的發小回來了，兒子在哪兒？喬默的到來彷彿給我傳遞了另一個不祥的暗示——我們重回草原八個月之久，方圓百里範圍內都留有我們的蹤跡，狼的嗅覺、感覺、洞察力比狗強何止百倍，狗都能發現我們，狼不可能沒察覺，除非……

「要有信心，這麼多牧民朋友都答應幫我們找。喬默的事兒你得這麼想，流浪狗都能活著，自由狼難道還會餓死不成？在沒確認死亡之前，我們都得相信格林還活著！」

是的，必須相信格林還活著，這是我們能在草原堅持下去的原動力。可是時隔兩年，莽原之上，沒有追蹤器，沒有衛星定位，一匹野狼的生死又如何確認得了？我們苦尋至今，沒有格林的任何線索，只有猜測。

我正看著喬默出神，忽聽遠處傳來黑頸鶴高亢的叫聲，牧民們的狗都向著一個方向跑去，喬默高吠兩聲後也衝了過去。發生什麼事了？我和亦風急忙跟出去瞧個究竟。

雄黑頸鶴跟藏狗死掐上了，牠飛起來狠狠啄了藏狗一口，又迅速振翅，半高不低地飛著，那垂著的兩條鶴腿就在狗前方晃悠，引得狗在地面邊追邊蹦高，想跳起來咬牠。

快飛高啊！萬一有個閃失，被狗咬住或者傷了羽毛那都是致命的打擊。爲什麼黑頸鶴會跟狗群打起來？難道狗襲擊了鶴巢?!

「慫！慫！」亦風騎馬攆狗。

我用望遠鏡掃了一遍水泡子——大水剛退，水面的鶴巢空了！

我心一沉：「蛋被狗叼了！」

「不是那回事，快看那邊！」

我瞇縫著眼一看，一個鴿子般大小、黑灰色毛茸茸的小傢伙跌跌撞撞地穿行在綠草叢中。小鶴！牠竟然已經孵出來了！是啥時候的事兒？我們又喜又急，這剛出生不久的小鶴就成了狗群追獵的目標。

雌鶴帶著小鶴往草叢深處躲，雄鶴掩護妻小，引開狗群。喬默也橫在其中。

我們扯著嗓子呼喊牧民們控制自家的狗。挨了訓的藏狗們一個個夾著尾巴，低著狗頭被各自的主人趕回營地。喬默平靜地看了一眼黑頸鶴，慢吞吞地跟在我們身後。我發現喬默的行爲與其他狗不同，其他狗在追逐黑頸鶴，而喬默則去追撲那些狗，若非喬默阻撓了狗群，恐怕小鶴已經被叼在狗嘴裏了。

這片草場原本沒有那麼多住戶，都是來臨時避雨的，人類聚集的地方，必然對動物的生存產生影響，有威脅也有幫助。

大雨期間，糧食不多，但我卻常常看見多吉阿媽把玉米青稞撒到草地上供養黑頸鶴，阿媽說：「雨天水渾，小魚不好抓，這對黑頸鶴太瘦了……」

連日陰雨，動物不好過，人也不痛快。我們的衣服被子幾乎都生了黴，我把衣服攤開曬，袖筒裏竟然探出了一朵蘑菇。

亦風瞧了半天，蹦出一句讓我吐血的話：「這能吃不？」好多天沒吃蔬菜，這傢伙饞瘋了。好在羊圈土牆上的薺菜和灰灰菜長得啵兒好，我割來一大盆，涼拌著吃或者下到麵塊兒湯裏，還挺受大夥兒歡迎。

扎西拜託牧民留意狼的事兒，還真管用，各種各樣的線索傳遞過來。有人告訴我們，他的親戚初夏時就在牧道邊看見過一隻狼，腦門兒心有天眼，爪子有三個趾頭，喊牠格林，還跟著走了一段路，不怕人，那肯定是格林沒錯。

不過，這過於完美的消息讓我們將信將疑——看見天眼需要多近的距離？這麼近的距離，狼早就能從味道分辨出是不是熟人了，哪裡還需要跟一個陌生牧民走那麼久才確認離開呢？格林如果那麼傻，早就被誘拐了。何況狼也不會伸爪子讓人瞧「手相」，牧民如何能看見牠被毛覆蓋的爪子上只有三個趾頭呢。也許傳話的牧民是爲了安慰鼓勵我們吧。

眾多的消息中，有一條線索著實刺激到了我們的High點，那是牧民幾天前在河岸邊泥地上拍到的狼爪印照片，三個趾頭很清楚！

當我們趕去河岸邊拍照地求證時，只可惜經過河水一番漲落，岸邊的狼爪印已經被沖刷掉了。我們在河岸再沒有找到其他可以證明疑似格林經過的蹤跡。我們又在那一帶刻意觀察了幾天，沒有狼出現。三趾狼爪的線索斷了，我們只好拷貝了牧民的那張爪印照片珍存，好歹它是格林還活著的希望。

七月下旬，雨停水退，牧民們搬回了各自的牧場，只剩一家牧民的營地和我們隔著幾百米遠。那家牧民性情比較排外，不愛與我們來往，他家那幾隻護家藏狗特別兇猛，我們也不敢過去串門。

澤仁要到狼山下的牧場去游牧，臨走，他把源牧房子的鑰匙留給我們，他說等路乾了，就想辦法弄些材料進山，把我們狼山上的小房子重新修起來，這段時間還讓我們繼續留在源牧的房子裏住。澤仁的小侄兒蘿蔔黏著亦風，非要留下來陪我們。

牧民們一遷走，牧場上頓時冷清了，我們三人沒事兒時就喜歡逗喬默玩。小蘿蔔會一連聲地叫：「喬默、喬默、喬默……」然後數狗尾巴「簽到」的次數，噘著小嘴跟狗較勁，「你多搖了一次。」

我讓喬默嗅格林的多瑪和小時候的鈴鐺，滿懷希冀地問牠：「喬默，格林在哪裡，你知道嗎？帶我們去找牠吧。」又用藏語說了一遍。

喬默翻著眼珠，露出一點白眼仁兒，茫然無辜地望著我們，像一個滿腹話語倒不出的啞巴。亦風撫著牠的耳朵，嘆道：「算了，別給牠出難題了，喬默又不是警犬……牠要能聽懂這些話就神了。」

喬默親狼疏狗的性格形成是有原因的。聽扎西聊過，喬默原本是普通草原狗的後代，在大家都追捧藏獒的時代，牠沒有什麼所謂的高貴血統，也就是雜種狗。喬默一窩有兄弟姐妹七個，是牠媽媽偷跑出去自由戀愛的結晶。老主人對這一窩狗崽是又燙手，又不好殺生，只好軟纏硬磨送給親戚朋友，喬默也被送給老主人的朋友久美。

久美家已經養了三隻漂亮大狗，礙於朋友情面不得不收留喬默，但卻很不喜歡喬默，把喬默從小拴養著，只給一口湯喝。其他狗都有威武的名字，對喬默只叫牠「強姆」（母狗）。久美高興時，把其他狗吃剩的骨頭扔一塊給牠，不高興時，進帳出帳都要踹牠兩腳，所以喬默總是夾著尾巴，露出一種小受氣包的神情。

這喝湯長大的喬默卻天生神力，長到四個月大時，普通鐵鏈就拴不住牠了，牠經常掙斷鐵鏈跑出去透氣，找點野食填飽肚子再回家，雖然每次回家都免不了被打得皮開肉綻，但牠還是要出去。久美索性不拴牠，想讓牠自己滾蛋，還放其他狗追咬牠，但喬默就算挨打受咬還是要回家喝湯。久美說喬默是個攆不走的癩皮狗，而且是個小偷，經常乘人不備進帳篷偷肉，還要偷吃曬在帳篷外的奶渣。

久美家的狗隨主人好惡欺負喬默，反倒是路過的狐狸和狼不追咬牠，喬默跟著狼還能撿到剩肉吃，久而久之，牠和「道上」的朋友親近起來，沾染了些狼狐習性。狼來了，牠不報信，狼殺了羊，牠跟著吃肉。這就更犯了主人的大忌：「總有一天我要宰了你！」

這「總有一天」拖了非常久，久到喬默長成了牧場一霸，這狗像是天生能察覺某人的情緒，簡直成了精。每條狗的食盆都被喬默光顧過，久美放了狐狸藥的肉牠卻偏不吃。殺不了，趕不走！喬默偷了一截羊肥腸吧嗒著，遷場的時候，還死皮賴臉地叼著羊肥腸跳上了卡車。久美拿牠沒辦法，滿腔怨氣全部發洩在油門兒上！

巧了！喬默雖然身強力壯鬼靈精怪，卻有一個大弱點——暈車。

一路暈到了扎西牧場。久美和路遇的扎西閒扯了幾句話，喬默「暈乎乎」地一頭栽下車來，腿軟得站都站不穩，趴在地上流著口水。久美一看甩脫瘟神的好機會來了，開車一溜煙跑了。

也正是那年，我和四個多月大的格林在扎西牧場上做客。格林發現了這隻「軟狗」，牠壯著膽子碰碰喬默的鼻子打招呼，喬默的暈乎勁兒還沒過，哇地張嘴，嘔出牠上車前整吞的那截羊肥腸。

格林大喜過望——姐姐好客氣啊，來就來吧，還帶東西！

格林當即受用了這份見面禮。對犬科動物而言，只有最親密的關係才會爲對方反芻肉食。從此，野外無伴的格林和孤苦流浪的喬默就成了惺惺相惜的好夥伴。牠倆有禍一起闖，有肉一起分。格林逮獺子，喬默幫牠掠陣，格林翻羊圈，喬默幫牠墊腳。

喬默還算是救過格林一命。有一次，格林找到一塊夾著狐狸藥的肉，而喬默搶了肉就跑，格林不依不饒在狗屁股上狠咬了幾口。最後，還是扎西發現牠倆打架的原因，沒收了毒肉處理掉了，扎西說他以前的狗就是吃這種毒肉死的，還好發現得及時。

我當時就疑惑喬默應該是明白什麼，否則這塊肉一口就可以吞掉，沒必要叼著不吃搶來搶去。格林挺不好意思地舔喬默的鼻子。我不知道狼和狗之間是不是也能互通經驗，只是後來格林再遇到天上掉肉的事，就再也不會像從前一樣不長心眼了。

那年，喬默六個月大。而我一心撫養格林，對喬默的記憶僅此片段。

兩年後，我再次來到草原，喬默早就認出了我，而我現在才認出牠。有了格林這個小土匪墊底，我絲毫不介意喬默偷肉的前科，不過我好奇牠腦子裏都在想什麼，順便也試一試我修好的隱藏攝影機。於是我在家裏放了監控，故意離開家，用隱藏攝影機觀察牠——

我離家後不久，喬默推開窗戶進屋，只是在屋裏轉了一圈，查看新家。當時桌上還特地擺著一碗肉，牠揚著鼻子嗅了嗅，沒吃，甚至連扒桌子看一眼的舉動都沒有，老老實實地從原路跳出窗去。

最讓我咋舌的是，臨走牠還伸爪子把窗戶勾著關上了。真是個心思縝密的飛賊啊，如果能擦掉爪紋就更專業了！

我突然喜歡上了這丫頭的狡猾勁兒，牠跟格林有一拼！我猜，牠偷溜進屋只是爲了瞭解一下新主人吧。僅此一次，喬默再沒進過門，哪怕我誘牠進屋，牠也止步於門口，很守規矩。我想，縱使牠以前偷過嘴，估計也是久美把牠餓壞了。至於那久美說喬默不防狼不趕狐狸，我們反倒喜歡。

事後，喬默難以置信地看著我把那碗肉放在牠面前，對牠說：「喬默，卡索（吃肉）。」

牠突然間忘了該搖尾巴，以前牠總是蹭爐旺的飯吃，也許這是人給牠的，只屬於牠自己的第一份肉食。牠貪饞地看著那碗肉，像要刻在眼睛裏。

牠的眼圈兒一下子就紅了，眼珠潤潤的，牠抬起頭使勁地盯著我看，彷彿恨不得把我的樣子「咯嚓」一聲拍成照片，存進牠的記憶卡裏。

「別看了，吃吧。」我溫和地說。

喬默兩股一夾，尾巴使勁搖起來。粗舌頭狠狠舔了一下我的手背。牠沿著碗邊嗅了一圈，像吹生日蠟燭似的，然後才斯斯文文地吃起來，彷彿要把一輩子沒細嘗過的肉香慢慢回味。

「又被你收買了一顆狗心。」亦風斜靠在門邊齜牙。

「其實牠挺好的。」我愛撫著喬默的額頭，動物要的就那麼簡單，對牠好一點，牠會記你一輩子。

喬默雖然「話不多」，卻很忠誠，總是像個影子一樣，一聲不吭地跟在我們身後。我們巡場，牠跟著；我挖野菜，牠跟著；我去河邊打水，牠跟著；就連亦風去上廁所，牠也要跟著。

這是讓亦風最尷尬的事情——牠認真地陪著亦風找好地點以後，就交疊著前爪趴守在旁邊仔細看，讓人一點隱私都沒有。亦風每次都不得不把牠趕開。

「牠怎麼有這種癖好？」亦風很懊惱。

可是後來有一次，我發現亦風也架著新改裝的長焦攝影機在拍攝，而鏡頭對應的前方，喬默正在草地上「做蛋糕」。我當時整個人都不太好了……

「我在試機器！」亦風急忙解釋，「這個純屬巧合！」

好吧，我相信。喬默啊，出來混，遲早是要還的。

沒過幾天，喬默又讓我們刮目相看。

事情是這樣的。自從牧民們搬走後，我們就斷了肉食，即使有點肉也無法在大熱天儲存，我們只能用野菜下飯，給喬默的吃食也是糌粑湯泡狗糧。可是，有一天清早，喬默竟叼回了一隻野兔，悄沒聲兒地趴在牆根兒底下，自己改善伙食。把我和亦風眼饞得舌根兒返潮，難怪牠在草原上流浪兩年了，還活得尙好，原來這傢伙自己會打獵！

被「新主人」發現牠吃獨食，喬默心虛地夾著尾巴，前爪卻戀戀不捨地把兔子往胸前抱。一副「寧吐象牙不吐野味」的寶貝架勢。

「不要緊，吃你的，有本事掙外快是好事兒！」我咽著唾沫，賣喬默一個順水人情，反正我也不敢搶牠的獵物。

「牠倒不怎麼護食，要是格林吃東西，你敢靠這麼近看，牠早發飆了。」

一天傍晚，亦風在房頂修補煙囪，黑頸鶴又叫了起來，難道隔壁家的狗掙脫了？亦風向草原打望，老遠看見蘿蔔像個小蚱蜢似的在草場上直蹦高，衝亦風猛揮雙手，隱約聽他喊：「邦客！邦客！」

有狼?!亦風幾乎是從房頂跳下來的：「快！帶上攝影機！」我倆向水泡子方向衝去。

隔著一大片水域，蘿蔔指給我們看到了那匹「綠色的」大狼。牠在莎草和淺水中若隱若現，身上濕漉漉地沾滿了浮萍，泛著一層油綠的光。狼的下半身蹚在水裏，見尾不見首，看不出體形身姿。

這狼也打小鶴的主意？雄黑頸鶴比上次遇到一群狗時還要緊張，牠張開翅膀聳起肩，抖開一身的羽毛，儘量讓自己顯得雄壯，掩護妻兒撤退。黑頸鶴站在百米外高聲叫囂，卻不敢像挑戰狗那樣靠近狼。

狼在水中優哉遊哉，四處嗅探，時不時地把頭嘴埋入水裏撩撥一番，雖然身上都濕了，卻把狼尾舉得很高，儘量不讓尾巴沾水。狼似乎並不在意黑頸鶴吼牠，對追逐小鶴那一口肉也並不感興趣。

我們有大半個月沒見過狼了，好不容易盼來一隻，這「綠衣山神」不會只是下凡來洗澡的吧？牠會不會是格林？雖然看不出毛色，我們還是決定碰碰運氣，喊牠！

「格林！格林⋯⋯」

狼似乎是轉頭透過水草看了我們一眼，繼續一心一意在水中踱來踱去。

蘿蔔也跟著我們喊，還學狼嗥，吼得喬默也跟著狗聲狼調地幫腔起來。

狼彷彿覺得被打擾了，牠上岸甩水，一身狼毛甩得像利刺一樣豎立起來。牠叼起岸邊一樣東西，頭也不回地隱沒在草叢中。我依稀留意到一抹薄透亮片在牠嘴角顫巍巍的，像是一條大魚尾巴。

真不給面子，這狼什麼路子啊？我們這麼大動靜，牠充耳不聞。我的腦花絞成了糨糊也想不明白，於是夜裏給老狼撥通了電話。

一聽說來抓魚的狼，老狼激動得把話筒線拽得咯吱響，他叫道：「那肯定是格林啊，喊啊！」

「喊了，那狼不拿眼皮子夾我們，而且狼全身濕透，看不出特徵。那片水域很廣，狼吃準了人過不去，沒把我們當回事兒……」

老狼的呼吸聲挺重，我猜想他的心跳一定很快。好一會兒，老狼加重了肯定的語調：「我懷疑那就是格林，草原上的狼並不愛抓魚，格林卻是從小就好這口……下回再看清楚一點，要特別留意這匹打魚狼！你們今天穿的啥？從明兒起，換上格林以前最熟悉的衣服，狼在遠處認人還是要看外形衣著的！要是再碰見牠，再喊！」

「行！我聽您的。」我回想從前亦風和格林久別重逢時，亦風由夏裝換成冬裝，格林那時的確沒認出亦風，老狼說得有道理。

沒過幾天，打魚狼還真來了，卻是在中午。

太陽烘烤著濕地，周圍的景物被熱浪蒸騰得像海市蜃樓一樣朦朧虛幻。我和亦風在屋裏打著盹兒，喬默突然跳起來撓窗子把我驚醒。喬默是只吼生人，不吼狼狐的。

我翻身躍起往窗外一看，發現那狼像幻影般飄忽在草場上。牠這次離我們的屋子很近，估計不到一里遠，就在東面窗戶的視野內。

我迅速打開攝影機，一腳踢醒亦風：「狼來了！盯住！」說著翻窗出去。

剛爬出窗一看，狼不見了。我又是狼嗥，又是呼喊，四周沒有任何回應。若不是攝影機裏還留著一點液化飄忽的狼影像，我幾乎懷疑自己剛才眼花了。

重播視頻，那狼剛才就在小溪盡頭的一處圍欄邊上倒騰著。我暗自納悶，正午通常不是狼活動的時間，所以我們才放心大膽地小睡一會兒。如果說狼是來抓魚的，通常情況下，一早一晚水溫低，魚行動僵硬遲緩，容易捕捉。但是到了炎熱的正午，魚都活蹦亂跳，爲什麼選這個時機來？從體形上感覺，這匹狼似乎比那天看到的打魚狼要大一點？不過，或許是因爲那天的狼被水濕透了毛皮，所以顯小的緣故？

兩人走過去查看。這匹狼經過的河邊是一道沿河堤修築的、長不見頭的鋼絲圍欄，而狼停留的小溪盡頭的地方，是穿過圍欄通往河岸的通道，通道處的圍欄鋼絲被牧場主剪斷一頭綁在長木棍上，做成一個可以開關的鋼絲軟門。到了缺水的冬季裏，牧民需要從這裏打開圍欄門，把牛羊趕到結冰的河面去，鑿開冰層，讓牛羊喝水。夏季裏則拴好圍欄門，爲防止羊鑽圍欄，牧民還在這個圍欄門的下方牽了一個紗窗網，一直垂捲到地上。

由於牛羊長期從這裏進出，通道被踩得凹陷下去，一下雨，濕地的水自然往這方彙聚，形成了一條淺溪，兩寸深的水通過圍欄門下方的紗網流入河中。水底的軟泥上留下狼跳躍蹭擦的痕跡，可惜沒有一個爪印清晰，只看得出狼在這裏停留了好一會兒，打了滾，之後穿過圍欄門跳下河，水遁了！

狼要翻過任何地方的圍欄都是輕而易舉的事，牠不需要刻意找圍欄門，爲啥偏要從這裏過？牠在這裏停留最久甚至打滾蹭味道，狼只有在牠覺得安全或牠喜歡的地方才會這樣做，這裏看起來沒有什麼特別之處，到底是什麼吸引了牠？

我打開手機拍照，正要囑咐亦風別踩壞了現場，亦風卻突然彎下腰：「咦，網子在動……」

我蹲下來，輕手輕腳地揭開紗網——呵！一網兜的小魚和大片魚鱗！幾寸長的小魚兒們陡然見了光，張嘴撲騰得水花四濺。我倆樂壞了，這就是狼來的目的！

只要一下雨，魚就會順水而下沖到這裏，被網兜住擱淺，中午水被曬乾，這些魚就成了兜在網裏的一盤河鮮，牧場主的攔羊網竟然成了狼的魚窩子。那些大魚鱗新的舊的都有，看來狼瞅上這個窩子不是一天兩天了，每過幾天就跑來把大魚叼走，小魚牠還瞧不上，這個狡猾的漁翁！

「這匹狼很熟悉這裏的情況啊！」

「把網子還原，過幾天，狼鐵定還會來收魚。」

一個星期過去了，這期間，紗網裏的魚果然又被狼悄悄取走過兩次。我每天都滿懷希望地千呼萬喚，期盼著格林奇蹟般地出現。然而，狼沒招來，隔壁的牧民卻找上門了。

「你那個狼嗥不要再叫了，你一嗥，我的牛羊就跳圈，攔都攔不住！」

「對不起，對不起，我沒想到牛會反應這麼大。」

我倆哭笑不得，我的狼嗥就那麼像？爲啥牛都回短信了，我呼叫的狼卻始終不在服務區呢？鄰居讓閉嘴了，下一步該咋辦？

「用監控吧，裝在魚網旁邊……」

亦風聳著肩膀撇嘴：「你又回到投食監控的老套路上了，這隱藏攝影機從來就沒拍到過成年狼。只怕你裝上機器，狼就不來了。」

「這是狼自己的魚窩子，跟投食不一樣，況且那魚窩子留下過我們的味道，狼不也照樣去叼魚了嗎？這次我瞅準牠沿河堤走的必經之路多裝幾個監控，我只求看清楚打魚狼是不是格林。」

監控裝上之後的幾天裏，我們守魚待狼。

這幾天裏，我總是回想起守狼窩的日子裏百思不解的一件事：飛毛腿換牙期間，辣媽的那些魚是從哪兒來的？老狼說，草原上的狼一般不愛吃魚，可是辣媽不就抓魚給牠的寶貝女兒吃嗎？到這裏來抓魚的狼會不會就是辣媽呢？從這兒到狼山十多公里路啊，爲了兒女的營養，她竟然跑到這麼遠的地方來抓魚嗎？老狼和亦風都深信抓魚狼就是格林，可萬一是辣媽呢？豈不叫他們失望？

也罷，就算是辣媽，我也解開了當初的一個謎團，至少也能知道牠們現在還平安吧。當然，如果是格林，那就太好了！

亦風在窗子裏架起長焦嚴加監視。我負責後勤，每天早上都去屋後的羊圈割野菜。灰灰菜的生長不需要太多陽光，大雨後，植株反而長得更加茂盛。把幼嫩的灰灰菜用沸水焯一下，拌入蔥、鹽、花椒，用熱香油一淋，再滴點醋，吃起來清香爽口。剛吃野菜的時候，亦風給予它頂級讚譽：「野菜比什麼肉都好吃，是草原最大的享受，是我的命！」

再好吃的菜也禁不住天天吃，頓頓吃。連吃半個月灰灰菜以後，亦風臉都綠了：「弄點肉給我吧，不要『命』都行。」

「牧民們都走了，我上哪兒弄肉去？」我說著端起菜盆。喬默早已搖著尾巴衝到屋後帶路去了。

我戴上遮陽帽，詭笑道：「那個網子裏有魚，橫豎狼也看不上那些小魚，要不你把小魚弄回來，我給你炸貓魚吃。」

亦風狠咽了一口唾沫：「不行，那些都要留給格林，萬一牠哪天打不到獵，小魚也能救急。」

真是個當爹的。我心尖一熱，又有點小擔憂：「亦風，如果來抓魚的不是格林呢？」

「你說啥？」

「算了，沒啥。」我端起菜筐出門，揚聲笑道，「你要實在饞肉，就騎馬去澤仁那兒牽頭羊回來吧。」

我轉到屋後羊圈外沿著老路線採野菜。不隨處踐踏草場，這是牧民珍惜牧草的做法，我們也養成了這樣的習慣。我剛走到半路上，就看見喬默迎面跑來，嘴裏晃晃悠悠叼著一隻野兔跟我擦肩而過。厲害！這傢伙倒挺會自力更生！

我盯著喬默回屋的背影，目瞪口呆地揪了兩把野菜，再也忍不住嘴饞，一路跟了回來。這麼大的獵物，喬默肯定吃不完，分我一半來餵亦風應該不過分。

喬默在院子的木柵欄邊找了塊陰涼地方趴下，護著野兔像遇到劫匪般委屈地瞪著我。我不敢明搶，擋住牠的逃路陪著笑臉做牠的心理戰。這傢伙骨碌著眼珠子，既不好意思跟我翻臉，又沒處可躲，只好緊抱兔子不撒爪——牠也好久沒沾葷腥了。

我眼睜睜看著牠把面前的兔子順著毛舔個遍，又倒著毛舔回來，就連兔耳朵上都沾滿了黏答答的口水。那神情頓時讓我想起了小孩子爲了獨吞霜淇淋，當著小夥伴的面把霜淇淋狠嘬一遍的樣子。這傢伙沒打過狂犬疫苗。

我長嘆一聲，養狗不如養狼啊，想當初格林還知道分我一腿呢。喬默，算你狠！

我還是去挖野菜吧……

薄鹽寡油的日子又熬了兩天，亦風騎著馬去找澤仁蹭肉，我到河邊收監控。

安裝在岸邊圍欄上和紗網兩側的五個監控都一無所獲，紗網中的魚也沒拿走，被亦風這個烏鴉嘴說中了，裝上監控，狼就不來了。可是檢查河岸邊明明有新鮮的狼爪印啊！爲什麼一個個機器都拍不到呢？

我清點攝影機，抬眼瞧見河道邊支著的木棍上還有一台機器，已經快被流水沖倒了。

我滑下陡峭的河堤，取回機器檢查，還好，沒進水。這機器在兩天前竟然啓動了一條視頻記錄?!

「狼！」

我重播監控鏡頭——夕陽把河堤鍍上一層濃重的金色，一匹獨狼的背影出現在視頻中，沿河岸輕快潛行。

牠是如何成功繞過下河堤處必經之路的兩台監控的？這台唯一啓動的攝影機剛好在牠下河處的背後，而且浸在水中，被水流帶走了人味，狼忽略了這個鏡頭。狼繼續往前小步快走，越走身影越小，只能看見大概動作。

我捏緊拳頭屏住呼吸，前方上河堤的地方就是紗網通道，那裏有兩台對向拍攝無死角的攝影機。那兩個攝影機藏匿在紗網中，只露出指甲蓋大小的鏡頭，不仔細看很難發現。只要牠一上岸，攝影機就會啓動。

快了……到！狼伸脖子一望，頭一低，當即撤回！牠不上當？真夠狡猾的！簡單一瞥就識破了偽裝，難怪那兩個機器也不啓動！

我心跳加速，回來更好！正好看看你的臉。

隨著狼走近，我的眼珠越瞪越大，狼啊，再近一點……讓我把你看清楚！

近了……獨狼邊走邊向河面瞄了一眼。更近了……狼抬頭望了一眼河堤，牠知道那上面有監控。很近了……

定格！啊……牠果然是後山的辣媽！這傢伙跑得夠遠的呀！就爲了給孩子吃這口魚？

辣媽陡然發現了暗藏的鏡頭。牠斷然轉身，再撤！牠加快了步伐，越跑越遠……視頻停止了，攝影機拍攝時限只有一分鐘，在這一分鐘裏，辣媽輕鬆往返百餘米的距離三次，最終是從哪裡離開的，不知道。只知道在這個過程中，牠巧妙地繞過了我精心佈置的五台「機關」。

當牠發現隱藏的鏡頭時，只有十分之一秒的定睛，立馬走，毫不遲疑，絕不好奇！狼原本是相當好奇的動物，但牠竟然克制住好奇的天性，牠那一瞬間的眼神分明傳遞出這樣的訊息——我不需要知道那是什麼，反正是人的東西，是熟悉的路線中出現的危險異狀，我必須離人越遠越好。

辣媽在狼山上就很討厭我們的隱藏攝影機，把兩台機器都扔進了洞裏。以至於後來，我們再沒敢安裝隱藏攝影機在狼窩附近。

我獨坐岸邊，望著流水發呆，半個多月來篤信打魚狼就是格林的念想破滅了……

格林，你到底在哪兒？

河風微涼，吹得我鼻子酸酸的。唉，知足吧，至少現在我明白了最初的時候，後山水源地爲什麼明明有狼出沒，卻能繞過我們的攝影機。我也知道了辣媽的捕魚地點，解開了狼山上猜不透的謎題。這還是我們第一次拍到成年野狼警惕多疑地躲避監控的行爲，這珍貴的鏡頭可能在世界上都是唯一的。狼的行爲比我想像的更加複雜難測。

遠處，馬蹄聲急，從澤仁那邊回來的亦風兩手空空，他陰沉的臉上汗氣蒸騰，翻身跳下馬來：「出大事了！」

27／口蹄疫席捲整個草原

一頭小犛牛孤零零地站在母牛的遺體旁，
驚悸地望著兀鷲群。
牠拱著母牛的身體，
但牠的媽媽不會再帶牠離開這可怕的地方了。
「是犛犛雨。」亦風檢查牠的口角，
「牠還沒染病！快帶牠走！」

瘟疫爆發了！口蹄疫席捲了整個草原，時間在八月。

口蹄疫是一種人畜共患的高傳染性、高死亡率疫病。牛、羊、鹿、豬……凡是蹄子有叉的動物都遭了殃，就連接觸過染病動物的人也會被感染。病變主要出現在口腔、蹄子這些部位，又呈現在畜群間廣泛傳染的疫勢，所以叫口蹄疫。患病牛羊從口蹄部起皰潰爛，延至各器官，口角流涎、食欲廢絕，一周之內暴瘦成皮包骨頭，肌肉抖得站立不穩，往往因心臟麻痺而突然死亡。惡性口蹄疫在霧濃水重的濕地基本無法治癒。

口蹄疫爆發的誘因是氣候異常。六月持續一個月的高溫乾旱後，七月連續二十多天的大暴雨，接下來又是曝曬桑拿天，病菌大量滋生。大災之後必有大疫。八月一開始，牧民就陸續發現牲畜染病。

口蹄疫流傳的根本原因是生態失衡。原本這些病弱牛羊是狼群消滅的對象，可是狼的數量太少，完不成自然淘汰，而且牛羊在人的監管範圍內，狼群沒機會靠近，牧民又捨不得撲殺，任病牛四處遊走，暴屍牧場。疫病牛羊的水皰液、乳汁、尿液、口涎、淚液、糞便和屍體均含有病毒，疫毒之氣在密集的畜群中迅速蔓延開來，爆發了大流行。

網路斷了，無法查詢防治方法，我四處拜託防疫站的朋友寄藥品進來，又打電話求助專家，得到的回答基本是：「活該！載畜量太高了，連隔離都辦不到，牛羊越多傳播越快。這疫情沒法救，只能等死。你告訴牧民——撲殺！深埋！消毒！」

我們沒法動員牧民殺牛，只好帶著藥物各家各戶跑，幫牧民們權且死牛當作活牛醫。

我牽住一頭牛正要給牠餵藥，牛咚一聲倒地，說死就死。我回頭再一看，身後的牛羊倒了一大片，蹬腿兒的、抽搐的，跳起了詭異的霹靂舞。我驚慌失措，生命眨眼間變得那麼玩笑。

牛羊捨得死，牧民卻捨不得埋。牧場主哭喪著臉給死牛販子打電話。

我急了：「不能賣，這是疫死牛羊，會傳染人的。」

「他們賣得遠，不怕。」牧場主顧不得那麼多，「城裏人吃的東西哪樣是安全的嘛……死那麼多牲口，總得讓我們挽回一點損失！」

「站著說話不腰疼。」另一牧民跺著腳下的硬土，大爲光火，「深埋？這凍土挖一天也埋不下一頭牛，我家的牛每天要死七八頭，你讓那些專家來埋！」

「政府有挖掘機，讓他們來做無害化處理，還會給你們補償一半的牛價。」亦風勸道。

「誰敢通知政府！」牧場主吼道，「政府是說過每頭病牛補償三千，可是他們派人一來，那些專家說這頭也要死，那頭也有病，管他三七二十一提著槍打死一大片。那些牛要是活著個個都值七八千，治都不給治，總不至於都該死吧！這樣撲殺划不來！你去隔壁牧場打聽打聽，他家發現有一頭病羊就老老實實報告了政府，結果政府帶專家一來，八百頭羊全部被槍斃。牧民只拿了一點點補償，哭都哭不出來！」

大災當前還想著利益，我倆怎麼說也勸不住牧民。政府這麼做是有根據的，因爲病畜和潛伏期動物是最危險的傳染源。一頭病羊可以傳染整群，發病急、傳播快，口蹄疫情之危恐不是牧民想的治病那麼簡單。

有很多牛還活著就已經爛了，放眼四野，你能深刻體會到什麼是行屍走肉。大草原瀰漫著鬼厲邪氣，屍骸堆積成山。

這場雨災後，被泥石流沖斷的道路還在搶通，填埋死牛羊的挖掘機不夠用。臨時調用來的幾台挖掘機，他們挖坑的速度遠不及畜群死亡速度快。政府來不及處理，絕大多數的牧民又抱著僥倖心理不予合作，疫情遲遲得不到控制。

紅原、若爾蓋、松潘……幾個縣裏的大型肉聯廠因此關門歇業。死牛販子們看到了商機，他們成批收購，每頭死牛三百元，來不及販運出去的，還修了大型冷凍庫儲存起來。半個月過去了，牛羊越死越多，大大小小的冷凍庫全部塞滿，死牛販子們也忙不過來了，兩百元一頭牛都懶得跑一趟。

陡然之間遍野橫屍，禿鷲們撐得一個個癱在地上飛不動，只好像雞一樣踱步消食。禿鷲和野狗們肚子都快撐破了，還是有越積越多的腐屍爛肉無法降解。

有的牧民爲了不讓畜屍堆在牧場上傳染自家的牛羊，暗地裏以鄰爲壑，拋屍河中。泡漲的死牛羊順河而下，河道中流淌著腥腐惡臭，水源被污染，更多的人畜染病。若爾蓋、紅原，數萬平方公里的草原沒有一處牧場逃過這場災劫，這時候人們才想起了什麼：「狼呢?!」

狼?狼敢來嗎!緊跟在死牛販子後面的就是盜獵者，下毒!下夾子!被毒死夾死的狐狸野狗到處都是，連禿鷲都有被夾斷脖子的。

我騎馬巡場，凡是看見有被人下過毒的死牛羊，就削掉毒肉，噴上花露水警告狼群。發現有狼夾子，取走。雖然馬是奇蹄動物，不會感染口蹄疫，但也能攜帶傳染源，我每次回來都為馬仔細消毒。

狼山附近的牧民旺青甲突然捎來一個消息：「你們到各村寨去治牛那幾天，有三隻半大小狼下山來吃死牛，結果被死牛販子發現了，他們騎著摩托追，聽說抓到了一隻，你快去看吧。」

我心亂如麻，狼山一帶就那一窩小狼，這麼久沒消息，不會是牠們出事了吧！

我們急忙叫上扎西，按照旺青甲的指示，在黑河橋附近找到了那個死牛販子的窩點。

亦風喊出了死牛販子：「你抓到的小狼在哪裡？我們要！」

「你要買嗎？」死牛販子打量亦風。

亦風咬咬牙：「買！」

「已經打死了，死的你們給好多錢嗎？」牛販打開冷凍庫，從門背後踢出一個冰坨子，冰坨子骨碌碌滑到我腳前——冰凍狼！

冰狼咧著嘴，緊咬鋼牙，臉上的表情掙扎扭曲，一雙狼眼怒目圓睜，眼珠已經泛白，僵硬地挺著四條腿。還以為來得及救牠，誰知為時太晚。

細看狼屍，我的心臟瞬間停跳。儘管被凍硬，我還是一眼認出了牠——福仔，我最愛的孩子，後山狼窩中最神似格林的幼狼，我們從盜獵者手中拚命救回來的小狼，曾經在我懷裏用熾烈的眼神遙望狼山的牠，如今卻毫無生氣地躺在冷凍庫中，與成堆的牛屍混在一起。

陰冷的風從冷凍庫飄出，彷彿有陣無聲的哭泣在空氣中衝擊著我的耳膜。

「怎麼抓到的?」亦風聲線顫抖。

「運氣好唄，」死牛販子很得意，「我收牛的時候，有三隻半大狼都趴在那兒吃死牛，牠們看到我們就跑，我們騎著摩托追。本來我們要抓的不是這隻狼，因爲牠和另外一隻差不多大的狼都跑得風快，鑽過圍欄就沒法追了，我盯上那隻最小的狼，那傢伙吃得很脹，後腿還有點瘸，跑不快。我們眼看就要追到了，哪曉得這隻大的又衝回來朝我們張牙舞爪地找死，我們幾棒子就把牠敲翻了，結果反而讓那隻小瘸狼跑脫了。」

我張了張嘴，又把湧到喉嚨口的話咽了回去。逃脫的一準兒是小不點了，沒想到牠的後腿還是留下了遺憾。福仔自小就很愛護這個弟弟，當初小不點掉進水坑裏，福仔一直抱著牠的頭不讓牠溺水。我還記得在小屋時，牠們倆坐在我腿上默默望著回家的方向，小不點是聽福仔勸慰才開始進食的。在狼山裏，每次獵到野兔，福仔總會給小不點留一份，在辣媽試圖攻擊我時，福仔和小不點替我擋住了狼媽媽，我還記得福仔向我輕輕搖著尾巴的樣子……一樁樁一件件都彷彿昨日發生，歷歷在目，一切都隨著死亡而成爲泡影。

福仔啊，你是好哥哥，你換回了你的兄弟，卻將自己送入了這寒冰地獄。

我的手和冰狼凍在了一起，冷得沒有了痛感。牛販子的聲音還像毒蟲一樣往我耳朵裏鑽：「你買不買的?咋光看不說話呢，誠心買你給個價，便宜點?可以拿去烤全狼……」

我捏緊拳頭，手中的冰碴燙成了蒸汽。我多想將狼兒的屍身帶回故居掩埋。我喊著牠的名字，硬起心腸拉著亦風跨出冷凍庫門。福仔，我絕不讓你的死亡給任何人帶來利益。

「我不會放過他！」亦風砰一聲關上車門，緊咬的牙縫中蹦出幾個字，他的嗓音已經被仇恨扭曲得變了腔調，讓人聽得不寒而慄。我知道即使招來報復，他也在所不惜。

那晚，亦風和扎西在屋外商量了很久。我聽見亦風一次接一次地點火，菸頭的亮光在他唇前一閃一滅。

幾天後，聽說政府有關部門根據舉報拘留了死牛販子，查封了這個冷凍庫。其他死牛販子聞風暫時隱蔽了，要等風聲過後再重操舊業。

扎西托關係，私下裏把福仔的遺體要了回來。

我揭開裹布，從扎西手中抱過福仔。牠已經解凍了，身體綿綿的，脖子也軟軟地垂搭在我臂彎。牠的肋骨盡斷，頭骨碎裂，眼裏融化出兩行淡紅的血淚，順著鼻梁慢慢往下流淌。

我們在狼山谷中挖開一尺淨土。最後和福仔碰了碰鼻子，把牠的身體輕輕放入地穴，整理四肢，讓牠的頭對著出生的狼窩……牠的眼睛閉不上，那就睜著吧。我蜷曲手指輕輕梳理著牠的狼鬃，狼毛早已換過了，牙齒也是健壯的大狼獠牙。

我嘴角牽出一絲苦澀的微笑：「瞧瞧，你長大了，長得多好啊……我的福仔以後肯定是狼王……你小時候就被抓過，怎麼還那麼不小心啊……現在沒事了，一切都過去了，你回家了，再也沒人能傷害你……」

心中的悲痛一層層地壓下來，像千鈞巨石，壓得我透不過氣來。我以為我會號啕大哭，但是我沒有，我只想在這片安靜的山谷裏像以前一樣看著牠，就這樣靜靜地、靜靜地再和牠說會兒話。

冰冷的泥土撒進去，蓋在福仔的身上、臉上，一點一點……蓋住了所有對於牠的回憶。

亦風沒有勇氣看牠，他的臉憋得青一陣白一陣，眼眶充血，但他忍著一言不發，低頭坐了一會兒，又猛地站起來，一仰脖子，把將要流出的淚水逼了回去。

狼山上青白的天空中掛著一顆孤星，我不知道那顆星上面是不是附著福仔的魂魄，正眨著眼睛看我們，保佑著牠以命換回的兄弟。

狼群變得更加警惕。死屍？狼群不蹚這道渾水！牠們獵殺一些行將就死的病牛，牠們要吃放心肉。這卻讓有些本來就蒙受巨大損失的牧民更加憤憤不平：「有死的不吃，卻去打活的，那頭病牛還死不了的！」

我們不再去勸說牧民，在利益面前，我的說辭蒼白無力。我們也阻止不了疫情，只能眼睜睜看著白骨蔽荒原。

數以萬計的屍骸等待填埋。蒼蠅如黑霧般籠罩屍場，蛆蟲從死牛眼裏爬出。草包、糞便、黑血、爛肉、膿水……混合成一股極富穿透力的惡臭，十公里外都可以聞到。我用圍巾使勁纏著口鼻還是擋不住惡臭往肺裏鑽，我的胃不住痙攣，彷彿自己的身體都在跟著腐爛。我們覺得那麼累，累得想遠離人群，奔向一個無人的天邊。人類在災難面前太渺小，任憑他怎麼超越，也脫離不了所生存的這個自然界。

天還是那樣幽藍，地還是那樣沉綠，一排排乾白的肋骨把天地抓握在一起。風捲起塵土瘴霧在冷空氣中飛揚。陳舊的骨骸累累堆積，新死的牛羊又被禿鷲啄食得露出了一根根白骨，碎肉飛濺在草甸子上，禿鷲們的嘴巴和蛇一樣的光脖子被染得血紅，一扇翅膀便揮起陣陣蚊浪蠅潮，嗡嗡聲像念著緊箍咒。兀鷲從半空中扔下的骨頭在岩石上砸碎的空響於一片死寂中回蕩。我四顧茫然，彷彿心還在天堂，眼珠卻被拋入了煉獄。這還是我認識的大草原嗎？

亂屍堆邊，竟然還有一個活物。一頭小犛牛孤零零地站在母牛的遺體旁，驚悸地望著兀鷲群。牠拱著母牛的身體，但牠的媽媽不會再帶牠離開這可怕的地方了。小牛的眼角泛著一層水淋淋的光，像是剛流過一場淚，讓人心疼。

「是犛犛雨。」亦風檢查牠的口角，「牠還沒染病！快帶牠走！」

我交臂抱起犛犛雨，牠只有獵狗那麼大，輕飄飄的，就剩一把骨頭。我最後望了一眼母牛，就在我轉身離開的一剎那，犛犛雨在我懷裏掙扎著拼命扭頭，睜大雙眼看著越來越遠的母牛，長聲哀鳴起來。我緊緊抱著不讓牠掙回去，懷中那抓心揪肺的悲哭聲把天邊的雲都撕成了碎縷。讓一個孩子離開母親的恐懼和絕望是任何人都無法安慰的。

犛犛雨是澤仁弟弟牧場的小牛，牧民們認得每一頭小牛，而犛犛雨能讓我們印象如此深刻緣於牠的母親——那是今年春末時候，這頭母牛漸漸掉隊，正遇上幾匹狼下山打春荒糧，這情景被我們用望遠鏡套住了。

「三匹狼隨便拿下落單犛牛。」那時候的亦風興沖沖地溜回小屋拿攝影機，因爲這是我們開春第一次看見狼群打獵。我留在山坡上繼續監視狼牛纏鬥。

母牛抵抗了一會兒，後腿就見了血，皮肉翻捲起來。牠眼看寡不敵眾，突然前腿一屈，朝最大的那匹狼撲通一聲跪下去，低低地垂著頭，下巴幾乎要碰到地面，等到牠再抬起頭的時候，眼眶中都蘊滿了淚水，牠用胸腔深處的氣息悶哼著一種我們從未聽過的叫聲。

我和亦風都愣住了，從沒見過這麼怕死求饒的犛牛。而更讓我們吃驚不小的是，狼群交頭接耳之後竟然放棄到嘴的獵物，撤了。

「咋沒下文了？」我倆是站在狼一邊兒的，對獵殺角逐保持旁觀心態。

「領頭的狼好胖啊，可能吃飽了，肚子圓滾滾的。」

難得孤牛，我們估摸著狼群會叫來大部隊聚餐，於是在山梁上架好長焦等待著，然而狼群卻沒轉回來。

母牛艱難地挪步到靠近我們小屋的山下，臥倒後就再沒起來。我們猜牠受傷不輕。

直到第二天清晨，煙雨濛濛，我們發現一頭初生的小犛牛夾在母牛胯下，母牛在細雨中舔著小牛的胎衣。

我百感交集。我對犛牛瞭解不多，公牛母牛都長角，我能認出牠是母牛就已經很能耐了。犛牛本來就長得膘肥體壯，又身披長毛，實在看不出牠即將生產。

原來如此，我能理解牛媽媽爲子跪求的母性本能，可我不理解狼群怎麼捨得放過牠？我見過非洲草原上角馬生產時正是掠食動物大開殺戒的好時機。如果連這都下不了手，狼也太不夠「狼」了。莫非要留得母牛在，來日吃小牛？捨大取小好像也說不過去。唯一的解釋只有狼是飽的，回家的路上看見寡牛，捎帶腳攻擊一下，既然對方求饒，自己也不餓，那就得

被狼群打翻的老馱牛體重一噸，在高原上拖牛絕非易事。

饒牛處且饒牛了。

這是個狼口餘生的幸運傢伙。我們拍下了小犛牛站立的全過程，依著那天的天氣給小犛牛起名「犛犛雨」。

我下山去探望這搖搖晃晃的小東西時，牠撇著外八字的腿，羞怯地拱到牛媽媽肚子下面，頂著母牛碩大的乳房夾住自己的腦袋來平衡身體。雨後瓦藍的天空、母牛舔牠額角的舌頭，還有牠長長的睫毛倒映在小牛犢清亮的黑眼珠上，這是犛犛雨眼中的世界。

但是後來，我聽牧民說那天的三匹狼轉到山背後，重新打了一頭牛吃。再後來，我們在山裏發現一窩狼崽時，我才陡然領悟到那隻大肚子的胖狼或許是當時也同樣懷著孕的準媽媽，牠赦免了牠的獵物。

不過，這些是我很久以後才明白過來的。狼的確有惻隱之心，格林就曾經讓我有過這種感觸，或許狼族那種目空一切又高高在上的主宰者的神情，正是源於牠們內心深處的悲憫。

可惜的是，當初爲了孩子不惜向天敵哀求生存的牛媽媽如今卻被疫病擊垮了。

澤仁掰看犛犛雨的牙口：「這麼小的牛沒有奶吃，很快就會餓死。這場口蹄疫光咱們寨子上就死了上萬頭母牛，剩下這些小牛也不過是熬日子罷了，撐不了多久。」

「不管怎麼說，還是拜託你把小牛送回主人那兒去，我們藏語不好，怕解釋不清楚。讓他用奶瓶人工餵養，總能留條命。」我把犛犛雨抱到澤仁車上。

也許離開母親時的掙扎已耗盡了小牛所有的力氣，牠無助地蜷縮在車裏，連抬頭的力量都沒有。牠的眼神空無一物，甚至失去母親的悲哀都隨著淚水流乾，彷彿這世界與牠再無關係。

「奶瓶？現在口蹄疫死牛成山，弄得草原上是人仰馬翻，給大牛打針吃藥還顧不過來，誰還有心思拿奶瓶餵小牛啊？這個季節裏有多少母牛死，就有多少小牛陪葬。」

過了兩天，澤仁告訴我，犛犛雨送還給他弟弟了，當時弟弟不在家，他就把小牛放在他弟弟家門口睡著，那兒有三隻藏狗拴在附近看守。可是當天傍晚，小牛睡醒以後，自己走到三隻狗跟前，被活活咬死了。等澤仁弟弟發現的時候，小牛只剩下腦袋和蹄子。

我心如灌鉛。真不該把牠送回去，出了狼口卻飽了狗腹。

犛犛雨，去天國的路上會不會太擠，你找到媽媽了嗎？等你找到媽媽就不會再痛，不用再怕了。

28／又發現一隻小狼

被拴的狼有四個多月大，只是營養不良導致牠長得很瘦，
狼尾巴一半黑一半黃……我心狂跳起來，
被囚禁在這兒三個月之久的小狼果然是雙截棍！

八月中旬，澤仁源牧小屋寄住中。

「野菜不敢再吃了啊。」亦風端著空菜盆進屋，拿肥皂洗手，「我剛去羊圈割野菜，發現有兔子死在後面，怕是牧民說得對，這地方的草被污染了。」

「死了多少兔子？處理了嗎？」我一陣驚悸，這場瘟疫這麼嚴重，連小型食草動物都被波及！

「就一隻，喬默叼去吃了。」

「這個……牠吃了沒問題吧？」

「那麼多病死牛羊都是被野狗幹掉的，能吃不能吃，牠們自己會分辨，草原狗和狼一樣食腐，喬默也算草原清潔工啊。不過你沒事兒別摸喬默了，那傢伙身上病毒肯定少不了，口蹄疫是要傳染人的。」亦風張大嘴對著牆上的小鏡子照來照去，看嘴裏有沒有水泡。

我想起早上才摸過喬默，趕緊將就亦風的肥皂水洗手，滿腹牢騷：「你說咱們人又不長蹄子，憑什麼傳染口蹄疫？」

亦風自嘲道：「人的腳丫子不也開叉嘛。」

我調了些消毒水給喬默的狗窩消毒。這是我在下大雨期間給喬默蓋的狗房子。既然解決了喬默的就業問題，也得分套福利房給牠，安居才能樂業。只不過，這流浪狗過慣了「天地爲欄夜不收」的生活，瞧不上「單位宿舍」。這會子牠聞到消毒水味兒，更是不爽，連打幾個噴嚏，獸性大發，三下五除二把窩給拆了，抖抖頸毛上的碎木屑，又出外晃蕩去也。口蹄疫期間有吃不完的死牛羊，牠不需要單位管飯，於是喬默自行改變了工作制度，實行朝九晚五制——早上九點出去溜達打食，晚上五點才回來守夜，不上白班，只上夜班。

一天，我在望遠鏡裏發現一頭死牛，估計是頭天倒斃的。這頭牛死得離家近，我急忙召喚喬默跟我去吃肉，要是等其他野狗和禿鷲捷足先登可就沒多少剩的了。我房前屋後找了半天沒見喬默的影子，也罷，趁著禿鷲沒來，我自己提著刀去給喬默割點宵夜回來。

我捲起袖子，搬開牛後腿準備下刀。突然間，死犛牛動了起來。我頭皮過電，還來不及恐懼，就見牛肚子一鼓，從裏面爆出一團黑影，夾著腥風迎面襲來！

沒死?!詐屍?!遺腹子?!

我摔了個四仰八叉，抱頭驚叫，腿一蹬，黑影被我踢出去好幾米遠。那東西扭身躍起，再撲！我左手護臉，右手揮刀亂砍，突覺擋臉的左拳一熱，有舌頭在舔我，我放手一瞅——喬默！我定神再看，原來是這傢伙把牛肚子掏吃空了，就以牛腹當肉窩，睡在裏面有得吃有得住。犛牛是黑的，喬默也是黑的，乍一看，哪裡分得出來，還以爲犛牛屍變呢。

在「家裏」看見主人來了，喬默樂呵呵地蹦出來舔我的手，一雙狗爪子討好地往我身上扒，那份親熱勁兒像是招呼：「領導怎麼有空來看我啦？」

「還好我沒砍到你，」我收起刀，拍拍衣服上的草屑，「你跟我回去不？」

喬默抬頭看看高掛的日頭，離上班時間還早，牠趴在牛肚子前面，把「家門」啃大了一點，又鑽進去睡覺。

源牧屋裏，我重新打了一盆水洗手洗臉，把喬默的邪行事兒給亦風講了一遍，念叨著：

「你說得對，那丫頭身上肯定帶菌，沒事兒別碰牠。下回進城記得買疫苗，我得把針給牠扎了。掏牛肚子做窩，格林都沒這麼幹過。」

「牠給自己弄了個豪宅。」亦風笑著遞給我毛巾，「哎，說到房子，這個月雨也停了。我看澤仁他們忙著治牛顧不上，我打算到縣城邊上的磚瓦廠去拉些材料，把狼山上的小房子修一修，咱們儘快搬回去守著狼山吧。三隻小狼出事兒我們都不知道，要是我們在，福仔……」

看到我的表情，亦風的笑容頓時消失，硬生生把下面的話咽了回去。但這話已經刺痛我了，心裏的傷可以被掩蓋，卻永難癒合，不經意的一句話就會觸動舊日疼痛。

我咬牙皺眉，雙手撐在盆沿，水中的臉一漾一漾。我悶了一會兒，說：「回去也好，讓小屋有人住，現在我們就指望後山狼群能順利養大小狼了。你去弄材料吧，我跟老狼說一聲。」

怕老狼聽了傷心，電話裏我沒提福仔夭折的事兒，只說我們打算搬回狼山小屋去。

「你們別走啊，那匹抓魚狼到底是不是格林還沒確定，如果那是格林，牠大老遠跟過來找你們，你們又走了，豈不是白白錯過！」

「那是匹母狼，不是格林。我們布在河邊的監控拍到牠了，牠是後山的辣媽，我們表錯情了。」我說著這話很歉疚，我知道老狼對格林的牽掛如同對他轉世的孩子，我們當初那麼興奮篤定地把疑似格林來抓魚的事告訴他，讓他寄託了很大希望，現在卻又讓他失望。

「不！不不！你們只是拍到一匹狼經過河邊向著魚網的路徑去而已，一條狼道並不是只有一匹狼走，會有很多狼使用的。你並沒有切實拍到就是這匹狼在抓魚，所以還不能絕對地說她就是抓魚狼，或者牠就是唯一的抓魚狼。你看到的不一定就是全部真相！再說，牧民是在河邊發現三趾狼爪印的，狼已經來取過幾次魚了，你們有沒有逐一盤查過河道的爪印呢？」

「……沒……」

「和狼打交道得多長幾個心眼兒，你們的工作還不夠細！聽我的，不能撤！說不定狼就在暗處觀察你們，如果住處變來變去，狼不知道你們要幹什麼！你再觀察一下，確定了不是格林，你再走，我不攔你。」

老狼擺事實講道理，足足教導我半個小時。他竟然一點不受我判斷的影響，抓住一條線索就絕不鬆手。

我暗自佩服老狼的執著。我的確不能百分之百肯定拍到的辣媽就是抓魚狼，因為抓魚狼出現時一直都是濕漉漉的，難以辨認。我只能根據視頻中辣媽去向的路線，猜測牠的目的地就是魚網。可是這還不能說明問題嗎？牠往魚網方向去了，不是抓魚是幹啥？況且我們在守狼窩的時候親眼看見過辣媽給小狼餵魚吃，現在發現牠在這裏抓魚，也是合情合理的事。死盯這條線索會不會太較勁了？而且我們這次拍到辣媽的鏡頭都實屬走運，這條狼道已經引起了狼的警惕，難道還能讓我們拍到第二次？

格林真的會回來嗎？在狼山和澤仁源牧，哪裡更有希望找到牠？最關鍵的是，格林是不是真的還活著？時間已經過去九個月，我這點信念早已如風中蛛絲。雖然每當信心不足的時候總有老狼鼓勁兒，但我猜想，這麼久了，亦風和老狼肯定都明白格林活著的可能性已經很渺茫，只是大家都強打精神，像狼一樣咬住每一線希望，讓自己信下去！堅持下去！

雖然老狼要我們留下，但我的心思早就飛回了小屋，畢竟有福仔的事壓在心裏沒說。從內心講，再見格林已經成了一個夢幻，我不想爲了一個可能已經不存在的格林而忽視了守護後山實實在在的狼群，今年的小狼只剩飛毛腿和小不點兩隻了！

老狼更惦念格林，而我更惦記後山的小狼。到底是走還是留？老狼和我第一次意見相左。

「老狼說得有道理，微漪的想法我也明白……這樣吧，」亦風把我倆的意思折中，「我們先把狼山的小房子修好再說，萬一格林仍然在狼山一帶，牠看見人走了，連房子都垮了，豈不是斷了念想。這期間，我們繼續留意抓魚狼。」

「也好，邊修邊看，你們做好兩手準備。那個牧民拍到的三趾狼爪印一定要保存好……哪怕你們最後找不到格林，這就是牠活著的證據！草原上的狼缺胳膊斷腿兒的都不奇怪，可是獨獨斷一根腳指頭的肯定是絕無僅有，一般狼不會受這種怪傷，你要相信我！九個月都等了，咱們現在找到了證據，抓住了線索，順藤摸瓜找到格林是遲早的事兒，千萬不能放棄！」

午後，微晴。

牧場盡頭像波浪一樣拱動著一片枯草色動物群，貌似聚集了幾百匹狼。

我的雞皮疙瘩開始排兵佈陣了，現在的草原還有這麼大規模的狼群？難道是口蹄疫的屍群招來的嗎？我激動地拿出望遠鏡，一看之下啼笑皆非——是澤仁趕著一大群狼棕色的羊。

足足扭了三個多小時，澤仁才把「僞狼群」趕到了源牧屋前，因爲其中不少羊是跪行爬來的。

亦風端了一碗茶迎了上去：「咋回事兒，你的羊怎麼『生銹』了？」

澤仁接過茶碗猛喝幾口，苦著臉道：「羊子病多，老是治不好，上次你們留下的藥，我給牠們吃一次就抹一種廣告顏料做記號，消毒一次又抹一種顏色，吃藥消毒次數多了，顏色也搞烏龍了，就抹成了這副模樣。」

我本來還覺得羊變成了狼顏色很搞笑，聽了澤仁這番話，我卻笑不出來了：「你把羊趕過來幹啥？」

「這兩百多隻瘸羊一直沒死，不像是口蹄疫，趕到你們這邊，讓你看看，也幫我隔離放牧。」

我抓過幾隻羊，檢查羊嘴，又掰開蹄叉看了看：「是腐蹄病。」炎熱多雨的夏季，潮濕泥濘環境就會滋生羊腐蹄病。腐蹄病往往與口蹄疫繼發，雖然也在畜群間傳染，卻對人無礙，也不屬於瘟疫。玩笑的說法就相當於羊得了很嚴重的「腳氣」。這群羊裏，一些輕度感染的病羊可以治好，但多數已經拖得很嚴重了，有些羊蹄甲脫落，只剩流膿壞死的骨碴子。有些羊跪行的前膝血肉模糊，筋腱磨爛，就算治好也是殘廢。

有些羊胸口肚腹潰瘍，最慘的是有一隻母羊由於後腿長期拖行，肚子磨穿一個洞，隱見小羊胎盤從破肚子裏頂出一個帶著胎膜的小腿，這母子倆居然還活著，不過一屍兩命是遲早的事。對於草原上散放的綿羊而言，腐蹄病主要會由爛蹄子造成腿瘸，嚴重到走不動路、吃不到草，最終瘦成空殼，慢慢餓死。

「澤仁，這次口蹄疫你家死了多少牛羊？」亦風問。

「四十多頭犛牛，幾百隻羊。小牛小羊不算。」

「唉……你這兩百多隻病羊到了冬天也得餓死呀。」

「我知道。沒辦法……」

「狼群每年吃掉你家多少牛羊呢？」亦風又問。

「連牛帶羊十來隻吧。」

由一戶牧民略作參考，生態失衡造成的損失遠遠超過狼群十年的口糧，而這次疫情還遠沒結束。

眼下，兩百多隻羊爬得淒涼，澤仁一臉無奈。他對平日裏牛羊意外死亡原本看得很開，但面對這次滅群之災，也無法淡定了，我們說什麼也得幫幫澤仁。

治療腐蹄病需刮淨腐肉，用藥物包紮羊蹄，最重要的是治療期間必須保持乾燥，然而羊死到臨頭都不會自覺，就喜歡往水多幽涼的泥沼裏踩，蹄子上的紗布拖泥帶水，感染更加嚴重。我怎麼趕都無法把羊群趕離濕地，直恨得牙癢癢：「若是格林在就好了。」

記得那年在扎西牧場留居時，扎西的羊也得過一次腐蹄病，治療後也是愛往水泡子裏蹚。我在水邊趕羊，格林隔著水岸，邊吃兔子邊看好戲。狼天生能領會同伴的意圖，牠見我趕羊不得法，實在看不下去了，丟下兔子上陣幫忙，把羊群攏作一團，轟到乾地吃草。從那以後，格林每天抓完野兔餵飽自己就來幫我趕羊，到了傍晚又把羊轟回羊圈。有格林天敵在此，沒有一隻羊敢不聽狼的。有格林守著，羊群不敢下山，遠離了潮濕，腐蹄病才被治癒。

儘管我喜歡小羊羔，可是越愛小羊就越恨大羊。別地兒的羊我不清楚，但是這個草原上的羊一個比一個自私。究其根源，牛羊太多了，草太薄了，羊口眾多連溫飽都成問題，多一隻小羊多一個包袱，在匱乏的食物面前，連哺乳的母性本能都會退化，每年都有不少母羊遺棄羊羔。幫小羊找親媽，強迫母羊餵奶是接羔期間牧民最頭疼的事兒。我

虛弱的羊羔在母羊身下餓得吐舌頭，無論怎麼哀叫跪求，母羊都無動於衷，直到小羊餓死乳下。

經常看見牧民把羊羔拴在母羊的後腿上，還得把母羊也拴在羊圈附近，免得母羊把羔子拖進泥漿裏淹死。即便強迫捆在一起，牧民抓住母羊乳頭往小羊嘴裏塞，母羊還是避來躲去拒不餵奶。虛弱的羊羔在母羊身下餓得吐舌頭，無論怎麼哀叫跪求，親媽都無動於衷，直到小羊餓死乳下。

今年初春，我們拍到澤仁家有一隻母羊更惡劣，爲了早點解放去吃春草，乾脆把小羊羔亂蹄踩死，然後朝人咩叫著，似乎不耐煩地抱怨：「牠死了，這下總可以把我放了吧。」主人解開羊繩的時候，忍不住狠狠扇了牠一耳光。

我幫澤仁放了半個月的瘸羊，雖然治好了幾十隻羊，但仍舊每天都有羊餓死病死，我們也無能爲力。

一天放羊的時候，我突然收到陌生號碼發來的一條沒頭沒尾的奇怪短信：「狼賣不賣」，來電的歸屬地是若爾蓋本地。誰啊？什麼狼賣不賣？

我拿著短信找亦風商量，亦風摸著鬍子碴琢磨：「會不會這人有狼想賣，問你『買不買狼』，藏族人分不清漢語的『買』和『賣』。如果是這樣，對方可能是盜獵銷贓的，你回電試試，千萬別急眼，先穩住他。問清楚到底怎麼回事，咱們再作打算。」

所料不錯，發訊息的那人抓了一隻小狼，養了幾個月了，原以爲很好賣，結果一直找不到買主。前些日子他聽牧民說有兩個漢人在找狼，就想方設法打聽到我的電話，想把狼賣給我們。對方極力動員：「你們來看一下嘛。價錢好商量。」

「狼活著嗎？有沒有傷殘？」

「活的，沒傷，再養大點就可以剝皮了。」

我不是第一次遇見兜售狼的人了，雖然我把手指節握得嘎巴響，但還是儘量平靜地記下了那人的地址、姓名。那人顯得很著急，又打了幾次電話催問我們去不去，什麼時候去。

我們這兩個漢人在草原上長期駐紮尋狼，本來就挺扎眼的。又跟盜獵者和死牛販子明爭暗掐了那麼久，得罪的人不少。我們的狼山小屋被發現，爐旺被殺，可見有些盜獵者對我們也是探了底的。而此人打我的電話，一再要求我們去他們的地方看狼，是真是假不得不防。如果是真，要救狼；如果是個套兒，要全身而退。

我聯繫扎西，告訴他事情原委，說了對方的名字地址，想探探此人的虛實。

扎西念著名字想了想：「這人我聽說過，是個死牛販子，生意做得很大，冷凍庫都有好幾處。最近查疫病牛羊的風聲緊，政府在出草原的路上全部設了關卡，死牛運不出去，他沒生意可做。雖說他家大業大，卻是個賭棍，聽說欠了外面幾百萬，債主追得他到處躲。前一陣子想變賣珊瑚沒賣掉，會不會是手裏缺錢了？放心吧，明天我和你們一起去。他不敢亂來。」

開車幾十公里找到那戶偏僻的人家，停在院門口，院子上空飄蕩著一股濃烈辛辣的臭香，還有熱合塑膠的氣味。這院子有十幾畝地，後面是幾排神秘的平房，裏面有人聲有動靜，怪香味就是從房頂煙囪飄出來的。

我正要下車，亦風大手壓下我的肩膀拍了拍，看著緊閉的院落，按了兩下喇叭。我調整行車記錄儀的角度，鏡頭對著院子。

和法外之徒周旋久了，我早已克制了初到草原時的激憤莽撞，我漸漸能理解反盜獵多年的索朗和牧民們爲什麼不和盜獵者講法，爲什麼見面還客氣三分。在這三不管地帶，任何一點不知深淺的天真和衝動都是現實的炮灰。

少時，院門一開，走出來一個黑壯漢子，灰頭土臉，頭髮長得能紮辮子，滿臉濃密的鬍鬚，甚至可以不包面罩。他戴著一個碩大的金耳環，脖子上的珊瑚串恐怕值七八萬。

「越野車不錯啊，多少錢？」金耳環拍拍引擎蓋往車門邊走，突然看見扎西坐在車後，金耳環愣了一下，兩顆金牙在鬍鬚叢中露出來，他一臉的橫肉都在笑，壓著後車窗探臉進來和扎西套磁（**編按：北京方言，套交情。**），顯然認識這個村長。

扎西也衝他點頭打招呼。敢在若爾蓋混世道的沒有軟腕子，扎西也只是個沒有執法權的村長，權衡一下形勢，能夠不撕破臉就把狼的事平穩解決最好，先看情況再說。

金耳環轉過頭，從後視鏡裏捕捉到我的眼睛。「狼女娃是吧？一直是聽說，今天終於見到你人了。」金耳環的笑容裏透出一種令人不寒而慄的和善，「黑河橋的冷凍庫老闆你們知道吧？他這幾天吃管飯去了。」

「吃管飯」是拘留的意思。金耳環說的應該是前一陣子打死了福仔冰在冷凍庫裏的那個死牛販子。後來他被公安抓了起來，政府開始查堵疫病牛羊販賣的生意。

莫非觸及了死牛販子們的共同利益，他要找我們算賬？當時扎西悄悄索回福仔屍體的時候，或許留下了與關心狼的人有關的線索，讓他們的鼻子嗅到了。

「哦？那他夠倒楣的，我不認識他。」我理理辮子，儘量做出事不關己的平靜，內心卻鐵馬冰河般洶湧。我想扎西猜錯了，這人絕不會缺幾千塊錢，他引我們來的意圖恐怕不是賣狼而是在找人——壞了他生意的人。狼只是個誘餌，甚至，他到底有沒有狼都不一定。

我不知道在本地有著家族勢力的扎西能不能讓金耳環有所顧忌。又或許黑河橋的死牛販子不算金耳環的朋友，只是一個競爭對手，金耳環得瞭解是誰把他的同行甩翻了，還弄得風聲鶴唳，讓他的死牛也賣不出去，他要把這潛在的威脅挖到明處來看看。

金耳環也笑著跟話：「是啊，他今年走楣運，不知道什麼人跟他過不去，上半年收死牛就有人比他搶先，前一陣子又被人舉報，冷凍庫查封了，還罰了款，上百萬的生意打翻了。誰會這麼損人不利己呢？」

我心裏打鼓，看來我們暗地裏收死牛給狼留食的事兒，他們也是有所耳聞的了。

金耳環察言觀色繼續套話：「你們之前不是找他買過狼嗎？」

「他那狼死了，」我笑著轉過身，毫不心虛地正視金耳環，漠不關心地順著他的後話問，「我要的是活的。你到底有沒有狼？」

金耳環的目光在我臉上爬了好一會兒，展顏一笑：「你們來晚了，活狼已經跑了。」我們先前的疑竇終於翻湧上來：「你真有狼嗎，騙我們來的吧？」

「真的有狼，我是誠心誠意和你們做生意。想跟你們交個朋友，結果狼跑了我也沒辦法。」金耳環毫不避諱他的買賣，「讓你們白跑一趟了，不好意思。以後遇上事兒報我的名字，多個朋友不吃虧。」

他依然笑呵呵的，始終保持著和氣的樣子，但他越是這樣和氣，就越是令人覺得深不可測，善於僞裝的人往往都有著許多不可告人的秘密。他見到我們了，他知道，憑我們奈何不了他，只不過他更玩得轉和氣生財的道理。

「狼跑了，你先怎麼沒說？」扎西開門下車，邊紮袍袖邊衝金耳環說，「我特地陪他們跑了幾十公里過來看，你卻忽悠我們，這算什麼……」

金耳環一臉老到的無辜：「哎呀，沒騙你們，真的跑了！狼自己掙脫的，不信你們進來看嘛！」金耳環把我們帶到院子裏，抓起一截拴在院角的鐵鏈，鐵鏈上綁著半截鐵絲：「狼本來拴在這兒，昨天半夜跑的，鐵絲都拗斷了。」

我將信將疑地蹲下身，捏著鐵絲細看，鐵絲頭是被旋轉擰斷的。鐵絲斷口光鮮，有些扭曲刮擦和類似凝血的痕跡，凝血上沾著幾根新鮮狼毛，這的確不像人爲弄斷的。

我掃視周圍，鐵鏈搆得著的幾平方米地界，被踩得寸草不生，佈滿狼腳印和狼糞。一個地洞斜挖到院子的石頭牆腳。破爛食盆歪在洞邊，盆裏的碎肉湯混著泥土早已乾結。石頭牆邊靠著一個鐵籠子，豎條的籠格被鐵絲橫向纏繞加密。幾個殘破項圈丟在籠子上，遍佈牙痕。

扎西占了理，執意認爲金耳環說謊：「狼是哪兒來的！你還幹起盜獵買賣了？」

「我絕對沒打狼，是打獵的人送的。」金耳環儼然成了老實本分卻因故失了信的生意人。

「哪個打獵的，他憑什麼送你狼？」扎西追問。

「我給他殘廢兒子找了個媳婦，就是黑河邊上那個馮漢川。」

馮漢川？這名字像刀子一樣刺入我的耳膜，把我整個人都震了一跳。馮漢川就是幾個月前掏走後山三隻狼崽的盜獵者！我們當時從他家裏奪回了福仔和小不點，唯獨雙截棍卻不知去向。馮漢川當時說是送人了，卻寧可舉家逃避都死活不敢說送給了誰，難道就是這個人？

我們三人都激動起來：「那狼長什麼樣?!什麼時候抓來的？」

「狼還不都一個樣。」金耳環伸手比了個貓樣大小，「剛逮來的時候就這麼大，關在這個籠子裏，餵牠東西，不吃，把自己餓得精瘦，從籠子格格鑽出來逃跑。我把牠抓回來以後，用鐵絲把籠子纏密，狼鑽不出來，就整晚上鬼嚎，鬧得人睡不著覺，而且牠連水都不喝了。小狼一死就不值錢，只好放牠出來吃東西，牠吃飽了就咬項圈。我餵了牠三個月，逃跑了好幾次，都被我堵在院子裏抓回來。牠跳不出院牆，就開始挖洞，挖到牆根挖不通了，才消停下來。狼太難養了，除了逃跑，牠不想別的，所以我想把牠賣了省心，幾千塊錢也是錢嘛。」

他展示著鏈子頭上的鐵絲：「這個小狼脖子太細，項圈掙得脫、咬得斷，皮子項圈咬斷好幾根，我最後只有用鐵絲才把牠捆緊，哪曉得還是被牠扭斷了。牠趁著晚上掙脫的，我的人今早才發現牠跑了。昨天牠都還拴在這個地方的。」金耳環掏出手機：「我這兒還有照片。不信你看！你往前翻，還有剛抓來時的照片！」

我看了金耳環一眼，接過他的手機，一手遮住陽光一張張翻看照片——被拴的狼有四個多月大，只是營養不良導致牠長得很瘦，狼尾巴一半黑一半黃……我心狂跳起來，被囚禁在這兒三個月之久的小狼果然是雙截棍！這三個月裏，雙截棍的目標只有一個——逃亡。

金耳環還在給扎西解釋：「每天晚上我們都是關了院子門的，不曉得那丁點小的狼咋個跑得出去。」

我的目光停在院牆邊的鐵籠子上，籠子上方的牆面有半個狼爪印，牆頭還有後爪蹬抓的痕跡。金耳環家的院牆不過一米多高，雖說小狼直接蹦不出牆，不過加上籠子做個臺階，剛好。格林三個月大時就能跳上餐桌，對四個多月大的雙截棍而言，這點高度不在話下。

牠到底還是逃出去了，我微微一笑，放心了。

回家的路上，三人在車裏顛得特別開心，雙截棍這幾個月來折騰得金耳環寢食難安，最終還是賣不掉、跑掉了。賣狼無利可圖，這些傢伙還會打狼窩的主意嗎？

「雙截棍越獄成功啦。拼掙了三個月啊，真有毅力！」

「這兒離狼山幾十公里呢，牠找得回去嗎？」

「福仔、小不點兩個月大都能找回狼群，雙截棍四個多月了，應該沒問題。幾十公里對狼來說不算太遠。」

「跑得好！倒省了我們跟這個金耳環掰腕子。連馮漢川都不敢惹他，這個人來頭不小。狼跑了他事先不說，還坐等我們去。我聽出來了，賣狼是噱頭，警告我倆不要多管閒事才是靶心兒。此人不善，今天幸虧有扎西跟著，要不然我們可能回不來。」

亦風一驚：「有這麼嚴重？」

我和扎西都用沉默代替了回答。

過了一會兒，扎西說：「他在本地做營生，是沒必要得罪我們藏族人，但我也不是他的對手。這次主要是你倆還沒把他惹急，等風聲過去，他生意照做，他今天就是告訴你，他知道你們倆了，先給個下馬威，是敵是友，你們自己選。」

我想起金耳環江湖經驗極深的笑容，雞皮疙瘩浪打浪：「他院子裏又臭又香的是什麼味兒？」

「死牛運不出去，他要做成牛肉乾，國慶就快到了，賣給遊客。」

29／深夜來了一匹大狼！

「格林……」

我的淚花把那兩顆星綠朦朧成了四顆、六顆……兩年了，

我幾乎是看著星辰月落，整夜整夜地盼望著這種重逢時刻。

是你嗎？

九月七日，傍晚，狼山小屋的煙囪懶懶地冒著煙，我和亦風在屋裏整理收拾。
突然，屋外「嘩啦」一聲，圍欄震動，一黃一黑兩個影子先後閃過窗前。
我嚇了一跳：「誰！」
我和亦風急忙衝出屋外。那兩個影子已經奔到了食指山腳下，一片昏黃中依稀能看見兩個跳躍的點，後面的黑點是喬默，喬默追逐的那個黃點和枯草一個顏色，牠不動就看不見。憑直覺應該是狼，草原上只有狼才有這麼完美的隱蔽色。
「格林？嗷嗚——」我放聲呼嗥，在狼山小屋呼嗥再不用顧忌打擾牧民。
「還在嗎？能看見嗎？」
「在，是狼！就在喬默前面！喊牠！格林！」亦風舉著望遠鏡死死套住喬默的方位。
暮色把山影慢慢推過來，吞沒我們的視野，前方迷迷濛濛幾乎看不清什麼，只能辨別那個黑點沒有動，喬默成了狼的浮標。
「格林！」
「狼就在喬默前面，山腳下，隔著十來米，狼在看狗，狗也在看狼……」
亦風的電話鈴聲突然響了起來，他下意識地低頭摸手機接通……
「媽的！騷擾電話。」亦風再舉起望遠鏡一掃——狼跟丟了，喬默在返回。
倆人伸長脖子望到最後一線暮光也看不見，才懊喪地進屋。我把手機狠狠摔在床上：
「我給你說過多少次，關靜音！」

燈明了，窗暗了，狼山小屋化作夜色中墜入凡塵的一顆孤星。

我們是前天搬回來的，儘管老狼還希望我們留在澤仁源牧上，但是九月五日是活佛給牧民選定的統一遷場吉日，澤仁他們要搬回去住，我們不走不行。何況源牧人多了，也沒什麼機會遇見狼。那隻抓魚的狼都半個多月沒現身了，因此我們留在源牧的意義不大。我們還是掛念狼山裏的狼群，守在這裏近山情更切。

對此，老狼萬般無奈：「可惜啊，我攔不住你……」

遷場那天，我瞅見了很久沒看到的澤仁家附近的那窩狐狸鄰居。確切地說，牠們已經不算一窩了，只是一大一小——狐狸媽媽帶著僅剩的一個孩子在草場教牠捉鼠兔。牧民說，口蹄疫期間狼夾子和狐狸藥弄死了不少狐狸，一場災禍讓死牛販子和盜獵者都發財了。一路上遇到的牧民都在抱怨著自家牛羊的損失慘重。

最讓我們傷心的消息是，就在大家都爲口蹄疫焦頭爛額的日子裏，南卡阿爸去世了，他的臨終遺願是盼望能天葬，可是正值口蹄疫期間，禿鷲們都撐得不行了，阿爸最後的遺願不知道能不能實現。

搬回小屋的第二天晚上，我們聽到了狼山和澤仁牧場之間的方向傳來陣陣狼嗥。

亦風說狼群知道我們回來了，在歡迎我們，可我總感覺那調子幽幽咽咽更像哭聲，如暗夜長風，不知魂歸何處。或許是我低落的情緒使然，覺得那是爲南卡阿爸的離世而哭泣吧。

「搬過來是對的，」我說，「咱們有大半個月沒見過狼了，一回來就有狼出現。你注意到沒有，今天這匹狼從窗外跑過，喬默只是追著牠跑，卻不叫。牠倆還在山腳下對望，你說是不是老相識見面了。那應該是格林哦？」

「喬默從來就不吼狼，這不足以說明什麼。如果那狼是格林，都離小屋那麼近了，又沒有外人干擾，爲什麼過家門而不入？我穿著牠熟悉的衝鋒衣那樣喊牠了，牠爲什麼不回來？」

「哦……那麼說……又是路過的狼？」

「……」

爐火嘆了口氣，落下一團灰燼。剛到草原時，我非常篤信自己的第六感，可是經歷了這九個多月的漫長等待以後，我漸漸對自己的判斷信心不足。

亦風把手電筒揣在包裏，戴上頭燈披衣出門去攬牛糞。我無精打采地躺在床頭，雙手枕在腦袋後面，望著屋簷發呆。

「快點出來，快出來！」

我彈射而起，兩步跳出屋去。

亦風站在牛糞堆邊，高舉強光手電筒，戴著頭燈的腦袋一動不敢動。稀薄的夜色中，兩束光柱同時射向狼山腳下，聚光在一處，光圈裏閃耀著一雙綠眼睛，毫不閃躲地盯著我們。那兒是傍晚那匹狼消失的地方，難道牠根本沒有走？

我腦袋嗡的一聲，瞳孔放大，彷彿被那雙眼睛催眠似的有那麼片刻的游離。

「我剛才正在裝牛糞，一貓腰，頭燈正好射到這雙眼睛，我馬上拿強光手電筒一起對準，喊你出來……」亦風激動得聲音變了調。

「喊啊！」我猛然神智蘇醒，喚起了最直接的應激反應，「格——林！」

綠眼睛輕微上下抖動，牠在走！迎著我們的光來了！

「格——林！」

光柱死鎖死住狼眼，牠還在向我們走近！全世界都不存在了，我們的眼裏只有那對綠光。

「格林回來了！格林！」亦風的聲音哽咽了。

「格林……」我的淚花把那兩顆星綠朦朧成了四顆、六顆……兩年了，我幾乎是看著星辰月落，整夜整夜地盼望著這種重逢時刻。是你嗎？這不再是夢了吧，我揪起臉頰，又急忙鬆手，不，哪怕是夢，我絕不要醒！

狼更近了，已經能看見那兩朵幽光拖著長長的光尾。越過沼澤的時候，水光反射出一個清晰的影子，尖耳朵，垂尾巴，是狼沒錯！我們心裏狂奔亂跳，呼喊聲不停。

狼已經走到小屋西北面山坡下，小碎步踩過枯草，在寂靜的曠野中，這細微的聲響被無邊地放大，慢慢地，慢慢地……離我們越來越近……我彷彿聞到一股熟悉的野性氣息。

離我們只有幾十米了……綠光「嗖」地一下消失！

牠轉頭不再看我們了？牠隱入羊圈後面了？牠轉身走了？

我倆急忙用電筒光四處掃射……不見了，無論怎麼呼號、靜聽……無聲……那兩顆星就此沒入夜色中，就像一陣風吹過，沒有痕跡。

到底是不是格林？我們親眼看見牠順著光，迎著呼喊過來了，怎麼會突然不見了！我們被夜風凍回屋裏，兩人你一言我一語激動地討論著，還給老狼打了個電話，告訴他這個消息。

打完電話，亦風想來想去，加了件衣服：「不行，我還得再去羊圈後面搜搜！」

「你先去，我跟著來。」我抱出格林熟悉的那套冬季藏袍穿上，手忙腳亂地繫腰帶。

我剛轉到屋後就看見亦風的手電筒光在前方探照著。「你磨蹭什麼！狼跑了，剛才就臥在這個草窩子裏！一晃眼又閃了。」

「怎麼沒喊我？！」

「哪裡來得及！」

我出屋的時候喬默也緊跟著出來了，一路跑在我前面。這時，牠衝上前嗅聞草窩子。

我看著草面倒伏的方向，喊：「往那邊去了，追！」

「汪！汪汪！」

嗅完草窩子之後的喬默突然霸道地攔在我們面前，一反常態地衝我們狂吠。

我愣在原地，用光圈套住喬默：「牠不讓我們追？」

喬默熒紅的眼睛緊瞪著電筒光後的我們，我走一步，牠擋一下，始終把身體橫在我腳前。牠一聲一聲斬釘截鐵的吠叫，似乎傳達給我們一個訊息：「你們若是再往前追，我無法保證你們的安全！」

犬吠聲中，我熾熱的頭腦終於被晚風吹清醒了一點點。是，不明情況黑夜追狼太危險了。

我回轉電筒光，再次仔細查看狼剛才臥著的草窩子，跪下來深吸一口氣，有淡淡的狼香。這些草被壓伏了很久，草面正在艱難地回挺。一根高挑的草莖上飄掛著一撮換季脫落的狼毛，像一隻微小的經幡在燈光裏輕顫。

這個草窩子在小屋東北面的緩坡上，離我們的窗口僅二十米遠。白天，我從窗子裏就能看到這叢草，夜晚屋裏開著燈，黑夜把玻璃反光成單面鏡，再看不見外面的情形。那隻狼就臥在這裏，狼暗我明，我們在屋裏的情景一目瞭然。在這裏可以看見我的床鋪，我剛才就坐在床邊和對面的亦風興奮難抑地討論著狼……半個小時左右我們又再次出門搜尋，才發現了這匹狼並未離去。

山坡上沒有食物、沒有水、沒有同伴，只有風聲、人語和一扇透著橘黃燈光的窗。這半個小時，一匹獨狼臥在離人居這麼近的地方，牠在想什麼呢？

「記得麼？這是格林從前過夜的地方……」

「喬默是條好狗，真是好狗！」那夜之後，亦風一直誇牠，「狼開始靠近我們了，這是好兆頭，牠肯定還會來！我們一定要等著牠。」

亦風太樂觀了，這好兆頭只是那麼曇花一現。

九月在漫長的等待中煎熬著。我每天都會坐在那個草窩子裏，抱膝癡傻地翹首狼山，猶如蕭風柔雨中的一尊望狼石。

白天，臥在草窩子裏，我才發現這裏的視野原來那麼好，垂下眼可以看見小屋，抬起頭可以望見格林最老最老的那個故洞。人母的家和狼母的家就隔著一個山谷，這兩個家都讓牠留戀。

格林長大以後，不喜歡被關在屋子裏，總是出去夜遊，每次回來，就在這個草窩子裏臥著。颳風時，狼鬃與勁草共舞；下雪時，狼和草窩被蓋成一種顏色。我還記得粉紅的黎明柔光下，牠在草窩子裏伸懶腰。我還記得我故意隔著玻璃用一片肉逗牠，而牠掉轉屁股對著窗戶，一副不屑被「調戲」的樣子。我還記得牠宰了我們的羊以後，把羊腦袋叼到草窩子裏當枕頭，睡到高興時舔一舔。

格林，我的回憶都還在，你的呢？

每夜，牠都回到這兒。這裏不孤單，可以一睜眼就看見牠想看到的那個人。窗戶裏，她的床鋪還在那個方向。如果窗子裏那個人還在打呼嚕，這周圍數不清的石頭都可以叼來扔進去，敲醒那個大懶蟲。格林當年也是這樣想的吧？

同樣的地方，我又回到這裏，草已經歷了幾個輪迴。你呢，你也回來了嗎？

狼再沒來過……

疫情終於被控制住，肉聯廠重新恢復生產。牧民們的生活又回到了往常。

留鳥分秒不停地在我們新建的屋簷下築巢，候鳥開始遷徙，那對黑頸鶴帶著牠們晚生的小鶴遊走到狼渡灘覓食。孤單的日子裏，只有黑頸鶴一家三口陪著我們。

每當看見一排排遷徙的黑頸鶴從頭頂掠過。那對鶴夫妻就會振起羽翼仰天鳴叫，同伴們都走了，牠們還走不了，晚生的小鶴還不會飛翔。

快到月底的時候，我們去幫澤仁家修理衛星鍋。

澤仁兒媳告訴我：「你們剛搬回小屋的第二天，有匹大狼來過源牧的房子，直接跑到院子裏來，兩隻狗都攆牠不走。那匹狼站起來趴在窗戶上往屋裏看，當時只有我一個人在家裏，嚇壞了，我以爲狼要進屋，就拿棍子趕牠。過了一會兒，狼又跑到另一個房間的窗外，還是踮起腳往屋裏東張西望，我把屋裏掛著的風乾肉都扔出去，狼不吃。那匹狼院裏院外地轉，每個房間都被牠搜看遍了，牠好像很著急的樣子。還進了羊圈，也沒殺羊，再後來就走了。我給你們打電話，打不通！」

「那狼長什麼樣？」我調出河邊監控拍到的辣媽的視頻，「你看看是不是這匹狼？」

「不是，這匹狼太秀氣了，我看到的那匹狼比牠個頭大，是個白嘴巴，大公狼！」

澤仁兒媳的話如同一盆冰水，給我當頭淋下。看來我真的錯了，老狼說對了，我們住在澤仁源牧時，在我們住處附近的，真的不止一匹狼！

我後悔了……

我在速寫本上整理了一下時間線索：

九月五日，我們搬回小屋。

九月六日，澤仁兒媳看見狼跑回源牧焦急搜尋，同一天夜晚，我們聽見狼山和澤仁源牧之間的方向傳來淒淒切切的狼嗥。

九月七日傍晚，喬默追趕經過我們小屋的狼到食指山腳下，兩相對望。當晚，狼迎著我們的燈光和呼喚靠近後卻又莫名消失。半小時後，我們在屋後山坡上發現這匹狼一直臥在草窩子裏。

我把我寫下的線索圈點勾畫了一遍又一遍，這到底是怎麼回事？澤仁源牧搜屋的那匹白嘴公狼在急什麼？牠是我們久等不來的抓魚狼嗎？怎麼突然有如此大膽反常的舉動？牠和小屋後草窩子裏臥著的是同一匹狼嗎？牠是格林嗎？

散碎的疑問不得其解，也抓不到任何有力的證明。

30/ 十月，鶴之殤

我和亦風在山坡上傷心地看著黑頸鶴夫婦哀悼牠們的孩子。
這隻珍貴的小鶴是黑頸鶴夫婦在暴雨中用生命托舉起的最後一個希望，
現在牠也走了……

（本圖攝影：沈尤）

國慶日長假到了，越來越多的犛牛跑到小屋附近「度假」，拉家帶口浩浩蕩蕩，這些犛牛都不認識，來了還賊霸道。我和亦風分析，估計山那邊的草場被遊客的車輾軋禿了，牛沒草吃，就往草原深處跑。牛倌們都顧著拉客騎馬照相，無心管牛，就任由牛群亂竄，反正各家的牛都有記號，過後圈回去就是。

聚集在狼渡灘和狼山的犛牛數以千計，黑壓壓一片，把狼渡灘變成了牛渡灘。我和亦風叫苦不迭，狼山上游牧的營盤剛搬走不到一個月，草才冒出點嫩芽又被啃踩光了。整個拇指山，就只有我們小屋院子裏還有一點點草芽，一群牛包圍著院子盯著那幾撮草芽的貪饞目光讓我很容易聯想起饑民。

不能讓牛群湧進來！新修的小屋並不算結實，特別是門窗禁不起犛牛們磨皮蹭癢。自從目睹大雨中垮塌的小屋後，我們多少有點心理陰影。亦風把小院那圈可憐巴巴的鋼絲圍欄使勁綁牢，可是對牛來說，這些鋼絲都太小兒科，只需一撲一跨就翻過來了，固定圍欄的鐵樁子都能被牛壓倒。

白天我拿著大棒守在小屋周圍，喬默則大叫著趕牛。晚上，犛牛習慣在人居附近休息以圖安全，於是這些牛就全都在小屋周圍過夜，我晚上出門，用手電筒光一掃，密密麻麻的亮牛眼湊得成一條銀河。看這熱鬧情形，別說我們想等的狼來不了，就是老鼠都難以從牛陣中擠進來。

半夜裏，我正睡得香，忽聽喬默又狂吠起來。

我睜眼一看，窗外月光照著「牛魔王」山梁一樣的背脊，牛角在單薄的玻璃上蹭得吱吱響，七八頭犛牛又翻欄進院了。天寒地凍，我本沒打算去管牛，忽聽到「撲通」「喀嚓」！像是撞翻的太陽能板被牛蹄踩踏的聲音，我叫聲「糟糕」，翻身起來，外衣也顧不上穿，抓起手電筒和大棒就衝出門去。

果然，一頭極大的公犛牛正把太陽能板當舞臺，踩著滑步對一頭母牛大秀肌肉。

我的太陽能板啊，這是我們唯一的電力來源！

人被無端吵醒後的起床氣不亞於酒後壯膽。就算是牛，我也不怕！我惱怒地衝上前去，把大棒奮力甩向公牛，正砸在公牛眼和鼻子間。公牛「哞」一聲叫，轉過頭來。

不知是這一棒砸得特別瓷實，還是我鮮紅色保暖內衣對牛的刺激，公牛竟然無視怕人的常規，挺起角就向我衝來。

我「咦」了一聲，強光手電筒向牛眼一射，人下意識地往右一閃跌坐在地。只覺左肩猛震，公牛角擦過脖子邊，撲哧悶響扎入身後的乾牛糞堆中，卡車大小的糞堆幾乎被撞垮，牛角纏絆在圍捆糞堆的麻繩上一時間掙不脫。

那漫長的兩秒鐘裏，世界出奇地安靜，我半邊身子都沒了知覺，直到乾糞塊像落石一樣敲在我後背，心臟狂跳了兩下重新起搏，肩膀的劇痛感襲來，我這才反應過來——公牛發威了！

牛群哞聲響成了一片。

「救命啊！」我托住左胳膊，邊號邊往小屋衝。

亦風剛推開門，問：「咋回事？」

我閃身進屋，迅速關門。「噗！」一隻牛角插透了門板，不用解釋了。

亦風搬箱子緊抵屋門，牛角正在抽出，眼看公牛再撞勢必破門而入，我「啊呀」一陣驚呼亂叫之後，猛然憋出了一聲高呼：「嗷——」

屋外牛群陡然一靜……管用？繼續狼嗥！

「嗷——」小牛蹄聲亂踢，緊接著大牛蹄聲便轟鳴起來，地動屋搖！房梁上的灰和鳥糞簌簌往下落。

狼嗥在暗夜中確實是穿透力最強的。我都不知道牛蹄聲是幾時消失的，直到亦風大手伸來一捂：「行了，別嗥了，都跑光了。」

我啞著嗓子呻喚：「水……」哭喪著臉傻笑了幾聲，抱著傷肩再也說不出話來。

亦風開燈倒水，兩人都面如死灰。

狼山背後隱隱飄來了兩聲狼嗥，我倆豎起耳朵再聽時卻又沒了。

啾！啾！幾隻麻雀站在窗邊看熱鬧。

「肩膀脫臼了，忍著點！」

還好有澤仁幫忙，他跑遍幾個村寨幫我找了個神醫。這會兒他站在旁邊，一面看村裏的跌打聖手尕神醫幫我把左肩接回去，一面嘮嗑分我的心：

「虧得昨晚你用強光手電筒射著牛眼睛，沒撞準，要是直接挑到脖子，你就死翹翹了。發情的公牛，牧民都不敢惹的，三更半夜你去招牠幹啥？」

「我認栽，算牠牛！」我咬著牙放鬆左肩。

「那你咋知道狼嗥能退牛？」

「我在你源牧住的時候，隔壁那家牧民說過，我一嗥，牛就跳圈……」

喀嚓輕響，胳膊端回去了，尕神醫一愣：「你不痛？」

「痛啊。」

「痛咋不叫一聲？」

「忘了。」我活動活動膀子，挺靈！

尕神醫果然名不虛傳，據說村寨裏牛羊的腿錯環兒了，都是他給卯上的。

「你進城買點跌打藥，自己再揉揉就消腫了。」

「成，我們一會兒就去。咱們都倆月沒吃過肉了，順便買隻燒雞，」亦風故意誇張地衝我聳聳膀子，「雞翅膀給你，食療。」

澤仁撿起昨晚掉下來的鳥窩放回房梁上，又呼扇了兩下搖搖欲墜的門：「層板的門不結實，進城問問，換個鐵皮門吧。」

亦風捨不得還留著格林抓痕的門，說：「不用啦，我再修一修還可以用。」

我明白亦風的意思，笑道：「那個牛角洞也不用補了，正好當貓眼。」

「你們兩個人住，沒有鄰居照應，下個月我讓我小舅子丹增過來放牧，給你們做個伴吧。」

我「哦」了一聲，沒往心裏去。幾頭犛牛還構不成什麼威脅，大不了不去惹牠們就是。

當我們開車翻過核心區山梁，能遠望旅遊景點的時候，亦風眼一瞇：「火車?!」

「不是火車。」我放下望遠鏡，這鬧心的堵車排場，我一眼都不想多看。都是來旅遊的私家車，在公路上連成了不見首尾的長龍，一直延伸到山那頭。

國慶黃金周，這才只是個開始。若不是爲了買藥儘早康復，我真不想蹚這道車河。

我好不容易擠進城，燒雞也到手了，跳上車正想逃離人海，突然看見一家皮貨店門口新貼了一張廣告，寫著「賣狼牙」。

看看！

這是個二十多平方米的小店鋪，貨架上雜亂地擺著各式各樣的旅遊紀念品，牆上掛滿皮貨，店鋪中間橫著一個玻璃櫃檯，戴著小白帽子的老闆從櫃檯下面摸出一個玻璃瓶，整整一瓶狼牙，用冷水浸泡著。老闆把狼牙倒在水瓢裏，一小堆，大大小小六十多枚。哪來這麼多狼？

白帽子對著圍觀者拍胸脯：「這些都是我親自從狼的嘴巴裏頭拔出來的，就算外行人都看得出這是正宗狼牙。小的六百，大的八百，慢慢選。」

我一枚枚分辨，全是藏狗牙齒。我沒吭聲，從選狼牙的遊客堆裏鑽出來，抬眼再看店裏其他的貨品。門口屋梁上掛著不少狐狸皮是真的，估計是口蹄疫期間從盜獵者手裏收來的。想起我們一直觀察的狐狸一家的遭遇，我心裏一陣酸痛，不知道這其中有沒有牠們。

和狐狸皮掛在一起的一張小獸皮引起了我的注意，枯草色好像是狼皮，難道又有哪窩小狼被端了？狼山裏一個多月沒看見狼了，不會是剩下的那兩隻小狼飛毛腿或小不點出事了吧？

我一陣緊張：「老闆，那張小狼皮取下來給我看一下。」

白帽子眉開眼笑：「買主有眼光！這是真真正正幾個月大的小狼皮，又輕巧又軟和，做領子做帽子都好得很。」

老闆剛用衣叉子把小狼皮取下來，我就看出那是狗皮，沒有狼鬃，奇怪的是也沒有頭皮，是從頸子割斷的（**通常皮貨會連頭臉的皮一起剝下以明確是什麼動物**）。雖然我也痛恨殺狗剝皮，但所幸牠不是狼，還是略略鬆了口氣。

不知道哪條狗又遭殃了，我托著皮毛輕撫了一遍正欲放下，突然我的記憶深處彷彿有什麼東西被這熟悉的觸感喚醒，眼前的狗皮毛色雖然有些枯敗卻似曾相識，我急忙剝開牠左肩的皮毛，一個陳舊的燙傷疤痕顯露出來——這是我的小狗「爐旺」的皮。

我的喉嚨像被重重砍了一刀，痛得咽了好幾口唾沫，才終於發出暗啞的聲音：「牠是你們打死的？」

「不是，我們是從打獵的人那兒收的皮子。你要不要啊？」白帽子的生意忙不過來。

「哪個打獵的？」

白帽子不耐煩了：「草原上打獵的多得很嘛，問那麼多幹啥？小狼皮精貴難得，就這麼一張，你要就要，不要就不要，國慶日又不愁賣……」

沒想到爐旺慘死那麼久，卻在這裏找到了牠的毛皮。再看那堆狗牙，怪不得連喬默也不敢再流浪了。

我硬起心腸走出了皮貨店，身後，白帽子又把爐旺的皮掛回了房梁。

「是哪家皮貨店？我去找他們算賬，把狗皮弄回來！」扎西憤憤不平。

「算了，死都死了，就不要再節外生枝，我們走出草原前，越低調越好。」我看著車窗外旅遊的人潮，他們眼中的草原和我們看到的草原是不一樣的。如果因爲一時不冷靜走不出這地方，我們留下的一切都會前功盡棄。

「縣城的賓館，藏族人的家裏，全都住滿了遊客，兵荒馬亂地搶房間，後來的人根本沒有地方住，這幾天太火爆了。」扎西是在縣城外碰見我們的，正好搭我們的車回他的牧場。

越野車好不容易脫離了車龍，開上了通往核心區的牧道。

扎西降下車窗大喊：「喂！你們咋這樣開車啊！把草場全毀了！」

扎西吼的是牧道左側的人群，十幾輛賽車正在廣闊平坦的草場上練車，烏煙瘴氣橫衝直撞。轉彎！甩尾！漂移！車胎尖叫著摩擦地面，塵沙飛揚，草皮亂濺，半青不黃的草地已經被重重疊疊的車轍印磨得冒了煙。

玩興正濃的賽車手們被扎西的吼聲震懾了一會兒，有幾個人衝我們揮手道：「好，曉得了，我們不開了，保證不開了！」車手們果然停車了。

扎西升起車窗：「走吧。」

高寒地帶，植物的生長很脆弱，禁不起折騰，車輪來回多輾兩遍，生長力較弱的草就可能被軋死，根也慢慢枯萎，大片枯死的草甸，可能幾年都沒法恢復過來。

「草原人連走路都不捨得亂踏草場，何況這樣。」我嘆道，「如果南卡阿爸還在，看見這場面肯定心痛慘了。」

扎西不答話。藏族人的傳統與漢人不同，他們認爲死去的人魂已歸天，他的故事、他的觀念、他生平的一切都隨著肉體一併消亡，沒有墳墓，沒有祭奠，活著的人連他的名字都不會再念起，逝者已進入了下一個輪迴，前生的事不必再提。

我們剛轉過一個山坳，山那邊，賽車殺豬般的嘯叫聲繼續響起，見我們走遠，他們又接著玩了。

我聽見扎西粗粗的嘆氣聲，問他：「要不要再回去說說？」

「他們不會聽的。」扎西一探頭，指著車前方的濕地，「那個車又是怎麼回事？」

暮色中，一輛越野車陷在泥沼裏，車後窗貼著醒目的「狼行天下，越野一族」的螢光貼。幾個男女打著冷戰坐在車邊抽菸吃零食。奇怪的是，他們怎麼能走入這麼深的核心區。這裏看似一馬平川，其實到處是軟泥、沼澤和凍脹丘，沒頭沒腦地在濕地亂竄簡直是拿生命開玩笑。

「驢友」往往意識不到驢行的危險，這前不著村後不著店的地方，孤車一輛陷在泥坑裏，即便有空調也堅持不了一夜，一旦太陽落山，秋季夜晚零下十幾度的低溫能把人活活凍僵。

我們雖然很反感他們亂入草場，但是不伸援手，他們肯定陷死在這兒了。

亦風二話不說找出我們的拖車繩，扎西去把繩索拴在他們車上。

對方緊張地攔住扎西：「你們想幹啥子？」

「幫你們拖車。」

「要不要錢的？多少錢？先說清楚！」

「不要錢，你們出去就行了，沒路的地方別亂開。」

兩個男人將信將疑地看著我們這些「活雷鋒」，女的背身遮住我們的視線，不動聲色地把包往車座下藏了藏。

車，拖出來了。那幾個人高高興興上了車，鎖門，關窗。

扎西敲著車窗：「喂，把你們的垃圾撿一下，這些垃圾不能扔在草場上。」

對方說：「不要緊，風一吹就沒了。」

「不行，一定要撿走！」

女人從車窗縫彈出兩張十元：「給你，你去撿嘛。」

越野車揚長而去，遠遠飄出一句話：「有錢不掙，藏民腦殼不開竅的。」

扎西看著遠去的車燈納悶：「不開竅是什麼意思？」

「別理他！」我不知怎麼去回答扎西，怒火從牙縫裏噴出來，「扎西，他們再陷進坑裏，你還救嗎？」

扎西想都不想：「救啊，不拉他們出來，晚上會凍死的。」

我糾結的怨氣被扎西毫不猶豫的善良軟化。是啊，人命要緊，可是草原也是草原人的命啊。人在做，天在看，鈔票飄入泥沼中，沒有絲毫誘人的感覺。它真的是萬能的嗎？他們來自我那個世界，他們在拋撒金錢試圖解決一切問題的時候，是不是也拋下了難以找回的東西呢？

清晨，靜靜的狼渡灘乳霧流淌。

我被喬默的叫聲驚醒，打開窗戶，豎耳迎風，東北風從山那面輕吹緩送，風中夾雜著人聲、車聲。旱獺紛紛躥回洞中，兔子飛跑進山，狐狸也沒心思逮兔子了，跟著兔子一起逃。黑頸鶴焦躁地伸著脖子，護著小鶴匆匆回避，牠們一家長得黑白分明，沒地方可躲。

我急忙把亦風從被窩裏挖出來：「我聽到有人來了！還有車！」

「不可能吧，」亦風邊穿外套邊聽，「這麼深的草原，到處是水泡子和沼澤，又有那麼多圍欄隔著，外地人不可能找到路。」

我走出屋外看。山梁上出現了兩個人影，正向小屋張望。

喬默拿出了看家本領，向陌生人衝鋒：「汪汪！汪汪汪！」

「喬默！慫！」我急忙跑上山拉回喬默。那兩個女遊客嚇得抱在一起，幸虧她們沒跑，不然刺激到草原狗追擊的本能，我也攔不住。

「請問一下，」中年女遊客向我打聽，「那邊那個房子是廁所嗎？」

我順著她手指的方向，看了一眼我們簡陋的小屋：「大姐，除了那個房子，其他地方都是廁所。」

年輕女遊客尷尬地捂著肚子：「不要啦，沒有廁所人家上不出來，後面那麼多人……」

那麼多人？我帶著不祥的預感翻山一看——龐大的車隊，近百輛車和摩托朝著狼山而來。遊客們邊拍照邊行進，翻過山就要經過小屋了！不是吧！

我趕忙上前攔住車隊，正想問誰帶他們來的，眼光一掃就看見牧民阿加喜滋滋地將一把一把的錢往懷裏揣——不用問了。

我叫住阿加：「讓這些遊客就到此為止吧，這裏拍照留影風景也很好了，不要再往前去。」

阿加掏出兩張鈔票甜乎我：「姐姐，好說，我給你兩百塊，你不要給澤仁說就是，都是國慶掙個錢嘛。」

我沒有讓路。

「那就二百五？」

我哭笑不得：「我給你一千，就以這個圍欄為界，麻煩你不要再帶他們過去了。」

阿加欣然收錢，回頭招呼遊客：「就是這裏的風景最好了，想騎馬照相的到我這兒交錢。」

「阿加挺本事的啊，兜來這麼多客，他被聰明人點化了。」亦風也翻過山來，和我一起守在圍欄這邊，望著那些光鮮靚麗的遊客微笑道，「你看他們，和我們當年一樣興奮，人心都是嚮往自由的。」

聽到久違的純正漢語，我有幾分親切感：「讓他們感受一下吧，草原是個美好的地方。呵呵，咱們也沾點兒人氣兒。」

我們大家都來自城市，我記得剛到草原時，我和他們一樣盡情釋放著在霧霾城市中憋壓已久的激情，穿著白紗裙帶著小狼滿心浪漫。而今，我裹著樸素的藏裝，蓬頭垢面，離群索居，做著奔忙的人們都不會去做的事，心態和當初已是千里之遙。

我們是山裏人，那些時尚的裝束彷彿和自己格格不入，或許在我心裏一切都被顛倒了，好像這邊才是真實的世界，而那邊只是一場夢。很難相信時間只過了三年，從前的生活似乎已經消失，我忘了自己是誰。我喜歡我現在的樣子，陋室滿滿的，心也是滿滿的，在草原漫步的每一分鐘都比我曾經擁有的任何一件奢侈品更加珍貴。

好景不長。有遊客發現了水泡子裏隱藏的黑頸鶴一家。攝影愛好者端著相機喀嚓聲不斷，時而吆喝兩聲，想抓拍一些黑頸鶴驚飛的動作。一些心急的遊客索性騎著摩托，開著越野車追攆嚇鳥。我倆連忙阻止。

這裏的黑頸鶴原本是不太怕人的，然而牠們何曾見過這陣勢。小鶴雖然羽翼漸豐，但還不會高飛，雌鶴護著小鶴躲避，雄鶴鳴叫奔跑，想把遊客引開，可是哪裡引得開眾多的遊客，雄鶴跑得張著嘴，喉管不住抖喘，一家鶴你呼我喚聚不到一起。

又有人喊起來：「光是一隻仙鶴在飛，不出效果，要牠們一起飛才精彩。」

越野車開不到水泡子去，有人想出了餿主意——放鞭炮！

炮聲一響，黑頸鶴驚慌失措，護著小鶴往圍欄這邊飛奔，小鶴第一次奮力扇起翅膀隨著父母飛躍圍欄。不幸的是，牠的飛行技巧很不嫻熟，長腿沒有及時收並，鉤在圍欄鋼絲網上，慣性向前一折，哀叫起來。黑頸鶴父母急了，在圍欄邊飛上飛下救孩子。

有遊客讚道：「這些照片太精彩了，回去發微信！」

小鶴掙脫圍欄，努力低飛逃命，還有些遊客扒著圍欄想翻過來近距離拍鳥。

我和亦風攔不住人群，火了，擋在圍欄邊大喊：「不准追！喬默，轟（追）！」

我們從未對喬默發出過這個追擊的命令，喬默一愣，隨即衝到圍欄邊，衝翻圍欄的人大叫齜牙，躍躍欲撲。矛盾陡然升溫！

阿加拿出狗棒要打喬默，喬默當然認識這個武器，牠的尾巴本能地夾了起來，後腿發抖，但仍舊直面阿加大叫，決不後退。

我張開雙臂護著喬默：「阿加，打狗等於打主人，你今天要敢下黑手，敢放這些人過來追鳥，我們立馬跟你拼了，扎西知道了絕饒不了你！」亦風給扎西打電話。

一些遊客也紛紛勸阻：「別攆仙鶴，怪可憐的。文明旅遊嘛！」

「大家出來是找開心的，不是惹麻煩的，算了。都消消氣。」

也有遊客阻止阿加和追鶴的人，阿加這才順勢下了臺階。

遊客們騎馬、飆車。我們不停地提醒遊客枯草易燃，不能亂扔菸頭，有人聽也有人不聽，幾百人，哪裡勸得過來。鬧哄哄的遊客直到傍晚才離開，垃圾扔了滿山，我們撿到天黑也沒撿完，風一刮，各種包裝袋遍佈草場。

次日清晨，我們在望遠鏡裏看見小黑頸鶴羽毛襤褸，匍匐在水泡子邊，一隻翅膀斜撐著地，站不起來，牠的腿折斷了。

鶴父母一直守在小鶴旁邊，叼來小魚、泥鰍，輪流餵小鶴，牠們一聽到人聲就驚恐不已，甚至連我們靠近都害怕了。我們忙於勸阻遊客，也無法分身去救治小鶴。

七天過去了……歡樂人潮退去，草原恢復了寂靜。

長假結束的那天早上，我們聽到黑頸鶴哀鳴不止，水邊一團白影，再沒有了動靜。

「這隻小鶴就活了三個多月。我們看著牠長大，又看著牠夭折。」

我和亦風在山坡上傷心地看著黑頸鶴夫婦哀悼牠們的孩子。從春到秋，牠們忍饑抗寒在雪中孵蛋，牠們吞風吻雨護住最後一個孩子，牠們抗擊狗、狼和犛牛，牠們在投食的多吉阿媽身邊散步，牠們帶著小鶴在沼澤中覓食，這隻珍貴的小鶴是黑頸鶴夫婦在暴雨中用生命托舉起的最後一個希望，現在牠也走了……一切都過去了，我們拍下的小鶴成長的照片變成了遺相。我知道這對鶴就要離開了，孤單地飛往南方。不知道明年還會不會再回這片傷心地？

鶴唳聲聲，長歌當哭，黑頸鶴在風中爲逝去的孩子跳起了最後一段舞蹈……牠們再也沒有什麼能爲孩子做的了。

亦風說：「下午我們試試能不能蹚過沼澤，把牠埋了吧。」

我泣不成聲：「小鶴這一生還沒飛起來過，就讓牠天葬吧。」

31/ 壞人，好人

那大漢的面相卻讓我心驚肉跳，
黑臉、鬈髮、虎目、鷹鼻，長相兇惡，貌似黑道老大。
他虎背熊腰，放倒三個亦風都沒問題。
我暗叫糟糕，歹徒還有幫手！

草原狗絕非寵物，牠們保留了一部分狼的野性，又兼具人類馴養的家畜性。牠們臣服於人，需要人的庇護，俗話說「狗不嫌家貧」。但牠們畢竟是食肉動物，長期糌粑麵湯的待遇讓牠們忍不住幹點兒第二職業，牠們會用狼祖先流傳下來的狡黠與殺性醞釀一些陰謀。

草原人通常相信自己的狗會忠於職守，但對狗而言，「東家」不在就是天賜良機。狗會模仿狼的「嘴法」殺羊，然後把死羊暴屍於牧場上嫁禍於狼，有心計的狗還會賊喊捉賊地給主人報信。等到懊惱的主人抵達謀殺現場，發現「被害羊」並咒罵著「替罪狼」的時候，狗也會忠誠地站在主人身後助威。事後，死羊會分給狗吃以表彰牠們驅狼有功。

藏狗群有能力殺牛，但是牠們清楚牛的目標太大容易被發現，而且死牛往往會被死牛販子收走，費力不討好。死羊卻是沒人買的，遲早是狗的口糧。儘管狗的行事狡猾隱蔽，但長此以往，有的牧民還是偶有察覺，不過誰都羞於承認自家的「夥計」會監守自盜，更不願意牧民鄰居像防狼一樣提防自己的狗，所以他們會力證狗的清白。

自古家賊難防！打從小牛犛犛雨被看家狗吃掉以後，我就留心上了這些雞賊的傢伙。

這天，從縣城採購補給回狼山的路上還真讓我逮著一個，案發地是才旦家的牧場。

才旦家的大藏狗天天吃糌粑湯，早就寡得慌了。牠嗅聞草場上的枯骨殘骸，回味著口蹄疫期間的肉味。現在還沒入冬，狼群極少攻擊牛羊。想指望狼群打冬糧還得等個把月，何況狼群嘴下留肉的機會少，如果發現得晚了，兀鷲一過更是寸肉不剩。求狼不如求己，那狗對著自家的羊群流下了哈喇子。

「停車，停車！長焦架起來，那個狗東西要使壞了。」螳螂捕蟬，狗盯著羊，我盯著

家賊難防！

狗。

男主人才旦應該是在家的，他家的煙囪裏冒出白煙，水汽中帶著奶香茶味，喝茶的人一時半會兒不會出來。此時羊群離家一里開外，不容易發現動靜，機不可失！

電光石火間，藏狗撲向了最近的一隻大羊，「汪嘰」一口咬住後腿，把羊拖翻在草叢中，叼住羊脖子猛甩狗頭……

羊不再動彈了，藏狗吐掉羊毛，在草叢中擦擦狗嘴，報案！

「汪汪！汪汪！」順風飄來的狗叫聲中氾濫著口水音，牠的味蕾已經對羊肉的各部位做好了規劃。我能看見牠興高采烈的尾巴和蕩漾著幸福感的舌頭，又記功，又領賞，樂事一樁！

不一會兒，主人才旦揮舞著袖子罵罵咧咧地走出屋來，忠狗貼身引路。主人和狗已經走到案發現場了……

等等！出了點小意外，眼看就要到嘴的「死羊」又站起來了！藏狗搖晃著腦袋，簡直不相信自己的狗眼，主人就在旁邊又不可能再補一嘴滅口。

「死羊」接著吃草，主人拍拍狗頭回屋。藏狗蔫頭耷腦地跟在主人身後，一步三回頭。呸！真是點兒背！早知道等羊死透了再報警。

心急吃不到長命羊。我和亦風笑得捂肚子，狗的牙口比狼差遠了。

狼要殺牛羊，狗也要殺牛羊，爲什麼人們獨獨恨狼而護狗呢？或許，狼最可恨的不是牠的殺性，而是牠們自由得讓人羨慕嫉妒恨！在如此以人爲尊的世界，居然還有生靈膽敢不懼！不屈！不從！

我用胳膊肘捅捅亦風：「喂，你注意到沒有……那兩個人一直跟著我們。從縣城出來，他們就跟上了，這會兒還在那兒。」

我說的是後面幾百米處騎著一輛摩托的兩個男子，我們停下看狗，他們也停在路邊。時而看狗，時而看我們，竊竊私語。

「也是看熱鬧的吧？」

「不像，本地人不會稀奇狗的事兒。」牧道上就只有我倆和他倆，這讓我很不安，女人對威脅的敏感度比男人高得多，「咱們快走吧。」

我倆剛坐回車裏，正在繫安全帶，就見那男子過來輕敲窗戶，拉下面罩笑問：「大哥，這車是新款越野吧，真帥，能拉我兜一圈嗎？我也想買這種車。」

不知是那人笑得和氣，還是亦風也以車為傲，他竟然點了頭：「哦，那上車吧。」

我暗裏拽住亦風袖子，低聲說：「人不熟還是免了吧。」雖然在草原我們也經常幫忙搭載路人，但這一路跟來的倆人實在讓我起疑。就因為好奇車？

亦風滿不在乎：「別把人都想那麼壞，男人愛車很正常，我不開遠，帶他兜一圈就回來。」

我極不情願地下車，這個男子上了副駕。另一個男子騎著摩托車慢慢滑到我身邊，嚼著口香糖看他們兜車，他袍子裏沉沉的有硬東西，不是狗棒就是藏刀。

我悄悄摸出手機，偷拍了一張他的照片，給扎西發去訊息：「認識這個人嗎？」扎西沒回覆。我又撥澤仁的電話，占線！我往才旦的牧場看去，才旦已經進屋，我們在下風處，才旦肯定聽不到我們的動靜。

越野車兜完一圈回到原地，男子沒下車，在方向盤下摸找：「這車給我了，鑰匙呢？」

車子是無鑰匙啟動的，亦風笑道：「你在開玩笑吧？」

「誰給你開玩笑，」對方拉下了臉，「耽誤我們幾十萬的生意，這個車抵了，鑰匙拿來！」

一再確認對方毫無玩笑之意後，亦風和我頭皮一緊，遇到歹徒了。

騎摩托的男子把摩托擋在了越野車前方。我們還想拖延時間，對方不耐煩了，摸出狗棒從兩側夾了上來。搶劫！

要胳膊根兒，亦風不是人家的個兒，我撲上去，拼了！

「噢——」隨著高聲吆喝，牧道上又騎來兩輛摩托。我暗叫糟糕，歹徒還有幫手！

摩托車帶著強大的氣場直接衝到我們之間，大家本能地停了手。亦風托著受傷的右臂靠在車門邊，捏緊拳頭渾身發抖，我擋在亦風前面警惕來人。

新來的是一個彪形大漢和一個十八九歲的年輕人。年輕人用頭巾包著臉。那大漢的面相卻讓我心驚肉跳，黑臉、鬈髮、虎目、鷹鼻，長相兇惡，貌似黑道老大。他虎背熊腰，放倒三個亦風都沒問題。

黑漢子用那雙帶著異域灰色的眼珠向我一瞪，看我張開小翅膀護住亦風的樣子，他嘴角微微上揚似乎覺得很好笑。

黑漢子大著嗓門和先前的兩個男子用藏語交流了好一陣，那兩個男子衝他討好地笑著收起武器，走了。黑漢子轉身用硬梆梆的漢語對我們說：「你們兩個跟我走！」

「去哪兒？」

「去你家！」

「去我家做什麼？」

「我要搬到你家去住！」

他到底想幹什麼？我後頸僵直，手心攥出了汗。

黑漢子看著我驚弓之鳥的樣子，大笑起來：「不怕，壞人的不是！我叫丹增，是澤仁的小舅子，他沒跟你說過？」又指指那個年輕人，「這是我兒子。」

年輕人眉眼一彎，衝我們點了點頭。

我凝神一想，是有這事兒，澤仁在國慶日時，曾經跟我說起過要讓他的小舅子搬過來給我們做鄰居，相互有個照應，沒想到在這場面下遇到。想起了澤仁的話，我這才心寧魂定。

「那兩個小混混已經攆走了，我說你們是我親戚，誰敢動你們，我要誰的命！」藏族人生性耿直，一旦當你是朋友，可以爲你兩肋插刀。這地方民風彪悍，以暴制暴不足爲奇。

「你認識剛才那兩個人嗎？他們好像挺怕你……」

「哈哈，這裏的小混混都怕我，不過你們是怎麼惹上他們的？」

「我也不知道……」我腦子裏正亂，事前發給扎西的短信收到了回覆：「他是收死牛的，是金耳環的手下。」我明白了。

「謝謝，你救了我們！」

「哈哈，小事！」丹增大手一揮，騎上摩托和我們一起去狼山小屋。

這次多虧了丹增，他原本打算這段時間搬來狼山的草場放牧，沒想到國慶期間狼山草場被外來牛群掃蕩了一番。今天，他們父子倆先過來看看草長出來沒有，以確定遷場的日期，結果他們在山頭上正好瞅見我們遇到麻煩，就趕來幫我們解了圍。

澤仁回電詢問時，我們讓他放心，事情都過去了。

更暖心的事兒是在當天下午，小蘿蔔竟然自己騎著馬跑過來了，他聽舅舅說我們遇見了劫道的，這個小男子漢特意趕過來保護我們。他說白色車在草原太扎眼無法隱蔽，專門帶了五六個易開罐，排列在越野車的車頂前方。

小蘿蔔爬下引擎蓋，做個鬼臉笑道：「遠看，警燈！壞人怕，不敢來！」

我走遠一看，紅紅藍藍的易開罐反射著陽光，還真像那麼回事，小機靈鬼比我們更玩得轉草原上的障眼法。

夜空深沉，初雪在窗櫺上無聲地堆積。亦風的胳膊腫了，我身上也是傷痕累累。今年已經不記得是第幾次遇險了，一次比一次嚴重，我最擔心的是，草原小屋沒有任何防護，狼山地帶已經不再是三年前杳無人煙的荒野了。如果有一天我們再也回不去了，怎麼辦？

人在受到驚嚇和挫折以後會特別想家，想念城市裏年邁的父母，只有在他們身邊才能找到孩子般的安全感。手機拿起放下好幾次，我還是輕輕點了「家」。

接電話的是爸爸，他被我的深夜來電嚇了一跳：「出了什麼事兒？」

「沒事，就是突然想家，想和爸爸說說話。」

「深更半夜的說什麼話，你老媽睡著了。亦風呢？也沒睡？」窸窸窣窣的披衣聲，父親肯定還是怪我的來電不是時候，但語氣中掩飾不住意外之喜。

「他睡了。」我看了一眼亦風被子上接漏雪的水盆。爐火早已熄滅，屋裏冷如冰洞。

「你睡不著嗎？是不是認床？對了，你走的時候說家裏的床墊太軟，就像睡在發麵上一樣，你老媽第二天就和我扛了一個木工板給你鋪上了，現在睡著跟菜板一樣瓷實。你老媽說你國慶都沒回來，墨魚燉雞便宜了狐狸。」

我撲哧一笑，鼻子卻一酸。我從小就愛吃墨魚燉雞，喜歡那種臭極香來的味道，而我老媽似乎認定我肚子裏那點僅有的墨水都是吃墨魚食補進去的。所以每次我回家，她總是率先端出這道拿手菜。

「你那兒冷嗎？怎麼鼻涕稀裏呼嚕的？」

「不冷，我這兒條件很好，生著爐火，比家裏還暖和。你們要捨得開空調，別凍著。」

「知道，我和你媽身體都好，別惦記這邊。」

我和父親怕驚動各自身邊的人，像兩個淘氣的小孩，輕聲細氣地遞話。

「找到格林了嗎？」

「還沒……從九月以後都兩個月沒看見狼了。」

「沒事兒，那娃娃聰明，一定活得好好的。」

我眼眶泛潮：「爸，你會不會怪我已然都放手了，還留在草原念念不忘？」

「念念不忘也是需要勇氣的，既然都去了，就堅持到自己不後悔吧。」電話那頭傳來老父親滄桑的嘆息，「沒有離不開父母的孩子，只有捨不得孩子的父母。爸媽是過來人，理解你。」

電話兩端都沉默了，我能聽到父親極力克制的吸鼻聲。我不記得上一次對他說「愛你」是什麼時候。此刻話到嘴邊卻再次無語凝噎。

「睡吧，下雪了，你蓋厚點兒。」

「爸……你怎麼知道下雪了？」

「我們的心在你那邊。」

32／「邦客圖騰！狼來了！」

「邦客！邦客圖騰！！狼——來——了！！！」
蘿蔔叉開腿站著，免得褲子掉下去。
小傢伙撿起一個臉盆噹噹狂敲起來：
「狼——來——嘍——邦客——圖騰——」

我和亦風在丹增的帳篷裏串門。

丹增的四隻公狗圍著喬默大獻殷勤，突然，喬默狗腦袋一偏，死盯狼山。

我抬眼一看：「有狼！」

狗聲鼎沸。大夥兒從帳篷裏鑽了出來：「在哪兒？」

「山上！」

食指山老狼洞的上方，端坐著一匹獨狼，居高臨下俯瞰草場上的牛群。

四隻公狗一字排開猛抓帳篷前的草地，衝著山上吼得烏煙瘴氣。聽見主人們走出帳篷給自己撐腰了，狗群更加理直氣壯，尾巴像戰旗般招展起來，以眾敵寡是沒有懸念的對決！養狗千日，用狗一時，掙表現的機會到了！

衝啊！公狗們雄赳赳氣昂昂，頃刻間奔到食指山山腳下，山谷回聲放大他們挑戰的怒吼。

我們很清楚狗是追不上狼的，何況是這樣費時費力地長途奔襲，所以一點都不擔心，反倒想看看平日裏偷嘴耍滑的狗群如何創造工作業績。

狗群衝刺到半山腰了！

獨狼從容地站起身，豎起尾巴。「唰唰唰！」牠身後又站起來三匹狼！

狗群大驚，仰身制動，我們彷彿看見狗爪子急刹車冒起的青煙，形勢有變，要考慮一下……狗群在半山腰原地踏步，雖然還在罵陣，但是底氣不足了。

四狗對四狼？怎麼看都沒有勝算，要不，撤吧……有兩隻狗猶豫著回頭瞅了瞅。不行，主人看著呢，就這樣不戰而退肯定受處分。何況，牠們的意中狗喬默也興沖沖地跑上山來了，在小姐面前，怎麼著也得爺們兒一把！

狗漢子們考慮了一會兒，只得硬著頭皮繼續爬山，但速度比先前慢多了，慢得似乎在等待主人收兵的號令，或者指望狼群被吼得不耐煩而撤退，這樣才好借坡下驢。

狗群邊磨蹭邊吠叫，聲音卻曖昧多了，更像在商量求和——狼哥們兒，我們慢點追，你們趕緊撤，給點面子，大家都好混。

四匹狼毫不買賬，牠們舒筋展腰扭脖子，準備打群架，專治各種囂張不服！

親娘哎，這是找死的節奏啊！狗群哼唧著，簡直是被主人的目光推著上前線。牠們跑得越來越慢，變直線爬山為「之」字形迂迴，看似繞過障礙以節省力氣，實則在使勁拖延時間。

丹增嗤笑著：「瞧這些吃白飯的，但凡裏面有隻藏獒，就不會這麼熊。」

藏獒是草原上唯一能與狼對決的鬥士，牠是一根筋的驍勇，寧可玩兒命絕不回頭！每家牧民都夢想擁有一頭藏獒，丹增也不例外。

亦風微笑接口說道：「英雄惜英雄，獒和狼也有做兄弟的時候……」

話未落音，我手一指：「快看山梁！」

山梁上不知何時又冒出四匹狼！並且悄無聲息地潛下山腰，狼洞邊的狼群迅速加入隊伍，八匹狼拉成扇陣，劈頭蓋腦向狗群壓了下去。

有埋伏！公狗們尾巴一夾，腿一軟，屁滾尿流地骨碌下山，撒丫子逃命。跑慢了的狗被狼撞翻就咬。逃脫的公狗們邊跑邊扭頭看喬默，難以置信！

那喬默非但沒跑，反倒迎著狼陣，像等待衝擊的礁石，狼群奔過牠身邊，竟然不咬牠，而牠還搖著尾巴加入了追狗的隊伍，儼然成了狼群的啦啦隊。

我、亦風、丹增、丹增老婆、丹增兒子，五個人張大了嘴巴。

「不是說兩個月都沒看見狼了嗎？從哪兒冒出來這麼多？」

「你家喬默到底站哪邊兒的呀？」

畢竟有人在，八匹狼把四隻狗攆回山下，小施教訓也就算了，狼尾巴撣撣後爪上的灰，瀟灑收隊。公狗們戰敗歸來，沒臉回營覆命，自己找了個圍欄角落縮著舔狗屁股上的傷。

唯有喬默還在山腳衝狼群親切地搖著尾巴，似乎在招呼「有空再來啊」。之後，喬默樂顛顛地回家又挨個兒去碰狗鼻子，這丫頭確實立場不明確。

這次與狼群擦槍走火，公狗們丟臉丟大了，都不理睬喬默。不過好在公狗不打母狗，何況喬默正當妙齡。

「從八月中旬口蹄疫爆發到現在，我們確實有兩個多月沒見過狼了，今年還是頭一次看到八匹狼同時現身。這在如今的草原算是大狼群了！」亦風喜不自勝地鑽回帳篷。

「狼跟著犛牛走，是我給你們帶來了狼群！」丹增眉飛色舞，「那你們得謝我，給我做點酸辣粉吃！越辣越好！」

丹增一家是十月底從駘嵬若村搬來的。他們趕著五百多頭犛牛繞過黑河和公路，步行七個多小時來到狼山，在我們小房子附近紮下帳篷。我一打聽丹增源牧所在的位置，正是我們兩年前最後一次遇見格林時，狼群大規模打圍犛牛的「平底鍋」牧場。

雖說丹增今天趕著犛牛繞行了七個多小時，可是丹增牧場和狼山直線距離不過十幾公里，冬季河面一旦冰封，直接過河翻圍欄一路穿行過去，能縮短一半的路程。如此說來，丹增的牧場也是狼山這群狼的領地。又聽丹增說，他家的牧場是最靠近核心無人區的，再往裏走就是村民的公共牧場，大家都會定期一起去公共牧場放牧一段時間，好讓自家的牧草喘口氣兒。或許牧民們的公共牧場也是附近幾個狼群集體打圍的公共獵場？

我煮著粉條，腦子裏轉著事兒：「丹增，兩年前的冬天，在駘嵬若村有一次大狼群打圍，傷了不少牛，是你家的嗎？」我大概說了一下那次狼打圍的情形。

「你說的地點像是公共牧場。可能各家的牛都有吧，」丹增笑道，「狼群每年冬天都會打圍，但他們不會指著一家人的牛吃，每家打那麼兩三頭牛，又吃飽又不得罪人。」

「一個冬天裏，狼群像那樣大規模的打圍要打幾次呢？」亦風問。

「那就不一定了，就看死牛販子拖走多少死牛了。死牛被收走得越多，狼群打得越多。」丹增捋著鬍鬚，「你知道的，我們村兒只養犛牛不養羊，我們的犛牛都是跟狼群打拼著長大的，絕對是若爾蓋草原上最好吃的牛肉。就算是死牛販子也愛往我們村裏鑽。」丹增又奇道，「怎麼問起兩年前的事兒？」

「我們剛好看見那次狼群打圍，後來有牧民來，我們就撤了。」

「這麼一說我好像有點印象，」丹增目光一閃，「我那年看見兩個漢人跟著狼群跑了，就是你們倆？跑啥！怕我呀？」

沒想到當時的牧民就是丹增！

看見我咬唇低頭難爲情的樣子，丹增笑了：「我就是樣子生得兇了點，也沒法讓我阿媽回爐了。將就看吧。」

我盛上一碗酸辣粉端給丹增。這剛見面時還讓我害怕的丹增，現在卻越看越順眼。他有印度人的眉骨，淺灰色的瞳仁和自然捲曲的長髮，長得像達摩。真是人不可貌相，這樣五大三粗的壯漢卻吃素。丹增是個孝子，據說他從前嗜肉如命，自從他母親生病以後，活佛說他身上殺氣太重，於是丹增發願戒肉六年爲母親祈福，現在已經是第四個年頭了。就算餐桌上有肉擺著，丹增也絕不伸筷子。草原上素食不多，我煮的酸辣粉就成了他的最愛。

丹增的妻子是個勤勞善良的女人，她很愛整潔，她家的爐膛總是被她擦洗得晶亮，藏家爐火旺盛象徵六畜興旺，我們雖然也擦拭爐子，但沒她那麼仔細。

有一次她到我們屋裏串門，看見我們爐子縫隙裏很不起眼地夾了兩根頭髮絲兒，順手就拈住一扯，結果拽出來是隻蟑螂，嚇得她彈跳起來，拎著「小強」在屋裏蹦了好幾圈。

雖說她嚇了一跳，不過乾牛糞裏夾帶一兩隻昆蟲倒也正常。我以爲她會把「小強」打死，誰知她嚇完以後，把小東西擱到屋外草地上，放了。

丹增的妻子善解人意，她不會漢語，但她會迎合我們談話的表情歡笑，也會儘量理解我們的意思。記得我倆第一次到丹增帳篷吃飯，女主人特別熱情，用大大碗公給我盛了滿滿一碗米飯。我哪裡吃得下這麼多，急忙連比帶劃地告訴她：「只要半碗，半碗。」女主人想了想，明白了，用勺子使勁把米飯按壓瓷實，把滿碗飯壓縮成半碗再遞給我。盛情難卻，那「半碗飯」撐得我一夜都在打飽嗝。

丹增的兒子話不多，卻傳承了他父親的孝順，牧場上沒什麼事情的時候，他都留在定居點照顧生病的奶奶。

現在已是十一月，初冬，乾燥無雪。

幾日來，食指山上時不時有一匹狼在打望牧場。

狗群對狼視而不見。自從八匹狼給了狗群一次下馬威之後，丹增的藏狗們再沒敢上山半步。主人在的時候狗群吼一吼，主人不在，狗群便不吱聲了。狗屁股上的傷還疼著呢，天知道山上有多少狼？

至於我和亦風則一直靜觀其變，再沒去兒女情長地喊格林。畢竟十個月的苦守，見狼就認親的衝動已經平靜下來。憑著對狼群的瞭解，我們知道狼群近日將在我們眼皮子底下打冬糧了，可不能壞了牠們的大事兒。

入冬後，再沒有野菜可吃，我收集了大量野沙棘，糖漬以後用紗布包住擠出汁水，分裝在飲料瓶裏掛在屋後自然冰凍。酸酸甜甜的天然沙棘汁是我們冬季裏主要的維生素補充。

亦風坐在窗前，調焦望遠鏡：「來了，今天是兩個探子。」

我就著圍裙擦擦手，眯眼往鏡筒湊去。

食指山山梁上，一匹大狼隱坐在灌木叢後，一匹半大小狼跟在牠後面，有樣學樣地躲入灌木叢，伸長脖子往我們這邊看。

「來啊，還等啥，今天就是打牛的好機會，丹增一家不在，我倆保證不舉報你們。吃完我來給你們買單。」亦風架好攝影機，抿嘴偷著樂。

早上丹增夫婦出門的時候就給我們打招呼：「發現偷牛賊就給我打電話！」「偷牛賊來了，我保證把他們趕跑，但是如果狼來打牛，我們可是內奸哦！」丹增哈哈大笑：「賊偷偷一群，狼打打一隻，不要緊，讓狼吃去吧，幫我防著賊就行。」

五百多頭犛牛在草場上慢吞吞地吃草，丹增帳篷煙囪裏的煙慢慢淡了，一切都那麼寧靜安全。兩匹狼在山頭觀望半日後，大狼起身碰碰小狼的鼻子，兩匹狼一塊兒翻過了山梁。

我倆把攝影機調適到最佳狀態，等著狼探子去叫大部隊。

左等右等，一直等到天黑，丹增回營趕牛入圈了，狼群也沒來。這麼好的機會白瞎了。亦風一拍大腿：「咋搞的！這些狼還真沉得住氣，三四天了，就這麼看著玩嗎？」

「狼不會無目的地打探，牠們必然在琢磨一些規律。」我看著爐火沉吟道，「問題可能出在我們這兒。藏族男人愛玩，丹增每天都會騎摩托車進城，早出晚歸這是他們的規律。藏族人怕冷，如果在屋裏必然要把爐火升旺，人走煙滅這也是規律。可是我們的屋子裏還熱氣騰騰地冒著煙。雖說狼山上的狼群對我倆不設防，但如果丹增一家是在我們屋裏做客呢？明天把咱們的爐火也滅掉，讓狼群徹底放心。」

第二天清晨，東面屋後傳來丹增的摩托車聲，我鑽出被窩，擦掉窗玻璃上的霧氣往屋後看，東面山坡薄薄的霜面上壓出一條黑白分明的摩托車轍印，他們進城了！

我起床披衣，用望遠鏡搜索西面的食指山。隨著摩托遠去的聲音，食指山腰上一塊薑黃色的「石頭」動了一下，舒展開來，坐在坡上引頸張望，是昨天那隻半大小狼！

亦風用長焦死死套住狼，我以最快的速度燒了夠一天喝的熱水，就讓爐火自然熄滅。

小屋煙囪裏最後一絲煙散盡，丹增帳篷的煙囪也冷透了。翹首以待的小狼興奮地抖抖鬆毛，屁顛屁顛地跑回山裏報信兒去了。

小狼一開跑，我就樂了，那單邊甩尾的跑姿是飛毛腿呀，這小狼丫頭雖然長到七個月大了，可那一激動起來，後腿超前腿的德行還沒變呢。看那得瑟勁兒，這是牠第一次當小偵察兵吧？

果然，沒過多久，大部隊來了。十匹狼越過山梁悄悄向牛群摸近，行動沉默而迅速。飛毛腿和另一匹大狼從山腳繞牛群後路包抄。

「總共十二匹狼！打圍的地方離我們頂多五百米！」熱血燒燙了我倆的臉頰。

狼入牛群，遠遠看去如同鐵屑中扔進了一塊強力磁石，黑壓壓散放的牛群迅速吸攏成一團，合力抗狼。十二匹狼對五百頭犛牛，這將是一場惡戰！

「邦客！邦客圖騰！！狼——來——了！！！」

誰啊？誰在喊！我幾步奔出門一看。蘿蔔光著小屁股，提著褲子邊跑邊嚷嚷：「邦客！阿孃，邦客圖騰！」

邦客圖騰！狼來了！

丹增妻子從帳篷裏鑽了出來，遮眼一望，急匆匆去牧場牽馬趕狼。

「什麼?女主人今天沒走啊?」

蘿蔔跑回帳篷邊，叉開腿站著，免得褲子掉下去。小傢伙撿起一個臉盆噹噹狂敲起來：「狼——來——嘍——邦客——圖騰——」

藏狗們爲主人大吼壯威，可是狗腿像在地上生了根，借牠們十個狗膽也不敢往前衝。

和飛毛腿一起包抄的那匹大狼一看有人，迅速奔向牛群周邊，試圖提醒狼群。

「快看飛毛腿！」亦風的鏡頭套住了那隻野丫頭，忍俊不禁。

飛毛腿跟在女主人身後，急得抓頭撓耳，爪子都不知道該往哪兒放！完了，完了，完了……咋還有人在呢?今兒這信是牠報的，現在糗大了，牠不知道該給組織發信號呢，還是自己先開溜呢，還是攔住這個女主人呢？

飛毛腿手忙腳亂，牠的後腿想趕去報信，前腿兒還在彷徨。牠幾次被後腿催得側過身來，兜一圈再往前跑。

牽馬的女主人也察覺到異樣，回頭一看身後還有一隻狼在轉圈，牠嚇了一跳，揮起袍袖驅趕飛毛腿。趕開飛毛腿，女主人翻身跨上馬背去驅趕狼隊。飛毛腿更加傻眼了。

「嗷——」蘿蔔嫩聲嫩氣地吆喝著，鼻涕閃閃發亮，臉蛋漲得紅撲撲的。草原上的孩子遲早會遇見狼，這情形並不稀奇。狼群意在獵食不會傷人，一旦狩獵行動被人發現，狼群就會知難而退。因爲打牛不像抓羊那麼容易，得手了能叼著羊開跑。犛牛是叼不走的，狼群只能就地吃，如果有人干擾，即使放倒了犛牛也沒機會享用，到頭來全部便宜了禿鷲和野狗。狼不做這種公益。

撤！

狼軍偃旗息鼓，從山埡口迅速收兵，飛毛腿終於統一步調，也一溜煙兒跟著大部隊跑了。這今年剛實習的小狼，急於表現自己的能力，哪知道哨探工作沒做好，第一天上崗就捅了漏子，牠回去挨訓是免不了的了。

這時狗群才英勇地衝向牧場保家護牛。喬默從頭到尾坐在山坡上觀望，半聲都不叫。

亦風失望地按下了攝影機停止鍵，問蘿蔔：「小鬼，你怎麼來了？」

蘿蔔把臉盆一丟，一面紮褲腰帶，一面露出豁牙衝我們嘻嘻直笑：「騎馬來的。」

「我知道，我是問你怎麼這時候來了？」

「我早上過來找阿孃玩，阿孃沒睡醒，我就去羊圈後面拉屎，正好看見邦客。我就喊啦，我立功了吧！」

「對，你真能幹！」我和亦風心情複雜。

「屁股擦了嗎？」

「嘿嘿……」

第二天。

情報小組換狼了，資深老狼帶著另一匹半大小狼見習偵察工作。新上崗的狼小兵身材瘦小，後腿微瘸，是小不點。一老一少的肚子蔫耷耷的，似乎山風一吹都能把肚皮蕩起來。小不點緊盯牧場，饑餓使牠無比專注！

第三天，丹增早上離開的時候斷言，狼群前天打圍失誤，接下來的兩天肯定不敢再來了。所以他放心大膽地唱起了空城計。結果人算不如狼算，丹增錯了。

上午十點多，我不經意間看見大群兀鷲在半空呈「樹狀」盤旋，往「樹根」下一看就發現草場中聚集了八九匹狼。牠們已經成功放倒了一頭半大犛牛，正在分食中。丹增的藏狗們知情不報，坐在山坡上望著狼群流口水。

狼群啥時候出獵的我們都沒察覺，等到發現時，餓了五六天的狼已經一個個吃得像紅臉關公了。

狼群終於打了牙祭，唯獨把飛毛腿排擠在外，前天牠的失職造成狩獵行動功虧一簣，害得狼群多餓了兩天，今天罰牠不准吃飯，待在旁邊趕禿鷲。

飛毛腿咽著唾沫低頭認罰，開始還算老實，到後來眼看狼多肉少、禿鷲環繞，肯定給牠剩不了什麼了，血腥味撩撥之下，牠再也沉不住氣了，自己動手豐衣足食！

飛毛腿瞄上了不遠處的一頭小牛犢，貓著腰潛行過去，剛要下口，斜後方突然殺出一頭公牛，一傢伙頂在飛毛腿肚子上。

我和亦風哎呀驚叫，只見飛毛腿在空中翻騰了兩圈，滾過牛背，摔在草地上。公牛還想掉頭踩踏飛毛腿，兩匹大狼迅速奔去救援，一匹狼叼住牛尾巴一拽，另一匹狼順勢咬住牛鼻子。

牛鼻子是牛最脆弱敏感的地方，很怕疼，所以人往往也會抓住這個弱點，在牛鼻子上穿一個鼻環，再倔的牛，一被拉鼻環也只能乖乖跟人走。那兩匹大狼經驗老到，公牛很快被控制住。飛毛腿好一會兒才爬起來，抖抖狼毛活動四肢，謝天謝地！牠還活著。

被這場意外驚得停止進食的狼群默默讓開一個餐位，飛毛腿俯首貼耳地湊過去，總算有了進食的機會。

「我得去看看。」

「不，我去！」亦風拿出了爺們兒的一面，「你在這兒盯著，萬一有突發狀況，你的攝影機別停。」他扛起另外一台攝影機，鼓起勇氣剛走了幾步，又回頭瞅我：「不……不會真的有突發狀況吧？」

我猶豫了一下：「保持距離，不要打擾牠們進食。」

「哎。」亦風小心翼翼地靠近獵殺現場。

我用長焦鎖定狼群，大氣不敢喘，生怕關鍵時刻模糊了畫面，錯過狼的任何一個表情。這跟在狼山上接近狼不能比，受到血腥味撩撥的狼群是殺紅了眼的，加上護食的本能，狼群會異常兇猛。

亦風距離狼群一百米，狼沒走……八十米，狼抬頭看了一眼亦風，繼續吃……五十米！幾匹狼慢慢嚼著嘴裏的餘肉，略帶防範地盯著亦風，飛毛腿還在狂吃海塞。我的心提到了嗓子眼兒。

「停下，這是狼群的極限。」我握著對講機，打心眼兒裏感激狼群。須知靠近搶食中的野狼群是非常危險的事情，只有足夠的熟悉和信任，才會容許我們近距離目睹這場野性饕餮。我們此刻的勇氣和信心都是狼群傳遞給我們的。

亦風在距狼群五十米處的一個土丘上，以最不具威脅的姿勢坐下了。那幾匹狼還沒放鬆警惕，看向亦風的眼神有些複雜，亦風用儘量小的動作架好攝影機按下拍攝鍵，自己則漫不經心地點上一支香菸吧嗒起來，不去直視狼，只通過攝影機的反轉鏡頭看。

狼群放心了，繼續埋頭吞食。

「呼叫亦風，飛毛腿要不要緊？」

「放心，海吃著呢。牠應該沒事兒！」

「有沒有一匹白嘴狼？」不知爲什麼，我對那匹白嘴狼格外留心。

「這哪兒看得出來，現在全都是紅嘴！紅腦袋都拱在一塊兒呢！」

死的是一頭不滿一歲的小犛牛，以死牛爲中心，內圈是狼群，中圈是亦風和兀鷲，外圈是我和狗群，天空中密密麻麻盤旋著各種食肉鳥類。狼群按等級進食，禿鷲則一落地就相互比翼展，強壯的禿鷲能佔據更有利的位置。時不時有禿鷲按捺不住想上前啄一口，立刻被狼爪一耳光扇開。

吃飽的狼悠然踱步回到食指山坡上，擦嘴梳毛，等待後面的成員。

死牛身邊只剩一兩匹狼的時候，禿鷲們再也等不及，飛上去哄搶起來。狼象徵性地向禿鷲撲抓一會兒也就撤了。漫天兀鷲剎那間俯衝蓋屍，剔骨刮肉。

等到最後一匹狼消失在山梁，狗群立刻忙活開了。牠們衝散兀鷲群，先撲在剩骨前吃了個痛快，然後迅速把殘骸拆成零件，藏匿在草場各個地方，替狼群毀屍滅跡的同時，也給自己存點灰色收入。

狗群檢查得很仔細，連脊椎骨和牛尾巴都塞進了獺子洞裏面，最後牠們舔乾淨草面的血痕，刨散草包。這些善後工作一定要仔細，如果被主人發現了蛛絲馬跡，會給牠們的職業生涯抹黑。

主人不在的時候，狗絕不會跟狼死磕，沒有劫匪何須保安，或許沒誰比牠們更明白狼死狗烹的道理。從某種意義上來說，狼才是牠們的衣食父母和事業保障。

在這群忙碌的狗當中卻沒有喬默，牠坐在小屋山坡上瞧著公狗們藏肉，牠只需要記住藏食的位置。等晚上公狗們被主人拴住，這些藏肉就都是牠喬默的吃食。闖完空門還懂得關窗的喬默絕對比那些狗技高一籌。

一頭犛牛把血肉還給了草原，牠養活了一大群動物。

入夜。

月光下，丹增獨自站在牛圈圍欄邊閉目靜聽。察覺我走到他身邊，丹增問道：「有一頭小牛沒了吧？」

「你怎麼知道？」我不打自招了。

我曾問過丹增他有多少犛牛，他從來不清楚，就是他這五百多頭牛的數量都是我閒來無事幫他數的。爲啥死了一頭小牛，並且被狗群處理得如此不落痕跡，他卻立刻就能察覺呢？

丹增睜開眼睛，指了指圍欄邊一頭發出悶哼聲的母牛：「牠媽媽在哭牠。」

我心一陣顫抖。我白天還爲狼群終於塡飽肚子而歡欣，現在卻陡然難過起來，一邊是痛失愛子的母牛，一邊是饑寒交迫的狼群，很難偏袒哪一方。也罷，死亡本身就是自然循環的一部分，生存就是你死我活，無法公正，也無從同情。

「我記得是一頭白尾巴的小牛，前天還說牠的病扛不過去，想給牠治一治呢。」

「牠是什麼病？」

「最後一頭口蹄疫的病牛。」丹增說，「明天狼群肯定還會來。」

「爲啥？」

「一頭小牛，狼群根本吃不飽。」

丹增又估計錯了，狼群沒來，狼的套路誰都摸不準。

十一月中旬，光禿禿的狼山又搬來一家老牧民，趕來了四百多頭牛在拇指山脈放牧。老牧民的營盤離我們小屋僅兩百米左右。我和亦風面面相覷，沒想到狼山小屋這麼偏僻的地方，眼看已經入冬了，卻又熱鬧起來。

丹增和老牧民兩家人的近千頭犛牛把小屋夾在中間。不知道這家老牧民又要在這裏放牧多久。狼山絕對不適合放牧，這裏的貼地枯草不足一釐米高，今年已經被牛羊剃啃過數遍了，哪裡還有剩餘價值？

牛牙把地皮啃得嘎吱響，拉出來的牛糞泥多草少，乾了以後燒都燒不燃。活活把個食草動物變成食土動物了，牧民們咋想的？

我過去和老人家攀談。

老牧民指指山那頭他們來時的方向，無可奈何地搖頭：「那邊，沙子……」

33/ 四狼探母？

借著雪光反射，屋外十幾米處，
幾個詭異的黑影正在拱動。
埋頭垂尾兩頭低……是狼！
一隻、兩隻、三隻、四隻……

十一月末，朔風寥落，沃野茫茫。

我第一次從老牧民口中聽見了這個陌生詞——「黑災」。過去，我只知道「白災」就是暴雪肆虐，厚雪覆蓋草原，牲畜吃不到草，動輒幾百萬頭牛羊凍死餓死。夏秋季節過度放牧吃光啃光，致使冷季沒有一點兒草料儲備，是釀成「白災」的原因。

老牧民說「黑災」與「白災」相反，就是遲遲不下雪！草又被啃光，剩下大片黑土。冬季裏，地表水封凍，人畜飲水主要依靠積雪。若長時間無雪，牲畜會因乾渴造成血液變濃，消化不良，流產、疾病，以至死亡。就算牛羊再抗造，二十天不吃雪，脫水；四十天不吃雪，掉膘；兩個月不吃雪，死翹翹！

似乎老天爺在七月份那場大暴雨時就已經把一年份的水全降下來了。牧民們更沒想到今年的寒流來得這麼早，不但地表水封凍，而且無雪可下。

怕什麼來什麼。牧民擔憂的黑災降臨了！乾冷的牧場上看似什麼都沒發生，暗中卻有一種饑渴的死亡威脅步步逼近。那一刻，「黑災」這個詞便和焦炭似的黑土地、凍結的黑沼澤一起寫入了我的腦海。

「現在既沒草又沒雪，只有黑泥巴！我的犛牛餓死是遲早的事，哪兒才能活下去啊？」老牧民滿臉的皺紋像鑿刻而成，渾濁的眼睛被皺紋擠得只剩下一條縫。

他老淚縱橫的樣子很自然地讓我想起了南卡阿爸，我記起老阿爸彌留之際掛在嘴邊的一句話：「這不是個好兆頭，大災一起，只會越來越壞……」從今年第一次暴雨來臨，老阿爸早已預見到這一切了。

老牧民聳起的肩胛骨把皮袍支出兩個稜角，在寒冷的空氣中傷心地顫動。

無怪他如此絕望——七月大暴雨，八九月口蹄疫，十月腐蹄病，十一月黑災，一年中的災難接踵而至。我不知道這老牧民之前流浪了多久，又將去往哪裡，我只知道他自己的牧場已經完全沙化。這是一種無家可歸的悲涼吧。

我們和丹增一家幫助老牧民拆掉帳篷，裝到遷場的勒勒車上，目送他趕著牛群越走越遠。他只在這裏停留了一個星期。

狼渡灘雖然打眼望去還剩下些高高的枯草，可是，丹增說那些草要麼有毒，要麼無法消化，犛牛是不能吃的。真正的牧草已經連根兒都啃出來了。

缺牧草，缺飲水，留在狼山的只剩下我們和丹增一家。丹增的犛牛已經缺食斷水十多天了，犛牛餓得集體越獄好幾次，跳過分隔牧場的圍欄，夜奔十餘里跑到別人的牧場去找草吃。我和丹增好不容易才把逃亡的牛群找回來。這麼餓著不是辦法，可到哪兒去弄五百頭犛牛的飼料來呢？

我想到了酒糟：「四川是產酒的地方，酒廠裏源源不斷的酒糟也是不錯的飼料啊。」

亦風哂道：「犛牛吃了酒糟要打醉拳！」

「秸稈！每年成都平原焚燒那麼多秸稈，燒得全城濃煙滾滾，與其用來製造霧霾，不如收集起來運往草原餵牛羊。」

「運費高，收集難，除非政府動員，憑個人的力量根本辦不到。」

眼下之急怎麼解決？我們想來想去，只有一個辦法——買大米。每年政府都有扶貧救災的大米發放下來，有些牧民不吃米，於是五十元一大袋便宜賣，我們正好收購來餵牲口。買米餵牛這是沒辦法的辦法。

下一步就是解決牛群飲水的問題，眼下氣溫降到零下二十度，沼澤濕地凍得結結實實。犛牛被拉破舌頭、黏破嘴皮也啃不動冰塊。水，看得到，吃不到。狼山下的小溪凍成了冰瀑，我好不容易砸出一塊臉盆大小的泉眼，自來水粗細的冰泉只夠人喝。

「沒有用的，我還是遷回我的源牧吧。我源牧上有條河，只有把牛群趕到河上，鑿開冰面才能徹底解決牛群的飲水問題。再渴幾天，犛牛就會脫水走不動了，我必須抓緊遷場，不能在這兒陪你們過冬了，」丹增有些遺憾，「不如你們也跟我走吧，大家有個照應。這山裏冬天太苦，沒有補給生活不下去。大家在一起宰牛吃肉也能過冬，我一走，你們連肉都沒得吃。萬一再出個意外，叫天天不應。」

我和亦風舉棋不定。我們是領教過這裏的冬季的，今年的冬季比往年更加嚴苛。萬一一直不下雪，我們也面臨斷水。守著這一眼泉水指不定什麼時候就會徹底結冰。

丹增笑了：「別猶豫了，離了牛羊，本地人都不敢在這裏獨居。你們的目的是找狼，這次可是我把狼群給你們引來的。冬季裏，狼群也會隨著犛牛走，你們跟著我的犛牛，看到狼的可能大得多。等到下雪的時候，我源牧的冰河面上經常留下狼爪印，你們就可以看看有沒有你要找的狼了。」

我倆怦然心動，頓時想起兩年前格林跟隨的狼群打圍，確實是在丹增的牧場。他的源牧道路難行人跡罕至，這次口蹄疫期間盜獵猖獗，狼群就去他那裏避了兩個月，說不定狼群真打算去他那裏過冬！

晚上，在小屋開「電話會議」。

我剛把自己的想法告訴老狼，老狼當即否決：「不能走！堅決不能走！上次你就沒聽我的，結果怎麼樣？你們跟狼白白錯過，這次絕不能再犯同樣的錯誤！你相信我，格林如果活著，牠肯定也迫不及待地想見你們！但是因爲小屋旁邊住著丹增，有生人的營盤，狼不敢來，等外人撤走，牠肯定第一時間就會來找你們！」

直到放下電話時，老狼還不放心地一再叮囑：「不能走啊！千萬不能走啊！」

格林啊，你到底會去哪兒?!如果我們留下，狼群卻走了，這個冬天不白耗了嗎？

亦風在一旁悄沒聲地聽完我們所有對話，摸著鬍鬚：「這次你得聽老狼的。就狼這脈，沒人比他號得準。咱們當局者迷啊，我站他那邊。」

二比一，會議結束，我從了。我不想再後悔一次。

一個星期後，丹增一家搬走了。臨走時，丹增想留一頭牛給我們作冬糧。

我感激卻沒轍：「你就是留下一頭牛，我也宰不了牠。孤單一頭太可憐了，都帶走吧。」

丹增想想也是，就讓妻子提了一條凍牛腿給我們：「留著，你們不吃肉，喬默也得吃。這麼冷的天，沒什麼野生動物，盜獵的也不會進來了，你們可以放心。」

我謝過丹增一家，把牛腿掛屋後凍著。

結果，丹增離開的當天晚上就下起了小雪，真是老天耍人啊。不過這場雪很薄，薄得更像是一層白霜，呵口熱氣就化了，也解決不了缺水問題。

丹增走後，狼山一下子就冷清了，方圓幾十里就剩我們孤零零的小屋。每天出門打望，目中無人。晚上再聽不到犛牛哼哼的聲音，小屋子周圍靜得出奇，我們反倒失眠了。

半夜兩點多，我迷迷糊糊聽見亦風摸黑爬起來找菸。過了一會兒，我突然感覺一隻大手壓住了我的嘴，我一個激靈就睜開了眼。

「噓——」亦風生怕我叫出聲來，指指窗外悄聲道，「你看看那是什麼?」

我挪開亦風的手，躡手躡腳地推開窗戶，冷風陰森森地灌了進來。借著雪光反射，屋外十幾米處，幾個詭異的黑影正在拱動。埋頭垂尾兩頭低……是狼！一隻、兩隻、三隻、四隻……牠們嗅著地面，腳步聲輕如落雪。

我聳肩縮頸，毛髮盡豎，既興奮又害怕，咬著手背不讓牙齒顫出聲來，耳邊卻聽見亦風的汗毛支棱起來的聲音。

狼影從我們填埋廚餘垃圾的一個地洞邊走過。後面還跟著一隻捲尾巴的影子，應該是喬默。

除了薄雪淡月，沒有更多的光源，四對狼眼不像強光照射時那麼明亮，只是暗綠暗綠地在我窗前遊動，雪月之光把狼影的背部勾勒出一綹蒼銀色鬃毛。

清冷的空氣中裹挾著更加純粹的氣味分子，腥野的猛獸氣息飄送過來。儘管明知道這麼近的距離，狼群肯定早就嗅到我們的人味兒，但我還是本能地用袖筒擋住口鼻，生怕呼出的霧氣更引起狼群的注意。

這裏面有沒有格林？我在心裏不斷吶喊著牠的名字，嗓子卻像鷓鴣一樣被扎住，大氣兒都出不來。

我們根本不敢喊，就算其中有一隻狼是格林，畢竟還有三隻狼不是啊！誰知道這群狼想幹什麼？小屋三毫米厚的玻璃一爪子就能拍碎，單薄的房皮兒裏就裹著我們這兩坨肉餡兒。太近了！彷彿吐出一絲人味兒狼群就會撲過來。雖然白天我們也曾在狼山近距離遇見過狼，但是白天狼避人，夜晚人怕狼，夜幕中的狼群自然而然攜帶一種神秘的壓迫感。我心裏沒底。

我摸到了枕邊的電筒，在手裏捏熱了也不敢開。攝影機就在床腳，亦風也不敢拿，生怕弄出響動，把狼惹火了。而且夜晚的光線太暗，拍不到的，此刻只能屏息潛聽，任何一點異動都可能驚擾狼群。我們根本不想拍下牠們逃離的樣子，只想牠們停留得越久越好，用全部感官證實牠們的存在。我在膽戰心驚的同時，卻莫名其妙地產生了一種依戀感。

我們睜大眼睛，豎起耳朵，生怕錯過一個細節。狼群或許知道我們在看牠們，大家都很安靜，周圍也沒有任何聲響。狼群從容地嗅著地面走，偶爾刨開地，似乎在找尋什麼。四條狼影繞到東面屋後，狗影留下了。

我們換到東面窗戶再看。狼影銜枚疾走，消失在夜色中。

「走了？……確定是狼吧？」亦風其實更想確認他是不是在做夢。

「絕對是狼！四匹狼，有兩匹特別大，兩匹略小一點。」

亦風摸回他的床上，雙手枕在腦後躺下，這才把懸在胸腔的一口氣長長呼出：「老狼神算啊！丹增一走，狼群真的來了！而且當晚就來了！真的是格林回來了嗎？為什麼沒下文呢？就這麼走了？」

他喃喃自語了一會兒，漸漸打起了呼嚕。

我卻再也睡不著了，裹緊被子死盯著窗外，狼群還會不會轉來？

滴答、滴答、滴答、滴答……我數著秒針等天亮。

天剛濛濛亮，我就抱著相機沿蹤索驥，一直往屋後找了過去。

薄如浮紗的雪霜，無法分辨爪印的形狀，但能看清狼行進的路線。牠們穿越狼渡灘而來，嗅過我們的生活垃圾，那上面有我們的味道。牠們轉到了東面山坡，在屋後幾十米外的一處有刨地和滾動的痕跡。十幾個棕色球狀菌孢被撕破壓碎，散落出裏面的孢子粉末，蹭在薄雪上的深棕色粉末已被融雪化開，手捻一撮粉末有潤滑感，放在鼻尖一聞，淡淡的藥味——是馬勃。

馬勃是草原上止血抗菌的天然傷藥。狼山地帶原本是沒有馬勃的，那年格林受傷時，曾經自己叼來了一小塊馬勃舔擦在傷口上，不僅迅速止血，而且外傷很快就癒合了，我驚嘆狼

馬勃是草原上止血抗菌的天然傷藥。

找來的藥果然神效。後來我聽扎西說，「馬勃」的藏語名字叫作「波切」，意思是「狼的奶渣」，看來這種藥材確實與狼淵源頗深。

從那以後，我在草原上只要看見馬勃，就收集回來替格林存在家裏，以備牠受傷時用。送別格林離開草原的時候，我順手把剩餘的馬勃扔在狼山的小屋後，孢子隨風煙散，後來小屋後的山坡上就長滿了馬勃，夏季裏遠遠看去，像高爾夫練習場散落的球。

沒想到兩年前無心插柳，爲這裏的狼群做了件公益。

高興之餘我又有些失望，原來狼群並不是爲我們而來。牠們昨晚只是來尋醫找藥的，有狼受傷了嗎？

還沒等我逐一拍照檢查完，朝陽就把這些霜痕雪跡輕輕抹去了。

我一回到小屋，亦風就嚷嚷著：「我把

昨晚格林來看我們的事告訴老狼了，他特高興！

「你別動不動就認定是格林！」我把拍下的照片給他看，「這群狼是來找藥療傷的，只是路過而已。」

亦風看完照片依然樂觀：「甭管為什麼來，狼群總是來了，這說明狼群並沒有跟著犛牛走，我們留下是對的！而且狼群第一次主動靠我們小屋這麼近，還不怕咱們。這就是好現象！要有信心，就算牠們是來找藥的，治傷也得有幾個療程吧，我們守著醫院還怕傷狼不來看病嗎？就安心做好過冬的準備吧。」

正說著，好像贊同亦風似的，山那邊竟然飄來了幾聲狼嗥。

初雪降臨，狼群快集結了！這幾聲狼嗥比亦風的話還要鞏固我的信心，我喜形於色：「那就存糧！過冬！」

若爾蓋的藏族人是犛牛背上的民族。皮袍、黑帳篷、肉食、乳製品、燃料、運輸……衣食住行樣樣依賴犛牛，只要有牛群，牧民就能在艱苦的草原上生存。而我們卻沒有這項生存根本。以往在狼山上度過的饑寒日子，想想就害怕。今年冬天絕不能再重蹈覆轍，一定要做好充分的糧食儲備。

亦風去縣城採購了幾百斤土豆、幾千斤塊煤，還有大米、麵粉、花生、白菜、胡蘿蔔、乾玉米棒子、雞蛋……

亦風搬煤，我搬糧。我把米、麵、花生塞進糧食櫃子裏，白菜、胡蘿蔔、乾玉米棒子擺在屋外會凍壞而且會被鳥啄，只能碼在床底下。冬天裏的雞蛋不好存儲，到夜裏爐火熄滅，室溫降到零下十幾度，一夜之間，雞蛋全部「cool斃」了，凍成一個個開裂的冰疙瘩，無論煮著吃還是炒著吃，蛋黃都是硬梆梆的一坨，凍蛋簡直難吃哭了，爲了營養卻又不得不吃，所以我們管這叫「催淚蛋」。

小屋再也堆不下蔬菜了，老狼依著北方過冬的方式，建議我們挖一個菜窖存土豆。但是山腰上薄薄的土層下面就是岩石，如何挖得動呢？我扛了鋤頭鐵鍬在屋前屋後考察了一圈，終於發現一堆浮土下面的土層比較鬆軟，就這裏吧。

我花了一整天時間鏟土掘洞，手掌磨起了水泡，終於挖了兩個一米多深的坑，再往下挖就是凍土了。我埋下那幾百斤土豆，喜滋滋地拍拍一身的泥土。心裏踏實了，有了這些存糧，就算大雪封山咱也不怕啦！

糧食儲備妥當，我們準備去巡山。

這天清早，亦風摸出床底下的登山鞋一穿，呀？腳塞不進去？一晃鞋子沙沙作響。亦風倒出鞋裏的東西一看——半鞋子的大米！起碼有一斤多。我這邊也叫了起來，我的攝影包裏被裝塡了大量花生米，在包底鋪了兩寸深。誰幹的？

亦風把這事兒給澤仁聊起，澤仁一聽就樂了：「那是草原上的老鼠幹的。牠們喜歡自己存冬糧，按草原的說法，老鼠把大米存在鞋子裏這是吉兆啊，你們要發財！」

發財不發財我沒興趣，這鬼影都不見的草原上就算撿到錢也是自己掉的。我感興趣的是，老鼠搬了那麼多大米，爲什麼連半個腳印都沒留下？而且這些米竟然儲存得乾燥清潔，一顆老鼠屎都沒有。花生米也清清爽爽，既不黏也不髒，絲毫沒有蟲吃鼠咬的痕跡，什麼老鼠這麼講究？牠又是啥時候偷的糧食，居然沒被我們察覺。鼠輩高明啊！

我動了好奇心。

晚上，我握著電筒睡得很警醒，靜夜裏果然聽到了小動靜。電筒一照，一個灰灰的小東西困在牛糞筐裏團團轉，不斷撲騰著就是跳不出來。

亦風白天倒在地上的大米已經轉移乾淨了，或許牛糞筐裏還遺落了幾顆糧食，於是這小老鼠跳進去撿拾，結果白鐵皮質的牛糞筐裏一尺深的光滑內壁成了天然陷阱，小東西進去容易出來難！

抓小偷！亦風一骨碌翻身起來，拿火鉗夾老鼠！

這小東西太靈敏了，貼著火鉗夾子往下出溜，還好是筐中捉鼠，若是在地面上，休想抓住牠！

「吱！」終於逮著了！火鉗一夾，噗！小老鼠嘴裏掉出一顆花生米，再一夾，又一顆，再夾，還有！兩寸長的草原鼠，小小的嘴裏居然藏了四顆花生米！

我倆看傻眼了。「小偷」把包含的「賊贓」盡數吐出以後，頭圍縮小了一半。

兩人借著電筒光仔細端詳這俘虜，牠長得圓乎乎的，短尾巴、大耳朵、小胖臉。非但不像城市裏的耗子那麼猥瑣，反而透著幾分可愛萌態，活脫脫像動畫片裏的米老鼠。

吱吱！這隻米老鼠可憐兮兮地眨巴著小眼睛，頃刻間就把我倆電暈了。

「咋辦？」亦風於心不忍。

我也軟軟地笑了，「由牠去吧，一隻米老鼠吃不了多少糧食，既然牧民都說這是吉兆，那就當吉祥物養著。明兒你把糧食櫃子的門釘上封邊，別讓牠再鑽得進去。至於牠偷去的那些大米和花生，就給牠吧，小傢伙搬那麼多糧食也夠辛苦的，這些糧足夠牠過冬了。」

人類決定與鼠爲善，米老鼠也不再做賊心虛了，有時白天也出來溜達兩圈，一得空就理毛擦腳，把自個兒收拾得乾乾淨淨。

小屋裏，梁上有小鳥，床下有米老鼠，都不怕人。有天一隻麻雀睡迷糊了，掉到水杯裏，順便洗了個澡，又飛回去了。

有這些卡通般的小生命鬧騰著，這個冬天倒是不寂寞。

34/ 我們來得太晚太晚了

老狼的話狠狠砸在我心上。

我痛悔莫及，一直強忍的淚水終於滾落在黃沙中！

我們原本有兩次機會能救牠。

對不起，小狼，我們來得太晚了，太晚太晚了……

「丹增走後，狼群會主動接近你們！」自從這點被老狼料中以後，我們更加重視老狼的建議——他讓我們變找爲等，守屋待狼。他認爲我們從前總是主動外出去找狼，說不定反而錯過了格林回家找我們。狼找人比人找狼容易多了，他篤信格林聞到我們的味道會自己找回家來。

十二月三日，我果然在家附近發現了一匹狼，亦風立刻用長焦鎖定。

從身形上遠遠看去，牠是一匹母狼。母狼在小屋西北面山坡下的荒草地裏倒騰，對著草叢裏一隻獵物又拱又舔。那獵物在低窪地只露出一點點象牙白的毛皮在風中飄搖，從毛色看像是一隻死羊。奇怪，方圓幾十里沒有羊群，狼是從哪兒抓來的羊？

我挪動望遠鏡了一圈，沒發現別的狼。既然不是格林，我們也就安靜地觀察，不打擾母狼進食。

快到中午了，母狼還在那兒，直著脖子望小屋。幾隻兀鷲停在一邊等著了，烏鴉們更是湊近獵物前後撲稜，只要母狼稍一分神，烏鴉就趁機跳到她的獵物上偷啄兩口。火冒三丈的母狼把烏鴉們追攆得四處飛逃，轟出幾十米還不解氣，彷彿跟這些鳥有深仇大恨似的。而那獵物卻貌似依舊完整，母狼臉頰和脖子上也沒有進食時應該蹭上的血紅色。

牠沒吃？這就很反常了。狼捕獵吃食都是速戰速決，沒有道理在這麼靠近人的地方從上午護食到下午，既不叼走又不吃，這不是狼的做法。肯定有問題！

我和亦風商量了一下，決定靠近去看看。亦風在小屋給我放哨，我裹緊藏袍防寒，把手機、望遠鏡和對講機揣在袍懷裏，輕裝徒步走下山去。

剛下山坡，那匹母狼就注意到我了，牠果斷放棄了獵物，掉頭就走。烏鴉們見母狼一走，一窩蜂地飛向獵物猛啄一氣，禿鷲也邁著鷹步湊了上去。母狼暴跳齜牙，又衝回去趕鳥，並索性在獵物原地候著不走了。

這就更讓我意外了，大白天的，狼發現有人靠近都不撤退，還死守著那隻獵物，什麼東西那麼寶貝？

狼護食生猛，我不敢靠太近，走到距狼百米之外便停下用望遠鏡觀察。獵物的位置太低，還是看不分明，但這母狼卻被我認清楚了——牠是後山那窩小狼的辣媽。

我後悔下山了，這辣媽是我接觸過的最具攻擊性的狼，當初我摸進狼窩偷拍小狼的時候，這狼主恨不得弄死我。嚇得我一路滾下山去，腦袋都摔成紫茄子了，多虧有小狼們攔著，辣媽才沒追來。可是一想起牠兇神惡煞的樣子，我就犯怵。這會兒牠電焊似的目光把我每根神經都焊緊了。安全第一，我得撤了。

我剛走了沒多遠，就聽身後有腳步聲，我嚇得抱頭轉身。果然是辣媽追來了，可是……牠居然衝我搖尾巴。我沒看錯吧，這是我認識的辣媽嗎？辣媽回頭瞅瞅牠身後的獵物，邊搖尾巴邊撤退。

「呼叫微漪，狼走遠了，狼走遠了。」亦風在小屋山坡上看得分明。

走了？居然把牠死守的獵物讓給我了嗎？

看看！

我跳過沼澤裏一個個凍脹丘，定睛一看，頓時打了個寒戰。一匹死狼！

再一看死狼的模樣，更如一記悶雷炸穿了天靈蓋——我的天啊！是飛毛腿！

飛毛腿是後山四小狼中唯一的一隻小母狼，牠才七個月大。牠右側身體向上倒在草垛子裏，肚子鼓脹得特別大，我們在山上望見的象牙色毛皮正是狼肚白。

飛毛腿的右眼被烏鴉啄爛了，血淋淋的眼睛讓狼臉看起來更加悲涼。致命傷是肚子上的一個窟窿，雞蛋大小的一段腸子從窟窿裏鼓了出來，這是個惡化的舊傷，傷口周圍的膿血裏裹著馬勃殘粉，膿臭味和藥味直往鼻子裏鑽。牠身上的皮毛被母狼舔理整潔，牠的媽媽在送她最後一程，牠要她乾乾淨淨地來，乾乾淨淨地走。

「看見了嗎？是什麼獵物？」

「死狼，是死狼！」我欲哭無淚，「飛毛腿死了……怎麼會這樣？前些日子還好好的……」

撫著小狼的屍體，腦中的許多零碎事件串聯起來：十一月初，狼群打圍丹增犛牛的時候，飛毛腿耐不住餓，冒冒失失地去單挑犛牛，結果我們眼看著她被犛牛頂到空中摔下來。後來我們觀察飛毛腿走路吃肉都沒問題，以為牠沒事，結果牠還是被挑破了肚皮！

從那次圍獵到現在倒斃，牠已經堅持了二十多天，恐怕也只有狼才堅持得了這麼久。我們前些天夜裏看見兩大兩小四匹狼到小屋附近，肯定就是帶著飛毛腿尋找馬勃療傷的！

亦風急匆匆地往我這邊趕。那匹母狼——飛毛腿的媽媽停留在對面山腰處，坐在坡上望我們，不叫也不鬧，卻久久沒有離開的意思。

不是所有的疼痛都可以吶喊，牠身為母親更加無法承受女兒的離去。也許在牠的眼裏，飛毛腿依然是個依靠牠、難受時只會喊媽媽的小生命。

我傷心地抱起了小狼。從前我總是遠遠看著飛毛腿淘氣成長，沒想到今天第一次抱牠，牠已變成一具冷冷的屍體……

等等！……飛毛腿的胳肢窩還是暖的！再摸牠的脖子根兒，有脈搏！我燃起一線希望，忙衝亦風喊：「牠還沒死！你快回去把我的急救箱拿來，還有針線、肥皂，再弄一壺熱鹽水，快去！」

不多久，亦風挎著急救箱飛跑回來，他一臉汗水，生怕晚了一分鐘。我先就著溫水把手沖洗乾淨，消毒。亦風打開急救箱，我用剪刀剪掉飛毛腿傷口周圍的狼毛，去腐消毒，再用溫鹽水泡軟腸子，塞回狼肚子裏，縫合肚皮。

亦風一直摸著飛毛腿的心跳，生怕它就此驟停。

我每縫一針都會問亦風：「牠有反應沒？有反應沒？」

我多希望牠在手術的疼痛中能本能地抽搐一下，或是痛哼一聲，至少會讓我看到多一線生機。可是牠沒有，就那樣無聲無息地躺著。我給牠上了消炎藥，只有紗布，沒有繃帶，我便解下藏袍的紅腰帶給牠攔腰纏緊包紮。

我檢查那隻血肉模糊的狼眼。我撥開牠的眼皮吹口氣，有眼瞼反應，牠充血的眼珠輕微轉動了一下，映出我的影子，不知道牠還能不能看見我。

雖然飛毛腿的眼皮被烏鴉啄爛了，不過眼珠還沒瞎。我想起母狼驅趕烏鴉時的狂怒。小狼還活著，這些烏鴉就想生摳牠的眼珠子，當媽的怎能不恨！

我蘸了一點兒肥皂水潤滑溫度計，插入飛毛腿體內測肛溫，抬眼望了一下食指山坡，母狼不見了，牠啥時候離開的我都不知道。

「體溫在降低。」我收起溫度計，把剩下的熱水灌進飲料瓶暖在小狼腋下，脫下藏袍，帶著我的餘溫把飛毛腿整個裹了起來，拴緊，只留下鼻子伸出來呼吸。

我躺在牠身後，抱牠入懷，祈禱這點溫暖能喚醒牠的知覺。亦風也拉開外套側躺下來捂在我後背，環手摟著我和狼。

北風刮過荒原，殘陽淌血。杳無人煙的大地上，兩個人抱著一匹垂死的小狼。

「牠還活得了嗎？」亦風在我耳邊問。

我略一遲疑，亦風便明白了，他的嘴角抽動著：「上次打圍時還看見牠活蹦亂跳的，這才多久，說沒就沒了……我們回狼山是想保護狼，可是眼看著一匹狼就要死在我們面前，卻救不回來，除了醫藥箱，我們什麼都沒有！」

抱著奄奄一息的小狼，亦風的訴說更讓我傷感。記憶中，飛毛腿膽子很小，總是躲在狼洞門口瞄我們。飛毛腿很好動，儘管跑路姿勢怪異卻速度超群，牠逮兔子是一把好手。飛毛腿特別淘氣，牠拆了我們的攝影機，還慫恿牠的狼媽媽收拾我。飛毛腿是個「半吊子」，牠偵察不力，給狼群捅了大漏子。我至今都記得牠跟在牧民後面著急忙慌的樣子，可我萬萬沒想到這傻丫頭去挑釁犛牛，會造成這樣的後果。

索朗說過，草原上的狼群已逐漸進入老齡化，野生幼狼成活率極低，一大半的小狼活不過頭一年。牠們從剛一出生就要面對太凶險的世界，一個疏忽就是死路一條。爲了活下去，我們的飛毛腿已經盡力，或許牠是在跟隨辣媽去尋找馬勃療傷的路上再也走不動了。

飛毛腿的媽媽是那麼愛牠，牠掉牙的時候，辣媽長途跋涉爲牠找來鳥蛋和魚。辣媽從來就不願意接近我們，可是爲了救牠的女兒，牠甘願做了牠決不願意做的事——向人類搖尾巴。我忽然明白那個無助的狼媽媽是把我們當作了拯救孩子的最後希望，可是，我們也救不了牠。

在草原的這大半年來，我們目睹了狼群生存的艱險，一隻幼崽要長大成狼太難了。眼看著我們守護的小狼們一隻一隻死於非命，我越來越害怕，我怕自己總有一天會承受不了，我怕進入狼的世界，聽牠們向我訴說牠們的傷悲，我真的怕啊。

我感覺後頸一片潮濕，有水滴進髮間，身後的呼吸在默默顫抖。我壓抑著氣息，不讓喉頭抽噎。一滴淚從左眼流過鼻梁，冰冰地滑入右眼，又被右眼重新暖熱，收回眼眶，「不哭，牠的死至少不是人爲。」

我輕輕側過臉，試著用小狼的視線，睜眼看看牠此刻能看到的草原——昏暗的天空、破碎的雲層、盤旋的兀鷲、等候的烏鴉……當我看到這些，我感到很悲哀……牠只是個七個月大的孩子，就走到了生命的最後一天，也許到了明天就只剩屍體或者白骨。我們只能這樣抱著牠，陪著牠。我怕牠冷，怕牠痛，怕牠寂寞，怕牠醒來哭著找媽媽。

我們無法把牠帶回小屋，回家的距離還遠，沿路要背著已經有大狼身形的飛毛腿跳過沼澤很困難，最關鍵的是，飛毛腿只剩這一口氣了，禁不住騰挪，我很怕牠在回家途中就會死在我背上。我們也不敢離開，怕我們一走，烏鴉再來啄牠的眼睛，禿鷲把牠生吃活掏。

一直守到天黑，禿鷲們飛走了，我們才回家。

第二天天不亮，我們就去看飛毛腿。到了沼澤前，兩人大吃一驚，狼和袍子都不見了！現場只丟下我暖在小狼懷裏的那個飲料瓶，沼澤的冰面被踏碎，辨不出任何痕跡。踩碎的亂冰已經重新封凍，小狼應該是頭半夜就被什麼東西拖走了。

我們急忙在附近殘存的積雪上尋找更清晰的線索。一串碩大的爪印讓我們倒抽一口涼氣，這些爪印大如人足，且更加深重寬厚，呈內八字行走。糟糕！熊掌！

我們防著兀鷲，防著烏鴉，可千算萬算沒算到還有熊！因為藏馬熊太稀有了，而且我沒料到都這個時節了，牠們居然還沒冬眠？可能是晚雪暖冬的氣候造成的。拖走獵物是熊的習慣，難道飛毛腿竟成了藏馬熊冬眠前的最後一餐？

熊出沒！我們不敢貿然跟蹤入山了。我們拍下爪印照片，轉而繞著狼渡灘的扇形周邊，找周邊幾家牧民打聽最近是否見過熊的蹤跡。

前山的牧民回答：「爪印看著是熊掌沒錯，但這東西很少見，牧民就算老遠見了也分不清。牠長得黑乎乎的，跟小犛牛差不多，沒人會注意。」

傍晚時分，繞過中峰的周邊，我們追查到後山邊緣，那裏有一家牧民的帳篷。還沒走近就聽見牧場主和他的幫人在吵架。我倆上前勸架，聽他們各說各有理。

牧場主身上一股酒味，指著幫人臉紅脖子粗地罵道：「他不老實，我親眼看到狼群打了我一頭牛，他死活不承認！」

幫人指天發誓：「犛牛一頭都沒少，菩薩看得見！我如果說謊，立馬磕死在你腳底下！你自己數數就知道了！」

「不用數啊，」我說，「狼群吃沒吃你的犛牛，去看看那頭死牛屍骨不就清楚了嗎？」

「死犛牛找不到，被狼群拖到山裏去了。」

「什麼？拖走了……」我一愣，狼群都是就地吃牛，從來不會費勁拖牛上山，難道又是熊幹的？不會吧，這牧場主說親眼看到了狼群，突然間，我心裏一動：「是什麼時候的事兒？你在多遠的距離看見狼群拖牛的？」

「上午，我吃完酒騎摩托回來，親眼看見七八匹狼拖著一頭犛牛，就從那個山埡口上去了。」牧場主就著地上一塊積雪給我畫了個位置，「狼就在這裏，我在這裏看見的……」

我一參照，牧場主發現狼群的山埡口離他視線距離少說兩三公里，那麼遠的距離只能看個大概。這主兒大清早就喝酒啊，還騎摩托酒駕。我苦笑一聲：「大叔，你能確定狼群拖走的是一頭犛牛嗎？」

「那麼大一坨，黑乎乎的，不是犛牛還能是啥？」

我心裏大約有數了，牧民分辨常見動物通常憑感覺，黑的是牛，白的是羊，黃的是狼，就連藏馬熊和小犛牛都分不清。我嚴重懷疑牧場主看見的「死牛」是我裹著狼的黑袍子。這麼說，飛毛腿的屍骸被狼群收走了？按照這路線和時間，狼群應該是趁夜把飛毛腿連袍帶狼一塊兒拖走的，我捆緊的袍子正好成了牠們叼銜的「擔架」。狼群一夜辛苦翻過食指山脈，越過中峰兩座山梁，天亮時，牠們翻越後山埡口，碰巧被這牧場主遠遠瞧見，使他誤以爲是自家的犛牛被拖走，引起了主僕爭執。

這家牧民我們不熟，不知道他們對我們救狼的做法持什麼態度，我不便給他解釋，問清了地方，勸和一下我們便離開了。

我必須找回我的袍子，不然這個冬天非凍傻不可。最重要的是，這件黑藏袍是格林最熟悉的裝束，也是我們能夠相認的信物——野狼都不肯離人太近，沒有這身裝束，被格林遠距離認出來的機率會大大降低。

另外，尤其讓我好奇的是，狼群會替同伴收屍？這是一個重大發現。群體生活的動物中，螞蟻會收埋同伴，大象也有墓園，可是以往我從沒在任何狼書或者有關資料中看到過狼群會集體收屍。如果這群狼真的帶走了飛毛腿的遺體，這是否能揭開一個長久以來的謎團呢？

在草原上，很多動物死去後，都被人發現過屍體，卻從來沒有人撿到過死狼或者死鷹（被人獵殺和被車意外撞死的狼除外），狼和鷹的屍骸去向一直是個未解之謎。因此草原人認爲，狼和鷹是最爲神秘的靈物，牠們死後一定是回到天上去了。所以人們願意在生命終結後將肉身交給鷹和狼，讓牠們把去世的人帶上天堂。

當然，也有不信神而信邪的人，他們認爲狼殘暴嗜血，狼的屍身一定是被同類吃掉了。

關於這種說法，我們不太信，排除饑荒時的極端情況，我們在草原那麼久，經常看見死狗死狐狸的屍骸，這些屍骸狼碰都不會去碰。同是犬科同類，狼連遠親都不吃，何況近親。

我既牽掛飛毛腿的後事，又想知道狼群大費周章地取回同伴後又將如何善後。於是，我們循著牧民說的埡口上山搜尋。連找了兩天，卻一無所獲。

第三天傍晚，我們搜山回家，正好撞見喬默在家門口跟兩隻野狗打架，爭搶獵物，三隻狗把獵物死咬緊繃，誰也不撒嘴！

野狗上門砸場子，那還得了！

我抄起棍子幫喬默。兩隻野狗撒嘴就跑，喬默叼著獵物一個倒栽蔥。

趕跑了野狗，我回頭再看喬默奪回的獵物。

「哇！好大一隻旱獺！」我簡直不敢相信世上還有這麼肥碩的獺子！我一米七三的個子，把旱獺的後腿兒拎到腰間，獺子垂下的前爪能杵到地面。雖然獺子被野狗撕搶去了一條後腿，掏走了腸肚，但這剩下的重量我提起來都費勁。

「我算長見識了！」亦風捧著超級大獺子使勁看，《西遊記》裏摸索錦襴袈裟的金池長老也不過爾爾，「這麼大的獺子虧你逮得著！佩服！神犬！」

「這麼冷的天了，獺子怎麼還不冬眠？」

「可能牠失眠了吧，今年這氣候亂套了。」

喬默著急地看著獺子在我倆手中交來換去，哈喇子順著下巴頦兒直滴答，唯恐我們拍完

一隻小狼，把最後的呼吸留在了狼山……

照後，不把獺子還給牠。

喬默叼著她的寶貝旱獺跑到一邊吃去了。冷風從我後脖子灌進來，我猛打了一陣擺子，縮了縮脖子，兩隻手攏進衝鋒衣的袖筒子裏，再也不肯伸出來，「凍死我了，明天還得去找袍子。」

草原上一山有四季，十裏不同天，晝夜溫差二十多度，藏族人一年四季作息一襲衣，在這裏最管用的衣著就是藏裝。

亦風說：「這麼大片的山脈，就咱們倆人，找一個冬天都白瞎。我倒有個好主意，喬默這麼神勇，明兒把牠帶上：一來安全，縱使遇見熊也能報個警；二來憑牠的鼻子，準能搜出袍子！」

我一挑大拇哥：「靠譜！」

晨光熹微，兩人興沖沖地攜「神犬」喬默上山搜袍。

我們尾隨喬默滿山遊行，找了一天，原本寄予厚望的狗鼻子除了一塊臭羊皮，啥也沒拱出來。「靠譜」只應驗了頭一個字，沒「譜」！說到底，指望喬默這事兒還是我們不靠譜，人家警犬的文憑不是天橋底下辦的。

我和亦風灰頭土臉地爬上山埡口，坐在地上抖鞋子裏的沙。冷冷的太陽照著食指山西面這片荒坡。兩年前，我和小格林曾在這片山坡上吹著蒲公英玩，那時候這裏還是一片鬱綠，現在這面山坡已經沙化，兩年時間而已，可惜啊。

喬默從沙坡上跑過，她跑著跑著突然又退了幾步，邊嗅邊刨，似乎有所發現。我穿上鞋子過去看，喬默刨開的黃沙坑裏露出一整片枯草色的動物皮毛，沙土下面顯然還有更多被埋陷的部分——是狼屍體！

發現是狼屍以後，喬默不再刨土，牠仔細嗅了嗅，晃晃腦袋轉身走了。

「亦風快來，可能是飛毛腿死在這兒了！」我急忙叫亦風來幫忙，兩人像清理化石般小心地刨開黃沙……

剛清理出狼的輪廓，我們就排除了剛才的猜測，這不是飛毛腿，從腐敗程度上看，這狼起碼死了有兩個多月。牠是一隻更年幼的小狼，個頭只有飛毛腿的一半，骨頭都乾了。沙土漸漸扒開，我們拼攏牠散落的四肢，一具完整狼屍呈現出來，皮肉已乾枯，包裹著骨架。小狼側躺在黃沙中，頭骨裸露，可以清楚看到乳牙還鑲嵌在上顎沒有完全頂出來，牠正是換牙的時候，還不滿五個月大。

「咦，這是……雙截棍？！」亦風拿著剛清理出的狼尾巴，尾毛一半黑一半灰黃！

兩人都愣住了，怎麼會是牠？

雙截棍是後山四小狼中的老大，小公狼。初夏時盜獵者掏了狼窩，抓走了雙截棍、福仔和小不點這三隻小狼，我們得信後，搶回了福仔和小不點放歸狼山，唯獨雙截棍下落不明。直到八月底，我們才知道雙截棍落在了金耳環手裏，當我們趕到金耳環家時，雙截棍已經越獄。我們當時還爲牠成功出逃而高興。難道這具殘骸真的是雙截棍嗎？

現在是十一月下旬，前推兩個多月爲八月底到九月初，正是雙截棍逃出後的日子。時間對得上，可是既然牠逃都逃出來了，怎麼會死在這裏？

我揪著心繼續清理……

咯登！我的袖口被小狼殘骸脖子上一個金屬物件鉤掛住，抬手一看——鐵絲！三毫米粗細，和當初在金耳環院子裏看到的捆狼的鐵絲一模一樣。我心一沉，眼前的狼屍確定是雙截棍無疑了。

那截鐵絲環成拳頭大小的一圈，死死勒住狼脖子，鐵絲端頭擰了很多麻花絞，直至拗斷。鐵絲圈上留下了牙咬的痕跡，鏽跡上隱約有枯竭的血斑和黏連的碎肉，鐵絲圈只比小狼的頸椎骨略大一圈而已，可見這鐵圈曾經深深箍進狼脖子的肉裏，直至勒斷牠最後一口氣，這就是雙截棍的死因。

盤旋在我胸中的那股怒火像膨脹已久的岩漿噴湧而出，將我對雙截棍的回憶燃成一片火海。

雙截棍從小被盜獵者抓走，用鐵鏈虐捆長大。牠想逃跑！想活命！想回家！想自由！一隻小狼，戴著鐵絲圈，翻山越嶺奔逃在回家的路上。從金耳環家到狼山相隔幾十公里，人類的村莊、牧道、公路、黑河、草甸、沼澤、沙漠……

我無法想像以幼狼稚嫩的腿腳是如何走下來的。屬於牠的時間不多了，牠的身體每成長一毫米，喉嚨上的鐵絲就勒緊一點，死亡和家都在前方等著牠……牠總算回來了，回到這片出生的山脈！然而，母狼已經挪窩，家空了，兄妹們散了，牠找不到媽媽。這無助的孩子不知道在山裏流浪了多久，牠嗅到埡口這條狼道，牠滿懷希望苦苦等待族群歸來……

雙截棍用生命中最後的力量重返狼群，把最後的呼吸留在了狼山……

「八月三十號下過一場大雨，屍體沒有被水泡腐的痕跡，雙截棍應該是九月初死的。牠逃出來以後只活了十多天……」我聽不到自己的聲音，如同夢囈。

這是一場又一場的噩夢，福仔被人打死了，飛毛腿被牛頂死了，雙截棍被活活勒死了……為什麼我只能一個一個捧回牠們的屍體，為什麼我們連幾隻小狼都保護不了？

亦風頹喪地埋著頭，兩隻緊捏的拳頭一拳一拳地砸著小狼屍身前的沙礫，越砸越猛，直砸得塵沙飛揚。當他再次抬起頭，彷彿蒼老了十歲，濁淚沖開他臉頰上的灰塵。

他扭著鐵絲圈悔恨不已：「當時只知道牠掙斷鐵絲逃跑了，怎麼就沒想到牠還勒著這一圈啊……我們早一點去金耳環那兒就好了，哪怕把牠買下來，至少能讓牠活著回家啊。」

我們在小狼的骨骸前給老狼撥去了電話。

聽完事情的始末，老狼難過得說不出話來。好半天，老狼才緩過勁兒，仔細詢問鐵絲圈的樣子，嘆道：「雙截棍應該是找到了狼群的，鐵圈上有牙痕，牠自己是搆不著的，肯定是別的狼幫牠咬過鐵絲，可是狼群也咬不斷鐵圈，只能眼看著小狼斷氣。」

老狼再聽到雙截棍的死亡時間時，頓時急了：

「九月初！那就對了！狼群絕對找到了雙截棍！你記不記得九月五號你們剛從澤仁家搬走的第二天，有一匹白嘴大狼急得滿屋子找你們！牠急什麼？就是這條鐵圈快把小狼勒死了，大狼實在沒辦法，只好去求助你們！可是你們卻搬走了！我那時一再勸你們不要走，不要走！你們錯過了一條命啊！」

老狼的話狠狠砸在我心上。我痛悔莫及，一直強忍的淚水終於滾落在黃沙中！我們原本有兩次機會能救牠。

對不起，小狼，我們來得太晚了，太晚太晚了……

我不能讓雙截棍戴著人類的枷鎖腐朽。這圈套奪走了小狼的生命，決不能再捆綁牠的靈魂。鐵絲圈很堅硬，擰不開，崩不斷。無奈，我們只得分離小狼朽落的頭部，硬生生從頸口拔出鐵絲！小狼脆弱的骨架散了一地……取下的鐵絲圈卻依然緊扣，猶如一個句號——一個人類爲狼畫上的到死都無法解開的句號。

雙截棍，好孩子，桎梏已經取掉，你大大地透口氣吧。小狼，你已經堅持到這裏了，不要倒下，我們幫你站起來！

亦風挖來黏土，我收集雙截棍的骨頭重新拼接，搓草爲繩將它們紮成骨架，亦風把小狼的皮肉揉進黏土中，我們一起重塑狼身。雙截棍的頭骨在我掌中是那麼小，小得讓人心疼，迎著夕陽，一束光芒從牠眼窩裏穿透過來。

雙截棍活著的時候已飽受折磨，我不想讓牠屍骨凌亂地躺在這片無望的沙化地，我不能容忍蟲蟻再來啃咬牠小小的身體。我想讓牠活過來，想讓牠長大，想讓牠睜開眼，看著這片牠從小就沒來得及多看一眼的草原。

我們依著小狼長大後的樣子塑了一尊真狼大小的泥塑狼雕像，它封存了雙截棍的骨骸，凝固了爲自由赴死的狼魂。

雙截棍安然靜坐在埡口俯瞰著狼山領地，等待著牠的狼群歸來。

35/「狼群吃了一個人！」

流言以流感的速度悄然蔓延在這片最有想像力的土地上。
或許「狼吃人」的故事就是在一傳十、十傳百中逐漸豐滿起來的，
說到最後，總有一個版本讓你不由得不信。

十二月，寒雪飄零。

我把水袋接在狼山山腳的那股清泉下，躺在虛鬆的雪面上，閉上眼睛，伸出舌尖輕嘗那飄落凡間的冰涼。

這是食指山與拇指山夾縫中一道河一樣寬的沖溝，這汪清泉便在溝底的冰層下，是我初冬時鑿開的。那時丹增還在這裏放牧。草原遲遲不下雪，牛群缺水，我鑿出的這股細流也只夠人喝。現在雖然有了積雪，但沙化地帶吹來的風讓積雪中夾雜了不少塵埃，我仍舊喜歡清泉的純淨味道，所以我每天早上都會來這裏背水。這個水源地離小屋很近，從小屋窗子裏就能望見，趁著慢慢接水的空檔，我在溪邊躺一躺，想想心事。

「你快點回來，耗子又要造反了！」亦風在家門口跳腳。

「唉，真要命……」我無可奈何地翻身起來，背上水袋跑回小屋。

人善被鼠欺！自打我們收養了那隻小草原鼠作吉祥物以後，隨著嚴冬逼近，兩個大善人屋裏冬糧儲備極大豐富的消息在鼠界一傳十十傳百，草原鼠從四面八方慕名而來。小屋變成了迪士尼樂園，數不清的米老鼠在這裏安家落戶。糧食櫃前門封住，後板又被啃開。我們的各種鞋子裏都被藏滿了大米，吉兆多得變成了凶兆。可愛的米老鼠露出了可恨的一面，鼠輩們拉幫結派打群架、爭地盤、搶糧食、奪鞋襪，夜夜不消停。手電筒光一打，暫時安靜一會兒，一關燈又翻天了。

覺是睡不著的，我們打開糧櫃更是悲催。五十斤花生米只剩一小把，幾個米袋子也全搬空了，麵粉抛撒滿地，像下了一場雪。糧食搶光後，就連凍裂的雞蛋也不能倖免。米老鼠們把凍蛋推滾到鐵爐子下面，烤化了吃！

侵略者還不只草原鼠，鼠兔和鼢鼠也把洞掏到了我們屋裏。每天晚上都能聽見牠們啃食存在床底下的蔬菜、胡蘿蔔和乾玉米棒子。最要命的是，這些劫匪還要咬我們的器材和電線。

「家底兒都讓牠們掏空了！就連喬默的狗糧，牠們也偷。」我再也無法構建和諧社會。是可忍鼠不可忍，地主家也沒有餘糧啊，這還讓不讓人活了？

亦風咬牙切齒道：「如果格林還在這屋裏，哪容牠們如此狂歡！」

打！

歷時三天的驅鼠戰役拉開序幕。

亦風夾起一隻隻米老鼠往外面扔。拴在屋外的喬默樂壞了，興致勃勃地當起了守門員，逃得慢的草原鼠都成了喬默的菜，一口一個！閻王不嫌鬼瘦，好歹是塊小鮮肉。

這場戰爭最大的受益者是屋簷下寄居的鳥群，滿屋被老鼠糟蹋過的糧食我們只能忍痛拋棄，鳥兒們樂於打掃戰場，米老鼠的「遺產」足夠鳥兒享用一個冬季。鳥房客們不貪心也不搗亂，牠們似乎明白不作不死。

我趴在床底下打著電筒掃除餘孽，堵了鼢鼠洞，趕跑了鼠兔。兩人又是一番圍追堵截，居然從櫃子底下捅出來一隻長耳朵的東西——野兔?!

「你小子也來湊熱鬧！」我揪著耳朵拎出兔子，打算讓牠「肉償」。

屬兔的亦風卻對「同類」動了惻隱之心：「免了死罪，改流放吧，只要不禍害咱們就行。」

於是我把兔子丟出了屋外，這夜我們終於睡了個安穩覺。

被流放的兔子並不走運，第二天早上我就發現牠犧牲在了屋門口桌面高的平臺上，身上有幾個牙洞。看來是被門衛喬默就地正法了。犯我領地者，人饒狗不饒！

我勘察命案現場：「喬默也太能幹了，拴著鐵鏈還能把兔子逮到！這個鏈子搆不到平臺吧，牠怎麼把兔子弄到平臺上的？」

「多半是牠咬兔子的時候，甩脫了嘴給扔到平臺上的吧。」挑燈夜戰了幾天的亦風有氣無力，「你先別管其他的了，快燒水煮一鍋土豆填肚子。幸虧咱們還有土豆保底，要不然真得餓死在這兒。」

亦風扛著鐵鍬去挖土豆，我進屋燒水。

剛生完火，就聽見亦風在屋後大叫了起來：「不好了！出大事了！」

我奔去一看，慘了！亦風挖開的菜窖除了鬆散的泥巴，一個土豆都沒有！兩人抓狂地刨開第二個地窖——窖底只剩下幾個啃爛的土豆和在搶食中戰敗的一具鼢鼠乾屍。幾百斤土豆啊，就這麼不明不白地消失了！這些土賊真是防不勝防！

我心有不甘，抄起鐵鍬要挖出鼢鼠存糧的地方，把土豆奪回來！

亦風拉住了我，「沒用的，已經累了三天了，省點力氣吧。地道戰人根本挖不過鼢鼠。」

這些地道四通八達甚至連接著小屋下方。我用鐵鍬敲敲凍土，又鏟鏟菜窖的鬆泥，這時才恍然大悟，難怪這塊兒的土層好挖，原來我直接把菜窖挖到了鼢鼠的老巢裏。這個跟斗栽到家了。

老狼當初建議我們挖地窖存糧，可是他也萬萬想不到現在草原鼠患如此猖獗，跨越了四十年的時間，草原早已今非昔比。

這下事情嚴重了。屋裏的糧食被洗劫時，我雖然氣憤，都還沒那麼害怕，雄赳赳地打老鼠，丟米糧，總覺得有土豆的窖藏作堅強後盾，關鍵時刻總不至於挨餓，誰知道這堅強後盾早就化爲烏有，空空的地窖宛如兩個墓穴。我有了一種被推上絕路的感覺。

「怎麼辦？大雪封山了，上哪兒找吃的？」我撿起那幾個爛土豆，一時間沒了主意。

亦風面色凝重地望望山路，踩踩地上的積雪，咬牙道：「先找找還有什麼可吃的，實在不行，就把喬默那隻兔子煮了，吃飽以後，咱無論如何也得再進城一趟。」

「雪大路滑，咱就算空車開得出去，拉滿了糧食也回不來啊。」

「找扎西想想辦法，就算背也得背上山來。」

陡峭的坡道積雪泥濘，連綿的山丘一波未平一波又起，此時出山已經非常危險了，萬一翻車沒人能救。特別是翻越拇指山脈的一道駱駝峰時，即使是經驗老到的亦風駕駛越野車也頻頻打滑，幾次衝雪坡差點兒側翻，但我們不得不冒險進城採購補給。這次必須汲取教訓，買大鐵箱來存糧！

「聽說了嗎？狼群吃了一個人！」

「有兩個上山挖藥的女人，一個被狼吃掉了，另一個瘋了……」

縣城的麵館裏是小道消息最多的地方。我和亦風坐在最角落的一桌等待扎西，兩人一面呼嚕著麵塊兒，一面豎著耳朵聽隔壁桌的幾個人聊八卦。

我從縣城的菜市場出來，就一路聽到有人在談論「狼吃人」事件，各種版本都有，一個比一個傳神，如同親見。

剛開始我沒在意，對這種坊間謠傳，我們通常一笑而過。我曾經專門問過若爾蓋縣長和有關部門，若爾蓋大草原這麼多年來就從未發生過狼傷人的事兒。這會兒我們又聽到這些人亂嚼舌根子，不禁疾首蹙額。

一陣風捲進來，扎西拍著頭上的雪粒鑽進麵館，四下裏，笑著過來坐在亦風身側，「這麼大的雪，你們咋出來的？」

「硬開車出來的，正發愁東西多了車子沉，開不回去呢。」亦風說著，把人鼠大戰逼得我們重新囤糧的事兒講了一遍。

「這幾年草原上的耗子兇得很！」扎西樂呵道，「沒問題，回山裏時我就近找幾匹馬，幫你們把東西拉上去。」他揚聲招呼內堂，要了一碗羊肉麵片。

隔壁桌「狼吃人」的話題又飄進我們耳朵裏。扎西「哦」了一聲，掩嘴小聲道：「我這兩天還正想提醒你們呢，就在上個月，狼群吃了寨子上一個人。你們別不信邪，可別再冒冒失失上狼山了啊。」

我心裏直突突，沒想到扎西也會這麼跟我說。我看扎西表情很嚴肅，一點也沒有開玩笑的意思，這才重視起來：「怎麼會發生這種事呢？」

「這誰知道，沒準兒是口蹄疫把狼群養壯了，開始對人下手了。」

「這不可能，」我皺眉道，「口蹄疫留下那麼多食物，狼群更不至於吃人。況且現在也不是育崽護幼的季節，狼群沒有傷人動機。必然有迫不得已的事才會引發狼的攻擊行爲。被吃的是藏族人還是漢人，是盜獵的嗎？」

「不是，是兩個上山挖藥的女人，藏族，逃脫的那個瘋了，剩下一個女人被吃掉了，有人親眼看見。」

「這個季節挖藥？可不可能嘛？還挖得動嗎？」我雖然還揪著細節嘴硬，但頭皮已經麻硬了。這事兒有根有據，有人目擊，多半是真的了。真糟糕，狼群爲什麼要傷人？

狼的確有傷人的能力，這沒錯，但牠們非常惜命，越來越稀少的狼群是絕不願意與人起衝突的，那會給牠們帶來滅種滅族的禍事，狼早就明白這點了。且不說我們自小養大的格林從未忘恩負義，就是我們在狼山裏朝夕接觸的那些野狼，也是明智地與人保持和平距離。人不犯狼，狼不犯人。我實在難以相信，平日裏抬頭不見低頭見的狼鄰居會做這麼不計後果的傻事。

想當初，十二匹狼打圍丹增家犛牛的時候，哪怕一個四五歲的小孩敲盆子，一個婦女吆喝兩聲騎馬趕狼，狼群都選擇忍饑回避。十二匹狼和兩個婦孺根本不是一個重量級的，但是連草原上的孩子都不怕狼，因爲他知道狼一定會走，不會傷人。狼群也造訪過我們的小屋，牠們找過藥，吃過乾糧，偷過羊皮，但人狼之間都是相安無事，各自保持敬畏心態。如今，狼群怎麼會出口傷人？

各種流言莫衷一是，狂犬病？被逼無奈？獸性大發？絕境反攻？妖靈作祟？甚至有人說狼神積怨化身魔獸，要向人間索命……剝離神話的彩衣，狼傷人，這必定有原因！絕對有原因！我得弄個明白。

我拜託扎西幫忙打聽——被吃掉的是哪家的人？事發的時間、地點、目擊者，還有那個劫後餘生的瘋女人在哪裡？

不幾日，扎西回話了，狼吃人事件就發生在核心區的狼渡灘一帶，目擊者已經聯繫上了，這就帶我們去找他。

真的聯繫到目擊者了……開車去往目擊者家的一路上，我心裏不知什麼滋味，這事兒就快砸實了。狼啊狼，人有什麼好吃的？你們腦子進水了嗎?!

路很熟……

到了目擊者家的牧場，我和亦風愣住了——這不是一個月前我們尋找飛毛腿的屍體時遇到的那家吵架的牧民嗎？再一問，牧場主說，他一個月前親眼看見七八隻狼拖了一個女人上山。

這事兒怎麼又出「修訂版」了。

我啼笑皆非，「大叔，您那時不是說狼群拖了你家一頭犛牛上山嗎，我們那天來過您的牧場，您不記得我們了？」

牧場主打量了我一眼，肯定地說：「我那天喝了酒，沒看清楚。後來我數過了，我們的犛牛一頭都沒少，拖上山那東西的確是個人，我聽見那女的喊救命。」

我苦笑道：「您聽見女人喊救命，怎麼不去救呢？」

「那誰敢去，狼太多了！」

我吃了個悶虧，不知道該從何說起，這事兒早沒解釋，現在已經流傳成神話了，再追根溯源沒人會信。

我一陣心塞，一番醉話也能鬧出滿城風雨，「大叔，喝完酒看到的東西咱別吹牛吧。」

「他沒吹牛，」幫人接口了，「我們也能證明這是真的。我上山放牧的時候，親眼看見了死人的藏裝，上面還有血。」

我眼睛一亮，難道是我的袍子？

「他說的是真的，那隻爲首的狼神個子雖然不大，但是其他狼都要向牠進貢吃的，狼神把死人的紅腰帶纏在自己身上……牠化妖了！」

紅腰帶？纏著腰帶的狼？難道是飛毛腿？這小丫頭沒死?!

我心情豁然開朗，「快告訴我那些狼在哪兒？你們在哪兒發現袍子的？」

…………

回程路上，我邊開車邊樂。沒想到飛毛腿那丫頭命真夠硬的，且看著就要「咣噹」了，去地底下玩了一圈兒，結果閻王爺顧不上收牠，又給扔回來了。我們那天晚上把牠留在原地是對的，狼群沒有拋棄牠，自家爹媽才是好護士，弄回去了還一口一口把牠養活！

這麼簡陋的手術之下能夠活下來的生命恐怕也只有狼了。我暗自臭美，咱「針線活兒」還湊合。

亦風也在一旁哧哧笑。

扎西納悶兒了，「你們倆怪怪的，還想找死人的袍子做什麼？不怕忌諱！」

亦風再也按捺不住笑噴了：「扎西啊，你別死人長死人短的了，那個死人活得啵兒棒，正在給你開車呢。」他笑著把事情的原委告訴了扎西。

扎西聽得瞠目結舌，「謠言這玩意兒，我算是領教了！那是我最好的朋友告訴我的可靠消息，我還真信了嘿！」

按照牧民說的地方，我果然找到了丟失月餘的藏袍。上面所謂的「血跡」不過是我手忙腳亂打翻的一瓶碘伏，已呈現棕黑色，而繫在飛毛腿身上的紅腰帶就再也不知被牠帶往何方了。我們望山祝禱，但願那「紅孩兒」平平安安。

一切的蛛絲馬跡都有了清晰的聯繫。流言並非空穴來風，流言以流感的速度悄然蔓延在這片最有想像力的土地上。或許「狼吃人」的故事就是在一傳十、十傳百中逐漸豐滿起來的，說到最後，總有一個版本讓你不由得不信。

「我們要不要闢謠啊？」

我笑道：「怎麼闢謠？這話原本就夠說一回書的。」

是啊，咱是去大草原上一家家解釋，還是讓「吃人狼」開個新聞發佈會，現身說法呢？流言這東西百鬼夜行，很多人更樂意以訛傳訛而無視真相，人就有這揍性，因為謠傳往往來得更刺激更上口。科學不發達的地方才有神話傳說滋生的土壤，這原本就是個宗教色彩濃郁的地方，給傳說留下空間吧，讓人對狼有所敬畏未必是壞事，至少上山滋擾的人會少得多。

咱踏踏實實把書寫出來，該瞭解的人自然就瞭解了，不明白的就讓他不明白吧。只要官方明白，不因此興師動眾地「為民除害」就行。狼不知道背了多少黑鍋，我還介意當一回死者嗎？反正這故事也沒光練我一個人兒，那瘋女人是由誰來客串的呢？

「風啊……」

「啥？」

「你抽時間把頭髮剪剪吧。」

36/ 誰動了我們的狼雕？

大公狼低著頭在狼雕背後嗅聞，我操控鏡頭跟蹤對焦。
牠叼出奶糖放在面前的雪地上，一抬頭，狼眼看向鏡頭。
我腦海中電閃雷鳴——神哪！天眼狼！！
「格林！！！」我和亦風同聲驚呼。

飛雪！天迷地茫。

亦風站在小屋外，用望遠鏡緊盯著山埡口：「有人在動我們的狼雕！你快來看！是不是盜獵的？」他說的是那個狼骨泥身的雙截棍雕塑。

「這麼大的雪，不會有人上山……」我用袖口擦擦望遠鏡被融雪打濕的鏡片，隔著漫天雪霧看不清，只依稀感覺一個既像人又像動物的黑影，就在雙截棍的雕塑邊蹭來蹭去。

「這麼大的東西……只會是狼、熊、馬或者犛牛吧。」

「不可能是狼，狼不會對人弄的東西感興趣，熊也早就冬眠了。我估計應該是犛牛！在蹭癢！」

草原上沒有樹木，哪怕立一根木樁子，犛牛都要上去蹭癢，山上難得發現一個高度正合適的物體，犛牛當然不會放過這個蹭癢石。好不容易塑成的狼雕，千萬不能讓犛牛給拱了。

我們衝山埡口吆喝了幾聲嚇唬牠……那黑影似乎走了。

雪稍小點，兩人就急匆匆上山查看。剛才的動物留下的痕跡已經被雪覆蓋。環顧四周，沒看見犛牛群。檢查塑像，除了狼耳朵單薄處殘缺了一小塊，也沒有明顯損傷。

我們準備採取預防措施保護雙截棍的塑像。泥塑用的這種黏土我們很熟悉，當地人用它來修築野外的泥爐子，只要經過火一燒，黏土就會陶化變硬，不怕犛牛磨蹭。

我們四處收集乾牛糞，一直忙到黃昏才攏了一大堆乾牛糞圍起狼雕。

點燃……

暮靄中，小狼涅槃重生，火滅之後雕像陶化，硬如磚石，再不怕犛牛拱蹭了。

亦風把附近的積雪集中到狼雕身邊，堆雪壓滅火星。我在狼雕旁邊裝了兩部遙控攝影機，想看看敢在狼頭上動土的到底是牛還是馬。

這遙控攝影機是我們自己改裝的。七月的大暴雨中，房倒屋塌，將我們的攝影設備和航拍機都砸壞了，於是我們收拾還能湊合使用的散碎零件、元件，自己研究修理，改裝成能用的器材。這個遙控攝影機就是前不久組裝成的，這次正好試試效果。

忙到天黑，兩人又餓又累，掏出乾糧和大白兔奶糖糊弄肚子，這才提起精神下山回家。

第二天下午，日曬雪融。我在小屋窗前，遠遠望見山埡口的狼雕，總感覺狼雕有重影。我開啓遙控攝影機一對焦，驚呆了。

狼！一匹真正的狼就站在雕塑旁！

「這怎麼可能！」我簡直不敢相信眼睛。再仔細一看，千真萬確，並且這狼我們還熟得很！牠是「辣媽」——雙截棍的母親。難道是雕像中小狼骨骸的味道引來了牠的媽媽？莫非我們昨天看到的影子是牠？

辣媽繞著孩子的雕塑前看後看，或許雕塑被燒硬了讓牠有些意外，牠從「雙截棍」的頭頂聞到尾巴，伸爪子摸摸牠的臉，鼻子碰鼻子，還順著「雙截棍」的目光張望牠在看什麼。辣媽出了一會兒神，轉身人立起來，前爪撐在狼雕肩上，輕輕咬了咬「雙截棍」的耳朵。

過了一會兒，辣媽轉身離去，從鏡頭裏消失了。

這情況太出乎我們意料！

通常情況下，狼對異常事物相當敏感，對人的氣息更是避之不及，凡是嗅到一絲人味兒，看見人佈置過的東西，狼立馬就走，絕不動好奇心，更不會做任何接觸。正因爲對狼的行爲太瞭解了，所以我們壓根兒沒往狼身上想，更沒想到會在鏡頭裏再次看到辣媽。辣媽的性格我們也太清楚了，牠是堅決不肯上鏡的，夏季裏在河邊監控拍到牠時，牠是那麼避諱我們的攝影機。而這次，雙截棍的雕塑中每一團泥土都揉滿了我們的味道，周邊也留下了我們的氣息，攝影機就明擺在塑像側方，平日千方百計都拍不到的辣媽，竟然大大方方出鏡了，難以置信！

兩人正激動中，另一匹大公狼和辣媽一起進入了畫面。

大公狼低著頭在狼雕背後嗅聞，我操控鏡頭跟蹤對焦。大公狼從雪下找出一顆我們昨晚遺落的奶糖，牠叼出奶糖放在面前的雪地上，一抬頭，狼眼看向鏡頭。

我腦海中電閃雷鳴——神哪！天眼狼！！

「格林！！！」我和亦風同聲驚呼。

我萬萬沒想到，在我已經不抱什麼希望的時候，格林居然出現了！

「牠還活著，而且還在這片地方，這怎麼可能？」我全身的血都往腦袋上湧，我哆嗦著手背涼一涼滾燙的臉頰，極力保持清醒，我揉清眼睛，仔細看。

肯定是牠！三年過去了，雖然從牠的體形看，牠已經是一個魁梧雄壯的狼爺們兒，狼毛也更加蓬鬆厚重，但牠眉心的天眼依然那麼明顯。鏡頭裏，天眼狼抖蓬了全身的狼毛，定定地看著攝影機，彷彿洞穿鏡頭，在看我們。

「牠變化這麼大？能確定嗎？我喊牠啦！」

「等等，再看看！」我生怕亦風一喊，天眼狼就跑了。我還不敢確信這是真的，沒想到我們觀察犛牛，竟然拍到的是狼，更沒想到拍到的狼會是我們找了一年都沒找到的格林！

天眼狼用舌頭把大白兔奶糖送到後槽牙，「咯咯」攔腰咬成兩截，牠把糖吐出來，狼舌頭左一鉤右一捲，把斷開的糖紙中間鬆脫出來的兩半截糖塊兒送進嘴裏，嚼得津津有味。辣媽舔舔天眼狼的嘴唇，嗅嗅牠咀嚼的餘味，四周看看，也從雪裏搜出了一顆奶糖。牠用牙尖把糖拎出來擺在身前反覆嗅聞，猶豫不決，直到瞅見天眼狼吃完，牠才學著牠的樣子咬斷糖身，剝離糖紙，嘗試著吃了。

「錯不了，除了格林，沒哪隻野狼敢這麼放心大膽地吃人留下的奶糖！這吃糖的動作太老練了，格林從小就好這口！」我的眼珠子片刻不離鏡頭。

亦風邊看攝影鏡頭邊用望遠鏡望山埡口，以確定這真的是現場直播：「牠還在搜糖，早知道多扔幾顆在那兒。」

我想起扎西說過格林回到他牧場的那次，牠沒有吃他們投食的風乾肉，卻吃掉了奶糖。是啊，在草原上，肉並不稀奇，奶糖卻是牠童年的味道。

鏡頭中，格林舔了舔「雙截棍」的耳朵、鼻頭，走到「雙截棍」左側，放低身軀，像獅身人面像一樣臥了下來，和「雙截棍」一起看著同一個方向。牠半閉狼眼嗅著風裏的味道，表情惆悵淒迷，久久臥在狼雕旁。辣媽走到格林身邊，舔舔牠的臉頰，兩匹狼一坐一臥，依偎在一起。

從剛認出格林那一刻，我的心早就飛出屋外了，我緊捏著攝影機遙控器，貪婪地對焦他每一絲表情，越看越篤定！是牠，牠就是我朝思暮想的格林！一想到格林此刻就在埡口，我恨不得立刻將牠抱進懷裏。

「走，去找牠！」

「等等，還有一匹狼！快看左邊！」亦風在望遠鏡裏發現一共有三匹狼。

我急忙操縱攝影機鏡頭左轉。嘩！一張狼臉杵在鏡頭前，嚇我一大跳！那狼直勾勾地盯著鏡頭，一隻眼皮正在結痂，狼眼睛被這傷疤扯得一大一小。狼嘴三兩下就把攝影機拱翻在地，鏡頭照到狼腿、狼肚子，狼肚子上有一塊兒地方只長了半寸長的毛，上面有縫線的傷疤。

「嘿，是我的針線活兒！飛毛腿啊！牠真的活著！你快看！快看！」我有想哭的衝動。話還沒說完，鏡頭就被飛毛腿使勁摔騰起來，啪！圖像沒了！看不見了！我一陣恐慌，好似這一生最重要的東西就要隨風而去！我拉起亦風，追！

「格林——」

兩人跑出小屋，往山埡口一路狂奔，一路大聲喊那個名字，生怕牠聽不見。

……

「跑」了一個多小時，兩人總算爬上了埡口。一看，心涼了半截——狼不見了，狼雕旁邊扔著兩台玩壞的攝影機。

「格林……格林！」

狼去山空，只餘烏鴉叫。

我失望地癱倒，大口喘息：「晚了一步！再快點……就趕上了……」

「跑不快……缺氧……」亦風累趴在狼雕旁，上氣不接下氣，「爪……爪印……看……」

我趕忙爬了過去。山上的薄雪早已被太陽曬化，只有我們聚攏在狼雕周邊的雪還在，積雪上的新鮮狼跡中，赫然有幾個三趾爪印！

「是牠！是牠！哈哈哈！」兩人緊緊擁抱在一起，互相拍著背。我大笑號啕，亦風也在流淚，雖然我看不到，但是感覺他的手在擦拭眼角。

終於讓我們找到了！格林還活著！牠還活著！這是天大的好消息！！

儘管這次錯過了，但這絲毫不影響我們的激動心情。自格林二〇一一年年初回歸狼群，到現在二〇一三年年底，我們日思夜夢，擔心了三年，終於親眼看到牠平安出現！我們感到無比欣慰。

天已經黑了，兩人欣喜地回到小屋，反覆播放格林今天的視頻，看不夠！

牠健壯的狼軀，牠被時光洗練過的眼神。牠走動，我彷彿也跟著走動。牠吃糖，我心裏也甜蜜。牠傷感，我潸然淚下。

「這大傢伙毛色都變了……咦，牠不就長著一張白嘴嗎？」我急忙定格視頻，用手機拍照給澤仁兒媳發過去，請她認一認，她九月六號看見的，闖進她家院子向屋裏張望的白嘴狼是不是這隻狼。

發完彩信，我撥通了老狼的電話。除了我們，最牽掛格林的就是老狼了，得讓老人家儘快分享我們的喜悅。前一陣子我們發現雙截棍屍體的事讓老人難過了很久，以至於一說起狼的消息，他都會莫名緊張。現在總算有個好消息了。

「格林找到了！」

「啥？」

「我們找到格林了！」

電話那頭好一陣猛烈的拉線聲，老狼很緊張：「死的活的?!」

「活的！長成大狼了！」

「哎呀！好！太好了！」老狼估計是蹦起來了，「騰格里開眼了！找了這傢伙快一年啦！快給我講講怎麼找到的，牠現在什麼樣了?快四歲了吧！」

「我們在山埡口塑了一座狼雕像，就是放在那兒的攝影機拍到的。」

電話開成擴音，我倆搶著講如何用黏土塑了一座狼雕，如何發現「犛牛」拱狼雕，如何將改裝攝影機埋伏在狼雕旁，如何陰差陽錯意外拍到格林的經過，我們描繪牠現在的長相，講牠吃奶糖的樣子。

「你做的狼雕能引來真狼，那一定塑得很像吧？哈哈，你們耐心等著，只要格林發現你們回來了，肯定會來找你們！」

聽說牠跟另一匹母狼在一起，老狼的興奮點立馬調動起來，細問了格林和母狼在一起的情景和肢體動作，老狼樂壞了：「牠倆是一對兒！」

「啊？牠結婚了?!」

「我還想給牠的對象取名叫格桑呢，結果是辣媽！」

雖然辣媽和格林同時出現在鏡頭中相依相偎的時候，我也曾經懷疑牠們的關係，但現在被老狼點破，我還是不禁下巴一掉，腦洞大開：「不會吧？不是只有狼王才能結婚嗎？」

「牠討個媳婦生一堆孩子，那不就成狼王了嗎？你以為狼王還需要選舉啊？」

「這小子事業有成啊！」亦風被喜悅衝得面紅耳熱，和老狼你一句我一句，高興得不得了。

我一時間也被他們熱烈的討論攪得反應不過來，沉澱腦花才想起了重點：「等等！格林的對象是辣媽，那後山那窩小狼不就是格林的孩子嗎?!福仔，雙截棍……」

我的心猛一陣痙攣——那些孩子都不在了。

亦風神情一黯，也不說話了。

「等明年這些小狼一長大，格林的狼群就壯大了，那些小狼都是你們的孫輩兒啊！高興吧？……喂？喂……在聽嗎？」老狼還不知道福仔已經死了，我們也不忍心告訴他雙截棍的遺骨就封存在這塑像裏。

牠們是來掃墓的……我這才知道狼雕為什麼能引來狼。我們也許瞭解狼的行為，可是不一定能瞭解牠們的內心。

結束和老狼的電話，我看見了澤仁兒媳針對格林照片回覆的短信：「就是這匹狼。」

九月六號跑到澤仁源牧找我們的狼正是格林，儘管我發出短信時已隱約猜到了，可是當我收到確認回覆的這一刻，心裏依然刺痛——在格林最需要我們挽救牠的孩子雙截棍的時候，我們卻走了。

隔著冰冷的螢幕，我撫摸著長大後的格林，格林摩挲著沒長大的雙截棍，牠舔吻著兒子的臉頰，用頭輕輕靠在雕像上。眼看著一匹狼流露出牠的脆弱，我心疼，心疼我的格林，牠對孩子的愛同樣是那樣的深沉……

我生活不下去可以逃回城市，格林不能；我還能依靠父母，格林不能；我可以哭訴，格林不能，牠除了堅強別無選擇，因爲牠是扛起這個家庭的狼父。或許夏日裏，我們在後山探查狼窩、觀察小狼時，牠就在沒日沒夜地奔波覓食，只是牠一直沒認出我們？

格林夫婦靜靜地守臥在「兒子」的身邊，很安詳。當初爲了保護孩子，辣媽不惜把我咬下山坡，可是現在，牠爲之拼命的孩子一個一個離牠而去，牠又將如何化解這份悲傷……我想起辣媽爲垂死的女兒飛毛腿驅趕烏鴉，用無語凝視盼望我們救救孩子的情景。我慶幸我救了飛毛腿，我救回了格林的孩子！

至少牠還活著。我在視頻中端詳飛毛腿，第一次把牠當自己的孫女看待。牠肚子上的傷好了，紅腰帶也沒了，經歷了一場死裏逃生，牠像是突然之間成熟了，步態和神情更加穩重，眼神有了獵手的銳利。然而，小狼們成長的代價太重了，這是一個殘酷的戰場，牠們幾乎全軍覆沒。飛毛腿好不容易長到八個月大了，格林離開我的時候也是這麼大，牠還是個孩子就走向了荒山野地，獨自面對險境。我現在想起來都止不住害怕。

我是一個平凡女子，不是科學家，但是當我來到若爾蓋，開始漸漸關注這一切的時候，我慢慢瞭解到了許多讓人心痛的事實。它不是專家案桌上的理論研究，不是歌功頌德的環境改觀。

無處不在的盜獵者，明目張膽的死牛販子，過度放牧吞噬草原，袂雲汗雨的遊客，人禍猛於天災！火燕一家沒了，黑頸鶴的四個孩子無一存活，狐狸僅剩一隻幼崽，後山四小狼死的死、殘的殘……這一年裏，我們看到的四個野生動物家庭一個個支離破碎。小鶴、小狐狸們、福仔、雙截棍……我曾經滿心歡喜地盼望著能記錄下這些寶寶的快樂成長，目送牠們有朝一日飛向藍天，奔向曠野，誰知道卻是目睹牠們走向死亡……

我的格林，你嚮往的自由不羈背後是風餐露宿、顛沛流離，是消亡中的家園，是獵槍、毒藥、陷阱、圈套，是天災人禍和喪子之痛……三年了，你是怎麼活下來的？這三年裏我日夜懸心，爲了化解這份思念，我們再返狼群。我以爲只要見到你平安活著，所有的憂愁就會一掃而空，我以爲這種擔憂會隨著時間的流逝而平復，我以爲平復以後就可以安心地離開這裏，像所有童話的結局一樣，你自在幸福地生活著。

苦尋近一年，我找到你了，卻發現隨之翻開的是更加沉重的一頁。

我們能救一匹狼的命，我們能改變狼的命運嗎？

37 / 狼子歸來

傻兒子，你讓媽媽找得好苦！
你為什麼要悄悄來呢，你見見媽媽不行嗎？
你不知道媽媽有多想你嗎？
就這麼跟老媽躲一年的迷藏?!
格林，快回來吧，我們都在盼著你……

一連三天的暴風雪把喬默吹成了「熊貓」，除了眨動的眼圈、濕熱的鼻頭和走動的四肢還保留著原有的黑色，身上其餘地方全白了。

清晨，雪停風歇，糊滿雪的窗戶不透光。

喬默的爪子把玻璃「吱吱啦啦」抓出一條條亮線，陽光從線縫中投射進來。

我睜眼伸伸腰，儘管捂在被窩裏，每一個關節動起來都像有冰碴子的聲音。

「澤仁打電話說，下雪前有人看見山裏那群狼在掐架，打得嗷嗷的。咱們在山裏那麼久都沒看見過，你說狼群幹嘛要打架？」

「爭領地，爭狼王，還有……」我心裏七上八下，「咬叛徒……」

「你早點兒起來收拾一下，今兒雪停了，咱們進山看看。別是格林遇到麻煩了！」亦風一面說一面起床穿衣。他把爐火架上，拉出灰屜出門傾倒。

「嗷——」

咣噹！灰屜的落地聲。亦風高喊：「快出來看啊，狼群啊！」

我瞬間清醒，抓起衣服，奔出屋去。

狼群在對面山上集結了！小屋剛升起「人煙」，牠們就開吼，彷彿蓄意喊我們出屋似的。

亦風迅速扛出攝影機，我在雪地裏邊穿衣服邊與狼群對嗥。

對面山上吼得更帶勁了，與我們遙相呼應。

兩人剛站定，一匹大狼迅速下山，我的心衝到了嗓子眼兒，怎麼辦？牠來了，我一點心理準備都沒有！我的目光再也無法從牠身上挪開，周圍的一切都不重要了，我的眼裏只有那匹狼，我們的格林回來了！

滔滔狼嗥霎時間把我們拉回了三年前，格林回歸狼群時，也是漫山響徹野性的召喚，如今，群狼助威聲中，狼子歸來！

…………

「怎麼回事？牠怎麼不走了？」

「不會認錯吧？」我迅速掃視一遍狼群其他成員。

「不會錯！就是格林，白嘴巴！快看！還有一匹狼也跟下來了……」亦風從鏡頭裏比我肉眼看得清楚，「跟下來的是辣媽。」

格林停在半山腰，母狼辣媽緊隨而至，站在牠身邊。牠們停留的位置和小屋的高度差不多，是食指山上離我們直線距離最近的地方。格林面對著我們的方向，嘴巴和臉頰反射著白亮的雪光。

「格——林——」

兩山之間陡然鴉雀無聲。空氣彷彿凍結了，狼嗥聲驟停的壓迫感甚至比狼嗥的氣場還要強。

群狼的目光集中在山腰，默默等著下一步可能發生的事。這群狼中肯定有目睹過我們送格林回家的老相識，甚至從狼群現有的規模和我們長時間記錄在冊的狼檔案來判斷，狼群這三年裏並沒有更多的新鮮血液加入，總數還是八九匹，大多數都是老成員。

我感覺到了氣氛的凝滯，我張著嘴喊不出聲，卻渴望得從喉嚨裏伸出手來！

格林的名字被遠山激蕩回來，餘音依稀。人和狼群都在注視山腰，甚至喬默也在看……

格林慢慢趴臥下來，牠向著小屋的方向，耳朵輕輕轉動，如同守在狼雕旁的姿態。我看不見牠的表情，卻能感覺到牠的目光。牠與我隔空相望，不來不去，不嗥不動。

不多會兒，辣媽也陪著牠臥下了。

…………

眼看著格林就要過來了，我沒料到會中途斷片。狼群在野，牠不來，我也不敢過去，只好眼巴巴地從亦風的攝影機螢幕裏望著牠，生怕鏡頭裏這個身影一旦錯過就再難尋回。我數著牠每一次呼吸，期望牠繼續前行，牠每動一下耳朵我都會心跳加速。

然而，牠就像紮根雪山的岩石一樣不可撼動！

大約兩小時後，狼群收隊了。兩匹大狼忽然從山梁倒轉回來，下到山腰，用鼻梁碰碰格林的肩，格林和辣媽緩緩起身抖毛，這四匹狼開始翻山。

我急了：「格林，格林！」

格林沒有回頭……

狼群全部撤離，除了雪上的爪印，什麼也沒留下。

我五內茫然：「爲什麼！是距離太遠還是牠沒聽見？牠沒認出我嗎？」

「不可能，狼群顯然是衝著你們來的！格林當然更知道那是你！」老狼在電話裏非常肯定，「格林趴在離你們最近的山腰一直望著你，說明牠也很想你，想見你！這是我的直覺。雖然我沒能親眼看見當時的具體細節，但是我根據狼的習性分析，今天這情況，牠不過來有兩種可能性。第一種可能性是比較好的——格林是狼王，牠絕不能帶頭破壞狼群的規矩，所有成員都以牠狼首是瞻，牠不可能眾目睽睽之下奔著人去，這算投敵叛變。如果是這種情況，你再耐心等等，牠一定會單獨來找你。別灰心！」

我踅摸了一下，群狼在山頭聚集的時候，格林並沒有翹起尾巴顯示出狼王的特殊身分，也沒有表現出高於所有狼的領袖意味。正因為前幾天亦風和老狼都覺得格林可能成了狼王，所以我今天特別注意了一下牠在狼群中的狀態。雖然從格林的氣質和另外幾隻狼靠近牠時低頭夾尾的表現來看，格林在狼群中地位不低，但牠還不像是狼王。山頭上另有一匹大狼比牠更顯威嚴。

我沉吟道：「第二種可能呢？」

「第二種可能就不太好了。咱們國內……唉，生態環境差，你知道的。野生動物越來越少。狼通常兩三隻一群，五隻狼就算大群了。你們這次看到了八匹狼，上次打圍又總共看到了十二匹，這在現今的中國草原已經是相當罕見的大狼群了。我猜想這應該是由兩個甚至三個以家庭為單位的小狼群集合成的一個大群。生存條件越來越惡劣，盜獵的越來越多，狼群已經被人打散了，既然大家都活不下去，不如招降納叛，合併實力。特別是在冬末春荒和育崽季節，更需要聚攏散兵游勇。狼不像獅虎那樣會殺死幼崽，相反，狼群相當愛護幼狼，牠們會共同撫養小狼，格林或許就是拉家帶口入夥的。」

老狼的話印證了我在心裏埋藏了很久的一件事：我們當初從盜獵者手裏救回福仔和小不點時，就發現這倆小傢伙年齡差著十多天，後來牠們換牙的日子也相差了一個多星期，我就更懷疑牠們不是同一窩的幼崽。但是牠們都被集中在後山撫養。小不點應該是另一位狼王的孩子，但是那個狼王怎麼會只剩下小不點一棵獨苗？

小不點自幼膽怯怕生，不曉得之前經歷過什麼事。我們在後山守護了小狼們兩個多月，始終只見到辣媽這一個哺乳期的母狼在餵養四隻幼狼，那麼小不點的親媽和親兄弟到哪兒去了？這不得而知。

如果老狼的猜測是正確的，那麼格林和辣媽夫婦極有可能就是在狼王一家蒙難之時，收養了狼王僅存的急需哺乳的幼崽小不點，因此兩個狼群並群育幼。小不點是吃辣媽的奶長大的。

唉，可憐的小不點。上次我們看到十二匹狼打圍的時候，小不點還在，可是後來去了哪裡，我們再沒觀察到。七八個月的瘸腿小狼是不可能離群獨立的，牠沒再出現只怕吉凶難測了。

我啃著指甲思索：「我想應該是第二種情況了。」

「哦，」老狼嘖嘖有聲，「如果是這種情況就麻煩了，活得不艱難，狼群不會帶著兩窩幼崽合併群體！這種環境下，人狼之間的關係特別敏感，因爲狼已經被人打怕了。」老狼頓了一下：「這樣合群有個麻煩，新狼群中只有首領才有繁殖權，又是一輪交配季節到了，要保證最優秀的基因傳下去，於是每個小群體的狼王之間就會爭奪大狼群的統治地位。狼群會合群互助，也會招架爭地盤，一切爲了生存繁衍。」

我記起澤仁說下雪前狼群還在招架，莫非真被老狼說中了，那是一場狼王爭霸賽？也不知道最終誰贏誰輸，下一屆領導狼是誰。唉，政治鬥爭。狼爪上有沒有事業線啊，早知道替格林看看。

「這麼說，在這個大狼群裏，格林也許還只是一個在野黨，說不上話？」亦風問。

「也許吧，不過狼王換屆是很快的，一旦過了鼎盛時期，很快就會被年輕猛狼替代。格林四歲了，論資排輩，年齡上佔優勢。四到七歲正是年富力強的接班狼。」

我白了亦風一眼，男人就是喜歡聊「政治」，哪怕是狼國的局勢，他倆也越聊越來勁。我沒有奢望過格林能稱王稱霸，只要牠平安活著，我就很知足。

我沒料想牠能找到伴侶，生下自己的後代，這讓大家都喜出望外！狼群也包容了牠們這個家庭，辣媽收養了其他狼王僅剩的孩子小不點，因爲對現在的狼群而言，每一個幼崽都極其珍貴。可惜的是，格林的孩子只剩從死亡線上拉回來的飛毛腿，即便合群都難以養活子女。狼繁殖一窩幼崽通常爲四到八隻，而在我們發現狼窩之時，兩窩合併的幼狼總共才四隻，之前有沒有更多夭折的孩子就只有狼知道，天知道了。

「現在這個狼群裏面，老狼多，年輕狼少，格林『執政』也是遲早的事兒吧？」亦風還在得啵，「在『嗷星人』的國家裏，暗通人類算不算政治污點啊？會影響仕途嗎？咱格林上臺以後，讓牠修改『狼法』，發展人狼友好關係。」

鬱悶了一下午，我終於笑了，「你倆別鬧啦。」

「他說的也不是不可能。」老狼挺認真，「狼群很少在前山出沒，大雪一停，牠們公開在這裏集結，並且和你們對話，這就是認同你們，狼在這麼怕人的形勢下能拿出這份信任已經是奇蹟了。你想想，如果你們經常和這群狼接觸，下一代狼長大後不那麼戒備你們，再過一年，又是一代狼更不戒備你們，這種親近慢慢就建立起來了。但……前提是盜獵不要再繼續，人不要威脅到狼的生存，狼不去捕食人的牲畜，這種人狼物種之間的和諧才有可能產生。」

我笑得很無奈。太難了，食物、領地、生存環境，草原上的人狼之爭，不是兩個人和一群狼就能「和諧」的。

在國外，狼族像這樣並群育幼的情況很少，但在今後的中國大草原上，可能會成為狼群逆境求生的更普遍的一種趨勢。儘管危機重重，星散四方的狼群依然想盡各種辦法將自己的優秀基因頑強地傳遞下去。人改變了狼的行為，是時候改變我們自己的行為了。

「甭管格林這次過沒過來，狼群跟你們對話了，這就是喜訊。這回是你的狼雕塑起了作用，格林估計就是從那兒聞到了你的味道，發現你們回來了。既然牠現在知道你們在這兒了，你別著急，牠肯定還會來！」老狼對這一點非常有信心。

我開心起來，一想到能夠在這大草原上再次擁抱久別的格林，不由得熱血沸騰。

不過，真的是狼雕引來的格林嗎？狼雕所在的埡口就已經能看見小屋了，牠為什麼當時不沿著我們留下的氣息追來？格林既然是後山小狼的父親，辣媽的伴侶，那麼我們在後山守了小狼們兩個月，爲什麼沒發現格林？格林又爲什麼沒發現我們？今天，格林真的是迫於狼群的壓力才在山腰停步不前的嗎？憧憬之餘，我隱約覺得我們是否忽略了什麼問題。

我和亦風談論到深夜，又高興又惆悵，太多的線索堆積在腦海抓不到頭緒，想不清，理還亂，狼的心思太難揣測。只有再觀察，再等等，再想想。

老狼說格林一定會單獨來找我們。我倆誰都睡不著，睜半隻眼睛等著格林，窗外但凡有一絲異響，都會撐起來瞧瞧，怕錯過萬一。

清晨，我照例去小溪邊打水，剛到溪邊，就發現對面的土垛子上疊著兩隻死兔子。

「格林！」我的心狂跳，第一反應就是喊牠。昨天狼群才來過，今天就在我必經之地發現兔子，還擺放得這麼刻意，這肯定跟格林有關！如果牠就在不遠，我斷定牠能聽見。

左顧右盼找不見狼影，我抓起兔子飛跑回屋找亦風。

我倆仔細檢查死兔子，獵物新鮮綿軟沒凍僵，是早上才死的，兔子肋間有四個乾脆俐落的牙洞！亦風的眼睛睜大了，眼神卻恍惚起來，若有所思。

「我已經是第二次在那個地方發現死兔子了，上次是一隻，被喬默搶先一步叼走了。我連兔子怎麼死的都沒來得及檢查！」我把心裏的疑惑一股腦兒傾倒出來，「我那時覺得有點兒蹊蹺，順口問過老狼，他說，他也在草原上撿到過死兔子，甚至撿到過死狐狸什麼的，我就以爲這事兒不稀奇。而且當時我們一門心思琢磨狼吃人的謠傳，根本顧不上多想兔子的事，結果大家都沒在意。這次又在同一個土垛子上，兩隻兔子交疊死在一塊兒，天下哪兒有那麼巧的事兒！」我越說越激動。

「等等……慢點，慢點……」亦風用手心拍著腦門，資訊處理中——這幾天大量的線索湧入腦海，像突然間擁堵的高速公路，不知從哪裡疏通才是關鍵。

魔怔了好一會兒，他總算找到一個入口，「咱們從什麼時候開始發現兔子的？就是喬默吃掉的那些……」

「你也懷疑喬默的能耐？」我看著亦風的眼睛，這疑心從帶喬默巡山時就有了——我們在山裏路遇的野兔，喬默要麼沒興趣，要麼追不上。以往那些兔子，甚至那隻超大的旱獺，真的是喬默抓的嗎？

我急忙翻查所有的視頻記錄和日記，以兔子爲線索與狼的行蹤相扣，將發生過的事件一點點反芻整理。這一年來，我們光顧著追尋、認親、不解、再追尋……一味往前跑，卻沒有沉下心來，把經歷過的事情細細梳理回顧，難道線索就在身邊？

隨著線索的整理，我們漸漸看到了事情的另一面——

第一隻兔子的出現是在七月雨災期間。我們收留了一路跟隨我們遷去澤仁牧場的流浪狗喬默，沒過幾天就發現喬默在牆根底下啃兔子，我們以爲那是喬默的獵物。同天傍晚，有一匹狼在附近的水泡子裏抓魚，我們疑心是格林，喊牠，牠沒回應。

第二隻兔子的出現是在七月底，我去羊圈後面的老地方割野菜，迎頭碰見先我一步的喬默叼著一隻已經犧牲的兔子跑回家吃。我想分，喬默護食。

第三隻兔子的出現是在八月口蹄疫期間，亦風在羊圈後面發現一隻死兔子，他以爲是病死的，沒敢碰。我一問亦風，與我發現喬默叼兔子的地方是同一地點。

這段日子裏，抓魚狼在我們附近若隱若現，卻始終沒回應我們的呼喚。牧民發現了河岸邊有格林的三趾狼爪印，可是當我們得到這個線索，趕去河岸邊印證時，三趾爪印已經被漲起的河水沖走了。再後來，我們拍到河岸邊的野狼影像是母狼辣媽，因此放棄了這條線索。

口蹄疫期間，我們幫牧民搶救疫病牛羊，跟死牛販子和盜獵者較勁，奪回福仔屍身埋葬。傷心之餘，我們一心惦記著修好小屋，搬回狼山守護狼群，無暇他顧，抓魚狼也沒再出現。

八月底，我們得知雙截棍被囚禁數月後逃亡。

九月五日，我們搬回狼山小屋。

九月六日，與我們換場而居的澤仁兒媳看見白嘴狼冒險跑回我們剛剛搬走的房子裏焦急找尋，任憑人攆狗咬，狼都不走。後經她確認那匹白嘴狼就是格林。當格林終於失望地離去後，當夜，狼群悲聲四起。

九月七日夜晚，我們發現一匹狼夜臥小屋窗外，久久不離，牠停留的地方正是格林從前過夜的草窩子。如果牠就是格林，那時雙截棍慘死，在格林最痛苦、最需要幫助的時候，我們卻離開了。我不知道那時的格林是否在大荒原上，抱著最後一線希望狂奔疾走，嗅著每一寸氣息找尋唯一能救孩子的人，可是牠沒找到，牠只能眼看著孩子咽氣卻無能爲力。當牠回到狼山小屋再次找到那兩個人類的時候，一切都晚了，牠來到他們的窗外，望著曾經護佑牠成長的家園，望著昏黃燈光裏那個尋找牠的人類媽媽，牠無法挽救死於人手的孩子，更無力面對人類中的一員。

十月，遊客劇增，所有動物躲的躲、逃的逃、死的死……狼群銷聲匿跡。

十月底，隨著丹增牛群的遷入，狼群重回狼山。

十一月初，狼群打圍後，飛毛腿被犛牛頂傷。

十一月下旬，丹增遷走的當晚，我們發現有四匹狼經過小屋外，到山坡尋找狼的傷藥馬勃。我們開始存糧過冬。

十一月底，辣媽向我們求助，搶救瀕死的飛毛腿，我給飛毛腿縫完傷後用藏袍裹護牠。當夜，狼群將飛毛腿連袍帶狼一起拖回山中。

之後的幾天，我遍山尋不到藏袍，回家後發現喬默正在家門口與野狗爭奪大旱獺。現在想來，以雄獺子的兇猛大塊頭，恐怕不是任何一隻草原狗獵捕得了的，可是，我們太篤信喬默的獵食能力了。當時天寒地凍，我尋袍心切，便帶著喬默上山，結果找到的是雙截棍的遺體。悲慟之下，我們收集雙截棍的骨骸塑成狼雕以慰狼魂。

第四隻兔子的出現是在十二月初，塑狼雕之後不久，被我們從家裏驅趕出屋的兔子於第二天清晨發現死在平臺上。當時喬默被拴在家門口，鏈子根本搆不到平臺。對於這隻兔子的死因我首次起疑，但那時我們沒有精力去回溯之前的獵物，因爲更嚴峻的冬糧被盜問題亟待解決，只好暫且擱下不想。

第五隻兔子是在我每天必去的小溪邊發現的，兔子就放在土垛子上，被喬默搶先叼走。我再次想起之前從未親眼目睹喬默捕獵，都是我們先入爲主的臆斷。加上巡山時我看見了野兔，喊喬默去追，喬默卻並沒有出色的獵手表現，我的疑心發酵得越來越濃烈。

十二月十八日，我們在雙截棍雕塑前拍到格林、辣媽和倖存的飛毛腿。

十二月二十日，狼群集結，與我們呼應，格林和我們遙相對望。

十二月二十一日，也就是今天，同樣的清晨取水時間，我再次發現兩隻兔子疊死在同一個土垛子上，我窖藏已久的疑慮霎時啓封了。

——七隻野兔一隻旱獺！如果這些獵物不是喬默的戰利品，那麼是誰放在那裏的？

我們驚出一身冷汗！

「原來牠早就知道我們回來了，從七月份就知道了！」

「不……可能更早，」亦風翻動日記的手抖得厲害，「或許從我們剛到狼山小屋，爬在屋頂裝太陽能板的時候，牠就已經在山上望著我們了。記得嗎，當時我們看到山梁上有一個狼影，還在琢磨那是馬還是狼！還有，我們後來在水源地布控時，發現你遺落的礦泉水瓶被狼叼回了窩，說不定牠那時候就悄悄跟隨過你，撿回了你丟在山裏的瓶子。你當時不也懷疑過嗎？」

我懊悔不已，「我那時候確實懷疑過，因爲從前我每次帶格林外出的時候，總是給牠裝一瓶水。我那時對你說『如果是格林叼瓶子餵小狼，我就一點兒不意外』。只是後來我們在山裏觀察了兩三個月，自以爲看遍了狼群的成員，可一直沒發現過格林的蹤跡，這種懷疑就淡了。哪知道這小子其實就躲在山裏，指不定在哪個『灌木蒙古包』裏藏著看我們。你不是也有一次老遠感覺有個從『蒙古包』出來的狼有點像格林嗎？」

「我那時候不敢確認，因爲太遠了。」

「對了，我們在狼窩山裏沒撤下來的那一夜，不是聽見狼群嗥叫嗎？其中有一個聲音我就依稀覺得像格林的腔調，就是牠哼的《傳奇》的那個調調，可是我問你，你說你沒聽見，我就以爲是自己幻聽了。」

「你哪有問我啊？」亦風急了，「你只問過我『敢不敢喊格林一聲』，那大半夜的誰有膽子喊啊？你倒是把話說清楚啊！」

我又委屈又懊悔，囁嚅著：「還有啊，我放在斷崖上的那顆沾著我的眼淚的白色圓石莫名其妙地不見了。那斷崖是格林巡山時最愛去的地方，我咋就沒想到是牠拿走的呢！」

「你真笨！」亦風把額前的頭髮抓得亂七八糟，「唉，我也夠笨的，我現在才明白辣媽餵給飛毛腿的魚和鳥蛋是從哪兒來的了。那時候我就納悶，辣媽才出去不到一個小時，怎麼夠時間跑十幾公里去水泡子那邊抓魚呢，那都是格林給牠送的魚。辣媽不是打魚狼，牠的老公才是！就算牠也會，牠那兩爪子都是跟咱格林學的吧。老狼也說過，草原上的狼一般不愛吃魚，辣媽和飛毛腿的口味隨了格林了，得，今後這草地上愛吃魚的狼多半跟格林有點兒交情了。還有，格林小時候不就是吃生雞蛋補鈣的嗎，牠當然知道鳥蛋是好營養，牠把你養牠的那套法子都用上了。」

亦風歎了口氣，又說：「我還記得我在山裏拍到過一隻大公狼給辣媽送食，然後辣媽再接力回來餵小狼，那大狼光送食不進山，現在想起來一準兒是格林這壞小子。唉，就像給你送兔子一樣……」亦風感傷起來，「七月裏，我們遷場，格林也跟了過去，我們在牠的領地生活，牠在我們附近抓魚，牠瞭解我們的生活規律，牠悄悄看我們，悄悄送兔子，默默地盡一份狼心，不需要你知道。」

「也許牠不是『悄悄』，可能是牠太高估我們了。牠以爲我們嗅著味道都能發現那些是牠送來的禮物，我們悄悄留給牠的信物，牠拿走了，牠也悄悄給我們留，是我們太遲鈍了。」

我滿心滿肺的話不知如何說起，這一年裏的好多細節突然間找到了答案，可是越想明白了這些答案，我卻越糊塗了。

傻兒子，你讓媽媽找得好苦！你爲什麼要悄悄來呢，你見見媽媽不行嗎？你不知道媽媽有多想你嗎？就這麼跟老媽躲一年的迷藏?!你這傢伙，小時候在天臺就喜歡藏貓貓，你找得到我，我找不到你。壞蛋，你就藏好吧，要是讓我抓到你，哼哼！

想著想著，我又想抱住牠使勁親，又想狠狠地揍牠一頓屁股。

關於格林可能一直在我們身邊的這個情況，老狼也很意外，但他並不認爲格林有心思用將近一年的時間跟我們玩捉迷藏：「的確，你們在狼山守了小狼兩個月，牠不可能發現不了你們。把你們整理出的線索仔細給我講講。」

老狼把我們理出的時間線琢磨了很多天後，作出了他的分析：

你們重回草原小屋的時候是春季，牠老婆正懷著孕呢！這可能是格林第一次當爹，你們去得不是時候，牠不敢來見你！因爲牠不知道你們要做什麼，牠怕你們把牠帶走！

你記不記得，三年前，你最後一次和牠在山梁重逢的時候，還曾經給牠套上鏈子想把牠帶回來，牠那個時候無牽無掛，還能狠下心跟你走，可是現在完全不同，牠已經是野狼了，得養老婆孩子，萬一你們把牠帶走了，這一家子就全完了。牠不敢冒這個險。

牠不見你或許也有牠自身的原因。你想想，如果狼要掙扎，憑你們兩個人也帶不走牠。可是對格林而言，牠或許更怕見了你以後，牠也捨不得你，牠更爲難！母狼要生小狼，這是頭等大事兒，牠作爲公狼，必須先顧家。

等到小狼出生，格林又得忙著打食養孩子，春荒時候本來生存就艱難，又要躲盜獵的，牠分不出心來。直到七月，小狼們出窩了，野兔也多了。牠能抓到好的獵物，趁著新鮮給你們送來。好傢伙，七隻兔子、一隻獺子，算好時間放在你必去的地方，這多不容易啊，得關注到什麼程度才能做到啊！

那隻大獺子多半也是牠抓到的最肥最大的，牠覺得這是好東西，應該給你！被你們發現的獵物有這麼多，沒發現的、被喬默叼走的說不定還有。這麼多的獵物送過來，可見格林有多在乎你們！但是在小狼長大之前，牠只能克制。這是狼之常情，你們必須理解，千萬不能怪牠。小狼沒長大，牠不能來，你們住在澤仁牧場的時候有外人，牠也不能來，你們回小屋以後，丹增又住在你們旁邊，牠更不能來。

現在是冬天了，小狼能捕獵了，沒有外人干擾，狼群不就和你們公開見面了嗎？你等著，格林一定會來找你們的！

原來是這樣啊，格林，我不會再把你帶回城市，我也很愛那些狼娃娃。我只要看看你就好了……

我一陣陣地出神，試圖站在狼的角度去揣度格林的心思，想著怎麼讓牠消除顧慮。老狼後來說了好多話，我都聽得恍恍惚惚，只記得他最後長嘆一聲，聲音有點兒哽咽：

「微漪啊，等你們再見到格林，如果可能的話一定要拍下來，帶回來給我看看，讓我看看這孩子長大以後的樣子……」

老狼最後的話讓我心酸。我能感覺到儘管四十多年過去了，他對《狼圖騰》中逝去小狼的愛依然熾烈，他把那份未了之愛全部傾注到格林身上，能看到格林平安歸來，怎不讓他觸動情腸。

格林，快回來吧，我們都在盼著你……

38/ 格林，我想抱抱你

如果有一天，媽媽能夠再次擁抱你，
我希望我的呼喚不再強求，你的眼神不再糾結，
媽媽希望你和你的孩子們是在我懷裏笑，
而不是痛哭哀鳴。

哪怕一次，我想用盡全力抱緊你，握握你的大爪子，把你的臉捧在手心，狠狠看清楚，看看我們長成大狼的格林。

孩子，你其實不用做那麼多，媽媽只要真真切切摸到你的體溫，看到你的眼睛，看看分別的這三年裏，又多了幾分成熟的光芒……這就夠了。孩子，你別再躲藏，你只要悄悄地、悄悄地回來見我一面，我便離開。

粉紅的雪面閃耀珠光，雪上的足跡寫下心願，泉水掛出冰清玉潤的風骨，疏離塵世的雲垂目傾聽。清冷的空氣中懸浮著鑽石星塵，那些螢火蟲般閃爍的冰晶像數不清的精靈在我身邊飄飛。狼是冬的魂魄，冬是狼的知音，牠們冷酷的身軀裏都藏著一顆柔軟的心。

我在小溪邊虔誠祈禱，攪起一個小小的氣旋，讓鑽石星塵聚作七彩煙霧在掌心嫋嫋婷婷。一縷光，一絲風，撩人心懷。大草原的冬天是一個童話，在童話裏許下的願望都會實現。

聽，簫聲……搖曳的草莖將雪層旋出一個個孔洞，北風輕拂，吹出深沉如簫的詠嘆，幽冬的草原低低吟哦——你付出的每一點心都去了它該去的地方，那些你愛過的生靈，也會在平行的時空愛著你……

我微笑著背水回家，甜蜜而感傷。

十多天了，我每天在這小溪邊祈禱，期待牠歸來，再給我一次美麗的相遇。我看不見牠，卻能感覺牠就在這裏，在冬的那一頭深情凝望。

一隻小鳥從頂棚上掉了下來，在玻璃上撞得頭昏眼花，唧唧叫著落在我枕邊扇翅膀。我起身捧起鳥兒送回房梁上。初升的陽光好耀眼，照得狼渡灘一片金黃。我習慣性地望了一眼小溪。

有動靜！就在小溪沖溝對面。我擦擦玻璃上的霧氣，再一看——一匹半大小狼叼著一隻兔子正在甩頭，兩匹大狼在一邊等著牠。

「快快快！狼來了！」我邊叫亦風邊跑出屋去。

越跑越近，我看清楚了，叼著兔子的小狼是飛毛腿，牠被突然出現的我嚇了一跳，慌忙扔掉兔子，迅速躲進草叢中，伸直了脖子向我看。母狼辣媽從容伸展腰背，瞅向牠身後的大狼！

是牠！牠來了！

「格——林——」我喜淚揮灑了一路，「壞蛋！呵呵哈哈，我抓到你了！」

狼身電襲般劇震，格林猛然抬頭，狼鬃豎立，在風中輕顫，狼耳筆直向前捕捉我的聲音。人和狼的目光剎那間撞在一起，火花四濺。格林俯首貼耳，猛然上前幾步，望著我，滿目驚喜。

「臭小子，跟我躲了一年的貓貓，終於逮到你了吧！調皮得很！」我高興得又蹦又跳又招手。我的格林，從我抱起你的那一剎那，你眼中有了我，我眼中有了你，哪怕時過境遷，哪怕你樣貌變了、身體壯了，我依然記得那雙眼睛！

「格林乖！快過來！媽媽抱！」我蹲下身，張開雙臂。小時候，格林只要聽到這句話，馬上會憨笑著衝過來，小爪子抱住我的脖子，親個夠。我等待著格林越過深溝，撲入我懷中！

…………

可是，格林沒有過來，不但沒有過來，反而退了半步。牠抖抖狼鬃，耳朵重新豎直，激烈起伏的胸腔漸漸平息下來，狼眼中的欣喜轉瞬即逝，取而代之的是困惑、疼痛、糾結……

「你怎麼了……不記得這句話了嗎？格林，快過來啊！抱抱！」我張開懷抱，更加殷勤地上前兩步。

我進，牠退……

「兒子，我是媽媽呀……媽媽收到你的禮物了，你也收到了媽媽的禮物，對嗎？……那塊圓石頭，你喜歡嗎？兒子，媽媽丟下的水瓶也是你撿回去的吧？媽媽知道你一直跟著我，你也想媽媽，對嗎？來……讓媽媽抱抱你好嗎？寶寶啊，媽媽給你帶了好多大白兔奶糖呢……快過來啊……」

無論我如何呼喚牠，我進，牠退……

我的笑容越來越僵，張開的手臂越來越沉重，我再也舉不起來了，終於慢慢放下手。

我心裏涼颼颼的。格林不一樣了……不是外表，是眼神！那眼裏的神采由「愛」變成了「痛」，我從沒想過格林會用這種眼神看我。

記憶中，格林的眼睛乾淨、透明，清澈得如同藍天下的露珠，那眼裏的東西很簡單，除了愛就是全身心的信賴。那年，我大病之後再回草原與牠重逢時，一聲「媽媽抱」，牠就那麼瘋狂地撲入我懷中，舔著我的臉。牠八個月大重返狼群時，眼裏盛滿荒原，盛滿對自由的嚮往，那燃燒的激情能把整個冬天融化。可是現在，那眼神複雜得像一部書，茫然得像一團霧。在那雙狼眼裏，印著一個「人」的影子。

孩子，媽媽夢見過無數次與你的團圓。

我夢見過你推開小屋的門，看著滿屋蛛絲塵灰，和我一樣傷感懷舊，而我悄然來到你身後，對你說：「別難過，媽媽回來了，你肚子餓不餓？我給你做好吃的。」

我夢見過一聲呼喚，你能聽到，你會帶著家小從山裏跑來，我們團聚在山野。你蹦跳著給我介紹你的妻子和孩子，我親吻著狼孫狼孫女們，給牠們講你小時候的故事。

我夢見過遇到你的時候，你正在小溪邊摸魚，於是我偷偷走到你背後，蒙住你的眼睛：「兒子，猜猜我是誰？猜中獎勵大白兔！」而你一臉中年狼的成熟：「還用猜嗎？老媽，兒子都當爹了，你還那麼幼稚！」

我夢見過在我的歌聲裏，你歡快地跑回來，前爪撐在我的肩頭與我唱和。我們坐在斷崖邊俯瞰那開到天盡頭的格桑花。你告訴我你在草原是多麼快樂自由。

我夢見過在小屋裏睡覺，你從窗外扔進一塊鬧鐘把我砸醒。

……………

孩子，媽媽真的夢見過好多次，卻從沒想過有一天，張開懷抱呼喚你時，你會慢慢退卻。

我站住了，不敢越過深溝，怕等我從小溪的深溝中爬出時，格林會不見了。

格林顫抖的唇吻一張一合，似乎想說什麼，牠什麼也說不了。

重逢的喜淚流到我嘴角竟是那麼苦澀，我意識到了什麼，卻也說不了。

我的兒子，也是一個父親，牠也曾經有過成群的兒女。可是面對格林一家三口，我問不出這一句——你過得好嗎？

飛毛腿在草叢中看看牠的爸爸，又看看我，牠似乎想從我們的眼裏讀出什麼。

假如，狼有狼言，小丫頭會不會這樣問牠——

「爸爸，我們叼著兔子是去哪兒啊？」

「去看奶奶。」

「奶奶就在對面，爲什麼不過去呢？」

辣媽輕咬飛毛腿的耳朵，大狼的世界，小狼不懂。牠走過格林身側，帶著牠們的孩子慢慢離開，彷彿提醒牠——該走了。

格林看了看已經走遠的妻小。轉頭的那一剎那，我瞥見牠眼角順著鼻梁邊有一抹亮線。它猶如一道閃電，頃刻間將我的心擊成兩半，又如這淺淺的小溪，深深的裂隙，牠在那頭，我在這頭。

格林還在看我，牠的身體轉過去了，牠的一條腿躊躇著抬起來了，卻久久回不了頭……

孩子，你要走了嗎？哪怕我已經站在你面前了，你還是選擇離開？

孩子，你不過來，媽媽不怪你……這都是媽媽的錯。

格林，媽媽對不起你，我明明可以救回雙截棍，卻一心只想著回狼山，找你，找你……錯過了你最需要我的時候。我可以想像你奔走求救時有多麼焦急，我完全明白你再找到我那夜，守在我窗外有多麼絕望，我看到了你在雙截棍墓前是那麼傷心。對不起，格林，我有兩次機會可以救你的孩子，可是我都在做什麼呀！

格林，福仔長得多像你啊……我抱著那孩子的時候，還以爲是你又回到了我身邊。我好捨不得牠，我怕牠那麼小，找不到大狼就會死掉。亦風問我，如果還有一次機會，放還是不放？我曾說過，我會問你走還是不走。格林，你的孩子做出了和你一樣的選擇，然而牠走了，就永遠地走了……我把牠埋在了牠出生的那片山谷……

格林，你這一走，媽媽還能再看見你嗎？

格林的答案就在這相對無語的凝望中，一轉身，一行淚，牠都告訴我了。

格林最後看了我一眼，深吸一口氣，毅然回頭，疾走幾步，以矯健的姿態縱身跳過圍欄！

「愣著幹什麼？快追啊！格林！」

亦風趕了上來，我猛然回神，翻越深溝，跨過圍欄急追狼影。我們不顧一切地奔向牠們，而牠們只是默默撤離。我們追得越緊，牠們跑得越快。人與狼的距離越來越遠……

「亦風啊……不能再追了……讓我好好看看牠吧。」我牽著亦風的手停了下來，站在高處。格林一家的腳步也緩慢了。孩子，你慢慢走，只有這樣，媽媽才能看你更久一點，哪怕只是一個背影……

曾經，送格林重返狼群之時是一種幸福，我以爲數年以後我們再次相遇，還能將這種幸福回味。三年了，格林如何理解人類？牠還有沒有可能將牠的爪掌放在我的手心？我還有沒有勇氣將牠再度抱入懷中？

「格——林——」亦風吶喊著。

走在最後的格林微微側頭，回顧的同時，將狼尾高高揚起，輕輕揮動著，彷彿向我們做著最後的告別——再見媽媽，我們會驕傲地活下去！

「嗷——嗚——嗷嗚——」

「嗷——」

在格林一家消失的小溪盡頭，傳來狼群的嗥歌，伴著小狼嫩嫩的呼應……多麼熟悉的旋律，給我潮涼的心底帶來一絲暖意，那是我們的歌，是我每天呼喚牠回家的曲調，牠還記得。

……

格林回到了牠的世界，唯有那一滴野狼之淚緩緩地沉入我的腦海。

土垛子上，疊放著「狼的禮物」——兩隻瘦弱的死羊羔，不遠處掉落著一隻還剩一口氣的野兔，飛毛腿還沒來得及把兔子放上去。

「為什麼總是這樣，又要來，又要走。這還是躲貓貓嗎？」亦風拾起這些禮物，很想不通。

「是，我的兒子想一直藏下去……」我苦笑著，「還記得牠以前被人追打的時候，我告訴過牠：『格林，以後你見到人必須躲，無論什麼人！』牠徹底做到了……」

「可是我們不一樣啊！」亦風急了，「牠不可能沒有這樣的判斷力！牠應該明白！」

「是的，牠是明白，」我嘆道，「一年了，咱們知道格林都經歷過什麼……你換位想一想，就算你和格林親得不得了，假如有一天——我是說假如有那麼一天，你眼看著自己親生的孩子一個接一個被狼咬死，你會怎麼看待狼？儘管你清楚那不是格林幹的，你也明知道格林是愛我們的，可是當格林……這隻狼……再次出現在你面前的時候，你會是什麼心情？你還能怎麼做？」

亦風被噎住了，攥住禮物的手顫抖著慢慢垂下來，彷彿拿不起那份沉重。

「牠已經做到了我們人做不到的事……」亦風仰天呼出長長的白霧，眼角的晶瑩在寒風中結成了冰花，他哽咽道：「我們再等等好嗎，也許牠還能回來。畢竟我們已經等了一年了。」

唉……我握著亦風的手，久久立在風中，望著格林消失的方向。

可是，我們等待的又是什麼呢？一個擁抱？有了一個擁抱之後呢，我們還會想要什麼？也許還想要牠把家人都介紹給我們，一家人圓圓滿滿生活在一起，甚至會有更大的願望，想要整個狼群都能親近我們，我們一聲呼喚，喚出一群狼來……似乎那樣就是人類心目中的與自然和諧的最高境界，但這都只是我們自己的願望，人的欲望會越來越多的。

狼心猶在滴血，如何滿足人心？

冬夜裏時常傳來幽怨的狼嗥，時遠時近，如泣如訴……天地狼心，道是無情卻有情。

也許在我們不知道的時候，牠悄悄來過很多次了。也許我們繼續留在這裏，牠還會把獵物一直送下去。但是，冬天覓食太難，我們留下只會增加牠的負擔。牠們已經叼來羊羔，可見實在找不到什麼野物了。只有我們離開，才能讓格林不再牽掛，才能讓牠安心照顧妻兒，牠就剩這一個孩子了。

我們祈禱飛毛腿能夠度過第一個嚴冬，但願以後還能見到牠平平安安。

曾經，我們幻想著有一天格林能帶著妻兒來看我們，還一廂情願地想叫牠的妻子作「格桑」，誰知這個「格林童話」我們猜到了開頭，卻猜不到結局——結局來得這麼殘酷，孩子們一個接一個不在了。

如果早知道這些就是牠的孩子，可能當初我們不會那麼一味地去盲目尋找，去哀思。我會好好珍惜這份本來就很圓滿的圓滿，這就是天倫之樂吧。原來我們所追求的團圓一直就在我們身邊，只是追求到底時，它已不再美滿。

曾經，幸福圍繞在我們身側的時候，我們卻追尋不停，被期待所迷惑，爲求之不得而苦惱，可是有些東西在不知不覺中失去，就再也回不來了。

人們也許會認爲自己曾經施以恩惠的動物應該對人感恩戴德，似乎牠不親熱就算狼心狗肺，不溫暖就是「白眼狼」。但我現在更能理解格林——在狼的眼裏，愛一定是平等的，可是人和狼之間的大關係從來都是不平等的。人狼之爭中，處於劣勢的狼幾近滅絕。

不是人類拋開了隔閡，動物就一定得迎合我們！

人類學會了直立行走，比其他動物站得更高了，視野更廣了，走得更快了，心離大地也更遠了，但是人的根還在這片土地上。我們是不是能夠低下高貴的頭，認真地俯視一下我們的根源呢？

格林，如果有來生，我願轉世爲狼，和你成爲真正的母子，我們一起奔跑在天邊，也許只有這樣，我才會真正明白你爲什麼悄悄地來，又爲什麼默默地離開。

我今生爲人，很貪心，見了還想再見，聚了還想再聚，我已經把你當成我所擁有的。其實在生命的盡頭，我們注定將失去所有，也許這「所有」原本就不屬於我們。

格林，好孩子，在這個世界上，每一個生命都是獨自出生，獨自死亡。但是媽媽多麼希望在你生命的一始一終都能與你相伴。你選擇了荒野，野生狼的平均壽命只有八年。等你老了，我們還在這片草原，或許你還能回到我們身邊，對我說：「媽媽，我跑不動了，我也累了，我想再回到從前沒有憂傷沒有怨恨的日子。」你會像小時候那樣靠在我的臂彎，什麼都不再想了，只想著往媽媽的懷裏鑽得更深。

如果有這一天，媽媽能夠再次擁抱你，我希望我的呼喚不再強求，你的眼神不再糾結，媽媽希望你和你的孩子們是在我懷裏笑，而不是痛哭哀鳴。

格林，我最親愛的兒子。我們走了，照顧好你的妻兒。天寒地凍，不要再送食物來了，留給孩子吧。

一個星期以後，與我們相識的牧民朋友們都來爲我們送行。

澤仁一家按照城市人的「風俗」拍手跺腳，以往我每次都會抿嘴笑，這次卻想流淚了。

喬默是大型犬，不能跟我們回城市，我們把牠託付給了扎西。

亦風問小蘿蔔：「要不要跟叔叔去城裏玩啊？」

小蘿蔔撇嘴搖頭，他對城市沒有概念：「我想跟小邦客玩。你們走了，我要怎麼找狼狼啊？福仔和小不點找到媽媽沒有？牠們長大了嗎？」

人們靜了，無語，唯有風聲……

車窗外的遠山、牧場、牛群……牽成一線流淌的風景。所有的痛苦傷痕，終有一天都會被時間撫平，只是我不知道，那一天離我們到底有多遠。

再看一眼草原，無法言說的哀傷被漸漸升起的玻璃窗裁成兩半……封住了夢的入口。

二〇一五年九月六日　終稿於成都

【風雲三十周年紀念典藏版】

重返狼群 二部曲

作者：李微漪
發行人：陳曉林
出版所：風雲時代出版股份有限公司
地址：10576台北市民生東路五段178號7樓之3
電話：(02) 2756-0949
傳真：(02) 2765-3799
執行主編：朱墨菲
美術設計：許惠芳
行銷企劃：林安莉
業務總監：張瑋鳳

初版日期：2022年11月初版換封
版權授權：李微漪
ISBN ：978-626-7153-37-6
風雲書網：http://www.eastbooks.com.tw
官方部落格：http://eastbooks.pixnet.net/blog
Facebook：http://www.facebook.com/h7560949
E-mail：h7560949@ms15.hinet.net
劃撥帳號：12043291
戶名：風雲時代出版股份有限公司

風雲發行所：33373桃園市龜山區公西村2鄰復興街304巷96號
電話：(03) 318-1378
傳真：(03) 318-1378
法律顧問：永然法律事務所 李永然律師
北辰著作權事務所 蕭雄淋律師

行政院新聞局局版台業字第3595號 營利事業統一編號22759935

定價：450元

國家圖書館出版品預行編目資料

重返狼群 (二部曲) ／李微漪 著. -- 臺北市：風雲時代出版股份有限公司，2022.10- 冊；公分
風雲三十周年紀念典藏版
ISBN 978-626-7153-37-6（平裝）

857.7　　111012793